CURRICULUM
(EL SÍNDROME DE LA VISA)

Una novela de
EFRAIM CASTILLO

Efraim Castillo

CURRICULUM
(EL SÍNDROME DE LA VISA)

Una novela de
EFRAIM CASTILLO

letra**gráfica**

Efraim Castillo
Curriculum. (El síndrome de la visa)

ISBN: 978-1979759113

© 2017

Primera edición:
Santo Domingo, Editora Taller, diciembre 1982

Segunda edición:
Santo Domingo, Letragráfica, diciembre 2017

letra**gráfica**

Calle Marginal Primera No. 12, Mirador Norte
(809) 482 4700 • librosletragrafica@gmail.com
Santo Domingo, República Dominicana

Efraim Castillo / Curriculum (El Síndrome de la Visa) / Novela /
Nos venden sueños en tecnicolor y a 525 líneas.
Entonces, ¿qué más quieren?

Dedicatoria:
A Mimí y Arturo, mis padres.

Capítulo I

Vienen de allá. Nos vamos acullá

—**A LA FRANCA**, Vicente, tengo que irme.

—Otro más.

—Sí, me voy para sumarme a los casi quince millones de los nuestros que se encuentran allá.

—En verdad, ¿somos tantos?

—Eso dicen.

—¿El conteo?

—Lo sabes: la *surveymanía*. La enfermedad que comienza a azotarnos y nos convertirá, a la larga, en simples números.

—Todos los conteos... ¡los cuentos, las fábulas, el cotorreo!

—Sí.

—Y, ¿qué hacen?, ¿cómo suenan?, ¿qué venden?, ¿cómo se vende?

—Lo sabes, también: las computadoras. Todo ordenadito.

—¿Y para qué? Porque, al final, sólo la muerte.

—Sí, todos los finales conducen a la muerte. La muerte por suicidio, la muerte por el otro, la muerte por simple muerte.

—¿Te lo imaginas? Dentro de algunos años: ¡coño!, ¡cómo vivían esos tipos! Estadísticas por aquí, estadísticas por allá.

—Podrías decirlo igual: la penetración cultural, el cansancio de no conseguir nada... y la edad, además, pero no me convences. En tu decisión de largarte para allá hay otras cosas: el cine, la televisión, Woody Allen paseando por *Times Square*. ¿*Manhattan*?

—Eso creo.

—¿Y?

—¿Otro *por qué*? Sumarme a los de allá: quince millones más uno es igual a quince millones uno. ¿Conforme?

—Aún no me convenzo.

—¿De mí?

—Precisamente. Porque si fuera de Sabana Iglesia, tal vez, quizás. O de San Juan. Pero, no tanto.

—¿Por?

—El sur huye menos.

—¿Los españoles?

—¡Déjalos fuera! ¡Fueron azarosos para estas tierras!

—Es siempre lo del sur.

—Explícate.

—Piel más oscura.

—¿Impureza racial?

—Llámalo así, si prefieres.

—Pero tiene sus ventajas.

—Bueno, no es tranquilidad; no es prudencia; no es cortesía; no es melao con caña.

—¿Adónde diablos piensas llegar, Vicente?

—Bueno, no es adónde pienso llegar, sino en donde estamos. Hablamos de lugares, apacibles. Con ríos. Arroz. Plátanos. Condición de fuga. De fugar.

—¿Transfugar? ¿España? Algo así me narró un tal Jiménez, el hijo de la viuda, un lectorcito de novelitas del *FBI* y vendedor de visas y de-lo-que-sea.

—¿Y?

—La duración aquí. Los colonizadores en: Por. Para. Rajadura.

—¿De abrirse una grieta?

—Sí, de rajarse: como *Jalisco*.

—¿Espanto, quebranto, *Lepanto*?

—Todo junto: susto, enfermedades, cobardía. Las flechitas, primero; ciclones, terremotos, después; los piratas, mucho después; Luperón y los otros, el 63, mucho-más-después.

—¿Se rajan?

—Claro. Pero. Antes. Fortuna espesa. *Extremadura*, lo peor, primero; *Galicia*, lo peor, después.

—¿Y? ¿*Cataluña*?

—¡Ojalá!

—¿*Vascongadas*?

—¡Más ojalá!

—¿De dónde?

—*Asturias. Gijón.* Por ahí. Vienen. Alpargatas. Pantaloncitos así, desbolsillados.

—¿Para? Supermercados. Ferreterías. Se entrecruzan. Nada de producción. Importación, primero; exportación, después. Con. Se bañan poco.

—¿Grajo?

—Peor. Bolsas sucias.

—¿Cojoncitos?

—Puede ser. Mala impronta. Hijos míos jamás podrán, tú sabes, con hijas de ellas. Paredes altas. Hijos de ellos con hijas de ellos, tú sabes, si pueden. Cruzar fortunas. Los millones míos con los millones tuyos.

—Pero, ¿algunos? Sí, algunos: *Constanza*, Roselló. Podría ser Corripio aquí.

—¿Podría ser?

—Sí, nada claro. Abarcando mucho, ¿se aprieta mucho? Las rajaduras no aprietan, aflojan, sueltan, se deshacen. Hay que ver.

——Ah, ¡conque Asturias! Y es hermosa. Poco mezclada. Tú sabes, los moros penetraron poco allá; los mineros, el comunismo. Pero nosotros tenemos lo peor: buscavidas, desarrapados.

—¿Honrados?

—Habría que ver.

—País extraño.

—Es preciso. Ser. Como ves.

—Pero, ¿por qué *Jánico, Sabana Iglesia, San José de las Matas, Puñales*, Vicente?

—La sangre. Poco mezclada. Condición de tránsfugas. Se van. Juran por la bandera de allá. En el sur ocurre poco.

—¿Acaso está Dios?

—Podría estar, más bien, el mismo Diablo. Costumbre de desayunar con los demonios.

—¿Cuáles?

—El demonio de la sequía, de la desolación.

—¿Sólo?

—No. También el demonio del hambre.

—¿Y la Iglesia?

—Bien. A Dios gracias.

—¿Sólo eso?

—No. También las furias del abandono.

—Entonces, ¿no se van?

—Se van. Pero no tanto. Con disimulo. Sequedad. Hambre. Abandono. Tres demonios insalvables. Conducen, eso sí, a la revuelta. Sureños allá, ¿cuántos? *Surveymanía*? Muchísimos.

—Pero, ¿y de *Sabana Iglesia*, de *Jánico*? ¿Uno por cinco? *Surveymanía*, encuestamanía. La época. Datos. La cibernética es el futuro. Un slogan: sabed cuantos son y la dicha os sonreirá.

—¿Uno por diez?

—*Surveymanía*. Es asunto de hábitat. El endurecimiento. La mujer del sur.

—Pero, ¿la cibaeña?

—Precisamente la mujer de *Mao*: cocomordán, toto-que-muerde. El mito. Fenómenos de contacto, mientras que en el Sur los demonios: la sequedad, el hambre, el abandono.

—Pero, ¿y los guineos, el maní, el arroz?

—Puntos de contacto. Puntos necios.

—¿El esfínter como un punto necio?

—No, sólo recogimiento y soltura en juego constante. Lo ulterior es el hambre por un ordeñamiento del glande.

—No me convences, Vicente.

—No me importa.

—¿Es una tesis?

—Lo demás es eso, Vicente: sobra, desacuerdo con el límite.

—Bueno, hablas bonito; siempre has hablado bonito; pero eso no significa que tengas, que obtengas, que sobreentiendas la visa. Entendimiento de aquí, huida de aquí, atajamiento de aquí. ¿El antihéroe? La revolución pasó. ¿Cobardía? Mucha.

—Sin embargo, es vital la cobardía para ser cuerdo, Vicente. Lo racional versus lo irracional; los cojones, versus las neuronas tales de la parte izquierda de los sesos.

—¿Justifica eso los quince millones de nosotros allá?

—Jiménez, el hijo de la viuda, lo justifica, Vicente. Sería la victoria anhelada sobre el imperio por ahogo tercermundista. Como para morirse de risa. Roma ahogada por Atila o la paráfrasis terrible del mito: Atila-cojones-caballo-no crecerá la yerba. O mejor aún: esfuerzo-la-visa-*CDA*-dominicano ausente.

—Pero, no entiendo, Beto: ¿quince millones?

—Te lo dije, Vicente, repitiéndote lo que leí de fuente confiable, de *The New York Times*.

—¿De los nuestros?

—No sé. Tal vez Hugo Morales, nuestro siquiatra del *Bronx* lo sepa. ¿Conoces a Hugo Morales? Es un médico nuestro allá. Preocupado allá. Benefactor allá. ¿Lo sabías? Tenemos muchos médicos dominicanos allá. Porque los cerebros altos obtienen la visa.

—Pero tú, Beto, ¿no tienes el cerebro alto?

—Lo tengo hinchado, pero no alto. Conocimientos desarraigados, *non sense*, política... Pero alto no. Hinchado sí.

—Con tu pasado, ¡dudo que te den la visa!

—Bueno, Vicente, tenemos que hacer el intento porque la visa es una manía.

—¿Sabes la fecha de la cita?

—La fecha no me importa. Ya llevo casi cinco años intentándolo, Vicente.

—¿No te han pedido nada, los cónsules?

—Mucho. Casi un millón de *currículos*: un *currículum* hoy, otro mañana, otro pasadomañana. Casi un millón de *currículos*.

—¿Para qué? ¿Sobre qué?

—La carrera de mi vida: desde lo fetal.

—¿Y no lo saben, ya?

—Desean saber más, sin resabios. Cuestión de cansancio.

—¿Sólo eso, o están tras la búsqueda de algo?

—Estoy preparado, Vicente. Estoy en cuatro patas, al acecho.

—Verdad que eres comemierda, Beto.

—Comemierda eres tú, Vicente, a la franca.

15

Capítulo II

Aún la creencia en el partido

LA ÚLTIMA VEZ que soltaron a Beto lo hicieron con la finalidad de seguirlo, de espiarlo, de saber con quiénes se juntaría y tratar, así, de penetrar el movimiento. Al bajar los escalones del Palacio de la Policía y llegar hasta la calle, Beto introdujo las manos en los bolsillos y los sintió vacíos, a excepción de un sucio pañuelo. Tomó éste y secó el sudor frío que perlaba su frente.

—¿Y ahora? —se preguntó, observando las aceras de la calle pobladas de árboles. Tomó entonces grandes bocanadas de aire y descendió por la vía hacia el sur, hasta llegar a la avenida Bolívar, para enfilar luego hacia el parque Independencia. Caminaba lentamente y, al contemplar los árboles, los autos deslizarse suavemente sobre el asfalto, los buhoneros y marchantas voceando sus mercancías, sintió que volvía a la realidad.

—¿Me estarán siguiendo? —volvió a preguntarse, pero no quiso mirar hacia atrás para no probarse nada y observó caminara los transeúntes, sorprendiéndose de que todo continuara tan normal, de que todo estuviera tal y como lo había dejado cuando fue apresado violentamente. Después de todo, de noviembre de 1963 a febrero de 1964 sólo habían transcurrido cuatro meses y pensó en su mujer, en sus hijos: "¿Cómo estarán todos?", y entonces cruzó rápido el parque con sus bancos de hierro y sus árboles frondosos, deteniéndose en una de las esquinas del sur. Definitivamente no sabía hacia dónde ir. Sobre su cabeza se movían los árboles agitados por la brisa y miró hacia ellos, cerrando los ojos. "Estoy perdido", pensó y luego, como un sonámbulo, caminó rumbo al mar para detenerse frente a un teléfono público, desde donde llamó a su mujer:

16

—¡Aló! —dijo nerviosamente, al escuchar la voz de Elena, su esposa. Aunque deseaba poder estar a su lado para abrazarla, para decirle cuánto pensó en ella y en los muchachos, se contuvo, sacando esas fuerzas de la indiferencia a las que siempre echaba las manos en los momentos de flaqueza—.Soy yo, acabo de salir de la cárcel. ¡No, no iré por ahora! ¡Tengo a la policía detrás y con seguridad han intervenido ese teléfono! Salúdame a los muchachos —y se despidió secamente, sin desear escuchar nada más en el otro extremo del hilo—. ¡Adiós!

Otra vez la incertidumbre volvió a la mente de Beto. Colgó el teléfono y caminó de nuevo hacia el parque, atravesándolo sin reparar en nada, enfilando sus pasos hacia la parte norte de Santo Domingo, hacia *Villa*, hacia sus zonas menos conocidas, hacia los linderos que demarcaban el final del revolucionario y el comienzo del *lumpen*. Sintió que el día se tornaba pesado. A veces sol, a veces nubes y, de vez en cuando, algún trueno lejano dejándose escuchar vagamente, pero siempre el calor, el calor mezclado a esa humedad que se cuela hasta los huesos y detenía la evaporación del sudor que corría a chorros por su espalda. Al llegar a la avenida Mella, Beto distinguió a Paul Peláez descendiendo las escaleras del mercado Modelo. La calva, los bigotes, la extremada delgadez y el encorvamiento prematuro de sus hombros seguían igual y se detuvo frente a una vitrina para evitar enfrentarlo. Peláez había sido su confidente en la secundaria y juntos habían explorado los caminos apetitosos de las prostitutas baratas. Aquella amistad se deshizo lentamente cuando ambos dejaron la normal Presidente Trujillo. Paul Peláez viajó a Santiago cuando su padre fue trasladado a la gobernación provincial, retornando a la capital luego del asesinato de Trujillo, hacía tres años, y la lucha social ya no le importaba nada. Observando a través de la vitrina, Beto se detuvo en la mercancía exhibida: *pantalones Wrangler por sólo 5.99; panties extranjeros a 1.25.* Cuando Paul Peláez se perdió de vista, Beto reanudó la marcha. *Definitivamente*, pensó, *la vida seguía siendo lo mismo: un amasijo de dolores y satisfacciones alrededor de la hoguera, dando vueltas sobre una presa inútil.* Sólo habían transcurrido cinco meses del golpe a Bosch y todo apuntaba hacia el sepultamiento del movimiento revolucionario, conduciendo todos los caminos al odiado vertedero del Imperio. Perdiendo por momentos el sentido de la orientación, Beto

17

dobló por la Avenida Duarte y recordó la conversación sostenida con Fidelio Despradel y la dirección que éste le confió para cuando saliera de prisión: José Martí 185.

Cuando llegó a la *José Martí 185*, Beto tocó a la puerta, mirando antes en todas las direcciones. Aunque no vio a nadie sospechoso, volvió a pensar que podrían estarlo siguiendo. Cuando la puerta se abrió una muchacha muy joven asomó su rostro imberbe.

—¿Qué desea? —preguntó la muchacha, observando detenidamente a Beto.

—¿Está Pedro, Pedro *La Moa*? —al preguntar, Beto miró hacia el interior de la casa, descubriendo que el patrón de la miseria era casi idéntico en todos los barrios periféricos del país sin importar ciudad ni poblado.

—No, no está —le respondió la muchacha.

—¿Sabes cuándo regresa?

—*La Moa* ya no vive aquí —contestó la joven.

Al cerrarse la puerta, Beto sintió que una esperanza, aunque lejana, también se esfumaba. ¿Acaso Pedro *La Moa* no debía esperarlo según lo convenido? ¿Lo estarían dejando solo? ¿Querrían librarse él por estar *quemado*? Permaneció frente a la puerta varios minutos sin saber hacia dónde caminar, aunque la idea de dirigirse a su casa bailó en su cerebro levemente. Sin embargo, tomó la dirección del parque *Enriquillo*, una de cuyas esquinas da a la calle *José Martí*. Al llegar al parque se sentó en uno de sus bancos. Miró hacia el cielo y lo encontró pesado, cargado. Cerró los ojos y fue entonces cuando escuchó una gruesa voz gritar su nombre:

—¡Beto! —Beto miró hacia atrás y descubrió a Pedro *La Moa*, quien, con indiferencia absoluta, volvió a hablarle, aunque esta vez en un tono inquietantemente bajo—: Vuelve a mirar hacia el frente, Beto. Yo caminaré toda la calle *Caracas* hasta la *Enriquillo* y te esperaré allí. Trata de evitar que te sigan.

Al decir esto, Pedro *La Moa* se perdió entre los cientos de curiosos que contemplaban el acto de magia de un prestidigitador ambulante. Beto se puso de pie y observó a su alrededor, percatándose de que nadie lo seguía. Pero, ¿lo estarían siguiendo de verdad, o todo fue mentira del coronel Morillo, cuando le advirtió que la alta policía no lo perdería de vista? Comenzó a caminar lentamente y divisó la casa de Estela, bordeando la calle *Jacinto de la Concha*. Estela había sido para Beto una especie de marcador, un mojón que le indicó en una época difícil la proximidad de algún cambio o de ese descanso tan necesario para recobrar fuerzas después de una larga jornada y emprender de nuevo la marcha. Se había sumergido en ella como un acto de enfriamiento, como una zambullida refrescante y aceptó sus regalos, sin permitir que se involucrara en su vida. Muchas veces sintió pena por Estela, por los dos hijos que tenía de un matrimonio anterior, pero no podía hacer nada por ella. ¿Acaso no estaba primero la lucha, la continuación de los acontecimientos, el escuchar diariamente a Manolo Tavárez hablar sobre lo que sería el país luego de la victoriosa revolución? Por eso, al pasar frente a la casa de Estela cerró los ojos y, cuando sintió que había quedado atrás, los abrió, encontrando frente a ellos la maciza figura de *La Moa*. *¿Qué querrán de mí?*, se cuestionó Beto. *¿Me necesitarán para algún trabajo intelectual?* Y cuando dirigía su mente hacia una tercera pregunta, sintió en sus oídos la orden:

—¡Sígueme! —le dijo *La Moa*.

Seguir a *La Moa* no era nada fácil, sobre todo para alguien que, como Beto, tenía dos días sin comer bien y, de seguro, muchos parásitos entre su vientre, provocados por la gusanera pestilente de la solitaria donde había pasado cuatro meses. Sin embargo, realizó el esfuerzo necesario y casi puso a la par sus espaldas con las de *La Moa*, desarrolladas a base de levantaderas de pesas, duros trabajos de albañilería y reparticiones de golpes en los viejos gimnasios de *Villa Francisca*, deporte éste que le había dado la oportunidad de representar al país en varias competiciones amateurs internacionales.

—Oye, *La Moa*, ¿queda muy lejos el lugar hacia donde vamos? —preguntó Beto con la respiración entrecortada.

—No, no. Es ahí mismo. ¿Por qué lo preguntas, te sientes mal? —le respondió *La Moa*, observándolo detenidamente y notando su excesivo sudor.

—No, me siento bien. Es la falta de comida, tengo dos días sin comer.

La Moa, acostumbrado a los trabajos duros, sonrió a Beto.

—¡Qué comemierdas son ustedes, los pequeñoburgueses! ¡Dos días sin comer y se convierten en una cagada!

Capítulo III

¡Descubra un nuevo mundo!

DESCUBRA UN NUEVO MUNDO, visite los estados Unidos de Norteamérica. Pérez leyó la portada del folleto desplegable que le entregó *miss* Ramírez en el consulado gringo y, remontándose bien atrás en el tiempo, se estacionó en el descubrimiento de América. *Descubra un nuevo mundo*, se repitió Pérez y, entonces, abrió el folleto: *Esta solicitud se suministra gratis. Solicitud para una visa de visitante,* leyó y después llevó los ojos hasta un recuadro destinado al consulado, en donde se especificaba la categoría de la visa, advirtiéndose que no se podía escribir *en este espacio:B-1, B-2, B-1/B-2,* he ahí las categorías del visado.

—¿Qué más tengo que hacer? —preguntó Pérez a *miss* Ramírez.

—Necesita su pasaporte al día y anexar al formulario documentos de solvencia económica, dos fotografías, una carta del lugar donde trabaja, información bancaria, libreta de ahorros, patente de negocio, matrícula de vehículo, si lo tiene, y también... —Pérez no quiso escuchar más a *miss* Ramírez.

¡Mierda, lo repite todo como si fuera un robot!, se dijo, masticando una a una las palabras. Entonces guardó el formulario en uno de los bolsillos y, antes de salir del consulado, se volvió a *miss* Ramírez y la observó, no con ira ni desprecio, sino con pena. Se acercó a ella y le dijo suavemente: *¡Mamagüebo!*, corriendo velozmente hacia la puerta de salida, mientras *miss* Ramírez, casi pasmada por la sorpresa, dejaba escapar un gritito ahogado y cuyo significado sería muy difícil de resumir, ya que su voz mezclaba modulaciones de ira y placer.

20

Pérez se dirigió luego a su hogar y allí encontró a Elena cabizbaja, pensativa, sentada y tejiendo sobre una butaca algún paño secreto.

—¡Qué asco, Elena, el jodido consulado! —le gruñó Pérez.

—¿Tan mal te fue? —le preguntó Elena, sin desviar su mirada del tejido.

—El consulado es una comemierdería, Elena. Allí me informaron lo que dicen a todos. Si hubieses visto a una tal *miss* Ramírez...

—¿Miss...?

—¡Sí, una *miss* dominicana! Una de las estúpidas que les siguen el juego a los gringos por un sueldito en dólares.

Elena hubiese deseado sonreír, pero prefirió levantarse de la butaca y caminar hasta una de las ventanas, la cual abrió de par en par. La mañana tropical, brillante, lujuriosa, entró a torrentes por el espacio abierto y Elena contempló el rostro de Pérez, percatándose de zonas, surcos, poros recién abiertos que nunca antes había observado. Tal vez por eso Elena aprovechó ese instante para decirle con infinita tristeza:

—Vinieron a desalojarnos, esta mañana —cayendo luego en un estruendoso llanto.

Sorprendido por los sollozos de su esposa, Pérez se acercó a ella y la tomó por los hombros suavemente, atrayéndola hacia sí.

—¡Calma, Elena! Dime, ¿qué pasó?

—Vinieron de la oficina del fiscal con los papeles del desalojo. Como no pude evitar las lágrimas frente a ellos, al parecer sintieron pena y se marcharon.

Pérez apretó la cabeza de Elena contra su pecho, miró el techo de la sala y estalló:

—¡Malditos! —en un grito que repercutió por toda la habitación.

Aún con los labios crispados, Pérez apartó de sí, suavemente, la cabeza de Elena y salió apresuradamente de la casa, caminando sin rumbo fijo por la ciudad hasta que, por instinto, llegó al *Malecón*, donde siempre arribaba para contemplar el mar. Frente al mar, Pérez peleaba consigo mismo su indefensión. Sentado frente al balneario de *Güibia*, se preguntó por su vida. ¿Qué había pasado en realidad? ¿Por qué esa miseria, ese abandono, tan repentinos, si él había crecido entre voces que lo señalaban como poseedor de un gran talento y la mayoría lo decía:

—¡Ese muchacho tiene madera!

—¡De seguro llegará lejos!

—¡Sólo hay que observarlo explicar las clases de historia!

Pero otras voces, tal vez las más sonoras, decían otra cosa, cuando visitaban a su madre:

—¡Tendrás que vigilar con cuidado a *Perecito*! ¿No has notado su debilidad de espíritu? ¡Cualquiera puede influirlo! ¡Cuídalo!

—¡Ese muchacho tuyo es muy manejable!

—¿No te has dado cuenta de que a tu hijo le gusta dejarse llevar... sobre todo por los muchachos más *tígueres*?

Lo que nunca decían esas voces clandestinas era que, aunque con debilidades notorias en su espíritu, a Pérez sólo le afectaba aquello que le brindaba alguna satisfacción, ya fuera leve o profunda, permitiendo así que de los consejos, juntas, proyectos y remotas esperanzas que le bombardeaban, sólo escogiera los que consideraba como valederos o viables. Fue así como llegó a los movimientos revolucionarios y, de la misma manera, a como también arribó a los constantes estados de desaliento que lo inundaban, tal como este que sentía ahora, cuando, recién salido de la cárcel, tenía que enfrentarse a la triste realidad de que no tenía con qué pagar la renta de la casa y, así mismo, con qué comprar ropas a sus hijos. Frente al mar, Pérez dio marcha atrás a sus pensamientos y se preguntó cosas, llegando a la misma, a la repetida conclusión que, desde la cárcel, se le acogotaba a diario en la garganta:

—¡Tengo que irme de este maldito país!

Eso de *largarse del país*, desde luego, era una letanía que Pérez venía escuchando desde mucho antes de ser llevado a la cárcel. La frase la había oído de labios de De Freites, el valentón que mató dos *marines* durante la Revolución de Abril y que, acorralado por la policía balaguerista en el 1967, tuvo que vivir de escondite en escondite, hasta lograr salir clandestinamente en yola del país, embarcándose por una de las playas de *Sánchez*, hacia Puerto Rico. Así, la expresión *¡Tengo que largarme de este maldito país!* se convirtió en una especie de rito verbal, no sólo en el propio Pérez cuando se sentía vulnerado, sino entre todos aquellos que, sumergidos en la clandestinidad revolucionaria, se consideraban a sí mismos como *especímenes quemados, como materias oxidadas*.

De *Güibia*, Pérez caminó por el *Malecón* hasta la el *Centro de los Héroes*, la antigua *Feria de la Paz y Confraternidad del Mundo Libre*, una de las obras monumentales que Trujillo levantó para conmemorar sus veinticinco años de reinado y con la cual había despilfarrado los ahorros producidos por las bonanzas azucareras que produjeron la *Segunda Gran Matanza Mundial* y los miedos de la postguerra. Al llegar a *La Feria* se encontró, accidentalmente, con Julia, quien al verle, se le acercó presurosa.

—¡Oye, Beto, querido, qué demacrado estás! —le expresó Julia, sorprendida por la palidez del rostro de Pérez.

—¡Ah, Julia, tú siempre buscándome detalles! —le devolvió Pérez.

—De verdad te lo digo. Estás muy pálido. ¿Has estado enfermo?

—Sí, estuve afectado de *prisionitis*, Julia. Esta decoloración epidérmica sólo es posible tras cuatro meses en *chirola*, pero, ya verás, con algunos paseos bajo el sol del *Malecón* y un poco de buena comida, todo volverá al color normal de la mulatez.

—Tú y tus ocurrencias, Pérez —dijo Julia, sonriendo y tomando, a la vez, una de las manos de Pérez—. Ven, caminemos un poco por *La Feria* y luego podríamos ir a mi casa. Aún preparo esos tragos deliciosos que tanto te gustan.

Esperando una respuesta positiva, Julia observó los ojos de Pérez y comprendió que sí, que él deseaba un trago y, desde luego, la música que siempre le ponía cuando estaban juntos.

—¡Vamos, hombre! —insistió Julia y, sin esperar respuesta, caminó con Pérez hasta su casa, donde, antes de prepararle el trago, lo deleitó con música de Chopin—. Es música para tuberculosos —le dijo bromeando—, aunque tú aún no has llegado a esos extremos.

Julia había amado a Pérez. Lo había ayudado en los momentos duros de la dictadura y, más que nada, durante las crisis tormentosas de su matrimonio.

—¿Por qué no te mudas aquí? —le preguntó Julia en voz muy baja, como deseando no escuchar una respuesta.

—¿Me pides que abandone a mis hijos?

—Sabes que no te pediría eso, pero...

—Pero, ¿qué?

—Nada. Aquí podrías escribir, podrías escuchar música.

—¿Ser mantenido por ti?

—¡Qué importa eso! ¿Tienes ahora escrúpulos? Antes no los tenías.

—Antes era distinto, Julia.

—¡Ah, distinto! ¿Distinto a qué?

—Estaba en la lucha y consideraba que todo el mundo debía participar en ella como un deber.

—¡Oh, entonces servirte a ti era participar en la lucha! ¡Qué bien! —expresó medio estupefacta Julia, estallando a seguidas en una sonora carcajada que reverberó por toda la sala. Pérez la observó extrañado y, cuando iba a decir algo, Julia corrió hasta él y lo abrazó—. ¿Así que creías que era parte de la lucha por las reivindicaciones del pueblo el ayudarte y brindarme a ti? Si era y es así, palpa mis senos —le dijo, tomando una de las manos de Pérez e introduciéndola bajo su blusa.

Pérez, sorprendido por la actitud de Julia, apretó suavemente los senos y los besó sin mucho apasionamiento. Después de todo, ¿acaso no estaba con el estómago vacío y con falta de un sueño reparador? Sintiendo la apatía de Pérez, Julia le preguntó quedamente:

—¿Qué te pasa? ¿Ya no te gusto?

—No es eso, Julia.

—¿Y entonces, qué es?

—¡Tengo problemas, Julia...muchos problemas!

Julia se incorporó y, caminando hasta un pequeño gabinete, lo abrió y sacó una botella de whisky escocés. Buscó dos vasos, les echó hielo y luego vertió en ellos dos abundantes tragos.

—Toma, Pérez, bebe. Bebamos y brindemos por lo que venga... ¡por el mierdoso futuro de la patria! —dijo Julia, pasándole el vaso a Pérez y, con el otro en sus manos, buscó asiento a su lado —¡Salud, amigo! —expresó, chocando su vaso contra el de Pérez, quien bebió el whisky de un solo trago.

Julia miró el rostro de Pérez, cuyos ojos se habían achicado al ingerir el whisky.

—¿Qué pasa, ya no bebes? —preguntó Julia.

—¡He dejado de hacer tantas cosas, Julia! —respondió Pérez, mientras Julia, observándole los ojos, deslizaba una mano por su pelo.

—¿Deseas algún bocado? —inquirió Julia—. Un *sanduchito* no te vendría mal.

Aunque Pérez no abrió la boca para decir ni *sí* ni *no*, Julia comprendió que el estómago de su amigo le agradecería algún bocado y se encaminó hacia la cocina. Al quedar solo, Pérez trasladó sus pensamientos hasta Elena y recordó su llanto por la intimación de la fiscalía y las carencias extremas de sus hijos. Entonces sacó del bolsillo el folleto del consulado y leyó lo que se advertía en la parte inicial: *El solicitante debe escribir la información en letra de molde. Pasaporte número; fecha de emisión; emitido por; caduca en; 1. Apellido paterno; apellido con doble "p" materno; nombre (s); 2. También conocido por (nombre de soltera, profesional, artístico, religioso, y alias); 3. Nacionalidad; 4. Lugar de nacimiento (Ciudad, Estado o Provincia. País).*

Cuando dobló el folleto y se disponía a guardarlo, Julia entró desde la cocina con unos bocadillos y vio a Pérez introduciendo el brochure en el bolsillo.

—¿Qué lees? —preguntó Julia, pero Pérez no le respondió y terminó de guardar el folleto.

—Son papeles, Julia... ¡sólo vainas!

Sin hacer caso a la respuesta, Julia tomó asiento y, recostando la cabeza sobre uno de los hombros de Pérez, expresó apaciblemente:

—¡Ah, si todo volviera a ser como antes! ¿Recuerdas? Solíamos quedarnos así, tranquilos por horas, sumamente quietos y tan sólo escuchando a los románticos. ¡Sí, debiste aprovechar aquella ocasión cuando Elena se fue a vivir con sus padres para quedarte definitivamente a mi lado!

Pérez escuchó la palabra *definitivamente* y le pareció absurda, una verdadera inconsecuencia.

—¿*Definitivamente*? ¿Has dicho, o deseado decir, *finalmente*?

La pregunta tomó por sorpresa a Julia.

—No, no he deseado decir *finalmente*... ¡Lo sabes, y lo sé que, para ti, lo *final* es sólo la muerte!

Julia calló y la música de Chopin inundó todoslos rincones de la habitación. Las notas rebotaban desgranadas desde las pinturas de Suro y Granell, hasta las de Giudicelli y Oviedo, saltando luego a las de

Pichardo y Cestero, yendo a filtrarse, cansadas, entre los muebles de caoba fabricados en *La línea noroestana* por el taller de los Socías, para después agotarse en las viejas baldosas coloniales. Así, desmenuzadas, las notas volvían desde el suelo al techo y, ya exhaustas, se filtraban cargadas de misterios en los oídos de los que tan sólo escuchaban y callaban.

—¿Por qué no intentas un recomienzo? —preguntó Julia, cuya voz ronca y despaciosa rompió el encanto de las notas.

—¿Recomenzar qué, Julia?

—Tu vida. Sabes que podrías intentarlo.

—No deseo ser alguien, Julia.

—¡Pero tienes talento!

—¿Talento de qué?

—¡Eres creativo, escribes bien!

—Sólo deseo una cosa, Julia...

—¿Una sola?

—Sí... ¡una sola!

—¿Qué deseas, querido?

—¡Largarme de aquí!

—Pero, ¿largarte hacia dónde?

—¿Adónde crees tú?

—¿A Rusia?

Pérez rió pesadamente.

—¡Eh!, ¿de qué te ríes? ¡No me digas que deseas viajar a los Estados Unidos!

—¡Sí, es a ese maldito país que deseo largarme!

—¡No, no lo puedo creer! —Al decir esto, Julia elevó la voz, opacando el sonido de la música y agitando los brazos y piernas por la sorpresa—. ¡Es increíble que estés pensando así! ¡Nada más y nada menos que todo un señor comunista deseando irse a *yanquilandia*! ¡Creo que no estás en tus cabales, Pérez! ¿Tan frustrado estás, amigo mío?

La pregunta de Julia se metió en los tímpanos de Pérez como si una afilada lanza fuera clavada con rudeza, a martillazos, en sus oídos. De ahí a que se incorporase violentamente y caminara con rapidez hacia la puerta de entrada.

—¡No te marches! —le gritó Julia, siguiéndolo y abrazándolo—. Si mis palabras te ofendieron, te pido perdón. ¿Me perdonas?

Pérez, detenido por el abrazo de Julia, la miró a los ojos y la besó con furia en los labios, empujándola violentamente hacia el sofá.

—¡Perdóname... perdóname! —Siguió suplicándole Julia, mientras caía sobre el mueble—. ¡No te marches! Sabes bien que te quiero.

Al decir esto, Julia se quitó las ropas, quedando completamente desnuda debajo de Pérez, quien, al contemplar su cuerpo desnudo, recordó la primera vez que hicieron el amor sobre la arena blanca de *Güibia*. *No, ¡qué va!*, pensó Pérez, *Julia no ha cambiado para nada: es la misma muchacha, ahora convertida en una sensual y madura mujer buscadora de experiencias secretas; de reacciones donde violencia y sexo tocaran unidas las puertas de la pasión desmedida. Sí, es la misma Julia, la misma muchacha que me embaucó con aquella simple pregunta de "¿tiene usted la hora?", formulada, precisamente, en el espacio y el tiempo precisos y lanzada para joderme, para fregarme, para abrirme la piel justo donde los nervios pican.*

Y como era la misma Julia la que tenía debajo de él, mientras su mente, su estorbadora y confusa mente, repasaba, lóbulo tras lóbulo, los encasillados inescrupulosos del folleto de solicitud de visa, donde en el punto 5 escrutaban los inicios de su vida: *Fecha de nacimiento (mes, día año)* y luego se fue al seis: *Domicilio (incluya número de apartamiento y zona postal),* al 7: *teléfono en el domicilio;* al 8: *Dirección de la oficina, lugar de trabajo o escuela; al 9: Teléfono; al 10: Profesión actual u oficio (si está jubilado, antigua profesión); al 11: Sexo; al 12: color del pelo; al 13: Color de los ojos; al 14: Estatura...,* Pérez sacó su falo casi automáticamente y enviando el repaso del folleto a la mismísima mierda, lo introdujo entre el húmedo hueco maternal situado donde comenzaban los muslos de Julia, recibiendo, en el acto, los hundimientos en su espalda de diez afiladas uñas y escuchando sus oídos, mucho más allá de las notas de Chopin, un agitado grito de placer. Pero mientras sus ojos revisaban los largos muslos de Julia, Pérez vio, a medio salir de uno de sus bolsillos, el formulario de solicitud de visa y hundió su mirada en el encasillado 15: *Tez (clara, sanguínea, oliva, etc.)* y entonces pensó en los negros, en Lincoln lanzando su proclama, en Sydney Poitier en *¿Sabes quién viene a cenar esta noche?*, en Martin Luther King con sus bigotitos a lo Clark Gable, en el incendio de Chicago, en la *Liberty City* de La Florida, en todas las teces olivas de la India y las mulatas de Brasil; en el *etcétera* puesto al final para reserva de los negros y mulatos; pensó, de verdad, si la libertad descrita por *Hollywood* tenía que ver con el sentido ortodoxo de la libertad escolar, esa misma que enseñan todas las escuelas desde el segundo grado y también en las mierdas yéndose por los sifones y, ahí frente a sus propios ojos, en los muslos de Julia volviéndose oscuros hacia la pelvis. Avanzó también en su mente hacia el maldito encasillado 16: *Marcas de identidad* y penetró, sin ruidos, en el pasado, en Trujillo *post mortem*, preguntándose si las cicatrices representaban, tal como las rayas, barras y estrellas en la bandera *gringa*, los pescuezos, hombros, brazos, las espaldas y las piernas de todos los flagelados en las mazmorras de la dictadura:

—*¿Cuántas cicatrices tienes tú?*

—*A ver, veinte, treinta...*

—*A mí me quemaron con cigarrillos en las ingles y me metieron los dedos por el culo...*

—*Fíjate en mi frente: está llena de golpes y mordidas, de tajos y martillazos...*

—*A ver, a ver, enséñame lo que puedas de tu pasado de martirio, porque tu puesto está detrás del mío.*

No, no, no es posible seguir avanzando más en ese pasado de martirio, de fanatismo y retrocesos, pero Pérez siguió avanzando y dejó atrás las cicatrices visibles y los lunares, las verrugas, las narices anchas y las bocas frondosas hasta llegar al encasillado 17: *Estado civil:* ¡Casado! A la mierda, a la mierda, a la rin-bon-ban, que Pérez, que Pérez va para atrás. Tres, no, son cuatro sub-casillas: *Casada (o), soltero (a), viudo (a), Divorciado (a).* Cuatro estados sin emancipación, cuatro estados sin el conteo riguroso, mortificante, orgánico, de las risas solas y apabullantes. Pérez, ¡despierta, *please*! Y Pérez despertó y miró, miró, está mirando frente a frente a sus ojos, sí: está mirando los muslos abiertos de Julia moviéndose en vueltas presurosas de abanico retrospectivo, de abanico oscilador y chocante y, allá, en el fondo, la pubis, los vellos, la cortada húmeda y vertical de Julia, la cortada que traen en sus viajes de venida todas las mujeres, desde que Eva (la atosigante y embrujadora

Eva) creó la tentación acuciante de los orgasmos para eternizar en los hombres la acústica del cohecho, del soborno, de la corrupción cárnica, envolviéndolos con el placer de la continuidad e incluyendo, ¡desde luego!, a la última de sus víctimas, a ese ejecutante de las lágrimas, a ese Pérez fornicador *at large*: sí, ¡quién podría dudarlo!, si la erección es lo único que le queda en la desparpajada soledad que le oprime.

—¡No, Julia, no! —replicó Pérez, con la apabullante cueva, con la estupefacta, atónita e insinuante herida vertical frente a sus ojos.

Pero Julia, como apabullada, como sacada de un trance calorífero, arropador, abrió más aún las piernas, mostrando toda la humedad oscura de su excitación de yegua.

—¡Ven, hombre, ven, que todo esto, como siempre, es sólo tuyo! —y, abriéndose más, más, más, mucho más, hasta el extremo de emular y sobrepasar a la exquisita Anna Pávlova en *Giselle*, ruega con voz melosa la introducción en la cueva del animal erecto de Pérez—. ¡Hazlo sin miedo, querido mío!

La respiración de Pérez, entrecortada, quejumbrosa, en antítesis constante con sus deseos, se acrecienta rápidamente, mientras el formulario hace su aparición en su mente y el encasillado 18 aparece gemebundo en la neurona escondida: *¿Cuál es el propósito de su viaje?¿Será el hambre?*, podría pensar Pérez, *¿la soledad?* Pero, Elena está ahí, y también las otras. *No, aunque podría ser, tal vez, ¿la penetración?* Y la palabra *penetración* le huele a la humedad vaginal de Julia. Entonces Pérez consigue una erección de apoteosis, de película en tecnicolor, de pura roca y lanza contra Julia su bestia encendida, haciéndole emitir un aullido de placer, tal como el lanzado por *miss* Ramírez en la mañanita cuando oyó la palabra *mamagüebo*.

Capítulo IV

Bueno, aún el partido manda

FRENTE A JUAN B. y *La Moa*, Beto se sintió contento. Sobre todo por Juan B, compañero intelectual de lucha, hacedor y junto con él, del periodiquito *1J4* y del programa radial que procuraba elevar la conciencia de los trabajadores hacia un-darse-cuenta de sus condiciones de explotados. Por *La Moa*, desde luego, no. A *La Moa* lo conocía sólo de referencia y sabía del buen manejo de sus puños y de su puntería con armas de fuego. Y estaban ahí los dos, frente a él, en el cuartito de un traspatio ignorado por la policía; en una apretada habitación dividida por madera de *playwood* donde, para conversar, era preciso llegar al secreteo, evitando así que lo conversado no fuera escuchado por los inquilinos de las piezas contiguas. Su alegría tenía que ver, casi seguro, con la idea que albergaba de que sería utilizado nuevamente en tareas revolucionarias. ¡Ah, si lo volvieran a enviar a Cuba y así estar cerca, muy próximo, a Fidel y al Ché, sus héroes! Pero tal vez no, tal vez lo dejarían en el país, realizando labores que implicaran la escritura, el desciframiento del pensamiento revolucionario, explicando a todos cómo se originaba el recorrido maldito de la acumulación de riqueza a partir de la conversión del dinero en capital y su posterior engordamiento, utilizando los elementos básicos y fundamentales de la plusvalía. Pero, ¿qué querrían, de verdad Juan B y *La Moa* con él, si sólo tenía horas de haber salido de la cárcel? ¿Lo utilizarían, sí o no? Porque él estaba dispuesto a explicar los nudos que desenmascaran la intervención de la producción, el intercambio y el consumo, así como la puta acumulación originaria que, concomitantemente, tiende a engordar las riquezas de los explotadores con el sudor de los obreros y la maldita enajenación. Juan B estaba ahí mismito, frente a él, hablándole casi sobre su nariz. ¡Y tanto que había pensado en él durante su encerrona y cuando lo golpeaban en los oídos y apagaban cigarrillos sobre su pecho! A *La Moa* no. A ese no le tenía mucha confianza. Pero era duro y los tipos así hay que tenerlos a su lado cuando llega la hora de los disparos y uno se pone en el aprieto de tener que apretar el gatillo para evitar que los tiros del enemigo perforen nuestras carnes. ¡Caramba, cómo estará el sol allá afuera! Porque en el cuartito, en la división de *playwood*, la temperatura es un verdadero infierno y, sin saber por qué, recordó al mayor de los Santos dándole con ambas manos sobre los oídos y luego una bofetada y poniendo sobre él la luz aquella, tan brillante, tan caliente, tan pequeño-sol, tan infierno-chiquito.

—¡Habla, maldito comunista! —le gritó el mayor bien cerquita de sus adoloridos tímpanos—. ¡No dizque deseas emular a Fidel, ¿eh?, mariconazo y comemierda!

—Pero mayor, yo no sé nada.

—¡Ah, conque no sabes nada, ¿eh?, maricón de mierda! ¡Tú vas a ver ahora! —y luego el golpe, la bofetada en pleno rostro, el apagón de cigarrillos sobre los pechos, dejando tan sólo los pensamientos: Marta chupándole las tetillas, el rostro de Juan B bien difuso entre la luz brillante y tan caliente, tan pequeño-sol, tan infierno-chiquito. Bueno, pero ahora estaba frente a *La Moa* y a Juan B. Y algo pretenden con él. ¿Qué será lo que desean? Podría ser un trabajo intelectual en donde explique que la compra y venta de la fuerza de trabajo es la iniciadora de la gran riqueza de unos cuantos, de los azarosos capitalistas. ¡Ah, Juan B está abriendo la boca y qué bien le queda su sombrerito proletario, así, de ladito, como James Cagney en ¿qué película? Sí, en una de pandilleros juveniles. ¡Claro, en esa misma! Pero hay, también, algunas muelas empastadas en esa boca que se abre y cierra diciendo cosas.

—Nos alegramos de que te hayan soltado, Beto.

—Gracias, Juan B. ¿Deseabas algo de mí?

—Siempre hemos deseado algo de ti, Beto. Sin embargo, estamos algo preocupados.

—¿Por qué?

31

—Sabes bien que tenemos gente infiltrada en la policía y alguien nos dijo que te iban a echar detrás al *servicio secreto*. ¿Es cierto?

—El coronel Morillo, antes de soltarme, me dijo eso.

Entonces Juan B, paseándose por el cuartito, cierra los ojos y mueve la cabeza horizontalmente, de un lado al otro, aspirando profundamente el aire con olor a saliva proveniente de las planchas de *playwood*. Tras unos pesados minutos, Juan B se detiene frente a Beto:

—Hay dos caminos —le dice—. Sí, tenemos tan sólo dos caminos —insiste.

Aunque Beto vislumbra el contenido de los dos caminos argumentados por Juan B, sigue el juego y le pregunta:

—¿Cuáles son esos caminos, Juan B? ¿Acaso serán los que supongo?

—¿Cuáles supones?

Beto comprende que de exponer a Juan B los dos caminos que vislumbraba en ese túnel sin luz donde los movimientos revolucionarios se atascaban, podría caer en la celada de las teorizaciones a las que, tanto Juan B como los otros dirigentes del movimiento, se habían acostumbrado. Así, si le explicaba los dos caminos, podría ser que no resultaran los mismos, pero sí ambos convenientes a los intereses del partido y, por lo tanto, fueran aceptados. Esa era una opción. La otra consistía en que si lo explicado no resultaba conveniente, Juan B sonreiría y *La Moa* lo aplaudiría ante su fracaso discursivo, quedando frescas las opciones guardadas por ellos. Ante esta disyuntiva, Beto pensó que lo más prudente sería el permanecer callado.

—Bueno, en verdad no sé si son verdaderos caminos los que supongo —dijo Beto.

Pero ya Juan B había entrado al juego:

—¡No, no, no! ¡Explícamelos! ¡Cuáles son tus dos caminos!

Beto pensó que había caído en el maldito juego del pensamiento aleatorio y recordó en ese instante las tretas que practicaban con él algunos de sus carceleros, los cuales ponían en sus labios palabras que jamás había pronunciado.

—*¡Que yo no dije eso, mayor!*

—*¿Qué no?*

—*¡No!*

—*¿Y quién lo dijo?*

—*¡Usted inventa!*

—*¿Entonces, ¿lo dijo este de aquí, el sargento Muñoz, o el cabo Chucho?*

—*¡No lo dijo nadie, mayor!*

—*¡Ah, lo dijo un pajarito, maricón comunista!*

—Pero, Juan B, tú comenzaste a explicar... —la voz de Beto, quebrada por momentos, argüía, posiblemente en vano, las intenciones que Juan B no deseaba escuchar.

—¡Pero tú continuaste, Beto! ¡Vamos, explícanos esos dos caminos, esas dos salidas!

Beto sabía que no tenía escapatoria. Juan B y los demás líderes medios del *1J4*, provenientes de los estratos burgueses y pequeñoburgueses, estaban fabricados de un material impenetrable, espeso, duro, incapaz de doblarse ante nada ni nadie y, mucho menos, frente al dilema cursi de una explicación banal como la de exponer una mierdería que, al final, tuvo que exponer:

—Bueno, Juan B, un camino sería el escabullirme...

—¿Escabullirte? —Preguntó *La Moa*—. ¿Escabullirte para dónde?

—Esconderme... Sí, esconderme, desaparecer por un tiempo.

Al escuchar la respuesta de Beto, *La Moa* lanzó una carcajada animal, tan bestial que estremeció los recortes de periódicos clavados con chinches a las divisiones de *playwood* y conteniendo noticias del golpe de estado contra Juan Bosch y sobre la muerte de Manolo Tavárez en *Las Manaclas*. La risa de *La Moa* se le metió a Beto hasta el estómago, devolviéndole la sensación de hambre y trayéndole a su cabeza aquellas viejas premisas acerca de la historia de sus dolores, sobre las agonías recónditas donde llanto y avatar se entrelazaban en macabras muecas. Beto, en aquel instante, sintió la llave mientras era introducida en la gruesa cerradura de la solitaria y escuchó las palabras del sargento al decirle que *el coronel Morillo quiere verte.*

—*¿Me soltarán?*

—*Posiblemente.*

—*Pero, ¿por qué?*

—*No sé, ¿no te gusta la idea?*

—*¿Qué cree usted?*

—*Estar afuera es mejor que estar adentro.*

—*¿Anjá?*

—*No te hagas el pendejo, Beto, ¡bien sabes que sí!*

—*¿Escabullirte? Pero, ¿dónde?* —le preguntó Juan B—. Mira, Beto, ¿qué ganaríamos todos, tú, el partido, si te escondieras?

—Bueno, ese es uno de los caminos en los que he pensado, Juan B.

—¿Y cuál es el otro? —preguntó *La Moa*, acallando su explosiva risa.

¿Estará errado el otro?, se preguntó Beto, *porque, ¿para qué insistir?, si todo vendría a ser lo mismo que lo del sargento español llevándome hacia Morillo:*

—*¡No seas maricón, Beto, aquí en la cárcel no ves el sol, comes requetemal y, hombre, te estás envejeciendo, carajo!*

—Es una cuestión de dignidad.

—¿Dignidad? ¡Coño, Beto! ¡La dignidad no es más que una absurda basura!

—¿Sí? ¿Lo crees así?

—¡Mira que eres comemierda, Betino, muy comemierda!

—¿Y por qué me sueltan?

—¡A ver si yo tengo una puta idea del porqué, hombre! ¡Algo debe haber por ahí! ¿Conoce tu madre a alguien de las alturas?

—A muchos.

—¡Entonces, no seas comemierda, Beto, muchacho!

Y caminan por pasillos grises, sudorosos, Beto detrás del sargento español, uno de los tantos españoles que llegaron en el "España", tras la compra de Trujillo de aquel cascarón podrido para emprender, con su carga de hambrientos refugiados económicos, un viaje sin retorno hasta el Caribe, hasta el ancho patio donde espera a Beto la "fila india", el estrecho espacio entre dos líneas formadas por policías que le escupirán, golpearán con puños, pies y cachiporras y, al final, explotarán sobre su cabeza bolsos con desperdicios. Después de hacerle cruzar la "fila india", el sargento español arrastra a Beto hasta una puerta cuya inscripción lo dice todo: Coronel Morillo. Subjefe P. N. Y, al entrar, el alto oficial le habla:

—*¡Miren quién está aquí!*

—*Soy yo, coronel* —le dice Beto.

—Retirarme —reitera Pérez—. Eso es lo que podría hacer. Dedicarme a otras cosas... escribir, dar clases.

—¡Al fin, Pérez, coincidimos en uno de los caminos! —al decir esto, *La Moa* lanzó, más allá de la pulla, un gritito de satisfacción.

—¿Pensaste en eso? —pregunta Juan B, sentándose frente a Pérez.

—Lo había pensado antes de que *La Moa* me condujera aquí.

—Creo que esa es una salida, Pérez —apunta Juan B—, aunque, desde luego, un retiro tuyo podría ser sólo temporal. Pero no creo que debas dedicarte a escribir.

—¿Por qué? —a Pérez le intriga que Juan B considere que *no debería dedicarse a escribir*.

—Tú lo sabes mejor que yo, Pérez.

—Explícate.

—Me refiero, desde luego, a lo que escribes...

—¿Sí...?

—Salvo cuando escribes los comentarios políticos, nadie entiende tu ficción, Pérez.

—¿Qué... es acaso confusa?

—Confusa no, Pérez... es algo más...

—¿Podrías explicarte mejor?

—¡Es absurda, Pérez! ¡Inverosímil!

—¡Y comemierda! —Interviene *La Moa*— ¡Nadie entiende esas cagadas!

Ante la descarga rápida de *La Moa*, Pérez se siente indefenso. Sabe que lo que dice es cierto: sus poesías y narraciones nadie las entiende y, con la boca abierta, emite una pregunta:

—¿Qué creen que debo hacer?

—Podrías trabajar en una fábrica —lanza Juan B.

—Sí, Pérez, podrías bajar el lomo —bromea *La Moa*.

—¿Y creen que la policía me dejará?

—Tenemos compañeros que lo hacen —apunta Juan B.

—¡Pero no son tan notorios!

—¡Vaya, cómo te las das! —dice con sarcasmo *La Moa*.

Beto se recuesta un poco sobre el asiento y pone la cara agria frente a Morillo.

—*¿Entonces cree usted que soy muy notorio?*

—*¡Muchísimo, Pérez!*

—*Entonces, ¿qué me recomendaría hacer?*

—*¡Estarte tranquilo...por eso te soltamos, complaciendo a tu madre!*

—*¿A mi madre?*

—*¡Sí, Pérez, tu madre habló con el general Guerrero Montás y él le prometió soltarte, no deportarte!*

—*¡Maldición!*

—*¿Qué, Pérez?, ¿deseabas estar preso, ser deportado?*

—*No, coronel, no es eso.*

—*¿Y qué?*

—*No deseo deberle un favor a mi madre!*

—*¡Eres un comunista raro, Pérez!*

—*Tampoco deseo deberles un favor a ustedes.*

—*¡Parece que no has leído 'La Madre', de Gorki, Pérez! ¡Coño! ¿Leíste La Madre? ¡Coñazo!*

—¿No te gusta la idea? —pregunta con insistencia Juan B.

—¿La fábrica?

—¡Exacto! La fábrica. Podemos conseguirte tres opciones: *La Manicera, la Cementera y Molinos dominicanos.*

—No creo que resulte.

La Moa sonríe maliciosamente y se dirige a Juan B con sorna:

—¡Te lo había dicho, Juan B, que este Pérez es un auténtico pequeñoburgués al que no le gusta bajar el lomo!

—No es eso, *Moa* —protesta Pérez.

—¿Y qué?

—¡Mi notoriedad! Simplemente no creo que funcione. ¿No hay otra cosa? ¿Un periódico...? ¡Algo más!

—No estás en condiciones de exigir, Beto —apunta Juan B—. Te mandé a buscar para ofrecerte eso. Debes saber que el partido está quebrado. La insurrección de noviembre, la muerte de Manolo y el encarcelamiento de casi todos los cuadros de valía nos han dejado en un estado casi agónico.

—Pero tenemos muchas células en todo el país, Juan B.

—Son las células no quemadas y no nos podemos dar el lujo de que la policía las descubra —al decir esto, Juan B se dirige a *La Moa*—. ¿Ves alguna señal positiva en esta reunión, *Moa*?

La Moa sonríe a Juan B y le guiña un ojo:

—Estos comemierdas pequeñoburgueses se rajan con el primer disparo, Juan B.

Pérez comprende que su situación en aquel cuartucho forrado de *playwood* es menos halagadora que su estadía en la cárcel, e insiste:

—Un partido como el nuestro, joven, formado y endurecido en la resistencia antitrujillista, necesitaba una situación así, Juan B, aunque tal vez fue un error el subir a las montañas tan precipitadamente.

De nuevo, Juan B mira de soslayo a *La Moa*.

—¿Crees, *Moa*, que fue un error subir a las montañas?

—¿Vas a creerle a este maricón, Juan B? Tú sabes bien que siempre he sido partidario de la acción armada.

—¿Y tú, Pérez?

—¿Hacia dónde deseas llegar, Juan B? Sabes bien que no pude subir a las lomas por encontrarme enfermo.

La Moa, lanza una estrepitosa carcajada y mira a Juan B.

—¿Lo ves, Juan B? —Pregunta *La Moa*—, Pérez tuvo una enfermedad *muy* conveniente.

—¿Qué insinúas? —cuestiona Pérez, malhumorado, a *La Moa*.

—¡Calma, por favor! —Grita Juan B, tratando de calmar los ánimos—. ¡Así no llegaremos a ninguna parte! ¿Estarías dispuesto a irte a las montañas, Pérez? El expediente guerrillero aún no lo hemos abandonado.

—¿Se formará otra guerrilla? —pregunta Pérez, algo nervioso.

—Te hice una pregunta, Pérez —insiste Juan B.

—No sé —tartamudea Pérez—, depende... todo depende de quién la encabece —Beto tiene un presentimiento, algo revoloteándole por la cabeza—. ¿Serías tú esa cabeza, Juan B? ¡A ti te seguiría!

—Sabes que no puedo ser yo, Pérez. No tengo formación militar.

—¿Y qué haría yo en una guerrilla?

—Servirías muy bien en el área de las comunicaciones.

Pérez piensa en todos los *slogans* que creó para el *1J4,* difundidos a través del programa radial y también piensa en las muchachas que acudían al local del partido, en la calle *El Conde,* a escuchar el programa retransmitido por las bocinas colocadas sobre el balcón de la vieja casona; recordó a Manolo Tavárez, frente al *Baluarte* del *Parque de la Independencia* en ese día glorioso del 63, tan dilatado, tan reverberante en aquella tarde de primavera. Beto también rememoró los exilios forzados, las deportaciones; repasó en su mente todas las mujeres recostadas sobre los colchones de habitaciones perdidas; de todas las mujeres tiradas sobre suelos sucios, sobre yerbas mojadas por lluvias y rocíos; condujo su mente hacia los cien centavos diarios que le suministraba el partido para comer en la fonducha de la esquina, y, asimismo, detuvo sus pensamientos en los boletines, en el micrófono, en el carnet de locutor expedido clandestinamente, en los insultos llegados desde fuera y desde adentro.

—¡Qué pendejada esa de mi madre, mediando para que me dejen libre! ¡Ese es un maldito favor, coronel Morillo!

Pero Pérez está ahí y no en otro lugar: ahí frente a Juan B y *La Moa* y aún queda la otra salida que aún no se ha tocado, pero que existe, porque Pérez la insinuó y, lo peor, la entrevió, que es lo mismo que vislumbrarla y, aún más necio, que descubrirla.

—Pero, ¿y el otro camino? —Pregunta *La Moa*—. Este pequeñoburgués habló de otra solución. ¿Verdad, Juan B? ¿O no?

—Sí —afirma Pérez—. ¿No me queda otra opción?

—¿Qué dices tú? —pregunta Juan B a *La Moa,* quien sonríe de manera extraña y, observando en son de burla a Pérez, hace una extraña mueca con la boca y se pasa el dedo índice de su mano derecha por el cuello.

—¡Zas! ¡Ese es el otro camino, pequeñoburgués maricón! —dice burlón *La Moa* y luego se dirige, aún con la mueca dibujada en su boca, a Juan B—: ¿Verdad, Juan B, que ese es el otro camino, que esa es la otra alternativa que vislumbramos? ¡Cuello cortado para el intelectual pequeñoburgués!

—¡Pero ustedes no pueden matarme! —grita Pérez.

—¡Con nuestra militancia hacemos lo que nos venga en ganas! ¿Oíste? —riposta *La Moa*.

—¡Eso es un crimen!

—¡Y la explotación de los obreros también! —dice Juan B, mirando a *La Moa*.

—¡Hay que acabar con el capitalismo de cualquier manera, Pérez! —grita *La Moa*.

—¿Es esa tu interpretación del materialismo histórico, *Moa*? —Beto, sudando en frío y sin saber qué hacer, conduce sus palabras a manera de contra rémora, tratando de salvar el atascadero en el que se ha metido. Piensa, entonces, que este podría ser el escollo número un millón cuatrocientos noventa y cuatro mil cien de su vida y remonta las noches solitarias de la cárcel, pensando si sería deportado o enviado a prisión en el hotel cinco estrellas de *La Victoria*; en su crianza andariega con su papá como oficial de la guardia pretoriana de Trujillo y toda la comida en las oficialías de mesa: pan con cebolla y un guineo como *Chita*, la mona de Tarzán, el verdugo de los negros, y en la sirvientita aquella que le tomó su pinga y con delicadas manos la frotó y luego chupó con labios generosos hasta llevarle a un orgasmo machacado con palabras ilusorias. Pero Pérez, frente a Juan B y *La Moa* tiene que reactivarse... ¡o perderse!

—¡Ustedes no pueden hacerme eso, coño! —grita Pérez.

—Tú, mejor que nadie, lo sabes: tu salida de la cárcel... ¡es una estratagema para jodernos! ¡El *Consejo de Estado* y los gringos nos quieren joder por completo, Pérez! —Juan B ha levantado la voz y su ceño, que frunce, se llena de arrugas—. ¿No ves que te soltaron como si tal cosa?

Pérez piensa en su madre porque ahí podría estar la cuestión. Ya lo sabía, ¡lo sabía!, que un favor de su madre no sería más que un *desfavor* a su vida: una maldita trampa para que todo le saliera mal. (*¡Y esas tenemos! ¡No podía salir de la cárcel, debía permanecer allí porque soy una ficha quemada y si la policía me suelta, pues claro, es para atraparlos a todos! Entonces Juan B tiene razón y yo haría lo mismo si se me presentara la ocasión frente a él. ¡Anjá, La Moa!, ¿lo ves? ¡Es útil el moreno con sus brazos fortalecidos por los ejercicios de pesas y sus artes marciales!*)

—Pequeñoburgués —apunta *La Moa*—, ¡no podemos permitir que destruyan lo que queda del partido! ¡Te soltaron para atraparnos! —y, entonces, sonriendo a todo diente, vuelve a pasarse lentamente el índice por el cuello como para reafirmar un *¡zas!* Y ¡cortadura de cuello, desprendimiento de venas y arterias y el *sangrerío* por los hombros, por el pecho, por la barriguita pequeñoburguesa y el empape de medias y zapatos hediondos!—. ¿Quieres que destruyan el partido, Pérez?

Espantado, Pérez observa a *La Moa* relamer cada palabra y le habla:

—¡Pues no, no deseo que destruyan el partido, *Moa*! —y el sudor, el espanto de Pérez siguen, siguen y vuelven a seguir—. Pero, ¿y si dejo la política? ¡Después de todo estoy muy quemado!

—¿Y nada de comunicaciones en la guerrilla? —pregunta Juan B.

—Sabes que, históricamente, es imposible otra guerrilla por ahora, Juan B. ¡Lo sabes bien! ¿Acaso no acabamos de fracasar? ¿Acaso no acabamos de perder a Manolo, a Pipe, a Luisito, a Polo... a todos los demás? ¡No podemos reiniciar nada guerrillero por ahora sin antes estudiar las consecuencias del error!

—¡Ah, ya salió el teórico! —dice Juan B, con socarronería.

—¡Lo que he dicho siempre, Juan B. con estos teóricos de mierda no se hace una revolución! —sentencia *La Moa*.

Capítulo V

Buceo como consecuencia de
¡Descubra un nuevo mundo!

—¿CUÁNDO VUELVES? —LE preguntó Julia desde la puerta, completamente desnuda—. ¿Te gustó todo? Sabes que me tendrás aquí, toda tuya, eternamente tuya, de pies a cabeza, de la cabeza a los pies y atravesando por este ladito del vientre y por este pedacito de pubis y por este cuellito largo como el de un cisne y por estos hombros redondos de deltoides suaves y por estos pechitos que me mordiste con furia. Sí, lo sabes, puedes venir cuando quieras, Pérez, y te guardaré, junto a mí, tu cafecito, tu traguito, tu comidita, tu maquinita de escribir para que digas, para que cuentes todas las mierderías que quieras sobre el papel que, al fin y al cabo, lo aguanta todo.

—No sé si deba volver, Julia —dijo Pérez, caminando hacia la acera, desde donde se dirigió a *La cafetera*, en la calle *El Conde*.

Al llegar a *La Cafetera*, Pérez tomó asiento en una de las mesas próximas a la puerta de entrada y calculó que sólo gastaría —del dinero obsequiado por Julia— unos pocos centavos en un café y le llevaría el resto a Elena. Mientras aguardaba por el café, Pérez observó, pormenorizándolo todo, el escenario que le ofrecía *La Cafetera*: la barra gastada por mil limpiezas, las sillas y mesas de aluminio y *formica*, buscadoras de un *art nouveau* agotado, reciclado, recirculado y que, como todo, había llegado tardíamente al país. Junto a sus ojos, la nariz de Pérez olfateó el olor a humedad de la vieja construcción colonial que se mezclaba al aroma de café recién tostado. Sí, Pérez observó la operación que llevaba hacia la moledora los granos de café tostado y de ésta a la

41

máquina del *exprés*. *La Cafetera* estaba igual que siempre y llevó sus ojos hasta el fondo, donde el espacio se bifurca entre las puertas que conducen a los excusados y la del estudio-oficina de Dionisio, el pintor. ¡Qué poco cambiaban ciertas cosas! Pérez, entonces, volvió al formulario del consulado y lo sacó del bolsillo, abriéndolo despacio y recorriendo los encasillados iniciales hasta llegar al 19: *¿Cuánto tiempo piensa permanecer en los EE. UU.?* Pero, ¿será que hay un tiempo determinado para comprender lo que separa el desarrollo del subdesarrollo? ¿Tres, ocho, cinco años? ¿Qué tiempo se requiere para que las manos de un hombre puedan elaborar uno o diez millones de botones y cremalleras? ¿Cuántos pantalones *Levi's*? ¿Cuántos tornillos para la carrocería de un *Chevrolet*? Pero la voz del camarero lo trajo de nuevo a *La Cafetera*:

—¡Su café, señor!

Al escuchar la voz, Pérez desvió la mirada desde el formulario y la llevó hasta los ojos del camarero, contemplándolo fijamente.

—Gracias —le dijo, y cuando el camarero se retiró, tomó con sus dos manos la taza de café y la llevó hasta la boca.

Al sorber el cálido líquido, lo sintió deslizarse suave, tranquilo y ardoroso a través de su esófago, hasta caer, finalmente, en su estómago; luego Pérez contempló nuevamente el interior de *La Cafetera* y detuvo sus ojos en los de la cajera, quien le sonrió. Hubiese deseado permanecer contemplando aquella muchacha y su sonrisa, pero, sin saber por qué y como atraído por un imán, su mente volvió al formulario del consulado y al encasillado 20:*¿Cuál es su dirección en los EE. UU.?*, analizando si esa pregunta no sería un acertijo, porque cualquiera, sí, cualquiera, podría obtener la dirección del *Waldorf Astoria*, o la del *Lowe's*, o la del *Hilton*, o, por qué no, la de un fabuloso apartamento en *Park Avenue*, o en cualquier punto de ese corazón limpio de basura pero atestado de dolor, como el centro de Manhattan. *¿Habrá, de verdad, trescientos mil dominicanos en los EE. UU.?*, se preguntó Pérez. *¿Tendremos todos a alguien orillado en esa ciudad-oasis, en esa ciudad-visión, en esa ciudad-trampa, en esa pantanosa necesidad de ver y producir, de soñar e integrarse a todo lo que resulte seriado y macilento, falto de escrúpulos y acongojado? Porque, de ser así,* siguió preguntándose Pérez, *¿cuántos se sumarán de más y cuántos de menos?* Sin ánimos de contradecirse, Pérez saltó al encasillado 21: *¿Cuándo piensa* *iniciar su viaje para visitar los EE. UU.?¡Y qué se yo, malditos!; ¿acaso tengo la visa?*, estalló Pérez, mientras la acritud de su rostro despertaba ciertas sospechas en la cajera, quien, incrédula, lo observó con desconfianza. *¡Dénmela,* —continuó Pérez—, *concédanmela, la maldita visa, y verán que partiré como un rayo para meterme de lleno en el corazón de la producción en serie y me asiré con ambas manos al consumo masivo! Porque, ¿cuánto me costaría, como al cabalgador aquél, cambiar de montura y, aniquilando el caballo, introducirme en los pattern de la más alta producción, lanzando a mil-por-hora cientos de camisas y pantalones de vaquero, ganándome, así, las asépticas sonrisas de los owners?* Pero el encasillado 22 se abrió de repente frente a él: *¿Piensa usted trabajar en los EE. UU.?* Pérez, lleno de aturdimiento, recargó su ira:

—¡Ilusos! —gritó—. *¡Eso es lo que todos queremos: trabajar, reembolsar hacia acá parte de lo que ustedes se llevan; restituir, como si fueran adoloridos despojos, el azúcar, el cacao, la bauxita, el oro, el níquel, el humus mismo de nuestra tierra!* —y llevó luego sus ojos al Encasillado 23: *¿Quién pagará su boleto de ida y vuelta o de regreso para permitirle salir de los EE. UU., al final de su visita temporal?*—. Sí —dijo, en un tono menos agresivo—. No son más que zancadillas, trampas elevadas al cubo, porque ¿quiénes son los que desean irse? ¿Acaso los Vicini, los Armenteros y los otros, quienes van allá, no sólo a gastar sus dineros, sino también a depositarlos para resguardar mejor sus capitales? Porque, ¿quién podría pagarle su boleto de ida y vuelta a un comunista de juguetería, a un comunista de vidriera rota, como yo, que siempre vio en Carlitos Marx y Freddy Engels dos ilusos comequimeras? ¡A la mierda! Sin embargo, podría ser que aconteciera el milagro de que, por fin, el *esperanto* se convierta en lengua vital y la asiduidad de la metáfora volcándose en la imagen se llene de alquimia, de fantasía, y lo imposible se convierta en posible. Sí, podría ser, pero, mientras tanto, aún llevo la esperanza a cuestas, arrastrándola como un catafalco y la poca fuerza de voluntad que supervive en mí se deshace con la primera buena hembra que pasa por mi lado y, entonces, ¡adiós, Carlitos Marx!, y a la segunda, ¡adiós, Freddy Engels!, y, a la tercera, ¡adiós Lenin!, y, a la cuarta, con todo mi respeto, ¡adiós, Mao!

Y Pérez hubiese podido permanecer allí, sometiéndose al liviano escrutinio de sopesar sus inclinaciones revolucionarias ante el encasillado

43

23 del formulario del consulado gringo, pero la voz que escuchó a sus espaldas rompió dicho ejercicio:

—¡Caramba, Pérez, qué bueno verte! —y, entonces, al volverse, encontró frente a él a Otilio y su grasiento rostro—. ¿Qué pasa, Pérez, no te alegras de verme? —le preguntó Otilio, sentándose a su lado.

Pero, a decir verdad, Pérez no estaba en esos momentos para ver amigos y, mucho menos, para hablar con ellos, sino para debatir la verdad de las ideologías a través del formulario gringo. Pérez miró a Otilio a los ojos y descubrió algo que nunca había observado en el gordo: había cierta dulzura, cierta condición de bondad que afloraba por sus iris. Entonces, Pérez evocó el momento en que conoció a Otilio, en la calle Espaillat, cuando ambos eran apenas dos niñitos y cómo, juntos, acechaban por las ventanas de los baños a casi todas las muchachitas del barrio, recordando, también, cómo se enfrentaban en partidos de béisbol, a los que llamaban *desafíos*, en *La Playita* del *Malecón*.

—Hombre, Otilio, ¿cómo estás? —saludó Pérez, desviando sus ojos hacia la puerta que conduce al estudio-oficina del pintor Dionisio.

—¡De pinga, Pérez! Estoy mejor que nunca. ¿Ves la muchacha de la caja? ¡Sí, esa hembrota! Pues quiere que la recoja cuando salga, algo que es sumamente pesado, ya que sale a medianoche. Pero, oye hermano, por unas nalgas así cualquiera se sacrifica. ¿Qué crees?

Pérez hubiese preferido no responder a Otilio, pero ante la insistencia de sus ojos, no tuvo más remedio:

—La verdad, Otilio, es que estoy a punto de no creer en nada.

—¿Qué te pasa, Pérez? ¡No me salgas con el cuento de que ya no te gustan las mujeres?

—¡Bah, Otilio! No es eso.

—¿Y qué?

—La explicación es larga...

—Guárdate la explicación y respóndeme: ¿verdad que está requetebuena? Mírala bien, Pérez, observa sus ojazos... ¿No crees que la espera hasta la medianoche vale la pena?

El aire de satisfacción de Otilio no hizo mella en el ánimo de Pérez, quien, con extrema lentitud, miró a la cajera.

—Los cosméticos obran milagros en algunos rostros, Otilio.

—¿Crees que esa muchacha es el producto de un milagro?

—Al menos, su rostro sí.

—¡Pero no sus nalgas, ni sus piernas, Pérez! Ve con disimulo hasta la barra y míralas... ¿O deseas que la llame y venga hasta nosotros? —Al decir esto, Otilio llamó a la cajera—: ¡Eh, Mireya!, ¿podrías venir aquí un segundo?

La muchacha, sorprendida, dejó la silla frente a la caja registradora y, pavoneándose coquetamente, caminó hasta la mesa que ocupaban Pérez y Otilio.

—¿Sí? —preguntó a Otilio.

—¿Deseas que te espere?

La pregunta de Otilio, desde luego, no buscaba respuesta en la cajera, sino tan sólo provocar en ella alguna reacción que impresionara a Pérez.

—Tú debes saberlo —respondió la muchacha, retornando a su asiento frente a la caja.

Observando las piernas y caderas de la cajera, Otilio dijo a Pérez con aire de infinita satisfacción:

—¿Verdad que la espera vale la pena?

—Más o menos —le respondió Pérez.

—Debes estar bromeando, Pérez —protestó Otilio—. ¡Esa muchacha, desde que el dueño de *La Cafetera* la empleó, ha levantado el negocio! ¡Todos los hombres que vienen aquí están locos detrás de ella, amigo! —Como Otilio comprendió que la posición de Pérez era, prácticamente, invariable, contempló detenidamente su rostro y, cambiando de tono, preguntó—: ¿Quieres otro café? Estás muy demacrado, amigo. Dime, ¿qué te pasa?

—Está bien, lo acepto —respondió Pérez—, pero a mí no me pasa nada, Otilio.

Pérez quedó mirando fijamente a los ojos de su amigo y se contempló sentado junto a él en una de las aceras de la ciudad intramuros, en un lejano mes de octubre de 1954, y oyó, como si fuera tan sólo ayer, a Otilio decirle, presa del miedo:

—¿*Estás loco, Pérez? ¡No se puede hablar mal de Trujillo!* —y lo vio ponerse rápidamente de pie e irse y se observó a él mismo, cuando se quedó allí, solo, en el atardecer, con la brisa tibia del verano llegando desde la playa con ese leve y peculiar olor a sal y a musgos; se vio, tan sólo unos minutos más tarde mirando hacia el cielo ligeramente estrellado, mientras aparecía de repente por una de las calles vecinas *la perrera* de la policía, enfilando presurosa su marcha hasta detenerse justamente frente a él; se vio entonces cuando era conducido violentamente por dos agentes del *servicio secreto* hacia el vehículo, sintiendo luego como éste iniciaba velozmente la marcha rumbo al palacio policial. Pérez sintió los golpes que le propinaron cayendo sobre su espalda y le dolió, mucho más, cuando tras la sesión de tortura vio aparecer a su padre, sonriente y de brazos con el mayor López, el mismo oficial que le había golpeado. Sí, a Pérez también le taladraron el corazón las palabras pronunciadas por su padre cuando le encaró y le voceó delante de todos:

—¡*Carajo!, ¿es que nunca te arreglarás? ¿Acaso quieres destruirnos a tu madre y a mí?*

Pero lo emponzoñó más, mucho más, el observar a su padre alejándose sonriente y abrazando de nuevo al mayor López. Pérez sintió que todas las heridas de su vida se abrieron y, al pensar que se había quedado solo en aquella maloliente ergástula, su dolor creció ahora, en *La Cafetera*, ante la pregunta hecha por Otilio:

—¿Qué tiempo hace que nos conocemos, Pérez?

—No sé, Otilio... ¿Treinta años?

—¡Más o menos, Pérez!

¡Ah!, Pérez repasó los momentos felices y agrios junto a Otilio y meditó acerca de cómo envejecían las cosas y, sin proponérselo siquiera, llegaron a su mente, en un agitado frenesí, la mayoría de las zancadillas que había tenido en su vida.

—Treinta y pico de años, Otilio —expresó Pérez, mezclando ironía y tragedia.

Pérez tomó un pequeño sorbo de café, mientras Otilio sonreía, con ojitos pícaros, a la cajera.

—¡Mírala, Pérez! ¡Mírala! —expresó risueño—. ¿Verdad que está requetebuena?

—¡Unjú! —gruñó Pérez.

—¡Si supieras lo buena que está en la cama, hermano!

—¿Lo hace bien? —preguntó Pérez, tal vez por decir algo.

—¡Súper bien, Pérez, súper bien! ¡Y lo mejor de todo es que tiene *cocomordán*!

La palabra *cocomordán* llevó a Pérez al día en que conoció a Julia y de cómo ésta ejercitaba el esfínter para apretar los penes que osaran penetrar en su vagina. Al pensar en la primera vez que Julia le apretó el glande con su esfínter, Pérez sospechó que toda la riqueza que Otilio veía en la cajera se reducía a ese accionar mitológico del *cocomordán*.

—Debe ser colosal —dijo Pérez y, al decir esto, se puso rápidamente de pie—. ¡Tengo que irme, Otilio!

Otilio, sorprendido por la súbita actitud de Pérez, le gritó, mientras éste caminaba hacia la puerta de *La Cafetera*:

—¡Eh!, ¿adónde vas, hermano? ¡Ven, vuelve aquí!

Pérez, deteniéndose, miró a su amigo de la infancia y le sonrió. Sabía que, tan pronto traspasara la puerta de salida de *La Cafetera*, la calle *El Conde* le atraparía en un mar de recuerdos. Posiblemente por eso, la sonrisa que mostró a Otilio se amplió más y oyó, en algún rincón de su cabeza, la voz del mayor López:

—*¡Te vamos a soltar ahora, maldito comunista! ¡Pero escucha bien: si vuelven a traerte de nuevo tendrás que despedirte del mundo!*

Cuando lo soltaron aquella vez, Pérez recordó que llegó hasta su hogar, donde fue recibido en la puerta por su madre y su padrastro, quien le dijo:

—*¡Aquí no entres!*

Aquel día Pérez deambuló por la ciudad hasta que, bien entrada la noche, el sueño lo abatió junto al mar. A la mañana siguiente, se dirigió a la casa de Otilio y, antes de tocar a la puerta, observó que éste le miraba a través de una de las ventanas frontales, con ojos de susto. Pérez recordó que tocó a la puerta y, antes de que acudiera alguien a abrirle, saltó por la ventana entreabierta y tomó a Otilio por el cuello.

—*¡Maldito, maldito, me delataste!* —le dijo, mientras Otilio, muy asustado, sólo atinó a decirle:

—*¡Sólo se lo dije a papá, Pérez! ¡Sólo se lo conté a papá! ¡Él fue quien llamó a la policía!*

Ahora, bajo la puerta de *La Cafetera*, los ojos de Otilio volvieron a adquirir, para Pérez, aquel miedo que siente el delator, el traicionero, el productor de dolor y abandono. Con la calle *El Conde* frente a sí, Pérez miró profundamente el rostro grasiento de Otilio y comprendió que la soledad de su amigo era, quizás, más honda que su propia fatiga, que la confusión que lo embargaba y volvió la mirada hacia la cajera y observó sus grandes senos, su boca masticando un chicle con ligereza y miró de nuevo a Otilio:

—De verdad tengo que marcharme, Otilio —le dijo—. Me esperan en la casa mi mujer, mis hijos... ¡y la maldita miseria! —y, tan pronto terminó de decir esto, entró rápidamente en la vorágine de la calle *El Conde*.

Pérez paseó su mirada de arriba hacia abajo: desde el sucio río *Ozama* hasta *El Baluarte* y, por unos instantes, se sintió aturdido. Sin embargo, comenzó a caminar hacia *El Baluarte* y mientras lo hacía volvió a repasar mentalmente el formulario del consulado. Sabía que ya había repasado el encasillado 23 y que ahora tocaba el turno al 24: *¿Está su cónyuge en los EE.UU. en este momento?* Pérez rió y las personas que pasaban por su lado lo miraron de manera extraña. Pero no podía evitar el reírse ante esta estúpida pregunta: *¿Está su cónyuge en los EE.UU. en este momento?* ¡Ah, Elena, su dulce esposa, y sus hijos, durmiendo, tal vez, con sólo agua de azúcar en sus estómagos para combustionar levemente sus organismos! *¡Estos gringos...!*, pensó y, por encontrarse absorto en la respuesta que debía dar al encasillado 24, no oyó la voz que le había llamado:

—¡Péééééreeeeeez!

Sino cuando su nombre fue repetido:

—¡Pééééééééreeeeeeeeeeeeeez!

Y al volver la cabeza, vio a Joaquín, haciéndole señales con el brazo de que se acercara. Pérez sabía que sería una lata sentarse con Joaquín.

—¡Ven acá, Pérez! —le gritó Joaquín.

—¡Voy a acostarme, ahora, Joaquín! —le respondió Pérez.

Pero Joaquín, sin importarle mucho la respuesta, se acercó a él.

—Te vi reír al pasar, Pérez. ¡Ven, tómate una cerveza con nosotros! —insistió.

¡Maldita sea!, se dijo Pérez, pero caminó lentamente hacia la puerta del *Bar Panamericano*, propiedad de uno de los chinos que conformaron la ola migratoria oriental de los cuarenta.

—¡Ven hombre, siéntate un momentito con nosotros! —Insistió Joaquín—. ¿Sabes quiénes están conmigo? ¡Luis y tres hembritas, por lo que hay una para ti!

Recibiéndolo con un fuerte abrazo, Joaquín condujo a Pérezhacia la mesa que ocupaban. Pérez observó el ambiente del *Panamericano*. Todo seguía igual que siempre: la misma decoración y la misma barra americana; la misma *vellonera* con los mismos discos y el mismo olor ácido proveniente de los baños. Sí, todo seguía igual. Finalmente, Pérez posó sus ojos en la mesa ocupada por Joaquín, Luis y las tres muchachas. Luis y Joaquín también parecían ser los mismos de siempre y, lo más probable, sería que ambos conservaran los mismos empleos: Luis en el ayuntamiento y Joaquín en *La Química*, la empresa domínico-alemana que importaba los productos Bayer. Las muchachas, a simple vista, parecían ser lo que eran: tres prostitutas, tres *cueritos* discretos de los que piden bolas en el *Malecón*. Al llegar a la mesa, Pérez haló una silla y se acomodó al lado de la muchacha que, al parecer, sobraba, y a la cual miró de arriba hacia abajo con el propósito de descubrir lo poco que podía ocultar, mientras Luis le pedía una cerveza. *Podría ser de Mao*, pensó Pérez, luego de observar a la muchacha, *o tal vez de Dajabón*. Y llegó a esta conclusión debido, posiblemente, al color de la piel, el cual, a la luz negra de los faroles, aparentaba amarillenta y curtida. *¿Cómo hablará?*, volvió a preguntarse Pérez, quien, para salir de las dudas, preguntó a la muchacha:

—¿Eres de Mao?

—¡Caliente, caliente! —respondió la muchacha.

—¿De Dajabón? —insistió Pérez.

—¡Caliente... caliente! —expresó la muchacha, dejando escapar una enorme risotada.

—¡Eres de *La Línea*, entonces! —Al decir esto, Pérez se quedó mirando los dientes fuertes y grandes de la muchacha—. ¿Eres de por ahí?, ¿verdad?

—Sí —afirmó la muchacha—. ¡Del *Cruce de Guayacanes*!

—¡Ah!, *El Cruce* —expresó Pérez, observando a los demás—. Tienen el mejor chivo guisado del país.

—¡Nunca como el de *San Juan*! —afirmó Joaquín.

—Ni tan suculento como el de *Higüey*! —apuntó Luis.

Pérez, sintiéndose arropado, no tuvo más remedio que añadir:

—Es un asunto de gusto, señores.

Cuando el mozo le trajo su cerveza, Pérez brindó con la muchacha *Del Cruce* y le preguntó:

—¿Como te llamas?

—Lupita.

—¿Por la virgen?

—Por Guadalupe.

—Unjú, eso mismo. ¿Y qué haces?

—Estudio.

—¿De verdad?

—¿Qué pensabas que hacía?

—Nada... Pensé que no hacías nada.

—¿Nada de nada?

—Bueno, no exactamente. Pensé que hacías algo.

—¿Algo... cómo qué?

—Bueno, pensé que hacías el amor.

—¿Gratis?

—No... Por paga, desde luego.

—¡También hago eso!

—¿Por qué?

—Por *lo dura* que está la cosa.

—¿Está *muy dura*?

—¡*Durísima*! Fíjate, que pienso marcharme.

—¿Del país?

—Sí, del país.

—¿Hacia dónde?

—Para el norte.

—¿A los Estados Unidos?

—¡Exactamente!

—Y, ¿cómo van las diligencias?

—Tengo cita en el consulado la semana que viene.

—¿Con quién?

—Con un jodido cónsul.

—¿Cómo se llama?

—Creo que *Tuar*...¡o algo así!

—Sí, ese mismo: Stewart, el cazador de conciencias —expresó Pérez bien quedo, provocando en el rostro de la muchacha el signo de la interrogación. Sonriéndole a la muchacha, Pérez apuró su vaso de cerveza y miró a sus compañeras: las vio a todas iguales, como si fueran cortadas con las mismas tijeras. Las vio saliendo del *Cruce de Guayacanes* con maletitas de cartón y hojalata y montadas sobre tacones exageradamente altos; las vio desenliando sus pañuelos para sacar el dinero del transporte. Pero también vio detrás de ellas al hombre que las buscó, a ese proxeneta caza-gorriones, a ese desvirgador de la inocencia que gasta bigotitos y largas patillas, zapatos de relampagueantes brillos y ropa de vistoso poliéster. Sí, las vio llegando primero a *Santiago*, a la casa de la *maipiola* iniciadora que les endosa ropas vendidas con un crédito atador y para ser amortizado violentamente con sus trabajos sexuales; sí, las vio tomando, también al mismo frenético crédito, la comida y bisutería que empalmarán sus máscaras de dolor a la existencia misma; las vio al final del primer mes, después de ser repasadas por las manos, lenguas y falos de los jerarcas civiles y militares de todos los pueblos del *Cibao*, siendo seducidas por los empresarios de segunda para contratar divertimentos mensuales donde lascivia e intemperancia saltan de gozo. ¡Ah, sí!, las vio, al final de largos meses, venir a descubrir *Santo Domingo*, la capital, ya destrozados sus cuerpos y almas, y alojándose en las clásicas *pensiones* de mala muerte que se ramifican por toda la ciudad. Y entonces las vio evolucionar hacia un *status* de *call-girls*, que les permite una cierta independencia medio *hippy* y libertina, donde probarán las drogas, las discotecas y la participación en fiestas particulares para, en las noches insomnes, venir a sentarse junto a él y Joaquín y Luis, sus amigos. Pero, más allá de las muchachas, Pérez recordó el liceo *República de Argentina*, en el sector de *Villa*, donde fue una fácil tarea pronosticar el futuro de Joaquín y Luis, a quienes nunca les importó la política porque eran insensibles a los llamados de la historia. Ese futuro se convirtió en este hoy donde los hijos y las esposas pusilánimes llenaban sus días planos, inmisericordes, donde tomar cervezas y salir con prostitutas compensaban los recelos y miedos. Los empleos que tenían los habían conseguido a finales de la dictadura, cuando Trujillo no era más que una sombra de lo que fue, y supervivieron a *Ramfis*, al Consejo de Estado, al gobierno sietemesino de Bosch, al *Triunvirato*, al mandato provisional de García-Godoy, a Balaguer y, ahora, al gobierno perredeísta. Joaquín y Luis, eran exactamente iguales y por eso se trataban como hermanos. Pero, eso sí, sabían matar el tiempo con duras críticas y estruendosas burlas a todos los que osaran entrometerse en sus vidas, practicando la cómoda tarea de lanzar reproches a todos los gobiernos que se aposentaban en el Palacio Nacional, desacreditándolos e inventando historias fúnebres sobre sus desempeños. Y todo desde la placidez de una mesa del *Bar Panamericano*. Por eso, ambos habían disparado cañones imaginarios durante la salida de *Ramfis* del país en el mes de noviembre de 1961, así como cuando tumbaron a Bosch, en el 63 y durante la *Revolución de abril* y también cuando desembarcó Caamaño por *Playa Caracoles*. A los que no los conocían contaban historias de actos revolucionarios que sólo existían en sus cabezas, narrándoles hazañas fantasiosas de cómo habían sido hechos presos y torturados en las mazmorras trujillistas, haciendo énfasis en que sus encarcelamientos y torturas por razones políticas habían acontecido en el mes de enero de 1960, periodo que revestía enormes beneficios para las víctimas de los martirios por las grandes recompensas que se brindaban a éstas al finalizar la dictadura. Pérez recordó la noche que se lo llevaron desde *El Sublime*, una de los principales cafeterías-pizzerías de la calle *El Conde*, donde se encontraban, junto a él, Luis y Joaquín, y quienes con caras de asombro, se quedaron petrificados por el miedo cuando fue golpeado y secuestrado frente a ellos. Recordó la forma en que esquivaron sus miradas cuando les pidió que avisaran a *Abelito* y *Mameyón*. Así, Joaquín y Luis eran, para Pérez, fastuosos integrantes del ejército nacional de supervivientes, esa masa silente de trepadores a la que se refería Balaguer en sus campañas electorales y cuyos votos se emitían con la complicidad histórica del dejar-hacer para continuar. ¿Cómo se le podría llamar, desde la pomposidad de la dialéctica superficial, a este clan insustancial? ¿Cómo, qué nombre, desde cuál apodo, hacia dónde podría datarse ese fenómeno de estruendos y mierderías cuya denominación no se ha teorizado aún? ¿Perdido, tal vez, en un tiempo insospechado..., en algún misterioso estudio de Lenin sobre Max Webber y la burocracia? Porque ésta, la burocracia, donde papeleo e insipidez conforman la hechura del día, ha sido la propiciadora estéril de los días deshechos y Joaquín y Luis, como sus representantes excelsos, la merecían con los méritos del jubileo. Sí, tal y como ha venido sucediendo desde que los conoció en la intermedia. *Sí*, se dijo Pérez, *son burócratas sostenedores del sistema y, por lo tanto, sostenedores de la profesión de estas tres muchachas que los acompañan.* Entonces Pérez, a punto de continuar con su repaso, fue interrumpido por Joaquín:

—¿De qué reías, Pérez?

—¿Cómo?

—Sí, ¿de qué reías cuando pasabas frente al *Panamericano*?

—Recordaba cosas, Joaquín.

—¿No será el estómago vacío lo que te hace recordar? ¿Eh? ¿No será eso? —Preguntó Luis.

—Tal vez... ¡no sé! —Respondió Pérez—. Últimamente no me he sentido del todo bien—. ¿Qué? ¿Pensaron que estaba loco?

—¡Jamás, Pérez! —dijo Joaquín, medio en burla, medio en serio—. Pero, la verdad, *enllave*, nos hiciste reír a Luis, a mí y a las muchachas.

—Pensamos —interrumpió Luis riendo explosivamente— que ibas discutiendo con Marx.

Frente a la risotada de Luis y los ecos burlones de Joaquín y las muchachas, Pérez supo que iba derecho hacia una trampa de guasonerías y sintió náusea. Miró a los ojos a Joaquín y Luis y apuró un largo trago de cerveza. Sin embargo, cuando estaba a punto a levantarse, escuchó la voz de la muchacha de *La Línea*:

—¡Te mienten! —Le dijo la muchacha—. Estaban *dándote tijera* cuando pasaste frente a nosotros. Decían que los golpes de la policía te habían trastornado y que estás loquísimo.

Pérez miró a la muchacha y le sonrió. Entonces se puso de pie y, tomándola por una mano, la llevó consigo hasta la calle, mientras Joaquín, Luis y las otras dos muchachas, de repente muy serios, lanzaban en coro un:

—¡Oooooohhh!

Capítulo VI

Vicente jode-la-paciencia

—¡**COÑO, VICENTE!**, **¿ES** que no comprendes?

—Eso crees tú, Beto, que yo no comprendo. Sin embargo, comprendo mucho más que la mayoría de tus amigos, e, inclusive, que tú mismo.

—¿Pero es que eres absurdo?

—¡Absurdo tú, no me jodas!

—¿Sabes, acaso, lo que significa el excesivo consumo de petróleo en que el país se está embarcando?

—¡Eso lo sé, hombre, eso lo sé!

—Entonces, Vicente, no comprendes nada.

—Te digo que sí, ¡coño!, te digo que sí, Beto.

—Ahora, en este maldito 1975, andamos por el orden de los tres millones y pico de barriles de petróleo al año consumidos; es decir, treinta y siete mil seiscientos cuarenta y tres barriles diarios. ¿Y en qué crees tú se consumen?

—Vamos, Beto, lo sabes, en combustión automotriz, en acondicionadores de aire, en televisores... en calentadores.

—Sí, pero, ¿por qué dejas fuera el consumo industrial?

—Eso genera vainas, Beto...

—¿Vainas, Vicente? Ese es el único consumo válido.

—¿Por lo empleos?

—Más o menos...

—Bueno, ¿a qué llegaremos con esta conversación?

—¿Y me lo preguntas tú, el teórico?

—¿Teórico yo? ¡No me jodas, Vicente! Los teóricos son los otros...

—¿Cuáles?

—Los que nos embarcaron en las utopías... los que nos metieron en la camisa de once varas...

—¿Crees eso?

—Sí, Vicente, así lo creo. Ellos, los teóricos, los que recibían y transmitían las órdenes, son los que deberían señalar los caminos actuales...

—Y ahora, ¿dónde están?

—Podrían estar rascándose las bolsas, Vicente.

—Aparentemente, sólo aparentemente, ellos tenían nociones solucionadoras.

—¿Cómo cuáles?

—¿Recuerdas? Ellos hablaban de líneas ferroviarias, de sistemas de transporte por cabotaje. ¿Recuerdas?

—Los buenos están muertos, Vicente...

—Sí, sólo quedan los que se apartaron, como tú, Beto.

—A mí me apartaron, Vicente, ¡me apartaron, me dieron por el mismo culo con las botas!

—Pero hubieses podido regresar. Porque hubo un regreso después del triunfo de Balaguer.

—Me apartaron de allí, también. ¿Por qué, Vicente, por qué?

—Hay gente así, Beto, gente a la que se aparta... o que se aparta... ¿Qué clase de gente eres tú, Beto?

—No sé, nunca me gustó que me apartasen, Vicente.

—Podría ser que no te gustó, conscientemente, y sí subconscientemente, Beto.

—¿Freud?

—No, Beto, simplemente la deducción de por qué un tipo como tú, con cierto carisma y sabelotodo, no está en la lucha.

—¿Qué quieres decir con *sabelotodo*? ¿Acaso me consideras presumido?

—Claro que no, Beto. Cuando me refiero a *sabelotodo*, pienso en sabihondo.

—Bueno, Vicente, tú sabes que el país se ha fraccionado: ha habido una atomización, una pulverización del movimiento revolucionario.

Nos hemos achicado..., andamos con la sentina vacía, sin agua. Esa es una victoria gringa.

—¿Qué, le vas a pegar a la CIA todo?

—¿A quién, si no, Vicente?

—Deberías buscar culpables aquí mismo.

—Tenemos culpables, aquí, Vicente, pero la *CIA* aportó mucho, muchísimo, en la *debacle*. Ese aporte se hizo y se hace en metálico y en visas...

—¡Eh, Beto... ¡Recuerda que estás tras una de ellas!

—A mí no me pueden chantajear, Vicente.

—Trata de no escupir para arriba, amigo.

—¿Qué insinúas? ¿Crees que podrán comprarme con una visa?

—La visa es un síndrome en este jodido país, Beto. ¡Todo el mundo anda detrás de la suya... hasta los Bonetti!

—¡Sácame del montón, Vicente, aunque reconozco que sí existe esa enfermedad del salto para luego llegar al *crossover*, al afianzamiento de la cultura y de la vida en aquel desmesurado escenario de sueños! Sí, Vicente, a pesar de eso... ¡sácame del montón!

—Excúsame, Beto. No quería ofenderte.

—No, Vicente, no me ofendes. Lo sé. Es la *CIA*, Vicente, con sus ofertas de toma-y-daca, con los repartos de prebendas, donde todo se torna en un asunto de compra y venta de conciencias: te ofrecen, te deslumbran porque saben que estás pasando hambre junto a los tuyos y, ¡pum!, colocan frente a tus ojos un sueldo sin hacer, prácticamente, nada.

—¿Te ofrecieron algo, Beto, alguna vez te han ofrecido algo?

—¡Jamás!, pero a un amigo sí; le ofrecieron algo y no aceptó.

—¿Crees tú?

—Lo creo de verdad, Vicente. Él está en la lucha aún, y su moral está alta, bien alta como una montaña.

—¡Hummm!, ¿Crees eso?

—Lo creo.

—¿Y lo eres tú, Beto?

—Bien sabes que no, ya que, de serlo, no hubiese alentado en mí la maldita decisión de irme a buscar fortuna a los EE. UU.

—¿Te darán la visa, Beto?

—Llené el maldito formulario y todos los encasillados... todas las pendejadas que te ordenan llenar.

—¿Y sobre el dinero? Bien sabes que debes tener una cuenta de ahorros vieja.

—Tuve que esperar más de un año con dinero prestado por mi cuñado.

—¿Te lo prestó así de fácil?

—No tan fácil.

—¿Y qué hiciste?

—Le firmé unos papeles sobre la herencia de mi suegro, el padre de Elena.

—¡Vaya, Beto! ¿Y cuánto te depositaron?

—¡Veinte mil!

—¡Eso es mucho dinero!

—No sólo eso. Mi cuñado también hizo traspasarme su carro, poniéndolo a mi nombre y dándome, además, una carta en la que yo figuraba como parte de la nómina de su fábrica.

—Tienes un buen cuñado, Beto.

—¡Qué va, Vicente! ¡Tuve que empeñarle mi alma y también la de mi mujer!

—¡No me hagas reír!

—¡Todo lo hizo para librarse de mí, Vicente! Además, sacándome del país hará con la herencia de mis suegros lo que desee.

—¡Oh, Beto!

—Ese hijo-de-puta siempre se opuso a mi matrimonio.

—Es que eres fácil, Beto.

—¿Estás inscribiéndote en mi *club de odiadores*?

—¡Claro que no, Beto! Pero, ¿has resultado un cuñado ideal?

—¡No te burles, Vicente! Sabes bien que, de una u otra forma, mi matrimonio ha sufrido por los malditos vaivenes del país. Si mi cuñado ha tenido que hacernos favores durante algunas temporadas no ha sido totalmente mía la culpa. Recuerda que Elena tuvo una larga enfermedad. Todo esto ha influido en mi viaje, Vicente.

—No me hagas reír, Beto.

—¿Por qué dices eso?

—Tenía entendido que tu viaje obedecía, entre otras cosas, a problemas que nada tenían que ver con tu cuñado. Recuerda que me habías hablado de un asunto de penetración cultural.

—Bueno, Vicente, escoger el lugar hacia dóndequieres largarte tiene que ver, en algo, con la penetración cultural.

—Sabes, Beto, a veces dices una cosa hoy y otra mañana. Te estás pareciendo, cada vez más, a una veleta.

—Fíjate, Vicente, si no hubiese estado penetrado, habría escogido a Venezuela, o a México, o al mero México, o a la Argentina... ¡para largarme!

—¡Dios me libre, Beto!

—¿De qué?

—¡Yo jamás pensaría en la Argentina para largarme!

—¿Por qué?

—¡Por los argentinos!... ¡Dios me libre!

—Pues, como te iba diciendo, Vicente, escogí a los estados Unidos porque sí, porque me atraían muchas de sus cosas.

—¿Cómo lo de Woody Allen?

—Sí, como lo de Woody Allen.

—Pero, a ver, ¿no hablaste del 1975?

—Sí.

—¿No hablaste de cifras correspondientes al 1975?

—Sí.

—Entonces, ¿por qué hablas, ahora, de una película filmada en otro año?

—Es cuestión de tiempo, Vicente.

—¿De tiempo?

—Sí, estoy viviendo el pasado, el presente y el futuro en un solo tiempo.

—¿Cómo así? ¡Estamos en el 1980!

—Sí, pero sólo antes-de-ayer estábamos en 1964, y ayer en 1965. ¿Acaso no escuchas los disparos? ¡Es el 15 de junio del 1965, en la vieja ciudad intramuros! ¡Los Yanquis tratan de avanzar, Vicente!

—¡Eh, Beto, cuidado, que desvarías!

—Tras-antes-de-ayer tumbaron a Bosch, Vicente, y tras-tras-antes-de-ayer mataron a Manolo: y ayer estábamos en plena *Revolución de Abril...* ¡Mira, ahí está el regreso de Balaguer!

—¡Por Dios, Beto!

—No estoy loco, Vicente. Simplemente es una cuestión de vivir hoy en el tras-tras-antes-de-ayer, en el tras-antes-de-ayer, en el antes-de-ayer, en el ayer, en el hoy y en el mañana. El tiempo es sólo un conjunto de fechas... de días. Dime, ¿qué es el tiempo, Vicente?

—¡Ah, Beto, por Dios!, ¿acaso crees que soy Einstein?

—Mira, Vicente, ¡ahí está el *Ché*, en Bolivia! ¡Mira a Monge, el del partido boliviano, sin moverse de la ciudad, sin hacer un solo esfuerzo de ayuda y mira al *Ché* maldiciendo y bendiciendo! ¿Lo ves?

—¡Oh, Beto, por Dios, cálmate!

—¿Calma de qué, Vicente, calma de qué? 1963, 1964, 1967, 1973, son sólo fechas. ¡Ahí está Caamaño en *La Nevera*, en *Caracoles*, en *Nizaito*!... ¡Y qué solo está, Vicente... qué solo! ¿Lo estás viendo, Vicente?

—¡Beto, estamos en el 1980!

—¿El tiempo?

—¡Sí, Beto, el tiempo!

—Entonces, ¿qué es hoy?

—Hoy es hoy.

—¿Y mañana?

—Mañana será mañana.

—¿Y ayer?

—Ayer fue ayer.

—¿Fue?

—Sí, Beto... ¡fue!

—Entonces, ¿crees que lo que fue... ya no es?

—¡Exacto, Beto!

—¿No fue el *Ché*, no fue Caamaño, no fue Rosa de Luxemburgo?

—Bueno, Beto, ellos fueron...

—¿Y ya no son?

—¡Tal vez, Beto, volverían a ser... si...!

—¿Podrían?

—Bueno, Beto, no me jodas... ¡Vete al carajo!

Capítulo VII

Continúa el buceo como consecuencia de...
¡Descubra un nuevo mundo!

PÉREZ, OBSERVANDO DE soslayo a la muchacha del *Cruce*, se detuvo frente a las oficinas de la *Compañía Dominicana de Aviación* de la calle *El Conde*.

—¿Por qué te detienes aquí? —le preguntó la muchacha, al observar a Pérez contemplando los carteles promocionales de los vuelos—. ¿Piensas viajar? —Insistió la muchacha—. Todo el mundo sueña con un viaje, ¿verdad?

Pérez no le contestó. No quería contestar. No deseaba hablar y entonces posó sus ojos en los de la muchacha, descubriendo un color neutro que se tragaba la noche. *¿Serán amarillos, grises, pardos, azules?* —se preguntó, y descendió su mirada hacia las caderas de la muchacha y luego hasta sus piernas: vio sus piernas largas y fuertes que la minifalda dejaba al aire—. *Esta tipa es increíble, porque nadie tan pequeño puede tener unas piernas así de largas* —se dijo, haciendo que su mirada ascendiera hasta los senos de la muchacha, los que auscultó minuciosamente, percatándose o creyendo percibir una redondez dura y pequeña.

—¿Qué me ves? —Preguntó la muchacha ante la mirada escrutadora de Pérez—. ¿Por qué no nos vamos a un hotel? Si me deseas, puedo ser tuya por nada. No te cobraré nada, ¿oíste? ¡Me gustas porque eres raro! ¿Me escuchas?

Sin hacer caso a las preguntas de la muchacha, Pérez miró la calle *El Conde* de Este a Oeste y cuando reanudó la marcha hacia *El Baluarte*, sintió que la muchacha le tomaba una de sus manos y la apretaba.

—¡Me gustas mucho! —le dijo la muchacha, sonriéndole.

—Dime, Lupita, ¿no has pensado viajar? —le preguntó Pérez.

—Todos deseamos viajar alguna vez en la vida. ¿Por qué me preguntas?

—Por nada.

—Sí, creo que lo preguntaste por algo. Y tú, ¿has pensado en hacerlo?

Pérez no respondió y miró profundamente a la muchacha. Al cruzar una de las calles transversales, una corriente de fuerte brisa proveniente del mar levantó la falda de Lupita y ambos sonrieron. Fue en ese instante que escucharon una voz gutural a sus espaldas:

—¡Carajo, Pérez!

Y al volverse, descubrieron a Pericles, frente a la puerta del restaurante *Roxy*.

—¡Ven, Pérez —insistió Pericles—, y trae a la muchacha... a esa señorita que viene contigo!

Pericles caminó hasta Pérez y, tomándolo del brazo, lo introdujo al *Roxy*, otro de los restaurantes de la calle *El Conde* propiedad de chinos.

—¡Qué perdido estás, hombre! —Dijo Pericles, echándole uno de sus brazos por los hombros—. Mira, esta ricura que ves aquí está conmigo —al decirle esto, Pericles señaló a Pérez una rubia oxigenada que ocupaba una de las mesas del fondo.

—Esta es Lupita —expresó Pérez a Pericles, presentándole a la muchacha del *Cruce*.

—Sí, Pérez, creo que había visto antes a Lupita... por el *Malecón* —al escuchar las palabras de Pericles, Lupita bajó la mirada, pero luego sonrió.

Al tomar asiento, Pericles les presentó a la rubia oxigenada:

—Guillermina, te presento a Pérez y a Lupita.

Cuando tomaron asiento, Pericles llamó a un mozo y le pidió vasos con hielo y mientras éste volvía con el pedido todos se miraron en silencio, explorándose detalladamente. Lupita y Guillermina se miraron con desconfianza, pero luego se sonrieron. Después de todo, ellas ejercían el mismo sacrificado oficio y, posiblemente, una de las interrogantes iniciales de ambas pudo ser el prostíbulo en donde se habían cruzado: ¿dónde *Herminia*, un lugar en el cual las muchachas eran seleccionadas de acuerdo con los cambios de la moda? ¿O acaso pudo ser donde *Nancy*, cuya fama se había extendido al ámbito del naciente turismo? ¿Sería en la casa de *Merceditas*, en cuya puerta pendía una efigie de *Nuestra Señora de Las Mercedes*, protectora del asentamiento europeo en la isla de *Quisqueya*, llamada a partir de los comienzos del Siglo XVI como *Hispaniola* y luego *Santo Domingo*? Por las sonrisas cruzadas entre las dos muchachas pudo ser que por sus mentes desfilaran los más importantes prostíbulos de Santiago y Santo Domingo, así como las más reconocidas casas de cita y pensiones alegres de ambas ciudades. Pero luego del largo y profundo repaso sobre los puntos bullangueros, una de ellas rompió el *tour*:

—¡Creo que te conozco! —dijo la rubia oxigenada a Lupita.

—¡Y yo a ti! —le ripostó Lupita.

Entonces vinieron las sonrisitas e intercambios de recuerdos que se almibararon cuando la rubia oxigenada se puso rápidamente de pie y pidió a Lupita:

—¿Me acompañas al baño?

—¡Claro! —respondió Lupita.

Y las dos muchachas caminaron, pavoneándose, entre las miradas de los hombres y mujeres que bebían, fumaban y comadreaban en el *Roxy*. Pérez y Pericles también miraron a las muchachas cuando se dirigían hacia el baño y sonrieron.

—¡Qué par de arenques nos gastamos! —dijo Pericles, riendo.

—¡Ellas representan el país! —lanzó Pérez, poniendo la cara seria—. Ojalá que no se sienten en los inodoros.

—¿Sabrán para qué se usan?

—Esas muchachas son unas veteranas, Pericles. Eso puedes jurarlo —al decir esto, Pérez aspiró el olor proveniente del área de los baños que le traía el abanico del acondicionador de aire—. ¿Estás oliendo ese aroma proveniente de los excusados?

—Sí, ¿a qué te huele, Pérez?

—Es una rara mezcla de aceite de ajonjolí, soya, camarones fritos y orines linieros. ¿No te parece?

—Te faltó el amoníaco, Pérez. ¿No te parece?

—Sí, es el mismo olor de siempre, la misma mezcla —Pérez cerró los ojos y dejó vagar su mente: *¡Estos lugares no cambian... están siempre igual: las mismas mesas, la misma gente, los mismos mozos, el mismo olor y la misma música! ¿Transcurrirá el tiempo aquí, en este restaurant petrificado? ¿Vería uno, desde una de estas mesas el tiempo pasar? ¿Vería a mis hijos y a los hijos de éstos desfilar ante mis ojos mientras las arrugas y las canas caen sobre mí? ¡Oh, ahí está el pequeño Boris jugando al básquet! ¡Y ahí está Carmen Carolina con su novio!¡Miren la calle El Conde transformándose en paseo adoquinado y a esos muchachos pidiendo la revolución, mientras las banderas rojas se mecen al viento! ¡Cuántas cervezas desde esta mesa del Roxy! ¡Cuántos cambios! El mundo transformándose en contra del hombre. ¿Qué, qué dice la radio acerca de la próxima guerra? ¿Habrá una Tercera Guerra Mundial o no la habrá? ¿Y los héroes, dónde están? ¿Dónde están los nuevos héroes? ¡Ahí está Fidel, el último de los grandes héroes, envejecido, con sus barbas blancas llegando hasta Miami y los nietos de los cubanos gusanos saludándolo como se saluda a un héroe! ¡Viva Fidel! ¡Viva Fidel! Y los nuevos gobernantes yanquis recibiéndolo en la Casa Blanca con banderas cubanas ondeando sobre la brisa llegada desde el Potomac. Y todo desde aquí, desde este Roxy histórico, sin tener que moverme de esta mesa y con miles, cientos de miles, miles de millones de cervezas tomadas y meadas. ¿Cuántas cervezas en un día? ¿Treinta? ¡Está bien, treinta, que serían diez mil novecientas cincuenta cervezas al año y, en diez años, ciento nueve mil quinientas, y, en veinte años, doscientas diecinueve mil, y en un millón de años doscientos diecinueve mil millones! Eso es: todo cambiaría desde la percepción de una bebentina constante, encadenada a los ritos parsimoniosos de imágenes disgregadas, meadas, cagadas, refritas en aceite de ajonjolí y salpicaduras de salsa de soya, que, sin ser injusto, ni apático, ni díscolo, debo agregar que, en la profundidad del cambio, es preciso introducir la esperanza de una China sobrepuesta; de una China levantándose desde la gigantesca sombra de Gengis Khan y sus hediondos jinetes mongoles. Entonces, ¿qué tal si comienzo a observarlo todo desde la perspectiva de este ahora y aprovechando la circunstancia de las meadas y cagadas practicadas por los dos cueritos?*

Pero Pérez no tuvo que seguir preguntándose porque sus pensamientos fueron interrumpidos por la voz de Pericles:

—¡Eh, Pérez!, ¿en qué mierda estás pensando tan profundamente?

—¡Bah, en nada, Pericles! —contestó Pérez, mientras las muchachas llegaban desde el excusado, más empolvadas que nunca.

—¡Vaya si se perfumaron y arreglaron! —dijo Pericles en son de burla.

—Es que para estar sentadas con ustedes es preciso ponerse al día —dijo la rubia oxigenada, sentándose.

Pericles, tratando de alegrar el ambiente, se dirigió a Pérez:

—Dime, Pérez, ¿qué ha sido de tu vida? ¿Qué haces? No te veía desde hacía un millón de años. ¿Has visto a Julia? Hace un par de noches que estuve en casa de Emilio y me la encontré. ¿Sabes que hizo todo el tiempo? ¡Pues mil preguntas sobre ti! Al parecer, todavía te ama, Pérez. ¿Por qué no la visitas?

Mientras Pericles hablaba, Pérez dio marcha atrás a sus pensamientos y se vio frente a Julia: allí estaba ella con sus pantaloncitos calientes montando en bicicleta por el *Malecón*, con una *t-shirt* ajustada y sin sostén, avanzando alegremente y moviendo sus caderas al compás del pedaleo; la vio desmontándose de la bicicleta para recostarse sobre una vieja palmera, posando sus ojos en él y sonriéndole, haciéndole señales para que se acercara a ella; oyó, entonces, su voz pidiéndole que tomara asiento a su lado y le contara cosas, cosas concernientes al papel de guerrillero que había desempeñado en un drama escrito por él y que el *1J4* había llevado a la televisión estatal con el permiso expreso de Juan Bosch; y ya sentado a su lado, la oyó explicándole cómo lo había tratado de conocer desde hacía meses para que le narrara todo de todo, todo lo que sabía del mundo, todo lo que sabía de la revolución y de la gente. Entonces volvió a sentir el mismo corrientazo descendiendo por cada una de sus vértebras al recordar el muslo que Julia subía sobre sus piernas y de cómo el olor de su sudor vaginal, mezclado con la suave colonia alemana, hormigueaba su nariz y le llegaba al pene, convirtiéndolo en una masa entre frágil y erecta, entre estrepitoso y calmado, *sarazo*, como diría un campesino del *Cibao*, pero apto para indagar en las profundidades rosadoscuras de aquella mujer fascinante, de aquella mujer agresiva. Vio también cuando Julia, poniéndose de pie, tomaba su bicicleta y le pedía que la siguiera, que la acompañara hasta su casa. Y, ¡ah!, la observó, después, arribar a su casa y, dejando la bicicleta en la marquesina, pedirle que entrara y tomara asiento y se sirviera un *whisky* para luego comenzar un jueguito de dedos traviesos que terminaría en un manoseo húmedo de genitales y un nervioso con apretado espanto de verla sacándose la ropa y quedándose en cueros, lo que siguió con leves empujones hacia una ancha e interminable cama donde, en una especie de vorágine y remolinos tormentosos, subió hasta grados inconcebibles la fiebre del deseo, de la pasión y del frenesí, volcándose su cuerpo sobre el de Pérez en un portentoso orgasmo. Y en sus recuerdos, Pérez calculó el tiempo transcurrido con Julia sobre aquella cama, de la cual se desmontaban ambos sólo para mear y defecar en una indefensa y exigua bacinilla o, cuando la premura era grande, haciendo las dos necesidades en pequeños vasos y los cuales llevaban al baño en puntillas para imitar a Ana Pávlova en *El Lago de los cisnes*. Sí, eran tan grandes los deseos de excretar los ardores, que, más allá de la necesidad de comer y beber, Pérez y Julia comían y se bañaban sobre la cama, comiendo panes tostados con salchichón y aseándose con toallitas humedecidas en *whisky*. Todo sobre la cama. Sobre la cama todo. ¿Cuántos días, semanas o meses transcurrieron sobre aquel extendido y ancho tálamo? Pérez no podría asegurarlo porque el tiempo se anuló ante sí y perdió la noción del dolor o de la dicha. Y, oteando en ese pasado tan pasado y pesado, repasó las corajudas críticas de sus compañeros lanzadas contra él y frenadas tan sólo por su extensa autocrítica. *¡He pecado, compañeros míos* —escribió Pérez en su autocrítica— *concienzuda y denodadamente de pensamiento, obra y omisión, pero fue que ante tan crecidas vulvas y desafiante clítoris no tuve más remedio que pecar, que pecar y pecar, olvidándome de la Revolución Cubana y de las muertes de Manolo y del Che!* Sin embargo, varios días después de la autocrítica, Pérez volvió donde la rumbosa Julia y practicó extensas sesiones de nuevos juegos sobre la cama, permaneciendo sobre ese lecho pecaminoso y contrarrevolucionario largas temporadas, las cuales hacían posible que Julia tuviese que llevarle desayunos y comidas **(que dos panecitos, que una tacita de café con leche, que su huevito revuelto; que ahora la comidita para el bebé con su carnita asada medio cruda, con su puré de papas y su juguito de toronja y su arrocito bien engrasado y su café y su postre y, como a las tres de la tarde, un juguito de lechosa con leche y como** a las cinco, ¡eso sí!, su té puntual para que se creyera el rey de Inglaterra y las excitaciones del atardecer se acometieran con la creencia de que el sexo sería *real*, así como el de la medianoche y el de las diez y el de las once de la mañana y el de las tres y media de la tarde y el del siguiente atardecer y la de la consecuente noche, donde la cenita sería con velitas y todo para a las ocho ver la tele mientras el amor se vuelve una rutina a la que hay que cambiar y, entonces, que vienen los ensayos de nuevas posiciones entre falo y vagina, entre bolsas y vulvas, entre labios y senos, escudriñándose los anos a través de dedos y olfatos y siendo los ombligos recipientes de jugos naturales y cócteles recónditos. ¡Ah!, las lenguas. ¡Esas lenguas viperinas, ponzoñosas, pérfidas, lamiendo sudores y pesares, desempolvando los tuétanos a flor de piel y las espigas ocultadas por las recientes arrugas! Pero, también, es preciso que esto sea recogido por la pluma improcedente, que los sueñitos prolongados se echaban para descansar lo exhausto, lo fatigado y laxo, y éstos se producían entre madrugada y madrugada, donde los muslos de Julia se encaramaban sobre los de Pérez para —luego— propiciar el regreso del estado fálico *sarazo*, el clítoris encendido y dirigirlo todo hacia, ¡unjú!, la erección total y jodederas en sinfín. *Sí, compañeros, he pecado de pensamiento, palabra, obra y omisión, por mi culpa, por mi culpa, por mi grandísima culpa...* y Pérez recuerda el catecismo en el *Loyola* y el Santo Rosario a las cinco, casi cayendo la tarde, y las subidas a las guaguas para partir, desde San Cristóbal, la *Ciudad Benemérita, Cuna del Benefactor*, hacia la capital y junto a la felicidad del día. Pérez ha pensado que las mejores autocríticas se encontraban en aquel Santo Rosario vespertino, muy vespertino, tan vespertino que podía observar el metiéndose por detrás del cerro con la casa que Henry Gazón Bona construyó para Trujillo y que el *Jefe, el amado Jefe*, nunca habitó. *Sí, compañeros, he pecado, he pecado muchísimo de pensamiento, palabras, obra y omisión, por Julia, por Julia, por Julia, por la grandísima Julia...*¡Ah!, la guagua frente al *Parque Independencia* y el asiento en la parte atrás, la cocina como le llamaban todos y discutiendo acerca de si Guayubín Olivo lanzaría el domingo frente al *Escogido* que llevará a Tite Arroyo, el boricua. ¡Oh, *compañeros, he tenido frente a mí las más rosadas de las*

66

carnes, el más apetitoso de los pubis y he delinquido, me he sumergido en el pecado de la carne, he destrozado la férrea voluntad adquirida tras años y años de preparación! ¡Golpéenme, apaléenme, azótenme, átenme de pies y manos para no poder asirme a ninguna tabla de salvación! ¡Estoy a vuestra disposición, crucifíquenme, aún es tiempo de calvario para pecadores como yo! Y Pérez autocriticándose, golpeándose en el pecho y pidiendo a sus compañeros que le dieran otra oportunidad, otra oportunidad, comprometiéndose a escribir cien editoriales atacando a Bosch por permitir que el general Belisario Peguero, jefe de la Policía Nacional, hiciera lo que le diera la gana; que podrían dejarle todo el *1J4* para él solito realizar todo el trabajo de orientación y crecimiento y que se obligaría a insertar muchas, muchas, muuuuuuchas cosas en la página dedicada a la estética que el comité central pidió que publicaran sobre las bellas artes, ya que, tanto el cine, como la música, la danza, la literatura y las otras mierderías que reproducen los fenómenos culturales de la sociedad, constituían hitos, guías, senderos luminosos en los trazados y esencialidades del ser humano y todo atendiendo al claro ejemplo de la *Revolución Cubana*, donde el cine, el ballet y la literatura estaban sirviendo como un poderoso cañón disparando contra el capitalismo y, más que nada, contra el espíritu del capitalismo que Adam Smith, el escocés, ayudó a conformar un día del 1776 (¡uaooo, cuántos años!). Porque, dígame usted, ¿qué es el teatro? Bueno, aparentemente nada, pero ayudó a Duarte, el pequeñoburgués hijo de españoles (¿sería Duarte racista?) que nos separó de Haití. (Y al respecto de separación, ¿podría decirme usted cuál será el término correcto: *separación* o *independencia* de Haití? ¡Necesito que alguien me saque de dudas, *please*!). Y es a esta altura de sus recuerdos cuando Pérez oyó, desde lejos, la voz de Pericles:

—¡Pérez, Pérez!

¡Qué va!, Pérez seguía recirculando en su cabeza ciertas cuitas, ciertas desventuras, ciertos atajos y móviles que, cruciales o no, era preciso impedir que se perdieran, que se arrinconaran en los espacios infinitos del pasado, por lo que su desmenuzamiento debía sacarse de entre las sombras inútiles que los ocultaban. Pero, ¿qué podría sacar Pérez de provecho con su pretendido reciclaje memorial, si ya las nuevas penas comenzaban a aflorar entre sus sesos como figuras abatidas, pesarosas, apesadumbradas? De ahí a que, a punto de que su cabeza reventara, probó con mirar hacia los rincones del *Roxy* y, más allá, hacia las calles que lo cruzaban, la *Santomé* y *El Conde*), sintiendo que mientras merodeaba con su mente los caminos abandonados de su vida y de la historia (a la cual sabía que estaba insertado como un remiendo, como un parche mal pegado), sus ojos podían señalarle alguna salida.

—¡Pérez... Pérez! —Insistió Pericles—. Tómate un sorbo de cerveza, amigo. ¡Trata de calmarte!

—¡Se puso igual en el *Panamericano*! —Dijo la muchacha del *Cruce*—. ¡Exactamente igual! Se quedó mirando un punto fijo y como que se fue de este mundo, poniendo los ojos vidriosos.

—¡Debe estar arrebatado! —apuntó la rubia oxigenada.

—¡Pérez, Pérez —volvió a llamar Pericles, visiblemente asustado—. ¿Me escuchas, Pérez? ¡Te hice una pregunta, amigo!

Pero todos respiraron de alivio cuando Pérez habló a Pericles:

—¡Ah, sí, Pericles!, ¿me preguntaste algo sobre Julia?

—¡Cierto, Pérez!

—Sí, la vi hoy a Julia.

—¿Hoy? —preguntó sorprendido, Pericles.

—Sí, hoy. Pasamos unos ratos juntos.

Por la cabeza cuadrada de Pericles pasaron mil y un pensamientos.

—¿Y qué? ¿Te la tiraste?

—Piensa lo que desees.

—¿Por qué no lo dejas tranquilo? —preguntó Lupita a Pericles.

—No temas por esa pregunta, jovencita. Conozco a Pérez desde antes que tú nacieras.

—¡Eh!, ¿por qué no inventamos algo? —preguntó la rubia oxigenada.

—¿Como qué? —intervino Pericles.

—¡Algo chévere, papi! —devolvió la rubia.

—Está bien, chévere. Pero... ¿cómo qué? —insistió Pericles.

—¿Cómo que cómo qué? —Contra preguntó la rubia oxigenada.

—Sí, ¿cómo que como qué qué? —Recontra preguntó Pericles.

—¿Cómo que cómo que cómo qué qué qué? —atornilló la rubia, como para dejar sentado que las preguntas comenzaban a hastiarla.

—¡Coño, coño, coño, ¿qué qué qué qué qué qué? —estalló Pericles.

La rubia, dando marcha atrás a la cadena de preguntas, volvió a la sugerencia inicial:

—Mira, papi, podríamos muy bien irnos por ahí y hacer unos numeritos con Lupita y Pérez. ¿Verdad que yo te gusto, Lupita?

—Sí, un poco —respondió la muchacha del *Cruce* a la oxigenada.

—¡Ah, conque esas tenemos! ¡Dos *tortilleras*! —soltó Pérez.

La muchacha del *Cruce*, al escuchar la expresión de Pérez, le lanzó a la cara:

—¿Por qué dices eso?

—Déjalo que se desahogue, Lupita —expresó la oxigenada.

—¡Oye, Pérez —dijo Pericles—, lo que nos espera es algo bien sabroso, hombre! ¿Te animas?

Pérez miró a Lupita, que hacía guiños a la oxigenada, y se puso de pie violentamente, caminando con rapidez hacia la puerta de salida, donde se detuvo para volver la cabeza hacia la mesa de Pericles y las dos mujeres. Sí, allí estaban tres pares de ojos clavados en él, agujereándolo: los de Pericles, el gozón, el eterno enamorado de Julia, pero de pene demasiado corto e incapaz de llegarle a las trompas, golpeándola con furia por allá adentro, con rabia, como —y según las propias palabras de Julia— le gustaba ser cogida; estaban allí los ojos de la rubia oxigenada, con su pelo teñido y alisado, imitón de estilos de vida demasiado sofisticados (¿Mae West?, ¿Marilyn?, ¿la Bardot?, cualesquiera de ellas, con tal de gustar a un hombre que la mantuviera); y también los de la muchacha del *Cruce*, con su experiencia ganada a base de golpes y lágrimas. Seis ojos devorándolo, tratando de indagar si de verdad hubiese podido hacerle frente a la responsabilidad de un número raro con el peor sexo de la madrugada. Entonces, sin comprender el porqué, a Pérez le llegó, en ese preciso instante, el significado del encasillado 25: *¿Está uno de sus padres en los EE: UU.?* ¡Maldición, este podría ser el colmo, sí, el mismísimo colmo: saber la respuesta de tener un padre en los EE.UU., pero, asimismo, resultaría ser una bendición poder inventarse un padre viviendo en el *West Side* de Nueva York, justo por la *San Nicholas Avenue* —entre la 176 y la 180, o entre la 181 y la 182—, rodeado de nativos de *Jánico* o *Sabana Iglesia*, de *San José de las Matas* o *Monción*, asediados todos por los escombros de una cultura rupestre que se extingue por ser devorada, precisamente, por la rendición y mancillamiento de una contracultura que se refugia en el *spanglish*. Y es por eso que en el *optional form 156-A (formely FS-257-A)*, fechado, según nota de la impresora, en *March 1975, Departament of State, hay raíces, claras raíces, brillantes raíces para arrojar luz sobre las tinieblas de la visa, de la misma visa que hoy he comenzado a buscar*, pensó Pérez, *y es ahí* —siguió pensando Pérez—, *en ese optional form 156-A, donde se encierra el misterio grande de los que desertamos, o por frustración o por desamor o por cobardía o por penuria o por sinvergüencería, de los trillos conocidos, de los caminos hechos o deshechos, cortos o largos, y de una vida desconocida en sus significaciones.* Pero ahí están los ojos, los seis ojos observando a Pérez, clavados como puñales de cartón en un corazón que brinca a contratiempo, que suda a deshoras y contrahoras, que duerme a destajo y a sobrevuelo; sí, seis ojos al acecho, o los diez millones de ojos del país al acecho de que todo provenga de arriba sin hacer nada, de que todo caiga desde el mismísimo cielo. ¿Será eso lo que busca Dios, que esperemos, que aguardemos, el sustento con el maná, con el milagro de una esperanza cabizbaja, arrinconada, suplicante de una madrugada sin salida de sol? Porque todo podría sintetizarse con sólo decir *vamos, hagamos de los números sexuales la consigna; llevemos hacia adelante la señal inequívoca de que el sexo es lo primero* y, así, no tener que recurrir al expediente de la autocrítica, uniendo a Freud y a Marx como soñó Wilhelm Reich.

Pérez abandonó el *Roxy* y sintió la brisa fría golpear su rostro. Era la brisa que sale a pavonearse en las medianoches de la calle *ElConde*. Sintió que su cuerpo se refrescaba, sobre todo sus ojos, impregnados del humo de los cigarrillos y el aire viciado del *Roxy*. Caminó hacia el *Baluarte* y observó la luz de los letreros. Había letreros viejos y nuevos, de nombres conocidos y desconocidos: el de la fábrica de camisas *Comander*, el de una nueva heladería, el de la tienda de discos *Musicalia*, el del hotelito-pensión de la esquina con la *Santomé* (el *Aida*), el de la tienda-sastrería *La Coruña*. Y al observar la calle con su asfalto brillante bajo las luces de neón, Pérez se contempló a sí mismo cantando canciones revolucionarias, caminando con un traje caqui y una camisa desabrochada junto al poeta Miguel, junto a la poetisa Grey; vio a la pecosa Graciela corriendo con un policía detrás y luego su fálico garrote golpearle la cabeza. Oyó, sí, oyó la vieja canción española: *El puente de los franceses no lo cruzan los fascistas / porque lo está defendiendo la juventud comunista...* Pérez sintió que sus ojos se llenaban de algo líquido y se dio cuenta de que estaba a punto de llorar. Ahí, en *El Conde*, estaba un gran pedazo de él y ahora era refugio, asilo, calvario, no del estilo lumpenesco de antaño, donde el asedio de los lúmpenes pedidores de cafés y cigarrillos era tan sólo una parte de la historia, sino de los actuales vagos llenos de vicios y frustraciones y cargadores de residuos donde los malentendidos históricos no tenían asidero; sino de lúmpenes pedidores de tragos y fumadores de marihuana. Sí, la *CIA* se había ganado *El Conde*, el sistema había podido, al fin, sacar al *Conde* de circulación, convirtiéndola en una pésima copia al carbón —aunque parecida en sus depravaciones— a la *42 street neoyorkina*. Drogas, prostitución, flirteos estúpidos y allá arriba, en la esquina *Hostos*, perdida para siempre en el marasmo de una cronología maldita, la figura fantasmal de Manolo, saludando desde el balcón a la multitud de las cinco y media de la tarde, justo antes de que se iniciara el programa, justo antes de que el grito *¡Tierra para los campesinos!* estremeciera los aires y justo antes de que todo el aparato policial descuartizara las aspiraciones, las jóvenes aspiraciones de los hombres con anhelos de igualdad. ¡Ah, 1975, a tan sólo doce años de distancia de *Las Manaclas*, a diez años de Abril, a dos años de *Caracoles*! Estas fechas aplastantes comprimían la cabeza de Pérez y sobre su cuello se abatió el golpe de la realidad: estaba aún en *El Conde* y cerca, muy cerca, únicamente a unos doscientos metros, estaba Abril y Caamaño; allí, frente al *Baluarte*, agitando los brazos y diciendo, casi emulando a los rebeldes históricos, *¡Patria o Muerte! ¡Venceremos!*

Capítulo VIII
Cesa la función del partido

BETO, SENTADO EN la mecedora, mira a su alrededor mientras saborea el café traído minutos antes por Doña María, la amable señora de la avenida *Duarte* y percibe, por las telarañas, huecos de ratones y los estantes llenos de viejos volúmenes trasnochados y polvorientos, que las ventas de libros han estado escasos en los últimos meses. Sin embargo, Doña María sigue con su idea de que lo que posee es una librería y allí la tiene, allí sigue con ella a pesar de que está en la avenida *Duarte* y de que las librerías en la *Duarte* no tienen el futuro de las zapaterías o de las mercerías guardadoras de oropel o de las fondas vendedoras de picantes *entresijos*. Afuera, en la doble vía con paseo entrelazado a frondosos árboles donde la vagancia alcanza la facultad del desaire o el abandono, se cuela el infernal ruido del subdesarrollo, protagonizado por inclementes bocinas y altoparlantes que se mezclan a los pregones vociferados con disimulada algarabía; afuera, en la doble vía de espanto y maraña, los griteríos de los que buscan la ventaja del engaño con sus ventas de recortes y adulteradas yardas, la esperanza se obtiene *a dos por chele*; sí, es desde afuera, desde donde el cielo no es igual para todos, que se filtra hasta los oídos de Beto la pesada oferta de la *Industrial Pantalonera* anunciando su especial del día mezclada con la música de *Los Ahijados* proveniente de la vecina tienda de discos. El ruido es un atabal, un timbal de locura, un arrebato de remolinos, de franquicias abiertas a la locura; el ruido es un ritmo de traumas, un son que busca el tímpano para exprimirlo y zarandearlo, para cagarse en él y vomitarlo; el ruido es un *tum-tum* desgarrador de silencios y heridas. Y dentro, en la librería que se desarma, Doña María, sentada frente a Beto, le observa y le sonrió.

—¿Qué vas a hacer ahora, Beto? —le pregunta.

Y Beto la mira y recuesta su cabeza sobre algún día perdido de hace cinco meses cuando, presuroso, ella misma, Doña María, le abría las puertas de su casa luego del golpe a Bosch, refugiándolo en una de las habitaciones traseras. Beto, con la cabeza aún recostada en los recuerdos, rememoró a la madre de Doña María, la ancianita que le confundía con Mario, su nieto, al que los sicarios trujillistas pertenecientes al *SIM*, habían asesinado en enero del 1960. Sí, era aquel septiembre del 63, cuando acudió a la librería de Doña María para escapar del *consumatum est* de los militares y cívicos golpistas que dejó la patria extenuada, la patria sin el condón discursivo de la democracia representativa y abriendo el sendero de la remota solución de la guerrilla. Sí, de la guerrilla como pretensión del heroísmo, del aventurerismo en simbiosis estoica con la madurez atragantada, con la sombra de la insularidad a cuestas como una cruz de porcelana. ¡Qué cortísima la distancia, qué débil la separación entre el ridículo y la gloria! Y entonces a la cabeza de Beto acude Fidel y su triunfo con la tesis triunfante de que sí es posible, de que sí todo se puede lograr con la coordinación de una razón simple anexada a la historia.

—Beto, ¿qué vas a hacer? —insiste Doña María.

—De verdad, Doña María, no tengo la más mínima idea de lo que podría hacer —responde Beto, porque, ¿acaso tiene una respuesta para apostar a algo?

—Pobre Beto —dice Doña María, poniéndose de pie y caminando hacia la habitación contigua, de donde vuelve unos instantes después con la abuelita, a la que sienta frente a Beto—. Mamá, mira quien está aquí y desea hablar contigo —dice doña María a la abuelita, guiñando un ojo a Beto para que, como siempre, siga el juego de la confusión.

Entonces Doña María sale de la habitación y los ojos de la abuela, empequeñecidos por los años y acostumbrados a mirar, más allá de lo meramente físico, las sombras del pasado se clavan en los de Beto y se achican, se traslucen, se incendian en las memorias irreconciliables, en aquellas que se han perdido en los vericuetos de las pesadillas y las trampas del vivir. Los ojos de la abuelita son como dos pequeños focos que taladran los de Beto tras la búsqueda de lejanos y angustiados oteros, de pesados y asfixiantes abatimientos. Y Beto, que ya, antes, ha sido indagado por ellos y sabe que se aprestan a resucitar otro capítulo de la novela *El regreso de Mario*, sostiene la mirada de la abuela y se viste de su rol.

—¡Mario! —Dice la abuela a Beto—. ¡Sé que eres tú, Mario! ¡No me engañes! —Al decir esto, la abuela lanza un sollozo que estremece a Beto—. Sabes cuánto te quiero, Mario. Tú eres mi favorito, ¿sabes por qué? Porque eres el único que me ha dispensado un verdadero amor de nieto.

Beto mira con tristeza a la abuela y desearía explicarle que él no es Mario. Pero, ¿para qué? ¿Acaso las inversiones no juegan el rol protagónico en el mundo? ¿Cómo, entonces, destruir la ilusión final en una grosera fractura donde los espejismos del último escalón se convertirán en mutilación y congoja?

—Dime, Mario, ¿por qué no me hablas, Mario, mi nieto, mi nietecito adorado, mi *capullito de alelí*?

Beto (¿para qué soslayarlo del libro de las satisfacciones?) siente que las palabras de la abuela lo convierten en el hombre más querido del mundo y, estremeciendo sus recuerdos, los encamina hacia la búsqueda de Elvira García Robert (*Mamavira*), su abuela, quien lo sienta sobre sus piernas y le ataja el llanto, los gimoteos, los dolores producidos por los latigazos maternos. Beto, entonces, desea sentirse Mario, *ser* Mario, *escaparse* en Mario y, tomando una mano de la abuela, la lleva hasta sus labios y la besa con ternura y luego la aprieta contra las suyas y la lleva hasta su pecho y la pasa por su frente y la introduce en su pecho y frota con ella sus tetillas y piensa entonces que el maldito mayor de los Santos no podrá quemarlas, que el hijo-de-puta mayor de los Santos no podrá apagar cigarrillos contra su pecho y aprieta más y más la mano de la abuela y la pasa luego por entre sus piernas para sentirse protegido de toda la desnudez y soledad del mundo.

—¡Ah, Mario —dice melosa la abuela—, lo sabía, lo sabía desde siempre que regresarías a mí y me acariciarías con tus manos largas, suaves, amorosas, haciendo sentir en este viejo corazón el calor y la paz!

La abuela, entre sollozos, aprieta las manos de Beto con la suya y lo observa arrodillado frente a ella con la cabeza apoyada en sus rodillas y deja que los pensamientos vuelen hacia los espacios perdidos, hacia zonas donde los pesares se ocultan. Y entonces ambos sollozan: Beto para tratar de olvidar y la abuela para recordar. Beto desea que el pasado desaparezca de su vida y la abuela, con sus neuronas agonizantes, para volverlo a vivir.

Cuando Doña María regresa, observa a Beto recostado de la abuela y se reclina contra uno de los libreros, permaneciendo allí hasta que el sol de la tarde cae, desplomándose pesadamente entre las lomas de *La Colonia*, por Cambita, y los sonidos estruendosos de los mil pregones de la *Duarte*.

Con su cabeza apoyada en el regazo de la abuela, Beto siente enormes deseos de descansar, de dormir, perola voz de Martina lo sacude:

—¡Qué escena tan conmovedora! —Exclama Martina, desde la puerta, junto a Doña María—. ¿Cuándo saliste de la cárcel? —le pregunta a Beto, mientras entra a la habitación.

—Hace unos días —le expresa Doña María, susurrándole luego—: Mamá sigue confundiendo a Beto con Mario.

—¡Ah, todavía la abuela sigue con la confusión! ¿Por qué no le dicen la verdad? ¿Por qué no le explican que Beto no es Mario, que Beto es, simplemente, Beto, y que Mario fue asesinado por la dictadura?

Aterrada, Doña María eleva la voz más allá del susurro, y enfrenta a Martina:

—Si le decimos eso a mamá la mataríamos, Martina. ¡Por Dios, eso nunca!

Beto, aún con la cabeza sobre el regazo de la abuela, se aferra más a ella, deseando sentirse atrapado, secuestrado por los recuerdos y de pie frente a ellos, Martina y Doña María los contemplan. Beto olfatea los aromas emanados del viejo vestido de la abuela, descubriendo fragancias que sólo el tiempo es capaz de conferir, pero levanta la cabeza y mira detenidamente a Martina. Entre Beto y Martina ha existido una rivalidad de orgullos, donde las conversaciones más insignificantes se truecan en latosas discusiones. Engreída por saber que sus insinuaciones lo enfurecen, Martina trata siempre de acosar y llevar a Beto hacia esos terrenos perdidos donde los diálogos esforzados se deshacen en oposiciones baladíes y anodinas, impidiéndole escapar por alguna diminuta brecha. Y es en ese atolladero cuando sabe que debe prepararse para las argumentaciones sexuales de Beto.

—¿Qué me miras? —le pregunta, y entonces ríe y le muestra sus fuertes y brillantes dientes que, sin lugar a equívocos, cepillará tres o cuatro veces al día, y deja expuestas las pequeñas amígdalas allá en la profundidad de su garganta.

Beto, poniéndose de pie, dice suavemente a Martina:

—¡Hola, Martina! —y camina hacia la mecedora, donde se sienta.

—Me alegra que estés de vuelta, Beto —dice Martina.

—¿Ya tienes novio? —le pregunta Beto.

—¿Novio? —Martina ríe explosivamente—. ¡No me hagas reír, Beto! Sabes bien que no pienso en eso. ¡Primero están mis estudios! Además, ustedes los hombres no están en nada. Sólo buscan una cosa y, cuando lo consiguen, dicen *abur*... ¡y nadita de nada!

—Sigues con la misma tesis sobre los hombres, Martina.

—Soy la misma de siempre —al decir esto, Martina observa a Beto desde la cabeza a los pies—. Dime, Beto, ¿te torturaron en la cárcel?

—¿Por qué preguntas eso?

—No sé, tal vez para saber si sufriste... ¡no sé!

—¿Te importa mi sufrimiento?

—Eres un amigo, ¿no?

—¿De verdad? —Beto vuelve a detenerse en los ojos de Martina y trata de auscultarlos, de penetrarlos y así adivinar la verdadera intención de la pregunta.

Sin embargo, Martina, pone en duda que Beto sea su amigo y le pregunta medio burlona:

—¿De verdad eres mi amigo? ¡Ignoraba eso!

Beto comprende que iniciar una conversación con Martina no conducirá a ningún sitio y trata, entonces, de llevarla hacia esa frontera donde las intenciones se escinden.

—Martina —le pregunta—, ¿has visto alguna vez un hombre desnudo y con el *bimbín* erecto?

La primera respuesta a la pregunta de Beto la deja escapar Doña María, quien pronuncia un:

—¡Jesús mío! —que le sale con la espontaneidad de un suspiro.

Luego viene la de la abuela:

—¡Dios todopoderoso! —santiguándose con rapidez.

Por último, estalla la de Martina:

—¡Horror! —Grita con una maliciosa risa entre los dientes—, nunca lo he visto, Beto. Pero si lo viera, primero le miraría el *ripio*, luego las piernas y, por último, le sacaría la lengua.

¡No, Martina, no harías justamente eso, sino lo contrario!, piensa Beto, *lo primero que harías sería levantarte la falda y correrías hacia él con las piernas abiertas para dejar que te penetrara.*

Doña María, comprendiendo que el ambiente se torna tenso y que podría desembocar en una discusión estéril, propone una salida airosa:

—¿Qué tal un cafecito? —pregunta a todos, mientras la abuela se levanta del asiento y sale con paso lento de la habitación, no sin antes echar una mirada complaciente a Beto.

—¡Excelente idea, Doña María! —dice Beto.

—¡Magnífico! —afirma Martina.

Doña María, antes de salir del cuarto, los mira a ambos.

—Por favor, no discutan —les dice y sale de la habitación.

Cuando quedan solos, Beto mira de soslayo a Martina y sus ojos la recorren de pies a cabeza, descubriendo en ella zonas voluptuosas, lugares en su cuerpo que nunca antes había observado: contempla sus caderas anchas, sus piernas vigorosas, su cuello espigado y llega a la conclusión de que, aunque aspirante a una rebeldía sin causa y, por lo tanto, estúpida, Martina reunía con su cuerpazo y su inteligencia el potencial necesario para alcanzar las dos metas soñadas por cualquier muchacha de clase media: finalizar alguna carrera o atrapar un buen marido.

—¿Sigues en la escuela de ballet? —le pregunta Beto.

—¡Claro! —responde Martina haciendo un mohín de satisfacción.

—¿Cómo te va con las clases?

—¡Súper! —pero la afirmación de Martina no convence a Beto.

—¿Podrías demostrármelo?

—¡Estás loco! ¡No bailaría para ti por nada del mundo!

Beto sonríe entre dientes y vuelve la cabeza hacia Doña María, que entra a la habitación con el café y unas tazas.

—Aquí está el café —dice Doña María y coloca el café y las tazas sobre una mesa—. Nada como un cafecito para reanimarse y amistarse. —Doña María, sonriendo, vierte café en dos tazas y las pasa a Beto y Martina.

—Huele divino, Doña María —dice Martina.

—El café está como siempre, Doña María —afirma Beto, saboreando la infusión.

—¿Sabes, Beto? —dice Doña María—, Martina está estudiando francés.

—¡Oh, francés! —reacciona con sorna Beto.

—Sí, francés —reafirma Martina—. ¿Tienes algo en contra del francés?

—No, no tengo nada en contra del francés ni tampoco nada en contra del inglés, pero creo que deberías repasar el español.

—¿Acaso no lo hablo bien?

—No es por eso, Martina.

—¿Entonces?

—Las lenguas son como los organismos, Martina —responde Beto, que termina de tomar el café y coloca la taza sobre la mesa—. Si no se alimentan, mueren por inanición… completamente asténicas, agotadas por completo. Así pasó con el sumerio, el egipcio, el griego antiguo y con un latín que ni la iglesia misma pudo salvar, a pesar de que era obligatorio el escucharlo en las misas. Lengua y cultura son las corazas que usan los imperios para jodernos, por lo que al español tendremos que alimentarlo muy bien para resistir lo que viene.

Pero, ¿crees que el español morirá?

—Todo depende, Martina… ¡todo depende!

—¿De qué?

—De como enfrentemos al inglés.

—¿Y crees que será posible enfrentarlo?

—Podríamos enfrentarlo con éxito.

—¿Al inglés? —pregunta incrédulamente Martina.

—Sí, al inglés.

—¡Explícate, Beto... por Dios! —al gritar esto, Martina busca el auxilio de Doña María, a quien mira con ojos suplicantes—. ¿Verdad, Doña María?

—No, no, Martina, sabes que no me gusta entrometerme en las discusiones de ustedes —responde Doña María, accionando rápidamente las manos.

—Todo es bien simple, Martina. Podríamos enfrentar el inglés con una sólida educación escolar.

—¿Con la educación escolar? —pregunta Martina, desconfiada.

—Sí, con una buena educación escolar que enraicemos con la lengua, valorizando, además, el rol del español en nuestra historia...

—Lo pones muy fácil, Beto —interrumpe Martina.

—Latinoamérica ha abandonado el protagonismo de su lengua para enfatizar sus preocupaciones en otras áreas de la cultura...

—Lo ves y lo pones todo muy fácil, Beto —afirma Martina—. ¿Crees que es más importante proteger el español que equipar los hospitales, o que preocuparse por los campos?

—Sí, es más importante, Martina, porque la educación tiene en sí el tuétano de la comprensión, de la comunicación, del entendimiento. Mientras mejor entendamos, mucho mejor nos comprenderemos y, por lo tanto, resultará más fácil arribar a las metas programadas.

—¿Y crees que el idioma es lo básico?

—Sí, Martina, la lengua...

—Por qué te regodeas cada vez que pronuncias la palabra *lengua*— interrumpe Martina.

—...porque la lengua es también reflejo, realización, sistema interactivo, comunicación, pensamiento, método, deseo, goce, objeto, sujeto, emoción, archivo y, además, eso lo sabrás dentro de poco, la lengua sirve como instrumento que se pasa velozmente sobre el clítoris, de arriba hacia abajo y de abajo hacia arriba, de izquierda a derecha y de ésta a la izquierda...

—¡Jesús, Beto! —Interrumpe a Beto, asombrada, Doña María.

—¡Basta, Beto! ¡No seas grosero! —grita Martina.

—Sí, esa es la verdad —se defiende Beto—. Mientras más lengua más pueblo, más futuro, más comprensión, más conocimiento, ¡menos explotación! Por el dominio de la lengua pudo Heródoto de Halicarna-so datar a las sociedades egipcias, mesopotámicas, eslavas y palestinas, diciendo lo que le venía en ganas y ficcionando sus conductas. Todo lo que no se movía a través de la lengua griega era *la otredad, lo bárbaro, lo inferior*. Y, escucha esto, la *kultur* alemana surgió como un antagonismo a la lengua francesa, que era considerada como la *lengua civilizadora*, como la *lengua de las cortes*. Fue en ese Siglo XVIII donde el concepto *lengua* se convirtió en un *asunto inalienable*, llevando a los pensadores germánicos a oponer su *cultura* a la *civilización* que envolvía la lengua francesa. Es más, Martina, cuando los haitianos nos invadieron a comienzos del Siglo XIX, a pesar de que enarbolaban una negritud primitiva (o africanía, como desees), también se ufanaban del francés normando o *patois* que masticaban. ¿Por qué crees que la mayoría de las civilizaciones desapare-ció? ¡Por la filtración, Martina, por la permeabilidad de sus sistemas co-municativos! Junto a los espejitos y baratijas con que los conquistadores engañaban a nuestros aborígenes, se establecía una palabra, un sonido, un signo que incursionaba la lengua nativa, penetrándola, ahogándola, exprimiéndola en la estupefacción de lo civilizado, de la cultura impuesta —Beto hace un alto en su alocución y, antes de proseguir, mira detenida-mente a Martina—. ¿Qué te parece?

Martina no responde y, observando firmemente a Beto, desearía ex-presarle algo y, sí, enunciarle que lo admira y que hasta podría aplau-dirle por casi provocar su convencimiento de que hay que derrotar a la maldita lengua inglesa. Pero no, ella sólo lo contempla de la misma ma-nera como se observa a alguien recién salido de la cárcel: como se mira a alguien a quien lo que sabe no le importa a ella un carajo, porque (para qué negarlo) su lenguaje turbulento le provoca nauseas, cagadera, pica-zón en el clítoris. Entonces, los ojos de Martina se cierran y un silencio de complicidades se apodera de la habitación.

—¿No me respondes, Martina? —Insiste Beto—. Sí, por eso es que tenemos que aupar al español y tratar de eliminar las mixturas, patro-cinando con énfasis su enseñanza, porque, es preciso que lo entiendas, un idioma no puede sostenerse sólo por el apabullamiento numérico de sus hablantes. Si así fuera, Martina, hoy estuviésemos hablando chino o hindú. El auge del griego se apoyó, fundamentalmente, en la filosofía y la literatura, catapultadas por las campañas bélicas de Alejandro, quien, tras sus conquistas, fomentó la enseñanza del griego y fortaleció las bibliotecas. La lengua, siempre ha sido así: raíz, base para catapultar la tecnología y, por lo tanto, el motor de arranque de todas las civilizaciones perdurables. No podemos olvidar que el sumerio, el egipcio, el chino, el griego, el latín, el español, el francés y el inglés, fueron también improntas, soportes de amplios empujes culturales...

—Bueno, esa es una forma de ver las cosas —interrumpe Martina—. Pero, ¿hay alguna otra?

—Podríamos aupar el ruso.

—¿El ruso? —Martina, al preguntar, ríe sonoramente.

—Sí, con el ruso.

—¿Y tú crees que el ruso podría desplazar al inglés?

—Todo dependerá de cómo finalice la batalla de las ideologías, Martina. Aunque el idioma inglés derrotó al francés en Waterloo, la guerra entre Estados Unidos y la Unión Soviética es completamente diferente. Esta es una guerra que se está librando no sólo a través de la resistencia cubana, aquí en Latinoamérica, ni en Vietnam, en el Oriente Medio; esta guerra enfrenta al inglés y al ruso en el espacio exterior del planeta, en la superabundancia de propaganda impresa, filmada y radiodifundida, así como en los adelantos tecnológicos automotrices, en los agrícolas, en los cosmetológicos y farmacológicos, en los alimentarios y científicos, en la moda, en el ocio...

—¿Ocio? —Pregunta Martina, azorada— ¿Bromeas?

—Sí, Martina, en el ámbito del ocio, que es lo que abarca el recreo, el entretenimiento, la producción lúdica... y ahí los yanquis aventajan a la Unión Soviética con muchas cabezas de ventaja. Recuerda que Hollywood está en California...

—¡Ah...! —interrumpe Martina, mezclando el asombro al sarcasmo—, creo de verdad, Beto, que tienes un tornillo flojo!

Beto no responde a Martina y la mira profundamente por un instante, al término del cual le expresa suavemente:

—¡Oh, Martina, si pudieses comprender un poco, tan sólo un poco! Los gringos han convertido su país en una maquinaria para producir y exportar eso que llaman el *american way of life*... ¡y eso es lo que nos vende *Hollywood* en cada film: ¡un estilo de vida inyectado en cada movimiento sensual de Jean Harlow, en cada bocanada de humo expulsada por Bogart, en cada trompada propinada por John Wayne!... Lo que viene impreso en cada producto es el contexto para reafirmar los deseos, los anhelos de alcanzar un sueño, una utopía realizable.

—Suena muy bonito, Beto —interviene Doña María—, pero dudo mucho que el ruso pueda acabar al inglés.

—¡Creo lo mismo, Doña María! —afirma Martina riendo y observando con socarronería a Beto.

—Cuando Trujillo trajo a finales de los cuarenta a los húngaros para trabajar en la armería de San Cristóbal —interviene de nuevo Doña María—, también vinieron con ellos algunos rusos. ¿Y sabes, Beto? Cuando los escuché hablar, me dije: *¡Santísimo Cristo!, ¿y eso es un idioma?* No, Beto. Creo que el ruso no desplazará al inglés.

—Sin embargo, Doña María —explica Beto—, el inglés desplazó al francés, un idioma que sintetizó lo mejor del latín y las lenguas bárbaras —al decir esto, Beto trata de producir, tanto en Doña María como en Martina, algún cambio de actitud. Pero, por otro lado, sabe que de nada le valdrá seguir teorizando sobre la lucha de las lenguas, por lo que cambia de actitud y mira sonriente a Martina—. ¿Sabes, Martina? —le dice—, ¡tu cuerpo está alcanzando la plenitud!

—¿Qué insinúas con eso? —pregunta Martina, tornándose nerviosa.

—Que te estás convirtiendo en una hembrota.

Al escuchar las palabras de Beto, el café se le atraganta a Doña María y Martina carraspea levemente, ruborizándose. Doña María, tras unos segundos, mira a Martina y sonríe; comprende que Beto procura comenzar otra de las acostumbradas batallas con Martina, aunque esta vez desde un frente más reducido y menos pedante, por lo que vuelve a llenar las tazas de café.

—¿Tú crees? —Pregunta Martina llevándose las manos a las caderas—. ¡Porque puedes estar seguro de que este cuerpo no será para ti!

—Sé que eres mucho para mí, Martina. Pero, de verdad, ¿cuánto más eres para mí?

—¡Muchísimo! ¡Muchísimo más, Beto! —Responde Martina, mirando su reloj de pulsera—. ¡Ah, se me hace tarde para las clases de ballet! —dice con cierta preocupación y se pone rápidamente de pie.

Beto observa a Martina ponerse de pie y comprende que está evadiendo la pelea.

—¡Por favor, Martina, no te vayas! —le suplica—. ¿Por qué no te quedas otro rato? El ballet puede esperar.

—¿Para qué, Beto? ¿Para que me mortifiques? ¡Prefiero irme a estudiar!

Cuando Martina se dirige a la puerta, Beto se levanta y corre hacia ella, tratando de impedir que salga.

—¡Eh, Beto!, ¿qué haces? —pregunta Martina, sorprendida.

—Impido que salgas, Martina.

—Oye, Beto, ¡deja que Martina salga! —interviene Doña María.

—¡No, Doña María! ¡Conozco bien a Martina y lo que desea es evadir la conversación!

—¿Es cierto eso, Martina? —le pregunta Doña María.

Medio mortificada y medio divertida, Martina mira a Doña María y opta por volverse a sentar. Beto hace lo mismo y, tomando una de las manos de Martina, la aprieta suavemente entre las suyas.

—¿Por qué haces esto? —pregunta Martina a Beto, asombrada.

Beto, con la mano de Martina entre las suyas, la mira a los ojos tiernamente.

—No hagas mucho caso a lo que he dicho, Martina —le dice—, tú eres una gran muchacha.

Martina, desarmada por la actitud de Beto, trata de recomponerse, de volver a tomar una posición de pelea.

—¿Eso es todo, Beto? —le pregunta, retirando su mano—. ¡Creo que es mejor que me retire! Es cierto que tengo clase de ballet.

Martina vuelve a ponerse pie y Beto la deja ir esta vez, observándola caminar con prontitud hacia la puerta, desde donde saluda a Doña María:

—¡Gracias por el café, Doña María!

Martina sale y Beto observa su balanceo al caminar.

—¿Sabe algo, Doña María? ¡Martina podría frustrarse!

Doña María sonríe y, tras recoger la cafetera y las tazas, sale con ellas de la habitación. Cuando queda solo, Beto observa despaciosamente el cuarto y piensa que cinco meses atrás, justo cuando tumbaron a Bosch, la casa de Doña María había sido su primer refugio, habiendo acudido a él repetidamente en los momentos en que la soledad y la tristeza lo abatían. En esos instantes, Doña María siempre estuvo dispuesta a recibirlo y hoy, luego de la conversación con Juan B y Pedro *La Moa*, la casa de Doña María se había convertido de nuevo en su primer cubil, en ese amparo donde se diluyen las asperezas. Inclusive, ser Mario para la abuela, discutir pendejadas con Martina (que siempre visitaba a Doña María cada vez que él hacía acto de presencia), ser pordiosero en cualesquiera esquinas, era preferible a sentir la angustia de la exclusión política; mucho mejor que pasarse el día vagando sin rumbo por las calles, o, lo peor, desembocar en un hogar donde Elena y sus hijos lo esperaban todo de él. Beto recordó aquel 25 de septiembre, bien tempranito, cuando dormía en un cuartucho de la casa que servía de asiento a la *Agrupación Patriótica 20 de octubre* y *rinnnnggggggg*, sonó el teléfono:

—*¡Aló! ¿Beto? ¡Apúrate, vístete y sal de ahí rápidamente!*

—*¡Eh!, ¿qué pasó?*

—*¡Dieron el golpe!*

—*¿El golpe?*

—*¡Sí, el golpe!*

—*¿Cuál golpe?*

—*¡A Bosch! ¡Lo jodieron ya... lo tumbaron!*

—*¿A Bosch?*

—*¡Sí, ya Bosch no es presidente, se acabó la Suiza de América!*

—*¿Y qué coño hago yo ahora?*

—*¡Escóndete, Beto!*

—*¿Dónde?*

—*¡Eso sabrás tú, buen pendejo? ¿Por qué no buscas el útero de tu madre!*

Y fue entonces que comenzó el corre-corre sin dinero, sin tener a dónde ir y cuando Beto guió sus pasos hacia este mismo lugar en que se encuentra junto a sus recuerdos. Acudió presuroso, aquella mañana de finales de septiembre y luego de rasurarse la espesa barba a las tres de la mañana, a la puerta que le abrió Doña María con una amplia sonrisa y con las palabras de:

—*Sí, Beto, estoy enterada... ¡ya tumbaron a Bosch! ¡Rápido, rápido... entra!*

Y subiendo hasta el taller de maniquíes de Milton, el hijo de Doña María, ubicado en el ático de la casa-librería, Beto encontró un apacible refugio, permaneciendo allí días y días, mientras la cacería de compañeros y burócratas boschistas desempolvaba cada rincón, cada sombra boscosa del país. Sí, aquí, en el taller de maniquíes de Milton, en el ático, había permanecido Beto, escondido de los policías malos y de todos los agentes secretos súper malos, porque la librería de Doña María, esposa de un compadre de Don Emilio de los Santos, excelentísimo Señor Presidente del Eminentísimo *Triunvirato*, jamás podría convertirse en refugio de comunistas.

—*¡Aquí no te buscarán, Beto!*

—*¡Gracias, Doña María!*

Y entre los maniquíes sonrientes, reproduciendo modelos esculturales, tetudas, las visitas diarias al ático de la muchacha joven que trabajaba como mandadera de Doña María, pero que era tratada como-hija-de-la-casa y también las visitas de Martina, que comenzaba a preguntar:

—*¿Quién es el exótico ese que está arriba con bigotito italiano y la huella de una barba recién afeitada?*

Y Doña María sin decirle nada ni a Martina ni a nadie, pero su hijo Milton, cuando vienen las diarreas de Beto (y que no se sabe si por amebas o por el miedo a los malos y súper malos policías), comienza a pedir dinero en la calle, susurrando a los donantes:

—*Es para el pobre Beto, que está con diarrea.*

Y es cuando aparece Daniel, el amigo del *1J4*, que convence a su padre, Juez de Paz del municipio de Palenque, al sur de San Cristóbal, para que lo refugie en el juzgado. ¡Qué bien! Así nadie sospechará que un perro comunista ose esconderse en la sagrada casa de la justicia pueblerina. ¡Pero mira que sí! Pues a las dos o tres semanas de estar escondido en el Juzgado de Paz de Palenque, Beto se sorprende de que el edificio amaneciera rodeado de policías en un despliegue de cascos de guerra y varios *jeeps* de la *PN*, rugiendo la voz del oficial al mando a través de un megáfono:

—*¡Que salga el maldito comunista que se encuentra en juzgado con los brazos en alto!*

Y más allá de los policías y los *jeeps*, medio pueblo congregado frente al Juzgado de Paz de Palenque, al sur de San Cristóbal, disfrutando de la captura de un maldito comunista. Gozando todos con el *show* del día, del año, del lustro, de la década. Como si el espectáculo perteneciera a un circo recién llegado con elefantes y enanitos y camellos y muchos payasos con narizotas. Y nada, que el comunista es metido, lanzado esposado en uno de los *jeeps* con el pecho contra el suelo y el *jeep* que comienza la marcha a cien kilómetros por hora hacia Santo Domingo, donde el comunista es tirado como un fardo de papas en el patio del palacio policial y allí se apiñan muchísimos policías más y comienzan los insultos de:

—*¡Que muera el comunista!*

—*¡Que mueran los fidelistas dominicanos!*

—*¡Abajo el marxismo-boschismo!*

Y nada, que para arriba, para el *servicio secreto* y allí, entonces, comienzan los interrogatorios:

—*¿Cuál fue la lancha que te trajo desde Cuba?*

—*¿Cuántas armas fueron introducidas por Playa Palenque?*

Pero Beto recuerda que lo peor era su soledad, el estar solo y sin nada que hacer, sin nada que escribir, sin un reducido poema que inventar, sin una canción, sin una pequeña anécdota que contar; Cierto, para Beto era mejor una discusión pequeña, inútil, intrascendente y fútil con Martina, que el ir y venir de aquella mecedora en el ático, llevándolo hacia delante y hacia atrás, mientras la abuela gemía y se esperanzaba con la idea de que él era Mario… ¡y nadie más!

Ahora, la voz de Doña María vuelve a Beto al presente:

—Por fin, Beto, ¿qué piensas hacer, ahora que estás libre?

Beto hubiese preferido no responder la pregunta, pero especula que sería descortés quedarse callado ante alguien que ha sido ampliamente solidario con él y, justo cuando se disponía a responder, entra Landa, la prima de Doña María, quien saluda despreocupadamente a ambos.

—¡Buenas tardes! —dice Landa, susurrando.

—¡Buenas tardes! —responde Doña María.

—¡Buenas tardes! —la sigue Beto.

Landa se sienta frente a Doña María y Beto y cruza las piernas con glamur y Beto observa el mecanismo que emplea la recién llegada para sentarse: primero se recoge la falda sensualmente, y luego y ya sentada, cruza las piernas gradualmente, permitiendo que los ojos de Beto se deleiten con las carnes rosadas, tenues, de sus muslos largos, aún con la sombra de los cuarenta años que pesan sobre ella.

—Beto —presenta Doña María—, Landa es hija de mi tía Rosalía y nació en mi pueblo, Sabana de la Mar.

Beto, que ha permanecido absorto contemplando a Landa, se entera por Doña María que el padre de Landa había llegado desde las Islas Canarias por los años veinte, radicándose, primero en Samaná y luego en Sabana de la Mar, donde logró levantar una próspera industria de aceite de coco, que exportaba a las Antillas anglófonas. Fue en Sabana de la Mar, siguió contándole Doña María, donde conoció a su tía Rosalía, con quien se casó y tuvo tres hijos, siendo Landa la más pequeña de ellos.

Con ojos profundamente azules, toda rubia y con un sensual cuerpo de formas circulares (sobre todo por esas zonas donde se afirma el erotismo), la voz de Landa semejaba a un murmullo.

—Mucho gusto, Beto —dice Landa, después de la presentación de Doña María y dejando escapar una suave sonrisa.

—¡Hola, Landa! —saluda Beto.

—Landa está a punto de casarse, Beto —dice doña María—. Bueno, casándose no, más bien divorciándose para volverse a casar...

—¡Por favor, María! —La interrumpe Landa—. No creo que eso interese a Beto.

—Nunca es tarde para empezar de nuevo, Landa —agrega Doña María—. ¿Verdad, Beto?

Beto comprende que Doña María busca una excusa para exonerar a Landa de una nueva aventura amorosa a sus cuarenta o más años.

—¡Claro, Doña María! —Responde Beto—. ¿Cuándo se celebrará la boda? —Beto formula la pregunta a Doña María, aunque sus ojos siguen fijos en Landa.

—Será en Curazao —contesta Doña María—. Se casa con un curazoleño.

—¡Ah, María! Jan no es de Curazao, sino de Holanda.

Beto se detiene en los ojos profundamente azules de Landa y quiere penetrarlos. Ella palidece un poco, pero soporta la mirada como una leona que acepta el reto. Beto penetra a través de ellos y cree adivinar cosas, esos conceptos vagos y fantasiosos que envuelven a las mujeres pre-menopáusicas, y cavila que una mujer como Landa podría albergar cientos de misterios, de luces y sombras. Y tal vez movido por esa curiosidad, le pregunta:

—¿Por qué se divorcia? —Insistiendo a seguidas—: ¿Por qué se vuelve a casar?

Landa, mirando hacia arriba, hacia el techo, hacia el ático que fue albergue y refugio de Beto durante las largas semanas que siguieron al golpe de estado a Bosch, contesta vagamente, casi por obligación:

—Cuando una lleva más de veinte años de matrimonio y se ha pasado la mayor parte del tiempo sola; cuando los hijos ya están crecidos y la hija de una se mete en amores, desafiando las voces altas; cuando a uno de los muchachos lo enrolan los *marines* y al otro lo firman para jugar *básquetbol* en una universidad de Virginia; cuando el esposo acepta un empleo de viajante en una fábrica de colorantes artificiales y te deja sola en la casa por semanas y semanas, viendo nevar en invierno, viendo llover en primavera y asfixiándose del calor en verano... ¡entonces una piensa en el divorcio!

—¿Dónde vive? —insiste Beto.

—En Nueva York —contesta Landa—, pero aún no he respondido a la otra pregunta de que *por qué me caso*. Pues es sencillo: cuando a una le pasa todo eso, entonces una desea salir de la trampa de la soledad y es ahí donde viene el enganche, el quitarse una camisa de once varas para ponerse una nueva, aceptando el desafío de lo por venir, de lo que se presiente, de lo que se espera... ¡llegue o no llegue!

Beto piensa en la clase de mujer singular que es Landa y la mira detenidamente, con admiración, pensando que, acaso, un tipo de mujer así podría permitir el afloramiento de otra Rosa de Luxemburgo en un proceso revolucionario dominicano, y entonces la mira con mayor detenimiento, casi con arrobamiento, tal vez envidiando a Jan, al tipo de Curazao que, probablemente, ya la había manoseado y penetrado. Sin embargo, sabía que tenía a Elena, a sus hijos y a otras más, a muchas más y él ahí, sentado en la casa-librería de Doña María, conversando con una rubia que se estaba divorciando para volverse a casar, que se desengancharba para volverse a enganchar, llenándose de hálitos nuevos y deseando comenzar a arrastrarse hacia un frenético tren de la esperanza, que no era más que el tren de los martirios. Comprendiendo que al día podrían, aún, esperarle más sorpresas, Doña María vuelve a perderse hacia la cocina para preparar más café. Sí, Doña María comprende que los momentos de *alquimia-entre-dos* no ocurren con frecuencia.

—¿Conoce el río? —pregunta Beto a Landa, cuando quedan solos.

—¿Cuál río? —responde Landa, curiosa.

—El *Ozama*.

—¿Ese río sucio?

—¡Ese mismo!

—Sí, lo he visto al cruzar el puente —afirma Landa—. ¿Qué tiene de especial el *Ozama*?

—Tiene recodos maravillosos y para verlos sólo es preciso tomar una yola debajo del viejo puente *Ulises Heureaux*.

—¿Al estilo veneciano? —pregunta Landa, sonriendo.

—¡Ah, Venecia! —Responde Beto, visiblemente sorprendido por la pregunta de Landa—. No, no al estilo veneciano. Hay un millón de diferencias entre el más insignificante canal veneciano y nuestro río *Ozama*, Landa. Pero sólo basta, mientras se cruza el *Ozama*, observar el paisaje detenidamente y cerrar los ojos por un instante para, al volverlos a abrir, observar cómo los contornos y la atmósfera cambian dramáticamente...

—¿Eso es todo?

—No. No es todo. Faltaría algo.

—¿Qué? ¿Qué más faltaría?

—La compañía de alguien como usted.

—¿Cómo yo? —pregunta Landa, llenándose de rubor.

—Sí, como usted, Landa —reitera Beto—. El *Ozama* y los canales venecianos podrían ser lo mismo, siempre y cuando a uno le acompañe alguien como usted.

Visiblemente tocada por las palabras y los gestos peliculeros que Beto utiliza al hablar, Landa respira profundamente.

—No quise burlarme del río *Ozama*, Beto —se excusa Landa.

—Lo sé, Landa. Lo sé.

—Entonces, ¿por qué no me explica una travesía por el *Ozama*?

—¿Lo desea así?

—Sí, por favor.

Antes de proseguir, Beto mira insistentemente a Landa y se detiene en sus ojos. Landa enfrenta la mirada de Beto con una sonrisa, pidiéndole con voz dramática:

—¡Por favor, Beto, continúe describiéndome esa travesía por el *Ozama*!

Beto sabe que Landa, mucho más allá de la narración de una historia sobre el río *Ozama*, podría estar buscando alguna entretención.

—¿De verdad desea escucharla?

—¡Sí, sí, por favor!

—Bueno, a mitad del río se le podría pedir al *yolero* que le enseñe a remar o que detenga la embarcación para, desde el mismo centro del río, contemplar la silueta de la vieja Santo Domingo, una silueta que varía de acuerdo a la hora. Por ejemplo, al amanecer, la parte Oeste de Santo Domingo que se observa desde el río *Ozama* se torna anaranjada y, tras unos minutos, cambia súbitamente a blanquecina...

—¿Y al atardecer?

—A esa hora la ciudad se torna rojiza, cambiando luego a un púrpura oscuro.

—¿Y después?

—Después vienen las sombras. Sombras que se mueven constantemente...

—¿Constantemente?

—Sí, constantemente. En segundos cambian del gris profundo al ocre y luego al negro y después se oscurece todo hasta que las bombillas se encienden, sobreviniendo la magia de la noche que se traga el atardecer.

—¿De verdad ocurre así?

—sí. Así ocurre.

—¿Y entonces? ¿Se continúa remando hasta la otra orilla?

—Así es.

—¿Y en la otra orilla... qué podría encontrarse?

—En los rincones de la otra orilla pueden encontrarse viejos misteriosos, esos que narran leyendas marinas y cuentan historias de barcos fantasmas...

—¿Barcos fantasmas?

—Sí, la orilla del *Ozama* que pertenece a *Villa Duarte* está llena de constructores de yolas y yates que conocen miles de fábulas.

—¡Ah! —Landa parece extasiada con las palabras de Beto.

—Desde la confluencia del *Ozama* y el río *Isabela* y casi hasta *Sans Soucí*, la ribera oriental está atestada de pequeños astilleros y destartalados cobertizos para botes...

—¿Y funcionan todos?

—Algunos guardan embarcaciones que jamás han navegado.

—¿De verdad?

—Sí, de verdad. Pero también hay mucho... ¡mucho más!

—¿Cómo qué?

—Allí puede uno cantar, gritar a todo pulmón y olvidarse de las penurias del día.

—¿Pero pertenece esa otra orilla a Santo Domingo, a esta ciudad?

—¡No, esa orilla oriental no es esta ciudad?

—¿No?

—No. Aquella orilla pertenece a la que fue la primera ciudad y a ella pertenece el misterio del abandono. Aquella orilla es, por lo tanto, el refugio, la huella oculta del dolor y la apatía de nuestra historia.

—¡Ah, Beto!, ¿tan enamorado está de esa *otra orilla*?

—No, no es amor lo que siento...

—¿Entonces... qué es lo que siente?

—Respeto. Lo que siento es respeto por esa *otra orilla*.

—Pero Beto, allí vive el mismo tipo de gente que habita este lado. ¿No es así?

—Tal vez, pero allí hay gente atrapada entre sueños de evasión.

Landa echa un vistazo a su reloj y luego mira a Beto.

—¿Dijo usted que la hora mágica es el atardecer? —le pregunta.

—Sí, el atardecer —responde Beto.

—¿Y se repite constantemente?

—Sí, en cada travesía del *Ozama*, al atardecer, surge el misterio.

—Pero, ¿es eso cierto, Beto?

—¡Sí, es cierto! ¿Desea probarlo?

La pregunta de Beto sorprende a Landa, la que se queda buscando alguna respuesta.

—¡Sí, deseo probarlo! —responde decidida—. Pero me gustaría exigir algo...

—¿Algo? ¿Cómo qué? —pregunta Beto, mientras se pone de pie.

—¡Sí, algo!

—¿Qué?

—Que nos tuteemos. ¿Sí?

—¡De acuerdo! Entonces, ¿nos vamos?

—¡Sí, Beto... nos vamos!

Beto y Landa, ya de pie, se dan las manos, las aprietan y salen, mientras entra Doña María con una bandeja con café y tazas en las manos.

—¡Oh!, ¿y qué avispa les picó? —se pregunta Doña María, al contemplar a Beto y Landa salir de la librería y cruzar velozmente la avenida *Duarte* rumbo al *Ozama*.

Capítulo IX

El buceo en el final del periplo de ¡Descubra un nuevo mundo!

PÉREZ TENÍA FRENTE a sí el Baluarte cuando oyó la voz del *poeta sorprendido* que lo llamaba desde la esquina formada por las calles y *Espaillat*.

—¡Pérez... Pérez! —Lo llamó insistentemente el *poeta sorprendido*.

Al volverse hacia el poeta, Pérez lo encontró avejentado, lleno de canas y, como casi siempre, borracho. Pérez le pidió que cruzara la calle con una señal que consideró poco educada, pero que ratificó luego al razonar que a un borracho no se le podían exhibir buenos modales, aún ese borracho tuviese en su haber un *premio nacional de poesía* y varios portafolios llenos de poemas inéditos. El poeta cruzó la calle tambaleante, despeinado, empequeñecido por el tiempo de vagancia y los sueños inalcanzados. Por sus ojos vio Pérez la frustración de toda una generación y la falta de coherencia que primó en aquel grupo de poetas que se reunió a *botar-el-golpe* del acoso trujillista, formando, bien temprano en la década de los cuarenta, la revista *La Poesía Sorprendida*. Al llegar frente a Pérez, el poeta le apretó fuertemente las manos.

—¡Hola Pérez! —saludó el poeta, quedándose alelado.

—¿Cómo estás, poeta? —le preguntó Pérez.

Pero el poeta seguía alelado, como petrificado, tal vez por haber percibido lo descompuesto que lucía Pérez, o, acaso extrañado por el color de la cara que exhibía. El poeta observó, también, las ropas de Pérez y lo volvió a saludar con una voz que resumía el día y la noche de tragos consumidos. Pérez, sin embargo, miró con ojos cansados al poeta y luego desvió sus ojos hacia *El Conde*, donde, justo a esa hora, la madrugada echaba su batalla final contra un sol que se avecinaba ferozmente. Observó la calle desierta, habitada sólo por los residuos, por los detritos de una sociedad que avanzaba a ciegas, tratando de imitar lo mejor de las sociedades centrales, pero asimilando únicamente lo fácil, que siempre está asociado a lo peor. Luego, Pérez retornó su mirada a los ojos del poeta y advirtió lo hundidos que estaban, habitando unas cuencas huesudas y revestidas de piel amarillenta. Los ojos del poeta, dramatizados por la luz artificial, dejaban escapar destellos de muerte. Pérez recordó el día en que el poeta le obsequió el primer número de la revista *La Poesía Sorprendida*, un ejemplar firmado por todos los integrantes del movimiento y donde figuraba entre las firmas, el nombre de Lupo Hernández Rueda. Repasó en su mente, palabra por palabra, el contenido del *Apasionado Destino*, el manifiesto con el que los *poetas sorprendidos* saludaban a un mundo atrapado en la más cruel de las guerras y que había sido escrito por Alberto Baeza Flores. Pérez recordó el primer párrafo de aquel manifiesto:

> No sabemos si la poesía nos sorprende con su deslumbrante destino, o si nosotros la sorprendemos a ella en su silenciosa y verdadera hermosura. No sabemos si ella sorprende este mundo nuestro y es su hermosura quien mantiene esa fidelidad secreta en la escondida, interior y grande esperanza. No sabemos si el mundo loco corre a ella, porque precisa ahora correr como antes, como siempre o como mañana; o si ella corre a él porque necesita salvarlo.

Pérez recordó y asoció a aquellos poetas como talentosos imitones de estilos de vida alejados por completo de la realidad social dominicana; a seres que se escudaban en los versos para alejarse de los problemas fundamentales. Pero no los culpó. Ellos no eran los responsables de toda la mierda que los rodeaba, sino los ambientes, las atmósferas cargadas, los contornos que condicionaban sus entornos. Entonces volvió, súbitamente, al presente, a la calle *El Conde* y sus ojos retornaron al *poeta sor-*

prendido allí, frente a él, observándole, mirándole, reflejando a través de su mirada las malditas frustraciones vividas en aquella calle mancillada, en aquella calle a la que trataban de alejar de su destino, de su principio trascendente de *ser-el-corazón-de-las-protestas*, un *testigo-de-cargo* en el pendiente juicio de la historia. Pérez, no obstante, llegó a la conclusión de que *La Poesía Sorprendida* había sido mejor que nada, mucho mejor que el haber permitido un fragmento de tiempo literario transcurrido en vacío. El poeta tomó a Pérez por una mano y lo llevó frente a la tienda de discos *Musicalia*, deteniéndose allí y secreteándole algo que Pérez no pudo escuchar por el ronquido de aquella voz pastosa y que, alguna vez, fue látigo y cincel. *¡Ah, las escorias, los desperdicios del arte, de la sociedad! ¡Ah, los lúmpenes de todos lados que pululan alimentados por el sistema!*, se dijo Pérez, y sacando de uno de los bolsillos el dinero restante del obsequio de Julia, dio unos centavos al poeta.

—¡Carajo, Pérez, qué bueno eres! —expresó jubiloso el poeta, elevando la voz al observando las monedas—. Siempre lo dije, Pérez, que tú eras de lo mejorcito de la *maldita generación del 60.*

Pero Pérez no lo escuchó, siguió escudriñando en su mente la colección de *La Poesía Sorprendida*, que había sido facsimilizada recientemente por la *Editora Cultural Dominicana, S. A.*, y trató de recordar algún poema de Franklin Mieses Burgos, el más completo, cabal, elocuente y coherente de aquellos poetas. *Sí*, se dijo Pérez, *Franklin fue quizás el que mejor comprendió su mundo desde la plataforma de ser y estar, de valorar y llorar, de constatar y adecuar* y recordó el poema que Armando, uno de los hijos de Mieses Burgos, le recitaba de tarde en tarde: *Yo estoy muerto con ella inevitablemente desde donde su pena estremecida grita / donde un río como ella pasa callando siempre.* Entonces, Pérez, sin tratar de herir al poeta, le pidió:

—¿No podrías decir, lanzar al aire, algún poema de Mieses Burgos?

—¿Deseas algo de Franklin, Pérez? —Preguntó el poeta—. ¡Pues aquí te va, amigo Pérez!

Y sacando fuerzas para impregnar en su voz los sonidos de antaño, los sonidos de cuando, frente a Trujillo (y en las tardes literarias del *Partido Dominicano*), su voz era el trueno preferido para anunciar el *maná* junto a las lluvias, el *poeta sorprendido* comenzó a bombardear:

Sin Mundo ya y Herido por el Cielo
voy hacia ti en mi carne de angustia iluminada,
como en busca de otra pretérita ribera...

Y mientras la voz del *poeta sorprendido* ascendía y descendía entre los recuerdos y sonidos de su mejor época, los ojos de Pérez bajaron por la calle *Espaillat* hasta el mar y el apretujamiento de las vetustas calles *Arzobispo Nouel* y *Padre Billini*, situando el hogar del poeta Mieses Burgos en una casa colonial con vigas, con patio frondoso y árboles frutales, donde sus hijos Armando y Franklin rodeaban sus hombros cubiertos por un albornoz español, mientras el *tigueraje* se batía frenético en aquella época que jugaba a las subidas clandestinas en los estribos de los viejos coches tirados por caballos (¿por caballos?), sí, por caballos de carne y hueso, con las acechanzas a las muchachitas del barrio al bañarse en las precisas horas del atardecer).

...en donde serafines más altos y mejores harán por ti más
blando y preferible
éste mi humano, corazón de tierra.

La voz del *poeta sorprendido* se quebró, palideció, elevándose y cayendo al tratar de dar lo mejor de sí, mientras las luces del tendido eléctrico palidecían con el subdesarrollo a cuestas como una sombra. Allí estaba la madrugada, allí se levantaba un nuevo día y Pérez pensó en Elena: *¿Y Elena y Boris y Carmen Carolina y el hambre apaciguada con panes tostados y azúcares disueltos en agua?* Pero ahí estaba la voz, roncando aún, tornándose precipitada en la moribunda noche:

¡Oh, tú, la que sonríes magnífica y sublime
desde tu eternidad desfalleciente! En vértigo de altura
dolorosa,
parte mi vida en dos como tus trenzas.

Pérez, escuchándolo, se preguntó si todo el poema justificaba la donación de unos centavos.

96

—¡Basta, poeta! —Gritó Pérez—. ¡Ya está bueno!

Y el poeta, deteniéndose en seco como una locomotora arrancando chispas sobre los rieles, esfumó su voz como el mejor *fade-out* de Antonioni en *La Aventura*, o como aquellas sombras de Welles en *La Dama de Shangai*.

—¿De verdad, Pérez, que no deseas escuchar a Franklin un poco más? ¡Tú siempre has sido bueno conmigo, amigo Pérez! ¡Eres tan bueno como un Dios griego descendiendo hasta el mar para obsequiar con peces la madrugada!

El poeta hubiese deseado agradar más, pero contempló la cara agria que puso Pérez y, deseando proseguir su parranda, se despidió prontamente:

—¡Ya sabes dónde encontrarme, Pérez! Siempre estaré aquí para declamarte las *vainas* de Franklin —se despidió el poeta, dando tumbos y volviendo de vez en cuando la cabeza hacia Pérez.

¡Qué largo día!, se dijo Pérez! Desde el encuentro con *miss* Ramírez hasta esta madrugada en picada, Pérez había sentido que las horas se extendían como un calvario de recuerdos. Entonces observó *El Conde* y, remontando los ojos como un personaje de Conrad, los detuvo en la calle *Hostos*, así, sin el Eugenio, donde sus pensamientos se posaron en la heladería *Los Imperiales* en un día cualquiera del verano de 1963 y se vio conversando con Armanda, la argentina, y también con Katia M., y con Brígida W., la chilena, quienes, asediándole, arrinconándole y enfrentándole, le exigían reparaciones por sus ilusiones rotas y las lágrimas vertidas, mientras las licuadoras de la heladería batían sin cesar los *ice cream soda*, mezclando sin cesar trozos de helado con soda aframbuesada. Oyó a Armanda decirle *¡Pero Ché, no podés vivir así, coño!* y a la dulce y pecosa Katia M. observarle con sus profundos y melancólicos ojos azules como queriendo decirle *¡Tú eres la tentación que Satanás me ha enviado!* y a Brígida explicándole *que cuando Allende y la Coalición Popular triunfaran se lo llevaría a Chile para que probara, ¡sí hombre!, lo que era un verdadero Cabernet Sauvignon.* Pérez, dentro de aquella tarde mágica en *Los Imperiales*, tomó asiento en una de las sillas colocadas en línea jónica, justo frente a Manolo Tavárez, que bebía un café junto a Polo Rodríguez, sonriendo ambos a los transeúntes curiosos que farfu-

llaban mil pendejadas sobre el destino de la revolución. *¡Ah, Katia M.!, ¿es necesario que te marches a un Nueva York tan distante en kilómetros y desvíos; tan distante de sol y algarabías; tan distraído de estas quejas proletarias? ¡No, Katia M., no te vayas, como dice la canción, cuéntame tu vida, como dice la película, dame un beso, como diría cualesquiera de esas coñudas que pasan sin mirar! ¡Ay, Amanda, Amanda la soñadora con tus cuarenta años a cuestas y tus renovaciones constantes de un espíritu indomable, no puedo irme, porque tengo que quedarme a ver qué pasa, a ver cómo coño transcurren estos tiempos de amargura y quimeras! ¡Oh, Brígida de vagina caliente, qué podría yo decirte desde este asiento que no sea el recordarte, tal como el infelice de Calderón, que los sueños nada son porque sueños son! ¡Apártense las tres de mi vida, de esta vida que recorre con labios pegajosos la distancia que, tal vez, nos unirá en el adiós! ¡Sí, adiós, Brigida, dime babay como Carole Lombard desde el avión mortal a su Clark Gable o como Jimmy Dean antes de subirse a su Porsche finito o como Pola Negri sobre la tumba de Valentino! ¡Babay, así mismo con sonido chic, nice, estupidaic, idiotaic, comemierdaic, babay!* A punto de que sus ojos se llenaran de humedad, Pérez se recostó sobre el murito que sostiene la vidriera de *Musicalia* y sacó de uno de sus bolsillos el formulario para la visa, buscando ávidamente el encasillado donde se había detenido, el 26, leyendo: *Indique donde y aproximadamente cuándo fue la última vez que solicitó una visa para entrar a los EE.UU.* Pero, ¿qué se traerá esta gente con preguntas así, si saben mejor que uno cuándo y dónde. Entonces siguió leyendo más abajo y comprendió el encasillado 27: *Indique si, se le concedió la visa, se le negó la visa, se retiró la solicitud* y pensó que todo no era más que un mito, un mito, pero no al estilo griego con su talón de Aquiles y las zorrerías de Ulises (no el del periplo dublinesco de Joyce, con Leopold Bloom a la cabeza), sino un mito tramposo: *nos llenan de comics desde la infancia, vendiéndonos sus superhombres y sus malditas rubias, vendiéndonos una iconografía fashionalizada por McLuhan que nos penetra con subliminales y alquimias; vendiéndonos el corn flake con su good morning young heroe y su rimbombante ¡great!; vendiéndonos sus sonrisas dentífricas y sus asepsias ultra blancas; vendiéndonos hija-de-la-granputescamente toda la música que nuestros oídos son capaces de escuchar y sus inauditos y chatarreros seriales de la tele. ¡El gran mito, very friend!*

La visa y el permiso, la sustancia motora del tuétano y del retuétano, del cambio y del retruécano que alimenta nuestra intención de transferirnos, aún participemos o no en una revolución. Y lo cómico, entonces, viene en el encasillado 28:¿Le ha sido concedida alguna vez una visa de emigrante o ha indicado a un funcionario consular de los EE. UU. su deseo de emigrar a los EE. UU.?Pero, ¿y esta vaina? ¿Será posible que se pueda conversar así, así sobre tiempos indefinidos, cuando la verdad, sin tuétano ni retruécano, es otra; como aquella que nos concede a los latinoamericanos la alternativa única de medrar, de alquilarnos, de mancillarnos, aún a sabiendas de que alimentamos al enemigo, de que nos jodemos sin remedio, dejando nuestra sangre en un suelo que nos desprecia sin la más mínima esperanza?

Pérez emprendió de nuevo su marcha hacia el *Baluarte* con pasos lentos, cansados, tenues, mientras su cabeza se llenaba de pensamientos revueltos. *Mañana* —pensó— *(que es este hoy y, tal vez, el ayer y el pasadomañana) continuaré la maldita carrera hacia la visa, entregaré los cinco pesos restantes a Elena y visitaré a Julia para decirle con cara de lambón: aquí estoy, Julia mía, tal como un gigoló con aspavientos o como un chulo sin meretrices o como un Romeo deslanado o como (eso lo sabrás tú) como el puro amor por dinero, lo que significa, en buen romance, que escribiré para ti, que compondré poemas para ti y, podrías apostar a que sí, que hasta una pintura a lo Rembrandt te haré para mostrar tus piernas sin celulitis y, si así lo deseas, rellenarte con algunas libritas de más tus caderas y, ¿sabes?, hasta podríamos venderlo cualquier domingo en el mercado de las pulgas.*

En su camino hacia el *Baluarte*, Pérez arribó a *La Galería de Arte Auffant* y se detuvo allí a contemplar las pinturas exhibidas. *Sí, achato mi nariz contra el vidrio* —pensó— *y veo cuadros y más cuadros, cañuelas y más cañuelas para enmarcar obras de Oviedo, de Guillo, de Condesito, de Cestero, de Rincón Mora; para enmarcar reproducciones infinitas de la Última Cena donde un Jesús exhibe barbas y bigotes que han cambiado con el paso de los siglos, recordando algunos pormenores (sólo algunos) de lo que sucedió aquella noche final. Sí, fue por ese Jesús donde, en el Loyola, los padres Arias y Sánchez me recriminaron mi defensa del Jesús-hombre, y antes, mucho antes, en el Cerro de San Cristóbal, donde discutí con el hijo del mayor Barrington la mortalidad de Trujillo y que, a la larga, decretaron mi internamiento en el reformatorio de manos del coronel Mota,* quien, paternalmente, me avisó acerca de los peligros que encerraba el andar hablando sobre la mortalidad del Jefe. Pero nada. Que tres meses de reformatorio los puede aguantar cualquiera. Entre el Loyola y la mortalidad de Jesús y Trujillo se fue mi puericia, esa infancia que es lo único amoroso y tierno de la vida. Entre esa percepción sobre lo perecedero de las fábulas y los mitos se esfumó mi travesía mágica al país de lo comprensible. Loyola, Cerro de Gazón, Reformatorio, las cuevas del Pomier: ahí estaba la síntesis oculta del esfumato, de la rebeldía pura, de lo anodino o lo inmortal. Lo demás ha sido pura añadidura, tan sólo un cartel que anuncia: ¡Bienvenidos a la enseñanza del mañana! ¡Bienvenidos al lugar donde lo imposible puede ser posible! ¡Maravilloso todo...!, muy lindo todo dentro de unas cañuelas doradas, igualitas a las utilizadas por los que emergen desde los fragmentos bajos de la sociedad para colocar los diplomas del bachillerato para aparentar lo imposible; o de esas otras se utilizan para enmarcar las reproducciones de los grandes momentos de la historia. Así que, señores críticos de la plástica, deberán tomar en cuenta a Georgy Lukács y al compadre Gombrich y a todos aquellos que, como Eugenio D`Ors y los otros, se han lucido detallando los pormenores de la imagen conceptual y de la no-conceptual... ¡Adelante, pues, señores! ¡Adelante, para que todo luzca como un pasado donde el enmarcamiento en cañuelas doradas pondrá el toque de gloria en nuestra historia! ¡Sí, todo como para morirse de risa! ¿Y el futuro, compadre? ¿Cómo enmarcaríamos el futuro? ¿Qué cañuelas le pondríamos al maldito futuro?... (¿Negras?) Bueno, dejemos las cañuelas del futuro para ponerlas en otro tipo de cañuelas para cuando se convierta en simple pasado y pueda contemplarse con la objetividad dialéctica a la que nos tienen desacostumbrados los teóricos del partido. Pero, mientras tanto, empecemos con una Galería de la Patria donde pondríamos a: Duarte, Sánchez y Mella en cañuelas doradas, ¡of course!, a Lilís en... (¿Has pensado en Lilís?), pues preferiría no jugar ni con Lilís ni con Trujillo porque no estoy para caer en ganchos, ¿de acuerdo? Pero, Pérez, ¿no se podrían colocar estos sujetos dentro del panorama patrio, aunque se sitúen bien al fondo y entre gaviotas, arcángeles, serafines y querubines, cupidos y demás santos revoloteando entre nubes. ¿Verdad que no está del todo mal la idea? Y para que la escena luzca como una gran comparsa celestial, colocaríamos alrededor a los componentes de las viejas generaciones: a Balaguer, a Bosch, Jiménez Grullón, Bon-

nelly, al general Ramírez Alcántara, a Viriato Fiallo, Donald Reid, Emilio de los Santos y, entre ellos, a Read Vittini, Elías Wessin, Germán Ornes, Ángel Miolán, Leonel Silfa, Mon Castillo, Alfonso Moreno, Javier Castillo, a los hermanos Ducoudray, a Corpito Pérez, Máximo López Molina y, entonces, en un plano más presente, a los componentes de las nuevas generaciones: a Hugo Tolentino, Narciso Isa Conde, Chaljub Mejía, Franklin Franco, Peña Gómez, Fidelio Despradel, al Men, Jacobo Majluta y demás yerbas aromáticas. Todos con afilados serruchos en sus manos y a la espera de serruchar cualquier palo que se interponga en sus caminos. Después, se podrían incorporar al cuadro algunos toques surrealistas: pececitos saltando por los mares Atlántico y Caribe y, en esfumatos y veladuras, se colocaría sobre el fondo (en el mismísimo fondo) al aborigen Guacanagarix sonriente y con los brazos abiertos y a Caonabo esposado y colérico y a un Enriquillo muerto de risa. Al final, y en un collage, se introduciría a la mítica, buenahembra y esplendente Anacaona levantándose su falda de penca-e-coco para enseñar un cachito de sus bronceadas nalgas. Y, agárrate para que no te caigas, vendría lo sensacional, lo sabroso: las cañuelas doradísimas. Pero, ¡hay!, existe un problema, Pérez: ¿dónde se colgaría esa monumental obra de arte? Sencillo: ¡no se colgaría! ¡Se subastaría! Para eso Sotheby's y Christie's. Primero se iría al mercado de Londres (¿no es ahí que se encuentra el mercado mundial de los azúcares y demás maldiciones?) y por allí se comenzaría. ¿Qué no se pudo vender? Entonces nos iríamos al mercado de New York y luego al de París. Si éstos fracasan, intentaríamos en Roma y, por último, en Madrid. ¡Anjá!, chulísima que se vería esa grandiosa obra de arte colgada en el Museo de Arte Moderno, o en el Guggenheim, donde los que la observen (eso podría apostarse) exclamarán con las bocotas abiertas:

—¡Ofrézcome, cuántos serruchadores de palo!

Pero eso no es nada, Pérez. La inauguración de la exhibición correría por cuenta de monseñor Beras, acompañado de Johnny Ventura y su combo-show junto a Wilfrido Vargas y sus beduinos, los cuales desquiciarían a los espectadores, despertando en ellos una bullanguería infernal. ¿Qué te parece, Pérez? ¿Y crees que se sacaría provecho con la venta del cuadro? Lo que es dinero, no, Pérez, sin embargo, y de no venderse, se podría enviar a algún certamen internacional para tratar de obtener algún galardón. ¡Por favor, explícame eso! Pues nada, Pérez, algún concurso internacional. ¡Nómbra-

me uno! ¡Oh!, ¿deseas que te nombre algún concurso? ¡Sí! Pues nada, ¡ahí tienes el concurso de los sin-remedios, ya que puedes estar seguro de que nadie aflojaría un buen dinero para poseer una obra tan disparatada de la fauna tropical!

Pérez despegó su nariz de la vitrina y dejó allí, en la *Galería de Arte Auffant* y en plena madrugada, todas las cañuelas e imaginerías sobre las clásicas serruchaderas de palo de la historia dominicana, reanudando su caminata hacia el *Baluarte* y recordando sus visitas, casi diarias, a la agencia publicitaria de Gabriel en busca de empleo, luego de malograda la *Revolución de Abril*.

Pérez introdujo sus oídos en el tiempo y escuchó frescas y remozadas las palabras de Gabriel:

—Vuelve mañana, Pérez —y Pérez, volviendo al día siguiente y escuchando de nuevo—: Vuelve mañana, *Pérez* —y Pérez volviendo al día siguiente y escuchando de nuevo—: Lo tuyo está caminando, hombre —y Pérez tomando prestado y buscando camisas por ahí y buscando corbatas por ahí para ir bien presentado a la oficina de Gabriel y Gabriel de nuevo con su—; ¡No te preocupes, Pérez, ten fe en tu hermano! —y Pérez diciéndole a Elena: *Lo mío está caminando, Elena, ve donde tu madre y pídele una orden pequeña para el colmado del español y haz una comprita de treinta pesos, lo esencial, claro está, lo esencial: arroz, habichuelas, un bacalaíto, un arenquito, azúcar, sal y aceite; porque lo otro aparecerá después* y Pérez volviendo a la oficina de Gabriel y Gabriel de nuevo con su—: Dígale a Pérez, secretaria, que venga mañana, que hoy no puedo recibirlo —y Pérez frotándose las manos y explicándole a Elena que ¡*Ya si es verdad, Elena, Gabriel me dijo que fuera mañana!* y al día siguiente Pérez encontrándose con que Gabriel no estaba en la oficina y la secretaria, con sus nalgotas y tetotas sonriéndole amablemente, ¡no, amablemente no!, lastimeramente sí—: !Don Gabriel no está! —y Pérez oyendo ¡*Don Gabriel, Don Gabriel, Don Gabriel!* en sus oídos toda la mañana y recordando a Gabriel, en el *1J4*, con su timidez, con su estúpida arrogancia y, dando en el clavo, lo sitúa, no como el serruchador de palo por antonomasia, sino como el trepador impenitente, como el buscador clásico de coyunturas, de oportunidades. *Sí* (se dice Pérez), *Gabriel se enganchó, solapadamente, casi clandestinamente, en el tren de los que tumbaron a Bosch y luego, pasando desapercibidamente, se escabulló durante la Revolución de Abril en aquel portaaviones infame de los gringos, el mismo que trajo a los marines que asolaron el país, y luego regresó junto a Balaguer, colaborando en la campaña reformista, donde fue premiado (por la estrategia creativa que desarrolló para el líder de los reformistas) con su admisión en el tren burocrático y las cuentas de varios organismos estatales y autónomos.* Pérez analizó el serruche de palos como una actividad que bien podría clasificarse por zonas, por niveles, por categorías históricas y en estamentos altos, bajos e intermedios, pero todos insertados en la burocracia estatal y privada, así como en la política e, inclusive, en los mismos procesos revolucionarios. En esta última jerarquía ubicó a Stalin, quien le serruchó el palo a Trotsky; a Trujillo serruchándoselo a Horacio Vázquez; a Bonnelly haciendo lo mismo con Balaguer cuando éste formó el *Consejo de Estado*; a Johnson con Kennedy, a Bruto con Julio César y a Monge, en Bolivia, con el *Ché* Guevara.

Con el *Baluarte* frente a él, Pérez sintió un inusitado miedo de llegar al monumento donde reposaban los huesos de Duarte, Sánchez y Mella. Y el miedo no lo sintió porque creyera en fantasmas: el miedo lo sentía porque, de repente, se vio frente a una inmensa multitud que lanzaba gritos de apoyo a Caamaño en aquel mediodía del 14 de Junio de 1965 y a la que no le importaba un carajo el abrasador sol de ese final de primavera. Él estaba allí, en medio del gentío, con granadas colgándoles del cinturón militar; con un revólver *Smith & Wesson* metido en uno de sus bolsillos y con una carabina *Cristóbal* que, tal vez, Stefan Dietrich, su amigo húngaro, había ayudado a construir en la *Ciudad Benemérita* hacía unos años. Pero ahora era de madrugada y el sol podía volver a salir, siempre y cuando Caamaño estuviera allí, rodeado por una multitud sin burócratas, con la nostalgia del otro coronel, de ese otro militar inmolado en un asalto valeroso pero estéril, infecundo, inútil: Rafael Fernández Domínguez. Entonces, sin saber por qué, Pérez sintió frío y calculó los metros que lo separaban del *Baluarte*, sí de ese *Baluarte* que guardaba los recuerdos definitivos de Abril del 65. ¡Ah, Pérez, si recordaras bien aquel mediodía de abril cuando, sentado en la sala del pintor Oviedo, hablaban de Picasso y, yéndose muy atrás en el tiempo, trataban de escapar del medioambiente bélico, recorriendo en la charla los comienzos del Siglo XX y las etapas rosa y azul del pintor malagueño, tocando levemente a Juan Gris, Giorgio Di Chirico, Diego Rivera y los vericuetos del cubismo y del expresionismo alemán, caminando, a veces, hacia atrás, hacia bien atrás y llegaban a la música del 1831, a aquella música que se tejía junto al romanticismo entre los dedos largos de los virtuosos del piano que hacían maravillas sobre las teclas, apostando al que tocara más rápido o al que abarcara más octavas. Y se escabullían en la conversación para no pensar en Donald Reid y sus carros *Austin*, ni en Tavárez Espaillat y sus bloques *Tavárez*, ni en los generales y sus fincas, apostando a que lo que sucedía en República Dominicana no era más que una parada transitoria en el espacio abierto, que no era más que una piedra dura en el transcurrir de los siglos y de que todo se reducía a una cuestión donde era mejor el sentarse a esperar otros tiempos por llegar aunque fuera preciso morir en la espera. Y estaba Pérez, en la casa de Oviedo, el pintor del Sur, el pintor de los muchachos desnudos y de las zonas geológicas secas, agrestes y furiosas, donde tiempo y hombre se fundían junto a la *guazábara*. Sí, estaban ambos ahí, hablando y hablando tan sólo, hasta que llegó esa esperanza tremenda, rabiosa, atrevida, llena de júbilo y gozo; estaban ahí justo en el momento que llegó Abril igual a como llega una esperanza.

Capítulo X

Sigue Vicente jodiendo-la-paciencia

—**ME ENCONTRABA EN** *Le Dome,* Vicente, un café-restaurant que se encuentra esquineado entre los bulevares *Raspail* y *Montparnasse* el viejo estaba sentado en otra silla frente a mí, saboreando un café del mismo modo en que se saborea el culito de una buena hembra. Por momentos, el viejo dejaba de saborear el café y miraba hacia todas partes, como esperando que Lenin entrase y se sentara junto a nosotros.

—¿Estaba loco, el viejo?

—No, Vicente, no estaba loco. Después de observar hacia todas partes se ponía a observar la *rue Brea* y detenía su mirada en el hotelito del mismo nombre...

—¿Y para qué hacía eso?

—El hotelito *Brea* es como de decimoquinta categoría y en donde te dan, para bañarte, unas toallitas que tienes que mojar en el agua proveniente de un *bidé* histórico y en donde, con toda seguridad, se debieron haber lavado un millón cuatrocientos mil toticos franceses.

—¿Y entonces? ¿Qué más hacía el viejo de *Le Dome*?

—Luego, el viejo repasaba con sus ojos el fondo del mismo *Bulevar Raspail,* por los lados de la *Alianza Francesa* y, desde allí, volvía la mirada hacia mí y me sonreía y volvía a saborear su café y luego a sonreír; todo así, carajo, hasta que yo le preguntaba que si acaso él no era comunista, que si él no era un revolucionario dispuesto a irse a España a cargarse a Franco. Y entonces me contestaba, casi siempre igual, que no era tan fácil ser comunista; que ser comunista no era algo así por así y que aquí en Latinoamérica a los jóvenes les encantaba llamarse comunistas y que eso no era algo así por así. Lo mismo me decía de los jóvenes del Norte de África, a los que les gustaba, también, llamarse comunistas y que tampoco eso era algo así por así. Después me explicaba, muy parsimoniosamente, que él se había sentado junto a Lenin en ese mismo *Le Dome*, frente a *Le Silence*, al lado de *La Coupole* y que, juntos, imprimían el *Pravda* en una vieja imprentita de *Les Capucines*, el cual guardaban en la colina de *Saint Germain*, donde hablaban con los campesinos.

—¿Y tú le creías todos esos cuentos?

—Sí, Vicente. Le creía. El viejo me decía que había luchado al lado de los *soviets*, en Rusia y que había colocado bombas en Alemania, que había estado en España cuando ésta se encontraba incendiada por los cuatros costados; que había sido torturado por todo el mundo y que su hambre había sido un *hambre histórica*.

—Tremendo cuentista, el viejo.

—Para mí no lo era, Vicente. Basta con que hubieses visto sus ojos. En una ocasión me contó que había escrito en contra del imperialismo de entonces y en contra del capitalismo de hoy; que había sido perseguido y jodido por todas las policías secretas mantenidas por el excedente de capital financiero y, Vicente, cuando le preguntaba que por qué me contaba eso, sólo me contestaba que me lo decía porque aún estaba aprendiendo a ser comunista y que un comunista de verdad aprendía, día a día, a ser un mejor ser humano.

—¿Y al contarte eso, te enternecías?

—No, Vicente, no me enternecía, pero las palabras del viejo me tocaban hondo, sobre todo cuando le miraba observar constantemente hacia la derecha y hacia la izquierda, como si esperara capturar de nuevo la entrada de alguien conocido a *Le Dome*.

—Esas son mierderías.

—¿Lo crees así? Si hubieses estado allí, sentado frente a él, no dirías eso, Vicente. A medida que me narraba sus historias, creía descubrir en él trazos de sus miserias. Observaba los dedos que le faltaban en ambas manos, su oreja izquierda desprendida, la amplia cicatriz en la frente, la huella de bala en el cuello. Esas miserias, Vicente, esas señales inequívocas de su pasado, él las disimulaba cuando uno le preguntaba acerca de ellas: *No, no es nada*, me decía en voz baja, casi imperceptible, y sus ojos volvían a otear las calles en busca del pasado perdido. A veces, sólo a veces, hablaba de su enfrentamiento a Heinrich Müller, el carnicero de Berlín, que le desprendió la oreja, y sobre Jean-Pierre Scriber-Jolie, uno de los sicarios de la policía secreta francesa en el decenio de los 20, quien le disparó a quemarropa en el cuello, dejando junto a la herida una sombra negra de pólvora quemada.

—Pero, ¿qué deseas decirme con todo esto? ¿Pretendes dejarme percibir que recibiste una lección de humildad?

—Hay algo de eso, Vicente. Sin embargo, más allá de cualquier lección de humildad, uno simplemente tenía que oírlo hablar. Fíjate que cuando alguien deseaba pagarle un café u ofrecerle algún puro, se ofendía y, entonces, era él quien pagaba el café y, como si tal cosa, volvía a mirar hacia el hotelito de la *rue Brea*.

—¡Pero qué coño miraba tanto hacia el jodido hotelito?

—Nada, decía él... ¡nada! Y, oye, Vicente, una vez le pregunté si tenía a alguien hospedado allí y me respondió que no, *que no, ¡coño!, que sólo espero ver, por simple curiosidad, si Rosa, la mujer a la que despedí desde el Brea con un beso simple, con un beso tan fútil y estúpido que aún no logro olvidar... Sí, con un beso a vuelo de pájaro hace ya muchas décadas, asoma su cabeza dorada desde ese maldito lugar.*

—¿Te dijo eso, el viejo?

—Sí, Vicente, al parecer el viejo y Rosa se habían despedido en el año 1919, unos días después de haber terminado la Primera Guerra Mundial, porque él tenía que marcharse a Moscú, donde Lenin le esperaba para que formara, junto a otros líderes de la revolución, una brigada internacional dentro del Ejército Rojo. Ese día el viejo y Rosa habían comido juntos en *Le Dome* y ella prometió que le alcanzaría más tarde en Petrogrado, donde se casarían.

—¿Y qué? ¿Acaso nunca más la volvió a ver?

—¡Nunca más, Vicente! El viejo partió hacia Rusia y la esperó y esperó y esperó durante meses y años... pero en vano. Jamás la volvió a ver.

—Pero, ¿no supo más de ella?

—No, Vicente, no supo más de ella.

—En realidad, ¿qué pasó?

—Los amigos del viejo me contaron que Rosa regresó a España y se retiró a un convento. Pero eso nunca pudo establecerse como una verdad definitiva.

—¿Por qué?

—Porque el viejo, al enterarse de ese rumor, recorrió uno a uno, todos los claustros y abadías de España y no encontró a Rosa.

—Entonces, ¿esa era la razón de que el viejo mirara siempre al hotelito *Brea*?

—Sí, esa era la razón. Guardaba siempre la esperanza de volver a ver a Rosa.

—Bueno, al parecer el viejo estaba loco.

—Bueno, loco loco, no, Vicente. Ese es un síndrome que se conoce como *locura de amor...*

—Pero es locura, al fin y al cabo...

—Más o menos. Pero la tragedia del viejo no se encontraba en su constante acecho.

—¿Y en dónde mierda estaba lo trágico, Beto?

—En sus ojos, Vicente... ¡en sus ojos!

—Pero, ¿qué tenían los jodidos ojos del viejo?

—¡Lágrimas eternas, Vicente! ¡Unas malditas lágrimas perennes, que no salían nunca de allí!

—¿Y no podía ser alguna gripe crónica, Beto; una de esas acoñadas gripes que salen y no salen?

—¡No *jodas-la-paciencia*, Vicente, que ese viejo tenía más salud que un roble joven!

—Es que no veo la relación entre una tragedia griega y las lágrimas perennes del viejo, Beto... ¡Me has dejado en el puro limbo!

—¿Sabes lo que es una lágrima que sale y no sale?

—No, no sé lo que es una maldita lágrima que sale y que no sale.... ¿Podrías explicármelo?

—Mira, Vicente, una lágrima que sale y no sale es como un puñal que te entran y te sacan del corazón.

—¿Y crees que la tal Rosa era un puñal en el corazón del viejo?

—Sí... ¡y algo más, Vicente!

—¿Qué, Beto, qué?

—El viejo, cuando Rosa no acudió a la cita en Petrogrado, sospechó que pudo haber huido con uno de los lugartenientes de Antonio Gramsci, en Italia.

—Bueno, ¿y qué pasó entre el lugarteniente y el viejo?

—¡Lo peor, Vicente, lo peor!

—¿Qué, Beto, coño?

—El viejo, al regresar de la Unión Soviética unos años después y tras buscar excesivamente a Rosa por todo París y España, oyó los rumores de que ésta se había fugado con y fue a Italia, donde indagó el paradero del lugarteniente y lo mató.

—¿Cómo, Beto? ¿El viejo mató a al lugarteniente?

—Sí, Vicente, el viejo lo mató con sus propias manos, estrangulándolo.

—¡Oye, Beto, qué tipo ese viejo!

—Sí, Vicente, de ahí a que sus lágrimas saliesen y entrasen acompasadamente junto a un movimiento constante de sus ojos, los cuales buscaban afanosamente la aparición de Rosa, su amada.

—Pero, ¿el viejo quedó libre después del asesinato?

—No, Vicente, el viejo pagó con algunos años de cárcel, en Italia, donde, precisamente, conoció a Antonio Gramsci, que se encontraba preso por sus actividades comunistas.

—¿Y qué pasó en la cárcel italiana?

—¡Imagínate! Antonio Gramsci le perdonó el crimen de su lugarteniente.

—¿Y Rosa? ¿Logró el viejo encontrar a Rosa?

—Parece que no, Vicente. De ahí a que su mirada siempre la dirigía hacia el hotelito *Brea*.

—¡Coño, Beto, qué historia esa!

—Por eso, Vicente, cuando veía al viejo con sus lágrimas eternas prendidas de sus ojos, bajaba hasta los excusados de *Le Dome* y lloraba.

—¡Recoño, Beto!, ¿te ponías llorar pendejamente?

—Vicente, la lección que recibía tarde por tarde de aquel viejo valía más que todas las experiencias que había acumulado en mi vida... ¿y sabes por qué?

—La verdad, Beto, que no sé el porqué.

—¡Pues porque siempre me las estaba dando de superhéroe por estar deportado, sin comprender la justa distancia que existe entre el tiempo, la vida, la muerte, las alegrías, los fracasos y, lo más importante, el perdón! Eso lo comprendí siguiendo los ojos del viejo hacia las escaleras del metro *Raspail*, hacia la puerta del hotelito *Brea*, hacia el edificio de la *Alianza Francesa*... todo en una historia comprimida, estrujada, sintetizada, de setenta años de luchas y desvelos.

—¡Coño, Beto!, ¿y todavía deseas marcharte para *yanquilandia*?

—¡Es que todo es una maldita vaina, Vicente! ¡Bien sabes que lo mío es un fenómeno de pura penetración!

Capítulo XI

La ciudad que no crece

—¡QUÉ AGUA TAN sucia! —exclamó Landa, cuando la yola se deslizaba sobre el río *Ozama*, justamente debajo del viejo puente *Ulises Heureaux*.

—No creo que la del *Hudson* sea más limpia —dijo Beto, y señaló un punto específico de la orilla—. La diferencia son los excrementos y los desperdicios industriales. La suciedad del *Hudson* se compone de residuos de *corn flakes*, carnes enlatadas, *hamburguesas*, perros calientes, papitas fritas, *coca-colas*, huevos fritos con tocinetas y jamones de Virginia, mientras que esta suciedad *verde-moco* (como expresó Mulligan a Dedalus al contemplar el puerto de Kingstown y el mar), no guarda más que despojos de arepas, entresijos de pollos *lapidados*, cabezas de arenques, chicharrones de *Villa Mella*, tostones y *mangúes* de plátanos barahoneros, salchichones de burro, mondongos de *Blanquiní*, frituras esquineras y, lo más importante, *fríos-fríos* y *mabí seibano*. Pero nada, Landa, que ese, ¿lo ves?, ese es el lugar del que te hablé.

—¿Cuál?

—¡Ese... ese mismo en donde construyen un bote!

Cuando la yola llegó a la orilla, la oscuridad se había tragado la ciudad y la luna comenzó a brillar inusitadamente. Landa la observó melancólicamente y Beto le dijo, muy por lo bajo:

—El servicio del yolero son veinte centavos, Landa.

Landa sacó unas monedas de su cartera y las entregó a Beto, quien las pasó al yolero. Caminaron luego hasta el pequeño astillero donde

111

construían el bote, pasando frente a un viejo pelirrojo, que les sonrió amablemente.

—¡Hola, Beto! —saludó el viejo.

—¡Hola, Erick! —respondió Beto, quien susurró luego a Landa—: A Erick le dicen *El Vikingo*.

—¿El *Vikingo*? ¿Por qué le dicen así? —preguntó Landa, observando detenidamente al viejo.

—Mira su cabello. Sus padres eran noruegos que llegaron aquí por error.

—¿Cómo por error? —preguntó Landa, deteniéndose en seco y mirando sorprendida a Beto.

—Sí, por error. Por uno de esos errores a que nos tiene acostumbrados nuestra historia —afirmó Beto—. Sus padres, un matrimonio de apellido Erickson, llegaron en un viejo barco de carga noruego que traía bacalao.

—Bueno... ¿y qué pasó? ¿Por qué se quedaron aquí?

—El barco fue atrapado por un huracán y encalló frente a la playa de *Haina*.

—¿Y no pudieron marcharse después del huracán?

—¡Ah, Landa!, los que cuentan la historia de los Erickson no saben, a ciencia cierta, si los armadores noruegos propietarios del barco y la compañía dominicana a la que traían el bacalao se pelearon, o si decidieron hundir la nave frente a nuestras costas para cobrar el seguro.

—Pero, los Erickson, ¿acaso no pudieron salir del país en otro barco? ¿Qué les pasó?

—Al parecer, a los padres del *Vikingo* les gustaron, tanto la gente como el clima dominicanos, y decidieron quedarse aquí.

—Pero, al salir de Noruega, ¿no tenían otra meta?

—Sí, los Erickson, al parecer, se dirigían hacia Norteamérica, donde tenían familiares...

—¿En los Estados Unidos?

—Sí, el propio *Vikingo* me narró que tiene unos primos en el estado de Washington, en el noroeste norteamericano y que, inclusive, algunos de ellos lo han visitado.

—Entonces, ¿así terminó la historia?

—Más o menos. El padre de Erick se dedicó a lo que sabía y a lo que iba a Estados Unidos: a construir pequeñas embarcaciones, razón por la cual levantó este pequeño astillero en este lado del *Ozama*.

Tras observar al *Vikingo* trabajando en su astillero, Landa se volvió a Beto:

—Por el aspecto del viejo y su astillero, parece que a los Erickson les fue bastante mal. ¿No es así?

—No, Landa. A Gustav Erickson, el padre de Erick, le fue bastante bien. Dicen los chismosos que entre el 1920 y el 1945 construyó decenas de goletas, barcazas y lanchas pesqueras. Y yo creo esa historia.

—¿Por qué lo afirmas?

—Nuestro país era uno de los mayores exportadores de productos agrícolas en todo el Caribe. Nuestras viandas eran muy apreciadas en las islas anglófonas y francófonas, así como en las holandesas, y el medio ideal de transporte eran las goletas.

—¿Por qué no se utilizaban barcos grandes?

—Por el volumen de las exportaciones. En una goleta se llevaba hacia las islas desde plátanos y yuca hasta carbón y yeso. Una goleta era algo así como una enorme carretilla marina.

—Pero, ¿qué pasó? Este astillero luce en ruinas y el viejo parece estar desnutrido.

—Cuando Gustav Erickson se convirtió en un hombre acaudalado, comenzó a codearse con la alta sociedad dominicana y se volvió un asiduo visitante a clubes sociales y, lo peor, a prostíbulos. Fue precisamente en una casa de citas donde conoció a Lucrecia, una mulata de fuego que, según cuentan los chismosos, tenía las caderas más anchas del mundo, atrapadas en una cinturita de avispa.

—Pero, ¿qué pasó entre Lucrecia y Gustav?

—Lo clásico: Astrid, la esposa de Gustav, huyó de la casa con Erick y sus otros cuatro hijos...

—¿Huyeron? —preguntó sorprendida Landa—. ¿Hacia dónde huyeron?

—Los Erickson vivían a unos minutos del astillero y vinieron a refugiarse aquí, a orillas del río *Ozama*.

—¿Aquí, en el astillero?

—Sí, Astrid y sus cuatro hijos vinieron a vivir en esa casa que ves al lado del astillero.

—Pero esa casa es una ruina…

—Hoy es una ruina. Pero para cuando vinieron a refugiarse en ella era una placentera residencia veraniega.

—¿Y Gustav? ¿Qué pasó con Gustav?

—Gustav se marchó a Puerto Plata, en el Norte del país, donde construyó otro astillero…

—¿Otro astillero?

—Sí, otro astillero. Pero no le fue bien.

—¿Se mudó con Lucrecia… la mulata de fuego?

—Sí, se marchó con ella a Puerto Plata.

—¿Y ahí terminó la historia?

—Podría decirse que ahí comenzó la historia.

—No te entiendo, Beto. ¿Qué pasó con Astrid y los niños?

—Ahora entenderás. Al mudarse aquí, a orillas del *Ozama*, Astrid se enredó en amores con un pescador negro llamado Simón Pedro, con el que tuvo tres hijos, un varón y dos hembras —al decir esto, el rostro de Beto se ensombreció.

—¿Qué pasa contigo? —preguntó Landa, preocupada.

—¡Oh, Landa! ¡Qué triste historia!

—Pero, ¿qué paso? ¿Le ocurrió algo a los hijos de Astrid y el pescador negro?

—Sucedió algo muy triste…

—¡Explícate!… ¿Qué pasó?

—Tanto el varón como las hembritas nacieron con progeria…

—¿Progeria? ¿Pero qué diablos es eso?

—La progeria es una enfermedad que también se conoce como *síndrome de Hutchinson-Gilford*…

—Pero, ¿en qué consiste ese síndrome, Beto?

—Es una rara patología en la cual los niños asumen el aspecto de ancianos y terminan con degeneraciones físicas y los demás trastornos de la ancianidad…

—¡Oh, Beto, qué desgracia! ¡Cómo se complicó la historia de los Erickson! ¿Y Astrid? ¡Dime, dime, Beto!

—Astrid, que según los cuenta-cuentos del *Ozama* era alta, rubia y bastante fuerte, mantuvo a flote el astillero por algunos años, hasta que, debido a los sufrimientos ocasionados por las enfermedades y muerte de sus tres hijitos, los embarazos y los constantes abusos a que la sometía Simón Pedro, contrajo tuberculosis y murió algunos años después en un hospital para tísicos.

—¡Oh, qué triste... qué triste, Beto! ¿Y qué fue de los niños?

—Cuando Astrid murió, Simón Pedro huyó del astillero, dejando abandonados a Erick y sus tres hermanitos.

—¡Qué horror! ¿Y qué pasó con ellos?

—Gustav, que había cerrado el astillero de Puerto Plata, se enteró de la situación de sus hijos y regresó a Santo Domingo.

—¿Y Lucrecia, la mulata de fuego? ¿Qué fue de ella?

—Lucrecia, cuando los negocios de Gustav cayeron en picada, comenzó a ejercer lo que sabía...

—Oye, Beto, ¡explícate!

—Debes imaginártelo, Landa. Gustav había conocido a Lucrecia en un prostíbulo y todo lo que ella sabía hacer era eso, ser prostituta, negociar con sus partes.

—Entonces, ¿volvió a lo mismo?

—¡Imagínate! Cuando una mulata de fuego posee las caderas más anchas del mundo no puede darse el lujo de permitir que sus muchachos pasen hambre...

—Pero, Gustav, ¿tuvo hijos con ella?

—Sí, Gustav tuvo dos hijos con Lucrecia, un varoncito y una hembrita, y se los dejó cuando regresó a Santo Domingo.

—Esos hijos, los de Gustav y Lucrecia, ¿nacieron sanos?

—¡Nacieron como robles! La niña, llamada Heidi, se convirtió en reina de belleza a finales de los cincuenta, cuando era una adolescente, y el varoncito murió en una manifestación estudiantil, en Puerto Plata.

—¡Cuánta desgracia, Beto!

—Eso es parte del mundo, Landa. La desgracia es un vigía a nuestro lado y siempre ronda nuestros pasos.

—Pero, ¿qué pasó luego?

—Ya Gustav no era tan joven cuando regresó aquí, y Erick, que contaba entonces con dieciocho años, tomó la dirección del astillero.

—¡Pobre muchacho! —al decir esto, Landa miró de soslayo al viejo—. ¿Y ese viejo es Erick?

—Sí, ese es Erick.

—Pero, ¿qué pasó con sus otros hermanos?

—Los hermanos de padre y madre de Erick se marcharon a Seattle, en el estado de Washington, y los otros, los mulatos nacidos de su madre con Simón Pedro y de Lucrecia con Gustav, se quedaron a vivir en el país, casándose y multiplicando el apellido Erickson.

—¿Y Gustav?, ¿qué fue de él?

—Dicen los cuenta-cuentos del *Ozama* que Gustav murió de tristeza, de pura melancolía. Cuentan que tarde por tarde se sentaba en aquel saliente, en ese que ves allí recortado por la luz del crepúsculo, y encendía su larga pipa, pasándose horas y horas observando el mar. Y allí murió, según dicen.

—¿Fue enterrado aquí?

—No. No fue enterrado.

—¿Y entonces?

—Los cuenta-cuentos narran que Erick le tenía preparado un funeral vikingo.

—¿Lo quemaron? —preguntó atónita Landa.

—Sí, Erick preparó una pequeña barca de estilo vikingo e introdujo en ella leña y combustibles junto al cuerpo de Gustav, la incendió y la dejó a la deriva en medio del *Ozama*.

—¿Y los vecinos? ¿No acudió nadie a apagar ese fuego?

—No, no acudió nadie porque la ceremonia la realizó Erick antes del amanecer y cuando el sol despuntó ya la corriente había llevado la barca mar adentro.

Al notar que las lágrimas afloraban en torrentes por los ojos de Landa, Beto le señaló la luna.

—Mira, Landa —le dijo—… la luna ha salido.

Landa, secándose las lágrimas, observó la luna y luego el relumbrón de plata proyectado por ésta sobre la superficie del *Ozama*. Beto apretó una de las manos de Landa y observó sus ojos, que ahora lucían grises al reflejarse en ellos la luz de la luna.

—Este es un momento para *Moon River* —dijo Landa, aun observando el reflejo de la luna sobre el río.

—¿La música del film? —preguntó Beto.

—Sí, la canción de Henri Mancini...

—...con letra de Johnny Mercer —completó Beto.

—¿La conoces?

—Sí, la conozco —masculló Beto con una mirada suspicaz a Landa—. Con esa canción Mancini y Mercer ganaron el *Oscar* a la mejor canción de 1962 ¿Por qué no la cantas?

—No sé cantar...

—Inténtalo.

Landa, aspirando profundamente, comenzó a entonar *Moon River*:

Moon river wider than a mile
Im crossing you in style someday
Oh dream maker, you heartbreaker
Wherever you're going Im going your way
Two drifters off to see the world...

Landa subiendo, bajando, completó *Moon River* bajo el oído escrutador (aún no *escrotogador*) de Beto, quien se sabía de memoria la historia de *Breakfast at Tiffany's* y sus cinco óscares y su *Grammy* y sus dos *Golden Laurel* y su *WGA Screen Award* y la novela de Truman Capote en que se había apoyado el guión de George Axelrod. Pero todo se vino abajo cuando Landa, cerca del final y cuando entonaba *My huckleberry friend...* introdujo uno de sus pies en el lodo de la orilla.

—¡Mierda! —gritó Landa, riendo—.

Beto, mientras Landa reía por la metedura de pata, se arrodilló a sus pies y limpió con agua del *Ozama* el fango del zapato. Al terminar, Beto tomó a Landa por las manos, la atrajo hacia sí y la besó suavemente en los labios.

—¿Y eso? —preguntó Landa, sorprendida.

—¿Te molestó?

—¿El beso?

—Sí, el beso.

—Para nada... ¡tienes los labios muy suaves!

—Pero algo te molestó...

117

—Bueno... no tengo la costumbre de meter mis pies en el fango. Pero la culpa de todo es de la canción. No sabía que te gustaba el cine.

—¡Me gusta mucho! Desgraciadamente es el arma de penetración más importante que tienen los *yanquis*.

—¿Por qué dices *desgraciadamente*?

—Porque sí. De cada cien películas estrenadas en este país, ochenta son gringas. Habrá algunas cinco europeas y el resto rollos mexicanos.

—Y eso es... ¿penetración?

—¡Claro, Landa! Con el cine importamos los traumas *yanquis*, la forma de vida *yanqui*.... ¡todas las mierderías *yanquis*!

—¿Y no hay forma de parar esa penetración?

—Sí, ¡la hay!

—¿Cuál? ¿Me lo dices?

—¡Haciendo la revolución!

—¿La revolución?

—Sí, la revolución. Pelear, tomar un fusil y disparar contra los explotadores, acabar con el ejército regular.

—Pero, ¿no te importa que muera mucha gente?

—La gente muere como quiera.

—Eres muy duro, Beto.

—No, Landa. Soy débil, frágil.

Landa miró a los ojos a Beto y lo atrajo hacia sí, besándolo apasionadamente en los labios. Con la luna brillando arriba y reflejándose esplendorosamente sobre el *Ozama*, Beto abrió su boca y cubrió los labios de Landa. *Aquí sólo falta una musiquita bien romanticona para que la escena pase a formar parte de las cursilerías novelescas de la tele, o de las historietas que publican ciertas revistas de modas*, pensó Beto, mientras se dejaba conducir por Landa, especulando si luego de los besos podría sacar partido de una situación que había comenzado con un paseo por el río y con la *ñapa* del cuento sobre los Erickson. *Al menos*, pensó, *eliminaré por ahora el temor de perder la visa y la sensación de soledad y abandono.* Beto llevó sus manos hacia el cuello de la blusa de Landa y la desabrochó con suavidad, quitando a seguidas el sostén y quedando extasiado al contemplar sus senos, cuyos pezones, rosados y tiernos, se confundían con la piel de su torso. Beto los besó y pasó suavemente la lengua alrededor de ellos. Entonces escuchó un débil susurro emitido por Landa que fue seguido por sus manos apretando la cabeza de Beto hacia su pecho.

—¡I Love you! —le dijo, sorprendiendo a Beto, quien, dejándose llevar por la pasión, reforzó el ímpetu de sus caricias. Y así habría continuado todo, si el *Vikingo* no se les hubiese acercado, tosiendo deliberadamente, lo que hizo que Beto separara la cabeza del torso de Landa y que ésta, muy nerviosa, se abrochara con asombrosa rapidez la blusa.

—Linda luna —dijo el *Vikingo*, acercándose a la pareja.

—¡Bellísima! —expresó Beto.

—¡Clara luna! —sentenció Landa.

El viejo, sentándose sobre una piedra, sacó de un bolsillo picadura de tabaco, la echó dentro de una gran pipa curva y encendió un fósforo.

—Estas noches me recuerdan días idos —dijo el *Vikingo*, llevando el fósforo hacia la pipa y aspirando una gran bocanada de humo—. ¿Qué los trae por aquí?

—Paseábamos —dijo Beto, mirando de soslayo a Landa—. Le mostraba la ribera oriental del *Ozama* a mi amiga, pero ya nos marchábamos.

—El *Ozama* se ha vuelto una cloaca —expresó el *Vikingo*—. Si no detienen pronto las instalaciones de industrias en sus riberas se convertirá en un albañal. Es más, este río es ya un estercolero. Hace muy poco se podía pescar desde aquí mismo. Ahora no pican ni las *jaibas*.

—¿No habrá alguna forma de detener la contaminación? —preguntó Landa, visiblemente interesada.

—Este país, desde la muerte de Trujillo, se ha convertido en un festín —enfatizó, doctoral, el *Vikingo*—. Pero, ¿por qué se marchan? Con una luna como esa, esta noche podría ser inolvidable para los enamorados —aspirando la pipa profundamente, el *Vikingo* tomó asiento a orillas del río y observó a Beto—. Hacía mucho que no venías por aquí.

—Estuve en la cárcel —dijo Beto, mirando a Landa.

—¿Cuestiones políticas? —preguntó el *Vikingo*.

—Sí —respondió Beto entre dientes y tratando de no extender la conversación.

—Esa es una de las razones —murmuró el *Vikingo*.

—¿Razones? ¿Razones de qué? —inquirió Beto.

—La política —aseguró el *Vikingo*—. La política está causando la destrucción del *Ozama*.

—No veo ninguna conexión entre la política y la contaminación del *Ozama, Vikingo*.

—Yo he estado aquí por más de sesenta años, amigo mío, y he sido testigo de la agonía del *Ozama*. A finales de los treinta mi madre solía utilizar el agua de este río para cocinar y, echándole pastillas de yodo, nos la daba a beber a mí y a mis hermanos. Asimismo, dos o tres días a la semana comíamos pescados atrapados en las redes que tendíamos en esta orilla. Era un *Ozama* verde-azul que se ensuciaba sólo en las temporadas de lluvia. La guardia de Trujillo se encargaba de evitar las construcciones de chozas en las riberas y sólo se permitía la construcción de determinados diques, los cuales no podían lanzar desperdicios al agua.

—¿Y cuándo comenzó la degradación del río?

—En los años cuarenta —sentenció el *Vikingo*—. A Trujillo se le metió en la cabeza la industrialización del país y, entre las industrias que se establecieron estuvo *La Cementera*, levantada a orillas del río *Isabela*, el cual se une al *Ozama* un poco más arriba. Tras la muerte de Trujillo el país se sumergió en el desorden.

—¿No estará usted confundiendo *desorden* con *democracia*, ah? —preguntó Landa.

—¡Claro que no! —roncó el *Vikingo*—. El *trujillato* ordenó el país y a eso le están llamando tiranía, opresión, dictadura, satrapía, poderío, despotismo, absolutismo, arbitrariedad, atropello, injusticia, infamia, vergüenza y cientos de epítetos más. Pero es preciso introducir entre ellos los términos *ordenanza* y *ley*, aunque, tal vez, algo que desaprobé siempre fue la *paranoia heredada...*

—¿Paranoia? —interrumpió Beto—. ¿Cuál paranoia?

—Esa manía nacional de creer que alguien nos acecha, que tenemos siempre un espía detrás. ¡A esa paranoia es a la que me refiero, joven! ¡A esa, a ninguna otra! Y fíjese, que tengo la sospecha de que esa paranoia tiene que ver conlo histórico, con algo que está latente en el ser dominicano y que, posiblemente, ha venido creciendo con las excesivas frustraciones padecidas por el pueblo desde el arribo de los colonizadores.

—Pero, ¿no hizo alusión a una paranoia heredada del *trujillato*?

—No, no mencioné la palabra *trujillato* cuando me referí a la *paranoia heredada*. El régimen de Trujillo sólo la reforzó. Gustav Erickson, mi padre, me habló mucho sobre el hábito dominicano de *creer que siempre lo estaban espiando*. Al preguntarle que a qué atribuía esa manía, me explicó *que esa manía venía de lejos* y de que, a lo mejor, tenía una estrecha relación con la desgraciada historia del país. *¡No, hijo mío!*, me decía Gustav, *esa historia tiene que ver con el abandono a que sometió España la isla, o, peor aún, con el exterminio de los indios y el cruce racial con los negros, y también con los ataques de los piratas ingleses y con los desgraciados ciclones y terremotos, así como con el crecimiento de la población en la parte oeste de la isla que los franceses, más tarde, se adjudicaron, y con la independencia efímera y también con la posterior dominación haitiana de veintidós años, y con las comemierderías románticas de Duarte y la anexión a España llevada a cabo por Santana, y con los líos de Luperón, Báez y Lilís, y luego con Mon Cáceres y la intervención norteamericana del 16.* Y cuando me explicaba esto, mi padre lloraba.

—Al parecer, su padre conocía bastante bien la historia del país —dijo Landa.

—Gustav Erickson se dedicó a estudiar la historia nacional, no sólo a través de los libros, sino también con testigos orales —afirmó con satisfacción el *Vikingo*—. Salía de noche a reunirse con los viejitos de la parte intramuros de la ciudad, a los que sacaba todos los recuerdos, ya fueran tristes o alegres, y fue reuniendo un amplísimo expediente con apuntes sobre nuestra historia. ¿Que por qué hacía eso, habiendo nacido en un lugar tan alejado del Caribe como lo es Noruega? Bueno, posiblemente el condenado lo hacía para olvidar... sí, para olvidar, porque, ¿para qué más, si no para olvidar este hueco en donde cayó inmisericordemente? Por suerte, Gustav Erickson no vivió los años más difíciles del *trujillato*. Esos años de los finales de los cuarenta y del decenio de los cincuenta, donde la dictadura dejó de ser un juego para convertirse en adulta...

—¿Adulta? —interrumpió Beto, sorprendido—. Creo que en los años treinta el trujillismo ya era adulto...

—No —afirmó el *Vikingo*—, todavía en los treinta mucha gente creía que Trujillo era parte de la *montonera*... que era otro *affair* del destino...

—Oiga, *Vikingo*, no me haga reír. Usted sabe porque vivía en esa época, que la sangre comenzó a rodar bien temprano en la dictadura.

—Pero aún no había una *conciencia de Estado*, amigo. Ni Santana, mi Báez, ni Lilís, ni Horacio crearon esa *conciencia de estado* en el país. Eso es lo que deseo que entienda, joven —al decir esto, el *Vikingo* aspiró una gran bocanada de humo de la pipa y se alisó los encanecidos cabellos, aún ribeteados de rojo—. A comienzos de los cuarenta, Trujillo comenzó a formar el verdadero estado nacional. Eso es indudable. ¿Acaso lo duda? Recuerde que aquí no había una moneda, ni bancos, ni aduanas propias... ¡Esto era un paisaje, joven!

El *Vikingo*, aspirando otra gran bocanada de humo, tosió fuertemente y Beto miró de soslayo a Landa, quien miraba extasiada al viejo.

—¿Es cierto que nunca ha cruzado el río? —preguntó Beto al *Vikingo*, con la intención de variar la conversación.

El viejo, meditando la respuesta, respondió a Beto entre dientes:

—¿Y para qué cruzar el río? ¿Qué hay allá, en aquella maldita orilla, en aquel pedazo de ciudad que no pueda encontraren este? De este lado del río tenemos el misterio, el abandono, la verdadera miseria. De aquel lado está el palacio presidencial y se emiten los decretos.

—Pero, escuche, a sólo unos metros está la calle *El Conde* y su bullicio.

—Aquí hay otras cosas, jovencito —dijo el V*ikingo* con brusquedad—. Y no es que en este lado esté Dios, ¡no! Lo que pasa es que aquí mantenemos el *status* de aldea que teme crecer, de aldea que se ha estancado. Este es el lado manso de ciudad, joven, y por eso es preciso que continúe así hasta el final de la historia.

Entonces, el *Vikingo* se puso de pie y se marchó entre gruñidos y repetidas toses, aunque volviendo de vez en cuando la cabeza hacia atrás para observar, malhumorado, a Beto y Landa.

—¡Ese hombre está loco, Beto! —susurró Landa a Beto, mientras seguía con sus ojos la figura del *Vikingo* perdiéndose en la oscuridad.

—No, Landa, el *Vikingo* no es un loco.

—Pero, ¿no escuchaste todo lo que dijo?

—¿Crees que fueron excesos?

—¡Claro, Beto! ¡Ese viejo no sabe lo que dice!

—Tal vez lo que resume es dolor, tristeza, abandono, Landa... ¡pero él sabe lo que dice!

Landa, deseando terminar la discusión, se acercó a Beto y lo besó en los labios.

—Olvidémonos del viejo, Beto —dijo Landa.

Beto, respondió al beso de Landa y mordisqueó ligeramente sus labios. Al abrir los ojos frente al rostro de Landa, descubrió, de repente, las arrugas, los años de diferencia que existían entre él y ella y, tras un breve cálculo matemático, especuló que podrían ser ¿quince, veinte? Entonces, sin saber el porqué, pensó en su madre, en Freud, en todos los complejos que dan nombre a los amores secretos entre madre e hijo, y recordó cuando contando sólo con doce años de edad su madre, para despistarlo, para extraviarlo, para sacarlo del hogar en los instantes precisos —pero suficientes— para permitirle dar rienda suelta a una explosión de lujuria, de deseo recóndito con el amigo de turno, lo enviaba a comprar algo al colmado de la esquina, sólo algo, sólo un objeto capaz de extraviarlo del frente de batalla. Y él, volviendo del mandado inútil y viendo a su madre en las piernas del hombre (que podría ser el señor Landrón o el hijo-de-puta Espinoza o el incapaz *míster Coca-Cola* o Ramoncito el *Tutumpote*) con la falda subida hasta el ombligo y las pantaletas colgándoles del muslo derecho y el hombre (que podría ser el señor Landrón o el hijo-de-puta Espinoza o el incapaz *míster Coca-Cola* o Ramoncito el *Tutumpote*) con el pene verde entrándolo y sacándolo de la vagina materna y diciendo *¡Carajo, tú sí que singas bueno, Amelia! ¡Tú sí que me das gusto!* y Beto viéndose asustado, corriendo hacia atrás, hacia los lados como el cangrejo y lanzando lejos lo comprado en el colmado que, por lo regular, era un paquete de cigarrillos *Hollywood* con su escena de piscina y el sello de Rentas Internas adherido al cierre y luego sentándose en la sala, a llorar, sin saber qué hacer y destrozando para siempre la estatua de mármol de Carrara que había esculpido en su conciencia para su madre y la cual tenía en un pedestal un poco más abajo que el de la *Virgencita de la Altagracia*. Y todos estos recuerdos, todos estos destellos de sombras y luces emergidos desde el fondo de su mente, extraídos con esas pinzas proyectadas por las arrugas en el rostro de la mujer a la cual besaba, llevaron a Beto a apretar más fuerte a Landa contra sí, provocando que ésta suspirara de placer y, más allá de las palabras que pronunció, permitieron al propio Beto escuchar, por algún rincón de su memoria, una enorme risotada que bien pudo ser de Freud o del *Vikingo* o de Doña María o de la madre de ésta (la dulce abuelita que lo confundía con Mario) o del señor Landrón o del hijo-de-puta Espinoza o del incapaz *míster Coca-Cola* o de Ramoncito el *Tutumpote* con sus penes verdes, largos y babeantes, diciendo *que tú, Amelia, sí que singas bueno* y, así, los planes de Beto para atajar su soledad con esta mujer a la cual ahora besaba y que respondía al nombre de Landa, explosionaron hacia fuera (porque también hay explosiones hacia adentro que lo matan todo, que lo destruyen todo, que lo extraen todo) con una pregunta tonta disparada por ella:

—¿Y ahora... qué hacemos, Beto?

Y Beto, cortada su abstracción en dos, titubeó un poco, pero luego respondió a Landa:

—¿Deseas quedarte por aquí?

—Recuerda que no hemos cenado —contestó Landa.

—¿Me invitas? —preguntó Beto, sin saber a ciencia cierta qué deseaba más: si follar allí mismo a Landa o llenar su estómago.

—Sí, te invito —contestó Landa, sacándolo del apuro.

Y tomados de las manos, Beto y Landa caminaron de nuevo hacia el mismo lugar en donde habían desembarcado y tomaron otra yola.

—Cobro el doble a esta hora, señores —les advirtió el yolero cuando subieron a la embarcación, algo que a Landa no le importó mucho, ya que tan pronto el yolero comenzó a remar, entonó muy desafinadamente las primeras notas de *Moon River* bajo la mirada hosca de Beto, quien hubiese preferido taponar sus oídos para no escuchar aquella voz desafinada, pero que se tranquilizó al observar el relumbrón de plata que la luna proyectaba sobre el *Ozama* y escuchando el sonido producido por los remos al golpear el agua.

Capítulo XII
Temptation Monegalum I

ESTA LLUVIA, EN esta hora, en este día y en estas circunstancias está hecha para ti; está como fabricada para aclarar todo lo oscuro que podría distanciarnos. Es un caer constante sobre la claridad de un día que se va y de otro año que agoniza. Se marchan las viejas lágrimas, se marchan los murmullos de las voces conocidas y, así, la lluvia, la hora, el día y las circunstancias, emergen seguros de la intemporalidad de mis sentimientos y tu figura se torna aliento, definición, una instancia constante de ataduras y necesidades, donde la imaginación descubre caballos cabalgando en caravana hacia el sol naciente; donde la imaginación avisa sobre la existencia de tempestades interiores capaces de sobrellevar la catarsis.

Te has acercado a mí y es justo que tu viejo resplandor torne ardiente mis mejillas y proclame, tan sólo para mí, que deseo y necesito de nuevas vibraciones, de nuevos estremecimientos para descubrir si en verdad soy yo y mis misterios, mis fracasos, mis vanas ilusiones ya volcadas en las desventuras. Y todo para poder revelar mi rostro sin la máscara ni las muecas, sin la piel ni los huesos; y todo para que bramen las voces irredentas y, lentamente, extraigan desde mí las sustancias primitivas que conformaron los llantos.

Así te necesito. Así, entonces, podría proclamar que esta lluvia en esta hora, en este día y en estas circunstancias, no es más que un elemento onírico, vano, pero tan vital que bulle en mí para atarme a ti.

La voz de Beto enronqueció al terminar de leer el poema, escrito unas horas antes, mientras caía la lluvia y el año agonizaba. Sus hijos dormían y Elena, zurciendo el último botón de la última camisa, escu-

125

chaba la música que brotaba de un pequeño radiorreceptor de transistores, mientras afuera, los fuegos artificiales sonaban alocadamente. Se divertía una parte de la gente de la ciudad, mientras la otra sacudía sus penurias cosiendo, como Elena, o riñendo con el esposo o con la concubina o con el amante circunstancial o con la carencia de objetos. La voz de Beto, de nuevo, leyó algunos versos y se preguntó si aún estaba apto para romances. La preguntaba se la hizo porque el recuerdo de Landa rondaba su cabeza y se veía con ella cruzando el *Ozama* de regreso a la parte occidental de la ciudad, escuchando por algún lado, bien lejos, *Nuages*, interpretado nada más y nada menos que por Django Reinhardt, para luego ir a parar al restaurantito de *Men El Chino*, donde ella pidió *chicharrón de pollo* y que él, pensando que los chicharrones de pollo sólo los pedían las mujeres de culo caliente o los cueritos curtidos en mil jodederas, le exigió que cambiara la orden por otra cosa: *Pero Landa, ¡por Dios!, ¿no podrías pedir otra cosa?*

—*Le he dicho, mozo, que quiero chicharrón de pollo* —*exigió Landa.*

—*Pero, Landa, ¿será posible?*

—*Sí, Beto, es posible.*

Beto recordó, mientras los fuegos artificiales estallaban alrededor (no de la ciudad, ni de sus oídos, ni de sus recuerdos, sino del *quinto patio*), haber escuchado a alguien decir que el *chicharrón de pollo* había sido inventado por el propio *Men El Chino*, y se preguntó si eso sería verdad, ya que había otro chino famoso en Santo Domingo que servía el *chicharrón de pollo* con un sabor visiblemente mejorado. El chino, llamado Mario Chez, había comenzado a trabajar en el restaurant de *Men* como auxiliar de cocina y, al parecer, perfeccionó la fórmula de la fritura agregándole algunos adobos secretos, los cuales daban al plato una explosiva consistencia que, al morderse, se deshacía en tiernos y crujientes hilos y cuya fama era conocida de sobra por las colonias dominicanas en Nueva York, San Juan y Caracas, las cuales, al crecer, produjeron las aperturas de fondas criollas que servían esa exquisitez culinaria. Además, Beto sabía por boca de Pedro *La Moa* que, por lo menos, existían más de dos restaurantes chinos en la avenida San Nicholas, en el alto Manhattan de New York, que preparaban el *chicharrón de pollo*, por lo que optó por no continuar contradiciendo a Landa, dejándola pedir el plato. Además, ¿acaso no era ella quien pagaría la cuenta? *¡Entonces, que se sacie de chicharrón de pollo si así lo desea!*, masculló para sí Beto. Sin embargo, a él nadie le sacaría de la cabeza, ¡no señor!, que el invento de *Men El Chino* y perfeccionado a base de ciertos ingredientes secretos por Mario Chez, era un plato al que se aferraban todas las meretrices llegadas a la capital para procurarse un cierto *status*. Así que al diablo con los deseos achicharronados de Landa, quien pidió el plato y lo comió frente a un Beto que mientras ella cerraba los ojos de placer al masticar los trozos harinados y fritos de pollo, la miraba de reojo porque, al fin y al cabo, además de pagar la cuenta esta rubia de ojos azules venía de los *nuevayores* y, quizás, ansiaba probar el invento de *Men El Chino* en su propio cubil. La cuestión, pues, estaba clara: luego de la cena y la llegada de la medianoche, Beto invitaría a Landa a sentarse en uno de los bancos del parque *Independencia* para ambos observar la lunota brillante caminando hacia el Este y, sin reparar que llovería a cántaros, tendrían entonces que tomar uno de los *carritos* que suben por la calle *30 de Marzo* y llegar hasta uno de los hoteles de chinos que se levantan en la parte alta de la *city*, en alguno de los cuales (que podría ser el viejo *Londres*) bajarían del *carrito* pagado por Landa y subirían por las escaleras de la parte trasera, donde Landa, al observar la suciedad que presentaba el cuartucho del hotel, miraría estupefacta a Beto y le gritaría:

—¡Ufff!... ¡Fo!, ¡qué mal huele esta habitación, Beto! ¡Qué olor a semen rancio y a *popoya* sucia! —poniendo la más agria de las caras, mientras Beto recordaría el *chicharrón de pollo* y comenzaría a quitarse la ropa: desabrocharía primero el cinturón, se quitaría luego la camisa y el pantalón y se lanzaría después sobre la cama con los zapatos puestos por una simple razón: las medias estaban rotas.

Por su parte, Landa se sacaría tímidamente, los zapatos, la blusita, la falda, los *panties* y el *brasier* por debajo del refajo, y se quedaría sólo con éste. Al contemplarla así, vistiendo tan sólo aquel refajo de tafetán color carne *a-lo-Sofía Loren* y muy bordadito en la parte baja, Beto atraería a Landa hacia sí y le pellizcaría los muslos, y ella le diría:

—¡Que no, Beto, que no, que se me hacen unos morados feos!

Y entonces Beto la lanzaría en la cama sin brusquedad, suavemente, y comenzaría a besuquearla, diciéndole:

—¡Qué senos tan parecidos a los de una quinceañera tienes, Landa..., ¡qué muslos de carnes tan tersas! —despertando en Landa ciertos apetitos secretos que la llevaron a manosear las nalgas de Beto.

—¡Eah, no, señora! —le diría Beto a Landa—. Aquí las reglas del juego las pongo yo, por lo que nada de dedos por el culo, que no estoy en una sesión de tortura.

Y Beto se preocupó en aquel momento por el mayor López y el sargento De los Santos, los cuales podrían estar acechándolo por entre las persianas del viejo hotelito *Londres*, pensamiento al que no hizo mucho caso, diciéndose en voz baja:

—¡A la mierda el mayor López y el sargento De los Santos! ¡Que se jodan y se hagan la puñeta! —haciendo que Landa, que no tenía ni la más mínima idea de por qué el pene de Beto se le iba cayendo lenta, lenta, muy lentamente, lo tomó entre sus labios y, con la sagacidad a-toda-prueba de una chupa-penes-fríos graduada en la *Duarte-con-París*, lo embuchó dulcemente y, presionándolo entre sus labios y lengua, hizo con éste unos gargarismos acompasados que luego varió hacia frotaciones suaves con ambas manos, repitiendo una y otra vez la operación boca-lengua-gargarismos-manos ante la mirada impávida de un Beto que nada-de-nada porque tan sólo miraba y miraba hacia la ventana, recordando las palabras del viejo *Vikingo* sobre la paranoia nacional y provocando en Landa un grito que mezclaba el placer con la frustración:

—¡Pero Beto!, ¿qué te pasa, mi amor? ¿Acaso no te gusto? —y Beto diciendo que sí con la cabeza de arriba y que no con la cabeza de abajo, la cual ya no era una cabeza-dura sino una cabeza-floja.

Con el poema aún en sus manos, Beto volvió a observar a Elena remendando el último botón de la última camisa y mirándolo con ojos asustados, con ojos de preocupación porque no comprendía la manera en que su esposo contemplaba la ventana y la extraña forma en que agitaba los brazos, pero que él sabía que, en el *Londres*, mientras Landa trataba de revivir su postrado miembro ex viril, el mayor López y el sargento De los Santos podrían entrar por la ventana con sus pistolas en las manos diciéndole *¡manos arriba, comunista comemierda!*, y él sin poder convertirse en Buck Jones el *cowboy* intrépido o Charles Starret o el *Llanero Solitario* cabalgando a-mil-por-hora porque, en verdad, ¿quiénes eran los malhechores? ¿Quiénes eran los buenos y quiénes los malos?, ya que, y según la filosofía de los *paquitos*, los buenos siempre ganan al final, razón por lo cual él era, entonces, uno de los malos, ya que nunca ganaba, pero que Landa sí creía que él era de los buenos porque luchaba a lengua y labios partidos con su pobre y desprotegido ripio, tratando de resucitarlo a base de lamederas y gargarismos inútiles porque nada de nada hasta que, al fin y ya harta de nada de nada Landa decide ponerse la ropa y salir del *¡fo, fo, fo, qué bajo de cuarto!*, dejando a Beto solo, triste y asustado, asustadísimo, en la habitación, ya que el mayor López y el sargento De los Santos podrían entrar violentamente por la puerta y *¡pun pun pun!*, uno dos tres disparos y adiós vida cruel, y Landa yéndose hacia la casa de Doña María al día siguiente, sin encontrarlo, y volviendo al otro día para sorprenderlo a él, con un brazo en cabestrillo por la herida de alguna bala disparada desde los revólveres del mayor López y el sargento De los Santos, conversando con Martina sobre temas tan frívolos como, por ejemplo:

—Oye, Martina, ¡ve y lávatelo, que te lo voy a chupar! —lo que haría dibujar en el rostro de Martina (¡Dios mío, cuántas cosas dibujadas en la cara de Martina!): monstruos alados, arañas cacatas, pájaros carpinteros destruyendo los bosques, relámpagos, truenos, diluvios, montañas enteras de sinrazones a granel, bosques petrificados de desesperanza, golpes de pistola, lágrimas, muchas lágrimas! Sí, Martina dibujando en su rostro toda la amargura de las palabras insólitas de Beto y Landa oyéndolo todo y como haciéndose la que no oía porque, ¡vaya usted a saber para qué servía escuchar tan sólo groserías, malas palabras y un montón de sandeces!, mientras Doña María, como siempre, traía el café recién coladito.

Mientras afuera estallaban los fuegos artificiales, Beto observó a su esposa zurcir e hizo esfuerzos para que sus oídos se cerraran al estruendo de los petardos y así poder analizar los casi diez meses transcurridos desde que había conocido a Landa en casa de Doña María. Después de todo, el 1964 terminaba sin esperanzas, aunque Landa le había expresado que lo dejara todo *(¿pero qué, qué era todo?*, le había preguntado, afirmándole ella *que todo era todo: mujer, hijos, lucha, país*) y se marchara con ella a las Islas Canarias, más exactamente a Tenerife, donde la familia de su padre tenía una pequeña propiedad de cincuenta hectáreas sembradas de plátanos y que, según la propia Landa, era el principal producto de exportación del archipiélago, aunque le refirió que las islas habían recibido el año pasado a cerca de setenta mil extranjeros que acudieron a las islas a tomar el sol en calidad de turistas y de que esta actividad, el turismo, amenazaba con convertirse en la mayor industria de las islas. *¡Vámonos, Beto* —le había pedido Landa—, *en Tenerife podrás dedicarte a escribir y a comer bananos! Porque, ¿sabes algo?, el clima de las Canarias es uno de los más saludables del mundo.* Al hablarle de las Canarias, Landa ponía un inusitado énfasis al relatarle la historia de las *Islas de la Fortuna*, como era llamado el archipiélago en la antigüedad, cuyos primeros pobladores fueron los *guanches*, u *hombres de chenech*.

—Los *guanches*, que habitaron Tenerife —relataba Landa a Beto, tratando de interesarlo en la historia de las Canarias—, provenían del Norte de África y estaban entroncados a los bereberes. Eran de raza blanca, fuertes y muy bellos, y aunque la mayoría era de pelo negro, había muchos rubios entre ellos. Esa colonización se efectuó mucho antes de Cristo.

Y Landa, después de describir las maravillas canarias, terminaba, regularmente, haciéndole una simple pregunta a Beto:

— ¿No te gustaría conocer las Canarias, Beto?

Sí, Beto estaba convencido de que Landa había tomado muy en serio sus relaciones con él, las cuales se vinieron abajo cuando una mañana —y tras casi diez meses de relaciones— le insinuó, sin tapujos, mientras ambos desayunaban:

—¿Por qué no buscan algún trabajo, Beto? —anexándole una afirmación que caló muy hondo en los sentimientos de Beto—: Tú y tu familia me salen muy caro.

Cuando Beto le ripostó que nunca debió haber dicho eso, Landa se incomodó y le tiró al rostro uno de los cuentos que él, amorosamente, le había dedicado.

—¡Te pesará haberme dicho eso, Landa! —le gritó Beto, abandonando rápidamente el apartamento que compartía con Landa.

Beto nunca había llorado tanto y las lágrimas le rodaron por las mejillas y el mentón, y luego cayeron a la camisa, empapándole el pecho y el abdomen. Con los ojos anegados por el llanto, Beto se dirigió al taller de Rodríguez, su amigo pintor, a quien encontró elaborando un cuadro.

—Esto es puro *interiorismo* —le dijo Rodríguez con cara de satisfacción, al verlo entrar, explicándole que esa tendencia había sido creada por un pintor mexicano llamado José Luis Cuevas—. Eso es lo que viene por ahí después de Bacon, Beto... ¡puedes asegurarlo!

Rodríguez tenía su taller en un cuartito situado en la calle *Arzobispo Meriño*, en plena ciudad colonial, y allí se reunían tipos como Beto, a los que la política había arrojado fuera; otros a los que la política no les importaba mucho, y algunos que sólo buscaban codearse con elementos de talento pero que no producían nada. Cuando se reunían hablaban de Sartre, de De Sica, de Camus, de Hemingway, de Dos Passos, de Ilya Ehrenburg, de Ferdinand Celine, de Robert Walser, y discutían temas tales como si de verdad Balzac era mejor narrador que Flaubert, o de que si Hugo fue realmente el hombre clave del romanticismo. Algunos días analizaban (y maltrataban) temas tales como los de las muertes de Byron, Keats y Shelley, perdiendo el tiempo en disquisiciones inútiles acerca de si fueron finales románticos o finales pendejos, y algunos días recitaban a voz en cuello poemas de Verlaine y Rimbaud, colocando en el medio el *Romancero* de García Lorca. Allí asistían poetas y aspirantes a dramaturgos como Efraim Castillo e Iván García, que se deleitaban escuchando a Máximo Avilés Blonda, uno de los productores literarios que integraron la llamada *Generación del 48* y que, a la sazón, era un intelectual que tenía un relativo ascendiente en las esferas del poder. También asistían al estudio de Rodríguez pintores que acababan de graduarse en la Academia de Bellas Artes, como José Ramírez (alias *Condesito*), Leopoldo Pérez (alias *Lepe*), José Cestero (alias *Gamuza*), Elsa Núñez (alias *La Flaca*), así como un pintor de más de treinta años de edad, que respondía al nombre de Ramón Oviedo y que, aunque no provenía del ambiente de Bellas Artes, poseía un enorme talento. Al estudio de Rodríguez también acudían poetas jóvenes como Miguel

Alfonseca, Grey Coiscou, Héctor Dotel, Jeannette Miller y un exiliado haitiano, Jacques Viau, que daba clases de francés, entre otros. Silvano Lora, visitaba el taller con asiduidad y muchos de los recitales del movimiento *Arte y Liberación* se organizaron en el estudio de Rodríguez, donde podían acontecer las cosas más extravagantes: la celebración de los funerales a un ratón, el practicar amargamientos consuetudinarios con música de Debussy de fondo, el invitar a las domésticas de la zona a efectuar bailes exóticos, la puesta en marcha de algún festival extravagante para justificar las locuras del Quijote, otorgando dentro del mismo condecoraciones a las más efectivas quimeras. En alguna ocasión, Miguel Alfonseca tuvo la genial idea de proclamar los derechos del perro, escribiendo una magnífica oda a la desventura, momento aquel en que Beto, en un arrebato de ternura, osó inventar un sistema de viajes planetarios alrededor de la *pupú*. Otros escritores escribieron en aquella ocasión poemas al recto, dizque para así posibilitar los insufribles días del estreñimiento y algunos músicos crearon variaciones en torno al clítoris, develándose cierta tarde una estatua en honor al gallego universal y donde se dio a conocer la momificación de una avispa. Todos, absolutamente todos los que asistían a las tertulias del atelier de Rodríguez, debían de poseer algún talento: escribir bien o mal; dibujar, pintar, esculpir, criticar abiertamente lo establecido y, lo más importante, ser un intransigente enemigo del gobierno, obligándose a poseer una marcada disposición a contradecirlo todo... ¡absolutamente todo! De ahí, entonces, que cuando Rodríguez le habló de *interiorismo*, Beto, aún descorazonado por lo de Landa, le dijo en tono agrio:

—¡A la mierda con el *interiorismo*, Rodríguez! —sentándose pesadamente sobre un montón de periódicos.

—¿Qué te pasa, Beto? —le preguntó Rodríguez, comprendiendo que algo le sucedía a su amigo.

—Nada, Rodríguez —le respondió Beto.

—Sí, te pasa algo, amigo... Dime ¿qué te sucedió?

Beto sabía que si alguien le conocía, ese era Rodríguez, su amigo pintor, por lo que no tuvo más remedio que narrarle lo sucedido.

—Acabo de romper con Landa.

—¡Oh, es eso! —masculló Rodríguez.

—¡Sí, eso!

—Bueno, el mundo no se acabará por esa vaina, Beto. Además, el final se veía venir pronto.

Al escuchar la afirmación de Rodríguez, Beto lo miró extrañado.

—¿Crees que se entreveía la ruptura entre Landa y yo?

—¡Claro, Beto! A ella no la conozco bien... pero a ti, sí, y por eso sabía que esos amores eran momentáneos. Recuerda que Landa te atrapó recién salido de la cárcel y, sobre todo, excluido...

—¿Excluido? ¿Has dicho *excluido*?

—Sí, Beto, que es decir lo mismo que *exceptuado*. ¿Acaso no estás *exceptuado... descartado* de la política?

—¡Bah, Rodríguez! Lo que tengo es un *queme*... y debo someterme al *desqueme*...

—¿*Desqueme*? ¡No me hagas reír, Beto! ¡Explícame!, ¿qué es un jodido *desqueme*?

—Salir del fuego, Rodríguez... ¡eso es *desquemarse*!

—No, Beto, tú lo que estás es harto de que te ordenen... ¡nada más!

Beto comprendió que la discusión con Rodríguez no le llevaría hacia ningún lado y guardó silencio, observando la pintura que su amigo trabajaba sobre el caballete. Entonces sonrió.

—¿Por qué no pintas algo que la gente entienda, Rodríguez? —le preguntó.

—Los cuadros fáciles no se venden, Beto.

—¿Te burlas de mí?

—No, te lo digo en serio. Los únicos que compran arte de fácil digestión son los nuevos ricos del *Cibao*, donde la escuela de Yoryi Morel se ha impuesto. Allí, si deseas vender una obra, debes introducir en ella, libre de sospechas, coches tirados por caballos, viejitos campesinos fumando con primitivas pipas, flamboyanes incendiados, lavanderas de río, burritos aparejados, *marchantas* vendiendo flores, pregoneros de frutas y, desde luego, marinas con barquitos y pescadores...

—En tal caso, ¿por qué trabajas el interiorismo y la figuración abstracta?

—No me dejaste terminar, Beto. Los viejos y nuevos ricos de aquí son otra cosa. Ellos sólo compran obras abstractas, figurativas o surrealistas. ¿Y sabes algo? ¡Al nuevo rico capitaleño le está pasando un fenómeno extraño!

—¿Qué les pasa a los nuevos ricos capitaleños?

—¡Sólo compran lo que no entienden!

—¡Coño! ¿Quién te dijo eso?

—Ese fenómeno me lo explicó Castillo…

—¿Castillo?

—Sí, ese comemierda presumido que trajo Miguel Alfonseca al taller…

—¡Oh, el de la barba!

—¡Sí, ese mismo!

—¿Y qué te dijo Castillo?

—Me explicó que el fenómeno del coleccionismo había comenzado alrededor del *Renacimiento*, aunque me enfatizó que ya el hombre de las cavernas gustaba de coleccionar mujeres, y que esa fue la primera manifestación histórica de esa maldita aberración burguesa.

—Pero, ¿por qué te dijo Castillo eso? ¿En qué se apoyó?

—Bueno, aunque habló de las cavernas, Castillo me explicó que el coleccionismo intelectual era hijo del Renacimiento, haciéndome hincapié en los Médicis.

—Castillo habla mucha mierda, Rodríguez. ¿Acaso no existen tribus que coleccionan cabezas, huesos, plumas, piedras, pieles…?

—Sí, Beto, las hay. Lo que pasa es que ese tipo de acumulación de objetos pertenece a otro tipo de coleccionismo.

—¿Eso también te lo explicó Castillo? ¿Y cuál es ese tipo de coleccionismo?

—Según Castillo, el coleccionar cabezas, cueros cabelludos, huesos, plumas, lanzas, arcos, flechas, etcétera, entra en la categoría del botín… ya sea de guerra o de cacería.

—¿Y no es lo mismo?

—Aparentemente, Beto. Pero la variación sustancial reside en que el coleccionar arte no implica un acto de valor, o destreza, en el acumulador, sino una manifestación de otros poderes…

—¿Cuáles?

—…El poder político o el poder económico. El acumulador rico podía (y puede) comprar los trofeos obtenidos por el guerrero y el cazador, con tan sólo realizar una buena oferta, mientras que el gobernante, llamárase rey, príncipe, dictador o presidente, los conseguía (y los consigue) ejerciendo el poder; es decir, ordenando a sus vasallos que lo obtuvieran (o lo obtengan) para él. En el Renacimiento, con los violentos cambios originados en los discursos estéticos, el coleccionismo se volvió, hasta cierto punto, una extravagancia, y con la fundación de la primera academia de arte, en 1492, precisamente en el año del fatal descubrimiento de estas tierras, el arte encaminó sus pasos hacia una búsqueda constante de nuevas formas, siempre apuntando hacia el mercado de privilegios y precios, iniciado en Florencia por los Médicis, cuya fortuna nació con la banca y, échate a reír... con los préstamos usureros.

—Pero en el coleccionismo hay algo más que la ostentación, Rodríguez.

—¡Claro! El coleccionismo, si se analiza la parte clínica del proceso, encierra una definida conducta que refiere al fetichismo, cuya raíz histórica se asienta en la más pura idolatría. Mientras que los trofeos servían para recordar glorias pasadas, siempre ligadas a recuentos y fábulas por parte del poseedor, los objetos estéticos propiciaban (y propician) en el coleccionista las más disímiles manifestaciones de goces, muchos de estos enraizados en lo sensual, aunque siempre exhibidos con la ulterior intención de empequeñecer al otro, que no es más que al que se le muestra el objeto. Inclusive, el propio mecenazgo no es más que una señal inequívoca de exhibir poder, de propiciarse el protector, para sí, un nombre eterno, infinito, tal como una señal de existencia histórica y la cual, de no apoyarse en el valor o el talento de los coleccionados o reunidos en la entidad albergante (llámese museo, galería, academia, universidad, biblioteca, o lo que sea), se diluiría en el tiempo.

—¿Sabes una cosa, Rodríguez?

—¿Qué cosa, Beto? ¡Desembúchala?

—¡Te ganaste un café! ¿Vamos?

—¡Vamos!

Beto detuvo sus pensamientos y leyó de nuevo el poema, observando de vez en cuando a Elena. Hubiese deseado acercarse a ella y darle un beso en la mejilla, en la mejilla izquierda, donde su rostro conservaba, aún, los rastros de su crianza burguesa. Pero no lo hizo.

El rompimiento con Landa ocupó de nuevo sus pensamientos y se vio llegando hasta la barrita *Hit*, propiedad del italiano Giuseppe Mascagni (el siciliano con el mismísimo apellido de Pietro, el de *Cavalleria Rusticana*), junto a Rodríguez, donde se acomodaron en un rincón. Recordó, inclusive, cuando entró Pedro *La Moa* acompañado de un jovencito desconocido.

—¡Hola, pequeñoburgués! —le dijo *La Moa* al pasar por su lado y riendo burlonamente.

—Ese es Pedro *La Moa*! —dijo Rodríguez, sacudiendo la mano derecha—. ¡Ahí sí que hay talento, Beto! —y, al añadir esto, Rodríguez disparó un revólver imaginario con el dedo índice de su mano derecha.

—Sí, Rodríguez, ese talento se necesita para hacer la revolución —expresó Beto con cara de resignación—. ¡Es justo que lo reconozcamos! Sobre todo yo, al que *La Moa* vive jodiéndole la paciencia.

—¿Y Landa? —preguntó Rodríguez, observando con detenimiento el rostro de Beto—. ¿No la has vuelto a ver? —y por la respuesta de Beto, Rodríguez supo que el problema se su amigo se sintetizaba ahí.

—¿Por qué no hablamos de otra vaina?

—¿Tan duro te ha tocado? En verdad, Beto, ¿qué pasó?

—Pasó lo que tenía que pasar, Rodríguez.

—Pero, ¿qué era lo que tenía pasar?

—Lo sabes bien... ¡no doy para chulo!

—¿Te quería Landa como su chulo?

—No, no es eso...

—¿Y qué?

—Me cubría los gastos, lo sabes bien.

—¿Y?

—Nada... ¡que me lo sacó en cara!

—¿Y te ofendiste por eso?

—Me hirió profundamente que me lo tirara a la cara!

—Pero, dime, ¿qué fue lo que te dijo?

—¡Que ella me mantenía!

—¡Pero si esa era la pura verdad, Beto! ¿Por qué lo tomaste a mal?

—Sí, esa era la verdad. ¡Pero todo lo aceptaba en calidad de un préstamo!

—¿Préstamo? ¿Un préstamo hasta cuándo? ¿Hasta el triunfo de la revolución?

—¡No seas cruel, Rodríguez!

—¿Y qué hiciste?

—¡Le dejé todo, incluyendo *tus* cuadros!

Al escuchar la respuesta de Beto, Rodríguez cambió de actitud.

—¡Cómo! ¿Le dejaste los cuadros que *me* guardabas? ¿Le dejaste a la rubia todos *mis* cuadros?

—¡Sí, todos, y también mi máquina de escribir portátil *Olivetti* y mis poemas y mis libros!... ¡Le dejé todo!

—Pero, Beto, ¿le dejaste mi *Variación sobre la Mona Lisa*?

—Sí, Rodríguez... ¡se la dejé!

—Ese cuadro lo tenía reservado para el museo de Baní...

—¡Haz otro, Rodríguez! ¡Sabes bien que lo puedes hacer! Además, a ese le ibas a dar blanco...

La esposa de Beto había terminado de zurcir la última camisa, cuando sintió golpes en la puerta.

—Alguien está tocando a la puerta, Beto —pero como sabía que Beto no iría a abrirla, Elena fue hasta la puerta y la abrió y Monegal, el publicitario, apareció frente a ella sonriente y con una botella de *whisky* en las manos.

—¡Hola, Elena! —saludó Monegal, estampándole un beso en la frente—. ¡Feliz año nuevo!

—¡Felicidades, Monegal! —le dijo Elena.

—¿Se encuentra Beto? —preguntó Monegal.

—¡Sí, entra! ¡Está ahí, escribiendo y leyendo!

Al entrar, Monegal observó a Beto, quien le miró sin mucho entusiasmo.

—Hola, Beto. ¡Feliz año nuevo! —le dijo Monegal— ¡Mira, te traje una botella de *whisky* para que brindemos por este 1965 que entró con cara de buenos amigos!

Monegal abrió la botella de *whisky* ypidió a Elena que les preparara unos tragos. Elena, antes de tomar la botella, miró a Beto como buscando su aprobación.

—¡Vamos, Elena! ¡Prepara los tragos para brindar por el nuevo año! —la apuró Monegal.

Elena tomó la botella de *whisky* y preparó tres tragos.

—¡Por el 1965! —brindó Monegal, levantando su vaso frente a Beto y Elena, los cuales levantaron con desgano los suyos.

Después de tres o cuatro rondas de *whisky* y de soportar los brindis de Monegal por el 1965, donde enfatizaba que sería espectacular, Beto colocó el vaso al revés sobre la mesita de la sala.

—¿Qué te pasa, Beto? —preguntó Monegal al observar la acción de Beto—. ¿No deseas beber más?

Beto no respondió la pregunta de Monegal y se quedó observándolo. Tenía frente a sí a un triunfador del sistema y recordó que ese mismo Monegal había sido su ayudante en la preparación del programa radial del *1J4*, tan sólo uno o dos años atrás y que, atraído por el tufo de la publicidad, cuyo terreno crecía velozmente en el país y en Latinoamérica, dejó el partido y se enganchó a *creativo* en una de las agencias recién establecidas. Sin lugar a dudas, Monegal probó que tenía un talento extraordinario para sacar avisos pegajosos y el propio Beto se había reído con una de sus campañas: *¡Las mordiditas Dentifrol!*, que había creado para un dentífrico local que competía a brazo partido contra *Colgate*. Y ahora, Beto tenía a Monegal frente a frente, sospechando que su visita no se debía a una frugal felicitación de año nuevo, sino que, junto al *whisky*, formaba parte de una estrategia, de algún plan de su antiguo ayudante para suavizar algo que tenía que comunicarle.

Elena se había ido a dormir y en la pequeña sala, tan sólo iluminada por una bombilla colgada medio a medio del techo, los dos hombres se contemplaron mutuamente.

—Un mal día para llover, Beto —dijo Monegal, señalando la ventana—, pero esa es una señal de que el 1965 será un magnífico año.

—Todos los días y los años son iguales, Monegal —le cortó Beto—. Lluvia hoy, lluvia ayer, lluvia mañana, todo es lo mismo. ¿No recuerdas la frase?

—¿Cuál frase? —preguntó Monegal, con la voz gangosa.

—Después de mí, el diluvio.

—¡Ah, Beto, eres el mismo de siempre! ¿Es que nunca vas a cambiar? ¿Te sientes feliz?

138

—¿Feliz? —la pregunta había sorprendido a Beto—. ¿Me preguntas si soy feliz?

—Sí, te pregunto si eres feliz con la vida que llevas. ¿Estás militando?

—¡Bien sabes que no!

—Entonces, ¿eres realmente feliz... ahora?

—¡Coño, Monegal! ¿Desde cuándo te has interesado por mi felicidad?

—Sabes que somos amigos, Beto. ¿Acaso no me puede interesar tu vida?

—¡Déjate de comemierderías, Monegal! ¡Te conozco bien!

Monegal, de repente, y como recordando algo, trató de cambiar el curso de la conversación.

—¡Ah, ya no militas, Beto! —afirmó, mientras afuera, la lluvia comenzaba a amainar, permitiendo que el sonido de los fuegos artificiales creciera—. Le dije a mi esposa que pasaría por aquí a saludarte a ti, a Elena y a los muchachos. ¿Por qué no nos acompañas? Podrías venir tú solo, ya que Elena se fue a dormir... ¿Te animas?

—¡Bah, Monegal! Bien sabes que tu esposa no me traga y apuesto mi vida a que cuando le dijiste que venías para acá se negó a acompañarte.

—¡No, no digas eso, Beto! Aunque sí, esa es la verdad.

—¡Conozco bien a esa nariz parada, Monegal! Me la imagino diciéndote: *¿Ir a esa ratonera? ¡Ni loca!* ¡Y ella tiene razón, Monegal, esta es una ratonera! —Beto, poniéndose de pie, caminó hasta una de las paredes de la habitación y la tocó con ambas manos—. ¿Ves esto, Monegal? ¡Esto es *playwood*! ¡Todo *playwood*, y jamás tu mujer pondría los pies aquí, donde estaría rodeada de esta falsa madera, de este cartón y de este zinc!...¡Y mucho menos en un final de año! ¿Verdad, Monegal?

Monegal, con ademanes nerviosos, trató de calmar a Beto.

—¡No, no es así, el asunto, Beto! ¡Tenemos invitados en la casa... clientes... tú sabes! Si vine aquí fue por...

—...¡Por algo importante para ti, Monegal! —le cortó Beto.

—¿Qué insinúas, Beto? —preguntó Monegal, desconcertado.

—¡Nada, Monegal, no insinúo nada! ¡Tú y yo hemos trabajado juntos y bien sabes que te saqué de la vida simplona que llevabas!

¡Una vida que, cuando regresaste de Europa, carecía de emociones y te negaba la oportunidad de probar a todos lo aprendido! ¿O no es así? —Beto miró a los ojos de Monegal—. ¡Lo sabes bien, Monegal! ¡No te enfrentarías, ni por un maldito instante, a tu mujer... a menos que no sea por algo demasiado beneficioso para tu futuro! Porque, ¿sabes?, por tus venas corre sangre de trepador, Monegal. ¡Tienes sangre de rata, sí, de rata, de corcho flotador! ¿O ya olvidaste lo que hiciste cuando abandoné el programa del *catorce*, después de mi riña con Juan B? —y al hacerle la pregunta, Beto miró inquisidoramente a Monegal—. ¿Recuerdas?

Con su insistencia, Beto le sacó a Monegal un gesto de *sí, lo recuerdo,* ejecutado tímidamente con la cabeza, la cual movió de arriba hacia abajo nerviosamente.

—¡Pues sé todo lo que pasó aquella vez, Monegal! ¡Sé cómo te acercaste a Juan B y le metiste el cuento de que yo no era necesario para el partido y de que el programa lo podías hacer mejor que yo!¡Entonces le pediste que te diera la oportunidad de realizarlo! ¿Acaso lo niegas?

—¡Estás equivocado, Beto! Cuando te marchaste del partido Juan B me dio tu trabajo porque estaba harto de tus ñoñerías, soberbias y rabietas.

—¿De verdad crees eso, Monegal?

—¡Es la verdad, Beto! Al marcharte, Juan B me preguntó si podía escribir y conducir el programa y le dije que sí, que podía. ¿Qué querías? ¿Que le dijera, no, no puedo? Juan B, esto sólo puede hacerlo *Superman* Beto, *el vengador errante.*

—¡Tienes talento, Monegal, pero eres oportunista y trepador! Desde que te llevé al programa tenías el maldito plan de sacarme. ¡Eso lo sabes mejor que yo! —dijo Beto, mientras caminaba hacia la ventana. Al llegar a ella, respiró profundamente y desde allí miró a Monegal—. Sí, eres un trepador impenitente, Monegal —expresó con un dejo de desprecio.

—¡Estás equivocado, Beto... de verdad!

—Tu vida ha sido un constante trepar. ¿No recuerdas como te valías de todos en *La Salle* para levantarte las muchachas? Dime la verdad, Monegal, ¿a qué has venido a mi casa?

—¡Insisto en que estás equivocado, respecto a mí, Beto! —dijo suplicante Monegal, mientras se acercaba a Beto—. Siempre he sido tu amigo y te estoy profundamente agradecido por haberme brindado tu amistad. No he venido a tu casa a sacar provecho de ti. He venido a ayudarte, Beto, a ofrecerte trabajo. Y lo de Juan B no fue así como dices. Cuando abandonaste el programa dejaste un vacío muy grande en la dirección de propaganda del partido. ¡Lo sabes bien, Beto, nadie era mejor que tú escribiendo los comentarios y editoriales del programa! ¡Y nadie igualaba tu voz para leerlos! El propio Manolo nos preguntó qué había sucedido, que por qué te habías marchado, y fue Juan B quien le dijo que tu partida había sido ocasionada por un exabrupto, por una perturbación pequeñoburguesa, por otra de tus *pataletas*. Juan B, entonces, convenció a Manolo de que te sustituyera por mí, ya que tu maldito individualismo dominaba el espíritu revolucionario que podía existir en ti —al observar que el rostro de Beto se entristecía, Monegal se acercó más a él y les inyectó mayor énfasis a sus palabras—. Pero eso es el pasado, Beto. He venido esta noche de año nuevo a tu casa porque me enteré, a través de tu amigo Rodríguez, de que estás atravesando un mal momento y deseo ofrecerte trabajo.

Beto, apenado por la alusión a Manolo, se sentó y cerró los ojos. Monegal comprendió que había tocado una fibra blanda, muelle, laxa, fláccida, en el corazón de Beto y arreció su arenga.

—Mira, Beto, ahora estoy estructurando cosas nuevas en la agencia y tú encajarías perfectamente en la organización. ¡Tú tienes cerebro, amigo! ¡Tú tienes el don de la creatividad y lo sabes... lo sabes bien! La revolución, tal como la veíamos, es cosa muerta, Beto. Manolo fue asesinado... ¿y qué? ¿Dónde está la multitud que lo aplaudió delirantemente frente al *Baluarte* hace menos de dos años? ¿Dónde están los que lo vitorearon cuando señaló *las escarpadas montañas de Quisqueya*? ¡Dime, Beto!, ¿dónde carajo están? —Monegal, al notar que Beto cerraba los ojos lentamente, dando señales de que un cansancio extremo arropaba su ser, continuó su alocución—. ¡Tú eres un *dropout*, Beto! ¡Tú eres un *beatnik*, un Kerouac, un extraordinario Kerouac en busca de la utopía, de las alturas védicas y por eso estás refrito, excluido del movimiento revolucionario, amigo mío! Sí, Beto, la revolución es cosa del pasado, ¿y sabes por qué? Porque la *Revolución Cubana* es irrepetible... ¡Beto, Fidel se adelantó a todos y su ejemplo no podrá ser repetido! ¡Los azarosos yanquis no dejarán a nadie dejarse crecer otras barbas como las de Fidel!

Beto abrió los ojos y contempló los de Monegal.

—¿Lo crees así, Monegal?

—¡Sí, Beto! Lo creo así y tú también debes creerlo.

—¡No, no lo creo, Monegal, no lo creo!

—¡Créelo, Beto, créelo! ¡Ahí está la *Alianza para el Progreso*, ahí está el chorro de ayuda que nos están enviando desde Washington, Beto! Y es por eso que tu futuro está en la publicidad, Beto. ¡Tu futuro está en tu maldita cabezota, en donde tienes alojado material suficiente para realizar las mejores campañas publicitarias del mundo! ¡Tienes talento de sobra, Beto, y sabes bien que puedes triunfar en este asqueroso mundillo! ¿Sabías que por la cuarta parte de una idea tuya podrías ganarte hasta mil pesos?

Beto miró sorprendido a Monegal.

—¿Mil pesos?

—¡Sí, Beto, por una idea pequeña... pequeñita! ¡Así de pequeña, Beto! —expresó alborozado Monegal, mostrándole a Beto un pequeño espacio entre sus dedos índice y pulgar.

—¿A qué te refieres?

—¡A una idea cualquiera! ¿Recuerdas mi campaña de las *mordiditas Dentifrol*?

—Sí, la escucho a menudo por la radio.

—¡Pues por esa comemierdería me pagaron cuatro mil pesos, Beto! ¡Cuatro mil molongos!

—¿Sólo por eso?

—¡Sí, Beto! Los fabricantes de *Dentifrol* necesitaban desplazar de la mente de los consumidores el eslogan *Colgate el mal aliento combate*, y por eso me aprobaron el asunto de las mordiditas, un eslogan que motiva a todo: al sexo, a las travesuras infantiles, a la salud dental... ¡a todo! ¡Y tú podrías sacar de tu maldita cabezota cosas mucho mejores, Beto! ¿Sabes por qué? ¡Porque tienes talento de sobra! ¡Mira como vives, Beto! ¡Y lo más penoso es que los compañeros del partido ya no te quieren, como tampoco te quiere la gente del gobierno y ni hablar de tu familia menos, eso lo sabes bien! Dime, Beto, ¿quién te quiere? ¡Sólo tu pobre mujer y tus hijos te quieren y los tienes pasando hambre! Porque, Beto, ¿te querrá la españolita que te pagó algunos meses de viajes por el interior y de buena vida?

Las palabras *viajes al interior y de buena vida*, pronunciadas por Monegal con un énfasis dramático, hicieron que Beto retrocediera algunos meses atrás y se situara en la aldea intramontana de Constanza, donde se vio acostado en la cama de un pequeño hotel con Landa a su lado; se vio rodeado de papeles; contempló su pequeña máquina portátil *Olivetti* sobre una mesita y unas ollas de cocinar que servían como recipientes de agua para los lavados; observó la ventana abierta, por donde se contemplaban las montañas; vio los pinos; oyó el ulular del viento; sintió frío. Entonces escuchó la voz de Landa:

—*Hoy no has escrito nada, mi amor. ¿Qué te pasa? ¿No tienes deseos de escribir? Entonces podríamos dar unas vueltas por ahí, si así lo deseas. ¡Podríamos caminar hasta La Culata, o El Gajo! Sé que te gustan esos paseos, Beto. Vamos, llevemos una canasta con bocadillos, frutas, un poco de leche y algunos folios y tu pluma de fuente para que comamos y después escribas algo. Después podríamos echarnos a los pies y hacer el amor. ¿Qué me dices, Beto? ¡Hasta podríamos dormir una buena siesta!*

—*¡Ah!, Landa. ¡No jodas!* —le dijo y luego oyó, junto al silbido del viento, el leve gimoteo de Landa.

Instantes después supo que Landa había salido por el sonido de sus pasos dirigiéndose hasta la puerta, la cual escuchó abrirse y luego cerrarse. Entonces permaneció en sus oídos el ulular del viento, su respiración entrecortada y hasta creyó escuchar sus pensamientos, algo que atribuyó a la súbita soledad que le rodeaba y se preguntó: ¿Qué haces aquí, en Constanza? ¿Qué haces viviendo de una mujer? ¿La amas, la amas? Luego de preguntarse esto, se contempló corriendo hacia Las Auyamas, en la parte Sur de Constanza, envuelto en la espesa niebla del valle y entrando a la casa de Gaso Soriano, un viejo productor de ajo, en donde observó a los agricultores limpiando ristras de ese bulbo.

Pero volviendo en sí, Beto se contempló frente a Monegal.

—¡Por favor, Monegal, baja tu maldita voz! —gritó.

—Excúsame, Beto, pero es que me haces perder la paciencia —riposto Monegal, sin elevar la voz.

—En resumidas cuentas, Monegal, ¿qué mierda es la que deseas de mí? —preguntó Beto.

—¡No jodas, Beto, no jodas! —le devolvió Monegal, comprendiendo que debía retomar la arenga interrumpida por la fugaz distracción de Beto—. ¿Acaso eres masoquista? ¿Crees que con este calvario vas a recobrar tu prestancia revolucionaria? ¡No te quieren, Beto, eres demasiado para ellos! —insistió Monegal—. Eso es lo que pasa: saben que a un tipo como tú no lo pueden doblegar. ¡Y hay miles de ejemplos como tú, Beto! ¿A quiénes joden en Cuba y en la Unión Soviética? ¿A quiénes joden en Corea del Norte y en China? ¡A los artistas, Beto, a los artistas es que viven jodiendo... a los verdaderos creadores!

Beto miró a Monegal y comprendió que existían hombres cuyo rumbo difícilmente se podían cambiar; hombres que seguían trayectorias genéticas demarcadas por sus ancestros... ¡y ahí estaba Monegal para probarlo! Ese Monegal que trataba de convencerlo era el mismo Monegal para el que no existían los obreros, ni los explotadores ni explotados. Para ese Monegal que estaba frente a él sólo existía la oportunidad, la ocasión, el momento para agarrar el botín y seguir así sin importarle nada, algo que, genéticamente, le había dictado su ADN desde que se convirtió en feto, transmitiéndole sustancias y esencias repletas de oportunismos. Pero, ¿sería de él la culpa? No, esos genes fueron transferidos a Monegal desde sus antepasados, los cuales (con toda seguridad) subieron al tren *santanista* durante la anexión a España y luego a la embarcación del *baecismo*, para después caer en el *lilicismo* y, más tarde, en el *horacismo* y *trujillismo*. Pero, ¿estaría él, Beto, demarcado genéticamente de la misma manera? Su padre había sido un borrachón impenitente que pasaba todo el tiempo lidiando con mujeres, atrapado entre los juegos de cartas y dados y desperdiciando una carrera militar iniciada en un cuerpo médico heredado por Trujillo de los *yanquis*, en el 24, cuando en Julio 26 (una fecha olvidada en el país, como muchas otras) los gringos salieron de nuestro suelo *(¿Y cómo saldrían los malditos yanquis? ¿Con la cabeza en alto? ¿Con las afligidas damas de la sociedad viendo partir a los rubitos comemierdas? ¡Eh! Jimmy, hello, ¿how*

are you, my dear? ¡Oh, so long, Eddy! ¿Te vas, ya? ¡No me dejes, rubio lindo!
¡Come with me, little boy! ¡Take me with you to the boat! ¡Vaya, saldrían los
yanquis llenos de contento desde la ciudad! ¡Anjá, el jibarito va, alegre va).
¿Qué habrá heredado Beto? ¿Acaso el resto de la demarcación genética
que tiene que ver con todos los *betos* del mundo y sus mujeres y sus hijos y sus antepasados ilustres y no ilustres, negros, blancos, mulatos con
sus gotitas indígenas para que todo, absolutamente todo, permaneciera
detrás de la oreja, ¡carajo!, porque aquí hay un tremendo sancocho y no
cultural, precisamente. Así, ¿de dónde diablos surgiría el asunto ese del
individualismo por el que se me acusa? Ni mi padre ni mi antepadre ni
mi anteantepadre ni mi anteanteantepadre ni mi anteanteanteante-
tepadre ni mi antemadre ni mi anteantemadre ni mi anteanteantema-
dre ni mi anteanteanteantemadre ni los que están antes que ellos
tuvieron nada que ver con el individualismo y, entonces, por qué yo,
yo, tan sólo yo, y nadie más que yo, he sido acusado públicamente de
ser un maldito individualista, en un país que trata de hacer su revolución al igual que los demás países en donde las reivindicaciones esperan
al doblar de la esquina, lanzando a los aires proclamas enternecedoras
y expresándose los vecinos *toma este huevito que me sobra y esta librita*
de azúcar y esta ropita que ya no le sirve a mi hijo y recuerda que hay que
cortar la coña, digo la caña y muchísimas cosas más. Pero yo, Beto, la
verdad, no sé cómo me haría en un lío así, aunque, pensándolo bien,
uno podría arreglárselas escribiendo dos o tres poemas bien lustrosos
y greñudotes y diciendo *¡Que viva la revolución!* y machacando que el
proletariado por aquí y el proletariado por allá y muchísimas cosas más.
Pero, pensándolo bien, eso es oportunismo y mi madera, *men*, esa madera de la que estoy hecho no es de oportunista sino de individualista y
aquí como que hay gato encerrado, sí señor.

Y al pensar esto, Beto consideró que la hora de no escuchar, ni oír,
ni discutir, ni dejar hablar a Monegal, había llegado.

—Oye, Monegal —le dijo—, ¿de verdad crees lo que dices?

—¡Claro, Beto, así lo creo! —le afirmó Monegal—. Porque, ¿qué es
la publicidad, Beto?

Antes de responder la pregunta, Beto miró fijamente a los ojos de
Monegal.

—¡El gancho del sistema, Monegal! —le respondió—. ¿O no es así?

—¡Te equivocas, amigo! —le devolvió Monegal—. La publicidad es pura información. Exactamente lo que tú y yo hacíamos en el programa radial del *Catorce*, en el periodiquito, en los afiches, aunque aquello era publicidad política, pura propaganda... ¡que es casi la misma mierda! Mientras la publicidad vende unos jodidos productos y servicios, la publicidad política o propaganda trata de vender ideologías, que era lo que hacíamos nosotros. Sí, Beto, la publicidad es más fácil de trabajar que la propaganda.

—¡Claro, informar que esto es bueno o malo!, ¿no?

—Sí, pero hay algo más, Beto.

—¿Cuánto más, Monegal?

—¡Mucho más!

—Por ejemplo.

—Lo que consume tu mujer en el colmadito, Beto. ¿Por qué lo adquiere? Pues, sencillamente, porque ha oído o leído algo sobre la presencia de ese producto en el mercado, ya sea a través de alguien que se lo dijo, o porque lo escuchó en la radio, o, a lo mejor, porque lo leyó en un periódico o lo vio por la televisión.

—¡Vaya, qué bonito! Y dime, ¿cómo se orientaba, en aquel tiempo, el hombre primitivo para subsistir?

—Aquellos eran otros tiempos, Beto. Entonces todo estaba por hacerse. Ahora vivimos en el tiempo de la electrónica... somos testigos de una era en donde la programación es fundamental. Es eso, o jodernos.

—No has respondido mi pregunta, Monegal.

—Creo que te la respondí, Beto.

—No. La evadiste y te lo formularé de nuevo: ¿requería el hombre primitivo de alguna orientación para subsistir? O, si lo prefieres, te la haré de esta manera: ¿era la publicidad necesaria para permanecer?

—¡Ah!, Beto, ignoras que el verbo *consumir*, del latín *consumere*, significa *destruir* y también *gastar, dilapidar, derrochar, extinguir, despilfarrar*, lo que te demuestra que la publicidad tan sólo es una guía para ese dispendio.

—Pero en mi pregunta no me referí a verbo *consumir*, Monegal, sino al verbo *subsistir*, que es *resistir, perdurar, prolongar, continuar, se-*

guir. Entonces, vuelvo a mi pregunta: ¿necesitaba el hombre primitivo de la publicidad para continuar existiendo?

—Te estás yendo por lo lateral, Beto. Vuelvo, insisto, en que aquellos eran otros tiempos. El hombre primitivo no era asaltado por un bombardeo incesante de nuevos productos genéricamente idénticos. La publicidad sirve para orientar el *consumo*, o el *gasto*, o el *derroche*...

—...o el *despilfarro*, Monegal.

—Como lo elijas, Beto, pero te insisto en que estos tiempos están alejados a años luz de las tinieblas de las cavernas y lo grande de este sistema es que, gracias a la publicidad, cada fabricante trata de mejorar su producción para ofertar mejores bienes al mercado y, por ende, vender más. Sí, Beto, cada fabricante trata de que su producto tenga una característica diferencial, algo que lo separe de ese aparente ras genérico.

—¡Te has preparado bien en la materia, Monegal! —sentenció Beto, tratando de no introducirse en un terreno ampliamente dominado por Monegal.

—He tenido que hacerlo, Beto. ¡Quiero, deseo triunfar!

—¡Ah, triunfar en el sistema! —lanzó, irónico, Beto—. ¿Como lo hizo Al Capone, Monegal?

—¡No bromees, amigo! —respondió Monegal, dejando salir por sus ojos un ligero malhumor.

—Y, ¿cómo quién, entonces? —insistió Beto.

—Como cualquier triunfador honrado.

—¿Y crees que a través de la excitación del *consumismo*, del despilfarro, podrás triunfar honradamente? ¡Vamos, Monegal!, acabo de explicarte de donde procede la palabra *consumir*. Eso es, simplemente, el *consumismo*: destrucción, extinción, Monegal, y me sé de memoria esos cuentos capitalistas acerca de unas posibles bondades de la publicidad. ¿Crees que la publicidad podría ayudar al sostenimiento de un ordenamiento en este caos devorador que arropa al mundo? ¿Por qué no apuntas para otro lado?

—¡Estás equivocado, Beto!

—¿Equivocado? Podrás saber mucho sobre publicidad y mercadeo, pero, ¿qué sabes tú de sociología económica? La publicidad se fundamenta en elementos condicionantes, en dispositivos argumentales que

empuja al hombre a la excitabilidad, a un apasionamiento por bienes y servicios que, en la mayoría de los casos, no son necesarios para su propia supervivencia. ¿Crees que no he leído a Dichter? La publicidad se aleja del concepto fundamental, del tuétano, de la raíz misma de lo que debería ser un ordenamiento racional de las necesidades del hombre. ¿Crees tú que el automóvil ha sido un hito en la evolución del hombre...

—¡Es de utilidad!... —interrumpió Monegal, visiblemente perturbado por la arremetida de Beto.

—...en su sentido de supervivencia? El automóvil, más allá de la locomoción, se ha convertido en un objeto de *status*, en un símbolo fálico, como apuntó Ernest Dichter en su investigación del mercado automovilístico norteamericano, la cual llevó a cabo para la Ford Motors. Y hay un estudio de un científico francés, Perroux creo, sobre los valores reales del ser humano y el cual abarca, también, los discursos de la política y su incidencia en el hombre, ¡esencialmente en el hombre, Monegal!, donde se exhiben resultados sorprendentes sobre las variables más significativas del consumo y las necesidades científicamente definidas en la sociedad, tales como alimentación, vestido, alojamiento y los demás costes del tejido social. En ese estudio, Monegal, se detallan las necesidades reales del ser humano y se arroja mucha claridad sobre el grueso del consumo social. ¿Y sabes cuál es ese grueso? ¡El *moño bonito*, Monegal! El ser humano, los hombres y mujeres de las sociedades opulentas, gastan más en el *moño bonito* que en sus verdaderas necesidades. Entonces, ¿crees tú que la evolución del hombre tiene algo que ver con la evolución del *status* social, de la opulencia y de ese estúpido egoísmo que engendra el *vestirte* tú mejor que yo, el *montarte* tú mejor que yo, o el *gozar* tú mejor que yo? Por todo esto, creo que se podría hablar, de una trampa histórica, Monegal, de una estafa colosal que ha crecido paralela a las necesidades científicamente definidas del hombre en los últimos doscientos años, las cuales le han empujado a desear viajar, cada vez más lejos, en el tren de la opulencia, de eso que se ha llamado, trágicamente, *la buena vida*, y cuyo resultado ha sido esta miserable *ideología del bienestar*.

Respirando profundamente, Beto sintió una cierta satisfacción de hablar como lo estaba haciendo, sobre todo porque contempló a Monegal pequeño, comprimido, reducido al papel de interlocutor mudo, silente, petrificado, patitieso, estupefacto, turulato y, sobre todo, recogido en sí mismo y, desde esa vertiente, lo observó contemplándolo a él, a Beto, a quien, precisamente, había ido a sondear con una oferta de trabajo. Sí, Beto sintió que Monegal lo miraba como si él fuera un gigante lleno de sabiduría, pero también comprendió, al mismo tiempo, que por sobre sus palabras, la miserable *ideología del bienestar* era la sombra, el fantasma, la pesada bruma que le había punzado, que le había picado ligeramente los sesos, provocándole un pequeño, un diminuto deseo de buscar una pronta salida a la situación económica por la que atravesaba. Mientras observaba a Monegal, Beto sintió que la puerta del cuarto contiguo, la misma habitación hacia donde Elena se había marchado a dormir, se abría. Entonces supo que Elena había escuchado sus palabras y se la imaginó sonriendo, satisfecha por saber que había puesto en su sitio a Monegal. Sabía, además, que por sobre las precariedades que atravesaban, Elena lo admiraba y, por eso, al hablarle así a Monegal, había elevado su voz a la categoría del trueno, de la llamarada iracunda, logrando que su esposa también lo escuchara y que comprendiera que él, *su Beto*, no ignoraba la posición lastimera que ocupaban en la repartición de la riqueza. Y la alegría de Beto creció enormemente cuando Elena entró a la sala sonriente, llena de aquella alegría que le había cautivado al conocerla. Beto la tomó entonces por las manos y le dijo suavemente:

—Creí que dormías, Elena.

—Tu voz me despertó, Beto —le expresó Elena, sonriendo.

Monegal, contemplando a Beto y Elena tomados de las manos, cambió súbitamente de actitud.

—Beto, todo podría ser sencillo —dijo.

Beto miró a Monegal y sonrió: sabía que éste no se daría por vencido y llegó a la conclusión de que los trepadores, para escalar un sitial exitoso y poder llamarse a sí mismos *triunfadores*, persistían, arrollaban, llevándose de encuentro a quienes osaban enfrentárseles.

—Fíjate, Beto —continuó Monegal—, los clientes que me esperan en casa desean que me independice de mis actuales socios y que instale una nueva agencia, estando dispuestos a patrocinarme... ¡pero yo solo no lo podría hacer! Necesito a alguien como tú, Beto, necesito a alguien que me ayude en los trabajos creativos; alguien, como tú, que soporte el trajín creativo y que, para ti, sería un-juego-de-niños. Tu cabeza está llena de ideas. ¡Tienes mucho talento, Beto, tú lo sabes! ¡Tienes tantas ideas en esa cabezota, que con inclinar un poco tu cabeza hacia abajo, se esparcirían por el suelo! —al decir esto, Monegal miró a Elena del mismo modo como se mira al auxiliador, a alguien a quien se pide ayuda con los ojos—. ¿Verdad, Elena? —le preguntó; pero al no encontrar en ella el eco esperado, volvió la cabeza hacia Beto—. ¿Crees tú, Beto, que tu esposa no merece una mejor posición? ¿De dónde sacaste a Elena, Beto... dónde la conociste? Ella es una De Peña, Beto, ¡Elena pertenece a una de las familias más distinguidas de la sociedad dominicana! ¡Y mírala, Beto... obsérvala! ¡Mira como viste ropa zurcida!

Al escuchar esto, Elena, con la cara muy agria, se abalanzó sobre Monegal y le tapó la boca con las manos.

—¡Por favor, Monegal, no me introduzcas en la conversación... no te lo permitiré! —gritó Elena y, quitando sus manos de la boca de Monegal, corrió rápido, muy rápido hacia el cuarto contiguo, mientras las explosiones de los cohetes chinos y las vociglerías del *quintopatio* comenzaban a cesar.

Beto observó a Elena correr hacia la habitación y luego miró lentamente a Monegal.

—¡Coño, Monegal! —gritó—. ¡trajiste más dolor a este hogar! ¿Por qué no te largas ahora?

Capítulo XIII

Buceo –x– ¡Descubra un nuevo mundo! Descanso del Guerrero con acompañamiento raro

ERA *LA GUARACHITA,* sí, por los alrededores del 57 o del 58, que llenó de *swing* y *rock'n roll* a Ciudad Trujillo. Sí, *La Guarachita,* en el *Conde* con *Espaillat* y *La Guarachita* ahí, justamente ahí, dándole duro a los discos de Bill Haley y sus *Cometas.* Sí, en pleno 57 o 58 y casi casi pegadito al 59, año éste en que los muchachos del *Catorce de Junio* desembarcaron por *Constanza, Maimón* y *Estero Hondo* y, desde luego, antes del 60, cuando hicieron presos a la mayoría de los integrantes del movimiento interno que seguía las consignas de los del 59. Pero ahí estaba la música gringa en sus buenas, incorporando a Elvi*s La pelvis* y desplazando a los Leo Marini, Pedro Infante, Daniel Santos, Alfredo Sadel, Daniel Riolobos y los otros, del gusto sabroso de los jóvenes *cruzaconde* y llenándolos de moñas bonitas y chaquetas de cuero en pleno verano tropical, o usando botas altas y pantalones de vaquero. *La Guarachita,* sí señor: ahí mismo, en *El Conde* con *Espaillat,* y ahora Pérez, en pleno postmodernismo, de lleno en el gobierno balaguerista y parado frente a la misma *La Guarachita,* pero ya no en *El Conde* con Espaillat, sino en *El Conde* con *Palo Hincado,* donde Bill Haley y sus *Cometas* están disueltos en el tiempo, deteriorados en la implacable soledad del cambio, donde el viejo *Rock around the clock* suena como un opacado murmullo de silbidos, de gimoteos, de lloriqueos, de abatimiento y congoja, tal como el propio Pérez. Y es que hoy la competencia del sonido es otra, porque, más allá de la simple alta fidelidad y de la vetusta eufonía del estereofónico, el eco de lo reproducido se disuelve entre drogas, asesores gurús y un *marketing religioso* que se interna en los imperios, dictándoles las acciones. Algo que ni *los cometas* de Bill Haley ni Pérez alcanzarán a detentar. Nadie, absolutamente nadie, puede ya quedarse a la zaga en cuestiones de competencia, porque si no se ajustan los pantalones y se remangar la camisa, lo único que le espera a quien no enfrenta la competencia es la desaparición o, tal vez acaso, la dilución de lo vivido entre recuerdos salpicados de lágrimas. Pérez, a lo mejor, llegó a esta evidencia alguna vez en su vida, prefiriendo la espera como una alternativa, como una visión esfumada que se iba quedando atrás, muy atrás y que le brotaba con los recuerdos, con ciertas visiones repentinas que aparecían como esa de ahora, con los letreros lumínicos de *Musicalia* y *Bartolo I,* enfrentados a los vendedores callejeros de música pirateada. Pero todo era mierda para Pérez y por eso saltaban entre sus recuerdos los bailes frente a *La Guarachita*: sí, los voleos y trompadas por las disputas de los espacios y que, ahora, hoy, han desaparecido para arribar a *La Guarachita* radioemisora, con una vigencia de *servicios públicos* y la voz de Palau hablando de *una antena poli-direccional de trescientos sesenta grados,* la cual apunta para donde le salga del forro a Radhamés Aracena, con tal de que Doña Loló, desde Santo Domingo (y quien está grave, muy grave) avise sus hijos en Elías Piña, que vengan, que arranquen rápido, que vuelen hacia la capital y para que el raso Etanislao Alcántara, desde la base área de *San Isidro*, explique a su mujer en Las Matas de Farfán, que todo sigue igual entre ellos y que la fiesta no va porque aún no lo han ascendido a cabo como le prometió el general. Y Pérez observando el letrero de *Paco's* con apóstrofe (porque el asunto es que suene y se lea con mucho estilo gringo), la cafetería insomne pegadita a *La Guarachita*, y decide entrar y sentarse y pedir un café y observar a los trashumantes de la noche, a los que el día no les resuelve nada, nada, y lo salen a buscar cuando surgen las estrellas. Y así los contempló: a dos muchachas tomando café y que, Pérez, lo podría apostar, eran lo más parecido a dos putas; un *wachimán* tomándose un jugo; dos hombres acurrucados que exhibían uñas pintadas y zapatos de tacones altos tomando cerveza; un pordiosero que aguardaba el día para lanzarse a su labor pedigüeña; un par de camareros con sueño, y un cajero bien despierto, bien alerta, por si las moscas. Y frente al *Paco's* y la noche que termina, Pérez vislumbra la silueta del *Baluarte* y a los dos soldados que lo cuidan con los fusiles atrapados entre sus brazos y cayéndose del sueño. Pérez, bajo la mirada de todos, pidió un café a uno de los camareros y oyó a una de las muchachas susurrarle con ternura:

—¿Deseas diversión, indio? —Pero nada, que Pérez, aunque escuchó la pregunta, no le hizo caso, por lo que el susurro se convirtió en otra pregunta a viva voz—: ¡Oye, indio!, ¿qué sideseas diversión?

Pérez comprendió que la mejor respuesta para aquella pregunta era una sonrisa inocente y le sonrió a la muchacha enseñándole los dientes y la muchacha y la otra le devolvieron la sonrisa y también lo hicieron los pajarones acurrucados y el *wachimán* y el pordiosero y los dos camareros y el cajero. Pérez, aunque poco acostumbrado a sonreír, sabía las ventajas producidas por el *efecto sonrisa*. Es más, de haberlo practicado más a menudo su suerte sería otra. Pero Pérez no creía en aquellas ventajas porque consideraba que el *efecto sonrisa* no era más que pura hipocresía, fingimiento, simulación, y él deseaba ser él, no otro, no una careta ni un resultado producido por la adulteración de lo real. De ahí, a que congeló por unos instantes la sonrisa y la fue ocultando entre el entrecejo y su boca, volviendo el rostro adusto hacia los maricones que estaban en lo suyo y luego hacia girándolo alrededor de todo el espacio de la cafetería. ¿Qué hora sería? ¿Las tres, las cuatro de la interminable madrugada? ¡No, las cinco no podrán ser! ¿O sí? ¡Qué tiempo que se diluye! ¡Qué tiempos aquellos donde, justo ahí mismo, frente a este *Paco's* con apóstrofe, se ubicaba el *Uno y Cinco* y aquí, en el *Paco's*, se encontraba la barbería *Marión*, donde había igual atención para los pelos buenos y los pelos malos, clasificados por los conquistadores como la antesala de la discriminación racial! ¡Ah, sí, los españoles y la diferenciación de los pelos! **(Si tienes el pelo malo, ¡negrito tú! Si tienes el pelo lacio y las facciones ordinariotas, ¡mulatito tú! ¡Anjá, conque así es la cosa, caballero!)** Pero, ¿adónde fueron a parar los barberos de la barbería *Marión*, mamá, porque ya sé de dónde son los cantantes? ¿O qué serpa de *Cipriano* el de las chinas, o del *Maco Pempén*? Sí, nos criamos con ellos llenando nuestra frustración de niños, primero, y luego de adolescentes, porque nada se podía hacer, salvo rascarse por donde te pique, ¡hombre!, debiendo quedarnos, tú, él, nosotros, quietecitos, sin hacer nada de nada. Bueno, Pérez, ¿y ahora qué? ¿Qué de tu mujer, hombre y de tus hijos? ¿Qué edad tiene la hembrita, Carmen Carolina? ¿Quince años? ¿Y Boris, el varoncito? ¿Dieciséis? Luego ya no son niños, Pérez, y eso quiere decir que los nenes tenían para la *Revolución de Abril* cuatro y tres añitos. ¡Oye, Pérez, has vivido de milagro junto a los tuyos! ¿Y si tu hija se mete a *cuero*, Pérez? ¿Por qué no vas haciendo algo, hombre? ¿Crees que con lo de la visa será suficiente? Podrías comenzar a escribir algunos articulitos, donde meterías mucha teoría, mucha mierda, Pérez, porque el país, a la larga, se joderá con las teorizaciones y tú, mejor que nadie, sabes cómo es eso. Por otro lado, también podrías, si es que te gusta, seguir pasando las mismas penurias y comprándoles a tus hijos las peores telas del mercado para que Elena les haga la ropa (¡y no la paja, Pérez!). ¿No dizque tú tenías mucho talento? ¡Mira como han triunfado otros que no podían ni llevarte los libros! Los que se graduaron de bachilleres contigo son hoy profesionales y los compañeros del *1J4* que ayer te dieron la espalda ocupan hoy cargos en el gobierno de Balaguer. Creo que te has quedado atrás, muy atrás, bien atrás, Pérez, tan atrás que, para enterarte de alguna noticia, o escuchas los noticieros radiales o tienes que leer los periódicos de ayer.

—Oye, indio, ¿tienes, por casualidad, un fósforo? —le preguntó uno de los cueritos a Pérez, sosteniendo un cigarrillo apagado entre sus labios.

—No fumo, señorita —le contestó Pérez.

—Indio, ¡no seas odiosón! —le gritó el cuerito—. Te he pedido un fosforito... ¡no seas malito!

—¡Le dije que no fumo!

—¡Ay, tú sí que eres grosero, indio! —dijo ofendida la muchacha, quien, volviéndose hacia su compañera, le dijo en voz alta—: Para mí que éste está peleado con su mujer.

Pérez, obviando la insinuación, miró hacia el *Baluarte* y, cerrando los ojos, contempló desde su interior a Caamaño subiendo a la tarima levantada aquel catorce de junio del 65, mientras Peña Gómez lo seguía: lo vio sudado, con su ancho sombrero de vaquero y su ropa color caqui; con su *AR-15* en bandolera y su *Colt 45* al cinto. Allí estaban todos los compañeros bajo el candente sol de aquel final de la primavera. La visión de Caamaño se esfumó de la mente de Pérez cuando un carro pasó por *El Conde* lleno de muchachos cantando en inglés y Pérez trató de retornar a los recuerdos esfumados cuando el carro se alejó con los muchachos bullangueros y proyectó en su memoria, tal como en un film de guerra, la batalla del *Matún*, el último acto glorioso de la *Revolución de Abril* y como deseando grabar plenamente los sucesos de aquella epopeya, retrocedió hasta la sala de la casa del pintor Ramón Oviedo, en la calle *Arzobispo Meriño*.

—*Pero, ¿has oído a Peña Gómez, Pérez?* —*preguntó Oviedo a Pérez*—.

—*No, Oviedo, no lo he oído. ¿Qué ha pasado?*

— *¡Acaban de dar un contragolpe!*

—*¿Un contragolpe?*

—*¡Increíble pero cierto, Pérez!* —*reafirmó Oviedo, dando saltos de alegría y tomando a Pérez por las mangas de la camisa.*

—*¡Entonces se armó la tángana, Oviedo!* —*le dijo Pérez y, acto seguido, bajó junto a Oviedo las escaleras de la casa, saliendo a la calle.*

Aparentemente todo estaba en calma, pero dentro de las casas sonaba Radio Comercial a todo dar en los aparatos de radio y el paletero de la esquina brincaba de júbilo. Sí, era abril 24 del 1965 y un fuerte sol aplastaba las casas, adosándolas a las calles y haciendo brotar de sus techos las vibraciones de un calor angustioso; era Abril 24 del 1965 y había poca agua en las tuberías y una muy reducida electricidad transitando entre los alambres conductores tendidos sobre los postes. Hacía exactamente un año, nueve meses y nueve días de aquel septiembre 25, justo el tiempo donde nada puede madurarse, salvo las malas intenciones y los espacios curtidos por los odios y los abandonos, salvo las asperezas de los reencuentros truncos, oxidados, carcomidos. En un año, nueve meses y nueve días, ningún apuñalamiento puede olvidarse; en un año, nueve meses y nueve días sólo era posible recordar el llanto con el llanto, la herida con un lamento y la traición con la alevosía. Y eso fue lo que vieron y leyeron los labios de Donald Reid Cabral en su comparecía por la televisión en la nochecita de aquel 24 de abril del 1965, mientras los carros Austin, pero no de Texas, sino de Gran Bretaña, inundaban las calles de todas las ciudades del país y los brotes de corrupción surgían como manantiales envenenados bajando desde las colinas. Y fue desde un carro Austin, precisamente, pero no de Texas, sino de Gran Bretaña, desde donde cuatro jóvenes gritaban con algarabía:

—¡Viva la revolución! ¡Viva la revolución! —que Oviedo y Pérez oyeron, mientras cientos de personas comenzaban a desfilar agitadamente hacia la parte alta de la ciudad y otras hacia la calle El Conde.

—Pero, ¿hacia dónde van toda esta gente? —preguntó Pérez a Oviedo.

—¡Y quién sabe, Pérez! —respondió Oviedo—. ¿Por qué no seguimos algún grupo?

—¡No es mala idea! Pero, ¿a cuál grupo?

—¡A los que suben, Pérez! ¡sigamos a los que suben hacia villa!

Y Pérez y Oviedo, corriendo hacia la calle Emiliano Tejera, subieron por el mercadito de San Antón y salieron a la avenida Mella, donde la algarabía lo cubría todo: comercios, casetas de buhoneros y, sobre todo, los rostros de todos los turcos aposentados en una vía que los había recibido junto a sus soledades entre los comienzos de siglo y los años 20, algo que nadie podía dudar. La Mella, la avenida Mella, era la Bagdad del refugio, la Meca del asiento turco-árabe en la República Dominicana y Oviedo y Pérez, agitados sus corazones por el vislumbramiento de una esperanza abierta contra los temores, desaciertos, penurias y frustraciones sentidas y compartidas durante un año, nueve meses y nueve días, se unieron en esa vía al desfile de vehículos, a los saltos frenéticos de los transeúntes y, más que nada, a los gritos, a los gritos alborozados de todos:

—¡Se jodió por fin el Triunvirato!

—¡Que mueran todos los ricachos del país!

—¡Abajo los tutumpotes!

—¡El coñazo de la madre de todos los golpistas del mundo!

—¡Coño, que viva la guardia boschista!

Bordeando la Mella, Oviedo y Pérez subieron hasta la calle Juana Saltitopa, llegando hasta la casa de Nurys, el hermano de Oviedo, donde decidieron hacer algo a favor del contragolpe.

—¡Nurys, necesitamos una gran tela! —dijo Oviedo a su hermano.

—¿Para qué? —preguntó Nurys—.¿Qué vas a hacer con una gran tela?

—¡Haremos un retrato de Bosch! —respondió Oviedo.

Nurys abrió los ojos y sonrió y, acto seguido, buscó una de las telas enormes telas que usaba en la confección de estandartes. Oviedo tendió la tela sobre el piso del taller y comenzó a dibujar un gran rostro de Bosch, inyectando en cada trazo las líneas vitales para reproducir la sonrisa del líder vegano: entreabrió su boca, achicó un poco los ojos, entintó de blanco su pelo, abrió su entrecejo, enmarcó las orejotas, afirmó el fuerte mentón y, abriendo un tanto sus fosas nasales, delineó con rectitud la nariz hasta prenderla de la frente. Y todo desprovisto de color porque Oviedo sabía que aquel retrato de Bosch era una tela que debía ser llevada por las calles de Santo Domingo para pedir el regreso del hombre en el exilio, del hombre que gobernó los siete meses más esplendorosos de la historia, e introduciría en éstas la presencia viva, elocuente, dinámica del líder perredeísta exiliado en Puerto Rico. Mientras su cuñado realizaba el retrato, la esposa de Nurys llevó café al taller y, junto a éste, las nuevas noticias.

—Parece que todo va bien —dijo eufórica.

—¿Tienes un radito portátil? —preguntó Pérez a Nurys.

—¡Claro! —afirmó Nurys, yendo a buscarlo.

Pero nada. La radio no decía nada y todo parecía haber caído sido en el limbo, en un espejismo sonoro, tal como si las palabras de Peña Gómez se las hubiera llevado el viento.

—¡Cuidado si todo ha sido una trampa! —dijo Nurys, agregando—. ¡Aquí abundan los ganchos y yo estoy que no creo en nada!

—¡Algo debe haber ocurrido! —apuntó Oviedo—. No creo que Peña Gómez se aventurara a decir esas cosas... ¡así por así! Algo hay... ¡estoy seguro!

—¿Por qué no detienes el retrato del compañero Bosch... —pidió Nurys a Oviedo—... mientras se averigua algo?

—Parece una buena idea, Oviedo —dijo Pérez.

—¿Qué habrá ocurrido? —preguntó Oviedo.

La respuesta a esa pregunta la obtuvieron bien temprano, al llegar la noche, cuando Donald Reid habló por la televisión y, entre otras cosas, confirmó que se había intentado dar un golpe de Estado contra su gobierno y que la situación estaba "casi" controlada. Y ese "casi" le costó el puesto, la dirección del gobierno y dio inicio a la Revolución de Abril. Cuando Pérez, ya desde la sala de la casa de Oviedo y con el retrato de Bosch enrollado sobre un sofá, observó por la televisión a Donald Reid, se lo encontró cínico.

—No es más que una ficha yanqui blanca y de ojos azules, hijo de ¿escocés?, lo cual lo convierte en otro maldito anglosajón para los norteamericanos y en un azaroso entreguista para nosotros —dijo Pérez a Oviedo.

—Pero, ¿cómo rayos habrá escalado Donald Reid la posición de triunviro mayor en el golpe? —preguntó Oviedo.

—Por las relaciones, Oviedo...

—¿Sólo por eso?

—Y por el dinero... por el dinero y su posición en la colonia yanqui del país...

—¿Solamente?

—Recuerda que tiene un hermano mártir, Robert, y unas excelentes relaciones comerciales con compañías gringas e inglesas. ¿No has escuchado "austeridad de Austin"?

—¿Solamente?

—Hay mucho más, mucho más. Pero, debes saber que es socio del presidente de una editora de prestigio... ¡lo demás cae por gravedad, Oviedo!

—¡Oh!

—Mira como habla ese comemierda, Oviedo —dijo Pérez, señalando a Oviedo la pantalla del televisor... ¡Ahí no hay oratoria, ni carisma, ni don de liderazgo.

—Pero con su carita de ángel nos tiene jodidos desde hace casi dos años, Pérez. —rezongó Oviedo.

Pérez observó a Oviedo y sonrió, analizando las palabras que decía Reid Cabral a través de la tele y meditó acerca de los orígenes del movimiento militar que denunciaba el triunviro y que, un poco más tarde, se convertiría en golpe de estado, luego en una revolución y después en una grosera intervención yanqui combatida a través de una guerra patria.

—¿Qué gato entre macuto habrá en todo esto, Oviedo? —preguntó Pérez, mientras Reid Cabral hablaba por la televisión.

Pensó Pérez, entonces, que aquel anunciado conato podía ser una amalgama, pero no de colores.

—De Donald y los tutumpotes no se puede esperar nada bueno para país, Pérez —afirmó Oviedo—. Ahí hay más que gato entre macuto. Puedes estar seguro.

A la afirmación de Oviedo, Pérez les anexó una rápida pregunta: ¿no habrá un trasfondo político enredado al afán de la continuidad?

—Este tío debe de estar pensando en una extensión ad infinitum del triunvirato, Oviedo.

—Debe haber algo de eso... tú lo sabes mejor que yo, Pérez, el continuismo ha sido la desgracia de este país...

—...y de todo el mundo —sentenció Pérez—. Fue una lástima que Trujillo no haya caído tras una revuelta popular. Todo esto hubiese podido evitarse, Oviedo.

—¿Así lo crees?

—Sí, así lo creo. En la conjura que se llevó a Trujillo faltó el elemento pueblo, la voz popular. Cuando los grupos son los protagonistas de la historia... ¡todo se va a la mierda! ¿Sabes por qué? Porque los grupos están conformados por los sectores tradicionales: el empresariado, la iglesia, los terratenientes y las cúpulas militares. Por lo regular, esos grupos son los que propician los derrumbes de lo que ellos mismos auspician, cuando no responden a sus intereses. Eso que está diciendo Donald Reid por la tele no es más que un canto de cisne, Oviedo. Ahí hay gato entre macuto. Podrías apostar a que la repartición del botín no ha resultado ideal para muchos...

—¿Incluyendo los sectores militares?

—Sí, incluyéndolos a ellos. Desde que se eliminó a Trujillo hace cuatro años, los militares se han venido debatiendo entre la fidelidad al pasado, al recuerdo del hombre que los estructuró y la oportunidad de enriquecerse...

—¿De enriquecerse?

—Sí, de enriquecerse. Las Fuerzas Armadas de Trujillo servían como los guardianes del tirano. Sin Trujillo, el alto mando militar sabe que el poder reside en las armas, en el cuartel y que ellos tienen el mismo (o quizás más) derecho que los demás componentes del grupo de mamar las sagradas tetas de la vaca nacional. Eso que dice Donald podría ser verdad... ¡pero no toda la verdad del sancocho! Para entender algo, sólo un poco del menjurje, habría que desmontar los acontecimientos anteriores al 30 de Mayo y los que entraron al rejuego a partir de allí. Tal vez así sería posible saborear las carnes de este guiso.

—Pero, ¿qué tiene que ver Juan Bosch en todo esto? ¿Forma él, acaso, parte de los agrupados?

—A Bosch lo tumbaron por eso, Oviedo, por no prestarse al juego de los grupos. Claro, Bosch era un político formado a la vieja usanza cubana, un estilo que Fidel se tragó sin regurgitar, y le faltó una pieza esencial en su tablero...

—¿Cuál?...

—La mañosería...

—¿La mañosería? ¡Pero si Bosch tiene una novela que se llama "La Mañosa"!...

—¡Precisamente, Oviedo! Entre la novela "La Mañosa", que es historia ficcionada sobre las montoneras y la acción política... ¡hay un mundo de diferencia! A Bosch le faltó ecuacionar sobre la realidad política dominicana, adquirir una conciencia clara sobre el accionar social nacional... Sin embargo, algo de las enseñanzas de Bosch prendió en los cuarteles y este movimiento es la mejor de las respuestas, Oviedo.

—¿Lo crees así?

—Sí, así lo creo. Los militares, que habían sido movidos desde Trujillo como simples peones, como burros aparejados para la limpieza y el desmonte de los problemas sociales, tomaron conciencia a partir de las enseñanzas de Bosch. Si es cierto lo que se ve venir en las próximas horas, si esa contradicción está presente en las Fuerzas Armadas y una parte de sus miembros, por más pequeña que sea, ha tomado la determinación sacar del poder a los golpistas, el gobierno de Bosch, por más fugaz que fuera, ha dejado una huella, una poderosa impronta de sólidos principios.

—Pero las Fuerzas Armadas lucían compactadas. Ahí está Wessin y Wessin, Pérez.

—No, Oviedo. El cuartel lucía compactado por afuera, como la cáscara del mango podrido. Pero, al parecer (y este movimiento es una poderosa prueba), por dentro estaba dividido y, como todo lo que se divide en nuestro país, habría que apostar que lo estaba en tres grupos...

—¿Tres grupos?

—Sí, los grupos en que nuestra sociedad se ha dividido siempre...

—¿Y cuáles son esos grupos?

—Por un lado, están los jerarcas, los que heredaron el poder tras el golpe y que ahora están vinculados a las categorías empresariales. Por otro lado, están los gorilas trujillistas, asidos aún a la implacable disciplina de obedecer sin entender... y, detrás de ellos, están los boschistas, esos militares que, aunque con visibles trabas para ejercer el mando, tienen el carisma necesario para hacer posible la transformación del ejército. Entre ese berenjenal, ni los jerarcas militares vinculados al poder, ni los trujillistas, deseaban cambiar el statu quo, y sólo los boschistas, desde las sombras de las barracas, ansiaban el retorno a Bosch y a la Constitución del 63.

—Creo que has saltado un sector dentro de las Fuerzas Armadas, Pérez.

—¿Un sector?

—Sí, un sector... ¡y un sector con mucho poder!

—¿Cuál?

—Los seguidores de Balaguer...

—Sí, es cierto. Pero ese sector está aliado al grupo boschista...

—¿Lo crees así?

—Sí, así lo creo —afirmó Pérez, observando entrar a la sala a Fedora, la esposa de Oviedo, y a su hijo Tato, hijastro del pintor—. Recuerda que Bosch ganó las elecciones con el apoyo de los trujillistas, los cuales, al huir Ramfis en noviembre del 61 se fraccionaron, agrupándose entre la izquierda, el perredeísmo y el balaguerismo. El enemigo de esas fracciones era la Unión Cívica Nacional, la cual, no repuesta de su fracaso electoral en el 62, se dedicó a socavar y a propiciar el golpe de estado a Bosch. Es por eso que los militares balagueristas, trujillistas y boschistas pueden estar asociados en el contragolpe que ahora anuncia Donald Read Cabral y quien, dicho sea de paso, está cometiendo un error al hacer el anuncio.

—¡Entonces, parece que hay algo de verdad! —dijo Tato.

—¡Esa cara de Reid Cabral lo dice todo! —expresó Fedora.

—¡Parece que sí! —sentenció Oviedo.

—Pero, ¿qué habrá pasado? —preguntó Tato—. ¿Estará sofocada la revuelta?

Pérez, que había peleado con Elena unos días atrás, se encontraba refugiado en la casa de Oviedo y dormía en la cocina, donde abría de noche una cama plegadiza, de las llamadas sándwich. La primera noche, Pérez rechazó un mosquitero que Magaly, la otra hijastra de Oviedo, le había ofrecido.

—Aquí los mosquitos parecen avispones —le dijo Magaly al ofrecerle el mosquitero.

—No lo necesito —le dijo Pérez—. Los mosquitos no me harán nada.

—¿Estás seguro? —le preguntó Magaly y, antes de salir de la cocina, soltó una sonora carcajada que dejó extrañado a Pérez.

Y no era para menos. A Pérez lo picaron y asediaron, además de los mosquitos, unas enormes ratas que le recorrieron el cuerpo y le mordieron uno de los dedos de los pies, lo que motivó que esa mañana vomitara largamente. Porque, para qué negarlo, Pérez sufría de una extraña aversión hacia las ratas, motivada por algunas de las niñeras que se divertían asustándolo al introducir en su cuna ratas muertas. Por eso, y no obstante haber solicitado el mosquitero a Magaly, Pérez dormía tieso, bocabajo y tratando de no moverse demasiado en la camita sándwich, por temor a que un brazo o una pierna le saliera de la frontera protectora de la gasa. Sin embargo, la noche de la alocución de Reid Cabral, Pérez tuvo que hacer enormes esfuerzos para quedarse inmóvil sobre la cama. Durante toda la noche sintió constantes pisadas sobre el techo de la cocina. A veces, las pisadas eran acompañadas de voces y gritos, deduciendo Pérez que, por la intensidad de los ruidos y de las órdenes emanadas tras el vocerío, los que se movían sobre el techo de la cocina y del resto de la casa debían ser militares.

—¡Colócate allí, Monchín! —decía una de las voces escuchadas por Pérez.

—¡Acuéstate bajo aquel muro, Sanabia! —gritaba otra.

Y cuando, bien entrada la madrugada, los pasos, saltos y voces cesaron, Pérez, aún tieso en la camita sándwich y bien atentos sus oídos a cualesquiera repeticiones de los sonidos, mosquitos y ratones, se durmió a golpe de presión y angustia.

—¡Levántate Pérez!

Pérez oyó el grito como una vocecita por allá, por algún lugar remoto entre el sueño y la vigilia, entre una de esas zonas recónditas del cerebro donde el alerta y la indiferencia se rompen y funden en una expectativa circense, aparatosa, risible, por lo que deseó abrir los ojos adormilados, espesados por los residuos del insomnio temeroso, y trató de convertir el ¡Levántate Pérez! en un ¡Levántate América! pronunciado por el Che Guevara, donde éste lo llamaba con un fusil-cañón empuñado en la mano derecha y su brazo izquierdo levantando con el puño cerrado, mientras guiaba un invencible ejército de liberación hacia la batalla final contra el imperialismo yanqui. Pérez, atrincherado en el semisueño, se vio entre aquel poderoso ejército, descubriendo que marchaba entre hombres blancos, mulatos, negros e indios que seguían al Ché y a Fidel, ambos cabalgando sobre dos potros blancos. Pérez descubrió en uno de los flancos las figuras de Máximo Gómez y Luperón en esfumadas entre el paisaje y a sus lados a Duarte y Martí sonrientes. Al desear abrir los ojos para verlos mejor, la vocecita de Magaly se coló, justamente, entre los labios del Ché:

—¡Levántate, Pérez! ¡Vamos, Pérez, levántate! —le gritó Magaly a Pérez.

Y cuando Pérez abrió los ojos, observó que Magaly le miraba fijamente el pene: todo paradito por la presión de una vejiga atiborrada de orines. Y, precisamente por la risita y los ojos desmesuradamente abiertos de Magali observándole sus partes íntimas, Pérez descubrió que estaba arrecho y, además, solo.

—¿Qué hora es? —preguntó Pérez a Magaly, cubriéndose rápidamente el cuerpo con la sábana.

—Son las seis de la mañana —respondió Magali—. ¡Levántate, hombre, la casa está llena de guardias!

—¿De quién es?

—¡De lo que oíste! ¡Los guardias tomaron anoche la azotea de la casa!

—Sí —reafirmó Pérez—. Sentí sobre la azotea pasos y voces toda la noche.

—¡Entonces el asunto va en serio! —dijo a Magaly y salió de la cocina.

Sentado sobre el inodoro, Pérez pensó en el antes-de-ayer, cuando yendo hacia la casa de Oviedo, decidió sentarse a meditar en el parque frente a la catedral. Después de todo, era lo mejor que podía hacer: meditar. Y meditando repasó grandes trechos de su vida, recorriendo luego la calle El Conde de arriba hacia abajo y de abajo hacia arriba para después volver a ocupar el mismo banco del parque. Aquella fue la primera vez que lograba estabilizar dos ideas básicas: la de irse del país o la de buscar empleo, ya que, definitivamente, no podía seguir viviendo de lo que producía con articulitos incoloros e inodoros sobre lo que pasaba en el mundo del arte y la literatura y los cuales escribía con pseudónimo para que pudieran ser publicados y pagados. Ahora bien, si se marchaba del país, ¿hacia dónde iría? ¿A Europa? ¿A Francia? ¡Bah!, Francia es para los becados, para los exiliados, para los que tienen pensión. ¿A España? ¡Horror! ¡A una España con Franco ni-de-juego! ¿A Italia? ¡Niente, niente, niente! Entonces, ¡hummmmmm!, a Pérez le sale un mojoncito! junto a la idea de que, de irse, de largarse del país, el asunto podría resolverse yendo a los Estados Unidos. Y, ¿por qué será que todos, los anti yanquis, los pro yanquis, los jodedores-de-paciencia, en fin, todos, todos, todos, sólo piensen en Norteamérica cuando se trata de despoblaciones forzosas? ¿O no es así? El asunto es, entonces, ¿me darán o no me darán la visa? Pérez tomó el papel higiénico y se limpió lo mejor que pudo, se echó agua sobre la cara, bajo las axilas, se digilló (de pasarse el dedo índice con dentífrico por todos los dientes, ¡ja, ja, ja!) y luego volvió a la cocina para tomar café, yendo más tarde a la sala, donde pensó que la cosa estaría mucho mejor por el rumor que provenía de allí. Pero al abrir la puerta de la sala, Pérez se topó con un grupo formado por cerca de veinte militares, algunos tirados sobre el suelo y otros despatarrados sobre el sofá y las butacas. Entre los guardias estaba Oviedo, quien, al verle, entregó al oficial que comandaba el grupo una bandeja con galletas, queso y café.

—¡El contragolpe está montado, Pérez! —gritó Oviedo, alegre.

A punto de decir algo, Pérez pensó que si el contragolpe al Triunvirato había sido efectivo, entonces, y tal vez, no tendría que largarse del país y, tampoco, que trabajar.

—Reid metió la pata al hablar anoche por la televisión —dijo Pérez a Oviedo.

—¿Crees que metió la pata? —preguntó Oviedo.

—¡Claro! —respondió Pérez—. Al hablar por la televisión confirmó públicamente lo anunciado por Peña Gómez.

—¡Por fin el ejército está con el pueblo! —dijo Oviedo acercándose a Pérez y abrazándolo efusivamente—. ¡La guardia está que arde, Pérez y...!

Oviedo fue interrumpido por gritos de júbilo provenientes de la calle:

—¡Que viva el Ejército Nacional!

—¡Que viva Juan Bosch!

—¡Se jodió, se jodió el triunvirato!

Acompañados por los militares, Fedora y Tato, Pérez y Oviedo salieron al balcón de la sala y contemplaron a dos compañías del ejército marchando bajo el balcón y seguidas por una gran multitud de civiles. Eufóricos, los soldados desalojaron la sala y bajaron rápidamente hacia la calle, donde se unieron a los otros militares y al pueblo. Pérez y Oviedo contemplaron, asimismo, como el resto de soldados que se encontraba en la azotea, bajó y se unió al desfile.

—¡Viva el glorioso Ejército Nacional! —gritaba una parte de la multitud.

—¡Se jodieron los cívicos! —voceaba la otra.

El desfile se perdió de vista cuando alcanzó la calle El Conde, por donde dobló.

—*¡El Triunvirato ha dejado de existir!* —*dijo Oviedo, observando a Pérez con una inmensa alegría—. ¡Bajemos con el retrato de Bosch y salgamos con él por las calles! ¡Esto hay que celebrarlo!*

Pero Pérez hizo un mohín que dejó perplejo a Oviedo.

—*¿Qué, Pérez? ¿Acaso no lo crees?*

—*¡Sí, lo creo, Oviedo! Pero...*

—*¿Pero qué, Pérez?*

—*¡La cosa no será tan fácil, amigo mío!*

—*¡Lo más complicado será mucho más fácil que vivir bajo la dirección de los malditos cívicos, Pérez!* —*expresó Oviedo—. ¡Ven, busquemos el retrato de Bosch y expongámoslo por las calles!*

Pérez y Oviedo salieron a las calles y escucharon por todos los rincones de la ciudad intramuros y luego por la parte alta la repetición del mismo coro:

—¡Viva el glorioso Ejército Nacional!

—¡Que viva Juan Bosch!

Y ese mismo grito lo escucharon al llegar a la casa de Nurys.

—¡Viva Juan Bosch! —exclamó Nurys al recibir a Oviedo y Pérez con una botella de ron en las manos y rodeado por un grupo de vecinos—. ¡Viva Juan Bosch, coño! —repitió, y todos los presentes respondieron a coro, bien duro, desgañitándose, hiriéndose la garganta y sin importarles quedar roncos para siempre porque, después de todo, qué importaba lanzar a los cuatro vientos un grito tan esperado, tan ansiado, tan lleno de esperanza y esplendor:

—¡Que viva, coño!

Brindándoles tragos desde la misma botella de ron, Nurys expresó, siempre gozoso:

——¡Ahora sí vamos a exhibir el retrato de Bosch, amigos míos! ¡Lo llevaremos por toda la ciudad... por todo el país, para cagarnos en los malditos **tutumpotes***!*

Pero ahora Caamaño está frente a Pérez, en el Baluarte, agitando su brazo derecho antes de hablar, sacando del forro, de abajo, de bien abajo, de esa parte que les cuelga a los hombres en las entrepiernas (y que no es para infundir valor, sino) para dar coraje frente a lo que sea: frente a un león enfurecido, frente a una mujer celosa, frente a unos gorilas con *quepis*, o para decir a la multitud, para gritar a la multitud que ese día, que ese *catorce junio de 1965* un sol de la más pura esperanza se estaba levantando desde el escondrijo de la historia. Con su revólver al cinto, con su fusil al hombro, con sus cargadores en bandolera, con sus granadas colgándoles desde los bolsillos, Pérez miró hacia arriba, hacia abajo, hacia su maestra con tanto trabajo y oyó la voz que decía:

—¡Pérez!

—¡Sí, maestra!

—¿Quién fue Alejandro Magno?

—Ese fue un gran tipo, señorita. Fue discípulo privilegiado de Aristóteles, conquistador de Asia Menor, de Egipto y murió joven, seño. Es penoso decirlo, profe, pero el tipo no llegó a los cuarenta años.

—¿Y cómo se llamaba su caballo?

—¿Su caballo?

—¡Sí, Pérez, su caballo!

—Bueno, maestra... ¿Su caballo?

—¡Carajo, Pérez, sí, su caballo!

—¿Era blanco el caballo blanco de Alejandro, maestra?

—¡Pééééééérez! ¡Aquí pregunto yo! ¡El blanco era el caballo de Napoleón! ¿O no?

—¡Anjá, maestra! ¡Bucéfalo! ¿Era Bucéfalo?

—¡Pérez! ¡vuelvo a repetirle que aquí pregunto yo!

—¡Pero maestra!

—¡Le pondré sólo un ochenta!

—¡Pero...señorita...!

—¡Cállese, Pérez, cállese!

Porque el asunto para Pérez podía ser bien simple:

Sabía, desde pequeño, que los problemas se reducen, simplemente, a una cuestión de liderazgo. De ahí, lo de Alejandro con los principios aristotélicos y lo de Moisés sacando a su pueblo de Egipto y legislando primitivamente para que cada pareja redujera las incidencias de enfermedades a través de la monogamia y los machos de la sociedad no se enfermaran con las carajitas del desierto y que el asunto de los mandamientos divinos, como estructura constitucional primitiva, y luego que el asunto de la heredad hacia Josué. También lo de Julio César y toda la mitomanía de Virgilio con la cuestión de la posesión cultural y entonces Carlomagno a finales del Siglo VIII y después los cruzados y su Ricardo y mucho después Napoleón y requetedespués Hitler queriendo ser un héroe a puro coñazo y entonces los norteamericanos con su MacArthur. Sí, maestra, pregúnteme también por los grandes anónimos de la historia. ¿Por qué no me pregunta sobre el muchacho ese de la falange macedónica?, que podríamos llamar Phelonius o Macadonius, que soportaba el hambre absurda de los desiertos persas y, ¿por qué no?, sobre Cagonius, que se cagaba fuera del cajón ante los ataques egipcios y también podríamos hablar, maestra, de Adad dentro de la masa judía atravesando el desierto, y hasta podríamos achacarle a ese muchachito narizón el haber descubierto el maná del cielo una mañana de primavera diciéndole a Moisés:

—¡Oye, Mosy, mira esto!

Y Moisés, ni corto ni perezoso, diciéndole a Adad:

—¡Prueba tú primero... por si las moscas, maricón!

Y Adad probando, sirviendo de conejillo de indias primitivo, haciéndole laboratorio a Moisés sin llevarse ni un chin de gloria. Y sería preciso, seño seño señorita, rescatar la imagen de Acatonio, el romano, explotado por Julio César en el norte de África cuando la expansión del imperio, que siempre iba delante del conquistador y escuchando sus insultos:

—¡Acatonio de mierda!, ¿no te ordené que caminaras cincuenta kilómetros diarios?

Y Acatonio yendo adelante, recibiendo heridas, detectando al enemigo. Y mire, seño seño señorita, ¿qué me dice de Johnny Arthur, el soldadito inglés al que Ricardo Corazón de León metió de lleno en las cruzadas sin saber él por qué e ignorando que los señorones sólo buscaban la gloria? ¿Se imagina usted, seño, a Johnny Arthur peleando contra un sarraceno, contra un mahometano medio silvestre y para el cual Mahoma era todo de todo y el pobre Johnny Arthur sin saber qué hacer y preguntándole a Ricardo:

—¡Jefe!, ¿pero quién es ese tal Mahoma? ¡Mire, Jefe, ese Mahoma debe ser alguien grande... porque fíjese como este hombre lo defiende con su vida!

O a Jean Pierre, el francesito, dirigido por Carlomagno en el apaciguamiento de las tribus germánicas y enfrentándose a Mum, cabeza roja, en una batallita a orillas del Rin y Jean Pierre en el puro limbo y Carlomagno, desde su caballo, dirigiéndolo todo y llevándose la gloria de ser coronado nada más y nada menos que por el Papa en una navidad famosa del ochocientos.

¡Tenemos que hacerlo como Caamaño hablando frente al pueblo en el Baluarte, maestra, seño seño señorita, y teniendo bien presente que sólo el pueblo es el poder y sin la retórica sarcástica de José II, de Austria, diciendo: "¡Todo para el pueblo...pero sin el pueblo!", cuando el absolutismo ilustrado se erigía en el movimiento de contrapartida a los enciclopedistas. ¡Mire al pueblo, maestra de mierda, aquí en el Baluarte, en este catorce de junio de 1965! ¡Mírelo, señorita! ¿Había visto usted tanta hermosura? ¡Mire a Caamaño bien sudado, señomaestra, y al moreno casi-azul de Peña Gómez brillando como un gran zapato de charol frente al sol! ¡Mírelos a todos, qué contentos, que agitados, que mar-agitado-azul-de-verano-tropical, seño! ¡Y

todo por la constitución, mi maestra, mi señorita totoaguado, mi generala!
¡Todo por un pedazo de papel carcomido, apolillado, desgastado! ¡Todo por
una mierda vaciada en tipografía barata!

Pérez respiró hondo, bien hondo y pidió otro café, sacando de sus bolsillos el formulario del consulado y deteniendo sus ojos en el encasillado 29: *¿Cuánto tiempo ha vivido en el país donde está solicitando la visa de visitante a los EE. UU.?* Súbitamente, Pérez pensó que, a sus treinta y tantos años, tal vez había vivido en República Dominicana sólo la mitad de su vida, ya que la otra mitad tenía que ser repartida así: doce años en los Estados Unidos y el resto por Europa y Asia. Pero Pérez, ¿ha viajado usted tanto? ¡Pues claro! ¿Y el cine... y la televisión... y la música... y las novelas? ¿Acaso no han formado esos medios de penetración una parte esencial de mi vida y de mis sueños? He visitado Shangri-La, he pasado un chorro de buenos años yendo a caballo por el maldito *far west* seguido de una banda de forajidos encabezada por Jesse James, de un lado, y por Billy The Kid del otro. Inclusive, la muchachita esa —¿cómo se llama?, ¡ah, sí, Shirley Temple!— fue mi novia cuando era niño y sus buclecitos y su naricita, *men*, y su boquita con un ligero toque de *Max Factor Hollywood* para sacarle brillo al blanco y negro, y sus zapatitos llamados como ella con la puntita redondita, y sus manitas, ¿y sus vestiditos, men? —¡chulísimos!, al estilo *jumper* para que no se le resbalaran sobre los hombros— y todo en ella era algo así como puro cielo de primavera. Porque nada más cierto que mi noviazgo con Shirley Temple por allá, por el final de los treinta, cuando apenas yo comenzaba a saber de la existencia de mi penito, de mi *bimbincito* y de que todos somos hijos de un mismo Dios muy buenote él, por cierto. Pero también es preciso decir que me antojé de los senos de Rosalyn Russell cuando fue lanzada por Howard Hughes, y de Vivien Leight a partir, no del éxito de *Lo que el Viento se Llevó*, sino de *Un Tranvía Llamado Deseo*, aún y cuando ya comenzaba a ajarse, a desteñirse, porque me enamoré de la envidiable sensualidad que despedía toda su figura en aquella escena donde salió (entienda, por favor, *salió* de salir, no de ir) con su hermana en *la noche del póker*, y me enamoré, también, de Virginia Mayo en *Ninguna mujer vale tanto* y de Rita Hayworth en *Gil-*

da y de Joan Crawford en *Johnny Guitar* y de Natalie Wood en *Rebelde sin Causa*. Y todos esos romances con todas esas novias los viví en los Estados Unidos, señorita Ramírez... ¡perdón, *miss* Ramírez!...

—¡Indio, son las cinco! —cuchicheó a Pérez una de las muchachas, pero éste siguió absorto en sus novias americanas, en sus novias *hollywoodenses*, en sus novias temperamentales—. ¡Indio, llévanos a la casa! —dijo la otra muchacha y Pérez, reaccionando, retornó al presente y guardó el formulario.

—Deseo quedarme sentado aquí —dijo Pérez a las muchachas.

—¡No seas odiosón, indio! —insistió una.

—Vivimos cerquita de aquí —dijo la otra—. Allí mismo, en una pensión para señoritas de la Arzobispo Portes —explicó la muchacha.

Pérez iba a contestarle y en ese instante entró un hombre con una cachucha que dejaba leer *Listín Diario* con dos grandes paquetes de periódicos en las manos.

—¿*Listín*? —preguntó el hombre de la cachucha.

—No leo periódicos —le respondió Pérez.

—¿Qué dices, indio? —insistió la primera muchacha—. Si nos llevas, podríamos hacerte un numerito bien sabroso —y al decir esto, la muchacha sacó la lengua y se la pasó, muy sensualmente, por los labios.

Pérez vio la lengua de la muchacha mojar de saliva sus gruesos labios y sintió un ligero escalofrío al observar sus senitos pequeños y redondos, que el apretado *polo-shirt* dibujaba voluptuosamente. Al notar que Pérez le miraba los senos, la muchacha redobló sus argumentos—: Somos jovencitas, indio. Yo sólo tengo diecisiete y mi amiguita dieciocho. ¿Qué dices? ¡No te cobraremos mucho!

—¿Cuánto? —preguntó Pérez.

—¡Casi nada! —insistió la primera.

—¿Cuánto es *casi nada*?

—Eso, indio: ¡casi nada! —afirmó la segunda.

—¡Lo que tengas! —afirmó la primera.

Pérez pensó en el dinero que le quedaba y en lo que Elena y sus hijos podrían comprar con él. ¿No sería una canallada gastarlos en los dos cueritos sentados en aquella mesa del *Paco's*?, pensó.

—No tengo nada —les dijo— ...no tengo casi nada... esa es la verdad —y volvió a sacar el formulario del consulado y se enfrentó al encasillado 30: *Sírvase indicar los países en los que ha vivido durante más de un año en el curso de los últimos cinco años.*

Pérez entrecerró los ojos y especuló que para ser un cuestionario normal de solicitud de visa, el formulario (*descubra un nuevo mundo, visite los Estados Unidos de Norteamérica*) era mucho que una trampa, mucho más que una abierta indagación de pequeñeces. ¿No buscarían los gringos encontrar las pifias sutiles, tenues, caprichosas que, los que habitamos el tercer mundo, nos ufanamos de cometer para exhibirlas como inmensos logros? Porque, después de todo, la respuesta a ese encasillado era fácil: los únicos países visitados por él eran aquellos que le habían programado en el cursillo de veinticuatro horas diarias y que le suministraron a través de un inmenso e intenso bombardeo cultural día-y-noche. Aparte, claro está, de que había conocido la *República de La Victoria*, donde se alojó en la suite *solitaria de los ángeles* y el *Principado de la Policía* donde, con acoñamientos de hambrunas degustadas, realizó un post grado en gritería. Al notar que Pérez entrecerraba y abría desmesuradamente los ojos por momentos, las muchachas se pusieron de pie y, observando detenidamente a Pérez, le hicieron muecas y mimos tratando de volverlo en sí. Una de las muchachas llamó al mozo y sacó de entre los senos unos arrugados billetes que depositó sobre la mesa y luego ambas caminaron hacia una de las puertas del *Paco's*, desde donde se detuvieron para observar de nuevo a Pérez, quien les sonrió con los ojos a medio abrir.

—Te lo advertí —dijo una de las muchachas a la otra— que ese tipo está medio loco.

—Pero tiene cara de buena gente —acotó la otra, sonriéndole con putería a Pérez, quien aprovechó la cercanía del mozo y le pasó el billete de cinco pesos guardado para Elena.

—¿Podría cambiarme estos cinco pesos? —preguntó al mozo. Al observar la acción de Pérez, las muchachas se detuvieron bajo el marco de la puerta y se miraron entre sí.

—Parece que vendrá con nosotras —dijo alegremente una de las muchachas. Cuando el mozo trajo el cambio, Pérez le pagó lo consumido y llamó a una de las muchachas, a quien le entregó dos pesos.

—¿Alcanzará para un desayuno? —le preguntó.

—Sí, indio, gracias... ¡alcanzará! —le expresó la muchacha, sonriendo.

—Indio, sabíamos que tenías un gran corazón —le dijo la otra, desde la puerta. Al abandonar el *Paco's*, las muchachas sonrieron de nuevo a Pérez y se marcharon presurosas, cuchicheando cosas banales y abrazándose y besándose, mientras la claridad despejaba la pesadez de otra secreta madrugada en la calle *El Conde*.

Capítulo XIV

Palos-a-ciegas-Vicente

¿CREES, DE VERDAD, Vicente, que mi mentalidad ha cambiado? Creo que soy el mismo, aunque más viejo y más dado a las decisiones firmes, pero, aun así, no creo que haya cambiado. Tú sí que has cambiado, Vicente, al igual que los antiguos compañeros del partido y, tal vez por eso, cierto cambio me ha afectado. Porque si todo cambia alrededor tuyo, entonces uno forma parte de ese cambio exterior, ¿verdad?, reduciéndose todo a un asunto de entorno y contorno, a un choque constante con el mundo exterior desde nuestro cerebro. Lo que nos rodea, en tanto cambio, organiza nuestra percepción de lo exterior y configura los nuevos reconocimientos de lo que nos rodea. ¿Recuerdas, Vicente, a Lampedusa en *El Gatopardo*, cuando expresa que *¡hay que cambiar para que todo siga igual?* La expresión, Vicente, no es más que el punto de vista patronal, donde la persecución de la historia se organiza desde la lateralidad de lo complaciente para que se convierta en imperceptible, en gradual y escalonado, desechando lo violento. Así, Vicente, todo cambio se constituye en un fácil camino expedito para continuar la acumulación originaria, para seguir montando el tren de la tradición en el vagón de la opulencia. Lo que ayer fue de los nobles, hoy es de la burguesía y mañana de los tecnócratas convertidos en categoría histórica, salvaguardando las riquezas a través de recursos tales como: a) el cruce de familias; b) los traspasos de fortunas por diferentes vías; y c) aplastando para dejar sin nada (y como siempre) a los que verdaderamente producen la plusvalía con su trabajo. Pero aun así, Vicente, no creo que mi mentalidad haya cambiado: es la misma desde siempre; con la excepción de que a mi maduración bioló-

173

gica se ha unido, ahora, una maduración teórica y a la que le falta una ligera práctica para llegar al empirismo de un-saber-hacer-la-revolución. Pero estoy seguro qué estarás pensando en este momento en *Abril del 65*, pero Abril no fue una maldita revolución, Vicente; una revolución debe propiciar e inyectar cambios. Una revolución debe hacer cambiar la mayoría de los puntos de vista moribundos, aquellos que deambulaban sin secuencias pragmáticas erráticas, sin ataduras de ningún tipo al tren de la hija-de-la-gran-puta historia, por lo que se debe improvisar, si es preciso, los reglamentos y las leyes que se requieran para romper la reversa. Si Abril hubiese sido una revolución, Vicente, tú y yo estaríamos echándonos fresco en las bolas: tú sin necesidad de estar trabajando a tus cuarenta-y-pico como reporterito mal pagado en el *Listín Diario*, y yo sin la necesidad de estar atravesando la encrucijada de pensar en meterme a publicitario por unos chelitos en la agencia de Monegal, o de estar enviando currículos al consulado gringo para tratar de obtener una visa que me permita largarme a los Estados Unidos. Claro, Vicente, ambos nos hemos alejado del norte que nos propusimos hace más de veinte años y que no fue otro que el de hacer la revolución. Pero, ¿por qué crees que nos alejamos? ¡Por la atomización producida por los liderazgos, Vicente..., por la insuficiencia que provoca la *ateoría*, el esquema fotocopiado, el alejamiento del sentido plenamente auténtico, la conceptualización errada ¿Error de apreciación histórica? Te lo dije, Vicente: para hacer una revolución hay que dejar de lado la improvisación, el método de racionalizar los esquemas adoptados. ¿Sabes cuál ha sido el error de los hijoeputas políticos? ¡La falta de un estilo, de un procedimiento, de un modelo adecuado a nuestra realidad! Los perredeístas pensaron que después de Balaguer, ¡anjá!, se resolvería todo con una socialdemocracia de adacadabra y de que avanzaríamos como Alemania, como Suecia, como España. ¡Y se fueron de bruces, Vicente! ¿Acaso tenemos petróleo, tecnología, una preparación básica? ¡No tenemos ni petróleo ni tecnología ni preparación, Vicente! Y sin recursos ni herramientas ni cultura... ¡todo se jode! Pero me dirás, me hablarás de Costa Rica y ese es otro cantar, ya que Costa rica no tiene un ejército parasitario, que es un niño-de-teta que se traga el presupuesto, que agrede con sus violencias de manutención las arcas del Estado. Ahora mismo, Guzmán y sus hombres buscan adecuaciones inútiles, Vicente, tal como hacía Balaguer cuando se acercaba a Israel en busca de apoyo tecnocrático, pero haciéndose el-chivo-loco, cerrando el corazón y la conciencia frente a la creación de institutos preparatorios y saturando de corrupción y paternalismo todos los rincones del país. Aquella era la representación victoriosa de la autocracia ilustrada sin las críticas de Voltaire, de Rousseau y de Robespierre, y esto de ahora, la reencarnación de lo que sucedió después de la Ilustración, pero con la agravante de que está atada al retruécano de una apestosa mierdería. La forma paternalista de gobernar para el pueblo —pero sin el pueblo— de aquél desgraciado austríaco y emulada por Balaguer, se torna ahora en demagogia ambulante, desilustrada, que otorga al clientelismo, al más absurdo de los populismos, la bandera del triunfo. Entre las adecuaciones buscadas —*ad libitum*— está la china de Taiwán, que se apoya, no en el vetusto paternalismo de los Chang, si no en una nueva dinastía china en pleno siglo veinte con la protección del imperialismo norteamericano. ¿Crees que el modelo económico chino, con esa paciencia milenaria, con esa carga de superpoblación, con esa mano de obra barata, con esas fronteras geográficas alejadas de la haitianizante agonía del vudú y con la feroz protección *yanqui*, pueda compararse al nuestro? Y es que los modelos no surgen por la adecuación, Vicente, sino por los replanteos, por el estudio profundo de las necesidades reales y tomando como base la distribución equitativa de la riqueza... eliminando los filtros por donde se escurren los dineros de arriba hacia abajo con la gravedad de una alquimia anciana. Además, las soluciones se están buscando por esos rincones donde, como siempre, el cuco del comunismo aflora para enfrentarlo a la alternativa de la socialdemocracia-de-mierda. Podrás decirme, entonces, que la solución sería la lógica histórica de una revolución despaciosa, sin prisa, concienzuda, y de que, nosotros, los que alcanzamos a tener algo de conciencia, podríamos convertirnos en seres útiles en dicho proceso, y de que, por eso, sencillamente por eso, sería importante que no nos esparzamos hacia los Estados Unidos u otros países en busca de la diaria carroña. Y hasta tendría que darte la razón, amigo mío, mi hermano y camarada, si así opinaras. Pero, ¿y mientras tanto, Vicente? ¿Qué hago? ¿Cortar la coña, digo la caña?

175

Capítulo XV

El partido en el recuerdo. Temptation Monegalum II

EL SESENTICINCO DESPUNTÓ como todos los años, como cualquier día del calendario, como si alguien conocido entrara por la puerta trasera y dijese: *¡Hola, estoy aquí para joder!* Y Beto sabía que ese despunte, que esa llegada, anunciaba la misma mierda para el pueblo: nada, ¡absolutamente nada! Porque, después de todo, ¿no formaba él parte de ese pueblo? Al menos, los largos periodos de encarcelamiento que había padecido por sus ideas revolucionarias le daban cierto derecho a sentirse como si fuera parte del pueblo, de eso que entendía como pueblo. Boris y Carmen Carolina, recién levantados, le habían dado la felicitación de año nuevo y Elena le había llevado a la cama —como cada vez que había un feriado importante— café con leche y tostadas.

No había pegado los ojos desde la partida de Monegal y no deseaba hacerlo hasta encontrar una solución a su desastrosa situación económica, porque no quería acercarse a su familia ni a la de Elena. ¿Para qué? ¿Para que los suyos le miraran con desprecio, a excepción de la tía Quiquí, que siempre le ofrecía ayuda aunque tuviese que desprenderse de lo poco que poseía? ¿Para que los padres de Elena le dijeran, por la espalda:

—¡Te lo dijimos, hijita, que ese hombre sólo te traería desgracias!

No, ¡jamás haría eso! Pero, por otra parte, era sumamente importante que encontrara una rápida y adecuada solución a su problema y resolver, así, las urgentes necesidades de los suyos.

Cuando se decidió a salir en la tarde de ese primero de enero se encontró a Pedro *La Moa* sentado en el parque *Independencia*. *La Moa*, al observarlo caminar hacia él le sonrió como siempre lo hacía.

—¡Vaya, pequeñoburgués! —le saludó *La Moa*—. ¡Tienes cara de trasnoche! ¿Te emborrachaste para celebrar el año nuevo?

—No —le respondió Beto.

—¿Y esa cara, entonces?

—Estoy en la misma mierda.

—¿Y qué, pequeñoburgués? ¿Esperabas algo especial en el 65? ¡Tú sabes que el calendario fue inventado por los de arriba y que a los de abajo sólo nos aguarda el sudor y la *pupú*!

La Moa miró detenidamente a Beto y le indicó con un gesto que tomara asiento junto a él en el banco de metal.

—De verdad que luces mal, pequeñoburgués —dijo *La Moa*.

—Sí, me siento muy mal, *Moa* —farfulló Beto—. Estoy muy mal de situación, Pedro.

—Eso te pasa por estar de chulo, pequeñoburgués —dijo *La Moa* y mirando a los ojos a Beto, lanzó una enorme risotada.

Beto lo miró con un poco de repulsión, pero luego comprendió que todo lo que saliera de *La Moa* tenía que ser así, un calco de su propia vida. *La Moa* había perdido a su padre cuando la *Juventud Democrática* fue diezmada por Trujillo en las purgas del 47. *La Moa*, que apenas era un muchacho, fue quien descubrió el cadáver de su padre luego de ser lanzado frente a la puerta de la casa y su existencia cambió radicalmente a partir de ese instante. A comienzos de los años cincuenta lo confinaron al reformatorio de San Cristóbal y allí aprendió el oficio de sastre, primero, y luego algo de música, donde se destacó por golpear estruendosamente la conga y el bongó. Al salir del reformatorio a los dieciocho años, *La Moa* comenzó a transitar un camino lleno de actos violentos, donde los robos a mano armada y la práctica del pandillerismo se convirtieron en un hábito, en su forma de existir. Su vida cambió radicalmente con la llegada al país del *Movimiento Popular Dominicano*, a mediados de los sesenta, donde *La Moa* se inscribió, descubriendo a través de los discursos de Máximo López Molina,

177

quien era el presidente del partido leninista, que la pobreza no es más que una consecuencia de la explotación del hombre por el hombre. El *Movimiento Popular Dominicano (MPD)* se había establecido en el país con un permiso de Trujillo, quien buscaba afanosamente probar a los Estados Unidos que su dictadura se estaba flexibilizando y recordándoles que el cuco más grande de la historia no era él, precisamente, sino el comunismo. El mismo año que llegó el *MPD* al país *La Moa* fue hecho preso, torturado y enviado a la *Isla Beata*, frente a las costas de Barahona, en el Sur del país, pasando allí largos meses junto a un nutrido grupo de compañeros. Liberado a finales de ese mismo año, *La Moa* siguió militando en el *MPD* y, tras ser perseguido encarecidamente, solicitó asilo en la Embajada de México a comienzos del 1961, de donde tuvo que salir en plena noche al descubrir que esa legación —al parecer— tenía acuerdos secretos con Trujillo para entregar a todos los que allí buscasen asilo. *La Moa* permaneció escondido durante largos meses, hasta que Trujillo fue asesinado en mayo del 1961 y salió de su escondrijo, aprovechando el surgimiento de ese recurso burgués al que llamaron *Unión Cívica Nacional*, ideado por los norteamericanos para seguir manipulando el Estado.

Beto conoció a Pedro *La Moa* en el *Catorce de Junio*, luego de éste haber salido del *MPD* por diferencias doctrinales con Máximo López Molina. En el *Catorce*, *La Moa* era el recadero ideal y sus afanes, sus desvelos y su integración a la disciplina de la agrupación, le granjearon el cariño y la admiración de la mayoría de los compañeros. Inclusive, *La Moa* estaba considerado, por su fortaleza física y tenacidad, como el revolucionario ideal para ser utilizado en las faenas más duras. Y por ser susceptible a las adulaciones, *La Moa* llegó a creer que los halagos que emanaban desde las reuniones del politburó representaban la verdad absoluta. Tras pasar varios meses de militancia en el partido, *La Moa* se volvió inaguantable. Al extremo de que el propio Manolo Tavárez le llamó durante la atención, luego de que abofeteara a una militante, a la que acusó de burguesita de Gascue y de ser sobrina de un general de la aviación. Todos en el *Catorce* creyeron que *La Moa*, tras la reprimenda de Manolo, se ajustaría a los reglamentos del partido, pero se equivocaron. A partir de ese día, comenzó a meter miedo a todos aquellos compañeros que carecían de sus atributos y Beto era uno de sus blancos favoritos. A cada rato *La Moa* recordaba a Beto su origen burgués y la poca resistencia que poseía para enfrentarse al dolor, expresándole *que sus días como revolucionario estaban contados porque no aguantaría los embates de un mal tiempo político*. Inclusive, *La Moa* apuntaba a Beto —cada vez que lo veía en los pasillos del local del partido— con la pistola *Browning* de 9 milímetros que portaba, facilitada por Manolo; también, le hacía gestos con sus manos, gritándole: "¡Cuando te rajes, pequeñoburgués, te voy a dar un tiro en la nuca!", acompañando las amenazas con muecas en el rostro. Luego de las intimidaciones, *La Moa* sonreía y estallaba en ruidosas carcajadas.

Y ahora allí, sentado junto a *La Moa* en el parque *Independencia* y viéndolo reír a todo vapor, Beto reconocía que ese hombre era un concreto para resistir el dolor.

—¡No bromees, Pedro, por favor! —dijo Beto y *La Moa*, con un gesto paternal, le pasó la mano por la cabeza.

—¿Qué te pasa, cabezón? ¿No se puede relajar contigo? —preguntó *La Moa*.

—Es que no estoy para bromas —respondió Beto.

—¡Feliz año nuevo, pequeñoburgués! —expresó *La Moa*—. Pero, ¿en verdad... estás tan mal?

—Pésimamente, *Moa* —respondió Beto—. ¡Ni siquiera tengo para la cena!

La Moa observó lentamente a Beto y dejó de reír. Entonces metió una de sus manos en un bolsillo del pantalón y sacó de allí unos billetes, los cuales contó, entregando unos cuantos a Beto.

—Toma, Beto —le dijo—. Con esto te arreglarás por unos días.

—Es que mi problema no es de unos días, *Moa*. ¡Necesito trabajar... tengo que llevar algún dinero diariamente a mi casa! Los muchachos están flacos y mi mujer no tiene qué ponerse. ¡Necesito hacer algo, *Moa*!

—Aguántate con eso, Beto, luego veremos lo que se puede hacer por ti —insistió *La Moa*.

Beto tomó los billetes y especuló sobre cómo *La Moa* había obtenido el dinero.

—¿Estás trabajando? —preguntó Beto, mirando de soslayo a *La Moa*.

—Más o menos —contestó *La Moa* y, estallando con una sonora carcajada, agregó—: ¡Claro, son trabajos muy difíciles, pequeñoburgués!

—¿Trabajos difíciles? —preguntó Beto, sorprendido.

—Sí, pequeño burgués. ¡Son trabajos difíciles!

—¿Qué estás haciendo, *Moa*?

Antes de contestar. *La Moa* miró a Beto y luego hacia arriba, hacia el cielo de esa tarde inicial del año y después fijó sus ojos negros, de pájaro de rapiña, en los de Beto y éste pensó que si *La Moa* lo miraba así era para confesarle algo extremadamente confidencial y llegó a la conclusión de que hubiese sido mejor no haber preguntado para así no saber nada acerca del trabajo que hacía. Pero Beto llegó a esa conclusión demasiado tarde, porque ya *La Moa* le estaba confesando lo que no debió haber escuchado:

—Estamos asaltando bancos, Beto. Estamos liberando el dinero de los trabajadores, almacenado por los *tutumpotes*.

—¿Asaltando bancos? —preguntó Beto, sin poder ocultar su asombro por el tremendo susto que le había provocado la respuesta.

—¡Claro, Beto! —afirmó *La Moa*—. Porque, ¿qué es un banco, Beto? ¡Un banco es un lugar en donde se deposita el sudor obrero! ¿Acaso no me explicaste tú mismo, ¿recuerdas?, en aquella charla que diste a los nuevos miembros del partido, cuando explicaste el concepto marxista de la plusvalía y de los sobreprecios? ¿No es la plusvalía eso, precisamente eso? ¿No es la plusvalía sudor, sangre obrera, trabajo no pagado, de los que con su esfuerzo construyen el capital?

—Sí, *Moa*, pero... —tartamudeó Beto.

—¿Te estás echando para atrás, pequeñoburgués? —lanzó *La Moa*.

Beto, en verdad, pensaba ahora que todo lo que le decía *La Moa* había salido de él: lo había expresado él mismo en charlas y escrito en el semanario 1J4, del partido y, además, lo había difundido a través del programa radial y argumentándolo pomposamente en decenas de conferencias. Lo que Beto nunca se imaginó era que sus palabras serían tomadas así, tan fuertemente, tan rudamente, tan ásperamente, tan fieramente... ¡para asaltar bancos!

—¿Y así es que estás consiguiendo dinero?

—Yo no, Beto. Es el partido quien dicta las órdenes. Con el dinero de los bancos ayudamos a los hijos y las viudas de los compañeros asesinados por la policía de Balaguer. Sabes bien, Beto, que no podemos permanecer con los brazos cruzados mientras Balaguer y los gringos desintegran el partido. Liberar ese dinero, ponerlo a circular, devolverlo a quienes lo generan con su trabajo, es la mejor forma de sentar los cimientos de la revolución. Además, ahí están las armas. ¿Cómo diablos piensas que se van a comprar armas sin dinero? ¡Dime!, ¿cómo crees tú que se hará una revolución sin armas ni municiones?

—¿Y crees tú que yo sirva para esas faenas? —preguntó Beto, reaccionando más calmadamente.

—Todos servimos de una forma u otra, Beto. Además, parece ser que ya la policía te ha quitado los ojos de encima... ¡y eso es importante!

La Moa tenía razón. Sobre Beto ya no existía esa asechanza invisible que lo había llevado al borde de la paranoia. Se daba cuenta de que ya podía caminar solo, sin la sombra lejana del agente secreto. Tal vez los del *servicio secreto* consideraban, por sus recorridos con Landa por varias comunidades del interior y de las que fue expulsado de algunas, que él estaba completamente apagado, convencido de la inutilidad de la revolución y ser revolucionario. Con el dinero suministrado por *La Moa* bailoteando entre sus dedos, Beto le preguntó:

—¿Cuándo podría comenzar a trabajar, *Moa*?

—Estos pequeñoburguesitos de mierda se ponen contentos con las cosas verídicas de la vida y las toman a juego, como si fueran juguetes dejados por el maricón de *Papá Nouel* y los ridículos *Reyes Magos* —dijo para sí, *La Moa*, pero también para que Beto lo oyera—.¿De verdad te sientes con los cojones tan bien puestos para trabajar duro con nosotros? —preguntó sonriendo.

—¡Sí, sí, *Moa*! ¡Mis cojones están bien puestos! —contestó Beto.

—¡Eso tendremos que verlo a la hora de la verdad, Betico, pequeñoburgués y, además, comemierda!

Desde aquel banco del parque *Independencia*, Beto y *La Moa* caminaron hacia la parte alta de la ciudad, hacia Villa, hacia donde los que osan dejar sus puestos pierden las sillas y allí se reunieron con algunos tipos duros del partido, regresando luego a la parte intramuros, desde donde fueron a parar a *Gascue*. En todos los lugares visitados, Beto y *La Moa* recibieron nombres, direcciones, teléfonos, futuras citas, datos que se debían entrelazar a la planificación de la recuperación de los dineros, sudores y sufrimientos de la clase obrera, acumulados en las arcas de los bancos y financieras aupados por la política financiera de Balaguer. El primero de los asaltos se organizó para el mes de enero y Beto formaría parte del grupo que lo efectuaría, el cual estaría dirigido por *La Moa*.

—¡Tiene que ser como siempre, muchachos! —Expresó *La Moa*, tras acordarse el asalto—... ¡Tiene que ser un banco extranjero! ¡Recuerden que nuestro último asalto fue una buena mierda, cuando liberamos de la financiera sólo dos mil pesitos! Esta vez tenemos que asaltar en grande, llevándonos una buena tajada de *duartes*. Recuerden que, aunque *El húngaro* Varga dijo que las armas están bien caras... ¡las necesitamos!

La Moa le compró a Beto tres pantalones, dos guayaberas de hilo y dos pares de zapatos, entregándole, además, dos mil quinientos pesos en billetes pequeños para que abriera una cuenta en el banco seleccionado para el asalto.

—Debes vestirte como lo que eres en el fondo, Betino, un comemierda burgués —le dijo *La Moa*, estallando de risa al entregarle la ropa y el dinero.

—¿Por qué tantos billetes pequeños, *Moa*? —le preguntó Beto, observando los fajos con billetes de un peso.

—Mientras más tiempo pases en el banco, ¡mucho mejor, pequeñoburgués! —le respondió *La Moa*, siempre riendo.

Elena sospechó que Beto estaba metido en algo anormal al verle vestido con las ropas y zapatos nuevos, pero lo observó como se mira una telenovela: viéndolo y no viéndolo, aunque apeteciendo que todo fuera. Sin embargo, Elena deseaba preguntarle algo a Beto, tal vez con la esperanza de que éste le contara de dónde rayos estaba sacando el dinero que traía a la casa y que le alcanzaba para comprar la ropa nueva que estrenaba. Pero no le dijo nada, conformándose con observar los capítulos de aquella telenovela sin abrir la boca. El propio Beto esperaba que ella le preguntara algo o que, al menos, le cuestionara sobre la procedencia del dinero. Al principio pensó en manifestarle que había aceptado el trabajo con Monegal y hasta pensó en llamar a Monegal para decirle que iría a trabajar con él unos días. Pero optó por callar, por no decir nada. La participación de Beto en el asalto se limitaría a un trabajo de inteligencia y de logística: debía abrir una cuenta en el banco norteamericano, tratando de entablar algún tipo de amistad con una de las cajeras (preferiblemente sexual, algo que podría resultar fácil para él). El día del asalto, Beto entró al banco a realizar un depósito, tal como lo hacía cada lunes, a eso de las diez de la mañana y saludó a la muchacha rubia de la ventanilla número 12, cuyo nombre, Marianela, lo había pronunciado alrededor de quinientas veces, sobre todo cuando hacían el amor en uno de los moteles del *Paseo 30 de Mayo*. Beto había conocido a la rubia Marianela al abrir la cuenta con los dos mil quinientos pesos que le había entregado *La Moa*, sorprendiéndose ésta al contemplar la gran cantidad de billetes de un peso.

—¡Tremenda cantidad de billetes...! —le había dicho la cajera.

—Es el producto de la venta de una semana —le cortó Beto. Y tras mirar el nombre de la cajera impreso en el gafete sujeto a una de las solapas de la chaqueta, lo pronunció suavemente, sacando desde bien adentro su voz de locutor—... ¡Marianela!

A partir de ese momento, Beto realizó tres depósitos en la ventanilla número 12, iniciando con Marianela una relación que los llevó, desde una cena al día siguiente del primer depósito, hasta citas sumamente calientes en los moteles del *Paseo 30 de Mayo*. El día del asalto, 30 de enero, había sido escogido debido a la gran cantidad de dinero líquido que se concentraba en las bóvedas del banco para pagar la última quincena del mes. Beto había obtenido de Marianela toda la información que necesitaba y, según los cálculos de *La Moa*, el asalto debía ser un acto liberador de, por lo menos, dos millones de pesos.

—El 30 de enero reivindicaremos dos millones de *duartes*, billetes manchados de sangre obrera y que nosotros lavaremos con el asalto... ¡Dos millones de *pesuanos* correspondientes a la sangre y el sudor de miles de hermanos dominicanos! —expresó jubiloso *La Moa*.

Entre las indagaciones realizadas por Beto (después de obtener los datos necesarios de boca de Marianela) hubo algunas que lo llevaron a entrevistarse con los dirigentes sindicales de ciertas fábricas ubicadas en la zona industrial de Herrera —en el Oeste de Santo Domingo—, un asentamiento de manufactureras ejecutado por Balaguer y que no fue más que una continuación del *Plan Trujillo* de asentar industrias que transformaran materiales semi elaborados en productos finales y a través del cual éstas gozarían de todo tipo de exenciones fiscales. Entre las industrias levantadas en Herrera, estaban las que importaban pulpa para elaborar toallas sanitarias para la menstruación femenina, inyectoras de plástico para la fabricación de chancletas y vasitos desechables, envasadoras de productos químicos y otras. Para realizar los contactos con los sindicalistas, Beto se hacía pasar como empleado de una agencia de investigaciones mercadotécnicas y los resultados que obtuvo fueron harto reveladores: supo que el mes de enero era, esencialmente, un mes de cobros, un mes donde las industrias, después de las fiestas consumistas de diciembre y comienzos de enero, tenían la enorme tarea de cobrar los valores de lo que habían vendido a crédito a los almacenistas y detallistas. Beto averiguó que, por eso, el mes de enero y después en orden descendente, junio —que seguía a las fiestas de las madres— eran los espacios del calendario donde los bancos se recuperaban mejor de los retiros a que eran sometidos por parte de las industrias, comercios y otros clientes, almacenando grandes sumas de dinero. Beto supo que enero, en el sistema capitalista que se afianzaba en la República Dominicana, venía a ser como un descanso, como una vuelta a la cordura y, por eso, el día 30 compendiaba una alta concentración de dinero líquido en las bóvedas bancarias.

Y Beto estaba allí, en el banco, vistiendo pantalón de casimir, guayabera cubana de hilo y zapatos súper brillosos, haciendo un nuevo depósito y riendo a-todo-diente con Marianela, la hermosa cajera rubia, e imaginándose a *míster* McCollough, el gerente general del banco gringo, confesándole a sus jefes de *Wall Street*:

—*Los dominicanos siempre se impresionan ante una rubia, aunque ésta sea postiza* —alusión que validaba igualmente el argumento bancario de que la ventanilla es la vitrina de toda institución financiera.

—¡Buenos días, Marianela! —saludó Beto ese 30 de enero a la cajera.

—¡Hola, Beto!, ¿cómo estás? —respondió Marianela.

Y entonces Beto, pasándole el formulario del depósito junto a mil quinientos pesos (siempre en billetes pequeños), observó los movimientos que efectuaban los clientes y empleados, así como los de los guardianes, ocupados en abrir y cerrar la puerta de entrada a todos los que ingresaban y salían del banco.

—¿Qué harás esta tarde? —preguntó Beto a la cajera.

—¡Hasta ahora no tengo nada planificado ¿Por qué no pasas por mí a las cinco?

—¡Seguro! —le respondió Beto.

Pero Beto no pasó por Marianela, la cajera rubia, ni esa tarde ni al otro día, porque cuando salió a la calle, hizo la señal acordada a *La Moa* y sus compañeros, los cuales la esperaban desde un vehículo *todoterreno* estacionado en una de las esquinas vecinas. Y ahí mismo se armó la de Troya: *La Moa* y sus acompañantes entraron al banco y desarmaron a los guardias, primero, para luego limpiar las cajas y las bóvedas de todo vestigio de dinero (más de dos millones de pesos). Y como el destino, a veces, sólo a veces, juega bromas muy pesadas, uno de los empleados del banco que más se afectó con el asalto fue Marianela, que sufrió un ataque de nervios y tuvo que ser hospitalizada por más de una semana. Cuando se recuperó del ataque, sus padres la enviaron a los Estados Unidos de vacaciones y allí conoció a un joven doctor dominicano, el cual hacía un postgrado en el hospital Jackson Memorial, de la Florida, con el cual se casó. Beto, al enterarse de la crisis nerviosa de Marianela, fue al centro médico, pero allí le dijeron que las visitas a la paciente estaban prohibidas. Los periódicos hablaron durante semanas del asalto al banco extranjero, pero luego fueron enviando a páginas cada vez más escondidas las informaciones, hasta que, transcurridas algunas semanas, se olvidaron del asunto. La policía acusó a miembros del *Movimiento Popular Dominicano* (*MPD*) del robo y éstos, a su vez, acusaron a las fuerzas paramilitares de la planificación y ejecución del mismo. Sin embargo, pasado cierto tiempo, cesaron en sus acusaciones y contra acusaciones, dando a entender que no les interesaba el asunto. Beto, por otra parte, se enteró —de fuentes confiables— que una compañía de seguros pagó al banco hasta el último centavo robado y que los inspectores al servicio de la aseguradora habían reportado que el asalto fue planificado y operado por exiliados cubanos, los cuales abandonaron el país a los pocos días de haberse efectuado el robo. La hipótesis de la aseguradora se apoyaba, después de todo, en la perfección de la planificación y ejecución del asalto, algo que no estaba a la altura de los ladrones dominicanos, ya fueran estos rebeldes comunistas, paramilitares o simples *gánsteres*. Confirmaba el reporte de la aseguradora que sólo los cubanos del exilio podían ser capaces de llevar a cabo un robo de tal magnitud. El banco extranjero, por su parte, había informado a la policía, a la prensa y, ¡claro está!, a la compañía de seguros, que el dinero robado ascendía a la respetable suma de cinco millones y medio de pesos, noticia que al ser leída por Beto y *La Moa*, les provocó ira.

—¿Lo ves, pequeñoburgués? —le lanzó *La Moa* a Beto con acritud—. El capitalismo siempre se sale con la suya. El maldito banco gringo duplicó el monto del asalto para sacar una buena tajada al seguro, quien, a su vez, cobrará buenas comisiones a la reaseguradora.

—Ese es el efecto Rico McPato, *Moa* —le devolvió Beto.

Del monto del asalto a Beto le tocaron unos mil quinientos pesos, más la ropa que le había facilitado *La Moa*, a quien el partido entregó dos mil pesos, y unos mil a cada uno de los demás participantes en el robo. Cuando Beto protestó por la suma recibida, Juan B le razonó que cada cena, junto a los polvos echados a la cajera rubia, costó alrededor de doscientos setenta y cinco pesos al partido, y que sumados a la ropa que le obsequiaron y el dinero que le adelantaron para que se fuera defendiendo antes del asalto, sumaban más de cinco mil pesos. El resto del dinero *liberado* fue entregado al partido y un gran filón de éste al húngaro Varga, quien se había encargado de comprar y negociar las armas utilizadas en el asalto. Con una parte del dinero entregado por el partido, Beto llevó a cenar a Elena y a los muchachos al restaurante *Vesuvio*, el lugar preferido por la alta burguesía dominicana y el cual no visitaba desde finales de los años cincuenta. Mientras cenaba con Elena y los muchachos, Beto descubrió en uno de los rincones del *Vesuvio* a

Monegal, quien ocupaba una mesa en compañía de dos hombres. Beto hubiese preferido que Monegal no se percatara de su presencia, pero cuando éste lo vio le sonrió y, poniéndose de pie, caminó hasta él con marcada alegría.

—¡Beto! ¡Qué sorpresa! —Expresó Monegal—. ¡Tú y los tuyos por aquí!

—¿Cómo estás, Monegal? —saludó Beto.

—¡Bien, Beto! ¡Pero qué sorpresa! —Insistió Monegal y saludó luego a Elena y los muchachos— ¿Cómo estás Elena... y ustedes, muchachos?

Beto miró con detenimiento a Monegal y sintió en su nariz la fuerte fragancia de la colonia francesa con la que éste se frotaba al salir del baño y dedujo que su amigo publicitario estaría inundando al caminar, como siempre, varios metros cuadrados con *Imperial* de *Guerlain*, la colonia que usaba desde que se enteró que era la favorita de Trujillo. Observó, también, el traje de lana de cachemira que llevaba bien ajustado al cuerpo y medido —por lo menos— cinco veces en la sastrería de Conrado Frías, el cual le permitía mostrar su cuerpo de atleta.

—Me alegro de que estén todos aquí, en el *Vesuvio*. De verdad me alegro —dijo Monegal, disimulando el frío recibimiento de Beto. Ni Beto ni Elena ni los muchachos dieron importancia a las palabras de Monegal, pero éste insistió—: ¿Me excusan, por favor? —preguntó a Elena y los muchachos y entonces llevó a Beto hasta un rincón del restaurante, lugar donde observó detenidamente la ropa nueva que éste llevaba—. ¡Oye, Beto, qué cambiado estás! ¿Qué, conseguiste trabajo?

—Estoy en algo más o menos así —respondió Beto—, pero no podría decirse en lo que estoy trabajando.

—¡Ah, Beto, entonces lo estás pensando! ¡Qué bueno! Pero, ¿por qué no conversamos cuando terminemos de cenar? ¿Ves aquellos tipos que me acompañan? Pues son dos buenos clientes que desean asociarse conmigo. ¿Te gusta la idea?

—¿Cuál idea? —preguntó sorprendido Beto.

—La de reunirnos cuando ambos terminemos de cenar. Tú, Elena y los muchachos podríamos quedarnos aquí a tomar algo de sobremesa, o irnos a mi casa a escuchar jazz. ¿Qué te parece? ¿Todavía te gusta el jazz, Beto?

Sintiéndose medio atrapado, Beto consideró, ya que conocía las persistencias ladillezcas de Monegal, que lo mejor sería comentarle que no, que no estaba trabajando en ninguna empresa capitalista (eso por un lado), o, tal vez, decirle que estaba cenando con los suyos el *Vesuvio* gracias a la liberación de los sudores de obreros dominicanos que tenía acumulados en sus bóvedas un banco gringo. Pero ante la insistencia de Monegal, Beto prefirió decir:

—Está bien, Monegal, nos veremos en tu casa después de la cena.

—¡Bravo! —dijo Monegal y, saludando a Elena, a Boris y Carmen Carolina, caminó hasta la mesa que ocupaba.

—¿Qué pasa, Beto? ¿Todavía insiste Monegal en que trabajes con él? —preguntó Elena.

—¡Aún sigue en eso! —dijo Beto, sentándose.

—¿Qué le contestaste?

—Nada. Le dije que después de cenar pasaríamos por su casa a discutir el asunto.

—¿Piensas aceptarle el trabajo?

—¿Qué crees tú?

—No sé, Beto. Esa debe ser una decisión tuya.

—Gracias, Elena.

Concluida la cena, Beto y su esposa llevaron a Boris y Carmen Carolina a la casa y tomaron luego uno de los *carritos* que bajan por la avenida *Duarte*, desmontándose en la avenida *Bolívar*, desde donde caminaron hasta la casa de Monegal, en el sector residencial de *Gascue*. Cuando divisaron el *chalet* de Monegal, escucharon un carro frenar a sus espaldas. Al volver las cabezas, Beto y Elena observaron a Monegal detrás del volante de su carro.

—¡Eh, suban al carro! —les gritó Monegal.

—Pero ya casi llegamos... —le dijo Beto, contemplando el lujoso carro de Monegal.

—¡Vamos, hombre, insistió Monegal! ¡Móntense! ¿Han montado alguna vez un coche como este? ¡Obsérvenlo bien!

—¡No, Monegal, nunca hemos montado en un carro como ese! —dijo con sarcasmo Beto.

—¡Es un *Mercedes 280 SLC* del año, Beto! ¡Todo un *Baby Mercedes*! ¡Vengan, súbanse para darles un paseo!

—Nada perderemos con dar una vuelta con Monegal, Beto —dijo Elena.

Beto, miró a los ojos a su esposa y comprendió que Elena deseaba subir al *Mercedes*.

—¿De verdad quieres dar esa vuelta? —le preguntó.

—Nada perderíamos con eso, Beto.

Al contemplar que se dirigían hacia el carro, Monegal les abrió la puerta y Beto permitió que Elena ocupara el asiento posterior y él se acomodó en el delantero.

—¿Han visto cuánta belleza? —preguntó Monegal—. ¡Esto es tecnología alemana, Beto! ¡Esos arios saben fabricar máquinas, amigo mío! Los italianos saben de belleza, de diseño, de estética, Beto, pero los alemanes saben de máquinas, de engranajes, de embragues, de toda esa mierdería tecnológica. ¡Lástima que a Hitler se le haya ido la mano!... ¿Verdad Elena?

—¡Prefiero callar, Monegal! —respondió Elena, observando los detalles interiores del vehículo.

—Sí, Monegal, Elena y yo preferimos callar —afirmó Beto y, como Elena, echó una rápida mirada al interior del carro, sintiendo el fuerte olor a piel curtida que se desprendía de los asientos. Beto volvió luego la cabeza hacia atrás y contempló allí a Elena con sus grandes ojos adormilados y hundida, reducida en el estrecho asiento posterior del carro. Beto pensó que, tal vez, los ojos de Elena, acostumbrados a las recogidas tempranas, a irse a restregar contra las almohadas cuando la noche aún era joven, sentían el cansancio producido por la largura de aquel día o, posiblemente, por los efectos de una cena salpicada por el vino o, ¿quién sabe?, si por la suavidad de la piel de aquel asiento alemán. Elena, al sentirse contemplada por Beto, lo miró lánguida, descansadamente, y adivinó que, más allá de la mirada de su esposo, se escondía una tristeza infinita. Beto percibió en los ojos de Elena el perdón, la indulgencia que otorgan, que dan a sus hombres las mujeres que aman por sobre todas las cosas. Sí, vio en los ojos de Elena dos líneas, dos frases que salían a flote por sobre la fragancia del perfume francés de

Monegal y por sobre el aroma a piel de los asientos. En una de esas líneas podía leer: ¡A la mierda con todos los *Mercedes Benz* del mundo! Y, en la otra: ¡Te amo, Beto! Entonces, Beto sonrió a su esposa mientras la voz de Monegal seguía describiendo las bondades de su coche:

—¡Esto es lo último de la tecnología automotriz, Beto y Elena! Pero como es un *gran turismo*, tiene el defecto de la estrechez en ese bendito asiento trasero, donde estás sentada, Elena. Pero lo bueno de todo, es que este *Mercedes* no es *versión europea*, sino *americana*. ¿Saben ustedes lo que es una *versión americana*? ¡Pues es algo extraordinario! La *versión americana* tiene un montón de opciones que no tiene la *versión europea*. Ustedes deben saber que los americanos tienen estándares específicos para cada producto que sale al mercado y los industriales que exportan hacia *yanquilandia* tienen que fabricarlos con dichos estándares, por lo que, y en el caso específico de los automóviles, éstos deben ajustarse a esas normas de calidad. A nosotros, los latinoamericanos, que carecemos de estándares, sólo nos envían las versiones comemierdas, Beto. ¡Fíjate en este radio *Blaupuntk*, Beto... fíjate en estos asientos de piel... fíjate en este guía revestido de cuero! Este carro es lo último en ingeniería automotriz, Beto. ¿Y sabes cuánto me costó esta belleza? ¡Catorce mil, Beto! ¡Catorce mil *molongos*! Pero, oye Beto, una parte de la compra la conseguí en un intercambio con el distribuidor local, al que vendí una campaña y donde el valor principal estuvo en la labor creativa. A ese tipo de negocio los yanquis le llaman *trade-account*, que podría traducirse como *intercambio de mercancía por acuerdo de negocio*, una figura en donde no entra el dinero líquido.

Beto dejó a Monegal desahogarse, permitiéndole, sin interrupción, que hablara todas las mierderías que deseaba sobre su nuevo auto. Beto sabía que Monegal lo hacía con el propósito determinado de impresionarlos. Y mientras simulaba escucharlo, pensó en la clase de material con que estaba fabricado Monegal, especulando que ese material estaba conformado por lo peor de las especies llegadas a la isla: por residuos templarios, por judíos en estampida, por condenados a muerte, por enfermos congénitos y terminales, por reos depravados y por africanos asustados. Sin embargo, yéndose más al fondo en su ejercicio de simulación, apartó sus pensamientos del posible material congénito o hereditario que estructuraba a Monegal, y manoseó la gentil idea de que, lo más conveniente para detener el constante flujo de verborrea de éste acerca de las virtudes del *Mercedes*, sería el bajarse los pantalones allí mismo, dentro del maldito auto, y cagarle los más grandes *mojones* sobre los asientos de piel y, luego, mear por todo el interior del coche. Pero la voz de Monegal lo hizo desistir de tal idea:

—¡Cuidado al abrir la puerta, Beto! —le pidió Monegal, mientras detenía el auto en el aparcamiento del *chalet*—, la pared de la marquesina está muy cercana y se puede golpear.

Beto abrió la puerta con sumo cuidado e inclinó el asiento delantero para ayudar a Elena a bajar del coche, mientras Monegal les señalaba el camino de la casa.

—Ahora les abro —dijo Monegal, apeándose del coche y dirigiéndose hacia la puerta de entrada, la cual abrió—. ¡Siéntanse como en casa! —Expresó sonriente y cuando todos se encontraban en el interior del *chalet*, se dirigió hacia un minibar, de donde sacó vasos y una botella de *whisky*—. Vamos a brindar por el milagro de que ustedes hayan vuelto a mi casa —dijo Monegal, sirviendo *whisky* en los vasos—. ¡Salud! —dijo sonriente y elevando su vaso—. ¡Brindemos por una sólida unión entre nosotros! ¿Qué te parece eso, Elena? ¡Beto y yo unidos en una agencia publicitaria!

—No, Monegal, aún no brindemos por eso —le cortó Beto—. Sí brindemos por todo: ¡por tus éxitos, por tu *Mercedes*... por todo lo que te rodea!... Pero, por el momento, no brindemos por una unión tuya y mía —Beto levantó su vaso y observó a Elena elevando el suyo.

—¡Brindemos! —afirmó Elena.

Monegal comprendió que, por el momento, no debía hablar de su propuesta de trabajo a Beto, se dirigió a uno de los rincones de la sala, donde colocó algunos discos y colocó uno de ellos en el *pick-up*. De repente, el sonido de un saxo llenó el ambiente.

—¡Ese es uno de los grandes, Beto! —dijo Monegal, señalando el tocadiscos—. ¿Recuerdas ese sonido?

—Sí, lo recuerdo —dijo Beto.

—Es el viejo Charlie, Beto... nada más y nada menos que Charlie (*Yardbird*) Parker. ¿Recuerdas cuando lo descubrimos en la tienda *RCA* de la calle *El Conde*? ¿Recuerdas *Now's the time, Koko, Confirmation, Donna Lee*?... ¿Recuerdas la fabulosa *Ornithology*, Beto? ¡Con *Ornithology* casi te venías en los pantalones, amigo! ¡Ah, Beto, aún éramos dos *carajitos* en busca de emociones y *La Guarachita* todavía no atronaba el ambiente con el *rock*! ¿Recuerdas, Beto?

Beto cerró sus ojos y se remontó al día en que, junto a Monegal, descubrió los sonidos maravillosos del saxofón de Charlie Parker. Pero el sonido, la melodía que ahora recordaba no era *Ornithology*, ni *Koko*... ¡Era *Laura*... sí, era *Laura*, la melodía que recordaba y que, cuando la escuchó por vez primera, rebosó sus oídos de sonidos misteriosos, tenues, vibrantes, traspasando las paredes del estrecho *showroom* de la tienda *RCA*! Pero Beto abrió los ojos y ahí, junto a la sonrisa fanfarrona con la que Monegal resumía sus éxitos, se encontraba la mirada asustada de Elena, quien lo observaba a él meditabundo, sensibilizado por un instante ante los recuerdos provocados por la música de Parker.

—Sí, Monegal, recuerdo a *Yardbird* Parker — respondió Beto.

—¡Cómo gozabas con sus *tempos* rápidos y, sobre todo, cuando acompañaba, junto a la trompeta de Dizzy Gillespie, la voz quebrada de Billie Holiday! —Al decir esto, Monegal caminó hasta Beto y se sentó a su lado—. Beto, si entras al mundo publicitario, podrás tener la mejor colección de Charlie. ¿Sabes cuánto facturé en estos tres primeros meses del año? ¡Pues nada más y nada menos que doscientos cincuenta mil *duartes*! Y eso no es un *rulo*, Beto... ¡ni siquiera una cáscara de plátano! Eso significa una comisión de treinta y siete mil quinientos pesos, con la producción aparte, ¡claro está!, la cual viene a representar algo así como unos veinticinco mil *tululuses* adicionales. ¡La publicidad es un *negociazo*, enllave, un verdadero atraco, y si entras a ella nos dispararemos hacia arriba a todo vapor! ¡No habrá *Llibre* ni *Badillo-Bergés* ni *Excelsior* que pueda alcanzarnos, Beto! ¡Este es un negocio donde lo único importante es el talento! ¡La publicidad es de quien tenga mejores ideas, Beto, de quien más empuje hacia lo original! ¿Y sabes, Beto?, ¡la maldita publicidad se reduce a una simple frasecita pegajosa!

Beto pensó en todo lo que Monegal había expresado aquella noche final de año, cuando entró a su hogar a tentarlo y estacionó cada palabra, cada gesto, cada mirada fingida de sus ojos, situándolos al lado de lo que ahora le expresaba y, entonces, razonó que aunque las perspectivas habían variado sustancialmente, aquella vez Monegal se había mostrado más entusiasmado, más abierto a la gran oferta. Pero Beto no le dio mucha importancia a la analogía, porque, ¿para qué hacerlo? ¿Acaso no estaba *liberando* de los bancos el dinero de los obreros, el cual Monegal y sus clientes acumulaban para despilfarrarlo en perfumes, telas de *Cachemira*, coches *Mercedes Benz*, enormes *chalets* y *whisky* añejado?

Monegal apuraba vaso tras vaso y los discos caían uno tras otro sobre el *pick-up* y del *bebop* pasaron a la *bossa nova* y de ésta de nuevo al *jazz*.

—Beto, todo lo que me dijiste en tu casa el día de nochevieja me dolió mucho —masculló Monegal, visiblemente borracho—. Pero, ¿sabes?, este sistema económico nuestro funciona de acuerdo a como quieran los gringos. Porque, oye Beto, los rusos y los cubanos pertenecen a otra esfera y Fidel está bien jodido con sus sueños socialistas. ¿Sabes a cuántos kilómetros está Cuba de la Unión Soviética? ¡A miles, Beto... a miles! Y tarde o temprano eso contará para los fines de *banca y pool*.

Beto desvió su mirada hacia Elena y contempló sus ojos llenos de sueño y pensó que como podían ser las dos o las tres de la mañana, lo mejor sería que se marcharan sin haber llegado a la conversación motivadora de la invitación de Monegal.

Sí, —caviló Beto—, lo mejor ha sido eso, que nada hubiesen hablado, que todo quedara tal y como estaba. Porque, ¿acaso el país no estaba marchando peor que nunca? El Triunvirato no había realizado nada favorable en el año y pico que llevaba detentando el poder y entre los militares, al parecer, existían resquemores. Caamaño y Morillo López habían pasado de la policía a la aviación y en el resto de las Fuerzas Armadas crecía un malestar cada vez más visible. De ahí —no cabía duda— que los miles de kilómetros de distancia ideológica existentes entre la República Dominicana y Cuba, referidos por Monegal, podían, de seguir aumentando las contradicciones de clase que salían a flote en los planteles militares, acortarse y encontrarse frente a frente.

Con esta reflexión bailoteándole en la cabeza, Beto se puso de pie, ayudó a Elena a levantarse y se dirigió con ella a la puerta de salida.

—¡Eh!, ¿por qué se retiran? —preguntó Monegal con la voz gangosa—. ¡Pueden quedarse a dormir aquí!

—¡Es muy tarde, Monegal! —respondió Beto.

—Entonces, ¿qué dices a mi propuesta, Beto? ¡Te doy un treinta por ciento de las acciones de la agencia y un sueldo de mil pesos mensuales! ¿Oíste, Beto? ¡Mil pesos mensuales, un sueldo que nadie gana en este país de mierda! ¡Saltarás de la pobreza a la riqueza, Beto... del anonimato revolucionario a la fama... de la exclusión partidaria a que estás sometido a convertirte en el niño bonito del sistema! ¿Qué me dices, Beto?

Desde la puerta, Beto sonrió a Monegal y, sin despedirse, salió junto a su esposa a la calle, escuchando aún la voz de Monegal gritando a sus espaldas:

—¡Esta es tu salvación, Beto de mierda, porque nadie te hará jamás una oferta igual, maldito comunista!

Con su esposa recostada sobre uno de sus hombros, Beto enfiló sus pasos hacia la avenida *Independencia* y allí tomaron un *carro* del *concho*. Tras un recorrido de varios kilómetros a través de la ciudad dormida, dejaron el vehículo en la parte alta de la avenida *Duarte*, desde donde caminaron hasta la casa.

Durante una parte del trayecto, Beto pensó en el asalto al banco, en el cambio que se estaba efectuándose en su interior y en la proposición de Monegal, poniendo todo en una balanza: el asalto al banco y la lucha armada, por un lado, y la posibilidad de trabajar para el sistema, desde la plataforma de la publicidad, por el otro. Tras largas cavilaciones, llegó a diversas conclusiones, pero evidenciando que aunque ambos trabajos diferían en sus modos de operar, en el fondo eran variaciones de la misma cosa, de la misma trampa... ¡de la misma mierda!

ABRIL SORPRENDIÓ A Beto —como los últimos abriles— sin un chele. Para levantar algunos pesos, Beto tenía que utilizar sobrenombres en los artículos que escribía para la prensa o disfrazar su voz para que pudiese ser utilizada en determinados anuncios radiales. A Pedro *La Moa* hacía rato que no lo veía y se le antojaba que estaría en Cuba o preparando algo espectacular, ya que, transcurrido cierto tiempo desde el asalto al banco, *La Moa* se le había acercado para confiarle un segundo trabajo relacionado con el húngaro Varga.

—El húngaro Varga está insufrible, Beto —le dijo.

—¿Qué pasa con el húngaro?

—Exige más dinero cada día y, total... ¡para nada!, ya que sólo nos ha entregado dos docenas de fusiles automáticos y cinco pistolas *Browning* de 9 milímetros. Y lo sabes, Beto, con eso no se hace ni una revolución de *chuflái*.

—¿Y qué deseas conmigo, *Moa*?

—Como conoces a Stefan Dietrich y éste a Varga, deseamos que hables con él. De las rebajas que consigas en las compras de armas el partido te dará un diez por ciento... ¿Qué te parece? Hay que prepararse para lo que viene en este abril, Beto.

Pero lo que importaba a Beto en abril no era ni el trabajo, ni su mujer, ni sus hijos, ya que, precisamente en esos días, había hablado con su esposa y los muchachos para enviarlos por unos días a la casa de unos amigos en *Villa González*, un poblado próximo a *Santiago de los Caballeros*, en el *Cibao*, especulando que en aquella casa no pasarían hambre. Pero su mujer no aceptó la idea y prefirió pasar las de Caín junto a él y los muchachos. Como el plan para contactar al húngaro Varga a través de Stefan Dietrich se había esfumado, el único dinero conseguido por Beto en dos o tres meses fue el pago que le hizo una compañera de partido por ayudarla a elaborar la tesis de grado para optar por su licenciatura en sociología, consistente en un ensayo sobre las migraciones campesinas a Santo Domingo, luego de la muerte de Trujillo. Beto, auxiliado por la compañera, se trasladó a las zonas rurales del país, las cuales —por las advertencias de la policía cuando fue puesto en libertad— tenía prohibido visitar. En esas zonas y en los suburbios capitaleños, Beto y la compañera encuestaron a docenas de campesinos y campesinas y en una de las entrevistas estuvo a punto de ser apresado por una patrulla policial que lo confundió con *él mismo*.

—¿No es usted Beto el comunista? —le preguntó uno de los policías.

—¿Yo Beto?, ¡ni de juego! —afirmó Beto, con cara de disgusto, a la patrulla.

La confusión provocada en la patrulla por la aparente irritación de Beto le dio a este tiempo suficiente para escapar junto a la compañera.

—No sabía que eras tan famoso, Beto —le dijo la compañera, mientras corría a su lado.

En la tesis sobre las migraciones campesinas Beto disfrutó mucho y pudo, a través de las encuestas, llegar a la conclusión de que la migración hacia las urbes de los agricultores no se debía a las búsquedas de lujos ni riquezas, sino tras nuevos horizontes culturales. La conexión con esa búsqueda la estableció Beto en los radiorreceptores portátiles de transistores y sus constantes programaciones apoyadas en noticias y música extranjera. Una de las afirmaciones más escuchadas por Beto a lo largo de la encuesta, fue la siguiente:

—¿Qué poi qué vine a la capitái? ¡Sencillo... ¡aquí ta Dio! —la cual respondía la pregunta número treinta del formulario: *¿Qué lo impulsó a dejar el campo?*

Esa respuesta hizo posible la confección de otras tres preguntas: 1) *¿Qué ventajas le ofrece la capital? 2) ¿Cree usted que en el campo no hay futuro?, y 3) ¿Cuándo piensa regresar al campo?*

Las respuestas a estas preguntas condujeron la encuesta hacia un punto de extraordinario valor, según el criterio externado por Beto a la compañera:

—Definitivamente el campesino dominicano huye de la zona rural por la *cultura* del ocio.

—¿Cultura del ocio? ¡Es verdad que estás loco, Beto! —respondió la compañera al conocer la teoría de Beto, quien (para reafirmarla) le amplió su argumentación basándose en los itinerarios seguidos por los emigrados:

—Hay un punto trascendente, crucial, en la mente del emigrado —dijo Beto—, y es de donde surge la disyuntiva de quedarse en el campo o marcharse a la ciudad y, en ese cruce de caminos, aflora la noción de que, quedándose, muere todo vestigio de progreso, el cual se conecta a un esquema específico de desarrollo percibido por el habitante rural a través del bombardeo constante de la radiodifusión.

—¿Quieres decirme que la programación radial es la que fomenta entre los agricultores la idea de emigrar a las ciudades?

—¡Exacto! Ese constante machacar con música, radionovelas y noticias sobre mundos desconocidos, presentados casi siempre como lujosas vitrinas de sueños, provocan en el campesinado joven ideales, utopías, quimeras, que sometidos a la más simple analogía, reducen el hábitat rural a una especie de basurero o cárcel. Es más, la ascendente contracultura de la *bachata* y la deformación a la que está sometido el merengue, constituyen pruebas irrefutables de los sueños truncos del campesino emigrado y que, al estructurar su nuevo hábitat desde el *ghetto* citadino, o el *quintopatio*, o la *parte atrás* del barrio, debe conformarse con la cruel realidad de la urbe.

—¡Pero el campesinado podría volver al campo, Beto!

—Hay un tipo de orgullo entre los campesinos que le impide ese retorno desde el fracaso. Desde la favela no hay regreso y eso lo podemos gritar alto los que hemos sido testigos del crecimiento y arrabalización de esta golpeada urbe.

—¡Oh...!

—Sí, esta ciudad vio la arrabalización desde la monstruosidad de la llamada Feria de la Paz y Confraternidad del Mundo Libre, la cual, produjo innumerables pagos quincenales a miles de obreros que tuvieron que engancharse apresuradamente a ese oficio (y entre los que había numerosos campesinos). Este fenómeno multiplicó y trastocó a barriadas como *Guachupita* y *Gualey*, creando villas de miseria que el progreso edifica para rememorar la muerte. Sí, amiga, para el campesinado emigrado a la urbe no hay otro retorno que aquel aprisionado por la memoria. Desde la villa andrajosa, desde el arrabal incierto, el agricultor enganchado a quincallero o a aprendiz de albañil, sólo cobija otra migración en su mente: la que marcha hacia la cárcel o hacia el afanoso triunfo del despojo.

—¿Qué dices, Beto?

—Todo es como una réplica de los indianos, de los viejos colonos: o se cazan los millones o se deja la vida en el intento. El campesino, mujer u hombre, sólo tiene esas alternativas en su ego: la mujer, para no retornar con las manos vacías, abre las piernas... el hombre abre el pecho.

—¿No crees que llegas a extremos, Beto?

—El extremo, el punto antes del caos, es el propio éxodo desde la parcela y tan pronto se da el primer paso para abandonarla, la suerte está echada.

—¡Podría ser, Beto, podría ser! ¿Crees que esa debería ser la apoyatura de mi tesis?

—Pero hay más.

—¿Más?

—Sí, la tesis podría girar en torno a este punto, pero deberás extender el concepto al ámbito de la solución.

—¿Una solución?

—Sí. Es preciso que señales una posible solución a ese maldito problema migratorio.

—¿Y cuál podría ser esa solución?

—La ampliación del ocio. En las encuestas que realizamos en la zona rural… ¡lo comprobamos! Actualmente el ocio en el campo se llena sólo con los billares y galleras, con las rifas de aguante, con las infidelidades, con muy contados bailes de atabal y, ahora, con una radiodifusión multiplicadora de la *bachata* y de noticias mal digeridas. Ampliando la cobertura del ocio hacia otras actividades se ensancharía el divertimiento y los deseos de permanecer en el conuco.

—Estoy de acuerdo… Pero, ¿cuáles divertimientos serían esos?

—Teatro rodante, cine educativo, música seleccionada, charlas específicas sobre temas agrarios, lecturas especializadas con historia, ciencia y amenidades, canchas deportivas, torneos, paseos ecológicos…

—¿No pides demasiado, Beto?

—No, no pido demasiado. Recuerda que la propia palabra *campesino* ha sido usada, históricamente, para denigrar, para menospreciar al hombre que cultiva la tierra y a todo aquel que no posee los conocimientos exigidos por los estándares urbanos. En fin, la palabra *campesino* ha sido usada para achicar a la persona que no sigue la moda. ¿Acaso no es señalado como *campesino*, desfasado o atrasado, aquel que no posee un carro de último modelo o que no se viste de acuerdo con los dictámenes de los modistas? De ahí, entonces, que no debe de extrañar a nadie que el emigrar del campo a la ciudad se haya convertido en otra moda, en otro estilo de vida entre los habitantes rurales, los cuales sólo buscan, afanosamente, integrarse a un mundo que ya McLuhan, hace muy poco, definió muy claramente...

—¿Qué dijo el tal McLuhan, Beto, porque ese asunto del *campesinado denigrado* viene arrastrándose y creciendo desde los sumerios?

—Algo muy simple dijo McLuhan, amiga: el hombre camina tras el ras, tras la nivelación de los esquemas a través de una aldeanización total de la *bolita del mundo* y apoyándose en la electrónica, en esa nueva piel del ambiente. Por eso es que la electrónica deberemos llevarla al campo y extenderla más allá del radiorreceptor...

—¿De verdad así lo crees, Beto?

—¡Claro que sí! El éxodo a la ciudad es tan sólo el primero de los saltos... luego vendrán los otros...

—¿Otros?

—Sí, la ciudad en tanto albergue ancho, espacioso, vital, será reducida y ambientada a las normas agrestes del campo...

—¿Y entonces...?

—La debacle... el aposentamiento final hacia la urbe mayor que gira en la mente de todos...

—¡Por Dios, Beto! ¿Cuál?

—¡Nueva York en el primero de los casos!...

—¿Y luego?

—...¡México o Madrid o Roma! Es por esto que urge el levantamiento en las zonas rurales de clubes culturales que lleven a sus habitantes lo que te enumeré: cine, teatro, lecturas especializadas, deportes, conferencias, recitales y otras actividades.

—Podría ser, Beto... ¡Sí...podría ser!

—¡Es, es! Guarda ese *podría* en un armario o remítelo a la esfera gubernamental, donde todo se diluye en la demagogia pura.

—Pero algún gobierno tendrá que realizar eso...

—¡Bosch!... ¡Bosch lo intentó... pero eso ya es pasado y esta basura que ahora nos gobierna ni lo intentará ni lo hará jamás! De ahí, entonces, que tu tesis deberá estampar el concepto *utopía* para señalar los remedios a ese creciente y explosionado problema migratorio.

ERA ABRIL, SÍ, abril del 65, y Beto seguía igual de jodido a pesar de que ya había transcurrido un año y siete meses desde el derrocamiento de Bosch y dieciséis meses del asesinato de Manolo.

—¿Cuál es ese segundo trabajo? —Preguntó Beto a *La Moa*—. ¿Es tan fácil como el primero?

Pero *La Moa*, sonriendo, le respondió:

—No creas que este será fácil, Beto. ¿Has asaltado alguna vez un arsenal de armas?

—¿Un arsenal de armas, *Moa*? —preguntó Beto, tragando en seco—. ¿Acaso te refieres al arsenal de los servicios tecnológicos?

—No te apresures en saber, pequeñoburgués... ¡Ya verás! Pero lo importante, por ahora, es estar en guardia. Mantente con los ojos bien abiertos, porque por ahí se está friendo una tortilla y es preciso estar en guardia para poder comerla.

Beto, aunque sorprendido por la información, no le dio mucha importancia al asunto y no volvió a ver a *La Moa* durante varios días, por lo que pensó que estaría fuera del país. *La Moa* acostumbraba a desaparecer por imprecisos periodos, los cuales podían extenderse entre dos o tres días o semanas, y recordó cómo a mediados del 1963 se había esfumado del panorama, reapareciendo a finales de septiembre sumamente delgado y fibroso. Beto asociaba las desapariciones de *La Moa* a los cursos de guerrilla que se daban en Cuba y a los que numerosos compañeros del *Catorce* asistían a ellos con regularidad.

Después de escuchar a *La Moa*, Beto entendió que, para él, la ciudad había sido una guerrilla desde que fue puesto en libertad tras el golpe de estado. Exactamente catorce meses habían transcurrido entre febrero de 1964, cuando salió de la cárcel, y este abril del 65. Pero, por otra parte, Beto no creyó mucho en eso de la tortilla que se cocinaba, aunque sabía, por lo extraña que se estaba volviendo la situación del país, que algo se cocía. Beto, al observar a la gente en las esquinas, se detenía en los ojos, en las bocas, en las gesticulaciones nerviosas de las manos y podía deducir que por sobre la ciudad se cernía algo, amén de que ya había escuchado en las profundidades del *quintopatio* a alguien expresar muy quedo que venía un contragolpe. Pero al escuchar eso, recordó que desde que mataron a Trujillo, tanto en los cobijos políticos como en los rincones hogareños, las conversaciones habituales introducían las figuras del golpe y el contragolpe en roles asombrosamente protagónicos. Después de todo, la situación económica y con ella la social y la política, jamás habían sido tan propensas a la insinuación de un contragolpe de estado como ahora. Esa situación había elevado los precios de la comida, anexándose a la escasez de agua, a los apagones y a una espantosa sequía.

Al pensar en la sequía, Beto vio a Trujillo cabalgando en uno de sus animosos caballos a través de la *Hacienda Fundación*, en la vecina ciudad de San Cristóbal, durante una estación de sequía y escuchó la voz de Fellito Montás decirle que *el Jefe se ponía necio cuando la sequía aparecía.*

—El *Jefe* se pone insoportable con la sequía, Beto —le decía Fellito—. Pero nada, que cuando llegan las lluvias al *Jefe* se le puede pedir cualquier cosa... ¡menos una de sus mujeres! El *Jefe* y la lluvia son íntimos amigos, Beto. Sí, el que desee conseguir algo con él sólo debe esperar por las lluvias para pedírselo.

¿Sería Trujillo una síntesis dialéctica? —se preguntó Beto—. Trujillo resumía todos los vicios y virtudes de nuestro país: mujeriego, parrandero, amante de los caballos y gran bebedor. Se acostaba temprano y se levantaba con el alba. Era, además, buen amigo de los amigos y cruel enemigo de los enemigos. ¿Qué hubiese sido de Trujillo de haber nacido en un país más avanzado? Como Alemania, por ejemplo. ¿Hubiese sido igual que Hitler, o que Mussolini, de haber nacido en Italia? De vivir ahora, joven y en buena salud, Trujillo hubiese podido dar, en una situación social como la actual, un colosal golpe de estado. Y entonces la gente estaría caminando por ahí como si tal cosa; la gente estaría yendo y viniendo con sus penas a cuestas, con sus alegrías recortadas como el presupuesto doméstico: todo en rojo.

Aquel día de comienzos de abril, Beto le dio una bofetada a Elena por una razón no tan simple. Se había levantado bien temprano y, como siempre, fue hasta la ventana para contemplar la salida del sol, sentándose luego en una vieja mecedora. A veces se levantaba a las cinco, otras a las cuatro y media, dependiendo de la estación y de las horas de sueño, o si aquella noche había tenido sexo con Elena. Pero la noche anterior a la bofetada no había sostenido relaciones con su esposa y se levantó a las cuatro y treinta, permaneciendo de pie frente a la ventana hasta que asomaron los primeros rayos del sol. Otra de las cosas que Beto disfrutaba en la madrugada era el aroma del café que colaba Doña Fresa, la viejita que vivía en la cuartería vecina y del cual siempre le obsequiaba una humeante taza. Tan pronto tenía la taza entre sus manos, Beto gozaba a plenitud con el olor y el sabor de la infusión, sorbiéndolo lentamente y repasando los rincones secretos de su vida. Y fue precisamente en el instante en que sorbía el café de Doña Fresa cuando Beto escuchó la voz de Elena:

—¡Todos los días lo mismo, Beto! ¿Cuándo saldremos de esta miseria?

Pero Beto, con la taza de café en sus manos, continuó observando el nacimiento del sol y allí, aflorando junto a los rayos solares, vio a *La Moa* y a los demás compañeros del *Catorce*: a Juan B, con su pelo cano, con su nariz ancha en la parte baja, señalándole lo solo que estaba en la vida: *Bien te mereces esto, Beto, por haberte casado con una burguesa. Fíjate en mí: estoy casado con una luchadora como yo, que comprende cada paso, cada sacrificio. ¡Estás jodido, Beto!*

Sí, Beto supo, entre aquel tremendo resplandor del sol, que ese podría ser un día diferente a los demás y continuó sentado allí, meciéndose en la mecedora en un ir y venir constante, acompasado y con los ojos siempre puestos en las claridades primeras, sin desear escuchar a Elena gritándole cosas. ¡Por conocerla bien, por saber de lo que ella era capaz, Beto comprendía que sus gritos e insultos sólo obedecían a las penurias y que, por sobre todas las cosas, lo amaba! ¿Acaso no se había fugado con él, pariéndole dos hijos y sin mencionarle la palabra *matrimonio*? Beto vio, en el fulgor que se levantaba frente a sus ojos, a Elena diciéndole quedo, con esa voz que ella fabricaba para calmarlo: *¡No te preocupes por el matrimonio, Beto!*

¡Matrimonio de mierda! Sí, Elena sabía que él no creía en esas vainas, pero se casó con ella para apagar los resabios de los Peña. Sobre todo, de esa maldita que vivía murmurando la desgracia en que había caído su hija al fugarse con *ese perro comunista*. Beto escuchó la voz de su suegra emerger desde la luz anaranjada del sol: *¡Desgraciaste a mi hija, comunista de mierda! ¡Ella que tenía los mejores pretendientes de la capital!*

Beto, con los ojos aguados, a punto de llorar, apartó la mirada del sol naciente y contempló a Elena: sí, aún conservaba algo de su antigua belleza: ojos grandes, dulces, y con esa expresión que despertaba en quienes la miraban el deseo profundo de tomarla entre los brazos para apretarla contra el pecho y protegerla y amarla y dejarla cobijada allí para toda la vida. Beto sabía que era ese tipo de ternura lo que le ataba a Elena y sabía, también, que era por ella que permanecía en aquel oscuro *quintopatio* de la ciudad y también por ella que no había escapado hacia el único espacio que lo calmaba todo: hacia la muerte. Sí, Elena era el balde de agua que apagaba sus resquemores, sus resentimientos, sus ojerizas y conductas erradas, surgidas por la acumulación de los años duros. ¡Y nadie, absolutamente nadie, le hacía sentir lo que ella lograba a la hora del amor, donde su cuerpo elástico, serpentino, capaz de doblarse de mil maneras, sacaba el mejor partido de entre los movimientos cortos y largos! Beto recordó aquella primera vez que la penetró y evocó su reacción, cuando Elena, contemplando la sangre que fluía desde su himen rasgado, le dijo con la naturalidad de quien se rasguña un dedo: *Mi sangre será tuya para siempre, Beto.* Y allí estaban los ojos de Elena: con sus lágrimas secas, con la expresión de *qué-se-hará-al-fin*, diciéndole sin remedos acústicos *qué-podremos-remediar-a-pesar-de-todo.*

El sol de abril comenzaba a salir, a empujar todo hacia arriba, despejando las dudas acerca de la existencia, energizándolo todo, uniéndolo todo en la agonía del vivir. Y con aquella asombrosa claridad, los cantos de los gallos, los trinos de las aves y la agitación de aquel *quintopatio* perdido en las alturas de una ciudad que se nutría con lo peor del campo, comenzaron a multiplicarse. Beto oyó, entre los sonidos naturales de la naciente madrugada, la voz del carbonero; vio regresar a la mujer vendedora de leche; observó a la viejita del café lanzar al arroyo los orines meados en la noche. Beto supo, entonces, que Elena no pertenecía a ese ambiente y que su educación, fraguada en los mejores colegios (el *Santo Domingo*, de aquí, del país; el *Colegio Católico de Señoritas*, de Ginebra; las *Hermanas Carmelitas*, de Barcelona), era el mayor de los estorbos para su adaptación al entorno del *quintopatio*. Pero Beto sabía que si Elena había llegado hasta allí con él, soportando años y años de amarguras, era un signo inequívoco de que podía seguir hasta el final de los tiempos. Al menos, ya abril había comenzado y esa era una magnífica señal.

Pero la bofetada salió rápida, vigorosa, sin ser sometida a estudio. Salió como un rasante vuelo de pájaro, pero no de pájaro manso, sino de ave de rapiña tras su presa y se detuvo en la mejilla izquierda de Elena. Y aunque el golpe le dolió física y moralmente, Elena le puso la otra mejilla, como Cristo, como Jesús en una de sus mejores parábolas, como un mártir que lo ha soportado todo y al que ya no le importa seguir aguantando más; sí, tal como aquél cristiano primitivo que murió sonriendo con su cabeza metida hasta el cuello en las fauces del león. Y por esa bofetada, por esa terrible acción, Beto se enfureció consigo mismo y asió el pequeño radio de transistores y lo abatió contra la mesa del comedor, maldiciendo a todo el mundo, y pensó —por primera vez en su vida— en separarse de Elena. Después de todo, sabía que no había razón para la bofetada porque Elena sólo se había quejado de lo que se quejaba siempre: de la situación, de las penurias, y no sacó a relucir siquiera los pañitos sucios que hubiese podido sacar a flote. Pero la situación estaba dada, y se daba en pleno abril, en un mes donde brotan las flores, donde el cantar de las aves se vuelve concierto. Sí señor, la bofetada sonó en pleno abril, donde los amaneceres brillan con la intensidad del relámpago y las lluvias sorprenden a los viandantes sin los paraguas a mano. Y antes de que Beto se marchase, lo único que hizo Elena fue llorar, murmurar, musitar, mascullar con voz de sordina, de manera imperceptible, su inconformidad con la bofetada... pero nada más.

—¿Qué dices? —gritó Beto, desaforadamente, al pensar que los murmullos de Elena se convertían en regaños—. ¿Qué dices? —volvió, fuera de sí, a preguntarle, mientras los curiosos vecinos colmaron las ventanitas de sus piezas como buscando alguna noticia mañanera, alguna información que opacara las estridencias de los desgañitados noticieros matutinos, los cuales, por atacar solapadamente al *Triunvirato*, debían también escucharse entre líneas. Después de todo, los vecinos de Beto sospechaban algo de ese matrimonio intruso, nariz-parada, que ocupaba un espacio destinado a los que, como ellos, arribaron al *quintopatio*, a esa *parte atrás* de la ciudad, desde las profundidades de lo rural. Y esos vecinos, en algunas zonas de sus cerebros, sabían que esos *blanquitos* no pertenecían a la periferia cultural del *quintopatio*, aunque hubiese, de vez en cuando, que pasarles por la ventana azúcar, arroz, aceite, bacalao y arenque, además del cafecito mañanero.

—¡Habla alto, bien alto, Elena —insistió Beto—, para que todos te escuchen! ¿Oíste? ¡Grita, perifonéalo todo!

Pero como a Beto le había dolido más que a Elena el bofetón, caminó rápido hacia la ventana y la cerró de golpe.

—Ahora puedes insultarme —dijo a Elena.

—¡Pero si no te insulto, Beto! —expresó Elena, frotándose aún la mejilla golpeada.

Beto hubiese deseado llorar, porque cada vez que sus puños terminaban violentamente en el rostro de Elena, ésta le ofrecía la otra mejilla y roncaba para adentro, sin nunca mostrar la protesta dibujada en el semblante, su abandono ni su pena. Pero aquella mañanita de abril la escena culminó con Boris y Carmen Carolina llorando junto a su madre. Al contemplarlos a los tres abrazados, Beto optó por salir rápido hacia el patio, zambulléndose velozmente entre el naciente tumulto de la ciudad desperezada, lista ya para explorar los sinsabores del nuevo día. En plena calle y sin saber qué hacer, Beto abrió su boca y dejó escapar un fuerte grito:

—¿Qué pasa en este país de mierda? —y los transeúntes, pensando que estaba loco, pero con algo de razón, siguieron sus caminos como si tal cosa.

Capítulo XVI

¡Descubra un nuevo mundo!
Buceo con un nuevo sol —diálogo tardío

COMPLETA SALIDA DE sol frente al Baluarte.

Pérez se puso de pie y sacó la cabeza por la puerta situada frente a su mesa. Observó *El Conde* a todo lo largo y sospechó que allá, al final, cerca del nacimiento de la calle y próximo al río, con seguridad el sol lo estaría hiriendo todo: las maquinarias del diario *El Caribe*, las vitrinas, los letreros, a la gente madrugadora, a los soldados de la fortaleza *Ozama*; en fin, a todo lo vivo y lo muerto. Entonces Pérez comprendió que la noche había pasado y que sus ojos adormilados habían soportado otro día. Pero aún podía ir a su casa, saludar a los muchachos, besar a Elena y entregarle los dos pesos sobrantes. *Prepárame café* —le diría a Elena, y luego se quitaría los zapatos y la ropa y se metería en la cama.

Pero estaba en el *Paco's*, que se fue llenando de la otra gente, de esa que madruga para que Dios la ayude: vendedores de periódicos, cobradores, *chiriperos*, buhoneros. Pero Pérez tenía otra opción que la de ir a su casa y era la de volver a casa de Julia y decirle que él estaba listo para entregarse a ella y sacar buen provecho de su protección, de su sombra. Volvió a sentarse y pidió otro café, decidido a permanecer en el *Paco's* para ordenar sus pensamientos, analizando todo lo que podría esperar del día que comenzaba. Sacó de nuevo el formulario y leyó el encasillado 31: *¿A qué dirección quiere que se le envíe la visa y su pasaporte?* Sin desearlo (¿por qué tendría que desearlo?), Pérez echó a reír explosivamente y todos los parroquianos del *Paco's* le miraron extrañados. Entonces Pérez se llevó las manos a la boca, tratando de contener la risa,

206

pero no pudo: siguió riendo a carcajadas altas, elevadas, muy sonoras, y la mayoría de los presentes también rieron, sin saber el porqué.

—¡Es este maldito encasillado 31! —gritó Pérez.

—¡Ese es un formulario de los que dan en el consulado americano! —dijo una muchacha que, por el uniforme que vestía, parecía una empleada pública.

Al escuchar a la muchacha decir *consulado americano*, muchos de los parroquianos rodearon a Pérez.

—¿Qué dice el maldito encasillado 31? —preguntó uno de los presentes con aspecto de buhonero.

—Díganos, ¿por qué el número 31 del formulario es un *maldito encasillado*? —preguntó otro.

—Sí, explíquenos lo que le ha provocado tanta risa, por favor —exigió un muchacho con uniforme de estudiante.

Atrapado por las preguntas, Pérez gritó a todos:

—¡Escuchen lo que preguntan los gringos en el encasillado 31! —¿*A qué dirección quiere que se le envíe la visa y el pasaporte...?*

—¿Eso es todo? —preguntó el estudiante.

—¿De eso se está riendo usted? —preguntó indignado otro.

—¡No me joda, hombre! —expresó uno de los primeros en rodear a Pérez— ¡Usted tiene que estar loco!

—¡Miren de lo que se ríe este pendejo! —gritó la empleada pública a todos.

Sin embargo, lejos de sosegarse por las manifestaciones de protesta, Pérez elevó el tono de las carcajadas a registros mucho más altos y todos los que le rodeaban, al contemplarlo aumentar la risa, también rieron, incluyendo a los que se habían molestado con la risa de Pérez, así como a los que permanecieron indiferentes por el alboroto. Es más, los viandantes que pasaban frente a la cafetería y las personas que aguardaban por algún transporte en los alrededores, al escuchar las risas, se acercaron al *Paco's* y se sumaron a la batahola provocada por el histerismo de Pérez. Las carcajadas crecieron tanto, que cientos de personas que transitaban por los alrededores del lugar (parque *Independencia* y las calles *Palo Hincado*, *Pina*, *Las Mercedes*, *Arzobispo Nouel* y el *Cuerpo de Bomberos*), corrieron hacia la cafetería y se integraron, riendo, al grupo que ya no era un grupo, sino una multitud. Pronto, muy pronto, todo el final de la calle *El Conde*, incluyendo una enorme franja de los sectores *Lugo, Gascue* y *Ciudad Nueva,* se llenó de gente riendo; de gente riendo a todo dar y sin saber por qué diablos reía. Diez minutos después, la ciudad intramuros y los barrios circunvecinos (*San Carlos,* la avenida *Mella, San Miguel, Santa Bárbara, Villa Francisca* y *Borojol*) también reían.

—¡Coño, toda la capital se está volviendo loca! —decían muchos.

—¡Todos están riendo sin saber por qué! —expresaban otros, riendo.

—¡A lo mejor ya tumbaron al maldito *Triunvirato*! —gritaban los optimistas.

Riendo a todo dar, Pérez despertó, descubriendo que lo de la risa había sido un sueño y que lo único real era el montón de personas que le miraban y reían, señalándole algo que colgaba entre sus piernas: ¡horror! Tenía el falo fuera del pantalón, brotado de la bragueta en una erección diamantina, dura, pétrea, y recordó que ya eso le había ocurrido antes, sobre todo en las madrugadas, cuando su vejiga se le llenaba de orines y Elena, feliz como una lombriz, se lo asía fuertemente y lo besaba como si fuera un bebé. Avergonzado, Pérez se irguió de la silla rápidamente y corrió hacia el parque *Independencia*, dejando tras de sí las miradas y las risas de los curiosos. Allí, orinó detrás de un árbol y luego caminó hasta un banco de metal, donde se desplomó. Las risas y el sobresalto habían desaparecido cuando Pérez escuchó a sus espaldas una voz conocida:

—¡Papá! —dijo la voz y Pérez se volvió hacia ella, descubriendo frente a sí a su hijo Boris.

—¡Boris! —expresó Pérez, observando profundamente a su hijo y percibiendo en su rostro las huellas del cansancio—. ¿Qué haces aquí, a esta hora?

—Mamá te esperó toda la noche, papá. ¡Todos estábamos preocupados por ti y decidí salir a buscarte —dijo Boris, sentándose en el banco.

—No debiste hacer eso, Boris.

—Mamá dice que la situación política está muy difícil... ¡está muy asustada, papá! Además, te necesitamos en la casa. Tu presencia hace falta.

—Elena no debe hacer caso a todo lo que dicen, Boris.

—Mamá pensó que ayer irías al consulado americano por el asunto de la visa ... pero no regresaste... ni llamaste por teléfono.

Pérez observó profundamente los ojos de Boris y sintió deseos de abrazarlo y —¿por qué no?— de llorar frente a él. Pero, ¿para qué llorar? Sacó el dinero que le quedaba y lo entregó a su hijo.

—Toma, Boris, llévale esto a tu madre —le dijo—. Es lo único que tengo.

—¿Para qué me das este dinero? —preguntó Boris, observando los billetes en sus manos.

—Es dinero, Boris.

—¿Llamas a dos pesos dinero? ¡Esto no es nada, papá!

—¡No digas eso, mi hijo! —le expresó Pérez y cerró con una de sus manos el puño de Boris que asía los billetes, sintiendo en ese instante que la tierra se abría bajo sus pies y, observando los árboles del parque, la visión se le nubló y comprendió que los caminos se le bloqueaban, que el futuro de Elena y sus hijos se estaba convirtiendo en una pura mierda. Miró a su hijo y lo contempló con dulzura, descubriendo el enorme parecido que tenía con su madre: *Tiene sus mismos ojos tristes*, pensó, *su misma cara larga, afilada, noble*, y le inundaron de nuevo los deseos profundos de echarse a llorar—. Aquí veníamos tu madre y yo hace años... ¡muchos años, Boris! —pronunció muy quedo—. Nos sentábamos en este mismo banco a contemplar los árboles. Pero antes había quietud y, antes, mucho antes, cuando los coches tirados por caballos se paraban allá, mira, por entre las calles *Pina* y *Palo Hincado*, había que venir hasta aquí a buscarlos. Tía *Quiquí*, los domingos, me ordenaba bien temprano, con su voz de tiple: *¡Eh, Beto, llámame al Negro Toño!* Y venía a este parque y le llamaba al *Negro Toño*. ¡Ah, qué gustazo, Boris, ir montado en un coche tirado por un noble caballo! ¿Sabes por qué, Boris? Porque mientras nos dirigíamos a la calle *Espaillat*, el *Negro Toño* me permitía tomar las riendas y conducir el coche. ¡Eso me producía un placer tremendo, infinito, Boris! Cuando tu madre y yo veníamos a sentarnos aquí, traíamos libros y hablábamos sobre Poe, Dickens, Conrad, mezclando las historias lúgubres con las de finales felices. Hoy, sin embargo, Boris, la lectura se ha convertido en un mal hábito. ¿Te imaginas? ¡En un mal hábito!

—¿Por qué dices eso, papá?

—Por las imágenes.

—¿Las imágenes?

—Sí, Boris, por las imágenes.

—Explícame eso, por favor.

—La lectura de las palabras está cediendo su lugar a la lectura de las imágenes, Boris.

—¡No te entiendo, papá!

—Sí, al leer imágenes a través de la televisión y del cine, nos acostumbramos a lo obvio, a lo que parece axiomático, y no-crítico... a eso que parece estar dado, y nos olvidamos de lo que la imagen leída y *conjeturada* significa o niega...

—No te entiendo, papá —interrumpió Boris.

—...en esa inusitada e sorprendente relación *lectura-imaginación*.

—De ser así, papá, ¿crees que los *paquitos* se comerán la escritura?

—La escritura sobrevivirá, hijo mío. Lo que se comerán los *paquitos*, los *comics*, será la mente del hombre y la escritura terminará siguiéndolos e imitándolos hasta, quizá, el peor de los extremos...

—¿Cuál extremo, papá... cuál?

—Devorar su discurso a través de lo virtual.

—¿Lo virtual? ¡No te entiendo!

—Lo virtual, Boris, lo sobrentendido, lo tácito. Las mejores narraciones serán aquellas que, obviamente, se parezcan más al *paquito*, al *comic*, a lo implícito en lo modal.

—La verdad, papá, que no te entiendo mucho.

—Es mejor así, Boris... que no me entiendas, que no comprendas hasta qué punto lo gráfico, lo esquemático, se llegará a comer la deducción, la argumentación pesada, amarga, intolerable, de la mente humana. El círculo de la lectura se está cerrando en todo el mundo, Boris.

—¿Desaparecerá la novela, papá?

—No, no desaparecerá..., pero se acomodará a eso que te expliqué, a lo obvio, a lo incuestionable, a lo gráfico, al nuevo jeroglífico, y se insertará en la imagen dada, en el círculo íntimo del *comic* y del cine. Víctor Hugo, Zola, Dostoievski, Tolstoi, Conrad, escribieron desde el rebuscamiento de la imagen viva, olvidada o recreada desde las palabras. Ahora se escribe desde el referente de la imagen cinematográfica, telegénica o del *comic*...

Pérez interrumpió su explicación y observó la reacción de Boris y sonrió: el rostro de su hijo mostraba en su entrecejo, en el brillo de sus ojos, en el rictus de su boca, la incredulidad.

—¿Quiénes leen hoy, Boris?

—Muchos leemos... aún, papá.

—Pero serán menos cada día y los que persistan en la lectura tipográfica querrán suavizarla, aligerarla, recostarla de lo que les proyecta el cine o les transmite la televisión, apoyándolas o diluyéndolas en imágenes, en la descripción fácil, en el atajo argumental. Todo parece indicar que Gorki, Kafka, Walser, Joyce, Svevo y Dos Passos, muy pronto, serán tristes recuerdos museográficos.

—¿Por qué dices eso, papá?

—Por la fatiga, Boris..., por el pesado ejercicio de los viejos discursos. La novela del próximo siglo estará desnuda de conceptos y lo situacional se impondrá como moda... ¡Sí, como una pasajera moda que caerá súbitamente en la anécdota simple, en la fabulación de lo virtual!

—¿Lo crees así, papá? ¿De verdad así lo crees?

—Lo lúdico, hijo mío, se concentrará en la búsqueda, en la experimentación. Lo científico, entonces, sustituirá lo inverosímil, el asombro que surge desde los ritmos históricos y, ¡ay!, Boris, sólo quedará un hálito, un delgado y tenue soplo para supervivir.

—¡Pero antes te entusiasmabas por lo mágico, papá!

—Lo mágico se ha convertido en una simple mierda, Boris.

—Pero, papá, ¿no podría convertirse lo mágico en un recurso de la literatura?

—Sí, Boris, así era todo. Pero cuando llega el cansancio de las preguntas, de las dubitaciones acerca de la maldición del existir, sobreviene, como una tabla de salvación, el escape hacia la fantasía. Pero, sí, Boris..., ¡podría ser que se vuelva al principio!

Pérez echó un brazo sobre los hombros de Boris y lo apretó contra sí. Cerró los ojos y trató de no pensar, permitiendo que los ruidos atrapados en la mañana penetraran en sus oídos. Boris miró con admiración a Pérez y dejó que su cabeza cayera suavemente sobre el pecho de su padre.

—¡Qué bueno es tenerte así, hijo mío, recostado de mí en esta mañana interminable! Porque, ¿sabes?, sentarse aquí contigo es como enterrar los sueños... como decir, *todo se está acabando, nos hacemos viejos cada día*, alejando de nuestro lado, vertiginosamente, el pasado. No puedes imaginarte, Boris, qué cerca de la frustración se estaba en tiempos de Trujillo. Este banco, antes de venir a ocuparlo junto a tu madre, también fue utilizado por mí y por otros y ha sido testigo de historias inverosímiles, donde sería preciso sentar en él a Balaguer y sus paseos nocturnos alrededor de las *chopas*.

—¿A Balaguer? —preguntó Boris, extrañado.

—Sí, Boris... ¡a Balaguer!

—¿Balaguer venía a este parque a buscar *chopas*?

—Eso dicen, Boris. Pero debes saber, hijo mío, que en los mentideros políticos se exageran las historias. Cuando favorecen a alguien las minimizan, las adulteran en menoscabo de la bondad; y cuando son negativas, las maximizan, las recargan de esas sustancias que dañan, que destruyen. La exageración, así, se convierte en un juego de palabras destinado a herir, a punzar duro sobre las arterias vitales del injuriado.

—¿Es entonces exagerado eso de Balaguer y las *chopas*?

—Puede ser y no ser, Boris...

—¿Cómo así, papá?

—Balaguer cimentó un halo de misterio alrededor de su figura.

—¿De misterio?

—Sí... de misterio. Tal vez con esa actitud medio ascética, austera, frugal, simple y huraña a ultranza, Balaguer quiso construir una aureola de misterio alrededor de su figura.

—¿Por eso no se ha casado?

—Esa, posiblemente, debe haber sido una de las causas, Boris. Pero hay muchas más. Balaguer, desde su misma niñez en un hogar donde sólo él y su padre eran los hombres, debió almacenar cientos de pequeños traumas y congojas.

—¿Es su soledad fruto de aquello, papá?

—Sí, la soledad es una fruta alimentada de cuitas.

—Entonces, ¿Balaguer se ha sentado en este mismo banco?

—¡Puedes apostarlo, Boris! Este banco ha sido testigo del calor de muchas nalgas históricas.

—El mundo es muy raro, papá.

—No, Boris, el mundo no es raro. Nosotros somos los que lo convertimos en raro, en coincidente, en víctima de una sincronía que nos asusta y domeña. La misma historia de este banco, que ha soportado los aplastamientos de miles de nalgas infantiles, ancianas, políticas, *chopísticas*, oportunistas, homosexuales, prostituidas, beatas, sacerdotales, en fin, miles de nalgas que él ni ha pedido ni deseado, es sólo parte de la historia nacional, Boris. ¿Te imaginas, hijo mío, los pedos que habrá soportado este pobre banco?

—¿Pedos?

—Los pedos son parte de la historia, Boris, de esa misma historia que colocó a Balaguer en el poder, junto a su maldito y corrupto tren de militares y burócratas.

—Pero, ¿no crees que, al menos, hemos podemos disentir un poco en este régimen?...

—Eso es lo de menos, Boris. El disentir es parte del juego, de la moda. Balaguer lo sabe y por eso deja, a veces, una ventana desde donde se pueda otear el horizonte que se pierde.

—Pero, papá, esa moda no existía en la *Era* de Trujillo...

—Aquella era la cerrazón, Boris. Trujillo sólo llamaba *democracia* a su régimen para consumo externo. Aquí, en su finca, en su hacienda de cuarenta y ocho mil kilómetros cuadrados, el que jugaba con la democracia era hombre muerto. Sí, hijo mío, aquello era otra cosa y el disentimiento se convirtió en una farsa. Pero con Balaguer el disentir es un enigma que puede conducir al final de Guido Gil y Henry Segarra, cuyos huesos deben de estar depositados en algún banco de arena en el fondo del mar. Y podría mencionarte los asesinatos de Otto Morales, tan lleno de vida y revolución; y los de Amín Abel Hasbún, tan brillante, tan compañero y responsable, abatido aquel 24 de septiembre y cuyos asesinos, impunemente, se pasean por nuestras calles.

—¡Ah, papá! ¿Qué deseas que diga a mi madre? —preguntó Boris, con ojos de susto y mirando profundamente a su padre. Lo vio allí, a su lado, y se lo imaginó como al padre que siempre quiso para sí y para Carmen Carolina.

—Dile a Elena que estoy aquí —respondió Pérez—, que estoy bien, que comencé a hacer las diligencias de la visa ayer mismo, y las continuaré hoy.

Al decir esto, Pérez penetró más aún los ojos de su hijo. *Sólo tiene dieciséis años* —pensó—. *¿Qué hacía yo a los dieciséis años? ¿Tenía esa fortaleza al hablar, al preguntar? ¿Tenía ese convencimiento determinante de que lo verdaderamente importante era el país, el sentido de nación?* Pérez se vio con menos de dieciséis años, con apenas trece, rodeado de curas en el *Instituto Politécnico Loyola*, sentado al atardecer en un pupitre individual, oyendo por una bocina la voz del padre Sánchez, S.J., decir los misterios correspondientes a ese día: los misterios de gozo, los lunes y jueves; los misterios de dolor, los martes y viernes; los misterios de gloria, los miércoles y sábados, y filtró en sus recuerdos un día cualquiera, un día 25 de cada mes, día nacional de *Nuestra señora del Pago*, cuando iba a la oficina principal de aduanas a buscar la pensión que, por ley, su padre tenía que darle y lo contempló tras un escritorio, convertido en un simple empleado gubernamental luego de veinticinco años de servicios en el ejército. Pérez rememoró a su padre esquivándole la mirada, tratando de escabullírsele para no darle su obligación mensual, para convertir su compromiso de padre en nada; lo observó levantarse vertiginosamente de la silla y caminar hasta la *Puerta de la Misericordia* y él detrás, llamándole: *¡Eh, papi, dame los diez pesos de la pensión y el pago de los libros! ¡Por favor, papi, que debo pagar el cuartito de la calle Altagracia, de la sucia calle Altagracia, que nada tiene de graciosa, sino de suciedad y pecado!* Pérez, aún con los ojos de Boris fijos en los suyos, observó a su padre correr hacia la calle *Isabel la Católica* seguido por él, que tratando de alcanzarlo, tratando de obtener los diez pesos, le gritaba: *¡Por favor, papi, por favor, comandante Pérez, deme los diez pesos de la pensión!* Pero su papá, oyendo-sin-oír-oyendo, seguía corriendo, seguía esquivándolo hasta que detuvo un *carrito* en la calle *El Conde* y pidió al *chofer* que lo llevara a cualquier sitio para escapar de la persecución del atosigador irreverente que era su hijo, y fue entonces —recordó Pérez—que tomó una enorme piedra y amenazó con arrojarla al vidrio frontal del vehículo si no le buscaba los diez pesos. Y entonces, ante la protesta del *chofer* del *carrito*, quien pidió al comandante Pérez que bajara del carro, diciéndole: *¡Mire, señor, no quiero que me golpeen el* *carro! ¡Hágame el favor de bajarse!* Entonces, furioso, encojonado, fuera de sí, su padre le dijo: *¡Ven, vamos allí, coño!* Después, Pérez se contempló junto a su padre en un colmado de la avenida *España*, donde éste compró a crédito, a pesar del letrero enorme frente a la caja registradora que decía: *Hoy no fío, mañana sí,* un cartón de cigarrillos *Lucky strike* y exigiendo por él, a cambio, diez pesos que le entregó sin decir nada, y tratando de que él desapareciera del escenario hasta el próximo mes. Y Pérez, con los diez pesos en los bolsillos y sólo con trece años, se vio yendo hasta el cuartito de la calle *Altagracia* para tirarse boca arriba en una estrecha cama y ponerse a llorar su soledad, su abandono, reconfortándose al observar el sucio techo repleto de telarañas, mientras las ratas jugaban al escondite y las vocinglerías de prostitutas y maricones follando en los cuartuchos contiguos se mezclaban en ácidos coros: *¡Eso no fue lo que acordamos, hijo-de-puta!* —Escuchaba Pérez desde las habitaciones vecinas—. *¿Me quieres pagar sólo un peso por meter tu ripio en mi culo? ¡Maldito, o me das otro peso o te acuchillo! ¡Oye, marinero, ya está bueno de raspar! ¡Sigue ahí, papi, que vas bien!* Y Pérez escuchando aquello, siendo sólo un niño de trece años de mierda, que no es la misma cosa que los niños de trece años de ahora, a pesar de Balaguer y toda la corrupción; a pesar de Balaguer y todos los asesinatos. Pero el ayer está registrado con un rosario rezado todas las tardes, Pérez, de lunes a viernes, inmancable, inviolable, detallado, ameno, servicial, atado a las circunstancias ineludibles de ser-compañero-estudiante y del asiento trasero, de la maldita *cocina* de la guagua donde todos los atardeceres brillantes, opacos, oscuros, se disfrutaban como el fin de la jornada, como la cortadura de la trocha que ponía fin a los ensayos antes de los desfiles para agasajar a Trujillo, donde el sol trepidaba los huesos junto a la voz del cura Sánchez, S.J., repicando: *¡Los muchachos del Politécnico deberán sobresalir por sobre todos los demás centros académicos del país en la gloriosa marcha de la juventud estudiantil dedicada al insigne Jefe, al gran Padre de la Patria Nueva, generalísimo de todos los Ejércitos y Doctor Honoris Causa de la universidad de aquí y de las demás universidades del mundo, el perínclito, el excelso doctor Rafael Leónidas Trujillo Molina!,* haciéndonos brotar el último aliento que guardábamos en las bolsas y tan sólo para probar al país y al *Jefe* que el *Politécnico* era lo mejor de lo mejor. Pero la voz del cura Sánchez, S.J., entraba por uno de los oídos de Pérez y salía por el otro al deducir el asunto de *Rectitud (R) Libertad (L) Trabajo (T) y Moralidad (M)* y que, según sus últimas pesquisas, tenía que ver con Rafael Leónidas Trujillo Molina:

—*¿Lo ves, comemierda? ¡Te lo dije!* —murmuraba al Chino Sterling.

—*Sí, pero no se lo digas a nadie, absolutamente a nadie, porque podemos caer presos, ¿oíste?*

—*Entonces, ¿este descubrimiento mío no se lo puedo decir a nadie? ¿Ni a mi madre?*

—*¿A tu madre? ¡Pero te estás volviendo loco, Pérez! ¡Ni a tu madre ni a tu padre, ni a tu tía!... ¡Absolutamente a nadie! ¡Recuerda que tu papá es guardia, Pérez! ¿O no?*

—*¡Sí, pero!*

—*¡Sin peros, Pérez... a nadie! ¿Escuchaste? ¡A nadie! ¡Esa vaina de que la RLTM, de Rectitud Libertad Trabajo y Moralidad significan Rafael Leónidas Trujillo Molina, puede convertirse en muerte, Pérez!*

—*¡Pero si también Harootian lo sabe!*

—*¿Cuál Harootian, Pérez?*

—*¡Johnny, Johnny Harootian!*

—*Bueno, pero si él se queda callado no hay peligro, Pérez.*

—*Oye, ¿cómo se llama esto, eh?*

—*¿Esto qué, Pérez?*

—*¡Esto, este miedo a decir las cosas por sus nombres!*

—*¡Coño, Pérez, no me jodas!*

—*¡Pero es que esto debe llamarse de algún modo! ¿Se le podría llamar frustración?*

—*¿Frustración? ¡No hombre! ¡De qué frustración ni qué frustración de mierda estás hablando! ¡Esto es puro miedo...miedo de cagarse en los pantalones, Pérez!*

Las palabras *miedo, frustración, cagarse en los pantalones,* retornaron a Pérez al presente, al instante en que los ojos de Boris lo interrogaban y entonces le sonrió débilmente, tratando de decirle algo que se relacionara con alguna noción de valor, intentando indagar si los grupos al que pertenecía exploraban las posibilidades de existencia social más allá de las debilidades propias del hombre y las cuales son aprovechadas por los grupos dominantes para extender sus cadenas de explotación. Sin embargo, Pérez guardó bien adentro sus inquietudes, preguntándose si

216

valdría la pena cuestionar a su hijo sobre su militancia, en un arcoíris de átomos disgregados y cuyos nombres se estacionaban en lo inverosímil: *MPD, PCD, PLD, PRD, PACOREDO, Línea Roja* y otras siglas y subsiglas y contrasiglas, cuyas letras habría que someter a los escrutinios del misterio. *Atomización*, pensó Pérez. *Es una pura atomización lo que se ha vuelto la izquierda nacional* y luego llevó sus pensamientos hacia aquel momento de la *Revolución de Abril* donde él y Oviedo llevaban en sus manos el gran retrato de Bosch y al que paseaban por las calles de la ciudad. Oviedo había puesto todo su empeño en transmitir al rostro adusto de Bosch una diminuta sonrisa, una pequeña huella de aliento que transfiriera al pueblo la posibilidad de su retorno. Pérez sabía que Oviedo conocía la hosquedad de Bosch, esa sequedad que imposibilitaba en su semblante el más mínimo asomo de risa. Pero con su maestría de dibujante publicitario, Oviedo había impregnado al rostro del presidente exiliado un mohín de certidumbre, de confianza, de dejo *monalisesco*, donde mostraba los reductos de una alegría clandestina, sospechosa y como transparentando que su retorno al país no sería nada fácil. Pero ahí estaban, frente a Pérez y aquel banco del parque, los ojos de Boris, que lo miraban visiblemente emocionados.

EL PALACIO NACIONAL ametrallado. Sangre en los pasillos del cuartel anexo, sangre en los jardines junto a los hoyos dejados por los bombardeos de la marina, sangre en las azoteas por los abatimientos de los ametrallamientos de la aviación. Pero el escenario, a pesar de las bombas y los ametrallamientos y los insultos vociferados desde las transmisiones radiales provenientes de San Isidro, era el indicado para que el pueblo se volcase hacia él, tratando de averiguar qué coño estaba pasando y quién diablos estaba ganando la batalla. Oviedo y Pérez llegaron al *Palacio Nacional* cayendo la tarde y observaron a cientos de personas, tal vez miles —entre civiles y militares—, corriendo y gritando desaforadas por sus pasillos. Dentro del palacio, Pérez, de repente, percibió que aunque era la primera vez que penetraba en su interior, tuvo la impresión de que ya había estado allí mucho antes. Y esa sensación la asoció a las fotografías diarias que *El Caribe* y *La Na-*

217

ción —los diarios creados por el dictador para sus autobombos— publicaban diariamente en la mayoría de sus páginas durante el trujillato. Pero también Pérez supo que había estado allí a través de los actos de juramentación del Consejo de Estado y las imágenes que reprodujeron *El Caribe* y el *Listín Diario* tras la caída de Bosch y las noticias posteriores relacionadas con el *Triunvirato* y porque, al transitar frente a aquella mole que resumía los órdenes dóricos, jónicos y corintios, bailaba en su mente la macabra asociación entre la arquitectura helénica y las construcciones monumentales de la dictadura. Por eso, al encontrarse dentro del palacio, los ojos de Pérez se posaron en cada rincón que pisaba y comprendió desde el mismo vientre del edificio, que la arquitectura del trujillismo no era más que eso, que una búsqueda desequilibrada de perpetuidad, de una eternidad que, a la larga, sería aprovechada por los más vivos. Pérez observó las paredes, las pinturas y corrió por las escaleras y pasillos hasta alcanzar el *Salón de las cariátides*, el regodeo máximo para ornamentar las columnas en un salón lúdico y lúgubre. Pero sí, Pérez llegó a la conclusión de que aquel palacio tendría que ser propiedad de todos los movimientos revolucionarios del futuro y, al continuar su carrera por los pasillos, ratificó su juicio al observar a cientos de estudiantes desfilar por los recovecos del edificio, como sintiéndose en sus hogares. Contempló Pérez a muchachas, a mujeres del pueblo y a los militares involucrados en el contragolpe lanzando consignas en contra de los golpistas de septiembre. Pérez advirtió que todos caminaban, paseaban por los pasillos y salas del *palacio*, como si lo hicieran en sus viviendas. Entonces, sacudió la cabeza vigorosamente para comprobar si lo que contemplaba era cierto y ¡sí, era cierto!, por lo que descendió de varias zancadas las escaleras que conducían al segundo nivel, seguido por un hombre vestido de negro que portaba una metralleta *Lanchester* y quien le confesó, al correr junto a él, que *era un hombre-rana de la Marina de Guerra*. Le dijo el *hombre-rana*, mientras avanzada a su lado, que él, su comandante y todos los hombres-rana estaban hombro con hombro al lado del pueblo. Corriendo velozmente hacia uno de los pasillos, Pérez y el *hombre-rana* se detuvieron en seco al notar la presencia de un grupo de soldados del *CEFA* haciendo guardia frente a una enorme puerta de caoba, comandados por un joven oficial.

—¿Qué ocurre dentro en esa sala? —preguntó el *hombre-rana* al oficial.

—¡Ahí están los del *Triunvirato*! —le respondió el oficial, señalando hacia la puerta.

Pérez y el *hombre-rana*, penetrando a través del grupo de soldados, abrieron la puerta y lo que vieron les causó un gran asombro: Donald Reid y los otros dos triunviros se encontraban sentados tras un enorme escritorio, rodeados de altos oficiales de las fuerzas armadas. Al notar la presencia de Pérez y el *hombre-rana* en la sala, Donald Reid sonrió a Pérez y Pérez no supo qué hacer. Pensó sonreír, pero no pudo y se quedó petrificado.

—¿Qué desean? —preguntó amenazadoramente uno de los oficiales que protegía a los *triunviros*—. ¡Digan! ¿Qué coño buscan en esta oficina? —volvió a preguntar el oficial, martillando la metralleta que portaba.

Pérez, aun observando a Donald Reid, dejó que el *hombre-rana* respondiera al oficial.

—¡Nada, señor! —dijo el *hombre-rana* y tras saludar al oficial, sorpresivamente agarró a Pérez por un brazo y salió con él hacia el pasillo.

—¡Digamos a todos que Donald Reid está en ese cuarto! —Gritó Pérez al *hombre-rana*, luego que salieron de la oficina—. ¡Gritémoslo bien alto para que vengan a linchar a ese hijo-de-puta! ¡Matemos a ese canalla!

—¿Estás bromeando, amigo? —preguntó a Pérez el *hombre-rana*—. ¡Esos hombres están detenidos por las Fuerzas Armadas y ellos sabrán lo que tienen que hacer!

—¡Pero ese es Donald Reid Cabral! ¿No comprendes? ¡Ese es un canalla golpista, un atrasador de la historia! ¡Matémosle!

—¡Debes estar loco, amigo! —Apuntó el *hombre-rana*, mientras señalaba hacia los soldados que custodiaban la puerta—. ¡Mira las caras de los soldados que guardan la puerta! Si volvemos a entrar allí nos dispararán... ¡puedes estar seguro de ello! —Pérez miró los rostros de los soldados y cerró los ojos—. ¡Vamos, amigo! —dijo el *hombre-rana*.

Ambos trotaron hacia otro de los pasillos por donde transitaban agitadamente militares y civiles que gritaban loas a Bosch y vituperios contra el *Triunvirato* y los *cívicos*, hasta llegar a otra gran puerta de caoba custodiada por miembros del ejército nacional.

—¡Malditos *triunviros*! —vociferaban los más eufóricos.

—¡Matemos a todos los *cívicos*! —chillaban los radicales.

Al detenerse frente a la puerta, el *hombre-rana* preguntó a uno de los soldados:

—¿Qué ocurre dentro?

—¡Esa sala está llena de oficiales de alto rango y un montón de políticos, marinero! —contestó el soldado.

—Pero, ¿qué dicen, qué hablan? —insistió el *hombre-rana*.

—¡Posiblemente están hablando mucha mierda! —apuntó otro soldado.

—Dijo uno de los oficiales que se encuentran dentro que de ahí saldrá garantizado el futuro de la patria —dijo un tercero, riendo.

—Pero puedes apostar que continuaremos jodidos —apuntó un cuarto.

Pérez y el *hombre-rana* penetraron a la sala y, al distinguir a Oviedo en uno de los rincones, Pérez se le acercó sonriendo.

—¡Oviedo! —saludó Pérez—, ¿pero qué mierda se cocina aquí?

—Se está discutiendo la formación de un gobierno cívico-militar.

—Pero, ¿quiénes son esos? —preguntó Pérez, señalando hacia un hombre delgado y de baja estatura que conversaba con un coronel del ejército.

—Ese es el doctor Molina Ureña, presidente de la cámara de diputados del gobierno de Bosch, y el oficial es el coronel Milito Fernández —respondió Oviedo.

—Veremos lo que sale de este cuarto —intervino el *hombre-rana*, acercándose a un oficial de la marina, con quien salió de la habitación, saludando con un gesto de la cabeza a Pérez—. ¡Nos veremos por ahí! ¡Cuídate, amigo! —gritó *el hombre-rana* a Pérez mientras salía.

—¡Hasta pronto, amigo! —Expresó Pérez y, dirigiéndose a Oviedo, preguntó—: ¿Y los otros, Oviedo, quiénes son?

—En este cuarto hay de todo —bromeó Oviedo, sonriendo—. Aquí hay oficiales de la marina, del ejército y de la aviación, pero falta uno...

—¿Uno?

—Sí, el gran amigo de Bosch...

—Pero, ¿no son estos militares amigos del profesor?

220

—Podría ser. Sin embargo, Pérez, la amistad en los cuarteles se mide por los rangos.

—¿Cuáles rangos?

—Los que adornan las charreteras. Un oficial jamás olvida al promotor de su ascenso.

—¿Y quién es ese oficial faltante?

—Es un oficial joven, muy joven, Pérez.

—Pero, ¿quién es él?

—Fernández, Rafael Fernández Domínguez...

—¡Pero ese es hijo de Ludovino Fernández, Oviedo!

—Sí, Rafael Fernández es hijo de Ludovino, al igual que Milito Fernández, pero eso no lo excluye de ser uno de los oficiales más íntegros y honestos de las fuerzas armadas dominicanas, Pérez.

—¿Y por qué no se encuentra aquí?

—Está en Puerto Rico, con Bosch. Pero puedes apostar a que vendrá tan pronto como pueda.

—¿No has notado que en esta reunión no hay oficiales de la policía?

—Eso es obvio, Pérez. El único cuerpo armado que no se encuentra aquí es la policía. Al parecer, el jefe de ese cuerpo, Belisario Peguero, está esperando que se defina mejor la situación para tomar partido.

—¿Y qué conversan Molina y Fernández?

—Acerquémonos a ellos, Pérez —pidió Oviedo—. ¡Escuchemos lo que dicen!

Abriéndose paso con sus codos, Pérez y Oviedo se aproximaron al grupo que rodeaba a Molina Ureña y al coronel Fernández y, acomodándose detrás de una cámara de televisión, escucharon algo de lo que se discutía:

—¡Hay que entregar armas al pueblo! —escucharon decir a Molina Ureña, entre la vocinglería que reinaba en la habitación.

—Eso sería muy peligroso, doctor —oyeron responder al coronel Fernández.

—Acerquémonos más —dijo Pérez—, están hablando de armas —y, junto a Oviedo, trató de penetrar el espeso círculo de militares y políticos que cercaba a Molina Ureña y Milito Fernández.

—¡Eh!, ¿adónde creen que van? —les preguntó un oficial con cara de maco.

—¡Somos de la televisión! —contestó Pérez al cara de maco y éste, después de observarlos detenidamente con sus ojos saltones, les dejó pasar.

Ya cerca de Molina Ureña, Pérez y Oviedo escucharon, por sobre el espeso ruido de la habitación, parte de lo que se discutía:

—¡Armar al pueblo es la mejor forma de protegernos! —oyeron decir a Molina Ureña.

—¡Pero señor, si entregamos armas a las masas la situación se volverá un caos!... —dijo el coronel Fernández—. Creo que aún estamos a tiempo para convencer a la marina de guerra de que los comunistas no tienen nada que ver con este movimiento...

—Sólo el pueblo podrá garantizar el triunfo... —reiteró Molina Ureña— ...y por eso debemos armar a los compañeros.

—Señor, usted sabe que Wessin y Wessin y el CEFA son los únicos militares que mantienen sus exigencias —insistió el coronel Fernández...

Pérez supo, por los movimientos de la boca del coronel Fernández que su insistencia continuaba. Pero no pudo escuchar nada más porque a sus espaldas tronó una fuerte voz, gritando:

—¡Los que no tengan nada que ver con las nuevas autoridades ni Radiotelevisión Dominicana... que salgan de inmediato! —Agregando—: ¡Que salgan ahora mismo del despacho!

A seguidas, un mayor del ejército con cara de poquísimos amigos entró a la habitación con cinco o seis soldados y desalojaron a más de la mitad de los presentes, incluidos Pérez y Oviedo. Fuera del despacho, Pérez vio al *hombre-rana* y lo siguió hasta el pasillo.

—¡Compañero, ya nos veremos! —dijo el *hombre-rana* a Pérez, estrechándole la mano.

—¿Adónde vas? —le preguntó Pérez.

—Voy a buscar a mi comandante.

—¿Tu comandante? ¿Quién es tu comandante?

—El coronel Montes.

—¿Montes?

—Sí —enfatizó el *hombre-rana*—, Montes... el coronel Montes-Arache, ese es nuestro comandante —y diciendo esto, corrió velozmente por el pasillo hasta perderse entre la multitud que ya lo llenaba todo.

Oviedo y Pérez permanecieron unos instantes frente a la enorme puerta de caoba y caminaron luego por el pasillo hasta las escaleras que conducen al primer nivel del palacio. Allí vieron a Narciso Isa Conde, uno de los líderes universitarios pertenecientes al Partido Socialista Dominicano, vociferando frente a cientos de personas que lo aplaudían frenéticamente.

—¡El momento de la verdad ha llegado, camaradas! —gritaba Isa Conde—. ¡Que nadie intente detener este movimiento reivindicador, esta iniciativa de acabar con los bandidos que usurparon el poder cobardemente el 25 se septiembre del 63! ¡La hora del cambio radical ha llegado, la hora de la verdad está aquí y debemos aprovecharla, compañeros!

Escuchando a Isa Conde, Pérez recordó sus propias arengas en la *UASD* (¡*La historia deberemos escribirla nosotros, camaradas, porque la historia es una hoja en blanco que la llena el osado, el triunfador!*) y rememoró también el enunciado del poeta Pedro Mir cuando, tras su regreso y a tan sólo unos meses antes del derrocamiento de Bosch, elevaba su voz desde decenas de tribunas para cantar: *Mi inspiración son ustedes, las masas* —decía el poeta—, *ustedes conforman mi espíritu (eso que llaman alma) y le dan el valor real a lo que veo y escucho, estremeciendo mis fibras más profundas.*

—Las masas... ¡las masas son sólo un condón! —pensó Pérez en voz alta; pero tan alta, que Oviedo pudo escucharlo.

—¿Qué dices, Pérez? —preguntó Oviedo, sobrecogido.

—Eso, Oviedo —respondió Pérez—, lo digo porque sí, porque las masas son el preservativo de la historia, la cáscara que utilizan los protagonistas de turno para protegerse de las coyunturas. ¿No escuchaste parte de la conversación de los aparentes dirigentes de este movimiento? ¡Están jugando a la historia, Oviedo! ¡Y lo hacen con la estrategia más fácil... las masas, el pueblo, la plebe… el condón!

—Pero, ¿crees que este movimiento pueda utilizar al pueblo como condón?

—¡Ya lo verás, Oviedo! ¡Puedes apostar a que sí!

Como Oviedo permaneció callado, Pérez volvió sus ojos a la boca de Narciso Isa Conde y agudizando sus oídos para escucharlo mejor, intuyó que arriba, en el segundo nivel del palacio, se debatía la posibilidad de sembrar la zapata del futuro nacional con el retorno de Bosch al poder, o la de continuar con la misma mierda, mediatizando el alzamiento con la formación de una junta cívico-militar. Bosch, con sus yerros, con sus medidas de paños tibios, había colocado frente a los ojos del pueblo una esperanza remota de redención, la cual se desmoronó con su derrocamiento. De ahí a que la implantación de una junta conformada por militares allegados a los golpistas y por políticos de ambos bandos, nunca podría practicar la cirugía mayor que se requería para extirpar, definitivamente, el gran tumor que roía los tejidos vitales del país. Sin embargo, al ver que tres hombres rubios, altos, con aspavientos de gringos —y portando maletines oscuros—, subieron las escaleras y penetraron al despacho de donde minutos antes había sido sacado junto a Oviedo, Pérez comprendió que la suerte del contragolpe estaba echada.

—Ahí van los gringos —dijo Pérez a Oviedo, apesadumbrado— y eso sólo tiene una explicación.

—¿Cuál? —preguntó Oviedo.

—¡Que la mierda cubrirá al país!

LA PLANTA BAJA del palacio era un hormiguero cuando Molina Ureña bajó por las escaleras, seguido por una docena de senadores y diputados del gobierno de Bosch, por varios oficiales y por tres mensajeros gringos. Pero la multitud vociferante no les prestó atención porque la curiosidad estaba concentrada en los discursos espontáneos, en las palabras altisonantes de todo aquel que subiera al peldaño más alto y voceara lo que le viniera en ganas.

—¡Hoy comienza la redención del país! —decía algún iluso.

—¡Ni un paso atrás! —voceaban los estudiantes.

—¡Con Bosch hasta el final! —decían otros.

Y mientras seguía con los ojos a Molina Ureña y sus acompañantes, Pérez recordó el instante en que lo conoció. Sí, fue en la casa de *Mameyón* donde había conocido a Molina Ureña: lo recordó sentado en una mecedora, durante los buenos tiempos del *1J4* y el partido lo utilizaba, de vez en cuando, como mensajero, como enlace crucial entre el partido de Bosch y el partido de Manolo. Evocó a *Mameyón* sazonando su plato favorito: *pato-a-la-naranja* con un excesivo toque de vino capaz de emborrar el ambiente y llevó sus pensamientos hasta aquella última noche del gobierno de Bosch, donde brilló una gran luna solitaria. Sí, era un veinticuatro de septiembre del 63 y Katia le había confesado que estaba dispuesta a marcharse con él sin importarle que fuera casado y con dos hijos.

—Tú eres mi futuro —le había susurrado Katia dulcemente y él, entonces, la besó con ternura, deseando morir en aquel instante.

Pero los recuerdos de Pérez fueron disipados por la advertencia de Oviedo:

—Pérez, ¡esta vaina me está oliendo a podrido!

—¿Qué pasa, Oviedo? ¿Qué hueles, qué ves?

—El palacio se está llenando de militares del *CEFA* y de la aviación. ¡*San Isidro* se está apoderando del palacio, Pérez! ¿No viste la forma en que Molina Ureña bajó las escaleras y las sonrisas de los gringos? Parece que el *PRD*, la embajada y los guardias no se pusieron de acuerdo. Creo, Pérez, que tú tienes razón y esto podría desembocar en algo peor que lo anterior. ¿Por qué no nos largamos de aquí?

—¿Qué pasa, hombre? ¿Por qué deseas marcharte?

—Por una razón bien simple, Pérez: Fedora y los muchachos están en la casa sin un chele.

Oviedo se despidió y marchó a su casa y al quedar solo, Pérez notó que parte de la muchedumbre concentrada en la parte baja del palacio se movía hacia las escalinatas del jardín y entonces preguntó a alguien, a uno de esos amigos desconocidos que aparecen en los precisos momentos en que la historia da saltos:

—¿Qué pasa allá abajo?

—Todos dicen que el *comentarista* fatídico está por asilarse.

Y Pérez se asombró. No le había pasado por la cabeza la existencia del *comentarista*, del fustigador número uno de Bosch, del hombre que se había echado sobre sus hombros la agitación contra el gobierno perredeísta a través de su voz desagradable, punzante, asquerosa. Y por eso Pérez se quedó como alelado al pensar en el *comentarista*, en el vocero por excelencia de los perdedores electorales del 1962 y conspicuo conspirador.

—¿El *comentarista*? —preguntó Pérez, volviendo a la realidad.

—Ese mismo, compañero —le reafirmó el desconocido—, y por eso todos corren hacia la embajada donde creen que pedirá asilo.

—¡Hay que detener a ese maldito! —gritó Pérez.

—¡Vamos hacia la embajada! —dijo el desconocido.

—¡Detengamos a ese canalla! —gritó Pérez y, junto al desconocido, bajó las escalinatas exteriores del palacio y corrieron hacia la avenida *Bolívar*, donde escucharon a alguien gritar:

—¡El *comentarista* se asiló en una embajada!

Y a otro, que como un eco afirmó la noticia:

—¡Sí, el azaroso trata de escapar a través de una embajada!

Al escuchar los gritos, Pérez y el desconocido apuraron la marcha hacia la Avenida *Abraham Lincoln* sin medir distancias, sólo con el firme propósito de participar en la captura del *comentarista* y su posible linchamiento. Cuando llegaron a la avenida *Máximo Gómez*, un camión atiborrado de personas que gritaban loas a Bosch se detuvo frente a ellos y el *chofer* los invitó a subir.

—¡Si van tras el *comentarista*... ¡suban, que caben todos! —les voceó el *chofer*, al detener el vehículo.

Pérez y el desconocido subieron y se unieron al griterío hasta cruzar hacia la Avenida *Abraham Lincoln*.

—¡Ahí está la embajada! —chilló alguien cuando divisó el edificio de la sede diplomática.

—¡Sí, ahí está la embajada! —Aseveró otro—... ¡Miren, está rodeada de policías *cascos blancos*!

—¡Maldición! —gritó un tercero al contemplar un fuerte cordón de policías armados con cachiporras y cascos blancos que impedía a una exaltada multitud penetrar en la embajada. Pérez y el desconocido bajaron del camión cuando éste aminoró la marcha y se sumaron a los que pedían la cabeza del *comentarista*. Sin embargo, Pérez sabía que nada se conseguiría y lo único que ansiaba en ese instante era conseguir un arma, una pistola, una metralleta, algo que disparara, que lanzara lejos de sí algún proyectil que matara, para así poner en práctica lo que había ansiado desde los comienzos de la década. Y por eso llevó sus ojos hacia las armas que portaban los policías, rememorando el *Parque Enriquillo*, lugar que los *cascos blancos* consideraban ideal para disipar las manifestaciones de protesta durante los buenos tiempos de Belisario Peguero. *¡Si tuviese tan sólo un arma!* —pensó Pérez—. *¡Tan sólo un revólver, un fusil Máuser de comienzos de siglo, algo* *que obvie las distancias entre mis rencores y este odio que me carcome!* Pérez comprendió, por la cerrada formación que exhibían los *cascos blancos*, que allí perdía el tiempo, que esa multitud ardorosa, deseosa de linchar, de vengar las viejas afrentas e instigaciones del *comentarista*, no conducirían nada más y nada menos que a una revancha personal y no a la solución, ni siquiera parcial, del gran problema nacional. Sí, Pérez intuyó que los gritos iracundos permanecerían allí hasta disiparse, hasta dejar de burbujear como el bicarbonato disuelto en agua. Y por eso, precisamente por eso, Pérez se despidió del camarada que lo acompañaba y se marchó de la embajada, aprovechando otro cambión que se detuvo frente a la legación para descargar a otro grupo de personas.

Pérez, acercándose al camión, preguntó al *chofer*:

—¿Me llevas?

—¿Hacia dónde vas? —le preguntó el *chofer*.

—A cualquier sitio —le respondió Pérez, devolviéndole la sonrisa—. ¿Acaso importa un sitio?

—El sitio está en todas partes, amigo —sentenció el *chofer*—. La capital y el país están ardiendo.

El camión bajó por la avenida *Abraham Lincoln* hacia la *George Washington*, y el mar apareció ante los ojos de Pérez como una refrescante sensación de vida. Entonces, en su mente se abrió el deseo de conseguir un arma para así sentirse protegido por la cálida, dura y despiadada aspereza de un cañón de acero portátil, capaz de disparar —impulsado por la ardiente pólvora— un pedazo de plomo a mil-por-hora.

La voz de Boris, como un murmullo creciendo hasta ensordecer, como un trueno que estalla y sorprende, como un ronquido madrugador, sacudió los pensamientos de Pérez:

—¡Papá... papá, aún estoy aquí! Perdóname que interrumpa tus recuerdos.

Al observar el rostro de Boris, Pérez frunció el ceño y contempló a su hijo con asombro.

—¡Ah, Boris —le dijo—, sí, aún estás ahí!

227

—Perdóname, papá —insistió Boris.

—Sí, Boris, excúsame tú, hijo mío.

—¿En qué pensabas?

—Pensaba en Abril, Boris. En Abril del 65.

—¡Ah, en la revolución, papá! ¿Qué rememorabas?

—Pensaba en esos extraños bordes que recorre la frustración...

—¿La frustración?

—Sí, Boris... ¡eso! ¡Ah, si esos malditos no nos hubiesen invadido, si nos hubiesen dejado solos!

—¿Solos?

—Sí, solos, Boris. Si la pelea se hubiera desarrollado entre ellos, los del *CEFA* y nosotros, los constitucionalistas. Pero ellos, esos malditos rubios del Norte, esos gringos locos, tuvieron que llegar con sus portaaviones, con sus helicópteros, con sus infantes.

—Pero, ¿qué les importaba a ellos esta lucha, papá? Abril fue un movimiento popular comandado por militares...

—Pero ellos sacaron su lista, Boris. Exhibieron al mundo una minúscula y ridícula lista de alegados comunistas —Pérez, antes continuar, observó profunda y detenidamente a su hijo y entornó los ojos—. ¡Ah, Boris, qué generación la tuya, que aún no comprende los movimientos de la historia!

—De ti y de tu generación dependerá que no nos frustremos, papá. Ustedes son nuestra memoria y deberán enseñarnos a evitar las frustraciones, olvidándose de los que los frustraron a ustedes. ¿No crees, papá, que esas cadenas podrían romperse?

Pérez, de repente, miró hacia el cielo como buscando algo; como si alguien le hablara desde un punto no especificado; como si escarbara en el pasado el sonido de ciertas palabras (¿no serían, acaso, las palabras de algún cura del *Loyola* reprimiéndole, o de algún amanuense trujillista, reivindicado en la *Unión Cívica Nacional*, que lo insultó por no afiliarse?). Pero sí, Pérez trató de escuchar la voz de alguien perdido en el tiempo gritándole acerca del papel de los alelados, de los eternos *añemados* y lo que tendrán que cosechar, cuando lo que esperan no les baje del cielo. Y al evocar a los abobados por las promesas etéreas, Pérez recordó el maná y todas las dádivas divinas recogidas en la Biblia y, entonces, respondió a su hijo con una pregunta donde la liturgia se esconde en lo escatológico:

228

—¿Has oído del maná, Boris? Esa fue la primera piedra colocada en el monumento a la frustración.

—¿Lo dices en serio, papá?

(*Señor cura* —apuntó Pérez—, *¿ha dicho usted que Dios mandaba un alimento llamado* **maná** *para que Moisés y su gente no murieran del hambre en medio del desierto? ¡Ah, qué bien, señor cura! Entonces, ¿quiere decir eso que el Señor Dios tiene preferencia por un determinado pueblo? Pero, señor cura, ¿y la parte aquella de trabajarás y te mantendrás con el sudor de tu frente? ¿Me dirá usted que eso es pura dialéctica? Mire, señor cura, ¿por qué no traemos a Corpito Pérez Cabral o a los hermanos Ducoudray Mansfield del exilio para que nos ayuden a comprender mejor esa vaina? No, no se asuste, señor cura, también el exilio tiene derecho a explicarnos las consecuencias del miedo y usted tiene que aclararme a mí y a todos en esta aula, pura y simplemente, que esos conceptos son errados y que encierran el tuétano de una frustración. ¿Considera usted que es preciso realizar, así por así, un curso completo de embobamiento, de alta ñemología? ¡No, no se ría, señor cura, que no estoy loco! Lo que pasa es que estamos todos atontados, memos, añemados, acretinados, mientras las cosas suceden a nuestro alrededor adheridas a una historia que avanza frenética y arrolladoramente, dejándonos atrás como mojones en un camino quisquilloso. Somos cucarachas a la hora del DDT, señor cura, porque estamos de brazos cruzados, amparándonos tan sólo en las directrices de un hombre como Trujillo y con capataces como ustedes, que sellan nuestros cerebros con el espeso esparadrapo de una mitología inverosímil. Pero, ¿es que no se ha dado cuenta de que, desde siempre, hemos optado por las letras que yacen flotando en el Código Napoleón, en esa maldita cantaleta de letras y sentencias pasadas de moda? ¡Sí, señor cura, estamos atestados de abogados y confusos defensores en una materia que sólo sirve para echar fuego a la incomprensión!*)

—Sí, Boris, así lo creo. La frustración tiene rostro de ángel y de espanto al mismo tiempo, practicando a menudo extraños juegos de palabras y volviéndose triste en los momentos alegres y jubilosos, en los instantes de dolor. Pero la frustración siempre está ahí, Boris, acechando, apostando a la reivindicación y pretendiendo exagerar las notas.

—¿Te sientes frustrado, papá?

—¿Por qué lo preguntas, hijo mío?

—Por tu decisión de marcharte. ¿Lo estás?

—¡Ah, Boris, no exageres! La idea de marcharme es sólo un punto de luz que crece, que se agiganta a medida que mis recuerdos se topan con ese enmarañado y salvaje futuro que se abre frente a mis ojos. Esta es una sensación que aprendí a los doce años, Boris, cuando mi madre me llamó para decirme que se casaría de nuevo tras divorciarse de mi padre. *Me voy a casar*, expresó como si tal cosa, y a seguidas me lanzó a la cara si prefería quedarme en la casa o marcharme hacia la de mi padre. ¿Sabes lo que elegí, Boris?

—Sé que te marchaste, papá.

—Sí, Boris, a esos doce años comencé mi peregrinación. Inicié un periplo ilimitado de navegación sin tiempo, sin rumbo determinado, comprendiendo que no hay cadenas para la frustración y que todo se remite a los resultados que se convierten en historia.

Con los ojos de Boris clavados en los suyos, Pérez no supo en ese instante si continuar hablando con su hijo o cortar allí mismo la plática. Pero siguió:

—¿Crees que los alemanes se alegraron con Hitler? —Preguntó a su hijo, respondiéndole a seguidas—: Hitler fue, simplemente, una consecuencia histórica del caos de su época, lo mismo que Mussolini.

—¿Lo crees así, papá?

—¡Ah, Boris, a veces las circunstancias llevan a la historia hacia atolladeros inverosímiles! Y todo como si se tratara de remendar un pantalón roto. Pero debes comprender que no se puede correr sin aprender a caminar; que no se puede nadar sin aprender a flotar. Nuestras rodillas y nuestros brazos aprenden esto extrayendo del dolor y las asfixias los impulsos vitales para lograrlo. Porque una cosa siempre conduce a la otra, hijo mío. Así, que lo que vislumbras como frustración no es más que una consecuencia lógica de una apretada secuencia histórica. Es más, este mismo subdesarrollo donde estamos sumergidos, esta forma de vida medio salvaje que llevamos, este batallar cotidiano por el pan, tiene su explicación lógica. Es algo histórico, Boris. ¿Te imaginas qué habría pasado si esos hijoeputas españoles no hubiesen perdido la gran batalla frente a los ingleses? Aquel fue un punto crucial en el discurso histórico, Boris. Aquel momento significó una totalidad deshecha, porque fue a partir de ahí que Inglaterra tomó la bandera-guía de los mares y echó las zapatas de su maldito imperio, obligando a España a recular, a replegarse, a devolver los puntos almacenados en las estrías del tiempo, retrocediendo en un mundo al que tenía derecho propio. ¿Y sabes por qué, Boris? Porque la modernidad es tecnología nueva y el rezagarse es frustración. Es decir, Boris, que al avanzar, al anexarnos a lo nuevo, al encuentro de la búsqueda, trillamos el camino de la anti frustración. Los ingleses, siguiendo a los holandeses, comprendieron que un barco de madera más liviana y con una quilla capaz de herir al mar más profundamente, significaba la ruptura con el atraso, con los atropellos de España y la definitiva conquista de los océanos. Eso fue todo lo que necesitó Inglaterra para quedarse con el mundo y condenarnos a los hispanohablantes a observar el barullo, la algarabía inclemente desde la otra orilla.

—¿Algarabía... barullo, papá?

—Sí, algarabía, barullo, bullicio, barahúnda... el desorden al cubo del triunfo envuelto en triquiñuelas. Y lo peor, Boris, con el acompañamiento de música de atabal, porque aquella derrota se convirtió en este subdesarrollo, en este triste resultado histórico...

—¡Oh, papá!, ¿estamos, entonces, condenados a la frustración?

—No, Boris, tu generación no puede frustrarse. Los yanquis lo saben y por eso arremeten con el cine, la televisión y la música, transportando una pesada carga de traumas e inquietudes a vuestras mentes. Pero todo eso será pasajero y la sangre no llegará al jodido *Ozama*. Esos cantantes, esos filmes, esas tramas con sus planteamientos repletos de suciedad aséptica ya se enfrentan al movimiento anti limpieza, a la *revolución mochilera* preconizada por Kerouac, y resonará más aún el *alarido* desgarrado del poeta con alguna solución comemierda. ¿Acaso el ejemplo de Vietnam no está ahí, Boris? Llegará el momento en que el tal *Rico McPato* no recuperará, al final del día, los dólares que le robaron los *chicos malos* en la mañana... ¡Ya lo verás, hijo mío!

—¡No lo entiendo, papá. ¿Por qué deseas marcharte a los Estados Unidos, si todo es tan horrible?...

Aunque sin sorprenderse por la pregunta, Pérez miró a los ojos de su hijo, sonriendo.

—Eso no es tan complicado, Boris. Somos una colonia y eso lo encierra todo. Estar aquí es *casi casi* como estar allá.

—¿*Casi casi*? ¡Pero papá, ellos controlan las entradas y salidas! Si *casi casi* fuera lo mismo podríamos entrar y salir sin requisas... ¿no lo crees así?

—Esa es otra página de la historia, Boris. Esas requisas, esas cuotas consulares, no son más que controles para evitar lo que, según ellos, es contaminación.

—¿Contaminación?

—Sí, Boris: evitar la contaminación de su modelo cultural.

—¿Cultural?

—La cultura lo arropa todo, Boris. Y cuando digo todo, me refiero a la producción total: bienes, servicios, entretenimiento. La cultura lo es todo, Boris. La ropa que llevas puesta, el recorte de tu pelo... este banco donde estamos sentados, todo lo que hemos edificado, a partir del garrote, es cultura. Y cuando digo *todo*, es *todo*, Boris, incluyendo la lengua.

—¿Y crees que los *yanquis* temen que los contaminemos?

—Sí, Boris. Por eso las cuotas migratorias hacia su territorio se aplican selectivamente. El asunto se asienta en la asimilación constante, en la integración transitoria a su forma de vida, a los modos de producción de los inmigrantes. Así, los griegos, escandinavos, jamaiquinos, italianos, colombianos, dominicanos y chinos son aceptados para la realización de determinados oficios en lugares y periodos específicos.

—Pero, papá, ¿no se les volverá todo, a la larga, un amasijo de razas y costumbres?

—Posiblemente la grandeza gringa se asienta en la maravillosa estrategia de asimilar las nuevas costumbres. Los griegos, los italianos, los rusos y los alemanes emigrados a Estados Unidos, aun conservando parte de sus huellas, son hoy tan gringos como el que más. Y es que el sistema los absorbe, Boris, calándolos hasta los huesos...

—Pero, ¿acaso no sobrevive en ellos algún recuerdo de sus culturas?

—Sí, Boris, les sobreviven ciertos recuerdos y costumbres...

—¿Cómo cuáles, papá?

—Como la culinaria y algunos ritos. Cuando la conexión cultural con el país de origen está por desaparecer, siempre surge en el emigrado el sabor de la cocina, el compás de los bailes, actuando como un cordón umbilical, como una línea conectora con su pasado. De ahí a que los italianos, chinos, griegos, alemanes, mexicanos y cubanos emigrados a Estados Unidos montaran sus restaurantes para reivindicar sus pasados. Pero el poder de asimilación *yanqui* es tan fuerte, tan poderoso, Boris, que la propia culinaria del emigrante se ha arropado con sabores gringos, convirtiéndose, hasta cierto punto, en una falsificación de la original, pero guardando, eso sí, ciertos trazos originales.

—¿Es decir, papá, que las culturas que los emigrados llevan consigo a los Estados Unidos se reciclan con la gringa?

—Más o menos, hijo mío. En el mercado gringo se fundan y organizan, entonces, nuevos y arbitrarios gustos. Ahí están las pizzas, los hamburguers, los tacos mexicanos, las vacas fritas cubanas, a los que el *catchup* les ha doblado el pulso...

—¡Vaya, papá!

—Boris, los capitales que mueven nuestra economía, aun erigiéndose aquí, se corresponden con los de allá. ¿Y sabes por qué, hijo mío? Porque esta es su esfera, su geopolítica, el patio trasero de su vivienda. Por eso, trabajar en publicidad aquí es igual a trabajar en publicidad allá. Mira, Boris, cuando aquí se anuncia el aceite *El Manicero* se está anunciando un aceite cuya materia prima proviene de allá; lo mismo que cuando te tomas una *Coca-Cola* en el *quintopatio* donde vivimos, cuyos únicos componentes nacionales son el agua y el azúcar, pero cuya marca y esencias nacen allá. Y así sucede con la inmensa mayoría de los productos que consumimos, incluyendo los que vestimos.

—¡Oh, papá!

—Pero eso no es todo, hijo mío. Cuando se trabaja en una tienda vendiendo efectos electrodomésticos japoneses, italianos, alemanes, chinos, o de donde sean, se están vendiendo productos que en nada nos benefician.

—Estamos bien jodidos, papá. ¿Y cuál es, entonces, nuestro futuro?

—La presunción, Boris: alardear de que tenemos una bandera, un himno, una agrietada geografía que se tambalea por la inmigración haitiana y una cabizbaja historia. Por eso estar aquí es igual a estar allá...

—¿Lo crees así, papá?

—Sí, Boris, lo creo así. Aunque, desde luego, si marchamos hacia allá con una conciencia del desquite, de la afrenta, del retorno imaginario a una estación sin prejuicios, ya estaríamos haciendo algo.

—¡Qué dura es la vida, papá!

—Es dura desde sus mismos inicios, Boris; es dura desde esa loca carrera de espermatozoides buscando el surco fecundo. Pero, ¿sabes?, lo importante será no permitir que los sueños mueran…

Las palabras de Pérez son interrumpidas por una pequeña multitud compuesta de ancianos, mendigos, borrachos y vagos, la cual rodeó el banco que ocupaban padre e hijo.

—¡Qué lindo habla este hombre! —expresó una desdentada anciana, cargando una enorme caja de cartón.

—¡Se parece a Juan el Bautista! —chilló un viejo vestido de negro.

—¡No, no es a Juan el Bautista a quien se parece! —escupió otra voz.

—¿Y a quién coño se parece? —preguntó indignado un iracundo borracho.

—¡Es al mismo Jesús a quien se parece! —sentenció un anciano.

—¡Pues a mí me parece que no es más que otro buen comemierda! —reprochó alguien que nunca creyó en cuentos.

Capítulo XVII

Consummatum I

PARECE MENTIRA QUE seas tú, Isabel, quien me diga que no me vaya. ¿Es que no recuerdas nada del pasado anterior recién pasado y archivado? Recuerda, lo discutíamos a veces cuando hablábamos sentados en el malecón y me confiabas tus secretos sobre la larga alfombra de asfalto que separaba la *Feria de la Paz* de la ciudad intramuros. ¿Sí, lo recuerdas? Jamás te dejabas agarrar las nalgas en las noches apresuradas del antiguo *Parque Ramfis*, convertido en *Eugenio María de Hostos* después de muerto *El Jefe*, y dedicado ahora a tristes ferias y espectáculos de lucha libre. Era un asunto de querer y poder. Y aunque tú siempre querías, Isabel, muchas veces no podías. Entonces charlábamos, y era cuando me decías que, tarde o temprano, te irías del país para encaminarte hacia el norte, específicamente a los Estados Unidos. En esa época te explayabas contándome tus sueños eróticos, tus nostalgias, tus quimeras, tus lucubraciones inútiles sobre las más diversas fantasías insatisfechas. ¿Recuerdas? Al confiarme tus secretos te volvías rápido hacia mí para atosigarme con tus palabrotas rebuscadas y lo inyectabas todo de una retórica fútil, carente de todo vestigio de coherencia. Pensabas que podrías triunfar allá, en el Norte, para regresar al país rica, y por eso movías sensualmente tu boquita carmesí, haciendo notar tus dientitos de ratón en los entrenamientos de la escuela de comandos. ¿Recuerdas? Eso fue en la revolución de abril. Sí, Isabel, porque lo que importaba entonces no era la jodida revolución, sino tu viaje a gringolandia y el acercamiento tuyo y mío allá, en Brooklyn o Queens, ¡claro!, si yo hacía lo mismo que tú, largándome. Me decías: *¿te imaginas qué chulería tú y yo caminando agarraditos de las manos por la calle 42? ¿Ah, te lo imaginas?* Ahora parece mentira, Isabel, Chabela, Bela, Chelita, que me digas, ¡a estas alturas del juego!, que para qué irme, que para qué salir de este país de nuestros amores rodeado siempre por el mar y la altisonante Haití, que se mantiene como una fiera al acecho de que pase algo y, *¡chumblún!*, un engullimiento de espanto de la ex República Dominicana y sus milloncejos de habitantes. Chabela, Isabel de todos mis amores infantiles de cuando iba al colegio *Santa Teresita* a esperar que salieras con tus cuadernitos para que me preguntaras la clase y yo que todo bien *nice, ice, bice* (esto es una repetición inútil, chabela) y tú dándote importancia como la última *Coca-Cola* del desierto como se veía en las películas de aquel tiempo en donde aparecían los Marlon Brando John Derek Farley Granger Tony Curtis Paul Newman Troy Donahue todos acicalados súper limpios asépticos peinaditos enamorando a la muchachita Sandra Dee o Terry Moore con dos trencitas parejas. Dime, Isabel, ¿cuál es el pájaro que te ha picado, mujercita adorada de mis amores? Porque, de verdad, no pareces ser tú diciéndome esto. A lo mejor te has metido a perredeísta después-de-Bosch y por eso te comportas así. ¿Recuerdas el día que obtuviste el pasaporte —con lo difícil que era en tiempos de Trujillo— y me lo mostraste muy satisfecha? *¡Míralo, míralo!* Y yo sin poder contener la emoción y la pena, porque pensé que te irías de mi lado para siempre y fue por esos días que te casaste y saliste embarazada y pariste una dos tres cuatro cinco veces y tienes ahora cinco hijos todos varones y el más grande ya va para los veintidós años y tú estás cerca de mi edad. Déjame contar. ¡Anjá, te llevo uno y pico! ¡Qué vieja estás, Isabel! Pero dime, ¿aún lubricas bien? Dime, ¿es verdad que después de la menopausia la cuevita de ustedes se torna recia, dura, seca y de que es preciso, zas, zas, zas, utilizar alguna sustancia grasienta para que podamos entrar el ripio? Dímelo, Isabel, y te juro que no lo diré a nadie. Es más, si así lo deseas, no me lo digas, pero lo de la *chocha dura* lo estudié alguna vez con Landa, quien (aunque sobrepasando por mucho los cuarenta años de edad) no había llegado a la menopausia. Fíjate, Isabel, yo le ponía la mano así, mira, como te la pongo a ti sobre los labios vulvales y ella se encogía como un elástico que se estira y desestira (¿lo dije bien... te gustó la metáfora?), llenándome de tibias secreciones los dedos. Es por eso que creo, Isabel, que el éxito para retardar *la meno* es parir, sí, parir muchos hijos. Fíjate, la ovulación, según los expertos *totísticos*, se detiene durante el embarazo por nueve meses, porque cada mujer, al parecer, trae en su código genético una cantidad determinada de óvulos, por lo que, al salir embarazada, economizará nueve. De ahí a que tú, con cinco hijos, tienes economizados cuarenta y cinco óvulos de los buenos, los cuales representan, dividiéndolos entre doce, tres años y nueve meses de *extensión lubricativa*. ¿Lo ves, Chabela? Por eso tu vagina se mantiene húmeda, olorosa, bien chula. Es más, ahora mismo siento mis dedos empapados de ti. Ven, dame un besito aquí en la trompita y déjame acariciarte tu popollita linda.

¿Lo ves, Isabel? la alegría sobreviene por cualquier cosa y tú y yo estamos riendo ahora porque estás casada con un hombre rico que de seguro se irá para Miami cuando estalle la revolución definitiva y yo porque te estoy cogiendo ahora en este motelito que tú pagas con el dinero que te da tu esposo rico que se irá para Miami cuando estalle la revolución definitiva pero después Chabela me pondré triste y tendré que volver a explicarle a Vicente que la cosa no es tan fácil para un tipo como yo tomar la decisión de largarse de aquí después de haber pasado tantas vicisitudes y trastornos y de verdad que no es fácil Chabelona y tal vez por eso es que a-lo-mejor no quieres que me vaya para que así me convierta en tu amante definitivo a cambio de qué Chabelona porque me regalarías guillitos y dineritos para llevarle a Elena a quien cuando la veas posiblemente no reconozcas porque ha cambiado terriblemente y hace todo por complacerme y que a lo mejor ese ha sido el éxito de mi matrimonio y de todos los matrimonios que han durado cierto tiempo en (o sobre) la faz de la tierra porque cuando la mujer obedece al hombre al macho al *tíguere encantado* al príncipe azul en todo o inversamente cuando el hombre es el que obedece a la mujer se crea entre ambos un gobierno de dos donde el que manda no establece riñas con el obediente o acaso tú Chabela no le aguantas golpes a tu hombre que te lo da todo para así poder disfrutar de estos momentitos gustosos conmigo que aunque no te doy un solo *chele* establezco en tus adentros los movimientos pélvicos que te ponen a gozar Sí Chabela Elena me aguanta golpes pero no golpes sádicos sino golpes inducidos por la miseria y por la música que suena a través de las paredes de vieja madera del *quintopatio* donde ya no sólo se escucha *Mi debilidad* en la voz aflautada de Aníbal de Peña sino la *bachata* que ha comenzado a abrirse paso desde las cuarterías rurales de los *bateyes* e impulsada impúdicamente por los amargues consuetudinarios de los cuarteles y son Chabela golpes tácticos de desahogo que Elena sabe en lo más profundo de su ser que significan amor pena compasión pero nunca odio y que se reducen a fastidios por llegar yo acogotado de las largas esperas frente al consulado donde el maldito cónsul Stewart me pide y me pide uno tras otro currículums y de ahí ¡cataplún! una bofetada en el rostro de Elena y que si me vuelve a pedir otro *currículum* y me dice que le ponga cosas que él cree que oculté durante mi militancia post abril ¡cataplún! otra bofetada y que si *La Moa* me insultó diciéndome *pequeñoburgués-de-mierda* o me lanzó indirectas sobre mi condición de chulo-de-patio un sopapo suave delicado y que si Boris y Carmen Carolina no tienen uniformes ni libros para comenzar el año escolar ¡pun! un *guantazo* pero cuando la golpeo Chabelona siento los golpes en mí mismo y lloro y siempre la vuelvo a golpear y ella me sonríe y me muestra la otra mejilla y a través de sus enormes ojos intuyo al carpintero aquel al predicador aquel ¿sabes? y me echo a llorar y ella me dice *que no llore que el golpe no le dolió y que comprende la situación por la que atravieso* y ¡ah! Chabela esos golpes esos aspavientos de grandeza podría catalogarlos como acciones para desahogar mi alma sí coño como escapes coño como unas malditas catarsis coño pero no son más que abusos chabela desastrosos abusos cometidos hacia alguien que no los merece por lo que podría emparentarme con Sade y venir a ser un descendiente lejano del mejor de los Sades y a ella vigésimo quinta sobrina del pendejo de Masoch pero qué va Isabel no hay nada de eso porque ni yo gozo golpeándola ni ella siente placer recibiendo los embates de mi frustración como tampoco debes imaginar que somos prisioneros de un complejo de *punching bag* porque Elena sería incapaz de prestarse a

238

tales fines aunque sé que sí que estás pensando en mil vainas pero te diré libre de remordimientos que quiero a Elena aunque lo curioso viene a ser que la he querido queriendo a otras como por ejemplo a Katia a quien quise muchísimo y a Julia con todo y su ninfomanía y a Mercedes y a la turquita de cuando era tan sólo un púber y a quien cogí en el tercer piso del *Rialto* y te quise o quiero a ti y a Landa y a Martina aunque sólo un poquito porque constantemente me pedía chupones clitóricos que llegué a detestar porque con todo y que se lavaba súper bién con agua de florida de *Murray & Lanman* le salía siempre un tufillo a mantequilla rancia desde las profundidades de la vagina y también quise a Dorothy alias *El hembrón* por su tamaño y medidas descomunales que caminaba lanzando desde sus poderosas nalgas truenos y centellas y así en fon digo en fun digo en fan digo en fin Isabel he querido a un montón de mujeres y por encima de todas ellas he seguido queriendo a mi mujer porque ¿sabes? la he amado con un cariño que se transforma continuamente y se mezcla con la pena con la amistad con la evocación de otros tiempos pero nunca con la indiferencia Isabel y estando en la cárcel o ensimismado en los martirios o en cada persecución policial la he querido de formas diferentes al igual que en la revolución la quise para que me protegiera y posiblemente pensando en que ya todo estaba perdido y después de la revolución la amé como se ama a una propiedad cualquiera y así también durante el fatídico tránsito de los doce años de Balaguer donde la quise con la desproporción de un amor atosigado cansado hastiado y ahora con la cagada que vivimos de la socialdemocracia perredeísta pegada al país con retazos y ensayos de orquesta mal afinada la estoy amando como Aquiles amó a Patroclo tal como si ella fuera mi escudera y que debe recibir todo a cambio de nada y creo significa Isabel que la querré siempre (¿no te suena todo esto a canción, Chabela?) tal como la quise en la adolescencia cuando deseaba ser cantante operático y me entretenía todo el santo día haciendo sonar los discos de Mario Lanza a todo volumen y desgañitándome mientras los vecinos gritaban que ya bastaba coño que ya estaba bueno de estridencias estúpidas y lanzaban piedras y huevos podridos contra la ventana de mi habitación y la amé cuando dejé la adolescencia y comenzaron los problemas políticos y me metieron preso y me torturaron y me jodieron con los cigarrillos los cojones y me deportaron y ella como si tal cosa escribiéndome casi a diario y preocupándose y diciéndome que los niñitos (¡qué chiquititos estaban Isabel!) se encontraban bien y yo por allá por París tirándome muchísimas rubias y los compañeros comenzándome a sacar en cara el asunto del individualismo y amenazándome con —si no compartía las suecas las argelinas-pega-gonorrea las alemanas del Este y del Oeste las rusas blancas nacidas en Francia las inglesas con invitaciones al London del *fog fog fog* (y que no suena *fucky* como joder la paciencia con una hembra) las uruguayas no-tupamaras las guatemaltecas sin sangre maya las *bonnes à tout faire* españolas las estudiantes nicaragüenses hijas de antisomocistas las mexicanas del puro Norte las venezolanas hediondas a petróleo las griegas macedónicas y las turquitas de Turquía (que no del Líbano ni de Palestina ni de Siria)— dejarme colgado en París mientras ellos se marcharían para Cuba y allá conocerían al *Che* a Fidel a Raúl a Blas a Carlos y a todos los muchachos de la *troupe* que preocupaba a los yanquis en aquel 62 a requetecabrearse porque Cuba tenía los cohetes y el territorio americano estaba cerquininga y porque el loco de Fidel podía soltar uno el día menos pensado y ¡plumplún coño! que se acabó todo y que ¡Mira Nikita o sacas los cohetes de ahí o se armará la de Troya sin Troya y sin el presumido eje y yo quedándome en pleno París solo solito Isabel individualmente como un lobo solitario aullándole a la luna en la nieve del invierno más coñudo y friudo que te puedas imaginar y entonces *Les Halles* el vientre de París para Hugo y los demás de Hernani para cargar cajitas de tomatitos de frijolitos de legumbritas de naranjitas canarias de frutos africanos y pedazos enormes de carne de vacuno ovejuno chivuno cerduno sobre los hombros y los muchachos compañeros allá por la islita esta de aquí al lado con forma de lagarto encabritado practicando tiro y aprendiendo las intríngulis y mierdíngulis de la revolución y entonces ¿crees tú Isabel que fue por individualismo o por pura envidia de las muchachotas que me dejaron varado en París? Sí sí Isabel a Elena la he querido en diferentes edades críticas pero ¿qué dices tú de todo Isabel? La quise también en plena revolución cuando estábamos medio distanciados y la recordaba a pesar de los pesares y ella que me enviaba mi comidita al *Comando de San Antón* y que cuando me acobardé y me

240

temblaron las rodillas y mis compañeros me mandaron a descansar ella vino y se acostó conmigo y me consoló y me dijo que no era nada absolutamente nada y fíjate Chabela que la quise asimismo cuando salir se noche era un tremendo peligro y García-Godoy —que en paz descanse— gobernaba con los yanquis detrás de su escritorio y la maldita *FIP* la azarosa *FIP* la insegura *FIP* la insoportable *FIP* (*FIP* por fuerza interamericana de paz pero *FIP* por *Frente Imperialista Popular* o por *Fracaso Interamericano Popular* o por *Follón Inmisericorde Pedófilo* o por ¡*Fo Indecente Pendejo*! o por *Feliz Intento Papá* o por *Frente Independiente de Putas* o por ¡*Fájense Indecentemente Pedófilos* o por *Familia Intercambia Putas*) y la quise en el primer momento de Balaguer y en el segundo y en el tercero y la estoy queriendo en este primer *pedorio* —digo *período* de social democracia perredeísta que ojalá que sea el último y que entremos en cambios estructurales de concienciación y de botar para el mar los anti cambios insustanciales y las engañifas y las animadversiones y las demás jodiendas— porque este es un asunto como dice un tal psiquiatra del que podría hablarte un montón que el amor es una pendejada que madura orgánicamente y estructura una maldita conducta ¿qué crees tú?

Sí, Isabel, hay un tipo al que estuve leyendo en estos días. Se llama Erick Erickson y tiene una teoría sobre el sentido de la identidad psicosocial en los seres humanos. El tal Erick Erickson, **que es siquiatra,** habla de las edades críticas del hombre y aduciendo que cada sujeto tiene, a lo largo de sus ciclos biológicos, un constante proceso de aprendizaje. Dice Erickson que cuando cambian los temperamentos en el ser humano, cambian —de igual manera, *ipso facto*—ciertos gustos y apetencias por las cosas. Y eso es lo que está ocurriendo contigo y conmigo, Chabelita, Isabelita, *chochita* de papi, que te asustas con la menopausia y atraviesas una edad crítica, una edad biológica que afecta tu conducta y yo, temeroso de otras cosas, aludo hacia la tarima de la fuga. ¿Y sabes?, creo que por eso me pides que no me vaya, como aquella canción que hizo famosa Néstor Mesta Chayres, allá por los finales de los años cuarenta (¿recuerdas?: *No te vayas, no te vayas / que la noche se mece junto*

241

al mar), inspiración suprema de Luis Chabebe. Sí, Chabela, la comprensión de los ciclos vitales forma la tarea que deberemos emprender, por más compleja que resulte. Podría ser confianza lo que nos falte y, tal vez por eso, deseas encadenarte a todo lo que significó tu juventud, aferrándome yo a estos demonios de la desolación. ¿Recuerdas a los jóvenes combatientes que te cogías durante los entrenamientos? Creo que ahora buscas la reedición de aquella época donde —y con el apoyo de tu esposo rico— tu pepita se paseaba gloriosa por todo el parque *Ramfis* y la fama de cogehombres insaciable te siguió victoriosa por toda la zona constitucionalista. Sin embargo, Chabela, no has podido reeditar esa condición porque estás atrapada en otro ciclo biológico, en una edad crítica donde se deben resolver ciertos problemas fundamentales antes de pasar a la siguiente fase: la liquidación de los estrógenos y el consabido desgaste de los ovarios. ¿No lo ves? ¡Míralo!: tus tetas ya no son tetitas sino tetotas y tus caderas ya no recuerdan la ondulación cimbreante del metal porque se han convertido en caderotas y tu portentoso clítoris, otrora de erguimientos diamantinos, ya no lo siento entre mis labios como una sabrosa cosita rosada, sino como un salobre gusano intrascendente. Era, Chabela, que entonces tenías veinticinco añitos y creías que la carne, que las células corporales jamás se cansarían y ahora, fíjate, ellas se cansan, ellas se agotan, dejando de reproducirse como en los mejores años de nuestras vidas. De ahí, entonces, a que tu piel se haya comenzado a arrugar y de que el agua que antes corría armoniosa y libremente entre tu epidermis encuentre ahora crecidos obstáculos para ejercer su recorrido, sobreviniéndote otras ganas, otros deseos y otros atrevimientos. Pero, ¿sabes, Isabel de mis amores?, no te preocupes, todavía supervive el cariño como trofeo y los cariños sobrepasan las criticidades biológicas y sus mierdosas secuelas. Porque, ¿acaso son el hombre y la mujer iguales? Dime, ¿en qué pueden parecerse? ¿En el cerebro? Creo que las diferencias son tácitas y es por eso que se produce nuestro acople, esa necesidad loca de amarnos y odiarnos y sentir que ambos somos uno al *enclincharnos* como burdos gladiadores. De ahí a que podríamos pasar la página de esta miserable ecuación, ¿verdad?, haciendo un pequeño, un leve, un diminuto inventario de nuestras pertenencias biológicas, de lo que trajimos al mundo y de lo que, Dios mediante, dejaremos al fuego o a los gusanos. Mira, Isabel, tú tienes esas tetas, ahora grandes y algo laxas, pero con ciertas redondeces clandestinas, y yo lo que tengo, mira, son tan sólo dos picaditas de avispa; tu ombligo es chiquitito y profundo; espérate, ponte así, en medio de la cama y déjame dártele un besito con lengüita pasada suavemente, ¡ah, qué ricura de ombligo con pequeños depósitos de ácaros recogidos en las noches tormentosas de sudores y espermatozoides; observa mi ombligote, duro, hueco, inútil; tú tienes esas caderotas anchas, con exabruptos geográficos como la costa griega y esas dos bolitas de carne al comienzo de los muslotes tersotes y yo, ¿qué tengo?, pues nada, ¿no lo ves?; mis muslos están brotados y los tuyos no; pero mira ahí, mamá, come ahí, entres tus muslos, déjame probar ese bocado tan rico y apetitoso que guardas celosamente en tu encoñadura, en tu prodigioso empeine donde reposa, nada más y nada menos que una cortada, una zanja milenaria por donde han nacido hombres, mitos y leyendas, ¿lo sabías?, porque por esa cortada nacieron *King Kong* y Julio César y también nació la historia, el capitalismo y el comunismo; sí, esa profunda e infinita cortada es la madre patria de todas las cosas conocidas, incluyendo guerras, pestes, bondades, linchamientos, razas inmortales y desinmortales, sin dejar atrás que ha sido, también, un túnel del tiempo sin tiempo, sin la *tele* a cuestas y capaz de estornudar y cambiar el curso de los ríos, porque tu cortada es un himno al amor, al desamor y al odio, así como a la esperanza y a la quietud. Y ahora mírame a mí, ¿qué tengo yo entre las piernas, si no un ripio fofo, un estropajo colgante que se pone blandengue a medida que pasan los años y al que ustedes les gusta bien durote y áspero, lleno de mortalidad asesina, tal como si fuera un garrote-espada, un cañón con sacudida, una roca gigantesca, una *bazooka* redentora, un relámpago matador de tiranos y capaz de erguirse y arrollar las zanjas milenarias como la tuya, pero eso sí, sin desatar contra-ilusiones y sacando a flote las esperanzas dormidas como los mocos acatarrados en las narices de los niños de *Constanza*; pero mira, Isabel, mírate los cabellos en el espejo de este motel de mierda con olor a *cucas* mal lavadas y a culo de turco recién llegado del medio oriente, ¿acaso no estás viendo la textura, la mierdura de tu pelo grácil y brilloso frente a este mío, tan grueso y áspero? Y es esa —como diría mi amigo Monegal— la marcada característica diferencial que nos hace gustarnos al uno con el otro, porque por dentro tú tienes útero y yo tripas, tú tienes trompas de Falopio y yo una próstata que crece y crece y crece; tú tienes glándulas mamarias y a mí lo que me sale por las tetillas, según la maricona de Martina, es una sustancia agridulce que no sirve para nada. Sí, Chabela, somos diferentes, completamente diferentes, y por eso la liberación manoseada y lengüeteada de las feministas debe circunscribirse a una petición de amiga a amigo: *¡Mire, macho!, mi cerebro tiene un tamaño de tantos cecés y mi cociente de inteligencia es tanto por tanto entonces ¿por qué no nos entendemos y nos repartimos el trabajo del mundo? ¡Mire, macho!, usted tiene más fuerza que yo y tendrá que hacer la guerra y trabajar en el campo mientras yo me ocupo de los trabajos manuales y las computadoras.* (Pero no como los malditos industriales ingleses que comenzaron la explotación de la mujer arguyendo que las manos femeninas eran mejor para las labores textileras, pero les pagaban menos, mientras los hombres se quedaban en las casas sin trabajo, realizando las tareas caseras). *Pero, ¡mire, macho!, pondremos en la mayoría de los baños del mundo muchas toallas sanitarias femeninas para los flujos menstruales y usted verá, macho, que el mundo caminará mejor, mucho mejor; pero eso sí, macho, nos acostaremos en una cama usted y yo y sacaremos chispas de tú-a-tú con chupaditas, mordiditas y mucho petting, para luego de la consabida venida cada cual ocupar su posición social: usted en lo suyo y yo en lo mío. Yo pariendo y usted proveyendo. Pero eso sí, cuando un ratoncito aparezca en los rincones, gritaré mucho mucho mucho y usted vendrá, macho, y lo matará con una escoba. ¿O.k.?*

—MUCHA GENTE HA llamado *raro* a este cariño que siento por Elena, Isabel. Tal vez lo digan por haberme soportado durante tanto tiempo. Tú lo sabes: yo soy el malo de la película, el mortificador, el *Daniel-el-travieso* de la trama y, sí, debe ser por eso, que llaman *raro* a este amor que me une a Elena. Cuando estalló la *Revolución de Abril* me encontraba distanciado de ella por una bofetada. Sí, por uno de esos golpes a los que la he sometido y que, si te cuento el porqué, te reirías. Fue un asunto de desahogo, Isabel, que. Tú sabes (¿pero lo sabes de verdad, o lo máquinas para especular con lo sabido o todo al revés?) Que es lo. Del *puching bag* en el boxeador y. No, creo que no podría tener una idea de. Y entonces abril así en el medio y al final y todos afanando por conseguir un revolvito o una ametralladorita. Pero, ¿qué hacías tú ese maravilloso y después tormentoso y luego maldito Abril?

—¿Yo?

—Sí, tú.

—Como siempre: leyendo y atisbando los rincones de la casa.

—¿Al mediodía?

—No.

—¿No?

—Bueno, no al mediodía, pero sí luego del mediodía, cuando me dijeron que el negro Peña estaba gritando desaforado por, ¿cómo se llamaba la emisora? ¿Acaso era Radio Mil?

—No, esa era de Manuel Pimentel y Joaquín Jiménez-Maxwel, el primero de los lados de Baní u Ocoa o Azua, muy trabajador él, y el segundo, el tal Jiménez Maxwell, de por allá de Samaná.

—Pero, ¿fue o no fue por Radio Mil la emisora por la que habló Peña?

—No, no fue esa...

—¿Y entonces coño por cuál fue?

—Por Radio Comercial. Esa fue...

—Bueno, por esa, por Radio Comercial, donde laboraba un cubano calvo que obedecía al nombre de Luis Acosta Tejeda.

—¿Y bien, Chabelona?

—Pues nada, que entonces me llaman y me dicen: *Chabela, ¿no te has enterado de la última? ¡Tumbaron a Donald!* Y luego escucho unas voces de algarabía por todo *Gascue* y a un paquete de sirvientas lanzando vivas al moreno y que *¡Viva Peña!* y que *¡Viva Bosch!* y me imaginé que ahí mismo comenzaría el vía crucis entre Peña y Bosch...

—Pero, ¿por qué, Chabela?

—Tú lo sabes... ¡o te lo imaginas! ¡Por el asunto del liderazgo, Beto! Pero nada, que al oír la vocinglería corrí a despertar a mi marido y le dije lo que estaba pasando y entonces él llamó a unos amigos y salió de la casa...

—¿Salió de la casa?

—Sí.

—Pero, ¿se integró a la revuelta?

—¡Bah, Beto! Tú sabes que el pendejo se marchó de la casa por alrededor de una semana...

—¿Una semana?

—Sí, Beto... ¡por una semana!

—Pero, ¿hacia dónde fue?

—Todavía es un misterio, aunque me llamaba de vez en cuando y me enviaba camionetas llenas de alimentos...

—¿Era esa la comida que repartías en la escuela de comandos?

—Sí, era esa.

—¿Nunca le has preguntado el lugar donde se alojó?

—Muchas veces. Pero lo calla, aunque sospecho que fue a parar a *San Isidro...*

—¿A la base aérea?

—Sí, recuerda que él es primo de Fiallo, el de la vocecita martilladora. Pues bien, eso era lo que hacía cuando Peña hizo el anuncio del levantamiento... leía, pendejeaba, tú sabes. Pero tú me contabas los del bofetón a Elena...

—Sí, Isabel, luego de la bofetada me fui de la casa cagándome en el país y diciéndole al que se cruzaba en la calle conmigo que el maldito *Triunvirato* nos tenía azarados...

—¿Hacías eso?

—Sí, y todos se reían, pensando seguramente que estaba loco.

—Pero, ¿hacia dónde fuiste?

—Fui a la casa de Oviedo. Tú lo conoces al pintor Oviedo.

—¿Y te alojaste en su casa?

—Sí, allí me alojé en la cocina hasta el mismo 24 de abril, ya que a partir de ese día no tuve un lugar fijo donde quedarme. El día 25 me lo pasé de aquí para allá y de allá para acá, metiéndome en el Palacio Nacional, desplazándome en busca del comentarista, procurándome un arma de fuego; el 26 por igual y de ahí en adelante en azoteas para dispararle a los aviones, integrándome a comandos y a los artistas en lucha, y así por el estilo, hasta ir a parar a un *pent-house* de la calle *Isabel la Católica.*

—¿Un *pent-house*?

—Sí, un *pent-house* en plena calle *Arzobispo Meriño*. Tenía una enorme cama y una nevera repleta de alimentos y bebidas. Los que nos quedamos en la ciudad intramuros y *Ciudad nueva*, tú lo sabes, disfrutamos de lo que nos dejaron los riquitos que huyeron. Lástima que todo se extendiera tanto, Chabela.

—Puede ser, Beto. Pero estaba ese horrible temor con el maldito Bunker.

—Sí, Chabela, el maldito Bunker nos ablandaba con los morteros, con los ataques repentinos, sobre todo antes de sus reuniones con el gobierno de Caamaño. Creo que, en parte, la revolución se convirtió en algo *in*, cuando debió seguir siendo *on*.

—¿Quieres decir revoluc*ín* en vez de revoluci*ón*?

—Más o menos y, ¿sabes por qué? Porque nos acomodamos, Chabela, pasando los días con temor, es cierto, pero sin hacer nada, tan sólo comiendo y leyendo. La revolución debió traspasar la piel de Santo Domingo y retumbar en las zonas rurales.

—Pero tú lo sabes mejor que yo, que el esfuerzo se hizo.

—Pero debió insistirse en ello, Isabel. Los esfuerzos mayores no se volcaron hacia otras ciudades.

—Ese expediente nunca dio resultado aquí, Beto. Los ejemplos de guerrillas fracasadas sobran… ¡tú lo sabes!

—¡Ah, Chabela, Isabel, Belita, Abril fue una coyuntura diferente que movilizó la atención del campesinado hacia la política! En casi todos los *comandos* había campesinos recién llegados a la capital.

—En eso tienes razón. Pero la muerte de Manolo Tavárez aún estaba fresca en la mente de todos. Aquí, en Santo Domingo, están las embajadas, las plantas televisoras, las principales emisoras radiales. Aquí era donde se concitaba el ruido, el eco, la resonancia, Beto, y tal vez eso le daba cierta protección a una guerra patria a partir del mismo día 28 de abril… ¡aunque se supiera de antemano que estaba perdida!

—Todo eso es pura mierda, Chabela.

—¡Cálmate, Beto, cálmate! Pero dime, cambiando el tema como los locos, ¿por qué no continúas hablándome de Elena?

—¿Qué deseas? ¿Exorcizarme?

—¡Claro que no, Betino! Pero sé que Elena es para ti como un ancla, como una viga a la que te amarras para salvarte de los vientos y que su imagen, aún en los momentos más difíciles, está ahí como una cruz, como un tibio sol de invierno. ¿O no es así? ¡Dímelo tú!

—Te gusta joderme, Isabel, y Elena es una de las vías más expeditas para hacerlo, ¿verdad?

—Sabes que no, Betino. Vamos, hombre, háblame de Elena...

—Ella está como siempre, Isabel... como siempre. Ayer mismo me trajo el *New York Times* dominical de casa de sus padres...

—¿El *New York Times* dominical?

—Sí, ese que viene los domingos con un millón de páginas y varios *magazines* dentro.

—¿Acostumbra ella a hacer eso?

—Sólo cuando va de pasadía los domingos a casa de sus padres con Boris y Carmen Carolina.

—¿Y bien?

—La misma mierda, Chabela. Elena sabe que me interesa una de sus separatas, el *Book Review*.

—¿Y?

—La mezcla de siempre, Isabel: las noticias de conflictos servidas junto a análisis de modas y el chorro de anuncios. Pero lo importante de ese día no fue que Elena me llevara el *New York Times*, si no sus ojos...

—¿Sus ojos?

—Sí, sus ojos. La forma en que me miró, como preguntándose si me sentía feliz. ¿Crees que es justo que una mujer maltratada le pregunte a quien la maltrata si se siente bien o mal, después de traerle un maldito periódico?

—¡Ah, Beto, las mujeres somos así! La chulería forma parte de nosotras.

—Lo interesante de aquel momento fue su pregunta sobre si había leído el artículo sobre Roland Barthes en el *Book Review*.

—¡Vaya!

—Como no lo había leído, lo busqué y ahí estaba: una crónica del nuevo libro de Roland Barthes, traducido al inglés como *New Critical Essays*, escrita por John Sturrock, un crítico literario que ya había publicado un ensayo sobre Jorge Luis Borges titulado *Paper Tigers: The Ideal Fictions of Jorge Luis Borges*.

—Pero dime, Beto, ¿qué has deseado decirme con todo esto?

—¡Deberías imaginártelo, Isabel!

—No, no me lo imagino, explícame, ¿qué te pasa?

—Nada, Chabela. Hace sólo unos minutos hablábamos del amor, de los sentimientos, de toda esa mierda y tocamos el tema de Elena.

—Pero algo te pasa, Beto. Dime, ¿qué ocurre?

—Podría ser el viaje, la maldita visa.

—Dime, ¿cómo te va en las diligencias de la visa?

—Nada bien, Isabel. El hijoeputa Stewart, el cónsul *yanqui*, me pide *currículums* más *currículums* y ya no sé qué hacer.

—Tal vez desean algo de ti.

—¿Cómo qué?

—Algún servicio. Tú sabes como son los gringos practicando el to-ma-y-dame.

—No me hagas reír, Isabel. Ellos, tú y todos, saben que no haría ningún servicio para conseguir la maldita visa.

—Otros ya hicieron esos servicios.

—¡Otros... pero no yo!

—¿Por qué no le escribes?

—¿Una carta?

—Sí. Cuando te vuelva a pedir un *currículum* se lo envías con una carta y le dices todo lo que tengas que decirle. Le cuentas la importancia que tiene para ti la visa; que tu mujer y tus hijos necesitan el dinero que ganarás allá.

—¿Y tú crees que los *yanquis* se comen esos cuentos? Ellos saben, mejor que tú, mi pasado.

—¡Bah, Beto!, ¿acaso no saben ellos que en *New York* hay comités del *MPD*, del *PCD*, del *PLD*, de la *UPA* y de todos los partidos anti yanquis? ¡Ellos lo saben, Beto! Escríbele a ese mojón de... ¿cómo se llama el mojón ese?...

—¡Stewart! ¡Henry Stewart!

—... ¡Sí, escríbele a ese Stewart! Escríbele una carta bien explicativa, pero sin alardes revolucionarios, de lo que deseas.

—¿Y crees que tras esa carta me saldrá la visa?

—No sé, no soy adivina, pero ese sería un buen paso.

—¿Tienes visa, tú?

—Sí, tengo visa... ¿Por qué me lo preguntas?

—No sé. Tal vez tú y yo nos podamos encontrar en los *nuevayores*, si logro conseguir la mía...

—¿En los *nuevayores*?

—¡Unjú!

—¡Jaaa, ja, ja, Beto, debes de estar loco! ¿Pero, por qué hablamos tanto? ¿Por qué perdemos el tiempo en boberías? La hora de regresar a casa se me viene encima y aún deseo venirme dos o tres veces más. ¿Qué te parece, Betico, si me das una mamadita? ¿Sí?

Capítulo XVIII

Consummatum II

BETO, AGAZAPADO EN la azotea de un edificio de la barriada de *Santa Bárbara*, vio pasar, casi rozando, el viejo *Mustang P-51*. Su vuelo era pura historia, un verdadero milagro de la aviación sobre el cielo de Santo Domingo. Allí, haciendo cabriolas, el piloto doblaba hacia la izquierda y luego hacia la derecha, permitiendo que los ojos de Beto y los de los soldados constitucionalistas (y los de los muchachos del barrio que esperaban que algunos de los militares cayeran para arrebatarles los fusiles *Fal* que portaban) se extasiaran con las piruetas aéreas. Era el 26 de abril y la aviación se esforzaba en amedrentar a los militares y civiles que hacían lo indecible para impedir que el *CEFA* penetrase al lado occidental de la capital.

—Ese es un *P-51* de la versión *F-6B* —señaló un primer teniente del ejército a Beto—. Lo reconocí por las cuatro ametralladoras de 12.7 milímetros que lleva en las alas. Además, puede que porte dos cámaras fotográficas en su fuselaje.

—¿Dos cámaras? —preguntó Beto.

—Sí —respondió de inmediato el teniente—, ese *P-51*, viene con dos cámaras *K-24* para tomar fotografías del territorio enemigo que sobrevuela.

—¡Entonces... estamos jodidos! —murmuró Beto, tratando de que los muchachos no le escuchasen.

—Lo más probable es que los jerarcas del *CEFA* y la aviación desean tener una idea de lo que está pasando en la ciudad —afirmó el teniente—. Ellos saben que la *Fortaleza Ozama* está en peligro...

—¿Lo saben? —preguntó Beto.

—¡Claro! En ese recinto hay radiofonía y, seguramente, los policías que se encuentran cercados deben haber pedido ayuda.

—¿Crees que podríamos tumbar ese maldito avión? —inquirió Beto.

—Solo tenemos una oportunidad para hacerlo —respondió el teniente.

—¿Cuál?

—Esperar que baje un poco.

—¿Qué baje?

—Sí. Si ese *Mustang* está tomando fotografías de nuestras posiciones, deberá descender y aminorar la velocidad...

—¿Y entonces?

—Entrará en la fase de mayor desventaja de su prototipo: la maniobrabilidad...

—¿La maniobrabilidad? —preguntó Beto, confundido —. ¿Y qué tiene que ver eso con nosotros?

—Esa es la mayor desventaja del *Mustang*, amigo. Al descender a poca altitud, el *P-51* pierde agilidad para virar y es ahí donde tendremos que cazar al cazador...

—¿Y podremos tumbarlo con estas carabinas?

—Tendremos que apuntar bien. Así se produjo el primer derribamiento de un avión, ¿lo sabías?

—No —respondió Beto—... ¿cómo diablos sucedió?

—Fue antes de la *Primera Guerra Mundial*, cuando Italia se enfrentaba a Turquía...

—¿Italia?

—Sí, Italia fue el primer país en crear una aviación militar.

—¿Y qué sucedió?

—Todo ocurrió en el mes de noviembre del 1910, cuando un aviador italiano tomó fotografías de las posiciones turcas y otro dejó caer granadas de manos sobre las tropas otomanas.

—Pero... ¿cómo derribaron los turcos el avión?

—Disparándole...

—¿Disparándole?

—Sí... disparándole con rifles. La primera proeza bélica aérea fue la toma de fotografías. La segunda fue el lanzamiento de granadas de mano desde el aire y la tercera fue el derribamiento de un avión con simples balas de rifle. Así se completó el cuadro de la guerra aérea.

Beto miró con detenimiento los ojos del teniente, tratando de escudriñar, de buscar, de averiguar si le mentía, si sólo le contaba aquello para calmarlo; pero comprobó, tras unos segundos, que detrás de sus ojos, el teniente no guardaba ningún tipo de máscara y, por eso, sencillamente por eso, le creyó. Beto apretó, entonces, la carabina *Cristóbal* contra su pecho y vio remontar el *P-51* como un pájaro abatible, como una lechuza surcadora de un espacio inhabitado, solitario, deshecho, y, apuntando hacia la barriga del aparato, esperó que descendiera y aminorara la velocidad para dispararle. Cuando el *P-51* descendió hasta hacer que sus siglas resultaron tan legibles como las de un simple *afiche*, Beto escuchó la orden del teniente:

—¡Ahora! ¡Disparen!

Y todos dispararon unánimemente bajo la panza, bajo la barriga, bajo las alas del *Mustang*, viendo brotar un humo negro entre sus hélices.

—¡Sí! —gritó entusiasmado el teniente.

—¡Sí! —gritaron todos a coro—. ¡Le dimos... le dimos al maldito!

—¡Ya se aleja el pendejo! —gruñó uno de los militares a Beto.

—¡Ya volverán otros... —dijo el teniente—, si el piloto logra llegar a *San Isidro*! Si revelan las fotografías, el *CEFA* sabrá nuestras posiciones y tratará de expulsarnos de estos techos a bombazos limpios.

—¿Tan importante es nuestra posición? —preguntó Beto al teniente.

—¿Ves aquella chimenea? —señaló el teniente.

—¿Cuál? —inquirió Beto.

—Esa... esa que se levanta al lado del río.

—Sí, la veo —afirmó Beto—. ¿Qué tiene de especial?

—Esa es la chimenea de uno de los generadores eléctricos del *Timbeque* y Wessin sabe que allí se encuentran algunos de sus hombres.

—¿Lo crees así? —preguntó Beto.

—Sí, así lo creo. El río *Ozama* es muy estrecho y la marina tiene muy buenos nadadores...

—Pero los *hombres-ranas* están de nuestro lado —interrumpió Beto—. Dicen que esta misma mañana ellos asaltaron y tomaron los destacamentos policiales de *Villa Francisca*, *Villa Juana* y *Gascue*...

—Al decir *buenos nadadores* no me referí a los *hombres-ranas*, si no a otros de sus miembros, que también saben nadar y bucear —aseguró el teniente.

—¿Y entonces? —preguntó Beto.

—Algo bien simple. Puedes apostar a que, con toda seguridad, el *CEFA*, la aviación y la marina tienen ubicados hombres y pertrechos cerca del *Timbeque*, por lo que la aviación tratará de sacarnos de este lugar para fortalecer esa cabeza de playa.

Mirándose entre sí, Beto, los soldados y los muchachos de *Santa Bárbara* guardaron silencio y, acurrucándose más unos a otros, observaron los trazos purpúreos del atardecer hiriendo las pesadas y oscuras nubes que presagiaban las lluvias del cercano mayo. Beto observó su carabina *Cristóbal* y repasó las dificultades por las que tuvo que pasar para conseguirla, arrebatándosela a un sargento en las inmediaciones de *Radio Santo Domingo*, hacía tan sólo unas pocas horas.

—¡Tenemos que armarnos! —le dijo Maximito Rodríguez a Beto, cuando éste abandonó el vehículo que lo había alejado de la embajada donde se refugió el *comentarista*.

—Dicen que por los alrededores de *Radio Santo Domingo* los guardias del *CEFA* están huyendo —gritó Beto; y ambos corrieron hacia el Norte de la ciudad.

El sargento a quien Beto despojó de su carabina hacía guardia en la esquina formada por la avenida *San Martín* y la calle *Ciudad de Miami*. Cuando Beto se aproximó al sargento notó su extremado nerviosismo. No era para menos, ya que esa esquina era un verdadero caos debido a que en el interior de la radiotelevisora se desarrollaba el drama de la *comunicación creíble* por una razón bien sencilla: *Radio Santo Domingo* era, desde el 1950, la emisora oficial del gobierno. Aunque había sido fundada en Bonao, 1943, como *La Voz del Yuna* por José Arismendy

Trujillo Molina (un hermano del dictador que era mejor conocido con el apodo de *Petán*), la radioemisora se convirtió en radiotelevisora en 1952, cuando inauguró sus frecuencias televisivas. A partir de ese año cambió de nombre y pasó a llamarse *La Voz Dominicana*, fortaleciendo su imagen de ser la voz oficial del trujillismo. La única rival radiofónica de importancia de *La Voz Dominicana* surgió a mediados del 1960 con *Radio Caribe*, una emisora radial utilizada por Trujillo para fustigar a los norteamericanos y a la iglesia católica, tras el fracaso de *Ramfis* como estudiante en los Estados Unidos y las incursiones de algunos sectores del clero en actividades contra la dictadura. Pero tan pronto *Ramfis* y sus familiares huyeron del país en Noviembre del 1961, *La Voz Dominicana* cambió su nombre por el de *Radiotelevisión Dominicana* y fue utilizada para fustigar a los más destacados personeros del régimen trujillista, a los agentes policiales encargados de perseguir a los enemigos de la dictadura (los llamados *caliés*) y a todo aquel que resultara antipático a las exigencias de, por una parte, una golosa *Unión Cívica Nacional* y, de la otra, por un sector sumamente revanchista del exilio antitrujillista, ambos exigiendo cargos y repartos inmerecidos del botín dictatorial. Más tarde, el nombre de *Radiotelevisión Dominicana* fue cambiado de nuevo por el de *Radio Santo Domingo Televisión*, cambios que pasaron casi inadvertidos en una población que escuchaba sus frecuencias por carecer de otras opciones, hasta que, entre finales del sesenta y dos y comienzos del sesenta y tres, salieron al aire los noticieros *Radio Mil Informando*, *Notitiempo* y *Radio Reloj Nacional*, los que, junto a los espacios radiofónicos alquilados por los partidos políticos y algunas agrupaciones cívicas, conformaron un espectro radiofónico de mayor amplitud.

Entonces, no era de extrañar que el nerviosismo del sargento se manifestara con reiteradas miradas hacia el edificio que ocupaba *Radio Santo Domingo*. Después de todo, el mando del país podía cambiar en cuestión de horas y el fijar una posición al respecto se podía convertir en un verdadero riesgo, teniendo en cuenta que en el interior del edificio que debía proteger se libraba una lucha en donde la *credibilidad* y la *certeza (sin-lugar-a-dudas)* de quien hablara por los micrófonos y salía a través de la televisión era el que podía hablar a nombre del país y eso era necesario salvaguardarlo con ojos-boca-nariz-y-garras, así como con el despliegue de soldados en todas las esquinas y alrededores de la emisora. ¿Acaso no venía perifoneando esa misma emisora, desde mediados de los años cuarenta, todo lo que hacía y decía Trujillo? Y Beto lo sabía. Sí, sabía que el nerviosismo del sargento obedecía a eso, a la intranquilidad que producía el cambio; a la inseguridad de estar en un bando hoy y en otro al transcurrir algunas horas; a la duda de que el comandante de ahora se convierta en enemigo después. Y sobre eso, la perplejidad de no saber nada de lo que pasaba en el interior del maldito edificio que custodiaba y de estar rodeado por grupos de curiosos a sólo dos o tres metros de distancia, los que, cada vez con mayor insistencia, lanzaban alguna noticia contradictoria sobre la situación imperante. Beto imaginó que el sargento también sabía que el *Palacio Nacional* había sido bombardeado por segunda vez en ese día y que ninguno, absolutamente ninguno de los bandos en pugna, quería perder el palacio ni a *Radio Santo Domingo*, cuya simbología representaba el inmenso poder de la propaganda oficial. Sí, el palacio nacional personificaba la herencia de Trujillo, su cayado, su bastón, el báculo del gran macho, y *Radio Santo Domingo* encarnaba el sonido sacro, la bullanguería al servicio del poder magnánimo y por sus altavoces habían salido, en las horas que siguieron al contragolpe, sonidos que presagiaban, ora el triunfo de los constitucionalistas, ora el ahogo de los insurrectos, ora las diatribas contra los *yanquis*, ora las loas a Wessin y a Donald Reid, lanzados al aire como cáscaras vapuleadas, como sobre pieles adheridas al asfalto, como retazos de la más pérfida incredulidad, y todo bajo el ardiente sol de Abril; todo bajo el fervoroso deseo de que aquella proeza iniciada por un puñado de soldados, se irguiera para nunca caer, sacando de abajo, de donde justamente pesan las bolas, la idea de combatir aquello que representaba y olía a *antibosch*. Por eso, cuando Beto vio los ojos desmesuradamente abiertos del sargento, supo que aquella carabina había sido fabricada para ser disparada por él y por nadie más que él.

—¡Aquí está mi *jierro*! —gritó Beto alborozado a Maximito y, a seguidas, se arrojó contra el sargento, arrebatándole el arma.

El sargento, al verse desarmado, comenzó a vociferar, pidiendo auxilio a los grupos de curiosos:

256

—¡Socorro! ¡Este hombre me ha quitado mi carabina! —gritó.

Al escuchar los gritos, los grupos de curiosos rodearon a Beto y a Maximito, y unos minutos después apareció un *Jeep* con dos militares y un civil que portaba un lazo blanco anudado en una de las mangas de su camisa, en donde se leían las siglas del *Partido Revolucionario Dominicano* (*PRD*) mal impresas.

—¿Qué pasa aquí, sargento? —preguntó el perredeísta.

—¡Este comunista me ha desarmado! —respondió el sargento, señalando a Beto—. ¡Mire, tiene mi *Cristóbal*!

—¡Yo a ti te conozco! —Espetó el perredeísta a Beto—. ¿No estabas ayer por casualidad en el *palacio*?

—Sí —contestó Beto—... ¡pero no por casualidad!

—¡Ah, no estabas por casualidad! ¿Y entonces, qué hacías allí?

—Por la razón que estabas tú y todos... ¡por el regreso de Bosch!

—¿Y qué haces aquí, por *Radio Santo Domingo*?

—Buscaba un arma, al igual que mi amigo —respondió Beto, señalando a Maximito.

—¿Y por qué coño has desarmado a este sargento? —soltó con brusquedad el *perredeísta*—. ¿No te fijaste, recoño, que este sargento no es del *CEFA*, sino del ejército?

—Sólo quería un arma —se excusó Beto—. ¡Nada más!

—¡Él es un maldito comunista! —Gritó el sargento, señalando a Beto—. ¡Quiero que me devuelva mi *Cristóbal*!

—¡Podrían ser dos infiltrados del *CEFA*! —vociferó alguien, mirando insistentemente a Maximito.

—¡Sí, puede que sean dos azarosos cívicos! —gritó otro.

—¡Abajo los malditos cívicos! —Chilló un tercero, que fue coreado por los demás con un:

—¡Abajo!

Al oír el coro, el sargento se acercó a Beto y trató de quitarle la carabina.

—¡Dame mi carabina, maldito cívico! —le gritó el sargento, tratando de arrebatarle el arma. Pero Beto, apretando la carabina contra su pecho, impidió que el sargento la recuperara—. ¡Dámela, coño! —insistió el sargento, esforzándose en arrancar la carabina de las manos de Beto.

—¡Ya esa arma le pertenece! ¡Tú la perdiste! —dijo Maximito al sargento.

—¡Esa es mi carabina de reglamento! —Insistió el sargento—. ¡Dámela... dámela!

—¡Que no! ¡No te la daré! ¡Esta es mi arma, mi carabina, mi cañón histórico! —bramó Beto, logrando soltar del arma las manos del sargento y golpearlo en la cabeza con la culata.

Mientras Beto golpeaba al sargento, los soldados del *Jeep*, junto al *perredeísta*, se acercaron a ellos, siendo seguidos por los grupos de curiosos, que los rodearon. La excitación llegó a tal punto, que entre los gritos de los curiosos, se escucharon pedidos de muerte:

—¡Linchemos a los malditos cívicos!

—¡Sí, colguémosles!

—¡Matémosles!

—¡Maricones vendepatrias!

Pero otros gritos pedían la vida:

—¡Que viva Bosch!

—¡Viva la Constitución del 63!

Y alguien, tal vez agazapado al final del enorme círculo que rodeaba a Beto y Maximito, se atrevió a berrear:

—¡Que viva Trujillo, coño!

Y hasta ahí mismo llegaron los pedidos de muerte contra Beto, Maximito y los vivas a Bosch y la Constitución del 63, porque mientras todos —incluyendo al sargento desarmado y a los recién llegados en el *jeep*— miraban hacia la dirección de donde había salido la desaforada loa a Trujillo, Beto se colocó la carabina en bandolera y aprovechó ese instante para lanzar a viva voz:

—¡Coño, escúchenme todos... yo soy del *Catorce!* ¿No me conocen? ¿No me recuerdan? —y dirigiéndose a Maximito, le suplicó—: ¡Explícales, Maximito, diles que yo soy de los buenos, que soy del *Catorce*! ¡Diles que lo que deseo es un arma, un fusil, una metralleta... cualquier vaina que me arme para combatir contra el *CEFA*! —la voz de Beto subía y subía de tono, hasta ser quebrada por uno de los curiosos.

—¡Eh, miren esto! —gritó el curioso—. ¡A este sargento se le cayó esta insignia mientras luchaba con el *cívico*! —y al gritar esto, el curioso mostró a todos un emblema metálico con las siglas *CEFA*.

Los ojos de todos los curiosos se dirigieron hacia el símbolo del *CEFA*, y sobrevino una confusión de madre entre todos, hasta que alguien, posiblemente el que llevaba la voz cantante de los curiosos, gritó:

—¡El sargento pertenece al *CEFA*!

Al oír esto, los gritos de los curiosos cambiaron de blanco:

—¡Matemos al maldito sargento!

—¡Abajo el *CEFA* y Wessin y Wessin... el chacal de *Bayaguana*!

—¡Linchemos a este hijoeputa!

Sin embargo, una voz volvió a insistir:

—¡Que viva Trujillo, coño!

Y Posiblemente excitado por la agitación y la confusión, alguien reafirmó la loa:

—¡Sí, coñazo, que viva Trujillo y abajo Wessin y Wessin!

Guiñándole un ojo a Maximito, Beto emprendió la huida con su carabina *Cristóbal* al hombro y lo que pasó horas después fue de película.

—**PERO BUENO, BETO**, ¿y la *Cristóbal*? ¿Te quedaste con ella?

—Coño, sí, me quedé con ella.

—Dime, ¿qué pasó?

—Después de saber que esa metralleta *Alexanderkovacsiana*, hungarísima, con vestigios checos de la armería de *San Cristóbal* me pertenecía, pues no la quise soltar. (*¡Mierda! Cuántas hungaritas buenas, compadre, cuantas muchachitas rubias, se asentaron en los 40's en la Ciudad Benemérita. ¿Sabías, Isabel, que salvo en la comemierda fábrica de ilusiones del cine, no había visto tantos rubios en mi vida? ¡Y mira que Trujillo trajo muchos blanquitos del Cibao para que mediante maridajes y otras uniones aflorara un sólido mulataje en San Cristóbal!* ¿Acaso no era esa metralleta un pedazo de trueno y muerte que podía controlar con estas manos? Entonces, no podía ser verdad que yo la iba a entregar y por eso me escabullí, solté todo el gas que pude y ya me ves aquí, sobre este techo viendo pasar los *Mustang*, los P-51 voladores, prehistóricos, residuos mortales de la *Segunda Gran Matanza* y que, haciéndole honor a su nombre, patean, sacuden, violan y matan, destrozando todo lo vivo sobre el puente *Juan Pablo Duarte* y las azoteas de la ciudad intramuros.

259

—¿Y Maximito?

—No sé, él se quedó en el *revolú* y yo estoy aquí, en procura de buscarme algún revólver y muchas granadas, ¡porque ya se acabó la soledad y llegó la estación en donde todos debemos ser compañeros; en donde tenemos que lucirnos y comenzar a disparar a diestra y siniestra y tú verás que vamos a ganar esta guerra que de ninguna manera será santa!

—¿Acaso no será Juan Bosch un santo?

—Bueno, Bosch tiene los ojos azules y los cabellos blancos, como *Papadiós*, pero me parece que no, que no es el *San Juan Bosch de la Constitución del 63*, sino más bien un hombre que tendrá que ser él mismo y dejarse de mierderías, poniéndose rudo para no dejar (si vuelve a gobernar) que Atila Luna, Belisario Peguero, Viñas Román y todos los jefezotes militares que se hicieron guardias durante la *Era del Insigne Jefe* lo mangoneen, deteniéndolos frente a las puertas de su despacho y obligándoles a quitarse los quepis, ¡carajo!

—Pero, Beto, ¿qué van a hacer en los techos? ¿Tú crees que el *CEFA* tomará las calles con aviones? ¡Tú lo sabes, Beto, es a pie que tendrán que entrar! Es más, ¡el *puente de los franceses no lo cruzan los cefistas*!

—Bueno, estamos aquí y eso hay que verlo: todos esos muchachos que antes no sabían nada de armas e ignoraban cómo se hacía una guerra, están aquí defendiendo un ideal de espanto, una cruzada donde hasta la utopía se torna inhóspita. ¿Lo ves! ¿Ves a ese *chinito* que está loco por entrar en acción? ¡Él sólo tiene dieciséis añitos y el arma que lleva en sus brazos no es más que la rigidez de un infierno!

—¿Y tú crees que así podremos ganarle al *CEFA*? ¡Beto, el *CEFA* es algo temible! ¡Son las tropas élites de las Fuerzas Armadas!

—¡Anjá, lo sé! ¡El *CEFA* representa a las *SS* de Hitler, a los *Afrikan Corps* de Rommel, pero todo, absolutamente todo se derrumba, se quiebra, se deshace al enfrentarse al pueblo! Sólo hay que resistir.

—Bueno, Beto, a Rommel no lo derrotó el pueblo. ¿No recuerdas a Montgomery? Pero, ¿resistirá el CEFA?

—¡Coño, el ejército está de nuestro lado!... O, al menos, esperan la derrota del *CEFA* para estar de nuestro lado.

—¡Necesitaremos parque, comida... todo, Beto!

—¿Acaso no está cayendo la *Fortaleza Ozama*, que es el centro vital de los *cascos blancos*? ¡Vamos, consíguete un *Máuser* de los viejos, de esos de comienzos de siglo, de esos bien largos, de esos que tienen más estrías y cuya nomenclatura difiere en algunos centímetros de los cortos, pero que alcanzan mucho más, muchísimo más, y tú puedes ser un francotirador desde aquel edificio que se encuentra por el reloj de sol, frente al *Ozama*! ¿No dizque hiciste un curso de guerrillas, de tirador, de todas esa mierderías?

—Sí, pero ¿y el *Máuser* de comienzos de siglo, dónde está?

—¡Búscalo, pídeselo a alguno de los muchachos! ¿No has visto a *Barahona*, a Julito de Peña, a Pujols? Están tratando de entrar al palacio de telecomunicaciones.

—Pero, ¿hay guardias, ahí?

—Creo que un par.

—Entonces, vamos hacia allá.

Una granada y ¡*cataplún*!, el palacio de telecomunicaciones se rinde, ya es constitucionalista y los guardias presos y Beto con su carabina subido en cualquier edificio o mirador que posibilite una mirada ancha, vasta, luminosa y extensa hacia la orilla izquierda del *Ozama*, porque desde los otros puntos altos está disparando con maravillosa puntería Alfonsito Pedemonte, el hermano de Margarita.

—¿Recuerdas a Margarita, la rubia de la Arzobispo Nouel? ¡Qué hembra, qué piernas, pero con una suave y ligera inclinación a engordar!

—No hombre, ahora sólo es cuestión de dieta y ejercicio.

—Pero, ¿cae o no cae el maldito *CEFA*? Ya es el día 27, ¿oíste?

—¡Sólo necesitamos un poquito de tiempo y a-r-m-a-s, ¿oíste? A-r-m-a-s y con eso se jodió el *CEFA*.

—Pero todavía hay encuentros en la misma cabecera del puente, Beto.

—¿Te quedas aquí o vas para allá?

—Ya estuvimos por allá.

—Oye, ¿qué pasó con los guardias?

—¡Se abrieron, esfumaron, apendejiados! Sí hubieses visto lo que hizo un guardia por *San Carlos*, Beto.

261

—¿Qué hizo?

—¡Él mismito se mató!

—¡Cómo!

—Sí, se suicidó sobre el inodoro.

—¿De verdad? ¿Y cómo ocurrió?

—Una muchachita que entró al baño fue quien descubrió el cadáver.

—¡Oh!

—Como no había luz, el baño estaba oscuro y la muchachita llegó a tientas hasta el inodoro y se bajó las pantaletas dispuesta a orinar. Al sentarse sobre el retrete sintió que se sentaba sobre las piernas de alguien y, al mirar hacia atrás, descubrió el cadáver de un hombre y salió despavorida gritando:

—*¡Dios, Dios. Dios... un hombre... en el baño hay un hombre!*

—*¿Qué pasó, muchacha? ¿De qué hombre estás hablando?* —Preguntó su madre—. *¿Es que has visto al demonio?*

Y la muchachita, tartamudea que tartamudea y la mamá:

—*¡Habla, por Dios habla! ¿Qué te ha pasado?*

Y la muchachita, al fin, ya era tiempo:

—*¡Un hombre... un hombre... hay un hombre sentado en el inodoro y con mucha sangre!*

Y la mamá cuenta al papá, a los hermanitos de la muchachita y a todos los sancarleños, y el baño se convierte en un hervidero de gente y, *¡oh, es verdad, qué horror!*, exclaman todos al contemplar la escena: *¡Sí!*, dice alguno, *ese hombre es el guardia que amaneció con ese mismo fusil en la azotea de mi casa el día 25. Ahora yace sentado en ese inodoro con el cerebro vuelto añicos. ¡Sí!, al parecer se sentó en el inodoro y, apoyando su barbilla sobre el FAL, apretó el gatillo y, pun pun-pun-pun, varios tiros le cercenaron la vida.*

—*Pero, ¿por qué haría eso?* —preguntó uno.

—*¡Ah, lo recuerdo!* —respondió otro—. *Cuando le dije que el CEFA había cruzado el puente y se dirigía hacia acá, se puso muy nervioso.*

—*¿Anjá?* —preguntó el primero.

—*Se puso tan nervioso que hasta se meó en los pantalones.*

—*¿De verdad? ¿Tan asustado estaba?*

—*Eso le dio mucha vergüenza. Le dio tanta vergüenza que se acomodó en una mecedora y luego en el suelo, yéndose, por último, a recostarse en un rincón del balcón. Estaba como loco y no sabía qué hacer. Me preguntó si yo quería el fusil y le dije que no, que no me interesaba. Entonces me pidió ropa usada para cambiarse y salió de la casa.*

—*¿Fue ese el pantalón que usted le obsequió?* —preguntó alguien, señalando el pantalón que vestía el soldado.

—*Sí, ese mismo* —respondió el hombre.

—*Pero, oye, ¿tanto miedo le tienen los miembros de las Fuerzas Armadas al CEFA?* —preguntó la madre.

—*¡El CEFA es el cuco de las Fuerzas Armadas...y de la población, coño!* —respondió uncurioso.

—ESTE ES EL puente *Duarte*, Beto. Hace una semana unía a *Villa Duarte* y al *Ensanche Ozama* con Santo Domingo; o sea, la parte oriental de la ciudad con la parte occidental. ¿Te gusta la explicación? Pues bien, hace tan sólo una semana que pasaban por el puente carros, camiones, bicicletas, motores, gente, animales, y la vida marchaba como si tal cosa. Pero hoy, ¿qué ves? Ves sangre por aquí y sangre por allá; cartuchos vacíos por aquí y cartuchos vacíos por allá. Ayer y antes-de-ayer mismo fueron ametralladas dos guaguas celulares de la policía y las primeras tropas del *CEFA* que trataron de cruzar lo hicieron a sangre y fuego, pero luego tuvieron que retroceder, poniendo sus pies en polvorosa. Más tarde trataron de regresar con tanques para romper el frente que se les oponía. Al tratarlo, llegaron hasta el parque *Enriquillo* y otros sectores de *Villa Francisca*, pero los *hombres-rana* de Montes-Arache, junto al pueblo, se apoderaron de sus tanques, de sus ametralladoras y de sus fusiles, deteniendo la avanzada por unas cuantas horas, hasta que vino el grueso de las tropas élites de *San Isidro*, apoyadas por los ametrallamientos y bombardeos de la aviación y ahí se armó en verdad la de Troya. ¿Y qué ves ahora? Una batalla, pero no como en el cine, no como en *Objetivo Birmania* ni como *La patrulla de Bataan*, con unos Errol Flynn y Robert Taylor bien maquillados y disparando y matando a cientos de japonesitos sin mediaciones de elipsis para decir que todo pudo terminar; no, así tampoco. Nunca como en *Las Arenas de Iwo Jima*, con un John Wayne poniendo en alto la bandera gringa y uno con ganas de llorar en un final de, ¡eso es!, de película. Esta es una batalla bien distinta. ¿No estás viendo, acaso, a cientos de jovencitos empuñando armas sin saber disparar, Beto? ¿No estás viendo muchachas defendiendo —sabrá Dios por qué—, esta orilla de la ciudad? O sea, Beto, que esta es una batalla fuera de serie y una batalla así no se ve en *paquitos*, ni en el cine ni en la televisión, ni nunca se podrá leer en *Selecciones del Reader`s Digest*; esto hay que verlo ahora para creerlo, porque después, aunque lo hayas visto y creído, a quien se lo cuentes no lo creerá. Mira, Beto, ahí vienen los aviones y ametrallan; por allí vienen los tanques y cañonean; las tropas vienen detrás de los tanques, todo muy bien, tal como lo enseñan en los fuertes americanos y en la Zona del Canal de Panamá. ¿Ves? Ahora todos los del *CEFA* huyen, corren hacia el otro lado del puente tan pronto suenan las andanadas de este lado. ¿Ves a ese oficial con hoyos en la cara y seguido de varios hombres vestidos de negro? ¡Ese es Montes-Arache y sus *hombres-rana*! ¿Ves a ese coloradito con insignias de coronel rodeado de guardias y gente? ¡Ese es Lora Fernández! Pero, mira, todos ellos, aún con muy pocos militares, están seguros, se sienten seguros porque están rodeados de pueblo, de mucho pueblo. ¡Y ese es el ingrediente principal, Beto: el pueblo! ¡La gente, la comunidad, lo soberanamente común! Pero mira, ¡mira!, uno de los tanques está cañoneando: ¡cataplún! Se abre un boquete en uno de los muros de la *Fortaleza Ozama* levantado frente a la calle *Las Damas*. Otro cañonazo, Beto y ¡cataplún!: otro boquete. Pero, Beto, por allá, por la parte Norte de la ciudad, hay otro asunto, hay otra trama y se pelea ferozmente en el hipódromo, en las oficinas donde funciona la intendencia de las Fuerzas Armadas y también en los alrededores del cementerio de la avenida *Máximo Gómez* y en la fábrica de clavos. ¡Horror, Beto! ¡Toda la ciudad es un campo de batalla! ¡Toda la ciudad es un campo de batalla y se acabó la *Fortaleza Ozama*!

—¿Crees que para siempre?

—Bueno, no lo sé. Pero mira: los policías *cascos blancos* se rindieron.

—¿Recuerdas?

—¿Qué?

—Caamaño era *casco blanco*!

—¡Calla! ¡Eso es cosa del pasado!

—Pero, ¿dónde está la gente del *PRD*? No se ve por ningún lado.

—Los políticos son así: los de derecha, los de centroderecha, los ubicados a unas pulgadas a la izquierda del centro y luego un poquito hacia la derecha del maldito centro... ¡todo es la misma mierda!

—¿Crees que es verdad que se asilaron?

—Bueno, Beto, tú escribes ficción ¿Crees que se podrá contar toda la historia y nada más que la historia? Ficción, Beto, poca o mucha, pero con trama, con protagonistas, con villanos, con personajes inocuos e inicuos y también con los apáticos de siempre, que es lo mismo. ¿No querías un revólver, además de la *Cristóbal*? Mira, ese policía que se tira por aquella ventana tiene un revólver. ¡Apúntale, Beto, que se está cagando del miedo!

—¡Alto o disparo!

—¡No me mate, por favor!

—No lo voy a matar, pero deme su revólver.

—Este es un viejo revólver, señor. Es un revólver marca *Enriquillo*, de los que fabricaba la armería de San Cristóbal.

—¡Entréguemelo, coño!

—¡Tenga... tenga!

—Y mira: te voy a dar un consejo.

—¿Cuál?

—Vete para tu casa o quédate en la revolución. ¿Qué eliges?

—Me voy. Ya estoy cansado de dar trancazos a la gente y no me voy a matar, ni por Belisario Peguero ni por Francis Caamaño.

—¡Entonces, vete, vete, vete!

—¡Anjá, Beto, ya tienes revólver, también! ¿Y ahora?

—Me siento con otra piel.

—¡Eh, Beto, mira, asaltan un depósito de electrodomésticos!

—¿Dónde?

—¡Allí, en esta misma calle!

—¡Alto, ladrones, dejen todo como está!

—¡Mira blanquito, no te metas! ¡Esto es de un cubano gusano!

—¡No importa, déjenlo todo como está!

—¡Coño, Beto, no seas maricón, no te hagas el pendejo y acojonado, hazte de algo ahora!

—¡No puedo, no puedo! ¿De qué cubano será esto?

—¡Qué importa, su nombre es Isaac Lif, que es lo mismo que decir *otro cubano gusano* de los que se dedican a traer vainas al país y que nosotros, por comemierdas, no traemos!

—Bueno, pero hay que dejar todo como está.

ES EL DÍA 28 y el titular del diario *El Caribe* trae una sabrosura: *Deponen las armas*. Beto, negándose a creer que las armas han sido depuestas porque ya tiene la carabina *Cristóbal* en sus jodidas manos y además un revólver al cinto, observa con detenimiento al canillita que pregona el titular y le dice:

—¡Eh, *caribero*, lanza a la cuneta todos esos malditos periódicos porque aquí se está peleando aún y no nos hemos rendido!

Pero el canillita, con mirada de yo-no-tengo-la-culpa, dice a Beto:

—¡Estos periódicos son mi moro, señor revolucionario!

—Nada, nada... ¡tíralos a la cuneta! —insiste Beto, martillando la carabina.

—Bueno, señor revolucionario... ¡si usted insiste! —dice con voz neutra el canillita, lanzando el paquete de periódicos a la cuneta.

Beto observa los periódicos sobre la cuneta y los ve cuando la brisa comienza a levantar sus páginas, desfilando en la edición noticias falsas sobre la marcha del contragolpe del día veinticuatro. Beto golpea el paquete de diarios con sus pies, lo pisa y pide a alguien un fósforo. Tras frotarlo y contemplar su llama, toma uno de los diarios, lo enrolla y le prende fuego, lanzándolo sobre el paquete. Cuando los que le seguían contemplan arder los diarios, aplauden y lanzan vítores porque esa mierdería de decir que la revolución depuso las armas no puede permitirse. ¿Acaso no dijo el coronel Caamaño ayer mismo, desde su *bunker* de la calle *Pina* a esquina *Canela*, en los altos de un estacionamiento donde están las oficinas del gobierno provisional y el estado mayor de la revuelta, que peleáremos hasta el fin? ¿Y no fue el mismo coronel Caamaño quien expresó que Beto era un magnífico tirador, luego de que le fue presentado por los combatientes Pujols y Julito de Peña? ¿Y no fue el mismísimo coronel Caamaño el que afirmó que en una guerra urbana se requiere de un culebreo al estilo Stalingrado en el 42, por lo que es preciso agrupar muchos francotiradores para integrarlos a los comandos y esa es la palabra ¡comandos! con hombres buenos, valerosos, revolucionarios y cojonudos que tengan presente la inquietud y la precisión de la hora y del momento histórico? Y Beto y los presentes en el incendio de los periódicos *El Caribe* saben que el coronel Caamaño jamás depondría las armas y por eso, por seguir a Caamaño, no depondrán jamás las

—Toma, *caribero* —dijo Beto al canillita, luego del paquete de periódicos convertirse en cenizas —, toma estos cinco pesos para que remedies tu día. Eso sí, di a todos los que encuentres en tu camino que Jesús está de este lado. ¿Lo dirás, *caribero*?

—Pero no he visto a ningún Jesús de este lado, señor revolucionario...

—Sí, *caribero*. Jesús está aquí, de este lado. ¿Lo dirás?

—Bueno, aunque no he visto a ningún Jesús por aquí... ¡lo diré! Usted lo sabe: por los cuartos baila el mono.

¿Ahora estás aquí, coronel Caamaño, sudoroso, angustiado, con un pueblo que te saca a relucir como su comandante? Estás aquí y bien podrías estar allá, del otro lado, guarecido a la sombra de un tanque o de un avión. Estás aquí y me pregunto qué maldita avispa te ha picado. ¡Ah!, supongo que te picaron las circunstancias, esos sucesos que convierten lo inverosímil de la historia en un sorprendente amasijo de barros para fraguar, en lodos para estrujar y golpear y joder. Sí, esos malditos eventos incoloros que se meten por los huesos de la gente y la lleva a la muerte simple, pendeja, estúpida. ¿Estás seguro, Caamaño, de que es aquí que deseas estar? ¿Casi, casi seguro? O, ¿tal vez, tuviste un arrebato viril —o *viral*— llamado *compromiso*, que no es más que una responsabilidad, a veces estúpida por lo abismal, y que nos lleva al mismo borde de la historia? Pero bien, Caamaño, ¿eres tú, entonces, el guía? Mira que no lo pensaremos dos veces porque Peña Gómez y los políticos se han escabullido y desde lo negro del vacío siempre surge el rey.

—¿LO VES, BETO? A la hora de la verdad los políticos de derecha, de centroderecha, de centro-izquierda-derecha, se rajan, se abren. Observa: allí están los del *Catorce*, los del *PSP*, los del *MPD*... allí están todos sorprendidos de lo que está pasando, de que tanta historia acumulada se desate así, de golpe, tan de repente. Observa bien, Beto, ¿será esta la manifestación del odio acumulado tras la muerte de Trujillo; ese odio que ni Balaguer ni la *Unión Cívica* dejaron salir a flote? ¿Será esta la catarsis, la cagada del alma, el vómito incoloro que unieron los traumas, lagunas, lodos, sinsabores de nuestra historia? Porque, Beto, esto ha sido un torbellino súbito, espontáneo. ¡Jamás, Beto, nunca jamás se contemplará un pueblo organizándose tan rápido, de manera tan elocuente, tan maravillosamente unido, como en esta agrietada coyuntura! ¿No lo sientes así, Beto?

—¿Qué? ¿Sentir qué?

—¡El ardor, Beto!

—¿Ardor? ¿Cuál ardor?

—Este ardor en mitad del pecho.

—Siento algo, pero no es ardor, Isabel.

—¡Ah, Beto! ¡Ese es un ardor mezclado a la terrible comezón, al desgañitado ímpetu de una gallardía!

—¿De verdad?

—¡Sí, Beto, de verdad! ¡No dejemos que este ardor se extinga!

—Pues mantengamos el ardor, entonces.

—¡Y los *yanquis* lo saben, Beto!

—Sí, ¡mira, ahí están desembarcando los mismos *marines* del 16, junto a otros que no conocían el país!

—¿Cuáles?

—¡Mira, llevan boinas... son los *boinas verdes*!

—¡Hay otros, también!

—¡Sí, hay otros!

—¡Son paracaidistas!

—¡Me cago en todos, Beto! ¡Nos invadieron!

—¡Oh, esos malditos, nos invadieron...se metieron otra vez en nuestras vidas!

EL CORDÓN COMENZABA en el hotel *El Embajador*, de la cadena *Intercontinental Hotels*, perteneciente a la *Pan American World Airways*. Allí todos los que huían de la amenaza comunista tenían asilo. Los norteamericanos los acogían, les daban papeles transitorios y los transportaban en helicóptero hacia un portaviones y desde allí a Puerto Rico.

Por eso, el cordón comenzaba, precisamente, en el hotel *El Embajador* y se extendía, serpenteando, por las avenidas *Sarasota*, *Abraham Lincoln* y cruzaba las calles *Pedro Henríquez Ureña* y *San Juan Bosco* y desde allí hasta la avenida *Teniente Amado García Guerrero*, atravesando la avenida *Duarte* y yendo a parar al puente *Juan Pablo Duarte*, para entonces enfilarse hacia el aeropuerto internacional de *Las Américas*, la puerta de entrada aérea internacional más importante del país. Y los *yanquis* dominaban el cordón; lo habían asegurado con alambres de púas y miles de *marines*, repitiendo así la infame historia del 16. Pero no fueron los *marines* los que abrieron el cordón. Los que lo hicieron fueron los *boinas verdes* y detrás de éstos los paracaidistas de la *División 82*, comandada por el general Palmer. Los *boinas verdes* no pidieron permiso para estructurar el cordón. Saltaban por patios y jardines, disparando a todo el que no comprendía sus brincos y cientos de dominicanos murieron en la apertura del cordón que serviría de entrada y salida a todos los que huían del peligro comunista, por una parte, y a los que venían a negociar o a continuar los negocios de las corporaciones gringas, por la otra. Así, el cordón era un pasillo de múltiples usos: aseguraba el tránsito rápido desde *San Isidro* a los bordes de la ciudad intramuros y *ciudad nueva*; impedía que los combatientes constitucionalistas de la parte Norte de Santo Domingo se unieran a los del Sur; protegía el ir y venir de los industriales, ganaderos, terratenientes y comerciantes desde el Este al *Cibao*, desde el Sur al Este y viceversa; y obligaba al sector revolucionario a dos alternativas: o romper el cordón para integrarse al resto de la nación, o lanzarse al mar. Con el cordón, los norteamericanos también aseguraban otra cosa: el control de la entrada y salida del pueblo hacia y desde la parte constitucionalista; sí, al pueblo, que era el principal sostenedor de la revolución ahora convertida en *Guerra Patria*. Beto, que no había visto el cordón, supo de él a través de Pedro *La Moa*, quien había aparecido misteriosamente el día 28 de abril por los lados de *Santa Bárbara* y le habló sobre la posibilidad de formar un comando allí, en *Santa Bárbara*, y otro en *San Antón*.

—Tenemos que organizar esta revolución, Beto, o nos comerán los *yanquis* —le dijo *La Moa*—. Ya esta no es una guerra entre nosotros y el *CEFA*, sino de nosotros contra el *CEFA* y los *yanquis*, y mientras más organizados estemos mejor resistiremos. ¿Has visto el cordón, pequeñoburgués?

—¿El cordón?

—Sí, el cordón. Es una franja delgada que atraviesa la ciudad de Este a Oeste, para conectar el aeropuerto con el hotel *El Embajador*. Los *yanquis* utilizaron algunos de los puntos que se encontraban en manos del *CEFA* y fortalecieron los alrededores del *palacio* para alojar allí su gobierno títere. Prácticamente nos han aislado, Beto, para impedir que podamos ayudar a los compañeros que combaten en la parte Norte de la ciudad, de donde vengo —y *La Moa*, al recordar la parte Norte, quebró la voz—. Allí se está cometiendo una carnicería, Beto. Pude escapar metiéndome por entre el viejo alcantarillado que construyó Trujillo. El *CEFA* está fusilando familias enteras y mienten a los periodistas internacionales cuando les cuentan que en el sector dominado por los constitucionalistas se están fusilando curas, violando monjas y torturando policías *cascos blancos* que fueron tomados prisioneros tras la caída de la *Fortaleza Ozama*.

—¡Mierda!

—Sí, Beto. Esa fue la misma táctica que empleó Franco en España contra los republicanos. Están utilizando la mentira como arma ideológica para que el pueblo nos odie.

—¿Y qué haremos, *Moa*?

—Lo único que debe hacer un revolucionario en momentos como este es organizarse, Beto. Mientras más organizados estemos, mucho mejor resistiremos. El enemigo ya no es pequeño y carente de sentido de lucha. Ahora nos enfrentamos contra un imperio. Ayer mismo, Beto, nos encontramos frente a dos patrullas yanquis y la vencimos

—*La Moa*, sentado en la acera de la calle, recostó la cabeza del fusil *G-3* que portaba—. ¡Si vieras, pequeñoburgués, cómo caen los *yanquis* cuando les disparas!

—Pero, ¿ya mataste algunos?

—¡A dos que integraban las patrullas, Beto! ¿Sabes algo, pequeñoburgués? Los *yanquis* mueren. No es como en las películas, en donde las balas japonesas, apaches y alemanas no les entran. ¡Ellos mueren, Beto! Caen como gusanos y también lloran. Uno de los prisioneros que tomamos se meó en los pantalones y lloró como un niñito de teta, Beto. ¡Cuánta mentira dice el cine, compadre! Pero eso no fue nada... ¡aún nos espera lo peor! ¡Ojalá que los jefes militares que tenemos comprendan eso!

PERO LOS AMERICANOS no sólo habían invadido República Dominicana para abrir el cordón ni para —como pretendían hacer creer al mundo— salvar vidas americanas. Lo habían hecho para defender su capital y el capital de sus socios, que, por supuesto, era también suyo. Lo hicieron para salvar las inversiones de la *GTE*, de la *South Puerto Rico Sugar Company*, de la *Alcoa Exploration Company*, del *Royal Bank of Canada*, del *Bank of Nova Scotia*, del *Chase Manhattan Bank*, de la *Esso Standard Caribbean Oil*, de la *Shell Petroleum*, de la *Texaco*, y también los capitales de la *Casa Vicini*, de la *Santo Domingo Motors*, de *Reid & Pellerano*, así como los de los grandes ganaderos y terratenientes del Este, del Norte y del Cibao. Los norteamericanos habían invadido República Dominicana por el miedo que siempre inspira un pueblo en armas y para evitar, así, la liberación de una segunda república caribeña. Y *La Moa* lo sabía y se lo dijo a Beto, quien, aunque se hacía el incomprendido, también lo sabía o —al menos— lo sospechaba.

—Es por esto, Beto, que esto no pinta nada fácil.

—Sí —respondió Beto—, esto no pinta bien. Pero, *Moa*, hay que seguir hacia delante, ¿no?

—Tú puedes hacer un buen servicio y no sólo con las armas, Beto.

—¿En qué otra forma puedo ayudar, *Moa*?

—¡Con el cerebro, coño! ¡Tú puedes ayudar en la formación de los comandos! Podrías realizar un papelito burocrático: hacer listas, cartas, mecanografiar órdenes que otros no sabrían redactar.

LOS HOMBRES, LOS que pudieron, bajaron disfrazados, heridos, atravesando cunetas, debajo de volquetes, adheridos a recuas de burros, haciéndose pasar por mujeres y, al llegar a *ciudad nueva* e intramuros, fueron recibidos por Caamaño, por Montes-Arache y sus *hombres-rana*, por el alborozo de los compañeros amados. Y trajeron con ellos sus historias y sus lágrimas, sus desventuras y sus temores. *La Operación Limpieza* había terminado en la parte Norte de Santo Domingo y eso había envalentonado al *CEFA*, que buscó la protección, la sombra asquerosa de los *yanquis*. Aquella *Operación Limpieza* dejó sin recursos, sin esperanzas, sin suministros a los constitucionalistas y había permitido el encabronamiento de la gente de *San Isidro*: a Wessin y Wessin, al coronel Benoit —que firmó la ridícula autorización para que los *yanquis* profanaran de nuevo la tierra dominicana—, al paquete de jefes militares que no sabía qué hacer ante el empuje del pueblo y, sobre todo, a los millonarios dominicanos que patrocinaron el golpe contra Bosch. Después de todo, tenían ahora el abrigo de una buena sombra: los *marines*, los *boinas verdes* y los paracaidistas norteamericanos. Pero aún quedaba la otra *operación limpieza*, la más difícil: la de la parte intramuros y *ciudad nueva*. Sí, apenas eran unas pocas cuadras y unos pocos hombres con el mar a sus espaldas. Todo, entonces, sería cuestión de un arremeter rápido, con bríos, con helicópteros, con morteros y el resto, luego, sería entrar a pie, que es como se toman las ciudades, los terrenos defendidos con el alma.

¡BETO, LOS YANQUIS están bajando por la calle *Enriquillo*! ¡Vamos, Beto! Y Beto, así, de repente, recuerda que sólo hacía unos días se había enfrentado a los americanos junto a los muchachos del comando de *San Antón*, cerca de la estación eléctrica del *Timbeque*, por la calle de *La Marina*, y se vio en un film, él haciendo el papel de alemán, de japonés, de indio apache: nada más y nada menos que enfrentándose a los *yanquis*. ¡Ah, ni Fidel se ha estrenado en un combate contra los *yanquis*! ¿Estaré soñando? Que me pellizco y no sueño. Que nos disparan y. ¡Oh, los *yanquis* son de carne y hueso y! Pero, ¿dónde están Superman, el súper ratón, el *Fantasma* y? Ellos no mueren y. Ellos son americanos y. La sombra de Nietzsche está en y. Esta guerra acompañándolos y. Metiéndonos miedo y... ¡pero ellos mueren! Esa es la verdad, Isabel, Chabela. Te habías pasado tu vida haciéndote la idea de que la policía del mundo, de que los salvadores del mundo, de que los historiadores del mundo, eran ellos, los yanquis y, de repente, te ves enfrentándote a ellos y —no a ellos como desde la universidad con la cantaleta de que los *yanquis* son esto y aquello y de que los yanquis son los imperialistas y otras vainas—, sino a ellos en carne y hueso, con sus armas ultramodernas, sus tanques de varios pisos, sus uniformes tan bien confeccionados con doble costura al estilo *jean*, sus botas con pisos de goma *Goodyear*, sus bayonetas automáticas con enganche ¡*clic*! instantáneo como una fotografía *Kodak*, sus ojos azules y. Entonces recuerdas todas las películas de guerra como aquella sobre el *Día-D* y las otras en que cualquier costa de *California* representa las costas de *Normandía* o de *Sicilia* y ellos ahí, disparándote y cuando comienzan a bajar por la *Enriquillo* viene detrás de ti, él, José Antonio Rodríguez, y me sigue y Orsini que me dice ¡eh, Beto, que te matan! Y yo bajando la cabeza y los tiros, *zas*, *zas*, zas, *zas*, dando a la altura en que se encontraba mi cabeza y el *yanqui* allí mismo frente a mí con su casco y su ropa bien confeccionada y sus botas con piso *Goodyear* y entonces que tomo la calle *Tomás de la Concha* para hacerle una guerrilla urbana y salirle por detrás y emboscarlo y José Antonio tras de mí y yo entrando a una casa de madera que termina junto al farallón que corta la *Tomás de la Concha* y busco el patio y de repente un cuerpo que da contra la tierra, Isabel, y yo, ya casi saliendo a la *Enriquillo* y teniendo al *yanqui* en la mira de mi fusil, siento un ¡*ggggggggggg*! y vuelvo la mirada hacia atrás y allí, Chabela, allí mismo, está José Antonio con un hoyo de lado a lado en el cuello y la yugular abierta como un grifo hinchado de sangre y aferrándose a mí y yo tratando de sacarlo por la *Tomás de la Concha* y, ¡oh, Chabela!, *pam*, *pam*, *pam*, el mismo francotirador que había disparado contra José Antonio disparando contra mí y yo entrando de nuevo a la casa de madera y José Antonio desangrándose, muriéndose, yéndosele la vida y él ayer mismo estaba lleno de ella, de vida, dirigiendo el tráfico en las avenidas *Duarte* y *Mella*, con uno de los cascos que se obtuvieron en la fortaleza *Ozama*, pitando a los carros, ayudando a los ancianos, a los niños, a obtener comida; él, Chabela, que había regresado hacia tan sólo unos días de los Estados Unidos y tú lo veías cooperando con todos, lleno de vida, de ansias de integrarse al proceso revolucionario del pueblo, a ese salto histórico que era la revolución, y ahora ahí, tendido sobre la cama en que lo había acostado desangrándose y entonces, ¡oh, Chabela!, comencé a gritar de miedo, de pavor, de angustia: ¡sálvenlo, sálvenlo! y los tiros seguían y yo sin saber qué hacer, sin poder salir, con ganas de meterme debajo de la cama, en un armario, pensando en que se acercaban los *yanquis*, con el sentimiento verídico de que aquello que sentía por primera vez en la vida era el miedo más grande del mundo, de que todos los fantasmas de los cobardes del mundo se habían metido en mi cuello, en mis manos y mis pies y busqué, tembloroso, el patio por la calle *Enriquillo* y estaba lleno de *yanquis* disparando y busqué la puerta de la casa vecina y los disparos continuaban por allí, como si me acecharan y quise rezar, quise volver al Santo Rosario del atardecer en el *Loyola*, y quise meterme debajo de la tierra, pero preferí un armario. ¡No llores, Beto, esas cosas pasan en las guerras! ¡Cálmate, recuéstate contra mí! No fuiste el único en sufrir así, mi pequeño. Eres ahora el niñito de mamá y no debes sufrir por eso. ¡Ah, Chabela, muchos piensan que esa *guerra patria* no dejó traumas, sufrimientos, desgarramientos vivos en nuestra generación! Duérmete en los brazos de mami, mi pequeño Beto y no sufras más. Pero lo mataron a él, Chabela, a José Antonio y una bala perdida mató a mi sobrinito Salvador. Sí una bala perdida él mató en. Calle *Mercedes* bala. Pero creo que la bala no era perdida que mató él. Dos muchachos limpiaban, manipulaban sus fusiles en el balcón. Salió el disparo. Atravesó una puerta, atravesó un colchón, atravesó otra puerta y se metió en su corazón. Salvador, mi sobrino. Aún se disparaba en la parte Norte de la ciudad. Los *yanquis* sí, en, sí, querían hacer respetar el cordón a sangre y fuego, Isabel. Salvador murió instantáneamente, sin sufrimientos, con tan sólo ocho años de vivir en cuarterías, sin padre, con poca ropa, como todo un niño del grueso nacional: poca comida. Sí, Chabela, nuestros niños son como cabras salvajes en el monte buscando qué comer. Nuestros niños, sí. Esa era su revolución, Isabel. La guerra para los niños liberar en.

—¡Vamos, Beto, no llores! Dime, ¿qué más? ¿Qué pasó?

—Apareció mi padre. El abuelo de Salvador. No había curas; las revoluciones, no sé por qué, se tragan a los curas; aparecen muy pocos, los de cojones; pero no había curas en aquellos días. Su abuelo, Chabela, mi padre, mi hermana, mi otra hermana. Todos partieron hacia el Norte de la ciudad, en la parte alta, hacia el cementerio con el cuerpecito de Salvador sin vida, sin respiración, con sus costillitas quietas, tranquilas. Ya no se le llamaría al mal comer, ni a reprimirle por molestar a Tanya, su hermanita:¡Salvador, deja a tu hermanita Tanya tranquila! Y se atraviesa el cordón y los yanquis hacen destapar el pequeño ataúd y ven allí a Salvador sin respirar y un gringo le acerca el oído al pechito y entonces: *¡He`s dead!* Y: *¡O.k., les go!* Y luego rumbo al cementerio nacional de la avenida *Máximo Gómez*, donde aún se peleaba porque la *Operación Limpieza* debía limpiar de verdad, cortando por lo sano, llevándose de encuentro todo aquello que oliera a comunismo y pareciera comunista y llueven los disparos y mi padre, el ex oficial del ejército cargando el ataúd de su nieto hasta la morada final hasta el hoyo final hasta la paz obligada del no-vivir del no-respirar. ¡Por Dios, Beto, continúa! ¿Qué más? Nada de hoyo, Isabel, nada de hoyo. Dos muchachas y un viejo cavando con lo que apareciera para enterrar a Salvador y los disparos silbando por sobre la cabeza del abuelo y por sobre las cabezas de la madre y de la tía y el cuerpecito de Salvador allí tendido, sin respirar, muerto por una bala salida por ahí, tal vez por error (o sin error), porque también pudo ser disparada por el *Fal* de algún soldado ubicado en el *palacio nacional* ocupado por el *CEFA*. ¡Oh, Beto, Betino, no llores! Es que pienso, Chabela, en los muertos por error que se han llevado las guerras. ¿Te imaginas? Las *V2* y *V3* cayendo sobre Londres, las balas de la Guerra Civil Española, las bombas de *NAPALM* lanzadas contra Hanoi, las balas cruzadas en Nicaragua y El Salvador. ¡Ah, los muertos por error, Chabela! ¡Vamos, Beto, Betico, Betinino, cálmate! Dime, ¿qué más? Se termina un nohoyo, un semi-hoyo, una no-tumba y se deja allí el pequeño ataúd y se le cubre de tierra con las manos y el abuelo diciendo que allí aquí dondequiera yace el cuerpecito de Salvador mi nieto muerto sin saber por qué ni para qué en una guerra de liberación en una guerra que comenzó con un contragolpe y había enderezado su curso hacia la característica primordial de una lucha de liberación nacional. ¡Oh, Beto, Betino! ¿Recuerdas el año pasado, Isabel, cuando los habitantes de Santo Domingo sentimos el paso del huracán, ese terrible *David*? ¡Sí, Beto, lo recuerdo! Pues en aquel abril, en aquel mayo, en aquel junio del 65, sentimos un huracán más espantoso que *David*. Porque todos perdimos algo en el 65, Isabel. Todos perdimos una parte de nosotros en aquella contienda. Pero, ¿por qué no hablamos de otra cosa que no sea esa bendita guerra, Beto? Podríamos hablar de la lluvia. ¿Has visto qué lluvia tan precisa está cayendo? Últimamente llueve todos los viernes, Beto. Precisamente los días que elegimos para vernos. Lluvia. Truenos, Beto. Y tú y yo aquí, acostados desnudos con ese espejo ahí arriba duplicando nuestros movimientos. Cara tuya ahora. Cara mía después. Luego caras dobles tuya y mía. Pero, variando la conversación, Beto, ¿le escribiste al cónsul? ¿A quién? ¡A ese Stewart... al cónsul! No, aún no le he escrito. La verdad es que no sé qué decirle, Isabel. Todo me ha sido negado tan perseverantemente que no podría persistir en un reclamo que no me compete. Su país es de ellos. Sí, Beto, pero nuestro país es nuestro y ellos lo han visitado sin invitación dos veces en este siglo. ¿Deseas, ahora, que me vaya? No, Beto, pero has sido tan franco conmigo al contarme tantas cosas y comienzo a comprender el porqué de tus deseos de irte para allá, hacia los nueva-yores. ¿Te estás comunizando más, Isabel? No, no es un asunto de que me comunice o no, Beto. Es una cuestión de principios sentimentales. ¿Sentimentales? ¿Desde cuándo tienen principios los sentimientos? Bueno, desde que una se sienta a crearlos, a refinarlos; todo como oír *bossa nova*. Stan Getz, Jobim, Gilberto, cantando la Toledo, María, pero sin el María de Toledo la española, la de la historia. Al comienzo juras que es un *jazz* y luego una samba y luego *jazz-samba* y entonces, después-del-luego, te sobreviene la idea de que es algo nuevo, de que es *bossa nova*, algo quebrador de la frialdad aparente de aquél *cool*, de aquel *jazz* tan calculado, tan intelectual, tan frío. ¿*Feeling*? Algo más es. Y es ahí donde sobreviene el asunto de los principios melódicos, ricos en matices, en sobresaltos, en salidas inesperadas pero sabrosas, angustiantes, solitarias, metafóricas, elocuentes, llenas de subterfugios subyaciendo subterránea subconsciente submarina subsecuentemente.

SOSPECHÉ SIEMPRE DE ella porque apareció en un bombardeo y desapareció en otro bombardeo. Hermosa, misteriosa, una diosa inútil en una guerra que se volvía inútil. Dos lunares nariz y labio superior por el hoyuelo que divide los bigotitos femeninos lanita invisible en dos. Culito achatado con vulvales recortados y clítoris saliente lesbianismo potencial acaso. Fue un saludo de balcón a balcón hola yo Beto tú ¿cómo? Ah Kaninguk Romella que. Y dos salidas primero tres cinco y beso escaleras y morteros precipitan romance susto ambos en. *Marines* no paracaidistas tres los *Molinos Dominicanos* tiros muertos y leche condensada que cae por calle *Mercedes* y se deja para que disparos no vengan por riesgo eh. Y besos acariciados por noches de luz ida en calles y televisión larga con comentarios difíciles. Pero sospechaba de ella por el halo misterioso, evasivo, desapareciendo ciertos días específicos sin saber nada nadie nunca donde cuándo aparecería. Pero es tan fácil amar a una muchacha desconocida en la guerra. ¿Sabes?, la soledad se multiplica cuando no conoces de donde vendrá el tiro que te dejará sin vida. Cada paso, entonces, adquiere la dimensión de una centena y todo lo haces pensando en que no habrá mañana. Pero, creo, sí, coño, Thomas Mann habló de esto; y Tolstoi, coñazo, y un paquete de gente que de una forma u otra estuvo como espectador de primera fila en sabe Dios cuál guerra. Cuando paseábamos, la mirada de soslayo, como queriendo sorprenderla en una falta y entonces se me antojaba que podría ser de la *CIA* o del *FBI* porque República Dominicana se convirtió a partir del 28 de abril de 1965 en otro territorio norteamericano más y la *CIA* y el *FBI* se repartían las investigaciones de todo el que oliera a comunista. Romella sabía de mis sospechas y en aquel poema que le dediqué se lo dejé entrever, aunque oscuramente:

Has venido al fuego vestida de hielo
como un iceberg-a-la-deriva por el Caribe
¿Qué buscas, qué haces?
En mis sueños te veo como paloma
como buitre como esponja que achica
como ala cubriendo pezuñas.

Y ella sin embargo seguía accediendo a mis reclamos, a mis avisos. La revolución se estacionó para mí en los días que siguieron al 15 de junio y hasta deseaba —como aquellos que se habían acostumbrado a ser héroes— que todo continuara igual. Todos los miedos, todos los desajustes de mis nervios, fueron calmados por Romella y mis pesadillas se reducían a contemplarme asustado bajo el fuego de los morteros en el patio de la escuela República de Argentina, con una carabina *Cristóbal* empuñada y esperando que los *yanquis* penetrasen. En esas congojas nocturnas, también escuchaba a José Ramírez (Condesito) decirme, como si yo fuera un militante del *MPD*, que me saliera a pelear, a probar a todos que el imperialismo estaba acabado y que recordara siempre las palabras de Mao sobre el asunto del *tigre de papel* y yo, metiéndome por el culo las palabras de Condesito, lo único que recordaba era la expresión de Nikita de que sí, de que el imperialismo era un tigre de papel, pero con *colmillos nucleares*. Y entonces, Isabel, era sólo de nochecita, de madrugadita, cuando mis pesadillas me atemorizaban y me ponía a temblar de miedo. Pero, ¿cuál era la reiteración de esas pesadillas? Los morteros, Isabel, los morteros. ¡Qué arma tan traidora, Chabela! ¿Era esa la reiteración de tus pesadillas... el miedo a los morteros? Sí, la lluvia de morteros el 15 de junio. Caían como lluvia, como gruesas, como enormes gotas de fuego en el patio, en los alrededores de la escuela *República Argentina* y en todos hervían los temores mezclados a la adrenalínica sensación de que el heroísmo es una falacia, a excepción de *Pachiro* y *La Moa*, que hacían tronar, desde el rincón más oriental de las ruinas de *San Francisco*, la cincuenta enfriada por agua y, a partir de ahí, comenzaba yo el largo camino hacia un esoterismo de relumbrón, pidiéndole a Dios que me perdonara los pecados y que me ayudara a recobrar mi perdida puericia cuando abandoné el hogar y el color de rosa había desaparecido de mi vida. Y era en esos momentos, Isabel, cuando en la pesadilla aparecía Romella Kaninguk con un rosario entre los dedos y se sentaba a rezar cerca de mí y al llegar la madrugada despertaba de golpe y corría al teléfono y la llamaba y le decía que saliera al balcón, que deseaba verla y le lanzaba un beso al aire con olor a plomo y aparecían ante mis ojos Elena y Boris y Carmen Carolina. ¿Y Romella? Te lo dije: apareció y desapreció como si nada en aquella primavera de fuego.

PERO, DE VERDAD, sin exageraciones, Beto, ¿cuántas personas crees que murieron entre abril y septiembre de 1965? No sé... ¿Tres mil? No Isabel, muchas más. ¿Cinco mil? Por ahí podría estar el asunto, pero recuerda que los cadáveres de los pobres se cuentan de-dos-en-dos y. De no haber entrado los norteamericanos, ¿crees que hubiesen muerto menos personas y? Sí, Isabel, mucho menos. ¿Cuántas personas menos? Por lo menos, algunas tres mil recordándote el conteo a los pobres y. De no haber entrado los *yanquis* la *Operación Limpieza* no se habría efectuado, ni tampoco aquel fatídico 15 de junio. Pero, Beto, ¿qué pasó el 15 de junio? Fue el miedo final de los *yanquis*. Los bombardeos, los asesinatos desde *Molinos Dominicanos*, las agresiones desde la avenida *Pasteur*, los fusilamientos en los alrededores de la ciudad, ¡todo!, obedecía a un plan de miedo; a un plan ablandador del emisario Bunker, del viejito de pelo blanco, del viejito-personaje-de-Faulkner que nos cayó desde el infierno para que las negociaciones tomaran el rumbo que ellos deseaban y. Junio 15 fue el ablandador final, según sus cálculos, y la solidificación conceptual del movimiento constitucionalista, según los cálculos de los asesores de Caamaño y. Pero, ¿cómo empezó todo? Todo comenzó a media mañana. Yo estaba en el cine *Santomé* junto a Silvano Lora, Franklin Mieses Burgos, Ramón Oviedo y otros artistas. Se planificaba un espectáculo artístico para la zona y. Un tiro no llamaba la atención en aquellos días, ni dos, ni cien, pero sí el estruendo de veinte morterazos, de veinte cañonazos, de cien ametralladoras cincuenta sonando unísonamente, produciendo un infernal bramido de muerte y. ¿Qué hiciste? Llamé por teléfono a San Antón a Santa Bárbara y me dijeron que aquello era un infierno... que fuera hacia allá a integrarme a la muerte. ¿A la muerte? Sí, a la muerte. ¿Qué más? Deseé ir hacia el fuego hacia el averno o quedarme y correr y desaparecer y todo lo que pensé al principio que era el comienzo del fin se me agolpó de repente en la mamerria en la cabezota y cavilé en la muerte con el mar a nuestras espaldas y en los campos de concentración *yanquis* levantados en el lado oriental de la ciudad y en los interrogatorios practicados por matones del *CEFA* y. Entonces fue cuando Ramón Oviedo y yo comenzamos a subir hacia *San Antón* y allí nos enteramos de que César Llibre había muerto en *Santa Bárbara* y también el *Chinito* de la calle *restauración* justo en la azotea donde Guido, Manuel, y Fellito *El Cacú* fueron asesinados a comienzos de mayo. ¿Te atacó el miedo? ¿A quién no, Isabelita? Era *Hollywood* y los *boinas verdes* hiperbolizados de la mano del infalible detective Rip Kirby y *Trucutú* el señor de los trogloditas quienes afloraban a mi mente en ese instante. Recuerda que ellos no nacieron precisamente en un campo de Baní sino en alguna región de Pensilvania o Wisconsin o Massachusetts o New Jersey donde la alimentación es abundante donde el plátano no nace sino las manzanas y por eso las palabras de *La Moa* de que los *yanquis* mueren de que se mean en los pantalones de que son de carne y hueso y diciéndome pequeñoburgués de mierda olvídate de Texas y del Álamo y de los Rough Riders de Teddy Roosevelt en la llamada *Guerra hispano-estadounidense* porque los *yanquis* mueren coño mueren coño igual a como moriría *Juancito Trucupey* el del merengue y, ¡carajo, señores, carajo!, presten atención a todo esto: esta ciudad y este pueblo que ya no es una ciudad sino veinte cuadras y un casi pueblo, estamos haciéndole frente a los superhombres del Norte, a los rubios de *West Point* y sus *AR-15* y sus botas con gomas *Goodyear* y sus trajes de zafarrancho hechos en serie con doble pespunte al estilo *jean* y sus mochilas último modelo con docenas de compartimientos para insertar desde un cepillo de dientes hasta papel higiénico para limpiarse el culo presten atención señores de la *ONU* no de la *OEA* porque esta epopeya jamás volverá a presenciarse en toda la América préstenle atención señores y no lo olviden tengamos miedo o no...

—*¡Ah, Beto, comienzas* a llorar de nuevo! ¡Estás trágico, Beto! ¡Cálmate, mi amor! Oye, ¿por qué no echamos un polvito, entre lágrima y lágrima?

Capítulo XIX

Consulado est

PEREZ OYÓ EL sonido metálico del viejo reloj despertador y, obstruyéndole el timbre, se levantó de la cama. Elena, despertándose, lo miró con asombro y le preguntó:

—¿Son las cuatro?

—Sí, lo sé, son las cuatro.

—¿Y tienes que ir a esta hora?

—Esas son las reglas de los malditos *yanquis*. Esa fila no tiene excusas y sólo los que pagan a los *turneros* pueden darse el lujo de llegar más tarde.

—¡Oh, el consulado! —dijo Elena, desperezándose y poniéndose de pie—. Ya voy, Beto, ya voy a prepararte café.

A Pérez le esperaba esa madrugada, tal y como le esperaba una vez a la semana desde hacía meses, formar parte de la enorme fila frente al consulado americano. Sí, la fila, la desgraciada fila de gente asueñada, malhumorada, hosca; la inhumana fila internándose en el hueco abierto por el bombardeo cultural propiciado por la televisión, por la radio, por el cine, por los productos de la asepsia, por los vehículos y, sí, también asida de las manos al gran fenómeno que cubría a Latinoamérica a partir del desvanecimiento del tango, las rancheras y el son, a finales de los cuarenta, de los llamados *hit parades*, permitiendo que el *jazz* tardío y el *rock* ocuparan sus lugares en las mentes de los jóvenes. La fila era el trasiego de las multitudes desde y hacia Norteamérica, donde los llamados *dominicanos ausentes* jugaban el rol de enviadores de valores, como si allí, justamente allí, terminara todo.

281

Pérez se vistió lo mejor que pudo: pantalón color caqui de tres cabos, camisa blanca de algodón y sus únicos zapatos, comprados en la tienda *Lama* y fabricados por la *FA-2* con cuero de vacas *cibaeñas*. Tan pronto estuvo vestido, Pérez tomó el café servido por Elena y salió despidiéndose muy secamente:

—Vendré antes de las doce a comer —y entonces salió a la calle.

Aún brillaban en el cielo la luna y las estrellas y bajó toda la avenida *Duarte* hasta la avenida *Mella*. Las aceras y el asfalto, húmedos por la lluvia caída durante toda la noche, reflejaban las luces de los faroles eléctricos. Pérez, aún con vestigios de sueño entre sus ojos, pensó que, a lo mejor, la fila no sería tan larga como la vez anterior. *Tan pronto abran* —se dijo— *saludaré a miss Ramírez con una gran sonrisa, con una sonrisa calculada, automática y le diré "¡Buenos días, miss Ramírez!".*

Sin saber el porqué, Pérez deseaba caminar toda la avenida *Mella*, atravesando la parte baja de *Villa Francisca* y al llegar a la calle *Palo Hincado*, bajar hasta el *Malecón* y caminar luego hasta la avenida *Máximo Gómez* y subir hasta la esquina formada por ésta y la calle *César Nicolás Penson*, donde se encontraba el consulado. Pero antes tuvo que transitar por la calles *Arzobispo Nouel*, *Padre Billini*, *Arzobispo Portes* y *Arzobispo Meriño* y, percatándose de algo que le bullía en la cabeza desde hacía mucho tiempo, Pérez maldijo la historia nacional por estar plagada de tantos curas. ¡Coño! —estalló Pérez—, *por eso estamos tan jodidos!¡Qué historia más salpicada de sotanas, letanías, ganaderos y militares!* —rugió para sus adentros—. *Lo que nuestra historia nos ha hecho apurar como purgante, ha sido una tableta con los ingredientes primarios que han conformaron el miedo del hombre.* Pero borrando el mal semblante, Pérez se dijo: *No, no hay mal que dure cien años.* Y volviendo a fruncir el entrecejo, se preguntó: *¿Pero habrá cuerpo que lo resista?*

Frente al malecón, Pérez sintió la brisa del mar tibia, como guardaba para los tipos que, como él, sufrían de vez en cuando de frío en el alma. Y junto a la brisa también sintió en su nariz el fuerte olor de la marisma, de los detritos de aves costeras mezclados a toda la mierda que el alcantarillado arrastraba hasta la playa de *Güibia*. Pérez comprendió en ese instante que el malecón estaba cambiando al igual que como estaba cambiando la ciudad. Ya *Gascue* no era *Gascue*, el lugar en donde se habían asentado los hijos de los habitantes de la parte intramuros de Santo Domingo ante el empuje, en las décadas del cuarenta y cincuenta, de las olas humanas de emigrantes del interior. *Gascue* era ahora tan sólo un suburbio aprisionado entre el estirón occidental de la capital dominicana y la contracción de la parte oriental. *Gascue*, así, estaba herido de muerte dentro de los ensanches *La Julia*, *Naco*, *El Vergel*, *Miraflores* y *Arroyo Hondo*, donde los nuevos ricos, los nuevos millonarios hechos por Balaguer, con sus autos *Mercedes* por aquí y *Cadillac* por allá, revivían con burdas imitaciones de vida los estándares caprichosos del capitalismo central. Residencias enormes que sobrepasaban los cien mil, los quinientos mil, el millón de dólares, estaban probándole al mundo —y sobre todo a él, a Pérez—, que lejos de posibilitar alguna señal inequívoca de que Lenin, Fidel o Mao se acercaban victoriosamente al país, lo que hacían era alejarse y por eso se levantaban allí los inmensos *chalets* que alojaban a esposas y queridas; y por eso el festín de corrupción, construcciones de viviendas y negocios de toda índole, crecía vertiginosamente entre las claques poderosas, siguiendo al chorro de plata que los gringos —como un *mea culpa*— habían abierto sobre la República Dominicana, luego de la maldita intervención armada de Abril del 1965. Ya el *Malecón* tenía un hotel *Sheraton*, y otros hoteles se levantaban bordeando el más hermoso paseo de toda Latinoamérica. Y al pasar frente al *Sheraton*, Pérez dedujo que el turismo sería parte del futuro dominicano. Sí, Balaguer se ufanaba de haber fortalecido la clase media del país y Pérez sabía que esa construcción obedecía a la estrategia gringa de amamantar la producción en serie que se iniciaba allá, a orillas del *Missouri*, del *Potomac*, del *Hudson*, del *Mississippi*.

Lo primero que Pérez vio frente al consulado fue la larga, la inmensa fila de personas con sus documentos en las manos, una fila a la que tuvo que anexarse por la cola, hasta lograr entrar, a media mañana, a las oficinas donde alguien bien vestido y con sonrisa a medio labio, una sonrisa tragada desde fuera hacia dentro y donde lo espontáneo desaparecía como por arte de magia, le mostró los dientes y luego, permutando la sonrisa, la regurgitó y lanzó desde dentro hacia fuera, mostrando el ceño, los ojos, el rictus de alguien que se cree superior y a quien no le importa nada de lo que pase en el mundo, a excepción, claro está, de sus citas secretas, de sus citas ocultas por los misterios sagrados de la corrupción imbatible. Ese alguien, ignorando a Pérez, le pasó por el lado sin percatarse de que él estaba en ese consulado tras un visado que significaba un cambio total, un final a su desesperanza y, más que nada, la oposición a sus quebrantos del alma. Pero nada, que pasó por su lado sin observarlo, sin tan sólo echarle una mirada de reojo, una mirada donde el rabillo de los ojos adquiriera la plenitud de una señal remotamente amistosa. Y tras la salida de ese alguien, entró otro alguien vestido medianamente elegante, pero con sonrisa apretada, enlazada por la lengua a un mudo sentido de expresión y luego apareció otro alguien mal vestido, pero limpio, con expresión agazapada, imperceptible, como quien no-quiere-la-cosa y así, sucesivamente, aparecieron otros que, mezclados a los buscadores de visa, sueños, pesadillas y utopías —como el propio Pérez— impregnaban en el interior del consulado una atmósfera kafkiana. Entre los buscadores de ilusiones, Pérez detuvo sus ojos en una viejita disminuida por los años, la cual, al hablar, mostraba una dentadura postiza que aparentaba quedarle grande, quizás por una fabricación errada o, tal vez, por la reducción ósea de sus huesos maxilares. Pérez la veía cada vez que acudía al consulado y por eso le llamó *La Fija*. No importaba la hora en que Pérez llegara al consulado: allí estaba ella, *La Fija*, metida en la fila, sin importar lluvia, sol o rocío. Los madrugadores la respetaban y también aquellos que se ganaban la vida vendiendo turnos.

(Sí, Pérez, los turneros existen: son tipos que duermen sobre cartones en las cunetas vecinas y ocupan en la medianoche los primeros lugares de la fila para luego venderlos a los riquitos que no pertenecen a la Cámara Americana de Comercio y tienen que gestionar sus visas como todo el mundo. ¿Recuerdas, Pérez, a la muchacha que hacía la fila con un radio portátil? ¿La que escuchaba constantemente bachatas? Sí, Pérez, esa misma, la de Altamira, la que encabezaba la fila el día que llegaste a las dos de la madrugada y entendiste que había dormido frente al consulado. Sí, la recuerdo, ¿y? Pues bien, Pérez, esa muchacha no durmió frente al consulado; lo único que hizo fue comprar un turno, porque para eso es que existen los turneros, que ya forman parte de la división capitalista del trabajo).

Pero *La Fija* era sólo una representación exigua de la extraña fauna que poblaba las madrugadas frente al consulado: los obreros, las prostitutas, los campesinos, los estudiantes y los ancianos, se aglomeraban y convergían para buscar y aferrarse a la posibilidad de una alternativa, de un celaje cuyos destellos se asumían como opción, como oportunidad para réquete-comenzar, réquete-organizar y réquete-establecer sus vidas, mediante un sublime (pero fatídico) *crossover*. Así, la visa se convertía en una brecha, en una pequeña fisura para el escape social, para un éxodo (no-bíblico) de aquellos que deseaban ver y aquilatar el oro anunciado, las limpias sonrisas programadas, las brillantes camisas de vaquero advertidas. Y la decana de los *buscavisa* era *La Fija*, aunque todos —o-casi-todos— sabían que para ella y los que, como ella, sobrepasaban la edad que no aportaba nada a la política gringa inmigratoria, la visa les sería negada. Así, ninguno de los encasillados del formulario *optional form 156-A*, de marzo del año 1975 (y emitido por el Departamento de Estado), se abría a la eventualidad de que la solicitud de *La Fija* cuajara. De ahí a que siempre que observaba a *La fija*, los ojos de Pérez se llenaban de lágrimas, porque para qué coño alguien que no reunía las especificaciones migratorias se hacía la maldita ilusión de un viaje que no tenía principio ni fin. Y como los de Beto, otros ojos también se llenaban de lágrimas al contemplar aquella figura escuálida, abreviada por los años, deambulando fuera y dentro de un consulado de escarnio y tras la búsqueda de la redención en un paraíso imaginario.

—¿Qué edad tiene? —Preguntó Pérez a *La Fija* una de esas madrugadas lluviosas.

—¡Y qué se yo, hijo mío! —Respondió *La Fija*, apretando su dentadura postiza—. Soy vieja, muy vieja y aquí en ei consulado me tienen de relajo con la jacta de nacimiento. Totai, que to lo mío tan jallá, poi *Niu Yoi* y vuá seguí viniendo jata que me den la maidita visa.

—Pero, ¿acaso piensa trabajar allá, en Nueva York?

—¡Qué va, mi'jo, sólo voy pa'llá a'cuidai a mi nieto. Tú lo sabe, en *Niu Yoi* je trabajoso conseguí seivicio y mi'jo pua'llá quien que me vaya pa'que ayude en la casa.

—¿Tiene mucho tiempo esperando la visa?

—¡Ufffffff! ¡Añale, mi'jo! Pero me saidrá... ¡tú verá! ¿Tú sabe cómo me dicen pua'quí?

Aunque Pérez sabía cómo la llamaban, se hizo el que lo ignoraba:

—No. ¿Cómo le dicen?

—¡*La Fija*! ¿Sabe poi qué? Poique de aquí no me muevo. To'e cuetión de sabei jeperai, mi'jo.

—Pero, ¿la han rechazado?

—¡Un montón!

Pérez, conteniendo las lágrimas, oyó a *La Fija* enfatizar su narración en los problemas que había enfrentado en el consulado, remarcando sus historias con simple sentencia: *¡Ya me saidrá la maidita visa!* Y entonces su rostro se elevaba a la gloria, tal como si la canción de José Antonio Méndez fuera entonada por su macilenta voz.

Pero los ojos de Pérez se apartaron de *La Fija* y se posaron en la figura de *miss* Ramírez, quien, acercándose a él, le preguntó con desparpajo:

—¿De nuevo aquí, míster Pérez?

—Bueno, sí, estoy aquí —dijo Pérez a *miss* Ramírez—. ¿Acaso no es este el consulado de los Estados Unidos de Norteamérica? Entonces estoy aquí en busca de la visa y mire, señorita o *miss*, aquí tengo el pasaporte completamente renovado y el formulario de solicitud, el llamado *156-A*, completado muy cuidadosamente.

—Y el documento de solvencia económica, ¿lo tiene, *míster* Pérez?

Y Pérez, ¡carajo!, sin saber qué hacer. Porque, ¿dónde demonios podría conseguir un documento de solvencia económica?

—Y, por otro lado, *míster* Pérez, ¿tiene la carta de trabajo?

—¡Pero no estoy trabajando, *miss* Ramírez! Dígame, ¿por qué cree usted que me quiero ir de aquí? ¿Por turismo?

—¡Lo siento! Debe completar los requerimientos del consulado para procesar su visa, *míster* Pérez.

Penetrando el grueso cristal que lo separaba de *miss* Ramírez, Pérez observó las largas, las enormes piernas de la empleada. Luego, muy lentamente, ascendió la mirada hacia el rostro de la muchacha y se detuvo en sus ojos, percibiéndolos profundamente oscuros. Porque, de verdad, Pérez no sabía qué decir y mucho menos qué hacer, deteniéndose a pensar en lo temprano que se había levantado y en el trabajo que le daría conseguir un documento de solvencia económica, así como una carta de trabajo. *Tal vez la familia de Elena, para salir de mí, me podría conseguir ambas cosas*, se dijo. *O podría ser que Guzmán, mi antiguo compañero de lucha y ahora propietario de una gran empresa, se apiade de mí y lo haga*. Pérez, sin embargo, detuvo sus pensamientos y volvió a observar las piernas de *miss* Ramírez, notando lo rápido que se movían: tan ágiles, tan bien formadas, tan soberanamente explícitas para apoyar aquel cuerpo descomunal. Piernas alargadas, finas, bien cimentadas, de huesos firmes. Tiene buenas piernas, *miss* Ramírez y ella sin hacer caso a Pérez que tenía que repasar los otros requisitos exigidos y que él no tenía: libreta de ahorros, patentes de negocios, matrículas de carros... todo esto sí, ¡mierda!, los tenía. Sí, todo era como una trampa, como un *gancho*; todo (eso se podría apostar) para que uno no obtuviera la maldita visa y se tuviese que quedar varado aquí, en este azaroso país, mientras ellos se llevaban todo para allá y se quedaban con Ava Gardner y Rita Hayworth y Marilyn y Natalie Wood. ¡Ah, no son las piernas tan sólo lo de *miss* Ramírez (aunque eso la exonera), sino también su boca y su rictus mecánico al hablar y la jodedera constante de reír sin querer, sin desearlo!

—¿Practica deportes? —Preguntó Pérez a *miss* Ramírez.

—¿Yo? —Y *miss* Ramírez, sin atreverse a mirar al curioso de la pregunta, al Pérez que se pasaba de la raya, le contra pregunta—. ¿Por qué no llena todos los requisitos, señor... *míster* Pérez? ¡Vuelva otro día!

—Mire, *miss Ramírez*, no tengo trabajo. Estoy atravesando una mala situación...

—Pero... ¿cree usted que yo soy la que doy las visas, las residencias? ¿Cree usted que yo soy la dueña de los Estados Unidos? —Atajó *miss* Ramírez a Pérez, tratando de evitar una conversación perdida—. Yo soy simplemente una empleada, *míster* Pérez —al decir esto, *miss* Ramírez entró apresuradamente en una oficina adyacente, dejando a Pérez atragantado, sin saber qué hacer.

¡Coño, coño, coño...tendré que olvidarme del maldito viaje!, masculló Pérez. Pero Pérez escucha una risa, una voz, un chillido con sabor a renacuajo, a sopa de tortuga, a puro folklore caribeño y mira hacia atrás y, ¡oh!, ¿Qué descubre Pérez? ¡Es a Pascual Jiménez, a quien descubre Pérez, al hijo de la viuda, al más intrépido y *fajador* sacador profesional de visas!

—¿Problemas con la visa? —Le pregunta Jiménez, Pascual, Pascual Jiménez, a Pérez.

—¿Problemas? ¡Estoy en cero, amigo! —responde Pérez.

—Déjele ese problema a este que está aquí... ¡a mí! —le dice Pascual Jiménez—. Venga, vamos a llenarle un formulario *156—A*...

—¿El *156—A*?... —Interrumpe Pérez—. ¡Ese formulario ya lo llené y lo medité y lo digerí y lo cagué bien!

—No, no, no, amigo. Vamos a llenar otro y le conseguiremos todo lo que necesita para su visa, ¿señor...señor...? —Pregunta de Jiménez por no saber quién es Pérez.

—Pérez, Pérez, señor...señor... —responde Pérez—. ¿Y usted, quién es usted?

—Yo soy Jiménez, Pascual Jiménez, señor Pérez, el hijo de la viuda, como me dicen todos. ¿Y sabe por qué me dicen así? Pues porque, simplemente, así suena más importante. ¿No lo cree así, señor Pérez? *El hijo de la viuda* suena a poesía, a poesía marina... ¡suena a muchas, a muchas cosas. Pues bien, amigo, la visa es un asunto mío.

—¿Seguro? ¿Trabaja usted en el consulado?

—Lo mejor será obviar algunas cosas. Pero dígame, señor Pérez, y dígamelo con honradez, ¿cuánto tiene disponible para su visa?

—¿Cuánto?

—Sí, señor Pérez. Estoy hablando de *molongos*, de efectivo, de *cash*. Dígamelo sin nada de susto... ¿cuánto tiene disponible para su visita?

—¿Ha dicho usted *cuánto*?

—Sí, señor Pérez. He dicho *cuánto*, refiriéndome, desde luego, a unos papeles impresos que tienen la imagen de Duarte o, si usted, en el mejor de los casos, prefiere, que tengan a un tal *míster* George Washington...

TECLETEO CONSTANTE DE la maquinilla *IBM* de la señorita Maridalia Hernández Quéliz (según se lee en el rótulo frente a su escritorio) en el antedespacho de la oficina de Silverio Guzmán, el viejo amigo de Pérez, el viejo revolucionario que ya no lo es y que ahora maneja asuntos de negocios de su familia. Molestia en una uña de la señorita Maridalia Hernández Quéliz. Dedo índice en la boca. Amago de dolor en el rostro. Frente a ella tenemos a Pérez, quien la observa y lleva el ritmo del trabajo de la señorita Maridalia Hernández Quéliz: que ahora tecletea, que ahora archiva unos papeles, que ahora sella algún documento, que ahora se rasca la cabeza, que ahora se ajusta los *panties*, que ahora se levanta de la butaca y Pérez descubre una soberana hembra. Y Pérez, de-mal-pensado, piensa que Guzmán se la está tirando porque ese Guzmán, recuerda Pérez, siempre estuvo en cero cuando se trataba de tirarse muchachas y por eso asediaba a Pérez rogándole constantemente *¡Coño, Pérez!, ¿y cómo es que te levantas tantas hembras? ¿Tienes la ñema cuadrada?* Que se agacha la señorita Maridalia Hernández Quéliz. De madre o de desmadre, porque aquello es una sublevación contra los sentidos. Tiene unos muslos huérfanos, como me gustan, sin huellas de celulitis, como los de Julia, pero no tan blancos. Que se sienta otra vez en su silla de secretaria la señorita Maridalia Hernández Quéliz. Vuelta al tecleteo. Que se acaba el papel. Pero nada de mirar a Pérez, quien siente deseos locos de que lo miren para probarse que sí existe, después de todo, porque me la tiro y luego existo. Senos redonditos, sí, de esos que nacen por la espalda y luego vuelven al frente para estirarse hacia arriba y señalar lo que deben: los ojos repletos de deseos, precisamente como los de Pérez, a quien se le vuelven agua la boca y el glande. Una hora de espera. Una hora antes: que soy Pérez y deseo ver a Guzmán. ¿Pérez? ¿Pérez de dónde? Él sabrá. Estuvimos juntos hace mucho tiempo. ¿Mucho tiempo? Sí, antes, mucho antes de que su padre muriera y regresara, en una vuelta de 360 grados, a sus orígenes burgueses. Él sabrá. Pero espere, que el intercom y la voz monótona de Guzmán, Silverio, chato, pendejo, sin nada en la bola, compañero insulso y simplón, está sonando. Sí, es la voz de Guzmán Silverio, mucho peor que una lombriz de tierra... pero sin tierra, y la voz de la señorita Maridalia Hernández Quéliz diciéndole que aquí está un señor Pérez que desea verlo. Que qué, que qué Pérez, pregunta la voz de Guzmán y la señorita Maridalia Hernández Quéliz respondiéndole que parece ser que es de los Pérez que perecerán como dijo el señor hace ya muchos siglos y entonces la voz de Guzmán que dice qué Pérez y el Pérez que aguarda interrumpe y dice dígale que soy Pérez, el del *Catorce*, que si no me recuerda y la señorita Maridalia Hernández Quéliz transmite el mensaje y dice que del *Catorce*, señor Guzmán y la voz de Guzmán ordena que se cierre el intercom y tome el teléfono y lo que oye la señorita Maridalia Hernández Quéliz ha debido de ser algo impublicable porque hace una mueca de disgusto y mira, después de cerrar el teléfono, con cierto desparpajo a Pérez.

—Dice el señor Guzmán que le espere —dice la señorita Hernández Quéliz a Pérez—. ¡Ah, señor Pérez, no desespere, *please*! —insiste la secretaria.

Sí, se podría apostar a que el mentecato de Guzmán le dijo algo desagradable de mí —piensa Pérez—. *Y lo hace como venganza. Se venga de las esperas a que lo sometía cuando acudía a mí para que le resolviera los movimientos tácticos que no podía ejecutar en San Carlos. ¡Que espere aquí, allí, allá, acullí, acullá, señor Pérez!¡Maldito Guzmán, siempre diciéndome llévame suave, Pérez, recuerda que no estoy acostumbrado a esto! Ven por aquí, Guzmán, aprieta bien el gatillo y no resoples. ¡Sí, venganza! Lo que Guzmán desea es vengarse de todo lo que le hice pasar por comemierda. Venganza segura de Guzmán, el mentecato, el de los dólares.*

Tecleteo constante de la señorita secretaria. Podría ser que escriba las ciento veinte palabras por minuto o posiblemente más. ¿Doscientas? No, eso jamás porque Pérez está dispuesto a echar la pelea con ella a ver quién coño escribe más rápido. *Me le echo a la señorita Hernández Quéliz y con hándicap* —piensa Pérez—. *Pero la dejaría ganar para luego llevarla a un motelito y venírmele en la boca varias veces para luego descender a sus misterios vaginales.*

Término de correspondencia y luego otra y vuelve el tecleteo. Hora y media de espera. El banco de pino tratado, momificado, muertas las células vegetales y crecimiento de la nada. Tecleteo. Tecleteo. Otra uña rota de la señorita Hernández Quéliz. ¡Qué hembra! ¡Ah, una revista!

Lectura de *Vanidades*: cómo quitar el hombre a su mejor amiga. Otra: *Cosmopolitan*: consulte su bruja favorita y pídale que le lea la taza. Sí, buena penetración. Magníficos consejos. Las mujeres del mundo en busca de su autonomía. Todo por la mujer. Dos horas. Este Guzmán se venga de su compañero. Sonido del intercom:

—Que pase, señor... ¡Pérez, Pérez, de pereceréis!, ¿verdad?

EL MISMO ROSTRO del Guzmán adolescente. Pero más gordo. Hoyos de cicatrices de barros. Y todo el cuerpo como el rostro: gordo mantecoso un helado frío de aspecto repugnante. Y casi calvo. ¿Cuántos años? Quince años han pasado y. Ya no es Guzmán el alelado y. Ahora es Guzmán el mago único importador de cosas de vainas para la mujer: perfumes *panties* cosméticos estrógenos enfrascados. Adorado por las fans del *make-up*, por los ojillos pintados de las discotecas, por los altos culitos de la sociedad. Grueso, también, el escritorio. Grueso el sillón. Grueso el armarito para bebidas. Gruesa la alfombra. Todo grueso. Grueso todo.

—¡Pérez, cuánto tiempo! ¡Entra, ven, siéntate, viejo amigo mío! —Lo recibe Guzmán y Pérez sentándose, hundiéndose en el grueso sillón para visitantes y diciendo:

—¡Caramba, Guzmán qué bien te ves!

—¡Quince años, Pérez! ¿Recuerdas?

—¡Quince años, Guzmán! ¿Recuerdas?

Y entonces los estudios con ojos inquisidores: Guzmán pensando: *está jodido el pobre; viene aquí para dos cosas con seguridad: o para que le consiga un trabajito o para que le de algún dinero; pero se jodió conmigo; me hizo sufrir mucho en el Catorce de mierda.* Pérez pensando: *me está cogiendo lástima, seguro; pero tal vez no me ayude por todo lo que le hice en el Catorce.* Y entonces que ambos se levantan, que se ponen de pie y que se despiden sin decirse nada. A veces, sí, sólo a veces, los pensamientos traspasan la realidad de las miradas inquisidoras.

—¿Te vas ya, Pérez? —Pregunta Guzmán, despidiéndose y diciendo eso simplemente por decir algo, sabedor de que todo se ha dicho con las miradas.

—Sí, me voy, Guzmán —responde Pérez, luchando para no humi-
llarse y pensando que su carta de trabajo en *Guzmán & Sucesores, C. por
A*, no existe ni existirá jamás.

JULIA ABRE LA puerta y entra Pérez con cara de cansancio.

—Te esperaba hace días —dice Julia—. ¿Qué has hecho?

—Sigo en lo de la visa —expresa Pérez con la voz cansada, tumbán-
dose sobre un sofá. Luego cierra los ojos y abre las piernas—. Estoy jodido, Julia —Julia va a su lado, se arrodilla junto a él y le pasa la mano
por los cabellos, besándolo en la frente. Luego se pone de pie y camina
hacia el aparato estéreo, colocando en él un disco desde donde surge un
jazz sin estridencias: el *Take five*, escrito para el *Dave Brubeck Quartet*
por Paul Desmond, inunda el ambiente. Julia da unos pasos bailando
hasta una ventana que da al mar y la abre, penetrando a través de ella
murmullos lejanos de voces y olores a soledades con cargas pequeñas
de humo y de nostalgias y Julia entonces se dirige al bar y prepara un
highball muy cargadito y se lo pasa a Pérez y éste se sienta sobre el sofá
y bebe un trago largo muy largo que saborea profundamente mientras suena Brubeck y luego la sensación de frescura y ardor a través
del esófago y la amortiguación del estómago y Julia que se toma otro
trago puro de *whisky* pero de *whisky* del bueno de un añejo *Chivas* y
camina hacia la habitación y vuelve de allí con una *negligé* transparente
sin nada de nada debajo y se sienta en el suelo a los pies de Pérez que
ha vuelto a recostarse en el sofá y luego de iniciada la quitadera de los
zapatos de Pérez con hoyito en la suela y luego comienza una pasadera
de manos por los pies y de los pies a las manos y con sacadera de medias y besuqueo ascendente por las piernas y bajadera de cremallera y
agarradera de pene y las consecuentes mamaderas con palabras de que
no no no y que sí sí sí...

Capítulo XX
Temptation Monegalum III

JUSTAMENTE EN LOS comienzos de septiembre de 1965 se instaló en el palacio nacional el gobierno de Héctor García Godoy. Al parecer, la revolución había terminado, pero la *FIP*, hija legítima de la intervención norteamericana, permanecía en el país. Y la *FIP* era asunto *yanqui*: la mantenían, la equipaban, la guiaban. Se pidió a la ciudadanía que entregara las armas, la mayoría de las cuales fue enterrada, engrasada, metida en closets, en muchos de los viejos aljibes de agua de la ciudad colonial o llevada al campo y depositada en antiguas minas de oro cavadas por los españoles cuando el crimen de la conquista. Porque, ¿para qué entregar la mayor parte de las armas, si nadie sabía (aunque muchos lo sospechaban) que la lucha habría de continuarse algún día, sobre todo el día en que la historia se cansara de apoyarse en el mismo pie? Entre las armas escondidas había fusiles *FAL, M-14, G-3, M-1, Máuser* telarañosos, carabinas *Cristóbal*, metralletas *Lanchester* y algún que otro *AK-47*, junto a pistolas *Colt 45, Tokarev Estrella Roja calibres 32 y 9mms, Walter PPK, Pietro Baretta, Luger, Browning, Máuser 10* y revólveres *Smith & Wesson, Colt* y viejos *Enriquillo*. Las armas entregadas fueron viejas ametralladoras calibre 30 y 50 —estas últimas enfriadas por agua—, así como todas las armas que, por una u otra razón, habían sufrido desperfectos durante los enfrentamientos. Para ese mes de septiembre las Fuerzas Armadas dominicanas habían ocupado la ciudad intramuros sin encontrar ningún tipo de resistencia y se asentaron en la *Fortaleza Ozama*, exhibiendo uniformes nuevos de combate y disparando al aire en un despliegue inusitado de poder que

293

sólo buscaba sembrar el terror en la zona urbana que ni ellos ni los gringos pudieron tomar a la fuerza. De noche —y desde la misma *Fortaleza Ozama*—, los soldados volvían a disparar sus armas al aire y hacían sonar sirenas y alarmas que se escuchaban en toda la ciudad intramuros, así como en *ciudad nueva* y parte del *Ensanche Primavera* y Gascue. Todo con el fin de asustar, atropellando la tranquilidad de esas misteriosas noches que siguieron a la *Revolución de Abril*. Sin embargo, los *militares constitucionalistas*, aquellos que permanecieron —como Caamaño, Montes-Arache y los que les siguieron— fueron aposentados en el campamento *27 de febrero*, al otro lado del río *Ozama*. Un hondo pesar se apoderó de la población civil que había apoyado el contragolpe del 24 de abril y defendido el país de la intervención norteamericana.

Pero Monegal y todo el sector empresarial dominicano estaban contentos y esa contentura se la dejó saber a Beto uno de esos días:

—...un chorro, ¡Beto! —le dijo alborozado Monegal—. ¡Un verdadero chorro de dólares, no de *jediondos* pesos, sino de papeletas verdes, vendrá al país! —y al pronunciar las palabras *papeletas verdes*, Monegal abrió los ojos desorbitadamente, bien bien bien grandes, tal como lo hace el *Rico McPato* al lanzarse de mañanita (con bañador y todo) sobre su acumulación de monedas de oro, billetes de banco y certificados de depósitos y acciones—. Vendrán empresas gringas y facilitarán al país préstamos blandos. ¡Esos gringos harán hoyos en cada centímetro de nuestro territorio para buscar minas de oro y petróleo, Beto, y edificarán hoteles para turistas y, sabes qué, todo por el *mea culpa* de habernos intervenido en Abril! ¡Eso, Beto, eso harán los *yanquis* que tanto tú odias! ¡Por eso tendremos que abrirle a Abril un espacio especial en el calendario, Beto! Pero, ¡por Dios!, no te pongas triste, hombre, porque verás que no tendremos que esperar mucho tiempo para ver a los rusos invadiendo alguno de sus satélites, y esa será su venganza. Ese país podría ser Polonia, o Checoslovaquia, o Hungría de nuevo. Somos pequeños, Beto; pertenecemos, estamos, en un lado de la balanza... ¡y lo importante es que estamos en el mejor lado de la balanza!

Beto, sentado en el restaurant frente a Monegal, pensó en los muertos de la revolución. *¿Cuántos millones por cuántos muertos?*, se preguntó. *Vendrán otras multinacionales; crecerá la publicidad. La CIA destruirá* *los núcleos revolucionarios con infiltraciones. ¡Todo a cambio de unos cuantos millones!*

—Ahora es que este negocio de la publicidad se pondrá bueno, Beto, y esta es tu oportunidad para entrar en él. ¿No lo sabes? Tan pronto tumbaron a Bosch, Efraim Castillo se enganchó a publicitario y tú tienes mucho más talento que ese comemierda, Beto, tú vales más que él, a pesar de que ambos son unos perfectos individualistas. Y fíjate, ya estamos tentando a otros muchachos de la *maldita generación del 60*, que se ufanaban de *catorcistas*, como René del Risco, Iván García y Miguel Alfonseca. ¡Y ellos valen, Beto! ¡Ellos proceden de partidos de izquierda y del teatro! Pero, ¿sabes por qué necesitamos talento? Pues porque si no lo escarbamos aquí y encontramos aquí, en este incierto terruño, vendrán los cubanos del exilio, esos que tú llamas *gusanos* y que sí saben hacer publicidad y nos comerán vivos. Esto es parte de un proceso, Beto. Dime, ¿qué será del *Catorce*, del *MPD*, del *PSP*? Esos partidos se comerán unos con otros. La *CIA* ya tiene aquí fuertes tentáculos y socavará las bases de todos esos debiluchos dirigentes que sólo buscan posiciones sociales. Claro, habrá algunos, sobre todo los que proceden de la alta y la pequeña burguesías, que resistirán los embates *yanquis*, pero los otros se doblarán y se aferrarán al dólar. Porque, dime, Beto, ¿qué pasó con la revolución? Tengo que confesarte que, al principio, me asustó mucho y antes del 28 de abril quise integrarme, presentarme frente a Caamaño y decirle: *¡Aquí estoy, mi comandante, mi capitán; disponga de mí!* Pero luego vinieron los *yanquis* con sus enormes tanques y armas súper modernas y lo vi todo clarito. ¿Viste esos aviones, viste esos *Phantom 100* desplazándose a velocidades malditas? Ellos dominan el mundo y nosotros estamos en su geografía, en sus planes geopolíticos. ¡Bah, Beto, olvídate de otra Cuba! Los gringos no lo permitirán. No aquí, en el Caribe. Esto es un asunto para razonar un poco —y Monegal arreció sus ataques, minando, contagiando la credulidad de Beto en las esencias de la revolución y, mientras observaba sus ojos, volvió a mencionarle la deserción de Castillo hacia la publicidad y las ofertas que le hacían a Del Risco, a Iván García y a Miguel Alfonseca—. Hay que entrar en órbita, Beto. Antes de la revolución te ofrecí una sociedad. Ahora te ofrezco un empleo. Pero un empleo bien pagado, claro, con carro, *chofer*, gastos de representación, gasolina, placa y seguro; así como viajes pagados y con lo principal, Beto: ¡una visa norteamericana! Es un mundo esperanzador el que se abre para ti, Beto. ¡Aprovéchalo! ¡Es un chorro, una manguera, lo que conectarán los gringos entre Washington y Santo Domingo y fuuuuuuuuu, no saldrá agua por ella, Beto, sino dinero, dólares, papeletas verdes! ¡Muchos dólares vendrán al país! Claro, que para salvaguardar el orden vamos a necesitar un hombre de confianza, un hombre sinuoso, escabroso, con sabiduría y sangre fría... Un hombre al que no se le doble el pulso, ni eructe después de comerse un cocodrilo. ¿Y sabes quién puede ser ese hombre, Beto? Pues nada más y nada menos que Balaguer, sí, al que tú y los cívicos llamaban *muñequito de papel* y el cual regresó de los *nuevayores* a visitar a su madre enferma, pero que puedes estar seguro de que se quedará definitivamente aquí para joder a los comunistas y constitucionalistas. ¿Te imaginas este país con Balaguer al frente, Beto? Balaguer es el hombre para frenar, para catalizar los odios, para inclinar la balanza inteligentemente hacia el lado que nos conviene a nosotros y a los *yanquis*. Tú lo sabes, Beto: las Fuerzas Armadas, con su frustración, con su división, querrán vengarse y habrá muertos en los dos bandos y Balaguer es el hombre indicado para que no se cometan excesos, aunque, puedes estar seguro, él propiciará la continuidad del *statu quo* trujillista. Y todo será guiado por la *CIA*, hermano. Ellos sabrán qué hacer y cómo hacerlo. Pero bien, Beto, tú dirás. Ahora no corro, no tengo prisa como a comienzos de año. Ahora tenemos a los *yanquis* aquí, junto a nosotros, sin un inútil como Donald Reid dirigiéndonos atropelladamente y sin saber, ¡coño!, nada de política.

—Por favor, no me hables ahora de nada —dijo Beto, mirando los ojos de Monegal, los cuales observó brillosos, afiebrados, llenos del mismo sueño que impulsó a los españoles a la conquista y exentos de ese otro sueño que lo asediaba a él en las madrugadas lentas, obtusas, huecas, en donde era asediado por enormes pesadillas que le mostraban a todos los truhanes, a todos los pillos del mundo al mismo tiempo. Y así, contemplando los ojos de Monegal, se levantó de la silla del restaurant y salió a la calle a respirar aire limpio, ante la mirada de su amigo publicitario.

Beto caminó hasta el *Malecón*, donde se sentó en la rotonda frente al obelisco y contempló el rompeolas que ya se deshacía por los constantes embates del oleaje. *Sí, todo se descompone*, pensó Beto, y miró hacia el muelle, donde aún se observaban los destrozos causados por la revolución en las aduanas. Todavía el barco *Santo Domingo* se encontraba encallado en la ría del *Ozama* y, poniéndose de pie, Beto caminó hasta la casa de *Cuqui*, en la calle *Estrelleta*.

—Entra —le dijo Cuqui a Beto, tras abrirle la puerta—. ¿Sabes quién preguntó hoy por ti?

—¿Quién, Cuqui, quién preguntó por mí?

—*La Moa*.

Beto entró y se dejó y se acomodó en uno de los sillones de la sala, extendió las piernas y cerró los ojos.

—¿Sabes lo que quiere *La Moa* conmigo?

—Estamos buscando gente para comenzar grandes operaciones —contestó *Cuqui*, sentándose frente a Beto.

—¿Gente? ¡El partido tiene mucha gente!

—Cuando te digo *gente* no me refiero a esa gente a la que le tiembla el pulso para disparar, sino a gente que no tiene miedo de matar, a gente preparada para todo.

—¿Y por eso preguntó *La Moa* por mí?

—Más o menos. ¿Te interesaría formar parte de nuestros planes? —Al no responder, Cuqui preguntó de nuevo—: Respóndeme, Beto, ¿te interesaría?

Beto abrió los ojos y miró detenidamente a Cuqui, quien esperaba su respuesta.

—Explícate, Cuqui —dijo Beto—. ¿Cuáles son esos planes?

—Tú sabes, Beto, que no será fácil reponernos del desastre que ha dejado la revolución para la izquierda. La gente cree que García-Godoy y las negociaciones fueron una victoria para la revolución, pero los que sabemos algo de política comprendemos que no, que todo esto ha sido un verdadero desastre. Aún nos preguntamos qué coño está haciendo Bosch al participar en el mamotreto de unas elecciones que todo el mundo sabe que ganará Balaguer. Y lo que viene después de las elecciones, Beto, será un matadero. Nos acabarán uno a uno si no nos enfrentamos a ellos. ¿Viste lo de la fortaleza *Ozama*? ¿Por qué no nos permitieron a nosotros quedarnos allí, con el pueblo a nuestro lado y en nuestra propia zona? No, nos tiraron a *Villa Duarte*, a un campamento que fue campo de concentración *yanqui*. O sea, Beto, que la cosa no pinta bien y por eso necesitamos gente a la que no le tiemble el pulso para matar; gente que no tenga miedo de apretar el gatillo. Aunque sabemos que te rajaste un poco en la revolución, también comprendemos que tienes agallas. ¿Te gustaría trabajar con nosotros?

Beto siguió observando a *Cuqui* y guardó silencio. Al parecer, deseaba saber más, mucho más de los planes y por eso preguntó a *Cuqui*:

—Pero, ¿a quién hay que disparar?

—A ellos, Beto... ¡a ellos!

—Pero, ¿quiénes son ellos?

—Ellos, el enemigo común: los *yanquis*, por un lado y los entreguistas, por el otro, que son la misma cosa, la misma desgraciada cosa, la mismísima mierda, Beto. No hay diferencia entre los *yanquis* y los que les entregaron el país. ¿Crees en las elecciones venideras? Bosch es un iluso si cree en ellas, porque si va, perderá y se quemará, desperdiciando la vigencia ganada en la revolución. Es por eso que tenemos que prepararnos, Beto. Dime, ¿quiénes son los líderes actuales en el país, Beto? Mucho más allá de Bosch están Caamaño, Montes-Arache, Aristy y Peña Gómez. Pero, desgraciadamente, a ellos les falta escuela, preparación, muchas horas de estudio. Entonces, este es el momento crucial para formar y encumbrar a los líderes de izquierda y rescatar nuestro prestigio. Si no lo hacemos ahora, perderemos para siempre la imagen histórica que hemos ganado desde los años cuarenta, Beto.

—¿No crees que deberíamos acudir a las elecciones, *Cuqui*?

—¿A buscar qué, Beto? ¿A quiénes podríamos presentar en unas elecciones de marioneta? ¡A nadie, Beto, a nadie! No tenemos aún a nadie para enfrentarlo en unas elecciones... ¡limpias o sucias! Además, el maldito Balaguer es el candidato de los *yanquis* y sus apuestas están a favor de él. Por eso nuestro deber en estos momentos es mantener unido el movimiento de izquierda e impedir que la *CIA* nos divida y nos saque de circulación.

Cuqui, mirando fijamente a Beto, se aproximó a él y, casi rozándole los pómulos con la nariz, le preguntó con cierta acidez:

—¿Qué dices, Beto? ¿Te unes a nosotros?

—La verdad, Cuqui, es que no sé —respondió Beto, enfrentando la mirada de Cuqui—. ¿Por qué no me dejas pensarlo? —y, poniéndose de pie, caminó hasta la puerta y salió a la calle, escuchando la voz de Cuqui:

—Está bien, Beto, piénsalo y ojalá te unas a nosotros.

DE NUEVO LA calle, el *malecón*, la brisa del mar, la carga de ruidos mecánicos. Beto caminó hasta el monumento que edificó la dictadura tras el acuerdo al que arribó el régimen con el gobierno norteamericano para, en el 1944, sanear la deuda externa nacional y dominicanizar las aduanas, cuyos edificios se encuentran ahora destruidos por los bombardeos. Los historiadores de la época llamaron al acuerdo *Tratado Trujillo-Hull*. Tras contemplar el monumento, llamado por el pueblo *obelisco hembra* debido a la bifurcación ascendente de dos columnas de hormigón. Dejando atrás el monumento, Beto caminó hasta el antiguo local de la *Barra Cremita* y, al ver sus mesas sin parroquianos, recordó los olores a helado de ciruela-pasa y a Katia, la adorable Katia, sentada con sus ojos profundamente azules y su rostro lleno de pecas imperceptibles que se volvían presentes tan pronto el sol se posaba en su rostro. Vio a Katia diciéndole *que se cuidara, que te cuides mucho, Beto*. Pero siguió caminando y vislumbró allá, frente al inútil monumento dedicado a no-sé-quién, a un grupo de niños jugando a *mi marciano favorito* y apretó los labios porque dedujo que ese no era más que uno de los nuevos juegos que se impondrían en el país y que variarían de acuerdo a los que la televisión importara para transmitir en sus cajas y latas. Sí, esa era la cuestión: atrapar a la niñez en el espacio adecuado y en el momento preciso, hipnotizándola, obsequiándole lo nuevo frente a lo petrificado en lo vetusto. Porque lo nuevo, lo proveniente de las últimas tecnologías sería ya lo inexorable. Entonces, por la frente de Beto desfilaron los ojos del *marine* prisionero y su grito de *¡No matarme, no matarme!* y *La Moa* loco por dispararle, loco por hacerle un hueco hirviente en medio del corazón. Y tal como aquella vez, al pensar en el joven invasor, Beto volvió a hacerse las mismas preguntas: *¿de cuál universidad saldría ese infeliz? ¿A cuál militante del Vietcong le cargarán su muerte?* ¡Ah, el pragmatismo, la decisión tomada rápido, apresurada, para después buscarle la objetivación de una respuesta acertada! Total, una muerte más, una muerte menos, ¿a quién le importaba? Las consecuencias de las guerras no se medían por la cantidad de muertos sino por los resultados, por lo que la madre del *marine* diría orgullosa a sus vecinos: que su hijo murió como un héroe y *La Moa* obtendría un *AR-15* y un uniforme confeccionado con algodón del *Mississippi* y doble pespunte, aunque habría que cargar, también, el canje del gringo por el dirigente del *Catorce* Luis Genao, prisionero en el campamento *27 de Febrero*. Sí, total nada, absolutamente nada, porque cualquier decisión en una revolución debe tomarse rápido, apresuradamente, como exigen las circunstancias. Al arribar a la calle *19 de Marzo* Beto dobló a la izquierda e inició el ascenso hacia *Villa*, hacia su casa, y no supo si alegrarse o sentir pena, ya que con toda seguridad Elena le preguntaría acerca de lo conversado con Monegal. ¿No sería mejor el dejar establecido con ella la conveniencia de una separación y, más tarde, de un divorcio, donde la ruptura total de sus relaciones la liberaría del atolladero social en que se encontraba?

—¿POR QUÉ ME has traído aquí, Beto? —Es Elena quien pregunta—. Podíamos haber ido a otro sitio.

—¿No recuerdas nuestras primeras citas? ¿El lugar dónde saliste embarazada por primera vez?

—Sí, eso nunca lo he olvidado. Siempre lo recuerdo. ¿Y tú?

—No, nunca lo he olvidado. Y debo confesarte, Elena, que he pensando en todo lo nuestro y creo que ni tú ni nuestros hijos deberían continuar viviendo como están.

—¿Qué insinúas, Beto?

—No insinúo nada, Elena. Simplemente te digo esto porque me duele haberte conducido a vivir así.

—Entonces, que insinúas… ¿Una separación?

—No, una separación no. He pensado en más que eso.

—¿Un divorcio?

—Sí, un divorcio.

—¿Para qué? ¿Acaso no haces lo que deseas hacer? ¿No llegas a la hora que quieres? ¿No golpeas mi rostro cuando tienes deseos de desahogarte? ¿Qué es todo eso?

—No comprendes, Elena. Me siento atado. ¡He sido tan libre desde que nací! Dos meses con mi tía; dos meses con mis padres; luego las huideras... la soledad.

—Es lo mismo que has hecho conmigo, Beto. Te has ido cuando has deseado. Has regresado cuando has deseado. Has tenido las mujeres que has deseado. Conmigo has vivido una reedición de toda tu vida.

—Pero no es así, Elena.

—¿No me quieres? ¿Ya no me quieres con esa mezcla de amor, tristeza, pena, angustia?

—Mis sentimientos por ti están mucho más allá, Elena. Tú eres todo para mí, lo sabes.

—¿Entonces?

—Es otra cosa. Deseo sentirme libre... totalmente libre, no con la atadura de tener que volver a la casa; no con la obligación de responder por ti; no con la esperanza de que te presentes en la policía con un plato de arroz y habichuelas; no con la idea de que tú me sobrevivirás. ¡Eh, no llores, Elena!

—Pero, ¡es que no comprendo, Beto... no comprendo!

—¡Compréndelo, mi amor! Para decidir una decisión como esta he pensado en la necesidad de sentirme solo, desatando los nudos del matrimonio y dejando de sentirme castrado. ¡Vamos, no llores, Elena! Toma, seca tus lágrimas con mi camisa.

—¡Oh, Beto!, ¡es que no comprendes! ¡Conmigo puedes sentirte así... libre! Si así lo deseas, déjame por un tiempo, haz lo que quieras, pero aún tengo confianza en ti, en lo que harás. No aceptes el trabajo con Monegal; haz lo que quieras. Sí, vete, vete por un tiempo de la casa... por un año, por dos, por quince...¡Desaparécete de mi vida por el tiempo que desees, pero déjame pensar, déjame sentir que aún soy tuya, que aún estamos vinculados a través de aquel acto tan pequeño frente al juez! ¡Tú lo sabes, Beto, que nunca he creído en el matrimonio, sabes que soy *rousseauniana*, la mujer de un marxista, de un renegado, de un Jesse James!

EXPLÍCAME, ISABEL, ¿QUÉ podría hacerse con una mujer así? Ya lo ves, hemos atravesado la friolera de quince años y seguimos juntos y, sí, la sigo amando; no desde luego como el primer día, pero sí con esa *despasión* que lo mezcla todo: pena, vergüenza, desinterés, desidia, indiferencia y un disgregado sexo. Sí, Isabel, Elena es la mujer con la que un hombre como yo se siente soltero; ella es el tipo de mujer que deshace el paso de los años entre el aumento de las demandas y las pequeñeces que nos asedian día y noche. Elena puede zurcirte desde unas medias hasta esas heridas que se alojan en la hondura del alma; te puede cocinar y hasta narrar historias donde lo esotérico y lo trivial se asocian sin despertar sospechas. Así, para ella todo está bien lleves o no lleves el sustento diario. Todo está *OK* en Elena y entonces tú contemplas a tus hijos transformándose de niños en adolescentes imbuidos en una educación todológica, sin problemas, sin afectaciones y es cuando reparas en esto que te olvidas de que esos mismos muchachos se están criando en un *quintopatio*, en una *parte atrás* cobijadora de raíces oscuras, de oportunistas sanguijuelas, de pasiones enmarañadas. Ves a tus hijos, que sin pisar siquiera las aulas vanidosas de colegios de primera, se comportan con la educación que se imparten en los mejores colegios. Elena es sensacional, Isabel, y desde un día de septiembre del 65, cuando me enrostró una separación, jamás he vuelto a escuchar de sus labios la palabra *divorcio* y no creo que lo vuelva a decir. Cuando nos unimos, sus amigas de infancia le decían que estaba loca por haber escogido, entre todos sus pretendientes, a un espécimen como yo. Y más, aún, sus compinches hacían chistes a su alrededor por aguantar, además de mis carencias materiales, las infidelidades a que la sometía constantemente. *¡Necia!¡Eres una estúpida necia!*, le decían sus amigas a menudo, lanzándole a la cara su desvergüenza por estar convirtiéndose en una chula anticuada. La primera vez que apareció con un ojo amoratado, después de nuestro matrimonio, sus amigas la conminaron a que me dejara, a que me abandonara con todo y su embarazo de ocho meses. *¡Es increíble* —llegó a escribirle una de sus compañeras—, *que una muchacha de los Peña pueda ser capaz de aguantarle tanto a un hombre!* ¡Ah, Chabela!, a Elena le sacaban a relucir el asunto del machismo y del feminismo, pero a ella nada le importaba y decidió seguir conmigo a troche y moche. Su vida desde que nos casamos —y eso podría ser sospechoso en esta maldita sociedad—, ha sido una consagración hacia mí. ¿Sabes?, a veces me asusto y pienso cosas. He llegado a especular, incluso, si en su vida no hay otros hombres, alguna misteriosa existencia que me reemplaza durante mis largas ausencias. Cuando estos pensamientos me atosigan, ¿sabes lo que hago? Pues salgo de la casa fingiendo que estaré fuera durante algunos días y regreso subrepticiamente al día siguiente, tratando de encontrarla en los brazos de otro. ¿Y qué crees tú que he hallado tras esos regresos furtivos, abruptos, clandestinos? La he descubierto, casi siempre, confeccionando dulces para venderlos en el *quintopatio* o tejiendo alguna manta para rifarla con los números de la lotería. Y escucha, Isabel, muchos de esos dulces que ella no ha podido vender me los he comido yo con la historia de que me los compró en el vecindario.

—¿Por qué no le cambias el nombre, Beto?

—¿A qué nombre de refieres? ¿A quién?

—A ella, a Elena.

—Explícate, Isabel.

—¿Por qué no la llamas *Santa Elena*?

—¿Bromeas?

—No, Beto, no bromeo. Me estás narrando cosas que sólo hace una santa. Hay rasgos muy parecidos entre Elena, tu mujer, y La Madre Teresa de Calcuta.

—¿Estás celosa?

—¡Bah, Beto! Hace mucho tiempo que erradiqué esa miseria de mi vida.

—¿Entonces?

—Nada. Creo que esa (¿cómo la llamaste?), sí, sí, esa *despasión* que sientes por Elena te ha hecho confundirla y algún partido deberá estar sacando ella de esa situación, de esa relación donde se mezclan sentimientos y emociones.

—¿Donde se mezclan sentimientos y emociones?

—Sí, Beto. Esas mezclas son las que han hecho diversificar las representaciones del hombre. Del odio, del amor y de la pena han surgido los demás sentimientos... ¡sobre todo del amor y la pena, que son los que más esclavizan!

—¿Crees que estoy esclavizado a ella?

—Recuerda que no soy siquiatra, Beto. Pero algo debe haber en esa mezcla.

—¿Te imaginas, Chabela?

—¿Qué... qué debo imaginarme?

—A mi mujer haciendo dulces.

—Veo algo, vislumbro algo, Beto.

—Para mí, ese era un gran misterio...

—¿Misterio?

—Sí, Chabela. Había ciertos dineros, ciertas adquisiciones como vajillas, cubiertos... ciertas comidas misteriosas que no me explicaba de dónde rayos salían.

—¿De los dulces?

—Sí, era el dinero de los dulces que vendía. ¡Ah, los dulces de Elena! Todos en el *quintopatio* lo sabían y ella me lo ocultaba. No me decía nada, tal vez guardando silencio para que no me avergonzara, para que no le riñera. Ella prefería, Chabela, mentirme, decirme que sus padres le enviaban esas cosas.

—¿Y te mentía por eso?

—Sí, me mentía para que no me enfadara.

—Si vas a llorar me lo dices. ¿Sabes?, te estás convirtiendo en un llorón.

—A veces tengo miedo, Chabela.

—¿Por qué?

—Temo por mi hija de doce años. Es hermosa, Isabel; Carmen Carolina se parece a su madre a esa edad. Mi vida podría ser una historia de amor si yo hubiese respondido de la manera que ella lo hizo conmigo.

—Has sido algo cruel con ella, Beto.

—Sí, Isabel, lo sé.

—¿Se ha avejentado?

—No; aparentemente no. Pero si te le acercas así, de golpe, penetrando su mirada, fijándole la vista, luce ya como una mujer muy madura y podrás ver su alma a través de los ojos y adivinar el mar de sufrimientos, de congojas y sinsabores por los que ha pasado. Pero aún luce bien en su conjunto: sus piernas, las uñas de sus pies tan cuidadas, los callos de sus manos tan disimulados, su cuello de cisne tan frágil, tan huidizo de la realidad...

—¿La idealizas?

—Oh, no, Isabel; pero no la tengo a menos; ella es para mí algo más que una mujer: es mi paño-de-lágrimas, mi más-profundo-amor-mujer-para-siempre.

—¿Y en el sexo?

—¡Ah!, ella es toda una mujer, pero sin estridencias inútiles, sin alborozos teatrales, sin alegorías a lo Wilhelm Reich.

—PERO, ¿QUÉ PASÓ... con la carta?

—Nada. Aún no ha salido nada. He llamado al consulado y me dicen que no saben nada. Inclusive, cuando paso por allí miro hacia el edificio y lo que veo es una masa de granito impenetrable. He buscado rendijas en su estructura, pero no, no veo nada, Chabela. El consulado es como un mundo aparte: sin resuellos, sin silbos. Sus empleados entran y salen a las horas precisas. Ya sabes cómo son los gringos con sus horarios.

—Sí, Beto, lo sé. Eso fue heredado de sus padres, los ingleses. Pero creo que deberías escribirle a ese *míster*... ¡Sí, ahora recuerdo su nombre, Stewart... Henry Stewart! Explícale, Beto. Escríbele una carta a ese sujeto. Creo, de verdad, que una misiva sería la vía más concisa para llegar a él. ¡Hazlo, Beto... escríbele! ¿Dónde está tu talento de escritor? Y a propósito, ¿cómo va tu novela?

—La tengo parada... ¡La tengo invernando! Pero, sobre lo otro, podría cambiar la técnica.

—¿Cómo así?

—Tendría que buscar el tiempo...

—¿Tiempo? —interrumpe Isabel—. ¡Pero, si lo que más te sobra es tiempo, Beto!

—No, Isabel, no me refiero al tiempo tiempo...

—¿Y a cuál maldito tiempo te refieres?

—Es a otro tiempo, Isabel...

—¿A cuál? ¡Dímelo, que no comprendo!

—Al tiempo de crear, de escribir, Isabel. A ese tiempo de ver la vida en introspección, sintiendo muy cerca el fenómeno de Armstrong.

—¿Armstrong? —Pregunta sorprendida Isabel—. ¿El astronauta Armstrong?

—No el de la luna, sino el del *feedback*, el de la retroalimentación.

—¿Y qué mierda tiene que ver ese Armstrong con tu problema?

—Es que es en ese tiempo interior de la retroalimentación donde debemos cruzar los recuerdos, las vivencias, con el presente y el futuro. ¡Es ahí donde puede alcanzarse la luz!

—¿La luz? ¿De qué luz hablas, Beto!

—De la luz. Isabel, del resplandor que produce el tiempo-a-tiempo... el tiempo de arribar al momento oportuno. No ese tiempo que se separa del otro, del no-tiempo, de la atemporalidad.

—¿Qué te pasa, Beto? ¿Estás bien? Creo que deliras...

—Ahí surge todo, Isabel.

—¿En la luz, en el no-tiempo?

—En el destiempo, en el intiempo...

—¿Qué coño dices, Beto? ¿A cuál pendejo intiempo te refieres?

—Al tiempo donde sentimos juntos, unidos, la química de la vida, Isabel. A ese que congrega todos los tiempos, todas las edades de la tierra y es ahí donde las ideas, los recuerdos, las memorias todas se te agolpan y te ahogan, te sacan los mocos, las lágrimas y te hacen levitar alto, tan elevado como aquella *ola* de Gina Franco, como el paseo de Gagarin en el 61, como Patton montado en un tanque como Napoleón retornando a Francia desde Elba. Las manos se mueven solas y te guía algo más allá de lo comprensible, tal como un feto saliendo puntualmente del útero a los nueve meses o como una fruta cayendo en su punto o como tu clítoris, Isabel, cuando te pica y te lo rascas.

—¡Oh, Beto, que me excitas! Sí, ¡mierda!, me excitas. Pero sigue. ¿Qué más?

—No hay mucho más, porque lo difícil es encontrar ese espacio, ese hueco y es, hasta cierto punto, una impostura sentarse a esperarlo. Nunca viene.

—¿Y...?

—Hay que ejercitarlo, abstraerse completamente por una hora diaria...

—¿Y entonces?

—Lo que sale es una cuartilla, apenas...

—¿Sólo una?

—O media. Todo orgánicamente.

—¿Orgánicamente?

—Orgánicamente, pero sin Spanuth, sin Spengler, sin Rosenberg, sin el fuego, sin el hielo.

—¿Y no has encontrado el maldito atiempo para escribirle al tal Stewart?

—¡Ah, no comprendes, Chabela!

—¡Por favor, no me vuelvas a lo mismo, Beto! Me refiero a ese maldito espacio que describiste y que, de seguro, te sientas a esperar en el inodoro todas las mañanas, o en el banco del parque al mediodía, o en el *malecón* en las tardes. ¡Es a ese tiempo, o a intiempo, o a destiempo... como aduces, al que me refiero!

—Desesperanza, Isabel. Desesperanza en el destiempo, en el antitiempo... ¡en todo!

—Estás cayendo en los tópicos, Beto, en los malditos esquemas.

—¡Bah, Isabel! Los esquemas reducen la vida, la convierten en praxis.

—Pero, Beto, escribir una carta no es tan difícil y, para ti, que te dices escritor, no sería más que pegar una media-suela. ¿Por qué no le envías una maldita carta a ese Stewart?

—Monolítico, Isabel. El consulado está ahí donde está. Pero no tiene dirección cuando te dicen no. Monolítico, Isabel. El consulado es una roca. Es puro granito. Mármol, como de Carrara, como el utilizado por Michelangelo y su mandarria y su barba llena de polvo de mármol brillando al sol. David. No. Moisés. No. La Pietá. No. Son las otras cosas, las desconocidas. Las que hizo pedazos antes de terminarlas. Eso que la historia no registró y que los críticos han callado. Mármol, Isabel. Y no hay dirección posible para dirigirte al mármol cuando no eres escultor.

—¡Pero escribes, Beto! ¡Tú sabes escribir!

—Impenetrabilidad, Isabel. ¿Qué buscaría un papel, un sobre, unas letras de molde, si Stewart es como el mármol? Sin mellas, Isabel. Nada de rasgaduras.

—Estás pesimista. Sí, ya veo, hoy no es tu día para conversar.

—¡Unjú! ¡Sólo palabras! ¿Sartre? Sí, *Las palabras*; la vida yéndose en palabras, la existencia yéndose en explicaciones, en una retórica inútil.

—¿Lo crees así?

—¿Lo de la carta?

—Lo de las palabras en la carta.

—¿Crees que los ablandará a todos la carta?

—Es un diálogo; una forma de llegar al fondo.

—¿Comunicación?

—Eso: comunicación, Beto.

—¿Pero comunicar qué?

—Eso, lo que desean. Pero dime, ¿qué es lo que te han pedido?

—Otro *currículum*.

—Pues eso: envíale a ese Stewart otro maldito *currículum*. ¿Lo tienes ahí?

—No, en la casa.

—Tráelo mañana y lo repasaremos, porque ahora, Beto, volvamos a lo que vinimos...

—¿A qué?

—Tú lo sabes bien.

—¡Ah, el clítoris, la lengua, la penetración... ¡Sí, vamos a lo que vinimos, dulce Chabela!

Capítulo XXI

Currículum I

NACIMIENTO: NOVIEMBRE 10. *1935. Justo a los cinco años D. T. (Después de Trujillo, coño). Ciudad intramuros. De padre militar. Clase media. Hecho a cojononazos. Borrachón. Mujeriego. Jugador. Mulato. Madre de la clase alta. Blanca. Serios problemas con abuelo por casamiento con padre: por militar, por clase media y por mulato. Desheredada. Buenos médicos en parto y las comadronas de rigor. Placenta abundante. Toto rasgado. Cabezón el niño. Lloró y meó como de costumbre. Mamadera poca de tetas maternas. Mudanzas a casa en avenida Pasteur 1. Carro en la casa. Chofer. Primeros meses de vida chulísimos. Niñito de mami por aquí. Niñito de papi por aquí con los celos de la hermana mayor, of course.*

PRIMEROS CINCO AÑOS*: De aquí para allá. Problemas fronterizos distraen atención militar del padre. Asunto Trujillo y los haitianos. Niño quedarse con tía Candita mayor parte de tiempo. Temor a la luna. Jodida manía de tirar cosas por el balcón casa piso dos calle Duarte. Trajecitos marineros. Fotografías tomadas donde Barón Castillo. Escuela de las Amiama. Mudanza a la calle Crucero Danae casa techo zinc romperse galería barbilla. Sirvienta haciendo pajita con jabón. Prima se hace pajita con pepino-muchachito y venida prima alborotan vecindario: "Herodías. Infanticida. Rastrera. Puta vieja". Niño que no aprende nada porque niño vive agarrando los culitos de niñitas. Viaje Santiago con padres. Papá oficial ejecutivo fortaleza allí. Juego a los caballitos con hermanita menor con el asombro de madre: "horror. Hijo mío degenerado". Paseos coche Santiago* *muy muy muuuuuuuuuyyyyyyy buenos. Pero niño no querer ir escuela y monjas tratar educarlo. Niño sacarse bimbincito delante de niñas. Signos inequívocos de exhibicionismo. Niño pintarse en la carita una barba con creyón y vuelta a Ciudad Trujillo. Los Reyes Magos. Que la cosa se pone dura al comienzo de la guerra.*

DE CINCO A SIETE AÑOS: Feliz todos con abuelita Mamavira y tía Candita (Quiquí). Habitacionable casa apartamentos calle Duarte y vieja casa de la Danae con travesuras clásicas: mentiras; acechadera a las vecinas bañables; juego a los carritos chocones; tiraderas de piedras a vidrios; bofetadas a dos manos a quien joder infante. Traslado de niño a Barahona. Primeros pantaloncitos largos. Caña de azúcar. Contactos con los obreros de ingenio. Hijo del comandante entra gratis cine. Descubrimiento verdadero del mar. Fortaleza al lado casa. Bautismo compadre padrino general Julio Pérez. Saladilla. Playa del muerto. Jimaní. Haitianos: que diga perejil, coñazo. Olor a axilas sudadas, a grajo. Sobacos sucios. Descubrimiento de la palabra pendejo. Bailecito máscaras payaso fotografía infante carita triste asueñada. Padre toma mucho. Líos padre y madre recuerdos vagos de tazas volando por el comedor. Cine militar nocturno. Welles. Bogart. Laughton. Genn. Ford. Hayworth. Bacall. Russell. Tetas grandes. Escuelita privada. Avioncitos de papel. Comandante: su hijo no estudia. Otra escuelita. Lo mismo. Infante darnos problemas mayúsculos a todos; infante sólo quiere soñar, pasear por el mar, contemplar las nubes. Pensión para comandante. Todo guardia no matador no tiene porvenir en el ejército. Nombramiento ex comandante como jefe de los pensionados con sede San Cristóbal

SAN CRISTÓBAL: Ocho a doce años: mudanza terrible. Lucecitas en camión de mudanza en El Número de Azua-Baní y peones con miedo muertos de frío loma. Curvas El Número uffff. Mucho miedo. Infante asustado; recuerda muchacha del servicio metiendo miedo de noche y medias de nylon sobre la cara. Pueblos de Azua; Cruce de Ocoa: todo rico: dulce de leche de cabra: quesitos de leche de cabra: carne de cabra: todos cabrones. Baní. Paya. Yagüate. San Cristóbal. Casa grande en la avenida Constitu-

ción. Término de las vacaciones. Colegio San Rafael. Expulsión: muchachito de mierda vive metiéndole las manos bajo las faldas a las muchachas. Muchos totitos agarrados y olorcito agrio a orines estacionados a la puerta de vagina. Y que el niño se saca bimbín y lo enseña. Sigue el exhibicionismo. Descubrimiento del maroteo. Mangos. Cajuiles. Mamones. Guayabas. Nísperos. Jaguas. Caimitos (límpiate con una hoja de caimito para que se te quite la leche). Lechosas. Limoncillos. Tamarindos. Grosellas (que te joden los dientes). Aguacates maduros (pedos seguros; aguacates verdes pedos rebeldes y aguacates morados pedos atorados). Descubrimiento de Trujillo a través del asiento trasero de Chevrolet y sombrero Panamá revoloteando con la brisa y Trujillo con bigotitos a lo Hitler todo maquillado y rosadito. Descubrimiento de lo que es una borrachera un verdadero jumo de madre viendo al ex comandante bajarse de un carro y tropezar con palma frente a casa de la Avenida Constitución. Descubrimiento de grandes líos dentro del hogar. La madre acostándose en la cama del infante para huir de las caricias del padre y que ven para la cama y que no me voy para la cama y que estás borracho y que no lo estoy. Descubrimiento de lo que arrastra el juego con ejemplo de ex comandante pidiendo dinero a la madre y dónde está la sortija del abuelo la del diamante y que dame esto o aquello. Choque, descubrimiento del choque de dos culturas no-matrimoniables: padre clase media; hecho a cojonazos, borrachón; mujeriego; jugador; mulato. Madre clase alta; blanca; refinada; gran cultura. Que San Cristóbal se mete en el infante a través de los ríos Yubazo y Nigua, del maroteo frutal, de la asistencia a escuela pública y que ya el muchacho sabe leer y escribir y salta del primero al tercero y del tercero al quinto grados. Descubrimiento de la muchacha de los cinco dedos: esa autocomplacencia reducida al simple o apasionado frotado del pene con una mano. Y la miaja de semen que sale que sale que sale una, tres, cinco veces al día. Y que si te sigues pajeando te vas a tuberculizar y que te vas a joder. Y las untaderas de baba-de-becerro para hacer crecer el pene. ¿Acaso no eres tú hijo el hijo del comandante güebú? No tienes que untarte nada ahí debajo: él crecerá solito. Descubrimiento del poder flotar en el agua y el infante comienza a nadar en el Yubazo y en el Nigua. Y el infante a punto de ahogarse con crecida de río. Joven héroe lo saca del agua. Descubrimiento del voyerismo reducido a un simple brecheo. Que para esta noche la turquita. Para mañana las mellizas.

Para pasado mañana la esposa de Gutiérrez. Para el domingo la querida de Trujillo. Todos los coños conocidos cosidos entre las pestañas del brecheo; todas las menstruaciones conocidas. Descubrimiento de la soledad, de la melancolía, de la saudade que lleva a lo ontológico. Rompimiento de los padres. Negocios mercantiles de la madre. Que una construcción por aquí y que una construcción por allí. Crecen las mentiras. Se ahonda el conflicto hogareño. Siguen creciendo las mentiras y el descubrimiento de que las mentiras pueden escribirse sobre el papel. Comienzan los cuentos; las historias; las ficciones dentro de las ficciones: que vi a Trujillo montado a caballo ¿Juras que lo viste? Lo juro, mami, lo juro. Vacaciones en Ciudad Trujillo. Que se gana vacaciones pagadas por el Estado en Boca Chica y redescubre el mar. Que sus primeros amores en Boca Chica. Que el púber puede cantar y canta. Que Mairení se gana a todos bailando. Que a la españolita aquella le gusta enseñar la popolla. Primer polvo: la sirvienta de la casa de al lado: brechando que la sirvienta lo ve y le dice baja de ahí y tómalo y que el púber se asusta y la sirvienta que no la eches adentro que me preñas y primera venida en vagina sin saber que se vino. Y que la madre tiene amores. Y que la madre se desea casar. Y que la madre lo consulta. Y que él nada; que no le dejan desarrollar su complejo de Edipo y que Freud sin Freud. Traslado del púber a casa del padre. Que el padre no puede tenerlo. Que la abuelita paterna es vista por primera vez. Que los cabellos lanudos. Que la tía. Que el púber pasa a vivir donde la tía Candita. Apoyo total de la tía Candita.

DE TRECE A quince años: la soledad. Las grandes lecturas de comics, compadre Stewart. Descubrimiento de La Madre, de Gorki. Descubrimiento de lo social, de lo antropológico. Los viajes diarios al Loyola. Vocación de jesuita. Que me meto a cura y que no me meto. Nueve viernes primeros. Cinco sábados primeros. Aseguramiento de la salvación del alma. El salto del sexto al octavo grados por buenas notas. Misas todos los domingos y fiestas de guardar con pago de diezmos y todo. Amores y masturbaciones muy solitarias. Descubrimiento verdadero de la vagina y demás componentes de la nomenclatura coñística: que la divorciada que la calle Espaillat que aumentan los brecheos nocturnos. Redescubrimiento de Chopin, de Schumann, de Brahms, de Debussy con el tío Félix y su piano.

Lectura diaria de La Biblia como anécdota. Descubrimiento del contenido dialéctico de la historia. ¿Por qué Julio César esto, profe? ¿Por qué Alejandro Magno aquello, profe? Enamoramiento perdido de la profesora de química: las piernas, los senos, los ojos, todo ejerciendo presión bioquímica sobre los genitales. Abundancia de los vellos púbicos (que tengo más pelos que tú, que tú y que tú). Primera compra de amor por el Mercado Modelo: dos, tres, cuatro pesos: dos, tres, cuatro muchachos en fila. Casamiento de la madre. Odio por cambio de hijo por desconocido. La resignación. Reafirmación de amor por tía Candita. Expulsión del Loyola: discusión extremada de tópicos religiosos, históricos: profesor no soportar quedar en ridículo: extrañeza de que no todos los profes fueran como el profe Batista banilejo oscuro de sexto grado. La escuela pública República Argentina: notas sobresalientes: descubrimiento del tigueraje como verdadera primera noción del vivir: las faltas escolares por nadar en la playa de Güibia y las grandes lecciones del tigueraje. Colegio Adventista Dominicano. Descubrimiento de otras religiones: que la virgencita no está en el cielo; que la virgencita no es eso que dicen; que Jesús tuvo más hermanos. El adolescente comienza discusiones sobre concepciones virginales: la sigo a ella; la virgencita es mi Norte; mi guía; mi esperanza. Claro complejo de Edipo sin adolescente saberlo. Expulsión del Colegio Adventista Dominicano por defender a la virgencita. La Escuela Normal Presidente Trujillo. Descubrimiento de lo que es un verdadero tigueraje. Profesores apáticos. Trujillo el grande por aquí. Trujillo el grande por allá. Trujillo es todo en la patria. Desfiles todos con uniformes caqui almidonados y zapatos lustrosos bien recortado el pelo y con paso firme uno dos tres cuatro uno dos tres cuatro marchen alto que en su lugar descansen. El bachillerato no deseado con noches de dormidas en camiones bancos de parques malecón ratones pasando por la boca ratas de barco descargando detritos luna alta grande mar en paz. Asomo ligero del bigote, despunte lejano de la barba. Vacaciones en San Cristóbal. Prueba de fuego para buscar la readaptabilidad en hogar materno. Fracaso. Pleitos. Escape. Rotura de vidrios de casa materna. Persecución policial. Escondite en la Colonia en casa de campo de los Harootian. Descubrimiento, ¡al fin!, de la verdadera soledad, de la alquimia explosiva del encuentro ontológico; el descubrimiento a capella de la vieja enseñanza de Delfos. El río. Las noches de grillos y cigarras. El advenimiento de lo telúrico en lo sensorial.

El lodo después de las lluvias. Retorno a Ciudad Trujillo. Que la tía Candita debe mudarse. Que se hace trizas la unión familiar. La vagancia. Las caminatas. La soledad no buscada: sin encuentros con-uno-mismo, sin los reposos conceptuales, sin el brillo del uno-darse-cuenta.

—¿LE ENVIASTE TODO así?

—Sí, así.

—¿Y crees que ese Stewart lo leerá?

—¡Deberá leerlo!

—¿Por qué lo crees?

—¡Él se inventó lo del currículum!

—¿Y te contestó la carta?

—Extraño, pero sí.

—¿Qué decía?

—Exigía más. Que le detallara más. Decía que había datos alterados. Que las fechas no concordaban.

—¿Las fechas?

—Ellos tienen cronológicos, Isabel. Anotan cada acto de las personas fichadas y llevan una especie de memorial. Decía que sus datos y los míos no estaban de acuerdo, que no le mintiera, que lo mío estaba caminando.

—Pero, ¿le mentiste?

—No le mentí. Desde luego, oculté algunos datos. ¿Crees que podría soplar, contar cosas que deberán permanecer ocultas a la historia?

—¿Tan graves son esas cosas?

—No es que sean graves, Isabel. Es por principios; principios que yo respeto por los compañeros muertos.

—Pero esta primera parte de tu *currículum* no tiene nada oculto. ¡Hasta me ha sorprendido tu franqueza!

—Ahí no hay nada que ocultar. Aunque creas que esos años arrastran una terrible carga de tristeza, lo más pesado, lo más triste, está por delante.

Capítulo XXII

Podría ser anticonsulado est

—**HAY TRES CIUDADES** que podrías escoger, Pérez. Hay miles de hispanos: New York, Los Angeles o Miami.

—Pero, ¿y si no me sale la visa?

—Pérez, ¿acaso no soy Jiménez, Pascual Jiménez, el hijo de la viuda? ¡A mí me respetan hasta los cónsules! Cuestión de mafia, amigo. Y para entrar al mundo del sabor, a ese mundo *Marlboro*, viejo Pérez, póngase en las manos de Pascualino Jiménez, el hijo de la viuda. Mira, Pérez, yo vendo visas para cualquier país: ilusiones, paraísos; ¿quieres una visa para Venezuela?, ¡te la vendo! ¡Jóvenes al Sur, al Amazonas, a ser picados por viudas negras y serpientes; con dos vacas y si tienes hijos, mejor, si tienes hijos mejorete, Pérez! ¿Quieres una visa para Haití y desde allí irte para donde mejor desees?, ¡te la doy! ¡Y para México, Brasil! ¡Para dónde quieras! En este país, Pérez, hace falta una camada de tipos como yo, que conozco coroneles, mayores, senadores, diputados, empresarios y gente rica, Pérez, riquísima, todos metidos en este negocio de las visas y los viajes. ¿Y sabes por qué? Porque a nosotros nos fascina el viajar, amigo; nos fascina el vagar por el mundo, una herencia de los españoles, porque al negro que tenemos detrás de la oreja no le gusta viajar, ¿sabes por qué?, porque a ese lo trajeron obligado, encadenado, algo así como una *inmigration obligation*, viejo. Pero a los españolitos jediondos les fascinaba el ir y venir y los que se quedaron aquí lo hicieron porque no encontraron en qué irse, porque si no, Pérez, se hubieran largado. Aquí los que nos quedamos fuimos los mulatos, amigo; los españoles venían, se enriquecían y se iban. Y aún lo siguen haciendo. ¿Dónde crees tú que los españoles ricos tienen sus cuartos, Pérez? ¡En España, viejo, en España! Para ellos este es un país de transición; un trampolín para saltar y largarse ricos, como indianos, como dice, cantando, Eduardo Brito en *Los Gavilanes*. Y todos esos blanquitos que tú ves por ahí, por los montes de *Moca*, por *Baní*, por *Castañuelas*, por *Puñales* y las lomas de *Gurabo*, no son más que residuos acuosos de los que no pudieron largarse porque no encontraron barco... ¡pero desde que puedan se van, Pérez! El largarse de aquí es como una epidemia. Y mira, los primeros síntomas de esa enfermedad comienzan desde la infancia.

—¿Con el cine?

—¡Coño, Pérez, estás en la cosa! ¡Exactamente con eso mismo! Comienzan los síntomas con las vaqueradas, si eres machote, y con las comedias, si eres hembrita. Y entonces ahí vienen los discos en inglés. ¿No recuerdas, Pérez, lo que nos decían los abuelos sobre los viajes de nuestros antepasados? ¿Adónde iban, viejo? ¡A Cuba, a Venezuela! No pensaban en los Estados Unidos ni-de-juego. Pero es que antes no había radio, ni cine, ni las revistitas esas de muñequitos. No estábamos tan penetrados como hoy. Pero ahora, ahora que somos pequeñitos y ellos grandes grandes, nos brindan todo en tecnicolor, en bandeja sonora. Ahora, Pérez, la *Caperucita Roja*, los jodidos cuentos de Andersen, las fábulas de Esopo y todos esos carajetes ilusionadores folklóricos no son más que una pura mierda. ¡Ahora sólo vemos imágenes filtradas a través de lo que los creadores estadounidenses desean! Y es así como empieza la epidemia, amigo. Después viene lo vivencial: ves en la escuela a los dominicanos ausentes amigos de tus amigos con tenis *Reebok*, con mediecitas *Jox*, con pantaloncitos *jeans*, con camisitas *Levi's*; ves a las muchachitas y te enamoras de ellas y sientes que están evolucionadas y te comienzan a decir, *¡eh, men, esto está reglamentado!*, y tú como sintiéndote acampesinado, como si habitaras la más atrasada de las selvas africanas; *¡eh, men, tú no estás en nada!* Y la fiebre, amigo Pérez, sobreviene después cuando uno se encuentra sin trabajar y ve como los que no servían para nada y cruzaron el charco regresan con cadenotas, con relojotes, con zapatotes como de cuatro pisos y con vistosos sombreritos y con mucho poliéster, viejo, mucho poliéster, signo del petróleo, del dinero y del poder. ¡Y después que se cae en esa fiebre, Pérez, no se sale de allí nunca! ¡Chico, aunque te metas a comunista no se te quita esa fiebre! ¡Te lo digo yo, Pérez! ¡Pascual, Jiménez, Pascual Jiménez, el hijo de la viuda!

—¡Vaya!

—Pues sí, viejo, hay tres ciudades que te recomiendo con toda el alma: New York, Los Angeles o Miami. Allí hay latinos en cantidad. ¿Sabes, Pérez, sabes cuántos millones de latinos formales, legales, hay en los Estados Unidos? ¡Quince, hermano, quince millones, ahora en los setenta! Y como los negros se han estacionado en cerca de cuarenta y cinco, el futuro pinta hispano en gringolandia. Como van las cosas, viejo, pronto seremos allá una gran fuerza y tendremos nuestros veranos de candela, Pérez: New York, candela; Los Angeles, candela; Miami, candela. ¡Nos tendrán que respetar, viejo! Ahora estamos arrinconados, apretujados, llenos de miedo y si de vez en cuando salimos, sólo lo hacemos pensando en que vendrá algún negro y para arrebatarnos la cartera, o un agente de inmigración que nos exigirá los papeles, o un blanquito que nos dará un puntapié. ¡Y lo que tienen es nuestro, Pérez! ¡Nuestrito! ¿De dónde coño sacan los gringos el estaño? ¡De Bolivia! ¿Y el cobre? ¡De Chile! ¿Y el azúcar? ¡Del Caribe, de nosotros: de Puerto Rico, de República Dominicana, de Centroamérica! ¿Y el petróleo? ¡O.K. de Arabia, pero también de Venezuela y México! ¡Todo es nuestro, chico! Parte de este pantalón que tengo puesto se ha hecho con sudor mío, con mi mafia, Pérez, pero lo que yo saco con mi pequeña mafia vuelve a ellos, de algún modo vuelve a ellos, Pérez. Oye, yo no conozco la magia, la brujería de cómo lo hacen... ¡pero vuelve a los malditos gringos! Entonces, amigo, ¿por qué ciudad te decides? Tú sabes, es para conseguirte contactos, amigos allá que te ayuden, que te consigan un buen empleo y que te solucionen el asunto de la residencia rápido. Ya me dijiste que querías irte legalmente y desde allá hacer tus diligencias. Porque si no, Pérez, te hubiera sacado del país en yola. Hay unas yolas que se llevan hasta cincuenta compañeritos por viaje. También hay barcos. Un poco de calor al comienzo, ya sabes, es en la sentina, con unos vómitos chiquititos, con un mareíto, pero después, en la cubierta, en alta mar, se puede contemplar el horizonte marino, Pérez, el horizonte azul por aquí y azul por allá y la brisa soplando sobre tu frente y la nueva vida, el nuevo mundo frente a frente, casi pudiendo agarrarse con las manos como un mango banilejo a punto de ser mordido. Pero tú dirás, enllave.

—Todo bien, Jiménez, pero el asunto es el dinero.

—¿Dos mil quinientos pesitos? ¡Eso no es dinero, amigo! Hombre, Pérez, ¿qué son dos mil quinientos pesitos por la gloria, por el paraíso, por la *Calle 42* de New York, por *Flager Avenue* de Miami, por *Hollywood Boulevard* en Los Angeles? ¡Eso no es nada! ¡La gloria, chico, el paraíso, el edén! Recuérdalo, Pérez, hoy somos minoría, los menos, la basura, los explotados, pero mañana le haremos honor a la *Doctrina Monroe*: *América para los americanos*, coño, para nosotros los explotados. Y te lo recomiendo, Pérez: ¡cuando llegues allá, a preñar mujeres se ha dicho! Coge puertorriqueñas, peruanas, colombianas, bolivianas, mexicanas, dominicanas... coge todas las mujeres que puedas y escóndeles las jodidas píldoras, los anticonceptivos. Necesitamos reproducirnos, Pérez, enllave, amigo; necesitamos convertirnos en mayoría dentro de las minorías..., necesitamos pasarles a los negros en número, necesitamos darle duro por la cabeza a los anglos y hacerles ver a los italianos que Joe Dimaggio es un chivito jarto-e-jobo comparado con los leños latinoamericanos que aguardan en el futuro cercano de las grandes ligas de béisbol. ¡Te sentirás orgulloso de ser de los nuestros, Pérez! ¡Y nos quedaremos con América! ¿Sabes por qué España perdió nuestras tierras? Por lo que te dije: venían, se hacían ricos y se largaban. Las migraciones hacia los Estados Unidos quemaban las naves, Pérez. Sentían que aquella tierra era suya para siempre. Por desgracia, fuimos colonizados por aves de paso, por comemierdas que sólo buscaban oro. Pero esa es historia pasada, enllave. Ahora nos aguarda el futuro, la configuración definitiva de nuestra raza mulata, de nuestra sabiduría. Desde los Estados Unidos daremos muchos premios Nóbel; podríamos ganar en las ciencias y no sólo en la jodida literatura y en la paz, que no sirven nada más que para entretener y para joder la paciencia. ¡Ah, Pérez, enllave!, ¿te figuras el nombre de un Pérez mulatón ganando el premio Nóbel de física o química o medicina o economía? Y tú pareces inteligente, Pérez. No te ves igual al grueso de los que vienen buscando sólo el horizonte económico. ¿Qué es lo tuyo, viejo? ¿Mal-de-amores? ¿Persecución ideológica?

Y Pérez, frente a Pascual Jiménez sin poder contestar nada. Limitándose a observarlo, a oírlo, a preguntarse de dónde rayos sacaba Jiménez todos esos conocimientos sobre los Estados Unidos. ¿Conocería lo de la armada invencible, el ingrediente sabrosón de los imperialismos? Pero después de todo, ¿qué hubiese pasado de ganar España la guerra del mar a Inglaterra? ¿Hubiese sido mejor para nosotros?

—Vamos, Pérez, ¿qué es lo tuyo? ¿Por qué deseas largarte?

Pérez, parpadeando repetidamente, casi cerrando los ojos, contesta a Jiménez:

—Cuestión de salida, Jiménez.

—¿Salida?

—Sí, de salida para cambiar de ambiente. Sofocación. Todo agrio.

—Vamos, Pérez, un hombre como tú podría tener lo que desee. ¿Política?

—Algo así... ¡pero no del todo!

—Te comprendo, Pérez. Por mis manos han pasado muchísimos muchachos del *MPD*, del *Catorce-Línea Roja* y de otras agrupaciones. ¿Con quién estás?

—Con nadie.

—¿Y...?

—Nada; no estoy con nadie.

—Pero, ¿eres un comunista solitario? Porque, dime Pérez, ¿acaso existen los comunistas solitarios?

—No lo creo. Pero no soy comunista.

—Entonces, ¿por qué deseas irte?

—Te lo dije, Jiménez, para cambiar de ambiente. Sofocación. Todo agrio.

—Tú podrías echar hacia adelante aquí, amigo. Mira, no te lo digo por nada malo, lo bueno para mí sería que te marcharas, que me pagaras mis dos mil quinientos pesitos, y ¡san-se-acabó!, pero es que tú eres diferente: pareces un hombre bien; no de esos que emigran, que salen corriendo, que cambian las chaquetas geográficas cuando la cosa se pone mala. ¿Es que no consigues empleo? Dime, ¿qué sabes hacer?

—Cualquier cosa.

—Pero alguna especialidad debes tener. Hoy no se puede vivir sabiendo de todo; hace falta un especialismo. Cuando pequeño, yo quería ser militar. Y oye, chico, que si me hubiese metido a guardia, hoy fuera general, por lo menos; ¡y cuidado si no hubiese dado ya algún golpecito de barriga como el que le dieron a Bosch y tuviese muchos muchos milloncitos depositados en Suiza! ¡Tú sabes, Pérez, cuestión de influencia! Sí, yo tenía madera de militar, viejo. En la escuela era yo el que decía lo que se iba a hacer y dirigía a los compañeros en el recreo. Pero, ya ves, estoy aquí vendiendo ilusiones a través de las visas. ¡Y esto es una especialidad, Pérez! ¿Crees que podría, como cualquier agente tributario de los que andan por ahí, hacer de todo? Uno se diluye si lo hace todo. Fíjate, ahora hay médicos para el corazón, para los oídos-ojos-garganta-nariz (¿cómo se llaman, Pérez?), para el estómago, para los riñones y el pene, para los sesos, para los huesos, para operar, para el alma (¿cómo se llaman, Pérez?); en fin, viejo, ¡hay médicos para cada mierda de enfermedad! Eso es el especialismo. Antes, un solo médico se encargaba de todo tu cuerpo y con sólo mirarte la parte de abajo del ojo sabía si tenías tuberculosis, anemia, mal del hígado; si te fallaba el corazón o si tenías una hernia. Lo sabía todo con sólo mirarte la parte de abajo del ojo. Y eso, que no existía la penicilina, que te lo cura todo. Te lo digo, Pérez: no puedes hacer cualquier cosa: ¡está prohibido! ¡No se puede! ¿Qué haces, por fin, Pérez?

—Cualquier cosa, Jiménez.

—Bueno, en política *cualquier cosa* es ser peón: poner bombas, secuestrar gente, asaltar bancos, matar policías... ¿haces eso?

Pérez, sonríe a Jiménez:

—Eso no.

—¿Entonces?

—Escribir.

—¿Escribir?

—Sí, ¡escribir! ¿Crees que eso no es nada?

—Bueno. Podría ser... ¡algo!

—No, podría ser... ¡mucho!

—¿Tú crees, amigo?

—Sí.

—Y, en Estados Unidos, ¿para qué te serviría? ¿Hablas bien el inglés?

—Algo.

—Bueno, viejo, entonces tendrás que bajar el lomo. En *yanquilan-dia* hay que fajarse. Para eso están las factorías. ¿Crees que a un *boss* cualquiera le gustaría pagarte por escribir? Eso no sirve de nada, chico. Bueno, te serviría en un periódico; pero sin hablar inglés estarás perdido. Tienes el recurso de los periódicos hispanos. Pero no creo que paguen gran cosa. Aunque la *payola* es algo diferente. Entonces, ¿en qué quedamos, Pérez?

—¿Con...?

—Con los molongos. Con los dos mil quinientos pesitos. Pago por adelantado, viejo. Y no es que dude de ti, pero bien sabes como está la vida. Además, hay que ir dando para ir tirando, ¿no crees?

—Bueno, la cosa es que no tengo un colorao, Jiménez.

—Se te pone la cosa difícil, viejo.

—¿Qué debo hacer?

—Tú, el que escribes, ¿me lo preguntas a mí?

—Sí, a ti: es tu especialismo, ¿o no?

Risa estruendosa de Jiménez.

—¡Me jodiste, Pérez, me jodiste! —Continuación de la risa estruendosa, desagradable, de Jiménez—. ¡Es cierto, viejo, es cierto! Bueno, lo único que te queda ahora y sin dinero es seguir haciendo fila en el consulado... o hacerte amigo de algún cónsul —sube la risa estruendosa—. Pero hay un problema...

—¿Cuál?...

—¡La política! —Aumenta a todo pulmón, a toda garganta, la risa estruendosa de Jiménez—. ¡Si estás fichado te jodiste, viejo! —Ahogo, paroxismo en la risa de Jiménez—. ¡Te jodiste! —la risa de Jiménez le hace doblarse de hacia sí mismo y le provoca ahogo, tos—. Pero te quedaría un último chance, viejo. ¡Una yola o un barco! —Ahora la risa de Jiménez desea salir por la nariz, por los ojos, por cada poro del cuerpo y seguir autónoma, independiente—. Pero bueno, eso tienes que decidirlo tú, Pérez. El barco y la yola son unas salidas... ¡pero mucho más caras! ¿Qué me dices? —y al preguntar esto, Jiménez hace detener la risa y se marcha corriendo, mientras Pérez lo observa con extremada curiosidad y sonríe.

Capítulo XXIII
Currículum II

***DE LOS DIECISÉIS** A LOS VEINTE AÑOS: LA CONCIENCIA.* *Los escapes. De aquí para allá y de allá para acá. El primer encarcelamiento por orden de la madre. Tentativa de suicidio. Trujillo. Siempre Trujillo. Al orinar Trujillo. Al cagar Trujillo. Al comer Trujillo. En el polvo donde la China Prieta Trujillo. Tú tienes todo; yo no tengo nada. Las murmuraciones hacia la oveja negra. El adolescente no está en nada nadita sobre todo en el orden social porque el adolescente hace todo lo que está fuera del hijoeputa orden social. San Cristóbal, Ciudad Trujillo y viceversa. La camioneta-cama. Los gitanos. El adolescente es todo un señor gitano: duerme por aquí por allá y acullá. Descubrimiento del reformatorio como cárcel de la mano del General Mota: los curas, las discusiones, los juegos de fútbol y de béisbol porque el adolescente tiene madera para el deporte; el adolescente tiene madera de sastre: que se escapa del reformatorio el adolescente. De nuevo las colinas cercanas a San Cristóbal y los amagos de cantar toda la vida. Johnny Harootian el mejor amigo del adolescente. Los caballos. Las vacas. El campo. Carta de recomendación de Trujillo para que el adolescente sea enganchado como cadete de la aviación: que serás el cadete Pérez: que hijo de gato-caza-ratón: que un avión no será nada para ti: te darás cuenta que la guardia del Jefe te hará entrar en cintura. Que la madre del adolescente lo lleva a la base aérea de San Isidro (pero no El Labrador) y allí dicen que lo lleve con todos sus cachivaches para dejarlo enrolado y el adolescente se vuelve a escapar porque el adolescente reflexiona que no da para ser guardia y menos de la guardia de Trujillo y el adolescente trata de cruzar la frontera de Haití junto a Johnny Harootian y Johnny Cruz para* irse a Cuba, pero al adolescente lo hacen preso al tratar de atravesar La Cumbre donde los soldados que controlan el tráfico vehicular no creen que sólo tenga 15 años (¿Que usted tiene quince años? ¡No nos joda la paciencia! ¿Y esos bigotitos a lo Jorge Negrete? ¿Sáqueme el güebo para decirle su edad? ¿Y ese güebón tiene quince años? ¡A la cárcel con el güebón!). Que el escape. Que los camiones y los aventones. Que las noches frías. Que la soledad. (¡Ah, la soledad!) Que los sueños sueños son. ¡Vete siempre a la mierda, Calderón! Primer trabajo: chequeador de camiones en Obras Públicas: las comidas con los peones; las conversaciones con los peones; el descubrimiento de la explotación del hombre por el hombre; las noches de sueño bajo los árboles; los días soleados sobre la arena. Descubrimiento del ejercicio físico: el sistema de Charles Atlas; el sistema de pesas Weider; John Grimeck: el fisicoculturismo. El cuartito alquilado donde doña Mencía: las dormideras en el suelo. Las comidas donde doña Beatriz: la bondad, la comprensión de una desconocida; el regalo de una camita que-se-abre-y-se-cierra; los ojos de doña Beatriz: el celo, el ser madre, la pena, el cariño; recuerdos claros, concisos, de la tía Candita y su dar-amor. El alejamiento total de Dios, de Cristo, de la Virgen; el alejamiento total de todo vestigio freudiano. La Marina de Guerra: el querer escapar; el reclutamiento; el comandante Román; la esposa de Didiez Burgos; Tatá Nadal. Las Calderas. Los disparos al blanco. Que el adolescente dispara cuando lo ponemos a hacer yuca. Que los polvos en el poblado de Las Calderas. Que las banilejas son rabogordos; que son aguanosas y que choclo-que-choclo-choclo. Que la marina no es lo que el adolescente pensaba con el mar profundo con el mar lejano con el mar como la-no-frontera. Que los servicios. Que la oficina. Que el adolescente goza de su primer fin de semana en libertad. Que el adolescente habla con la tía Tatá que la tía Tatá habla con la esposa de Didiez Burgos para que ésta hable con su esposo y éste con el comandante Román para que éste traslade al adolescente al destacamento de la Marina en San Cristóbal y el adolescente después de las habladeras es trasladado como ayudante del oficial de mesa en San Cristóbal y el adolescente come bien y engorda y duerme y no hace servicio y lee mucho. Que el adolescente se cansa de todo y vuelve la recomendadera y es trasladado al yate Angelita y el adolescente deja de ser adolescente cuando viene el descubrimiento de la explotación del guardia por el guardia: que el capitán de navío utiliza al capitán de corbeta y éste *al teniente de navío y éste al alférez de navío y éste al alférez de fragata y éste al sargento y el sargento al cabo y el cabo al grumete porque el capitán de navío utiliza todo lo que quiere del capitán de corbeta y así sucesivamente hasta el grumete-peón-comemierda-explotado. Que el Yate Angelita no sale. Que el marinero desea que salga para él salir. Que el Yate Angelita era el antiguo Sea Cloud ahora convertido en escenario de pequeñas orgías por parte de Ramfis el hijo amado del Jefe y su pandilla. Que los Trujillo sí viven bien. Que el marinero se da la gran vida en el Yate Angelita con comida de la despensa del amado Jefe: caviar Romanoff black lumpfish de desayuno; pâté-de-foie-gras y pâté-de-volailles de almuerzo; que todas las mierdas frutadas de cena; que siestecita en la cama del amado Jefe; que el marinero es quien hace la lista de servicio; que el marinero descubre que es marinero de agua dulce y primera carta de solicitud de baja: 30 días de chirola. Que el marinero no nació para ser guardia, carajo: otros 30 días de cárcel. Que la hoja del marinero se torna muy negra; que el marinero se viste de civil cuando sale porque le da vergüenza a que lo vean con el uniforme de marinero de Trujillo. Que a la madre del marinero la descubren en un complot contra Trujillo en San Cristóbal y la expulsan de la Ciudad Benemérita. Que también expulsan al marinero de la institución por conveniencia al servicio. Que entonces la vagancia. La lectura. La tía Candita y los tres pesos semanales para el cine, los chicles, las mentas, los carritos, los polvitos detrás del mercado. Sí, señor: la vivencia cueril: la bailarina rubia del harén de Petán. El falso enamoramiento. La salida presurosa tras la llegada de Petán. Descubrimiento del cocomordán en una mujer y luego las argollas anales y los aros succionadores de penes conectados al esfínter y las culebras en la boca vaginal: sí, el ordeñamiento a rajatablas del bálano tras los apretones de un orificio enloquecido. El vago se deja crecer la barba. Descubrimiento de Radio Rebelde; de Fidel Castro, de las mujeres de la Sierra Maestra y sus alocuciones y sus comunicados. ¡Ah!, el descubrimiento de Santo Che y luego las reuniones antitrujillistas cubiertas de miedo: que no se puede decir esto o aquello; que no se puede salir a altas horas de la noche. Descubrimiento de pertenecer a una maldita juventud al borde de la frustración. El trabajo de redactor de programas en una emisora radial de Trujillo: la música, el contacto con la voz de Helene Morgan: Lullaby of Birdland, el jazz. De nuevo la vagancia.*

DE LOS VEINTIUNO *A LOS VEINTITRÉS AÑOS: EL TRIUN-FO DE LA REVOLUCIÓN CUBANA. LOS HOMBRES NO MERE-CEN ESTAR SOLOS: El triunfo de Fidel Castro. El apretuje de la tortura en el país: los verdugos peronistas, los verdugos pérezjimenistas, los verdugos batistianos; el refinamiento de la truculencia dictatorial. Las células revolucionarias. Las lecturas. Los asilamientos. Los acuerdos. El crecimiento de aquella muchachita de piernas largas del callejón Luperón: descubrimiento de la nostalgia en sus ojos, la dulzura de su voz, la mansedumbre de su presencia: casamiento violento ante negativa de sus padres. Los trabajos esporádicos. El embarazo. El primer hijo. La nostalgia como recurso del mito.*

DE LOS VEINTICUATRO *A LOS VEINTICINCO AÑOS: MAI-MÓN, CONSTANZA, ESTERO HONDO. EL CLANDESTINAJE. Desembarco por aire, mar y tierra de las expediciones revolucionarias del 59 por Maimón, Constanza y Estero Hondo. Inquietud entre la juventud. ¿Qué pasa? Los brazos cruzados. ¿Qué pasa? Las piernas quietas. ¿Qué pasa? Las miradas perdidas. ¿Qué pasa? Informes de prensa sobre la aniquilación total de las expediciones. Envalentonamiento de los servicios trujillistas de seguridad. Crecimiento del patrullaje en las ciudades. El terror del ruido: los Volkswagen, el tenebroso sonar de sus silenciadores y el caliesaje como estupor; el pavor a los Volkswagen y las miradas destempladas de sus tres ocupantes; los Volkswagen y las reducciones de los paseos nocturnos. Colocación de las primeras bombas. Presencia reducida a un leve tronar de pólvora amontonada. ¡Ah, el complot desvelado las terribles persecuciones al movimiento clandestino antitrujillista 14 de Junio y sus efectos traumáticos! Los sustos escalofriantes. Las torturas (¡Habla, maldito comunista! Dime, ¿no vas a hablar?). Aguijonazos eléctricos con bastones (¡Habla, hijo-de-puta!). Doble golpe con puños cerrados sobre los oídos (¡Tú vas a sentir ahora, maldito comunista, lo que es complotar contra el Jefe!). Apriete de testículos con alicate. La cárcel. Los compañeros desaparecidos. Atentado contra Rómulo Betancourt en Venezuela. Se acusa a Trujillo. Se reúne la OEA. Indulto de varios compañeros. El vago Beto entre ellos. Descubrimiento de que oler a antitrujillista es igual a tener la peste. Aislamiento social* *completo. Sólo la tía Candita recibe a Beto. Dos pesos semanales: el cine (Nazarín, de Buñuel), algunos chicles; lectura de cartas diarias violadas provenientes de sitios dispersos (¡Oh, Beto, cuánta falta nos haces! Niño bien, creciendo mucho; te queremos; todos bien. Etc., etc., etc. —enviada por esposa desde hogar de progenitores). En otra carta, sí, en otra carta triste: en accidente niño romperse brazo; esposa se recupera. Las lágrimas. La soledad absoluta. El amago de un suicidio. Trabajo a destajo en emisora radial: tres programas. Envío de dinero. Aislamiento continental de la dictadura de Trujillo y del gobierno revolucionario cubano. Gana Kennedy las elecciones norteamericanas. Asesinan a las hermanas Mirabal.*

Capítulo XXIV

Carteo I

—**NUNCA ME HABLASTE** del accidente de Boris —dice Isabel, pasando la mano por la cabeza de Beto—, que es otro ingrediente de dolor en tu vida. ¿Nunca te cansaste?

—El dolor no cansa, Chabela. Lo que cansa es la angustia y lo que ella acarrea.

—Vida y dolor, ¿podrían separarse? A lo mejor te confunden todos estos años de inseguridad anímica, económica, social. ¿Me equivoco? Creo que ambos, vida y dolor, se separan. La vida es una cosa... el dolor es otra.

—¿Lo crees?

—Ah, Beto. El dolor es una enseñanza. Es el anexo de los sistemas a la vida explotada. ¿Vuelves al existencialismo?

—Sabes que no.

—Entonces, no asocies el dolor con la vida. Ahora atraviesas una crisis.

—¿Otra? ¡Es la misma! Me viene desde chiquito. ¿Sí?

—Podría ser; pero, ¿y los cambios críticos? Recuérdalo, a Erickson, tú lo insinuaste.

—Crisis orgánica, maduración. Carril enorme. Hasta el mar.

—¿Lo explicaste? ¿Se lo contaste a Stewart?

—Stewart quiere una cita. Me invitó a un coctel frente al *Mesón de la Cava*. Tal vez desee exigirme cosas.

—¿Delación?

—No estoy seguro, pero podría ser —Beto se levanta; toma el pantalón y se lo pone. Se sienta en la cama. Se calza los zapatos. Se pone la camisa; la abotona. Se sienta en una silla—. ¿Te imaginas una cita con Stewart?

—¿Por la carta?

—¿No te la leí?

AHÍ TIENE USTED, *Stewart, todos los papeles que me pidió. Definitivamente es lo único y lo último que puedo decirle sobre mi vida. En mis anteriores currículos no le mencioné mucho acerca de mi vida política porque consideré que no era necesario. Pero usted tiene la sartén por el mango, Stewart, y eso hay que respetarlo. Después de todo, su país es suyo y no soy yo, precisamente, el que debe decidir quién o quiénes deban visitarlo. Notará, eso sí, que he sido muy franco en mis detalles sobre mi vida política y aún sigo sin entender por qué mi currículum debió escribirse desde la niñez. Los dos meses transcurridos deben darle una idea de lo mucho que debí indagar; tuve que convertirme en un detective de serial negro tras las pistas de mi propio pasado, Stewart; tuve que convertirme en alguien más allá de Sherlock Holmes, sin lupa ni gorra de doble visera, y comenzar a dar vueltas de aquí para allá y de allá para acá. Me llevé muchas sorpresas, señor cónsul, porque descubrí cosas que ignoraba de mi vida, no porque eran difíciles de averiguar, sino porque estaban ocultas tras el silencio de una familia muy apegada a las tradiciones.*

La verdad es, míster Stewart, que si no necesitara tanto, que si no dependieran tantas cosas de esta visa, hubiera desistido de ella. Y no es que considere pesado todo el trabajo realizado para completar el currículum. No, todo lo contrario. Lo que me acogota es la vergüenza de que alguien como usted, a quien no le importa un carajo mi vida, se entere de ella en la forma que lo hará después de leer mi tránsito por esta vida.

¿Qué siente usted después de leer estos currículums? Porque estoy seguro que, a diario, leerá dos, tres, cuatro; tal vez quince o treinta enviados por personas que, como yo, están desesperadas por largarse y, por lo tanto, plegándose a las condiciones que usted y los suyos imponen, a fin de poder sobrevivir en este mundo amoldado por el capitalismo.

Stewart, podría ser que esto lo hace usted como algo obligatorio, pero, de verdad, ¿no siente náuseas al hacerlo, al indagar tan a la franca en las vidas de gente a la que ni siquiera conoce? Por ejemplo, al momento de enviarle el sobre, medité profundamente si merecía la pena toda esta vergüenza en aras de un viaje, necesario sí, pero que podría ser olvidado de la misma manera en que se olvida un martirio cualquiera. Porque es preciso apuntarle aquí, Stewart, que podría muy bien cancelar mi proyectado viaje como se programa la muerte y así evitarme la amargura de saber que usted sabrá cosas de mi vida que hubiese preferido dejar ocultas más allá de los viejos cofres. Es bueno apuntarle también, señor cónsul, que todo esto de los currículums tiene su origen en esa pesadilla norteamericana, ya inscrita en la historia del ridículo y de lo grotesco, y que responde al nombre de Vietnam. Porque —y eso no puede usted negarlo— es a partir de Vietnam en donde su escrutinio se vuelve avieso e intranquilo y, junto a usted, los otros Stewart, los demás cónsules ramificados por el tercer mundo, los cuales responden a los ecos de la cola migratoria de las fábricas y los grandes conucos. Sí, Stewart, es a partir de Vietnam donde los cuchillos comienzan a cortar más hondo en los cuellos de los que asistimos a buscar la visa. Pero no importa, señor cónsul, le he enviado el currículum y si usted quiere me da la visa y si no se la mete por el culo o por donde mejor le quepa. Y tenga en cuenta que no deseo insultarlo, ya que este parloteo mío con vocablos que parecen (¿o son?) insultantes más bien podría convertirse en un boomerang, en un reciclaje que golpeará mi nariz, mi boca y mis ojos. A ver, Stewart, lea todo, degústelo, paladéelo y sazónelo hasta el punto en que mi privacidad se convierta en una resma de papel suelta y esparcida por la brisa en una mañana de sol; tire todo hacia arriba como un salivazo lleno de gravedad y alquimia. No me importa (¿o sí me importa?), Stewart, porque si me atreví a detallarle mi vida, menos me importará ahora el saber que podría ser la vida de todos los que se trasnochan bajo sereno y lluvia en busca de un cambio crucial frente a su consulado. Así, Stewart, que ha llegado el momento en que a uno ya no le importa nada, ni siquiera el trabajar de mandadero en una bodega de la sabuesera de Miami o como sacador de copias Xerox en un banco chupasangre de los orillados por Wall Street. Porque así como quien no quiere la cosa, uno va perdiendo, sin darse cuenta, todo vestigio biológico y envejeciendo de la misma forma, razón por lo cual llegamos a odiar el antiguo espejo en el que nos contemplábamos en la adolescencia y que hoy reproduce nuestra figura; sí, aquel espejo con el que tratábamos de arreglar *el pelo a lo Tony Curtis y que revivía los narcisos que llevamos dentro. No es preciso rebuscarlo en ninguna parte, míster Stewart, la intranquilidad no viene de intranca, sino de tranca para la condición de tránsfugas en que nos convertimos por la constante imitación que practicamos hacia lo gringo, evadiendo nuestros patrimonios culturales e históricos y desechando hasta nuestra propia lengua. Aún recuerdo cuando quise caminar y comer a lo Marlon Brando y deseé hablar con el dejo melancólico de un Bogart en las sombras de la muerte. Son dosis, cecés imperceptibles de penetración con la referencialidad de un chicle con Coca-Cola, de un Manhattan con Levi's, de un screwdriver con ginger-ale. De ahí, señor cónsul, a que todo nuestro subconsciente se rellene como un hot dog con cátchup y mostaza, con claros deseos aflorando hacia el consciente e indicándonos cuál rumbo tomar con sus paradas y altibajos: New York, la factoría, la cuenta de ahorros, la conexión final a ese nuevo caudillaje romano con nosotros los bárbaros acá y locos de contento por asimilar la lengua imperial, la comida, las costumbres, todo lo que significa ser y pertenecer, integrarse y diluirse en ese maremágnum impetuoso y agresivo, grandioso pero infecundo.*

¿Sabía usted, Stewart, que la primera vez que me rechazaron perdí la orientación? Salí sin rumbo fijo del consulado, porque no podía concebir mi pasaporte sin la visa gringa. Porque, Stewart, ¿de qué me serviría largarme a Curazao o a Venezuela, a México o a la Argentina? Ni el cine, ni la televisión, ni la publicidad de esos países me ha penetrado. Aunque odie conscientemente todo lo que viene de ustedes, lo amo subconscientemente: lo amo como esa forma vana (vanísima) en que se autocritican ustedes mismos lo de Vietnam (así tan estéticamente como lo hace Coppola), como esa maravillosa concepción de la inviolabilidad individual que se estila en Pollack, como esa locura electrónica de archivarlo todo cibernéticamente con su maraña de transistores y registros. Y es por eso, Stewart, que de nada me valdría largarme para Venezuela o Curazao o México o Argentina. Viviría añorando lo que me mostraron esos seriales televisivos de la NBC, ABC y CBS; viviría deseando integrarme a toda la imbecilidad programada en los formularios de los citizens; lloraría ante la impotencia de no poder presenciar la magnificencia de los rascacielos newyorkinos o la magia de Disneyland y Walt Disney World. Pero entre todos esos deseos y añoranzas, entre toda esa maldita trampa que se aloja en mis neuronas y de la que

lucho por salir a ratos (sólo a ratos), maldiciendo este currículum y esta misma misiva —cuya franqueza he cuestionado más de una vez—, se encuentra mi-darme-cuenta de que todo tendrá su fin y de que, en ese final, en ese fin-del-fin de estos nuevos tiempos, vendrán otros nuevos tiempos que harán envejecer estos y sólo sobrevivirá la verdad de un recorte a ras en el mundo; de una austeridad tan a rajatablas que se llevará todos los cuellos altos, todos los bombines oscuros. Y es esto, precisamente esto, lo que me hace hablarle así, Stewart; es todo esto lo que me impulsa a doblar la esquina de la franqueza para explicarle lo único que falta en el currículum: la razón oculta, el deseo soterrado, la amargura caliente de no saber y saber, de no ser y ser, de no estar y estar. Esta sensación es como la culminación de toda una condición de historia química y sanguínea en donde el negro, el blanco y las poquísimas salpicaduras indígenas (pero, ¿las habrá?) se dieran la mano y corrieran juntos hacia un sol poniente y escaso, temerosos de no alcanzarlo y de morir desconocidos en el camino. Parece Stewart, que esta podría ser una de las verdades, o de las medio-verdades, o de los tres-cuartos-de-verdades. Es como si no tuviésemos la definición de una antropología cualquiera, como si fuésemos ciegos en una tierra que nos incendia y envuelve, que nos lo da todo sin esperar nada y de la cual deseamos huir, dejándole la lucha a sólo unos pocos. Y es en esa encrucijada que se encuentra uno cuando amanece más temprano y tomamos la determinación de ir a buscar la maldita visa. Pero estoy seguro de que será muy difícil de creer, para usted, todo esto que le apunto; sobre todo atendiendo la segura respuesta de que su nación se formó con más elementos migratorios que las nuestras y de que prevaleció, por encima de todos los atisbos raciales y culturales, una sola cultura, un solo idioma y una sola conciencia de homologación. Inclusive, hasta podría argüir que su inmensa nación, al contar con esa base de absorción tan enorme, está tragando para su consumo genético a los tránsfugas que, como yo y los otros, buscan arrimarse al consulado en busca de cambios sustanciales en sus vidas.

¡Ah, Stewart, si se invirtiesen los papeles y los españoles no hubiesen perdido su maldita flota invencible! Pero la historia está dada, está cerrada, está amartillada como una enorme pistola cósmica y ya nada se puede hacer. Después de todo, los españoles no quemaban sus naves en los puertos, salvo Cortés para desgracia de los aztecas. Y frente al ejemplo de Cortés tienen uste-

331

des a los peregrinos del Mayflower, quienes oraron en gratitud por haber lle-
gado. O sea, ya nada se puede hacer, Stewart, salvo solicitarle a usted la visa y
endosarle así, a contrapelo, mi curriculum vitae con mis secretos y mis cuitas.

Y fíjese, Stewart, que hasta podría pensar que ahora mismo se está rien-
do usted de mi exposición tan ridícula, pero no me importa. Y no es que
haya perdido la confianza ni mucho menos; es que después del paso dado
no me queda más remedio que meter el rabo entre las piernas; no me queda
más remedio que comenzar a esperar y, posiblemente, caminar presencian-
do el atardecer desde el malecón y, removiendo los viejos quesos cerebrales,
de soñar con Marilyn Monroe o Greta Garbo en su rol de Ana Karenina,
pálida, insustancial físicamente, pero con ese dejo de nariz parada que la
convirtió en celebridad y misterio. Sí, míster Stewart, no me quedará más
remedio —para pensar un poco en el futuro— que sentarme al inodoro
y tratar de poner la mente en blanco, mientras mis intestinos resuellan y
sacan toda la maledicencia de una cena rica en carbohidratos y muy pobre
en proteínas. Porque, ¡ay Stewart!, estamos a puro almidón, estamos como
las vacas flacas de la metáfora de las noches quietas del Pino que mencio-
na Bosch en La Mañosa, y nuestra historia no sale a flote, no por falta de
los ingredientes básicos (como la explotación y el hambre), sino porque los
resortes que mueven toda protesta tienen en nosotros la mueca de un óxido
indiferente, olvidado como aquél glorioso Abril, arrinconado en el pasado
como el ensayo de Caamaño en Caracoles.

¿Cree usted, Stewart, que me saldrá la visa? Mi currículum, lo verá
usted en la nueva edición que le presento, tiene mis últimos años limpios,
con la política dejada atrás como se deja un mojón en el camino. Mis años
de militancia son como recuerdos lejanos, como las estrías que salen en las
caderas de las muchachas cuando la pubertad le da paso a la adolescencia
y se aceleran sus extensiones. Yo que usted, no les haría mucho caso a mis
protestas frente a la embajada, ni a las piedras lanzadas contra el consulado,
ni a la quema de su bandera en la universidad, actos que tuve que llevar a
cabo hace algunos años para probar que aún me quedaban energías...

—NO VEO, DE verdad, por qué tuviste que poner eso, ni decir
eso. ¿Estás tan temeroso?

—No sé, Isabel. Quería llenar cuartillas. Hacer una carta larga...
Interrupción de Isabel:

—¿Qué pretendes? ¿Rendir a Stewart por cansancio?
Continúa Beto:

—No. Simplemente explicarle cosas.

—Pero, ¿no hablaste de una cita?

—Sí, frente al *Mesón de la Cava*.

—¿En cuál lugar frente al *Mesón de la Cava*?

—Me explicó que es un restaurantito pequeño donde venden comida china y asiste poca gente. Trata de protegerme, según él.

Isabel se levanta de la cama; se sienta al lado de Beto; enciende un cigarrillo. Está desnuda. Totalmente desnuda.

—Nunca había visto un viaje más complicado. ¿Qué pasó con el viaje de polizón?

—Primero: dinero. Segundo: quiero algo legal.

—Lo mismo. Polizón. Tránsfuga. País nuestro atrás como playa que se aleja desde el mar: lo mismo. La misma trampa. Mierdoso todo —Isabel se rasca el pubis y sus manos tocan el clítoris—. Esto me está picando mucho...

—¿Otra vez?

—Sí, pero dime, ¿deseas continuar? ¿Qué más le pusiste al tal Stewart?

—Relleno. Te lo dije. Después le hablé del consumismo. Como hacerse el chivo loco saltando rocas sobre la montaña media. Consumo y hábitat, lo sabes; patrimonio del *stablishment*.

—Y el sujeto, Stewart, ¿crees que te creerá?

—No mucho. Lo de él es esa cita; lo de él es tratar de obtener de mí lo que desea: un trueque, algo que ya han hecho y.

—¿Cómo continúa todo?

—*ENTONCES YO NO veía televisión ni comprendía el amaestramiento hacia el consumo, míster Stewart. Ahora soy un consumidor, lo sé; comprendo que lo único que nos ata a este presente asqueroso es el darnos cuenta, de por sí, del consumo, de estar vivos para subirnos al carro, al vagón, a la letrina que se mueve hacia algún lado (jamás hacia adelante como indica la historia, sino violentando el discurso). Sin embargo, ese maldito vagón avanza a ciegas como un niño con los ojos vendados frente a un precipicio, atado a lo que William James definió a comienzos de siglo como "un hacer para después buscar" y que suena ahora como fofo, como carente de una razón material. Pero, Stewart, cónsul, procónsul, inquisidor, definidor de brujas y rompedor de quimeras, ¿le importa a usted esto? ¿Está usted leyendo toda la mierda que le escribo? Podría repetirle mil veces que no me importa nada, aunque me debilite a ratos y el temor a quedarme sin visa me trastorne y rompa mis planes futuros, pero es importante que lea usted todo y piense en todo; es preciso que mi fractura interior, mi tormento, sea visto por usted como eso: como una quebradura que me involucra a mí y a todos los míos. Sería preciso decirle, insultarle, aborrecerle, escupirle para que comprenda esta aparente sinrazón. Pero, por otro lado, no puede usted dejarme sin patinar en Rockefeller Center o pasear por Time Square como lo hace Woody Allen cuando descansa en las mañanas invernales en Manhattan.*

—TE REBAJAS DEMASIADO, Beto —habla Isabel, que se ha vestido con sus pantalones y sus botas y su camisa de algodón batista suizo (con bufanda al cuello) y ha encendido otro cigarrillo—. ¿Por qué llegar al extremo de hacerlo?

—Tú no atraviesas mi situación. Mi calvario. Esta soledad que ya es un vicio. Tú no has sentido como todos caen, Isabel. Primero el *Che* en Bolivia y luego casi todos aquí, Guido, Mazara, Abel, El Moreno...

—Pero, coño, tú estás vivo... ¡Alégrate!

—¡Ah, si pudiera!

—¡Tú puedes! ¡Tú vives! El viaje de. Dale mente a. Lo que deseas de.

—Son cuarenta y cinco años a cuestas, Isabel.

—¿Qué tienes... un *down* permanente?

—Monegal se quedó con el *down*, Chabelita, pero. Fue hace unos días ha. Nos vimos en. Me invitó a tomar un trago don. Restaurant de primera y. Carro nuevo para. Casa nueva con. Perfume *Givenchy*. Traje

Saint Laurent. Sentado muy limpio frente a mí. Canas. Buenmozo. Uñas con brillo. Corbata seda pura. *Pisamierda Dior.* Camisa *Sulka* de cuello corto italiano modelo último con. Afectación al hablar más que nunca es. El triunfador frente al derrotado. Sonrisa tenue aséptica. Imperceptible. Insignificante. Hiriendo amor propio perdedor. Comienza. Habla. Sonrisa expandida junto a bigote cubriendo la cara, llegando a los ojos. Habla: *te lo dije, Beto; llevo más de diecisiete años insistiendo en la explotación de tu talento para algo sólido. Mírate, Beto. ¿Qué ha sido de tu vida? ¡Un desperdicio, recoño, amigo! ¿Recuerdas lo que te ofrecí hace más de quince años, antes de la maldita Revolución de Abril? ¡Ser socio mío! ¡Quería que me acompañaras en mi aventura de propietario! ¡Pero qué va! ¡Soñabas con la maldita revolución y la revolución llegó! ¿Y qué pasó? ¡Nada, te tiraste varios meses sin hacer nada! Veamos: final de abril, mayo, junio, julio, agosto y parte de septiembre soñando de seguro que estabas en Cuba. ¿Y qué? Menos de cinco meses duró ese sueño, Beto. Tampoco podrás negar, amigo, que te ofrecí empleo después de la maldita revolución. Te ofrecí un buen sueldo, con chofer, gastos de representación, bonificación y todo. ¿Qué pensabas? ¿Que la revolución se podía continuar, que el capitalismo se había acabado? Te lo advertí amigo y ahora somos cuarentones, Beto. ¿Y qué haces ahora? Pues esperando una hija-de-puta visa que no te llega y estás varado, encallado como nunca. ¿Y entonces, Beto? Estás que no comienzas (o inicias) nada —porque nunca has comenzado de verdad nada— y mucho menos lo harás en un país como Estados Unidos, donde hay que bajar de verdad el lomo. ¿Crees de verdad que lo de Nicaragua fue un signo esperanzador? Pues pierdes el tiempo: Nicaragua será sandinista hasta que el Pentágono quiera, Beto. ¿Y si gana Reagan, eh? ¿Crees que Nicaragua seguirá siendo sandinista de ganar Reagan? ¿Por qué no cambias de idea y te quedas trabajando conmigo? Porque aún, Beto, podrías entrar en mi organización. Fíjate, me voy a establecer en Puerto Rico; abriré allí una oficina pequeña, para colocar anuncios turísticos del país; es decir, nombres de hoteles, un pequeño directorio, lo que es ya un paso. Entonces tendré que viajar mucho de aquí para allá y viceversa. Así, si quisieras... ¡podrías trabajar conmigo! Te daría un sueldo pequeño, por supuesto. Quinientos pesos mensuales, horario corrido, trabajando los sábados. Corregirías las faltas ortográficas de esos copywriters jóvenes que he* tenido que contratar. *Debo decirte que tengo algunos muchachos jóvenes talentosos, pero no saben lo que es ortografía debido a la televisión, Beto. Tú sabes, esos muchachos aprenden a leer imágenes a través de la tele y se olvidan del alfabeto, de las jodidas letras, aunque, después de todo, eso es lo importante, Beto, la jodida televisión, porque, ¿sabes?, es el único medio que verdaderamente está vendiendo. Sí, Beto, como lo hacía antes la radiodifusión y, mucho antes, la prensa. Mira, Beto, tan pronto llevas a la casa un maldito televisor, comienzan sus cañones, sus cátodos, sus líneas y colores a mostrar los productos que anuncias y la gente se desgañita hablando de ellos y usándolos. Por eso, los muchachos que se han enganchado a publicitarios, criados frente a un televisor, saben reproducir el mundo en imágenes. ¡Ah, Beto, tú que eras tan buen crítico de cine, cómo te hubieras burlado de todo y de todos si hubieses abrazado este mundillo de la publicidad! Tú, Beto, que fuiste de los primeros en tener conocimiento de lo que es, verdaderamente, la publicística. Pero ya tienes cuarenta-y-pico, Beto. Ya pasaste con gabela la mitad de la vida, al igual que yo, y es por eso que tanto tus ideas como las mías ya no son las mismas. Hay una chispa en la juventud que no se compra en botica. ¿Qué hizo Einstein después de lo cuarenta? Poquísimo, Beto, poquísimo. Lo grande que hizo Einstein fue antes de los cuarenta, lo mismo que Marx. Porque, ¿a qué edad crees tú que lanzó Marx su azaroso manifiesto comunista? A los treinta, Beto, a los treinta, y esa es la razón por la que, bajo ningún concepto, podemos dejar que los cuarenta nos cojan desprevenidos. Es preciso apurar el paso, aunque para ello sea preciso introducirse en negocios turbios. Hay que realizar todo lo que haya que realizar, antes de llegar a los cuarenta, porque luego viene la picada, el desplome con los hijos creciendo y demandándole a uno mil comemierderías. ¿Qué dices, Beto? Te ofrezco quinientos pesos, que son mucho mejor que no ganar nada. Y déjame decirte que difícilmente te salga la visa. Es más, desde mi agencia podría hacer diligencias para conseguírtela, si es que después de entrar a trabajar conmigo deseas marcharte. Yo hablaría con Stewart, ya que somos amigos y jugamos al golf juntos, en el country. Stewart y yo hemos echado parrandas juntos; hemos ido donde Tomás y Sofía por muchachas. Recapacita, Beto. Ahí mismo, al doblar de la esquina, están los cincuenta rondándote y cuando llegues a ellos entonces no podrás hacer nada, no podrás recular, y sólo podrás sentarte a ver caer el sol o conseguirte un empleo de guardián nocturno. ¡Maldita sea, Beto, tienes un cojonal de talento que has desperdiciado pendejamente! ¡Deja ya de estar echándole la culpa de tus desgracias al trujillismo, a los yanquis, al sistema y al orden establecido! ¡Mierda, Beto, sacúdete del pendejo de Sartre! ¡El comunismo es una pura mierda, Beto! Hoy mi agencia está en el segundo lugar en facturación, pero si tú hubieras entrado a trabajar conmigo cuando te lo propuse la primera vez, habría estado en el primer lugar con muchos cuerpos de ventaja sobre la que hoy encabeza el ranking. Hubiésemos hecho una buena pareja, Beto. ¿Qué dices? Quinientos pesos. Horario corrido. Media tanda el sábado. Podría arreglar el asunto para darte el doble sueldo completo en navidad, más un sueldo de bonificación. ¿Qué dices, recoño?*

—¿Por qué no aceptaste, Beto? —Isabel podría estar llorando por dentro; mordiéndose los labios; cerrando los ojos; agarrando las manos de Beto para tratar de inyectarle su apoyo o de ponerle al frente una tabla, un asidero cualquiera a su vida, pero que él siente tan, tan lejano, como ese último rayo de sol en el atardecer.

CAPÍTULO XXV

CURRÍCULUM III

***DE LOS VEINTISÉIS** A LOS TREINTA AÑOS: LA MUERTE DE TRUJILLO. LO QUE VINO DESPUÉS. Mataron a Trujillo. La cárcel. La lucha en las calles. Nace una hija. La conciencia tomada en grandes dosis. Descubrimiento del enemigo mayor: los yanquis. La Unión Cívica Nacional. La burguesía se organiza. Los suplentes de Trujillo. Ramfis en la encrucijada. Militancia abierta. La calle Espaillat. Las pedreas. La felicitación de Balaguer a la Policía Nacional (**Sean, coño, mis primeras palabras para felicitar...**). Rosenberg. De nuevo Ramfis. La huída de Ramfis. Fusilamiento de los ajusticiadores de Trujillo en noviembre de 1961. De nuevo Balaguer. La conciencia asoma en el mundo obrero. Se divide el pueblo entre cívicos e izquierdistas. Surge un líder: Manolo Tavárez. Se afianza Máximo López Molina. El PSP. Corpito Pérez. Dato Pagán. La calle como epicentro: El Conde. La justicia popular contra los delatadores. La UCN presiona. Los cívicos de Viriato Fiallo se arremolinan. El ametrallamiento en el Parque Independencia. La muerte, sí, la muerte de Pío Varona, sastre con Barahona en el recuerdo. ¿Navidad con libertad? (¿de qué coño libertad me hablas?). Enero temprano 1962. Balaguer huye huye huye. Los Rodríguez Echavarría. Las horas interminables. Bonnelly. Triunfa la burguesía, triunfa la CIA. Macana para los líderes populares. Las deportaciones. La agrupación de ex-presos Políticos y el programa La Voz de las mazmorras. El clandestinaje vuelve. La Agrupación Patriótica 20 de octubre. El dinero sintetizado en un peso diario para la comida. La dramaturgia como camino revolucionario. Arte y Liberación. El Catorce (Carmen Carolina mi linda hijita). El programa, el periódico. Bosch. Sus pa-*

labras en Tribuna democrática. Sus cuentos del Exilio. La narración corta: un escape. Ficción, mucha ficción (¿mentira organizada?). Descubrimiento real de la dialéctica. El porqué de la historia. La prehistoria. El ABC. Grey Coiscou, Jacques Viau, Silvano Lora, Condesito, Dotel, Miguel Alfonseca. Siguen las deportaciones. El Tercer Aniversario de las expediciones del 59. Las palabras de Manolo frente al Baluarte. La Universidad. La lucha en las calles. Belisario Peguero. La introducción en las Fuerzas Armadas de la corrupción como concepto. Se prepara la arena para las primeras elecciones generales postrujillomortem. Primer aniversario de la Agrupación 20 de Octubre. La persecución. El apresamiento. La deportación. New York: cárcel fugaz. París: el frío-hambre-enfermedad. Muchas mujeres. Mujer-colchón. Mujer-comida. Mujer-regazo. Mujer-amparo. Le Dome. La Coupole. La soledad (¡que viva la soledad, coño!). El Norte de África. Las enseñanzas. Los anarquistas españoles. Los comunistas españoles. La embajada cubana. El partido comunista francés. L'Humanité. Las esquinas dominicales. Carvajal Martínez. Pina Acevedo. Enriquillo Martí-Otero. El cabezón de Aramís. Los compañeros. Los amores. El frío invierno. La navidad. Las cartas de mi esposa. Suiza. Inglaterra. Suiza de nuevo. Ginebra. Saludos desde Cuba. Los terroristas del OAS y sus amenazas. El hombre de la CIA y la persecución. París no es una maldita fiesta ni nunca será una maldita fiesta, Hemingway. Les Halles après la nuit. El peonaje: los francos ganados, las canciones, las soup d'agnon a Les Halles. Los amigos españoles y sus guitarras. Que se pasa el sombrero pour les estudients, monsieur. Conchita la vasca. María de las Nieves Casamayor. Solange la francesa. Margot Jones la inglesa. Lucrecia sin Borgia la centroamericana. Gina la italiana. Las mujeres de París. Los buñuelos en almíbar de París. La Rue Brea. La dejadera de maletas vacías rellenas de periódicos en los hoteles. El embajador Velásquez y la recomendación de Carvajal Martínez. Velásquez y la rue Boyon. Etoiles es de los españoles los domingos en la noche y sobre todo de las domésticas andaluzas, vascas, gallegas, canarias. Marsella. ¡Ah, el-mar-gris-espantado-esfumado! La Costa Azul en invierno. Comienzan los regresos. Comienzan las conjeturas: regresas tú yo no regreso. El triunfo de Bosch: una esperanza. Bosch visita Europa: desayuno en El Crillón. La ayuda de Diego Bordas. La promesa de Bosch de asegurar todos los regresos. El regreso de todos, menos uno. El deportado aún sigue en París. Oferta de trabajo del doctor Carrión. La cura de la gonorrea. El periodiquito mensual de Carrión: una voz dominicana en París. Se pronuncia el 1J4 sobre el último deportado de París. Un cable al hotel Triumph: autorizado el regreso. El pasaje por Pan American Airways: sí la misma línea aérea de las deportaciones. Solange en la despedida. Conchita en la despedida. Orly. New York. El Aeropuerto Internacional por cárcel. La intervención del cónsul dominicano. El regreso a Santo Domingo. Los preparativos para un nuevo aniversario del desembarco del 59. Arte y liberación: la esperanza en la voz de los artistas. Los mítines de reafirmación cristiana contra Bosch. De nuevo el programa del Catorce. Los editoriales para la Agrupación 20 de Octubre. Los crecientes rumores de un golpe de estado contra Bosch. De nuevo la sensación de soledad. ¿Individualismo? Las críticas de los compañeros. El hombre es un individualista según parece. Tumban a Bosch. Que el hombre se afeita la barba. La ayuda de las muchachas. Las mujeres. Los escondites: la universidad: el Ensanche Luperón: Rosalinda: Doña María: sus noches y cuidados, sus amores. Ada Balcácer: su casa:el escondite: las cartas de Katia. El apresamiento. La cárcel. Las torturas. Las guerrillas del MPD primero, las del Catorce después. La muerte de Manolo (antes las de Pipe, Luisito y Polo). ¿Y nuestros compañeros? Sueltan al hombre.

—ENTONCES CONOCISTE a Landa, ¿verdad?

—Si, estaba recién salido de la cárcel y fui, luego de aquella reunión con Juan B y *La Moa*, a la casa de Doña María.

—Bueno, olvídate ahora de Juan B, de *La Moa*, de Doña María y de Landa. Dime, ¿en qué quedó esa reunión tuya con Stewart?

—¿A qué te refieres?

—¿No hubo otra comunicación?

—¿Otra carta?

—Sí, otra carta.

—Hubo una cartita medio estúpida, donde Stewart dejaba filtrar su acento gringo.

—La tienes ahí?

—Sí.

—Entonces...

YO MISMO CONTESTAR su carta para que nadie enterarse de mi conclusión hacia caso suyo, fichado al número PEC-10007-XLRLTM-80 y que ya llevar cinco años de maduración inorgánica debido a que usted fue mucho cabeza caliente dentro y fuera de universidad estatal. Todo lo que usted decir ser mucho malo para usted porque también insultar mi país y también mi persona de cónsul. Por eso decirle a usted que su visa tener problemas a menos que corrija por nueva vez su currículum y decir en currículum que usted estar dispuesto a ser un buen muchacho sin insultos para mí, los míos y mi país. Usted ser de gente, por otro lado, que mucho necesitamos en América: usted ser de color claro, tener agallas, ser individualista y por eso ser buen representante de inmigrantes no obstante edad suya que pasar de la media. Lo malo ser que a usted gustarle mucho Hollywood y su gente inconforme. A usted no gustarle John Wayne ni Reagan ni Kazan ni los que cantar a nuestro himno y nuestra grandeza. También haber algo mucho malo en abundancia filosófica de su hablar. La sociedad nuestra ser receptiva a todo lo que ser práctico, pragmático y evolutivo hacia todo lo que rodea ideología del bienestar.

¿Querer visa? ¿Querer usted gloria de ser habitante de la gran América? Entonces usted deber integrarse a conciencia nuestra de expansión y orden en todo el mundo. Porque darme la impresión de que usted no ser buen consumidor, sino que decir muchas cosas no reales para conseguir visa. Así que favor de enviarme nuevo currículum vitae mucho rápidamente para acelerar caso suyo.

—PERFECTO HUMOR INGLÉS, Beto, tiene el tal Stewart.

—Sí, bromea con todo lo que él considera falso en mí. Consumo. Pragmatismo. Universidad.

—¿Universidad?

—Sabe que estuve escondido varias veces en la UASD. Trata de sacarme cosas. Que le diga que. Sabes de. La gente de...

Interrupción de Isabel:

—Entonces, ¿trata de que le cuentes? ¿La Reunión?

—Temo por eso. La necesidad de la visa por. Todo lo que mi cerebro guarda por.

El escenario ha cambiado. Es el campo. Cielo azul sin nubes. Sonidos a lo lejos. El agua del arroyo. Garzas del ganado volando. Hormigas sobre la falda de Isabel. Por algún sitio, en el tiempo, el espacio, la bocina de un camión *Mack* —de esos que en los bateyes llaman *Catarey*— suena áspera, vigorosa, desaliñada por la distancia. Luego un completo silencio. Isabel estudia a Beto: lo ve ahí, tirado sobre la grama, explorado por las hormigas, los mosquitos y los otros insectos del campo; por el leve sol que se filtra entre las ramas de los mangos; lo contempla abatido en su plena mayoría de edad y sin rumbo determinado. Podría ser que lo observa laborando en la factoría de la *calle 30East*, propiedad de un dominicano natural de *Sabana Iglesia* o en la *sanduchera* de Meléndez *El sanjuanero*, ubicada en la *calle 181* y *Ámsterdam Avenue*. Porque la barriada que podría alcanzar Beto en New York, con seguridad, no sería una gran cosa, por lo que Isabel comprendía que sólo había dos salidas para Beto: la visa o el fracaso. Entonces dedujo que la visa ya no era una materia indiferente en el cerebro de Beto —introducida por el constante bombardeo de los medios de comunicación—, sino algo más: la visa ahora tenía pies y manos, cabeza y cuello, pecho y vientre, Sí, la visa se había convertido en un organismo autónomo en la cabeza de Beto; se había convertido en una mujer a la que tenía que conquistar, en una meta, en una exploración imperceptible pero progresiva de sus posibilidades biológicas. Y lo que bordeaba la pena de Isabel por Beto era la edad en que él se había lanzado tras ese sueño. Los ojos de Isabel, ajados, cansados, se cierran por unos segundos y sus labios se abren despacio, mostrando los dientes, la lengua, el oscuro agujero de la garganta que se comunica al esófago y deja escapar, con un sonido ronco y atragantado —tal como se pronuncia el nombre de Dios cuando tiembla la tierra—:

—Aún podrías desistir —y entonces los ojos de Isabel se abren y vuelven a contemplar el paisaje.

—¿Vuelves a lo mismo? —preguntó con dejadez Beto.

—Sí —afirmó Isabel—, tal vez sea necedad de mi parte. Un necear, un insistir, un joder como una ladilla o como una picazón.

—Estás igual a Bunker en la revolución —soltó Beto.

—¿Bunker, el viejito gringo de la revolución?

—Sí, como ese y su táctica de ablandamiento.

—¿Por qué sacas a Bunker a flote ahora, Beto?

—Por lo del ablandamiento, Isabel. Tal vez el maldito Stewart esté usando la misma táctica que Bunker. ¿Recuerdas lo que te contaba sobre aquel 15 de junio del 65? ¿Recuerdas? Iba subiendo la 19 de Marzo al mediodía bajo el fuego de un millón de morteros. Ese era un ablandamiento, Isabel, porque todo se ablanda: los zapatos, el pantalón, los cojones, los cabellos, la camisa, las uñas y lo último en ablandarse es el ánimo, que es, siempre, lo más buscado por el enemigo.

—Pero de no desistir tendrás que hacer algo... ¡algo en contra de tus principios!

—¿Insinúas algo?

—Cuqui y *La Moa* se largaron. Obtuvieron la visa. Están en New York. Pudo haber algo.

—¿Crees que yo?

Isabel pone rectos los labios. El sol se ha rodado al occidente. Podría caer la tarde como hoja. Desprendimiento. El tallo se afloja. La gravedad la vence: el suelo. Isabel camina hasta el tronco del árbol. Los sonidos de la tarde se debilitan. Pero las garzas continúan volando. Los nidos cerca del agua. Nicho amplio que se agranda con el horizonte. Los bichos, las garrapatas allá en los lomos curtidos del ganado. Los nidos aquí, cerca del agua, en el asiento milenario como los picos largos, como los zancos largos.

—Allá, ¿las ves?

Esfuerzo de Beto. Su cuello se alarga.

—¿Qué?

Isabel señala con el brazo que termina en flecha-índice:

—Allá, las garzas, ¿las ves?

—Sí, las veo. ¿Y qué?

—Van hacia el agua. A sus nidos.

—¿Y?

—Son garzas del ganado.

—Dicen que las trajo Trujillo.

—No es eso, Beto.

—¿Y qué?

—Es la distancia entre alimento y nido.

—Es una relación simple.

—Exacto. Se mueven con el ganado desde temprano, pero en la tarde... ¡vuelven al río, a los árboles de la orilla!

—¿Metáfora?

—Algo así. Los insectos, las garrapatas, New York.

—Aquí... ¿el nido?

—Tenía un buen ejemplo, Beto, pero se me extravió. ¡Habrá que buscar otra cosa para explicarte! Era hermoso lo que había encadenado a tu situación con las garzas, con su vuelo, con su nido, con los insectos.

Beto se pone de pie. Camina hasta el tronco del mango. Abraza a Isabel. Mira su cuello con arrugas profundas y allá, al fondo de la carne entre las arrugas, la piel más blanca, la piel que no se estira, subterránea, la que escapa diariamente al sol, al agua, al jabón que se pasa rápidamente. Beto piensa en lo fuera de serie que es Isabel, con sus hijos ya crecidos, con sus ganas siempre de aprovechar el tiempo para leer y hacer el amor. Entonces medita en los ofrecimientos hechos por Monegal(¡Ah!, Isabel, Monegal tarda años en subir los sueldos a sus empleados, mientras gasta miles en propinas: tan pronto penetra en cualquier restaurant parte en dos un billete de veinte pesos y le entrega una mitad al *maître*, dándole la otra al salir —algo, Isabel, copiado de Porfirio Rubirosa— para asegurar así un trato de rey, una distinción que haga juego con el perfume francés, el traje *Givenchy*, los zapatos *Bally* y la camisa *Sulka*)**,** sobre todo en su último intento de atraerlo por quinientos pesos mensuales y analiza la cita de Stewart en el restaurantito chino vegetariano, frente al *Mesón de la Cava*, y piensa en lo cercana que se ha puesto la visa por el marcado interés demostrado por el cónsul *yanqui*.

—Podrías hacer un esfuerzo y buscar la relación —apunta Beto.

—¿Cuál? ¿La de las garzas?

—Sí.

—Es difícil; se me fue, la perdí. Fue algo que me llegó rápido, junto al vuelo de las garzas, como un revoloteo de alas, como una flecha disparada rápido. Fue algo fugaz, poético, repentino, Beto.

—Sigues siendo una rara, Isabel —gruñe Beto, apretándola contra sí.

—Los dos, Beto, somos raros —dice Isabel, haciendo estallar una alegre risa. Tras unos segundos, y como repentinamente atormentada, Isabel se pone seria; mira fijamente a Beto y le habla—: ¡No te parece una tarde maravillosa! ¡Mira la yerba y los rayos del sol filtrándose! ¡Este es un momento de oro para los dos!

—¿Te vinieron ganas?

—Sí, Beto... ¡muchísimas ganas! Hagamos el amor y luego refresquémonos en el río. ¿Qué te parece?

—Amamos y luego... ¿existimos?

—No, es amamos y luego vienen los hijos...

—¿NO LO DIRIA Virgilio por algún lado?

—¿Tu historia?

—No. Los griegos yéndose para Roma. Las chalupas.

—Pero también en Cartago y en Las Galias y en Germania.

—¿Repetición de la historia?

—*Las Memorias* de Julio César magníficamente recogidas por Tácito. Ciudadanos romanos, todo un título.

—Pero, está el caso de Aníbal.

—Unjú, y el de Viriato. Elefantes. Alpes. Guerrillas. Asunto de usurpar para ser.

—Historiadores optimistas.

—Era un mundo optimista.

—Hay una heredad optimista.

—Todo es cuestión de creer que se mejora. Aún hoy.

—Hoy la historia de Roma se podría invertir.

—¿Por Moscú?

—No, no.

—¿Por Washington?

—Por ahí anda el asunto.

—Cuestión de imperio, de sentido de imperio, de sentido de la fuerza.

—Sí, y de los consulados.

—Deletrea esa palabra.

—¿Cuál?

—Consulados.

—A ver: con-su-la-dos.

—¡Exacto! Si le quitas la *s* final queda como *con-su-lado*; cada cual a su lado.

—Pero no es lo mismo que cuando César.

—Democracia para los romanos, ¿no? Pero, ahora, ¿es igual?

—Casi. Ayer era democracia para los romanos y ahora democracia para los norteamericanos, ¿no?

—Parecería igual... excepto... algo.

—¿Qué? Los siglos pasados.

—Ah, Roma sola.

—Roma se dividió. ¿Lo leíste? Bizancio, el contrafuerte, la división, el derrumbe.

—¿Y Washington?

—Tiene el suyo: Moscú.

—Podría ser.

—Es.

—Sí. Es. Washington-Moscú.

—¿Podríamos decir Imperio Oeste Imperio Este?

—No, Vicente. No lo digamos así.

—¿Quién lo dice?

—Cualquiera podría decirlo, no nosotros.

—Pero, ¿Tácito, Virgilio?

—No pienses en Spengler, en Toynbee, en Durán. En ninguno de ellos.

—¿En Russell?

—¡Ah, mucha filosofía!

—¿Matemática?

—Por ahí se comienza. Un sentido de arraigo histórico.

—¿Conciencia?

—¡Que no!

—¿Sortilegio?

—¡Que no!

—Te alejas: las chalupas, los que se iban: viaje Grecia-Roma: pague hoy no viaje mañana. Todo el macizo de los Alpes-Sur con sombreritos al estilo Tirol con plumitas aquél rubio del Danubio llegando a Roma.

—¿Ciudadanía?

—La lengua. Marte. Júpiter: sentido de equilibrio teológico griego con un toque romano *new fashion*.

—¿Lindo?

—Sombrero del Tirol adornado con los vestigios culinarios etruscos en plena Vía Apia.

—Sentido de la lengua.

—¿Varrón?

—Podría ser.

—Un toque latino (*a-lo-latin-lover*) de los rubios del Danubio.

—¿Con César tirándose las rubitas?

—Le gustaba más Cleopatra.

—Esa es otra cuestión.

—¿Egipto?

—El cruce del Mediterráneo desde el delta del Nilo.

—¿Pague siempre hoy no viaje mañana?

—Es un viaje largo.

—¿Colonia judía?

—Aún no. Pero pronto vendrá Jesús.

—¿Nazareth?

—Asunto de los fariseos. Se compran, se venden. Algunas guerrillas.

—¿Iberia?

—Se puede aplazar para luego.

—¿Hubiese durado el imperio hitleriano los mil años?

—Comemierda, Vicente. ¡Ni lo pienses!

—Cómico. Eres un cómico, Beto, porque los años llegan, todo se jode.

—Virgilio lo dijo después del hecho.

—La justificación.

—Pero las chalupas viajaban. La ciudadanía romana.

—Pero, ¿y Washington? El asunto de Roma, Vicente. Todo es asunto de ciudadanía y decir esto o aquello. *La Moa, Cuqui*. Chalupa lengua suelta cosas pasadas. Podría ser. Inocuo el niño.

—Inicuo, me gusta más, Beto.

—Pero, ¿con Reagan?

—Mal actor peor presidente.

347

—¿La mascarada?

—Todo está llegando a la gran escena.

—Faltaba el actor: ahí está: actor de segunda, presidente de cuarta. Como en los tiempos de Truman.

—Peor: en los tiempos de Coolidge.

—Peor.

—¿Menciono a Lincoln?

—Peor, mucho peor: Marco Antonio y Cleopatra. Hollywood se traslada a Washington: ¿buen *headline*?

—Le falta chispa.

—¡Washington para Hollywood!

—Malísimo.

—Lo dejo ahí, entonces.

—Déjalo.

—Pero también están los códigos. Los *citizens*. ¿Entendiste?

—Más o menos.

—Pura vaina, pero asimilable.

—Praxis. Vas… y vienes. Sustitución de la migración nómada.

—¡Ah, constante migración!

—Se duerme aquí y también allá.

—¿Plétora?

—Migración nómada.

—Eso no está en Max Derruau.

—¡Ni en nadie!

—Tal vez en Martindale.

—¡Tampoco!

—Vainas, Vicente, el asunto es que deseo irme.

—Recuerda a Reagan.

—Lo sé: ganó. Aplastante victoria.

—¿Retroceso?

—Lo contrario.

—¿Adelanto?

—Lo contrario.

—No te entiendo.

—Sigue así, sin entender.

—Explícate, Beto.

—La alineación de ponerse en línea y alienarse en pos o por o para comer mierda y formar un frente de liderazgo esquelético.

—¿Occidente?

—En avalancha; prestigio perdido.

—¿Guerra a la vista?

—Sí, pero lejana.

—¿Cuatro años?

—No sé, lejana; pero habrá guerritas de desahogo.

—¿Tácito?

—¡Anjá! Las escaramuzas en los frentes conquistados.

—¡Ah!, Beto, ¿es circular la historia?

—No, en espiral la historia: puntos de contacto parecidos en el fondo, no en la forma; otras gentes, otras armas, otras estrategias.

—Pero, ¿fondo o forma?

—Fondo, desde luego; la forma varía, te lo estoy diciendo; otras gentes, otras armas, otras estrategias.

—Julio César, ¿comparado a quién?

—A alguien.

—¿Westmoreland?

—Nombre extraño: el sonido no, el contenido: *más tierras del oeste:* los pioneros, los colonizadores, el tren, los ganaderos.

—La fiebre del oro: los hermanos James...

—Sí, pero con héroes de la derecha: Wyatt Earth, los otros, los *sheriffs,* los alguaciles, los sostenedores del orden, de la verticalidad.

—Hablamos igual, ¿lo has notado?

—Sí, pero divergimos.

—Cuestión de seguir. Al final será todo igual: todos los personajes uno; ese sería el mundo: un solo personaje colectivo, multiplicado en billones: ojos, bocas, brazos, lenguas, pechos: todos los penes el pene.

—¿Y las chalupas?...

—¡Eliminadas!

—Entonces, ¿nada?

—Entonces será cuestión de buscar nuevos horizontes: *Descubra un Nuevo Mundo visite los Estados Unidos de Norteamérica.*

—¿Te irás? ¿Harás el viaje?

—Maldita sea, Vicente, ¿no ves que estoy penetrado?

349

Capítulo XXVI

Buceo con mirada de águila

CUANDO ENTRÓ A su casa aquella tarde, Pérez sólo pensaba en los dos mil quinientos pesos del viaje del que le habló Pascual Jiménez, *el hijo de la viuda*. Y como estaba decidido a largarse del país (sí, a largarse de los cuarenta y ocho mil kilómetros cuadrados *en la misma trayectoria del sol*, de tierra y agua, de virgos rotos y llanto), puso su conciencia y su vida en la balanza de los sinsabores —dejando, claro está, los delitos cometidos por razones políticas— y llegó a la conclusión de que, si iba a abandonarlo todo, lo haría a través de los métodos legales. Elena, después de colocarle el plato de *spaghetti* con el salchichón nacional elaborado a base de harina de anchoveta peruano y grasa de cerdo, lo miró condescendientemente.

—Come algo —le dijo—. Luces muy preocupado.

Pero Pérez, mirando el plato frente a sí, cerró los ojos por un instante y, al abrirlos, vio los de Elena fijos en él.

—Me tiene preocupado el viaje, Elena —murmuró.

—No importa. Come algo. Te ves horrible.

Pérez tomó una cuchara y un tenedor y comenzó a enrollar los *spaghetti* y Elena se sentó a su lado.

—Sí, ha sido un día terrible, Elena —dijo Pérez—. A veces, tengo la sensación de no poder más y, sin embargo, al día siguiente continúo.

—Lo sé, lo sé —afirmó Elena.

—¿Y los muchachos? ¿Dónde están Boris y Carmen Carolina?

—Boris... —comenzó a decir Elena al borde del llanto.

—Sí, Boris y Carmen Carolina, ¿dónde están? —preguntó con insistencia Pérez, sospechando por la actitud de Elena, que algo grave había ocurrido —. Dime, Elena, ¿qué ha ocurrido?

—Boris está preso. ¡Lo metieron preso esta mañana! —dijo Elena dejando escapar el llanto y abrazando fuertemente a Pérez, quien la apartó de sus brazos y se puso de pie.

—¿Cómo que preso? —Rumió Pérez—. ¿Así me lo dices? ¡Mi hijo de dieciséis años preso! ¿Qué pasó? ¿Y Carmen Carolina?

— Carmen Carolina está con sus abuelos. A Boris lo agarraron esta mañana mientras participaba en una protesta estudiantil y lanzaron piedras a la policía... ¡Tú sabes!

—¡Maldito país! —Gritó Pérez y caminó hasta la ventana, donde observó con detenimiento los callejones por donde transitaban los habitantes del *quintopatio*. Estático, con los ojos fijos en la humedad de los callejones, Pérez vertebró innumerables pensamientos acerca del apresamiento de Boris.

Primer pensamiento de Pérez: *Vaya, ya comienza Boris a joder la paciencia... ¡Y a los dieciséis años, un poco más temprano que yo. Ya comenzó su periplo vital: la lucha, la cárcel, el inicio, el bautizo, Jesús con Juan. La paloma allá arriba tal como aparece en los cuadros gregorianos. ¿Devendrá en un hombrecito con el vigor necesario? Su cárcel podría ser un motivo para alegrarse o sufrirlo.* Segundo pensamiento de Pérez: *¿Lo habrán golpeado? Boris es tan frágil, tan flaco, está tan mal alimentado que podría quebrarse con una ligera bofetada.* Tercer pensamiento de Pérez: *Si pudiera conseguirle una visa podría llevármelo conmigo y apartarlo de esta mierdería. Pero, ¿estaría mejor allá, en los países? Castrado, embotado por la televisión, susceptible a la marihuana, a los encantos de un sistema lleno de trampas.* La voz de Elena cortó los pensamientos de Pérez, trayéndolo de nuevo al cuartucho del quintopatio y economizándole, así, el sacar las cuentas de lo que podría ser y no era:

—En la policía dijeron que lo soltarán esta noche —expresó Elena, con cierta timidez—... pero con la condición de que fuera tú quien te presentaras a buscarlo.

—¿Yo? —Preguntó Pérez, visiblemente sorprendido por las palabras de Elena—. ¿Por qué yo y no tú?

—El mensaje te lo envió un capitán de apellido Fernández... y me sonrió sarcásticamente al decírmelo, tal como si deseara verte.

Pérez cerró por unos segundos los ojos y, al abrirlos, miró con tristeza los callejones del *quintopatio* y paseó su mirada por los cordeles donde la viejita del café tendía al sol sus gastadas ropas. Detuvo la mirada en los niños de las cuarterías que jugaban al béisbol. En ese instante, Pérez recordó el nacimiento de Boris. *Varón, Pérez* —le dijo el médico—, y él le respondió que *sí, que ya tenía la continuidad de su estirpe fracasada. ¿Y los Bonetti y los Vicini* —se preguntó Pérez—, *verán a sus hijos varones como la continuidad de la herencia?* Entonces, Pérez ligó el primer pensamiento sobre Boris con el de los hijos de los capitalistas, y sus remembranzas, sus evocaciones, se alienaron, llegando a una conclusión triste, a ese desenlace al que siempre llegaba mientras pensaba en Boris: *hijo de gato caza ratón.* Cuando la viejita del café terminó de tender sus ropas, Pérez dirigió los ojos hacia un gran moco verde, elástico, engomado y enorme, que pendía del labio superior de uno de los niños que jugaban a la pelota. Y, ¡oh!, vio con sorpresa cómo éste sacó rápidamente la lengua y ¡*plop*!, lo devoró. *¡Hummmm, bueno, salado!*, pensó Pérez que decía el niño y, a punto de sonreír, volvió a pensar en Boris y trató de asociar los apellidos de los dominicanos ricos, de aquellos para los cuales el país no era otra cosa que una finca arrebatada a Trujillo. Y, disgregando los pensamientos, no supo si Trujillo y todo el sistema por él creado fue peor o mejor que lo que estaba ocurriendo en la republiquita de mierda que fundaba *quintopatios* y viejecitas que cuelan café para vivir, y niños con grandes mocos colgando de sus narices y lenguas que los relamen para decir sonriendo: *¡hummmmmm, qué ricos mocos, mami!* Sí, Pérez disgregó sus pensamientos porque, la verdad, ya no sabía si el país no era más que un inmenso *quintopatio*, una maldita *parte atrás* de ínfima categoría o una finca donde los *bateyes* rodeaban los blindajes de cinco hijoeputas familias que tan sólo ocho décadas tras no tenían en qué caerse muertas. Por eso, precisamente por eso, Pérez se atrevió a esgrimir un tercer pensamiento que, dedujo, podría ser la causa para que uno de los ricachos del país se alegrara por la prisión de un hijo: *Mi hijo aprendió esta mañana a golpear y a joder con la maldita chopa, a la que luego acusó de robo para que fuera despedida y* que, *viéndolo bien, es exactamente lo mismo que aprender a calcular que dos más dos no son los jodidos cuatro, sino ocho.* Pero por sobre todos los pensamientos de Pérez se aloja el recado del capitán Fernández.

—**¿No te dijo** para qué quería verme? —preguntó Pérez.

—No —respondió Elena—, solamente pidió que fueras tú a buscar a Boris

—Pero, ¿me lo entregarán?

—Por la forma en que me miró, parece que sí.

—¿No dijiste que te miró con sarcasmo?

—Sí, el capitán Fernández me habló con sarcasmo...

—¿Entonces?

—No sé, vi más allá de sus ojos que sólo desea que seas tú quien procure a Boris...

—¡Claro! Desean que vaya para joderme —gritó Pérez, observando fijamente a Elena—. ¿Solamente dijo eso o también te enamoró?

—¿Enamorarme? —contestó Elena, mezclando risa y llanto.

PEREZ, AL SUBIR las escaleras del palacio policial, cuenta los escalones, pero pierde la cuenta al llegar casi al último y siente locos deseos de devolverse y comenzar a contar de nuevo. Pero una voz lo detiene:

—¡Caramba, Pérez, cuánto tiempo!

Es Paco González quien saluda a Pérez y éste le sonríe y trata de recordar cuándo coño fue la última vez que lo vio. Sí, fue en plena revolución, exactamente en la calle Santomé, en casa de los Pichardo, y recordó la decisión de González (Paco) de seguir la lucha hasta el final y los planes que le narró de someter a Caamaño y Montes Arache una singular estrategia: la de replegarse hacia la Catedral con suficientes armamentos y municiones, así como mucha agua, comida y medicamentos, para hacer frente a los *yanquis.* Según el plan de González, la catedral primada de América se convertiría en una formidable fortaleza para el desenlace final de la *Revolución de Abril.* Y la descripción que le hizo Paco González sobre la

353

estrategia en su conjunto no era descabellada: apelaba a ese sentimiento patriótico que invadía a los combatientes que se encontraban en el borde mismo del descalabro. Después de todo, Paco González le había hecho la revelación a Pérez luego de los bombardeos del 15 de junio, justo en el momento donde el descorazonamiento se teñía de púrpura junto al abatimiento. Y, ahora, la voz de Paco González, vestido de civil, pero con un inmenso revólver metido entre el pantalón y la camisa, le saludaba con la desfachatez de quien sabe todo y trata de sacar partido.

—¡Cómo estás, Paco! —dijo Pérez.

—¿Adónde vas? Dime. Podría llevarte donde sea —le expresó Paco, echándole un brazo sobre los hombros y conduciéndolo hasta el oficial del día—. ¿Deseas ver a alguien en especial, Pérez?

—A Boris, mi hijo —contestó Pérez, dejándose llevar por Paco.

—¿Tu hijo? —Extrañeza profunda de parte de Paco—. ¿Y tienes un hijo en edad de caer preso?

—No, Boris sólo tiene dieciséis años.

—¿Dieciséis? Entonces debe estar en la casa albergue.

—Está aquí, Paco. Un capitán de apellido Fernández le dijo a mi esposa que viniera, para entregármelo.

De nuevo la extrañeza en el rostro de Paco.

—¿Fernández?

—Sí, Fernández.

—¡Ah!, debe ser una cuestión política, Pérez. ¡Ven, te llevaré hasta las oficinas del capitán Fernández! —y Paco condujo a Pérez hacia el segundo piso del palacio policial y luego lo condujo por un corredor largo, estrecho, sinuoso, de paredes sudorosas, hasta una puerta donde leyó un letrero que conocía muy bien: *Servicio Secreto*. Al ver el asombro dibujado en el rostro de Pérez, Paco González apretó sus hombros—. ¡Cuánto tiempo, Pérez! —le dijo y sacó a relucir los múltiples incidentes que habían pasado juntos.

Mientras escuchaba a Paco, Pérez meditó acerca de la confianza con que éste —que ayer era un revolucionario a carta cabal, un fajador sin miedo—, se desenvolvía entre los corredores y oficinas de la policía. *¿Se habría convertido Paco, hoy, en un vulgar delator?* —se preguntó Pérez—, pero la voz de Paco interrumpió su pensamiento:

—¡Es aquí, Pérez! ¡Aquí se encuentra la oficina del capitán Fernández! ¡Aquí te dejo!

Paco González se marchó y Pérez entró a las oficinas del *servicio secreto*, observando los mismos muebles de siempre: los escritorios de caoba que mezclaban el *art nouveau* con el más simple de los estilos; los bancos lisos, incómodos; las sillas rústicas; todo pintado de gris, como los rostros siniestros de los agentes que ocupaban los sillones detrás de los escritorios. Y esa misma pintura gris llenaba las paredes hasta el techo y saltaba desde allí hasta la única ventana de la habitación. Pérez contempló la foto de Balaguer con sus espejuelos esféricos, sonriente, despreocupado, con su traje cruzado, gris; y, como siempre, luciendo —más allá de la sonrisa— unos ojos donde la tristeza se vestía de coraza, de máscara cizañera, rotunda, capaz de levantar *bandas coloradas* para reprimir y desgraciar familias; sí, ese Balaguer reproducido en la fotografía era el mismo Balaguer que podía convertirse, desde la comemierda apariencia santona, en una señal donde la sonrisa era parapeto, trinchera, argucia para envolver los misterios de una vida estrategizada hacia el poder, hacia la pesca aprovechadora de las coyunturas y de un destino recostado en la azarocidad de las circunstancias.

Las viejas maquinillas *Underwood*, *Olivetti* y *Royal* chirriaban bajo los golpes rudos de las duras manos policiales y Pérez se detuvo en medio de la habitación anonadado, hasta que una voz tronó a sus espaldas:

—¡Siéntese! —rugió la voz.

Y Pérez, sin reparar en el dueño del gruñido, tomó asiento en uno de los bancos de madera adosados en el fondo de la habitación y recostó la cabeza de la pared gris, sintiendo su fría humedad y trató de recordar la última vez que había estado sentado allí, en aquel lúgubre cuarto. ¿Cuántos años? ¿Ocho, nueve? Sí, nueve años; no, ocho. Era el 1967 y a tan sólo un año de la juramentación de Balaguer como presidente del país. Lo habían detenido en *San Francisco de Macorís*, donde células del *MPD*, aún disueltas, se movían buscando la muerte del *muñequito de papel*, y a unos cuantos meses del asesinato de Orlando Mazara en las lomas de *San José de Ocoa*, cuando la consigna de *todos al campo* era coreaba en las reuniones clandestinas de la más pura izquierda. Entonces se creía en las bases operacionales y aún la guerrilla nuestra de cada día era consideraba

355

como la posible solución misteriosa para derrotar al imperialismo, colgada esta noción del resplandor que emanaba el posible retorno de Francis Caamaño. Pero el *MAAG* no perdonaba la incursión de la izquierda dominicana en el agro y por eso Orlando Mazara fue asesinado en las lomas de *San José de Ocoa* mientras sembraba papas, practicando un retorno a su raíz, tal como si fuera un bulbo reintegrándose a su matriz, a ese surco que es huella indeleble entre los campesinos que abren sus ojos hacia el horizonte en fuga. Pero lo de Pérez había sido un apresamiento en *San Francisco de Macorís*, cuando Balaguer aún presentía que su vuelta al poder podía quebrarse tras un disparo certero, como debió ser. *San Francisco de Macorís* representaba para Pérez, en aquel 1967, la mirada vacuna, preguntona, sorprendida, angelical y antisexual de Olguita *la turquita*, por quien hubiese cometido la atroz falta de dejarlo, incluyendo a su familia, presunción cortada de cuajo cuando los gorilas de un servicio secreto personal balaguerista comandado por Mélido Marte lo asieron por un brazo, sin permitirle buscar sus féferes en el hotelito de chinos frente al parque central. Al rememorar el apresamiento, Pérez dibujó en su mente a los chinos macorisanos y con ellos la habitacioncita apiñada con baño tosco, hosco, repulsivo.

—¿Pérez? —le preguntó uno de los gorilas mientras lo asía por un brazo.

—Sí—respondió Pérez al gorila y tras su respuesta vinieron las preguntas sobre la cédula, sobre sus papeles y después el *¡Acompáñenos!* y entonces la conducción hacia la cárcel en el destacamento policial de *San Francisco de Macorís* y los ojos de Olguita *la turquita*, tras el perfil de una mañana llena de sol. Pérez recordó su traslado a Santo Domingo y la oscuridad abrumadora de la solitaria donde fue arrojado y después las preguntas y los golpes. ¡Ah!, el asunto era Balaguer y su visita imprevista a *San Francisco de Macorís* para principiar las inauguraciones de los doce años y él, que olía al necio comunismo de la guerra fría, debía ser el sospechoso sustancial, el cabeza caliente quimérico para probar al *muñequito de papel* que el servicio secreto balaguerista funcionaba. Porque, ¿qué coño buscaba un extraño en el hotel de los chinos un día antes de que el nuevo y perínclito líder aposentara sus nalgas en la mierdosa inauguración de un bombeo de agua? ¿Acaso buscaba la mirada vacuna, preguntona, sorprendida, angelical y antisexual de Olguita *la turquita*, quien era, además, la sobrina del gobernador provincial? De ahí —que no quepa la menor duda—, a que el coronel policial les dijera a los gorilas que lo condujeron hasta el destacamento *¡que se llevaran al maldito comunista de allí porque podía infectarle la cárcel!* Y allí fue llevado Pérez, justamente hasta este mismo cuarto revestido de pintura gris donde ahora se encontraba y con los mismos muebles y las mismas viejas maquinillas y el maldito mismo retrato de Balaguer sonriendo vanamente. Sí, el mismo tecleteo de las máquinas de escribir *Underwood, Olivetti, Royal*, la misma frialdad, la misma humedad. Y entre el atajo de las remembranzas, aparece un cabo que pregunta parsimoniosamente a Pérez:

—¿Es usted Pérez?

—Sí, soy Pérez.

—Venga. El capitán lo espera.

Y Pérez es conducido ante la presencia del capitán Fernández, que tiene a sus espaldas otra fotografía de Balaguer luciendo la misma sonrisa y el mismo dejo de fingida melancolía. Pero Pérez, al notar que el capitán Fernández lo ha sorprendido observando la imagen, vuelve sus ojos hacia el escritorio del oficial y contempla el apiñamiento de papeles, de montones de papeles con cientos de fotografías de los sospechosos infinitos de atentar contra la magna seguridad del estado.

—¿Pérez? —carraspea el capitán Fernández con sarcasmo.

—Sí —responde Pérez.

—Siéntese ahí mismo, frente a mí —y entonces la observación fija de aquellos ojos de halcón sobre Pérez, sin que suenen las palabras. Y Pérez a punto de incomodarse, de comenzar a respirar entrecortadamente, como si estuviese cargado de espanto.

—¿Dónde está mi hijo Boris? —pregunta Pérez, como dejando escapar un suspiro— ¡Él sólo tiene dieciséis años!

—¡Ah, su hijo Boris sólo tiene dieciséis años! —Dice el capitán Fernández—. Pero, ¿sabe usted de quién son estos papeles que tengo sobre el escritorio?

—No, no tengo la menor idea de quién o de quiénes son —responde Pérez.

—Suyos, Pérez. ¡Estos papeles que usted está contemplando son suyos! ¡Aquí hay cientos de pesquisas donde se mezclan las refriegas callejeras con problemas de rebelión universitarios! —grita el capitán, dejando a un lado el carraspeo y luego respira hondo, caprichosamente hondo, como si fuera un *chef* con la paila del plato principal asida por el mango—. Pero hay algo más, Pérez.

—¿Algo más? —pregunta Pérez con la voz bien neutra.

—Sí. Usted ya estaba vigilado a los dieciséis años.

Sorpresa para Pérez.

—¿A los dieciséis?

—Sí, Pérez, a los dieciséis.

—Eso hace tiempo, capitán... ¡mucho tiempo!

—Sí, Pérez, se le vigilaba desde la *Era*, y nada, absolutamente nada, se pierde en este departamento. Recuerde que los archivos del *SIM* nadie los toca. ¿Y sabe por qué?

—No, no lo sé.

—Pues porque las Fuerzas Armadas y la Policía Nacional son las únicas instituciones ordenadas en este país. Y gracias a Dios, siempre se sacan copias de los archivos.

—¿Copias?

—Sí, copias. Antes de que se inventaran las copiadoras automáticas, teníamos el papel carbón y los americanos nos legaron su experiencia en el copiado. Desde que Trujillo ascendió al poder en el 30, a los oficios se les saca un mínimo de hasta seis copias utilizando papel carbón.

—¿Seis copias?

—Sí, Pérez, hasta seis copias, las cuales se envían a los servicios secretos de todos los organismos armados, amén del que se envía a la *Embajada*. Son copias por aquí y copias por allá, Pérez.

—¡Oh!

—Y como a usted lo vigilamos desde los dieciséis años, su historial es bien largo, Pérez.

—Y eso, ¿qué tiene de extraño?

—¿No ve la coincidencia?

—No, capitán, no la veo. Yo no me crié como Boris, porque crecí solo... ¡sin nadie!

—¿Y su hijo? ¿Cree usted que su hijo crece con alguien? En estos días la escuela es una selva, Pérez. La escuela en los tiempos del *Jefe* era muy distinta.

—¿Así lo cree?

—Sí, Pérez, así lo creo. Recuerde que cuando Trujillo se brindaba a los estudiantes un suculento desayuno escolar, así como uniforme que incluía zapatos y los otros utensilios escolares. Eso sí, Pérez... ¡todo se combinaba con las filas, con los desfiles, con las loas! *(Mientras el capitán habla, las imágenes se agolpan en la cabeza de Pérez y se contempla a sí mismo desfilando un 24 de octubre, día del cumpleaños del Jefe, por la Avenida Constitución de San Cristóbal. Pero el capitán está ahí, sentenciando las eventualidades de dos épocas referenciadas sólo por un hacer cuyas imágenes se mixturizan, se entreveran y trenzan en un ayer que es casi un hoy sólo diferenciado por una historia que no cede, y por eso Fernández se recuesta del análogo, de la teoría de los pareceres, remontándose al desayuno escolar, a la ropa obsequiada, al respeto por el himno del partido —sí, al himno del partido cuyos tropos encarnan al propio Trujillo y a Mamajulia, su madre bendita, cuya matriz se convirtió en la cueva sagrada del país; y a Ramfis, su precioso hijo, cuya educación se extravió bajo la sombra de Porfi, el Don Juan; y a Angelita, su ardiente hija, cuyo reinado en la Feria de la Paz y Confraternidad del Mundo Libre prefiguró el otro reinado, el del terror absoluto—. Sí, es cierto, el capitán Fernández no puede distinguir entre castración versus desayuno escolar o entre castración versus ropa escolar. Pero lo que hubiese asustado más a Pérez es esa búsqueda inútil de un símil, de un paralelo o nexo entre Trujillo y Hitler, o entre Trujillo y Mussolini, o entre Trujillo y Stalin o Mao, pero sobre todo estos últimos, por representar ambos falsas interpretaciones del marxismo, algo que el capitán Fernández no aborda porque no puede, bajo ningún concepto, establecer los vínculos misteriosos que existen entre las dictaduras, ya sean éstas de derecha o de izquierda, o blandas, o ilustradas, o fuertes. Y Pérez, en verdad, se asusta por la sencilla razón que teme una referencia del capitán Fernández sobre Stalin y Mao y consigne en su análogo, sólo para joderlo, la estrategia del toma y daca que suelen emplear los tiranos para jugar a los dioses. De ahí, entonces, que Pérez prefiere guardar silencio mientras la voz del capitán sube y baja como un tronante resuello en noche callada. Sin embargo, Pérez localiza el otro símil enunciado por el capitán Fernández sobre la escolaridad de la Era, y aleja de sus pensamientos las figuras de Stalin y Mao, prefiriendo quedarse con la boca cerrada, bien cerrada, porque ¿acaso hay algún punto de diferencia entre las loas y los vivas que se compran con desayunos escolares y prebendas, con las protestas que se encienden bajo la explotación y la barbarie? Junto a la localización del símil, Pérez también entiende que lo que une a todas las dictaduras, ya sean de izquierda o de derecha, es la solapada perturbación que sigue a los delirios, obligando a los pueblos domados por los boatos y la aparente libertad a sumirse en el menosprecio de una vida sentenciada por los dictados, tal como ocurrió cuando Trujillo con el desayuno escolar y la ropa gratis, que descojonó a los estudiantes, convirtiéndolos en capones. Entonces Pérez, aún sentado frente al capitán Fernández que amplía sus desafíos con la mirada y con los gestos, se contempla a sí mismo desfilando frente a Trujillo como un eunuquito junto a los otros castraditos)* ...Y esas son las ventajas de las dictaduras, Pérez *(Entonces el capitán Fernández vuelve con el asunto de la crianza y Pérez revisa la soledad de su puericia y, caprichosamente, llega a la conclusión de que todo está a pedir de boca para que en aquella oficina húmeda y gris se monte una obra de teatro que bien podría llamarse* El respeto según el respeto, *un bonito título, ¿verdad, capitán? Pero a la obra podría hacerle falta algo: un punto conciso, escueto, aunque no leve, pero que implique una cierta putrefacción para llevarla precisamente a eso, a lo conciso. Porque, ¿verdad, capitán, que no existe un verbo capaz de representar los sufrimientos que comienzan su marcha a los dieciséis años; que no hay grado académico donde se pueda inventar el verbo concisar sin conciencia, sin aquello que conecta la memoria a la agonía, ni la evocación al terror. Por lo tanto, capitán, busquemos sólo lo conciso, lo seco, lo fuerte, lo apto y lo raptado a la historia sobrepuesta, a los fingimientos de lo impenetrable. ¿De acuerdo?)* Ese es el asunto, Pérez... su hijo.

—No, capitán, el asunto no es mi hijo... ¡el asunto soy yo, Pérez! ¿Verdad?

—¿Lo cree así?

—Sí, capitán, así lo creo.

—¿No estará su hijo, acaso, tratando de imitarlo? Los hijos suelen hacer esas cosas, Pérez.

—No trate de inventar vainas, capitán. No creo que Boris esté tratando de imitarme. ¿Acaso los fracasos son imitables?

—Usted está vigente, Pérez, y sabe mejor que nadie la vigilancia a la que le sometemos.

—¿Y cree usted que Boris está atento a esas cosas?

—Usted tuvo esa edad, Pérez, y precisamente en una época donde se bailaba el trompo a los dieciséis años, algo que los muchachos de ahora no hacen porque nos llevan la ventaja de la televisión. Y otra cosa, recuerde que usted está realizando trámites para obtener la visa. ¿Por qué no aconseja a su hijo? ¿Lo desea ver?

—Creí que me lo entregarían.

—Lo haremos, pero antes tiene que firmar algunos papeles.

—¿Papeles? ¿Cuáles papeles?

—Son pocos, Pérez. Simplemente debe firmar que le estamos entregando a su hijo Boris sano y salvo. Porque, suponga usted que lo soltamos ahora y al cruzar una esquina un camión o un carro o, tal vez una motocicleta, lo atropelle y su hijo muera o quede mal herido. ¿A quién culparía la prensa, Pérez? ¡Nos culparía a nosotros! ¡A nosotros! Pero si usted firma unos papeles donde se especifica que se lo entregamos sano y salvo, sin un solo rasguño, nosotros quedaríamos exonerados de cualesquier futuros accidentes —y al decir esto, Fernández hace énfasis en cada sílaba, sobre todo cuando pronuncia *nosotros quedaríamos exonerados de cualesquier futuros accidentes*—. Y hay otra cosa, Pérez.

—¿Otra cosa?

—Sí, Pérez... y es sobre la visa, sobre su solicitud de visa.

—Pero, ¿qué tienen que ver ustedes con mi solicitud de visa?

—Nosotros, nada, Pérez, pero ellos, los gringos, sí, y usted sabe que ellos indagan, que ellos revisan, que lo investigan todo.

—¿Y qué?

—Pues que hay algunos datos, Pérez, ciertos cabos sueltos que ellos no logran entender...

—¿Cabos? —Interrumpe sobresaltado, Pérez—. ¿Cabos sobre qué, capitán Fernández? ¿De cuáles malditos cabos habla usted?

—De Crowley, Pérez... ¡de ese mismo cabo... que no es cabo, si no coronel!

—¿Crowley?

—Sí, el coronel Crowley. El *marine* que se robaron del campo de polo de los jardines del hotel *El Embajador*.

—¿Y qué tengo que ver yo con ese jodido secuestro?

—Hasta ahora nada. Pero usted tiene que explicar algunas cosas respecto a ese secuestro... ¡algunos datos!

Fernández sonríe. Los ojos de halcón se le achican, sí, se le achican y se convierten en dos rayas finas, muy finas, y luego se abren y aparece de nuevo el halcón con nariz ancha, casi chata. Los labios de Pérez se separan y salen por allí algunas palabras que son balbuceos y que, posiblemente, deja escapar con la intención de decir y no decir algo:

—¿Qué malditos datos? —Entonces los balbuceos alcanzan el nivel de truenos—. ¿Acaso no fui torturado por ese caso? ¡Escuche, capitán Fernández, estuve preso por ese maldito caso en un sitio desconocido, adonde me llevaron secuestrado y con los ojos vendados, como si fuera un delincuente común!

—No fuimos nosotros quienes lo interrogaron, Pérez... ¡usted lo sabe! —Fernández habla como en tono de excusa.

—Ellos, ustedes, ¿qué importa, capitán? ¿Cuál es la diferencia?

—Hay mucha diferencia, Pérez. Nosotros somos de aquí, del país, tal como usted y los demás policías. Ellos vienen de allá...

—¡Pero vienen con el permiso de ustedes! —Vuelve a estallar Pérez—. ¡Ellos vienen tal como lo hicieron en el 16 y en Abril del 65!

—¡Cálmese, Pérez! ¿Qué tiempo hacía que no pisaba usted esta habitación?

Pérez tiene la respuesta a flor de labios:

—Desde el 67.

—¿Lo ve? Para nosotros usted está bien. Pero para ellos parece que no...

—¡Ellos piensan por ustedes, capitán! ¡El *sí* de ustedes no vale nada sin el *sí* de ellos!

—Sólo hay asesoramientos...

—¿Asesoramientos?... ¡Bah!, ¿dice usted asesoramientos? ¿Quiénes vinieron después de la revolución? ¿Asesores?

Achicamiento que es achinamiento de los ojos de halcón del capitán Fernández, pero no de contento, no, sino de una ira que comienza a brotar desde ellos; una ira pequeña, diminuta, ácida, sumamente agria.

—¡Coño, usted está medio loco, Pérez!

—¿Loco?

—¡Sí, loco! ¡Usted no desea cooperar! ¡Usted no coopera, coñazo! —Entonces a los ojos achicados y achinados de halcón se unen unos chillidos afilados y amalgamados de halcón y buitre que comienzan a brotar como ráfagas, como truenos—: ¡Coño, Pérez, lo mandamos a buscar con diplomacia y le he hablado decentemente, dándole consejos sobre su hijo y, de repente, comienza usted a cuestionarme sobre la integridad de la policía y de nuestros organismos de seguridad! ¡Usted está loco, Pérez, maldita sea!

Fernández calla de repente cuando aparece una muchacha rubia portando un legajo de papeles. La muchacha se acerca al capitán Fernández y mira de soslayo a Pérez, mientras coloca el legajo sobre el escritorio de Fernández.

—¡Gracias, señorita! —Dice Fernández a la señorita, la cual se retira observando a Pérez—. Aquí están los papeles, Pérez —grita el capitán Fernández—. Lea todo antes de firmar —y, al decir esto, Fernández saca un paquete de cigarrillos de uno de los bolsillos de su camisa y enciende uno, mientras Pérez lee los papeles.

—¿Esto es todo? —Dice Pérez en voz muy baja, después de leer los papeles.

—Casi todo —Contesta Fernández, lanzando una bocanada de humo al rostro de Pérez.

—¿Acaso tiene otra cosa?

—Sí, aún tenemos algo más....

—¿Qué? ¿Qué otra cosa tienen?

—Usted lo sabe, Pérez... ¡no se haga el pendejo!

—¿Lo de Crowley?

—Sí. Ese es un encargo que nos han hecho.

—¿La investigación sobre lo de Crowley?

—¡Exacto!

—¡Pero eso fue hace varios años!

—Ellos desean ciertos datos, Pérez.

—¿Sobre qué? ¡Además, ya murieron muchos por esa vaina y varios, aún, guardan prisión! ¿Qué más quieren?

—Esa gente no cierra los procesos como nosotros, Pérez. ¿Conoce usted la teoría del *caos*?

—¡A la mierda con esa teoría, capitán!

—¡Ellos sacan beneficios del caos, Pérez! ¡Es más, a ellos les gusta sembrarlo para pescar en río revuelto!

—¿Sólo a ellos?

—Bueno, no podemos negar que, a veces, nosotros hacemos lo mismo. Usted debe saber que Trujillo fue el mayor heredero de la intervención del 16 y de que Balaguer fue el beneficiario privilegiado de la dictadura.

—¿Y entonces?

—Eso, Pérez, que las teorías de ellos son válidas para nosotros. ¡Es una heredad transmitida desde el 16, cuando se rompieron todas las ataduras ibéricas!

—¿Y qué tiene que ver el maldito *caos* con el caso Crowley y conmigo, capitán?

—Que los casos no se cierran, Pérez. ¿No recuerda el *caso Galíndez*? Ese caso, aunque todas sus pistas condujeron a Trujillo, no se ha cerrado para los gringos. Es más, el *caso Galíndez* se constituyó en un paradigma al que el *FBI* sacó provecho con otros casos similares. ¿No ha visto ciertas aristas parecidas entre el *caso Galíndez* y las desapariciones de Henry Segarra y Guido Gil? El secuestro de Galíndez creó una impronta, un trazado, un guión, para la perpetración de ese tipo de secuestro.

—¿Lo cree así?

—¡Claro, Pérez! El secuestro de Galíndez hizo posible que en el diseño de la operación se aplicara la desaparición de la totalidad implicada en el mismo. Así, junto al secuestrado, también se liquidan a los implicados en la operación y a los testigos de cargo, exceptuando, desde luego, al culpable mayor, al sujeto hacia quien se dirige la pesada carga de la sospecha. De ahí, Pérez a que ellos no cierran los casos y persisten cinco, ocho, quince, veinte y hasta treinta años, tratando de que las conexiones no se cierren hasta tanto no encuentren la forma de atarlos a otras cadenas *caóticas*.

—¿Y los compañeros asesinados tras el secuestro de Crowley? ¿Fueron sus muertes parte de una cadena?

—Podría ser. Pero esas muertes formaron parte de la pesquisa. Una de las enseñanzas que recibimos de Dan Mitrione se apoyó en ese precepto: ¡no se olviden de la memoria!

—¿De la memoria?

—Sí, Pérez... ¡de la memoria! El *caos* se alimenta de ella y saca el mejor de los provechos. ¿Cree usted que los gringos hubiesen perdonado la ofensa de *Pearl Harbor* si no lanzan las dos bombitas? Ellos sólo olvidan cuando la memoria se rebosa y el caso Crowley, para los *marines*, aún se encuentra de color verde.

—¿Entonces?

—Nada, Pérez, que desean saber más. Desean conocer, sobre todo, algunas de las verdades ocultas.

—¡Cagones!

—¡Cuidado, Pérez! ¡Estas habitaciones oyen!

Medio susto de Pérez, que mira hacia los rincones de la habitación y luego se contempla a sí mismo sentado en el mismo banco de madera en el 1967, con el vientre fláccido por el hambre, con la cara lagañosa, los labios cuarteados por la sed y el pelo lleno de polvo. Rememorando mucho más atrás, Pérez siente los saltos del *Jeep* durante la travesía desde *San Francisco de Macorís* al palacio policial y observa el polvo, el rojizo polvo del camino depositarse sobre él en el fondo del vehículo. Entonces los ojos de Pérez vuelven a posarse en el rostro del capitán Fernández y luego en el montón de papeles sobre el escritorio. El capitán Fernández, al observar los ojos de Pérez escudriñando los *folders* toma uno de ellos y se lo pasa.

—Léalo si quiere, Pérez —dice el capitán Fernández.

Pérez toma el *fólder*, lo abre y ojea las primeras cuartillas. Luego lo cierra y mira detenidamente a Fernández.

—La verdad, capitán: ¿qué significan estos papeles? Aquí no se menciona para nada la entrega de mi hijo Boris. Aquí sólo hay implicaciones a líderes políticos de la izquierda. ¿Cree que los firmaré?

365

—Recuerde a su hijo, Pérez...

Pérez se levanta violentamente y encara al capitán Fernández.

—¡Esto es un chantaje, capitán Fernández! —Grita Pérez—. ¡Esto es una verdadera coacción!

—Recuerde que estas paredes oyen —dice el capitán Fernández con extremada parsimonia, señalándole a Pérez con el dedo índice de su mano derecha el techo de la habitación—. Estas paredes oyen —y Fernández, luego, lleva el mismo dedo índice a sus labios—. ¡Fírmelos, Pérez! Mire la fecha de la última página —Pérez busca ávidamente la última página—. ¿La ve?

—Junio del 70 —lee Pérez.

—Exactamente, Pérez —dice el capitán Fernández, achicando de contento sus ojos de halcón—. Junio del 1970.

—¿Y qué significa esa fecha? —pregunta extrañado Pérez.

—¿La verdad, Pérez? —Fernández abre los brazos en cruz (pero no para representar una crucifixión, sino) como a manera de excusa—... ¡no lo sé! Esa fecha le prueba a usted que no habrá conexión entre la firma de los papeles y la puesta en libertad de su hijo.

—Eso no importa, capitán... ¡sigue siendo un chantaje, aunque la fecha sea de comienzos de siglo! ¿Dónde está mi hijo?

—¡Cálmese, Pérez! ¡Por favor, Pérez, siéntese, le entregaremos a su hijo sano y salvo! —Entonces el capitán Fernández toca un timbre en su escritorio y entra un sargento a la habitación, al que ordena—: Sargento, traiga al jovencito Boris Pérez —dice Fernández al sargento y éste saluda y sale—. Le entregaremos a su hijo aunque no firme los papeles, Pérez. Esto no es un chantaje. Todo lo que le he dicho y aconsejado me lo encomendaron unos amigos y creí que, al transferírselo, le haría un bien, sobre todo por el asunto de la visa, Pérez —al mencionar la palabra *visa* Fernández enfatiza ambas sílabas, tal vez porque sabe que esta palabra, *visa*, reviste suma importancia para Pérez—. Usted sabe, que todo se ha puesto muy difícil últimamente y allá en *los países* hay trabajo seguro y podría enviar dinero a los suyos y hasta llevárselos con usted cuando todo camine bien y así terminar de criarlos por allá.

Pérez vuelve a sentarse frente al escritorio. —Es innegable que se ha ablandado un tanto tras escuchar la palabra *visa*—. Entonces entra

Boris seguido por el sargento, y Pérez vuelve a levantarse de la silla y corre al encuentro de su hijo, a quien abraza.

—Boris, hijo mío, ¿cómo estás?

—Estoy bien, papá…

—¿Te maltrataron?

Fernández responde por Boris:

—Su hijo está intacto, Pérez.

—Estoy bien, papá —dice Boris.

Pérez se vuelve hacia Fernández:

—¿Podemos retirarnos, capitán?

Sonrisa con ojos aplanados, chinos, de Fernández.

—Cuando gusten —responde Fernández y se dirige al sargento, ordenándole—: Sargento, llévelos hasta la puerta.

Frente a la explanada del palacio policial, Pérez abraza de nuevo a Boris.

—¿De verdad no te hicieron daño, hijo mío?

—¿Qué importa eso? —Expresa Boris—. Un golpe más o un golpe menos.

—Son las mismas palizas con los mismos trucos, Boris.

—¿Lo dices por los puñetazos bajo las costillas?

—Sí, hijo mío. Los golpes allí no rompen los huesos y producen más dolor. Esa es una tortura que se aplica a los que se soltarán…

—¿Sólo a ellos?

—Sí, sólo a ellos. A los otros, a os que se les negará la luz del sol… les son aplicados otros métodos…

—¿Cuáles métodos, papá?

—Las torturas profundas.

—¿Las torturas profundas?

—Sí, esas que dejan huellas indelebles en el cuerpo y la memoria. Se descargan sobre aquellos que no darán marcha atrás.

—¿Crees que yo daré marcha atrás?

—Ellos no piensan en ti, Boris, sino en mí.

—¿En ti?

—Sí, en mí. Ellos vieron en tus carnes, en tu cuerpo, en tu mente, mis propias carnes, mi propio cuerpo y mi propia mente. Saben que al proporcionarte daño depositan en mí el gusanillo de la dubitación, de la duda, de la duplicidad.

—¿Crees que por eso no me golpearon profundamente?

—Sí, Boris. Podrías apostar a eso.

Pérez, observa a Boris caminar junto a él y sonríe. En ese instante surge en su mente aquella pintura gregoriana que reproduce a Jesús dentro del río Jordán y a su primo Juan bautizándolo. Entonces coloca uno de sus brazos sobre los hombros de su hijo y lo atrae hacia sí fuertemente, comprendiendo que el bautizo de Boris ya está dado con el estreno de su encarcelamiento. Y mientras sonríe, la imagen de Jesús y Juan se va perdiendo, perdiendo, perdiendo como una débil metáfora escatológica que se esfuma entre el incienso.

Capítulo XXVII

Vuelta al partido, coronel I

DE NINGUNA MANERA haría eso. Imposible. El aturdimiento. La razón. Las consecuencias en la conciencia. Nada de vital, de singularidad, de la moda. De ninguna manera lo haría. Por el caso Crowley. Temprano, en la mañana. Bien tempranito. Campo de polo. Hotel *El Embajador*, aún *Intercontinental* con la *Pan American World Airways* a cuestas y las azafatas en su día libre. La piscina: los muslos rosados dorándose al sol. Las azafatas de primera. Deportación de primera; con agente del *FBI* al lado; al cuidado. Sin secuestros de aviones. No, no era la moda, no. La moda vino después. O en. Como fiebre. Como fuga. La moda como. Todo es así. El caso es que temprano; en un marzo claro, de cuaresma sin lluvias, con las elecciones sonando y Lora. Balaguer en pos de su segundo período. Sin el *PRD* con Bosch. 1970. Marzo. Tempranito. Casi de madrugada. Buen militar, Crowley. Ejercicio de equitación. ¿*West Point*? No lo sé. ¿Lo sabemos? Pero ejercicio de equitación. Juego de polo. De Rubirosa con afectos a *Ramfis*, el pequeño cuñado. Flor de Oro y luego el divorcio. Pero ese es el caso. Marzo 24, 1970. Dos meses. Menos de dos meses para las elecciones. ¿Las figuras del encuentro? Balaguer-Lora. Reformismo-Modismo. Un *Jeep*, como de militares. Ropa verde olivo. También ropa caqui.

—Acompáñenos, coronel.

—¿Adónde llevarme?

—No pregunte. Venga. Suba.

Luego el paseo, el ocultamiento. Todo en esa mañana, casi de madrugada, con el sol adivinándose a través del claro fulgor de su nacimiento: las olas allá, por el Caribe, por la playa de *Güibia*; las cloacas y Santo Domingo desperezándose de una noche agitada; con discursos y gritos y la gente sin saber qué hacer y el *PRD* con Bosch que no cree ni en esos encuentros ni en esos cuentos y por eso Bosch que no va, que no va, que no va al degolladero electoral (no, no es así: es *matadero*, no degolladero, ni paredón, ni otros coños).

—¿Ser un secuestro?

—No pregunte, coronel. No le pasará nada. Se le tratará bien.

—¿Adónde llevarme?

Bocas cerradas. El *Jeep* que sigue su curso y el sol que comienza a picar. Casa reposada entre árboles. Jardín. Aves trinando.

—¿Qué ustedes desear?

—No pregunte, coronel. Le repetimos: se le tratará bien.

Pero de ninguna manera haría eso. Ahí está la memoria. Metida en los sesos. Nada de reflexología. Con palabras de Bechtérev, el rival de Pavlov. ¿Cibernética? Los principios. El *Gestaltkreis* de Von Weizacker. El arco reflejo de Pavlov. La autorregulación. En algún lado, sí, está el deseo de migrar por el condicionamiento de todo lo bombardeado. Nunca se creería. Pero es así: tratamos de mejorar en la medida de las posibilidades. La música. Josephine Baker en París, los veinte. El *Jazz*. La americanización de Francia. De Europa. El apagamiento del *Vaudeville*. El cine. ¡Bah!, *Fantomas*. ¡Bah!, el expresionismo alemán. El asunto es Chaplin. La corriente de Europa hacia la meca: *Hollywood*. Los dólares. El brillo. Y si ellos. ¿Por qué no nosotros? Hasta Trotsky. Y Buñuel. Y Hitchcock. Y Lang. Y Von Stroheim. Y Lara. Todos para la meca. ¡Ah!, la música, por otro lado. Ford, ¿cuál modelo? ¿El *T*? La producción en serie. El país-mundo, entonces. Todos hacia allá. Y Chicago; el *western*; los musicales; Buzzby Berkeley; la magia del movimiento. La ropa; la moda; Jean Harlow. Las mujeres chatas, sin nada en las caderas; sin nada en las nalgas; lisas de tetas, lisas de *toto*. ¿Se queda usted con Dolores del Río? Más o menos. Por lo menos. Y todo siguió y el coronel Crowley preguntando:

—¿Qué hacerme ustedes?

—Coronel, ¿podría usted callarse, coño?

Lo psicoprofiláctico en el parto sin dolor; del lado ruso: la llegada a París a través de La Maze. Algo debió llegar del Este, ¿verdad? Pero

370

todo continúa desde los Estados Unidos: demasiado todo con Gillette, con Henry Ford, con Alva Edison. Los inventos. ¿Qué país del diablo es ese, maldita sea, que sólo produce cosas buenas? Pero, ¿Cuba, Puerto Rico, en 1898? ¿Haití, República Dominicana, Nicaragua, en la década del diez? ¿*Big Stick*? Garrote y todo. Comienzo de la policía internacional. Guardadores del orden. Entonces, ¿se podría pensar en un país así para irse, para habitarlo y ganar dinero en él? Pero, ¿y Toynbee? Habrá guerra entre los nacionalismos. ¿Le duele su país del coño? ¿Le duele como a uno el suyo? Pero está todo ahí, como el condicionamiento: la saliva rica en *mucina* y gran cantidad de *tialina* tan sólo al contemplar el gran bocado. A Wayne cabalgando recortado contra el paisaje agreste. Las montañas, arriba, en *Johnny Guitar*. El paisaje es todo un filete, tal como un rico bocado que brilla como el oro. El trabajo. Complejo de inferioridad, ¿entonces? ¿Primero? Esos cuates del Norte. Fuertes. Pero, ¿mueren? En Vietnam, sí, y aquí en el 65. Pero, de ninguna manera haría eso. ¿Pecado? Nada de eso. ¿Principios, entonces? Nada vuelve al aturdimiento. Ni aún por Boris. Simplemente no podría. Conciencia circular. Vueltas allí. Vueltas acá en.

—¿Qué me harán?

—Silencio, coronel; nada le pasará. Simplemente silencio. Tendrá tres comidas. Agua abundante. Sopa. ¿Chicharrones de pollo? Sí, de los que inventó *Men el chino*; pero no lo que usted cree. Sencillamente, coronel, siéntese por aquí y póngase cómodo. ¿Desea café? —Pregunto. Entonces su rostro afilado lo vuelve hacia mí y me sonríe—. Está en buenas manos, coronel. ¿Desea algo? Allí está el baño. Inodoro cómodo, coronel. No el de su casa, desde luego. El coronel se sienta, estira las piernas y la mañana del 24 de marzo de 1970 desfila rápido. Los ladridos de algún perro perdido crecen hasta inundarlo todo.

—Un perro ladrón, de ladrar, coronel. ¿Le gustó el café? ¿Desea más? —El coronel vuelve a sonreírme, sin hablar—. El polo, ¿lo practica hace mucho?

Pero el coronel no desea hablar con el secuestrador.

—Nos atrevimos, coronel; no lo habíamos hecho y, ya ve usted, lo hicimos. Todo es una moda, coronel. Colombia. Nicaragua. Guatemala. Venezuela. ¿Por qué no aquí? ¿El *MAAG*? ¿La *CIA*, coronel? —y entonces vuelve a sonreírme—. Es usted todo sonrisas, coronel. Pero no le pasará nada. Se le atenderá del todo. Usted se merece eso. Me recuerda a Stewart Granger en un film. No. No creo que era Stewart Granger, sino James Stewart, con rango de coronel, o de general, y una amplia sonrisa cubriéndole, dibujándole el rostro. ¿Cómo me percibe, coronel? ¿Cómo un *vietcong*? ¿Cómo a *Charlie*? No; seguro me ve como a un japonés desplomado e ignoto de *La Patrulla de Bataan*. MacArthur retirándose de las Filipinas, coronel, y todos los muchachos gringos luchando hasta el último hombre. ¿Recuerda a MacArthur, a Patton, a Ike, a Marshall? ¿Los recuerda? Porque ahora los héroes no existen, coronel. ¿Recuerda? Ustedes tenían siempre héroes en la despensa... pero ya eso no es posible. Ya no, coronel. Extinción. Imperio que se desliza; agonizante; sangrante; con las drogas; con la prostitución; con el homosexualismo. Por lo que de nada valdrá ya *Hollywood* sin un *Código Hays* atosigante, frenético, implacable. ¿Recuerda, coronel? El beso era al final. Y las terribles elipsis remachaban toda intención de camuflar lo sórdido, por lo que, cuando el hombre entraba a la habitación donde le esperaba una *buenahembra* acostada en la cama, las manos debían apartarse de la bragueta. Luego, el mismo hombre, era precipitado por la elipsis a salir por la mañana (de la misma habitación) con la cara risueña. Sí, elipsis cuando, sobre el sofá, la heroína se deshace de amor y levanta una pata en signo de apertura y luego el hombre que se arregla la corbata asomando la cabeza por sobre el espaldar del mismo sofá. Pero eso es extinción, coronel. Los héroes ya no existen, porque no están saliendo héroes de Vietnam y no salieron héroes de Santo Domingo en abril del 65. ¿Repetir el cine, coronel o desempolvar las viejas cintas de la *RKO* y de la *Metro Goldwyn Mayer*? O, tal vez, volver al *Manto Sagrado* o *Los Diez Mandamientos*. ¡Pero ya ni eso, coronel! ¿Más café? —Pregunto, y el coronel afirma con la cabeza, dejando escapar un leve *yes, sir*, que me parece retrógrado, de ayer, de antes-de-ayer, de hace-mucho-tiempo—. Tome café, coronel; no le hará daño. ¿Polo, Rubirosa, *Ramfis*, Kalil Haché? Equipo de polo en. Y entonces, de repente el coronel vuelve a no tener quien le hable porque me pongo de pie y camino hacia la puerta para abrirla y permitir que el jefe entre.

—¿Todo bien? —pregunta el jefe.

—Excelentemente bien —respondo.

—¿Cómo se ha portado el bebito?

—Bien vendado y con sonrisa.

—¿Ya tomó café?

—Míralo, lo está tomando.

—Ese *gringo* parece ser un buen militar.

—Así parece. No se ha puesto nervioso, ni ha dado señales de miedo… pero debemos tener cuidado.

—¿Hiciste la llamada?

—¡Ya todo el mundo lo sabe! Llamé a la prensa y la noticia saldrá esta tarde en los vespertinos. ¡Esto será un palo!

—Sí, la izquierda dominicana se reivindicará. Ya no podrán decir que somos una partida de comemierdas. ¿Te imaginas lo que dirá el titular? *¡Secuestran al agregado militar norteamericano!*

—¡Los muchachos nos retornarán la fe perdida! ¡Sí, Beto, este secuestro será un palo!

SIN EMBARGO, DE ninguna manera haría eso. El jefe, el cerebro. Él fue quien lo planeó todo: desde el lugar del secuestro hasta el escondite y el canje. Por eso, mienten los informes que implican a inocentes. No, Boris, es imposible eso. Aturdimiento. Pena. ¡Un *no* por Otto y otro *no* por Abel. Un *no* por *El Moreno* y un poderoso *no* por Guillén. Y así la sonrisa de Fernández, capitán, tres barras; de ninguna manera haría eso. Y podemos ascender, Julia. Podemos remontarnos en el tiempo hacia la clara salida de la no-retórica. Monumentos a los desaparecidos. Partículas de polvo gris sobre las solapas. Las cabezas de las estatuas erguidas; afanosas; ladeadas, como la de Hemingway en los tiempos de oro de Gertrude Stein. En París en. Los veinte y. La americanización de Europa junto a Scott Fitzgerald. Hemingway. Stein. Pound. El paquete en busca de Europa y Europa loca de contento por irse hacia occidente: *Descubra un Nuevo Mundo visite los Estados Unidos de Norteamérica*. Todo el mundo hacia acá, hacia este lado; subiendo al Norte, por *El dorado* de Ponce de León hacia el flanco Atlántico de *La Florida* y remontando al corazón de las tinieblas de Conrad. Manhattan. Holanda ayer. Sin vestigios. La reina Juliana con su tesoro del pirata hoy. ¿La Shell? Maracas, Boris, sólo maracas. Los vestigios del negrerío de Armstrong en sus visitas a Europa. Lo raro. Los negros; la música. Brasil salvando al *Jazz*. Pero el espejismo, después de todo es.

La insinceridad del no reconocer la grandeza de las puertas abiertas para el talento y para el trabajo esclavo. Lejos todo de la explotación del hombre por el hombre y de la explotación del sexo por el sexo: Hermes y afrodita en el *hermafroditismo* que no es igual al *mariconismo*, sino a tener dos sexos *pseudoentrocados*: pene-clítoris, testículos-ovarios.

—Todo en uno, coronel. ¿Marchará su gente hacia eso, coronel?

—Pero el coronel sin hablar, jodiéndome la paciencia con un masticar en seco y la lengua atornillada a lo *West Point*—. ¿O acaso desea que hablemos de otra cosa? Usted dirá, coronel. Los jóvenes, al fin y al cabo, ¿marcharán hacia un no-sexo o hacia una combinación entre los sexos? He ahí la respuesta: por el Sur, aquí mismo, en el Sur dominicano, donde hay familias entroncadas en los genes mágicos de los penes-clítoris y de los testículos-ovarios, coronel.

Tose, Crowley tose y da signos rituales de que la verdad negra, áspera, le molesta.

—¿Le aprieta, coronel? —y Crowley hace señales de que sí con la cabeza y entonces le tomo la venda y se la aflojo un poco y le hago una pregunta— ¿Así? ¿Está mejor así? —y al aflojar la venda el hombre se sienta—. Y me siento más cómodo, al igual que usted, coronel. Háblesme, hábleme coronel, de su vida, sí de su vida —pero el coronel no desea hablar y vuelve a estirar los pies y el sol, alto, cenital, entra por las ranuras y hoyos de un techo de zinc oxidado. Calor. Un solo clima—. Marzo es primavera en este mundo boreal, coronel, y tenemos verano para un largo rato, coronel. Alégrese usted —pero el coronel, a lo mejor está en el polo, en la mañanita, montando su caballo y trotando, al igual que el mismo galopar hambriento de los niños de *Guachupita*, donde sólo crecen ombligos y lombrices—. Lo gastado de una frase, coronel. Pero usted tendrá quien le escriba, ¿verdad? Ya lo sabrán todos por los diarios de esta tarde, tal como el jefe dijo... ¡y en primera plana! *¡Secuestran al agregado militar norteamericano! ¡Secuestrado el coronel Crowley! El Caribe. Listín Diario. El Nacional.* Todos los diarios lo publicarán: sin ficción, sin mierderías. Lo describirán, coronel Crowley, como a un héroe de allá, no se preocupe, que no lo mataremos. De ninguna manera haríamos eso, capitán Fernández. Así no prefiero la visa, ni nada. No, ni nada. Desplome del sol, coronel. Europa al anochecer. ¿Cree que con *polkas*, tarantelas, pasodobles, fados, gemidos gitanos y cantos magiares de la Europa central, se pueden conquistar los pueblos? Nada, coronel. Los pueblos sólo se conquistan al ritmo del *swing*, del *jazz* y del *rock'n roll*. Tal como lo hicieron el *boogie*, el *charleston*, Josephine Baker enseñándolo todo, Gertrude Stein, Francis Scott Fitzgerald y sus alborotos, Hemingway y su nueva esposa. ¿Cine? ¿Cree que Marcel Carné, Lara, Truffaut y los otros pudieron o podrían hacerlo? No, ¡qué va, coronel! Esa fue una tarea, pero a la inversa: fue tarea de John Ford y Jerry Lewis, y ahora de Ford Coppola. Tal como Chaplin cuando la Stein, con la Baker y aquel cuarteto de *jazz* de los veinte. Penetración, coronel: he ahí la palabra. El *Empire State*; el puente de *Brooklyn*; Lloyd Right; la arquitectura nueva; los edificios altos rodando cerca de París. La agonía de Venecia con cantos de Mann y tríos de cuerda; cuartetos de aire. La agonía de Europa tras la grandeza americana. Todo como una moda. Al principio Chanel; Dior. Pero las copias, sobre todo. La producción en serie. Tiempo de los *jeans*. Un igualador de vestimentas. Jacqueline Kennedy y sus *jeans*. Todos con sus *jeans*. La americanización total de los modos de vida. Y el cine, coronel. Sobre todo el cine, con el *western*, con los *gánsteres*. Con los musicales, con los dramas cursis. De nada sirvió la *nouvelle vague*, salvo Truffaut y algunas sorpresas leves como el lanzamiento de la Bardot en una clara respuesta a Marilyn. Pero de ahí no pasó, coronel; todo como un amago: que te doy y no te doy: que te vuelvo a decir te doy y no te doy. Ustedes lo acaparan todo: hasta los alemanes bailando *rock* y los franceses con Johnny Halliday y los españolitos con su *flamenco-rock* y los italianos con su *tarantela-rock*. Entonces, coronel, ¿desea saber más, mucho más, de por qué está aquí, con los ojos vendados, vestido con botas altas y fusta de jinete-de-polo? ¿Lo desea saber? —le pregunto, y entonces Crowley sonríe como queriendo decirme que comprendía todo pero que lo excusara y entonces me levanto, dejo el *Fal* sobre una mesita de caoba y camino hasta la puerta del baño donde me vuelvo para observar al coronel y ¡ah, no, no puede ser!—. ¡Oiga, coronel, usted no puede sonreírme así, tan francamente! ¡Usted ha sido secuestrado, capturado en este día de casi-primavera, a tan sólo cuatro semanas del cese de los vientos nórdicos! —Entonces él vuelve a sonreírme desde detrás de la venda y a estirar las piernas y Guarién entra con dos platos de comida en las manos y me dice: *Toma, Beto, tu comida*, y deja el plato sobre la mesita de caoba, al lado del *Fal* y se dirige hasta donde el coronel y, poniéndose en cuclillas con el otro plato de comida en las manos, le dice: *Abra la boca*. Pero usted no puede abrir la boca así, coronel, como un niño de meses.

—Si me desatan manos podría comer solo. Probar, *please* —dice el coronel a Guarién.

Entonces Guarién que me pasa el plato de comida y le desata las manos a Crowley y yo le paso el plato de comida a Crowley y Crowley que comienza a comer con avidez.

—Mucho buena la comida —dice Crowley con el entusiasmo del hambriento que prueba bocado.

—Pero, coronel, ¿de verdad el ejercicio mañanero da tanta hambre?

Ahora la moda es el *jogging*, coronel, por allá, por su país. La quema de calorías para reducir a cero los *bisteques* ingeridos en demasía. Así, coronel, el *jogging* es un nuevo vomitivo romano que permite volver a explayar el estómago para gozar del bienestar, de los filetes texanos o de los cangrejos de Alaska. Sí, coronel, el goce en demasía. Leche de más. *Corn Flakes* de más. Quesos de más. Excesiva alimentación, coronel. Y luego la quema del exceso, el *jogging*, el nuevo vomitivo. Y esa es la energía que nos falta por aquí, coronel. Aquí y en Biafra; aquí y en Bangladesh; aquí y en la India; aquí y en Angola; aquí y en Etiopía. Lo que ustedes queman en exceso, coronel, es la falta de por aquí. Siempre la acumulación ha traído esa consecuencia, coronel. Sí, y entre lo acumulado por ustedes se deben contar las mejores tecnologías mundiales, a las que les inyectan vuestras propias versiones y las convierten en suyas. Para ustedes todo, coronel, incluyendo nuestras zonas francas y nuestro azúcar. Y para eso está el *jogging* y los *puching bags*, coronel… ¡para quemar la energía de más y el stress! ¿Desea más comida? ¡Sírvase, coronel!

—Mucho buena, mucho buena esta comida.

AHÍ ESTÁ *LA* Fija, Boris, surgiendo cinco años más tarde desde el frente del consulado hacia mi conciencia; penetrándome más allá de toda requisitoria. Sola. Diciéndome que *de allá es que viene el dinero, señol*. Todo como una esperanza, Boris. Todos los años el año, el momento aquel de la madrugada. ¡Ah, Boris, mi hijo! Jamás podría hacer

376

algo así. No podría, simplemente. ¿Y Otto, asesinado cuatro meses más tarde? ¿Y Amín, asesinado seis meses más tarde? La conexión, dirá usted, capitán Fernández. Pero hay algo más. Las armas. He aquí Mi *Tokarev TT-33* con un *mkp* de 50 y una velocidad de 420 metros por segundo. Casi una checa, con 490 metros por segundo y un terrible *mkp* de más de 60, de casi 70. Impacto, alcance. ¿Es así su *Colt 45*? Lejos del *western*, coronel, ¿qué piensa usted sobre los buenos y los malos? ¿Son ustedes los buenos? Los rusos, los cubanos, ¿son los malos? Juego de palabras histórico, coronel. Pero así son las cosas. El manipuleo. La *SIP*, la *UPI*, la *AP*. *King Features Sindicate*, la *USIS*. El control de los medios-penetración-esclavitud. No somos libres en tanto. Somos esclavos en tanto. ¿Desea volver su rostro hacia mí? Hágalo y sonría con los buches llenos y mueva la cabeza en señal de que no, de que no todo es así, Boris. Pero el asunto es que no podría hacerlo bajo ninguna circunstancia. La memoria no se *elefantiza*, en la medida de las posibilidades, para alcanzar el éxito mediante una acción comprimida; al contrario, Boris: es un asunto de tener la convicción, la fortaleza de la no complicidad; sin firmas; sin apretujamientos cerebrales. Por eso, Boris, bajo ninguna circunstancia podría hacer eso. De nada valen esos papeles, capitán Fernández, ni esas amenazas veladas, esos flirteos, de que lo soltamos sin presión, pero con presión. ¿Desea orinar, coronel? Por aquí, coronel, por aquí; levántese con cuidado. Venga; por aquí. Esta es la puerta: párese aquí. Ahora sáquese su *güebito* así; bien blanco que es su *güebito*, coronel, su penito con glande rosado que para nosotros es *ñema* y ahora no tenga miedo, excrete ahora en esta dirección su precioso líquido; así, coronel: eso es, coronel, siga meando con cuidado que está cayendo todo el chorro en la vasija del inodoro. ¿Aguantó mucho, coronel? Vejiga llena. Pero eso no es nada. Lo peor son las cárceles solitarias que padecemos por aquí, coronel. ¿Estuvo en alguna? Son frías; son húmedas, coronel. Hediondas; con inodoros defectuosos para que todo salga cuando entra: los orines, las mierdas, los vómitos, los esputos. Entonces, coronel, todo por ahí, por el suelo, y usted sentándose sobre aquello pastoso-pardo-oscuro-gris-letrina. Y el ano que se le cierra para que nada entre y después el sueño, el bostezo, tratando de que la angustia termine con el rostro pegado a la pasta-pardo-oscura-gris-letrina y la lengua húmeda llena de impurezas. Y todo sin ese sol, coronel, porque la tarde ya. Y ahorita los periódicos con. La noticia más allá de la radio, impresa, como la propia historia. Héroe usted, coronel, en los medios de comunicación y villanos nosotros. Y luego hasta podría venir la muerte. La muerte-como-el-olvido. Pero antes, antes los compromisos-muerte. Sin signos de + como los de la Gulf+Western. Usted lo sabe, coronel, son claves y todo a ras, sin niveles, *desculturizado*. ¿Terminó de mear? Ahora sacúdase, coronel. Eso es: éntrele de nuevo, guarde su *Colt-no-45* en aceite para una vagina-vaina-criolla; como hicieron en el 16 sus tropas. ¿Dejaron rubios? ¡Vaya, coronel, después de todo era justo el dejar aquí reminiscencias biológicas de vuestras proezas! ¿Apellidos? Conozco algunos y entonces comienzo a pensar en Amanda Marlin durante la revolución con el sancocho preparado para aquel 15 de junio, luego de la reunión con Silvano en el cine *Santomé*. Pero todo se quedó en el caldero, Amanda, con tus ojos verdes y tu piel requeteblanca; con los claros vestigios de que tu padre prefirió quedarse aquí después del 24. Ahora, coronel, de nuevo a sentarse. Venga —y lo llevo hacia la silla y lo siento y le digo que será un bello atardecer el de ese día de gloria para los pobretones izquierdistas nacionales, coronel—. ¿Salieron ustedes un día así en aquel Julio del 24? Bueno, coronel Crowley, el día y la tarde pudieron estar así de lindos, pero nos jodieron, al fin y al cabo, porque nos dejaron a Trujillo. Dejaron intacta *la estructura*, acabando con los generales y los coroneles espontáneos. Sí, digo en voz alta: ¡Nos dejaron una maldita estructura en el 24! ¡Nos implantaron una sólida y duradera *estructura* que persiste hasta hoy! ¿Y cómo se forma esa maldita mentalidad, coronel? Claro, para eso está el canal de Panamá y los fuertes en Texas. Cuestión de disciplina, dirá usted, coronel. Pero ahí está *la estructura*: sobrevivió a Trujillo, a *Ramfis*, al Consejo de Estado, a Bosch; al *Triunvirato*; y supervivió tras su prueba más difícil en la *Guerra Patria de Abril*, coronel. Esa *estructura* sobrevivió a García-Godoy y nos aposentó a Balaguer. ¿Y cómo se forma esa maldita mentalidad, coronel? Dirá usted que es un asunto empresarial, tal como una compañía por acciones, como alguna comandita apta para sobrevivir por los siglos de los siglos más allá de sus socios fundadores. Entonces, coronel, ¿verdad que no hay revolución duradera con la existencia de esa compañía, de esa *estructura*, de ese fuego solapado bajo morteros y tanques? Claro, a excepción de Fidel y Mao, que lo supieron todo alrededor de vuestra *estructura*. Pero anímese, coronel... ¡Al parecer, las revoluciones china y cubana son irrepetibles y eso les garantiza, por lo menos, cierta tranquilidad orbital! Porque, ¿no están ahí, al menos como cómplices mudos, los países que producen para ustedes y que no podrían resistir la desaparición de gringolandia? Por eso, coronel, el anticomunismo fue la creación por excelencia entre todas las que se patentizaron en los años cuarenta y lo irradiaron por el mundo, aún en contra de lo que parecía una clara señal de ridículo. ¡Y lo inyectaron en la vena esotérica, en esa que recoge la esperanza tardía, la utopía que separa el paraíso del infierno! Luego de muerto Trujillo, coronel, aquí hubo una caminata hasta ese cruce de caminos donde la esperanza se bifurca. De un lado estaba el camino que nos conducía hacia Cuba y del otro hacia Puerto Rico. Y son esas las bifurcaciones que ustedes aprovechan para inyectar vuestro anticomunismo, que, por demás, estaba refrito entre la propaganda de la dictadura. Sí, coronel, fue en noviembre del 61, al *Ramfis* abandonar el país, cuando nos inyectaron la primera gran dosis. Y todo lo hicieron mientras el pueblo se subía a los tanques y estrechaba las manos de los soldados: sí, de los mismos soldados que habían asesinado a los guerrilleros de *Constanza*, *Maimón* y *estero Hondo*. Entonces las sonrisas reventaban entre las raíces de los árboles y entre la yerba; entonces las algazaras con ron y cerveza estremecían los bares y los colmados. Y ustedes lo hicieron todo rápido, coronel. Todo en cuestión de horas. La dosis estaba inyectada cuando las voces de atención provenientes de la más pura izquierda se levantaron de entre la engañifa. Después vino la dureza y justo antes del mes (en diciembre, para ser exacto) sobrevino la vuelta a la posición anterior y la distancia, la separación, la fragilidad del existir. Dígame, coronel, ¿cómo es que lo hacen así, tan rápido, tan exactamente igual? Dígamelo, a mí me lo puede decir y le prometo que nadie lo sabrá (sobre todo en estos días en que usted desplazará como héroe favorito norteamericano a *Superman*). Cuénteme, coronel, cuénteme sobre los misterios que hacen funcionar las *estructuras* militares con la conexión pentagonal, gorilesca y canalla. ¿Cómo, coronel, cómo es que lo hacen, que lo inyectan? ¿Desea más café, coronel? La tarde cae. La tarde calurosa, pero sin la ilusión grande que sobrevino aquella tarde primaveral de los finales de abril del 65, coronel. Vítores: los lanzaba el pueblo al ejército: los techos llenos de soldados por toda la ciudad. Los militares de abajo junto a los oficiales de arriba y todo como si se hubiesen aprendido la sagrada lección de que las clases las conforman los límites económicos. La unión, la hermandad descubierta en un atardecer de abril. Pero todo, ahora lo sabemos, era hacia lo alto, hacia lo fofo, hacia lo estéril, porque la *estructura* aún estaba intacta. La *estructura* todavía permanecía con su disfraz del *CEFA*. Y, coronel, vuestro hombre demoníaco, ese que responde al apellido de Balaguer, trató de enviar esa *estructura* al *center field*, primero, y al rol de *utility* después, en el fatal 66, quedándose él como *cuarto bate*; como un jonronero de liga instruccional, con hilos que movían y mueven ustedes. Han pasado cuatro años... ¡y nada, coronel! Es por eso, capitán Fernández, que es imposible que acceda; no podría hacerlo; es inadmisible para mí, para mi conciencia. Ahí está el atardecer, coronel. Y todo tranquilo.

ENTRA EL JEFE con un periódico de la tarde.

—Todos los noticiarios están con el asunto —dice el jefe, mientras el coronel, con los oídos atentos y el sol, casi metido del todo por las lomas de *Cambita*, filtra los trinos de los pájaros despidiéndose hasta la mañana siguiente. Entonces el jefe me hace señales de que le ponga algodón en los oídos a Crowley y yo accedo y le pongo algodón en los oídos a Crowley y el jefe me dice—: Hicimos la propuesta y la están estudiando; están nerviosos —y el jefe dice algo elevando la voz para estar seguro de si Crowley oye o no oye—: ¡Crowley! —Grita el jefe, pero Crowley, al parecer, no oye nada y entonces el jefe continúa diciéndome lo que me decía antes de averiguar si Crowley oía o no oía—: Bueno, como te decía, llamé por teléfono e hice la petición.

—¿Dará resultado?

—Sí —contesta el jefe—. Los gringos no juegan con las vidas de sus militares y, más aún, si esos militares, como en el caso de Crowley, ejercen las funciones de agregados militares que, como sabes, no son más que consejeros diabólicos. Sí, Beto —me reafirma el jefe—, la vida de Crowley, para los *yanquis*, vale mil de las nuestras.

Y al escuchar al jefe pienso en los nazis en Italia: diez fusilamientos de italianos por cada alemán muerto en una emboscada, ¿oyeron, carajo? Y también pienso en los indios apache y en los vietnamitas y en los japoneses representados en el cine (que no en los japoneses de ahora, que hicieron posible que en *gringolandia* disfrutaran de los televisores *Sony*). ¿Sería en Las Filipinas donde apareció, con su fusil al hombro, un sargento del ejército imperial japonés de la Segunda Guerra Mundial que nunca se rindió? Sí, el *Código Bushido* aborrece la rendición y prefiere la muerte a ésta. Pero Pérez, ahí está la bomba atómica. ¿Se rinden o no se rinden, coño? ¡Tira la otra! ¡Anjá, Truman, así que esas tenemos!, ¿eh? Bombitas atómicas contra los nipones.

—Creo que accederán —dice el jefe y Crowley, sin escuchar nada, mantiene su cabeza inerte con los oídos taponados.

Balaguer dividió *la estructura*, coronel, y con ello ha sacado claras ventajas para su propia perpetuación histórica, que lo proclamará *perínclito de las comemierderías*. En ese fraccionamiento, *Elito*, siguiendo los pasos de los grandes segmentadores históricos, repartió *la estructura* en dos grupos visibles: en uno se encuentra el favorito de ustedes, el cual, como ha sido siempre, es el más ubicado a la derecha: un maldito y mediocre mete-miedo a quien no le tiembla el pulso para sesgar vidas y honras, y en el otro: un *guardia-político* o *político-guardia*... un soñador que hamaquea el remoto sueño de que *la ñoña* puede ser suya cuando el Balaguer tronante se retire o muera (algo que parece improbable, coronel) en un tiempo ubicado más allá de los años, de la biología y de la propia historia nacional. Pero *la estructura*, después de Balaguer, y por sobre todos los que aspiran a heredarle, permanecerá ahí, impertérrita, inmutable, rehaciéndose cuando las circunstancias lo requieran o reinventándose cuando las coyunturas traten de borrarla. Sí, coronel, ella estará ahí y la verán los hijos de nuestro llanto y los nietos y los biznietos, porque todo está claro, clarísimo, capitán Fernández: seguirán las cartas y las firmaderas y los recargos por exceso de equipaje en los vuelos que apunten al regreso, ya que la simple ida es una quimera perdida en un tiempo-espacio vomitado, esquilmado y perdido para siempre.

—**Voy a llamar** a la prensa, Beto... ¡vigila bien al coronel! —y el jefe abre la puerta para marcharse y antes de que lo haga le pregunto:

—¿Le quito el algodón de los oídos, jefe?

—No me gusta la idea, pero si así lo prefieres, hazlo. Cuidar a Crowley es tu tarea.

Y el jefe se va y el canto de las aves termina y el primer *round* del secuestro del coronel Crowley llega a su fin con las noticias en los periódicos y los servicios informativos en diarios, emisoras de radio y tv locales e internacionales y, desde luego, con las investigaciones de la *CIA*, del *FBI* y los servicios secretos dominicanos, buscando al coronel y diciéndole yo a éste: *coronel por favor, no se mueva*, y le quito los tapones de algodón de los oídos y el coronel me sonríe y me dice:

—*La estructura* fallar... —y entonces me quedo mirándolo y me pregunto *por qué rayos el coronel me dice que la estructura fallar* y entonces me remonto a las palabras de Mao Tse-Tung y le miro los colmillos al coronel para comprobar si de verdad es un *tigre de papel*, aunque sopesando la posición de Moscú de que podría ser un *tigre de papel...* ¡pero con *colmillos nucleares*!

—¿En qué quedamos, pues, coronel? ¿Falla o no falla la *estructura*?

—Fallar... —me dice.

Pero no le creo al coronel, porque sentimos, porque hemos sentido, los golpes de la *estructura* durante casi un siglo, fortaleciéndose éstos cuando los facinerosos que la siguen se convierten en paramilitares.

—¿Recuerda a *La banda*, coronel? ¿Recuerda a *Los incontrolables*? ¿Los recuerda? Son sus monstruos, coronel. Ese es el dominio de la *CIA* y de vuestro *MAAG*. Mire, capitán Fernández, por más que insista... es imposible. Esto es un asunto de conciencia y no deseo que se me deteriore. Y eso es todo, Boris. Ahora vámonos a casa a dormir, hijo mío, porque mañana tengo que madrugar para ir al *Consulado*.

Capítulo XXVIII

El pase es la visa, Vicente

—**NO, NO ME** atreví, Vicente.

—¡Pero si era tan fácil!

—Sí, facilísimo... ¡pero no me atreví! Pasé frente al lugar y miré. Reparé en el carro con placa azul, diplomática, que estaba ahí... pero seguí de largo.

—Debiste entrar. Pero, en realidad, ¿qué pasó?

—Tal vez sentí miedo, Vicente, porque percibo lo que desean en el fondo... lo que quieren.

—¿Lo de Crowley?

—Sí, eso... lo de Crowley.

—Pero ese caso está resuelto.

—Aún no; para ellos no.

—¿Tanto les dolió?

—No te imaginas. Un coronel. Un agregado militar. Los gringos temen a la siembra de los ejemplos.

—¿Y el carro estaba ahí?

—Sí, un carro americano... un *Chevrolet Impala* blanco, con placa azul, diplomática.

—Podrías desistir, todavía.

—¿De la visa?

—Sí.

—¿A estas alturas, cuando todo está ahí, al doblar de la esquina? ¡No bromees, Vicente!

—¡Es que luces muy asustado, Beto! —Vicente observa el rostro de Beto y luego vuelve la cabeza hacia el vendedor de dulces que pasa frente a ellos:

—¡*Dulcero; dulcero; de leche y leche con coco y batata!* —grita el vendedor y entonces el atardecer se dibuja huidizo sobre la vecindad de la plaza y vuelven los traumas de los habitantes de la *city* junto al temor de los terribles apagones. El atardecer en el Santo Domingo desfigurado por Balaguer es como un cerrar (no, no como un cerrar sino) como un guiñar (no, no como un guiñar sino) como un mear y cagar (sí, eso es, es como un mear y cagar) el día, la maldita greña del día y revolcarse en una apestosa pocilga.

—Podría ser, Vicente. Pasé tres veces por la acera del *Restaurant de China* y hasta me senté en uno de los bancos frente al *Mesón de la Cava* y vi a Ottico Ricart, el dueño del *Mesón*, con su calva incipiente y a unas muchachas en *shorts* trotando por el *Mirador del Sur*. Tú sabes, Vicente, el trote, el *jogging*, la moda, los culitos al aire y allí, frente al *Restaurant de China* estaba el carro *Chevrolet Impala* blanco con placa azul, diplomática, y el cielo tornándose rojizo-anaranjado hacia el litoral, hacia *Haina*, con nubes blancas, desaguadas.

—¡Coño, Beto, no te salgas del asunto... deja la maldita poesía!

—En una ocasión hasta me dirigí hacia el restaurantito y luego desistí.

—¿Por qué, Beto?... ¿Por qué?

—Tú sabes... ¡pensé en los muertos!

—¿En los muertos? ¿En cuáles muertos?

—¡En todos... todos los muertos! En Amin, en Otto, en *El Moreno* allá en Bruselas... en el Ché, en Orlando Mazara, en Henry, en Guillén, en Homero.!

—¿Le temes a los muertos?

—No... ¡Es a la maldita historia a quien le temo!

—¡Coñazo, Beto, la historia está llena de muertos! ¡No me jodas con los muertos! ¡Nosotros estamos hechos, fabricados de muertos, Beto! ¡Por eso los muertos son necesarios y nada podríamos hacer sin ellos!

—¡Ah, Vicente, no comprendes! —Pérez desea hundirse en el banco y mira de soslayo a Vicente—. No es como tú piensas.

384

—No te comprendo, Beto... trato de situarte para comprender toda esta mierdería de tu viaje. Primero estaba la disuasión y discutimos todos los puntos sobre la visa, explicándome tú lo penetrado que estabas y estás... y luego me hablaste de los jodidos *curriculums* que te exigía el tal Stewart y el asunto de tu cita con él. ¡Así de simple, Beto! Dime, Beto, ¿qué pasó realmente para que no entraras al restaurantito?

—Pasitos, Vicente... sólo di dos o tres pasos hacia el restaurante (que me supieron a veneno) y entonces salió de él un chorro de chinos que, al parecer, no venían de la China de Mao, sino de la China inglesa, de Hong Kong, y me sonrieron y me dijeron *¡Alió, señol, alió!*, y cuando di dos o tres pasos más salió una chinita vistiendo pantaloncitos cortos de *jogging* y divisé a Stewart, al abrirse la puerta, sentado en una mesa clavada en el fondo del restaurante y apurando una jarra de cerveza *Presidente*.

—Pero, ¿continuaste... entraste? —impaciencia en el rostro de Vicente, quien observa a Beto volver hacia el miedo.

—Sí, Vicente, me atemoricé.

—¿Por qué, Beto?

—Al observar el rostro de Stewart vi la sombra de *Caracoles* y a Francis Caamaño muerto en la loma *La Nevera* con su *pullover* gris cuello-de-tortuga y, más allá de la figura de Francis, escuché voces especulando acerca de quiénes lo habían hecho prisionero y cuál de los generales-de-baratija, haciendo gala de una valentía de latón, le dio el tiro de gracia.

—¿Entonces, tanto te asustó Stewart? —súper impaciencia en el rostro de Vicente.

—Podría ser, Vicente. Tal vez fue su rostro: tranquilo mientras fumaba y apuraba su *Presidente*. El asunto fue que volví hacia atrás y caminé después hacia ese otro restaurant insertado en los restos de un avión, donde contemplé a varios hombres y mujeres comiendo y bebiendo como si tal cosa.

—¿Y qué quieres, Beto? La gente es así. ¿Crees que todo el mundo piensa como tú?

—Dime, Vicente, ¿habrá nacido la clase media dominicana?

—Según Balaguer, sí. Pero, ¿será cierto?

385

—Esa es la clase que mantiene el sistema capitalista, Vicente... esa es la gente a la que le bombardean los anuncios y mierderías.

—¿Estás seguro?

—Eso dice Monegal, Vicente.

—No creas mucho en lo que dice Monegal. Recuerda que es publicitario.

—Ya lo sé. Pero esa gente comiendo y bebiendo en el otro restaurante... ¡como si tal cosa!

—Esa gente lo hace como recompensa, Beto. El mundo gira, gira, camina... y la gente busca escapes, pretextos para olvidar.

—¿Será una cuestión de conciencia?

—Más bien de *desconciencia*, Beto. Es como jugar a la ignorancia premeditada.

—¿Te refieres a un *saber* y a un *ignorar*... al mismo tiempo?

—Más o menos, Beto. Pero, volviendo a Stewart, ¿no intentaste retornar al *Restaurant de China*?

—No. Después de alejarme de allí caminé sin rumbo.

—¿Hasta dónde?

—Hasta la casa de Isabel.

—¿Y...?

—Pues nada, echamos un polvo simple.

—¿Y olvidaste todo? ¿Olvidaste a que Stewart aguardaba por ti y a la gente que viste comiendo y bebiendo en el restaurant del avión?

—Pues sí, Vicente... ¡sí!

—Hiciste, entonces, lo mismo que la gente en el restaurant del avión: trataste de olvidar, de sepultarlo todo entre las piernas de Isabel.

—Tal vez busqué eso con el polvo a Isabel. Porque, ¿qué existe, Vicente, sin un marco de referencia?

—El vacío, Beto... ¡existe el vacío, la oquedad, la angustia de la nada.

—¿Lo que no puede calibrarse?

—Más que eso, Beto: la angustia del no calibrar.

—¿Así lo crees?

—Sí, así lo creo... pero sólo momentáneamente. Recuerda que todo está cambiando muy rápidamente.

—¿Todo cambia?

—Sí, Beto, cada época transcurre con más prontitud que la anterior.

—Entonces, pronto, muy pronto, el cambio no alcanzará a cambiar.

—Podría ser...

—¿Crees que nos quedaremos en ese cambio?

—Ese es el tiempo de las guerras, Beto.

—¿La aceleración del cambio?

—No: el cambio del cambio.

—Parece una ecuación simple.

—Sí, aunque suena a axioma, a proverbio simple.

—Ojalá mi problema con la visa se convirtiera en un simple axioma, Vicente.

—Estás inmerso en un síndrome, Beto.

—¿Síndrome?

—Sí, en el síndrome de la visa.

—Sí, Vicente, creo que esto que me pasa es un síndrome. Pero, dime, ¿qué puedo hacer?

—Salir de él, decidirte por una cosa u otra.

—Pero es que, desgraciadamente, estoy decidido.

—¿A qué?

—A largarme, Vicente, con síndrome o sin síndrome... ¡a la franca!

Capítulo XXIX
Carteo II

—**TODO ESTABA ACORDADO**, Beto, ¿qué te pasó?

—Nada. Simplemente no me atreví.

—Pero, ¿estaba ahí?

—¿Quién? ¿Stewart?

—Ese, Stewart.

—Sí. Le conté todo a Vicente —Beto baja la cabeza y toca su pecho con el mentón, cruzando luego una pierna sobre la otra y después los brazos—. Le mandé otra carta.

Isabel se sorprende:

—¿Otra carta?

—Sí, otra carta, a manera de excusa por no presentarme en el *Restaurant de China*.

NO PUDE, STEWART, de ninguna manera, acudir a la cita. La recordaba a ella, en aquella mañana lluviosa, en aquella mañana en que la vi por primera vez. Era una lluvia mansa, Stewart, una llovizna, una garúa, una jarina; fría; larga; una llovizna llena de resabios y misterios. Su pelo blanco, empapado, le caía en un desorden húmedo sobre los hombros y le temblaban los huesos. Verla, Stewart, sentir sus resoplidos, sus jadeos, observar de cerca sus ojos incoloros por el cansancio, partía el alma. Le decían La Fija porque amanecía todos los días frente al consulado. Cuando la conocí aquella madrugada lluviosa mi odio hacia ustedes creció más allá de lo imaginado y ese crecimiento tuvo que ver con esa octogenaria abriendo desmesuradamente sus ojos incoloros para que las gotas de lluvia no le hiciesen perder su lugar en la fila. Sí, Stewart, los ojos de La Fija alcanzaron la imagen de una vaca al parir: se dilataron, se prorrogaron, se suspendieron en las órbitas como globos a punto de estallar y me miraron como buscando la redención final. Sin embargo, míster Cónsul, fui dichoso aquella mañana porque La Fija era mi compañera de fila y su vocecita de ultratumba resultaba un tintineo para mis oídos. Sólo faltaban un tambor, unos timbales, un banjo y un trompetín para sacar la música del consulado y dejar sentado el ritmo negrero del ambiente. ¡Ah!, Stewart, me pregunté esa madrugada, por qué La Fija, a su avanzada edad, buscaba con tanto afán la visa, deseando establecerse en un país que tan sólo vende sueños a los que pueden comprarlos con sudor y lágrimas; en un país con el Dios-carro, con el Dios-consumo, con el Dios-de-la-moda, como teología fundamental. Pero mis recuerdos, Stewart, también se desplazaban hacia los muertos, hacia todos aquellos que hoy no pueden ser testigos; hacia esos a los que, por vuestras órdenes, sirven ahora de soporte memorial a mil viudas y cuatro mil huérfanos; a todos esos que nutren de luto nuestro pasado. Entonces, Stewart, señor Cónsul omnipotente y sumo sacerdote del divino sello, mi pregunta también debería incumbirme a mí y a mis deseos y a mis resabios: ¿por qué acudir a diluirme en las necesidades suyas, de los suyos, sobre un pasado tan ácido y corrosivo como el que siguió al secuestro del coronel Crowley? Y esta pregunta, señor todopoderoso y supremo, también habría que inscribirla como material consumible para todos los que sueñan con la visa y cuyo alimento básico descansa en vuestra música, en vuestros cines, en vuestras factorías, en vuestro destino manifiesto y en vuestra hipócrita y simulada intención de ayudar. La pregunta, Stewart, hay que anexarla, entonces, en el expediente que la historia acumula lenta e inexorablemente y cuyos aceites se esparcen, ya, por todos los continentes. Sí, esos aceites se extienden como una cosecha de odios y muy pronto cosecharán ustedes las andanadas como las de Vietnam y Nicaragua, como las de Irán y El Salvador: un odio que ni La Fija ni yo podremos evitar aunque nos otorguen el sello. Y es que ese odio se viene alimentando en nuestros países desde Monroe y su doctrina, y engordó con las intervenciones de comienzos y mediados de siglo, atiborrándose, más aún, en Playa Girón y en Abril del 65. Nuestro odio es tan armónico y pavloviano que se mantiene chupando constantemente su alimento vital en el trato que nos dispensan vuestras empresas multinacionales. Pero para que vea usted cómo somos de comemierdas los tercermundistas, míster Stewart, con todo y ese odio que sentimos por ustedes, hacemos estas largas filas frente al consulado y damos rienda suelta a este masoquismo hijoeputa que nos consume. Sí, Stewart, los que mendingamos la maldita visa lo hacemos con la fría esperanza de poder entrar a ese paraíso terrenal que se llama Estados Unidos de Norteamérica (el mundo nuevo a descubrir), aunque por motivos diferentes para largarnos: La Fija por sus nietos en New York (Niu Yol como ella susurra en las frías madrugadas) y yo por la fatídica necesidad de querer ser y estar, y aquilatar, y traicionarme (retroaccionándome), y ver, y oír, y envolverme en todas las quimeras que usted y los suyos me venden en tecnicolor y que aquí no puedo encontrar, ya que cuando cago la mierda se queda ahí, en el cogote del inodoro de un quintopatio sin agua, y cuando leo me quedo suspendido en nuestras trampas diarias que son las noches sin electricidad con zumbidos de mil mosquitos. Así, distinguido procónsul y nuevo adelantado romano, es indudable que La Fija y yo y todos los otros, necesitemos tanto esa visa como al propio aire que respiramos, ya que hasta éste, el aire, se lo llevan ustedes de nuestro país, junto al azúcar, los bananos, la bauxita y el ferroníquel, tal como al estaño de Bolivia, al petróleo de Venezuela y al cobre de Chile, con todo y los huesos de Allende. Sí, Stewart, estamos que respiramos a medias y pronto, muy pronto, podríamos dejar de hacerlo por nuestras narices para respirar a través de las vuestras. Posiblemente por esto, no acudí a la cita con usted. O, quizá, tal vez —aunque remotamente— porque no me salió del forro.

—¿TE CONTESTÓ STEWART?
—¿La carta?
—Sí, la carta.
—Sí, la contestó.

USTED ESTAR ENREDANDO mucho la cosa. ¿Querer o no querer visa? Si querer visa, usted debe acudir a nueva cita este martes en mismo *lugar y enviar, para cubrir apariencias, nuevo currículum ampliado con dos fotografías recientes. Por otro lado, dejarme decir que mujer a quien todos llamar La Fija ya no solicitar más la visa porque ella morir frente al consulado la semana pasada cuando ya todo estaba bien para ella.*

—¡DIOS MIO!, ¿DE verdad murió *La Fija*?

—Sí, Isabel, *La Fija* murió. Cuando el mensajero me entregó la carta de Stewart corrí hacia el consulado y allí me dijeron que era cierto, que *La Fija* había muerto una madrugada lluviosa.

—¡Ay!, Beto, ¡qué tristeza!

—El día que murió acudió al consulado ardiendo de fiebre, pero muy feliz porque le habían comunicado que le entregarían los papeles de la *residencia*. Quienes me confirmaron la muerte de *La Fija* lloraron al darme la noticia...

—Y tú, Beto, ¿cómo lo tomaste?

—...¡también lloré junto a ellos!

Isabel observa los ojos de Beto que se llenan de lágrimas y lleva sus manos hacia la cabeza de su amigo, la atrae hacia sí y la aprieta contra sus senos.

—¡No te aflijas, Betino! —Le dice suavemente.

Entonces Isabel besa a Beto por los oídos, por la nariz y manosea sus cabellos hirsutos, volviéndolo a besar y arrastrando y moviendo su lengüita viperina por los ojos y labios de Beto, deslizando luego una de las manos hasta la cremallera de su pantalón, la baja y deja al aire el pene que ya se encuentra entre-dos y lo comprime dulcemente entre los dedos hasta sentir que se pone duro, duro, bien duro. A seguidas, Isabel inclina la cabeza hacia el pene y lo besa, lo chupa y lo saborea golosamente, susurrando:

—¡No, no te aflijas, Betino mío! ¡Aquí está tu mami que te quiere, que te desea, que no te dejará llorar por nada ni nada en el mundo! —Y le sigue chupando el pene hasta que Beto lanza un:

—*¡Que me vengo ahora, mami!* —Entonces Isabel apura el chorro de semen y lo traga y le pregunta—: ¿Entonces? ¿Qué más cuentas sobre tu aventura de la visa?

—Le escribí otra carta a Stewart —responde Beto con la mirada esfumada por la súbita venida.

—¿Otra? —Pregunta Isabel, saboreando aún el tibio semen.

—Sí, otra —contesta Beto, cerrando largamente los ojos.

ESTUVE DANDO VUELTAS *y más vueltas a todo lo que hemos hablado, míster Stewart, y he llegado a la conclusión de que hay mucha mierda en este asunto, ya que lo que usted insinúa no es lo mismo que poner un bla-bla- bla sobre el papel. Además, este asunto está permeando mi integridad, míster Stewart, porque no sólo han sido las palabras y las cartas gastadas, sino el tiempo, el tiempo invertido en este ir y venir, en este envíeme otro y envíeme otro y envíeme otro y otro. Y he aguantado esta mierda todos estos años porque me hice un nudo lobotómico en los sesos, imaginándome que esto era una pesadilla o una guerrilla en donde el premio, la recompensa, sería la consecución de la maldita visa. Pero ya ve usted, Stewart, que aún sigo sin ella y me duelen los pies, las manos, los sesos y el alma. Pero lo que más me duele es la desesperanza de un fracaso, preguntándome si pasará igual que a La Fija, algo que puedo entrever entre la maraña de obstáculos que he tenido que atravesar. ¿Cree usted que esta idea es descabellada? No, Stewart, no lo es, ya que podría ser que mi nombre, Alberto Pérez, sea suplantado por el de El Fijo, entre los que conforman la eterna fila frente al consulado. Y a propósito de La Fija, míster Stewart, ¿hasta dónde le llegó esa muerte? ¿Acaso le atravesó la dura coraza que cubre su corazón? Todo parece indicar, por el tono de su carta, que la muerte de La Fija no le llegó a ningún lado. Pero, ¿no presiente que el ambiente es propicio para presenciar otras muertes, incluyendo la de su país, por ejemplo? Porque su país morirá, Stewart, y no de una muerte simple. Su país morirá sin la dilución que abatió al Imperio Romano y sin la algarabía que precedió a la desaparición de Babilonia, repartida en mil pedazos. Recuerde, Stewart, que hay dos tipos de muerte: por un lado, está la muerte física y por el otro la muerte histórica. La de La Fija fue una simple muerte física, pero la de vuestro país será una muerte histórica, como la enunciada por el alemán Spengler y no como la teorizada por el inglés Toynbee. La muerte de los Estados Unidos de Norteamérica, lo presiento, vendrá súbitamente y en un ahogo entre los vacíos del petróleo y del átomo. ¿Y cómo debería* *llamarse una muerte así? ¿Giganticidio? ¿Estupidicidio? ¿Hijo-de-la-gran-puticidio? Vamos, Stewart, deme, provéame de ánimo para buscar el nombre exacto a una muerte tan grandiosa. La muerte de Roma dejó de ser excelsa porque fue una muerte-de-a-poquito: se dividió, primero; se amariconó, después; luego le dio paso a otra Roma en Bizancio para, prontamente, arribar a la Roma vaticana con su carga de curias y liturgias, de inquisiciones y envenenamientos. De verdad, míster Stewart, sería un enorme pecado el ponerse uno a inventar con analogías mortuorias, pero no estaría de más comparar la hermosa pintura que reproduce al joven Perry yendo sobre el lomo de un bote por el lago Erie con la bandera de barras y estrellas erguida, alta y flotando sobre la brisa. Pero no, Stewart, esa escena estará de más, porque justo ahora se precisa el recuerdo de un Napoleón post-Waterloo, o la de Lee después de Gettysburg. Su país, Stewart, está ahora en la etapa más gozona, en esa etapa en que las ansias se transmutan en libido, dando rienda suelta a las represiones históricas, a todo lo que se buscó al filo de las conquistas, de la ciencia y del arte con el propósito de hacer posible que un cúmulo de mierderías se convirtiera en realidad, ocultando la verdadera intención de la conquista. Pero nosotros podríamos desafiarlos, míster cónsul, podríamos fundar el tabernáculo de los duelos secretos y esclarecer para siempre cuál de las culturas comerá más empanadas. Y perdóneme que ahora mismo ría, señor todopoderoso, pero se me ocurre que para un posible desafío sólo tendríamos que salir a la calle una mañana cualquiera, usted con un Smith & Wesson colgándole de la cintura y yo con mi Browning clandestina, enfrentándonos de tú a tú en las condiciones que usted elija: usted como George Washington y yo como un latinoamericano cualquiera, como un Che Guevara con la melena al viento y la hirsuta barba despeinada. Es más, hasta podríamos enfrentarnos a las trompadas o con floretes o a las puras mordidas o a cuchilladas, como en un cuento de Borges: usted y yo, sin padrinos, sin testigos, sin comadres que divulguen el encuentro a los cuatro vientos y golpeándonos hasta rodar por los suelos, exánimes, para poner fin a esta tragicomedia de la visa y mil demonios.*

—¿BÁRBARO, BETO? ¿DE verdad le escribiste a Stewart todas esas vainas?

—Sí, y leyó la carta.

—Pero, ¿qué te respondió?

—Se puso furioso, pero repitió la cita...

Interrupción de Isabel:

—¿Y qué... qué te dijo sobre el duelo?

—Al parecer lo tomó como un chiste, pero supo que la presión estaba de su lado, por lo que pudo deducir del contenido de mi carta. Tal vez por eso me repitió la cita.

—¿Se la darás?

—¿Qué crees tú? Yo soy el presionado y aún quiero la visa.

—Pero el precio, Beto, ¿lo pagarás?

—Depende, Isabel. Stewart y los suyos saben de precios. Ellos viven comprando gente. De ahí a que su respuesta era lo que esperaba.

—¿Dejarás que te compren?

—Sabes que no...

—¿Escupirás hacia arriba?

—¿Qué crees tú, Isabel? Nunca me ha gustado jugar con fuego... ¡y mucho menos con esos buitres! Lo sabes, Isabel... ¡ellos, históricamente, no han cesado de comprar...

Interrupción de Isabel:

—¿Alaska a los rusos?

—...todo lo que han querido!

—¿Comprarán Canadá?

—Al final, puedes apostarlo, la comprarán. Recuerda a Marshall después de la guerra, con la ayuda, con el plan, con la recuperación rápida de Europa para alejar el peligro soviético; recuerda a Japón con el delicado obsequio de las dos bombitas.

—Pero, ¿sólo compran?

—También pierden: lo dije en la carta: Cuba, primero; Vietnam luego; Nicaragua después. Un *Waterloo* le llega a cualquiera.

—Y contigo... ¿perderán contigo?

—Lo dudo. Lo único trágico podría ser un empate, a pesar de que Stewart quiere, desea mi precio.

—La sorpresa, Beto; ¿cuál sería la sorpresa?

—Está en la carta. Pero, variando el tema, ¿me das un trago? Tengo la garganta seca.

TODO PONERSE OCURO *para usted últimamente, Alberto Pérez. Yo querer terminar esta ridícula correspondencia y así vivir más tranquilo. Sus currículums no ser serios y no tener garantía más para mí por lo que el Encargado de Asuntos Políticos de la Embajada decirme que la visa ponerse difícil para usted. Yo avergonzarme de usted, Pérez. Su amigo Cuqui, que ya conseguir residencia en América, decirme cosas feas de usted. ¿Recordar usted a Cuqui, su amigo y compañero suyo junto a Pedro, alias La Moa, y de todos los otros? Pues Cuqui decirme cosas que usted no poner en currículum y entonces usted también negarme derecho a verlo en restaurantito chino de parque Mirador. En fin, Pérez, ¿qué desear usted?*

Usted no decirme en último currículum lo que usted hacer después de la revolución y por eso yo querer verlo personalmente y posiblemente conseguirle visa para usted e hijos y mujer suyos también. ¿Qué decirme, Pérez? ¿Podremos vernos el viernes en mismo lugar?

—**LA SORPRESA, BETO**, ¿dónde está la maldita sorpresa?

—En *Cuqui*.

—¿*Cuqui*? ¿El de *Ciudad Nueva*?

—El mismo.

—Pero, ¿cuál es la sorpresa?

—Esa, esa es la sorpresa.

—¿Lo que le dijo a Stewart?

—No, algo más.

—¿Qué?

—Lo que fue. Lo que es. Lo que seguirá siendo.

—¿Infiltrado?

—Más.

—¿Agente?

—Sí.

—Pero, ¡*Cuqui* era uno de los mejores hombres de la izquierda!

—Sí, aparentemente.

—Pero él pudo cambiar, sentirse frustrado. Como...

—...¿Yo?

—No, no exactamente, Beto, porque tu individualismo está sobre todo eso. Lo que quería decirte es que *Cuqui* pudo sentirse desplazado. Tú sabes que la izquierda cada día se divide más. Lo has visto en el *MPD*, que era el último de los partidos indivisibles y llegará el momento en que en ese partido sólo quedará *El Men*, porque somos, tú lo sabes mejor que yo, serruchadores-de-palo desde que nacemos. ¿No crees que *Cuqui* pudo sentirse en el aire, abandonado y por eso prefirió largarse?

—¿Lo justificas?

—No, Beto, papito mío, no lo justifico. Lo que pasa es que no entreveo la sorpresa.

—¿De verdad no ves alguna sorpresa en la delación?

—Te lo dije: ¡somos serruchadores-de-palo, delatores natos si así lo prefieres, desde que nacemos! Tú mismo me lo has narrado, ¿recuerdas? La serruchadera de palo histórica con el *quítate tú para ponerme yo...* la trepaduría, Beto, ¿recuerdas? Vamos, tú lo sabes —e Isabel toma la cabeza de Beto entre sus manos, la caricia y le besa la frente—. Parece mentira, Betino, papito mío, que aún te lleves sorpresas —Isabel cambia el tono de su voz, inyectándole sonoros registros que recuerdan las notas bajas de la Callas en *Norma*—. Pero, ¿qué fue lo que le dijo *Cuqui* a Stewart? ¿Tan grave fue? —Beto retira su cabeza de entre las manos de Isabel y la acomoda sobre la almohada.

—Le contó todo lo que pasó después de la revolución.

—¿A qué te refieres con eso de... *todo*?

—La organización que siguió a la lucha: las armas escondidas, los comandos entrenados para matar... ¡le contó todo, Isabel!

—¡Ah, Beto, muchas cosas se improvisaron luego de la revolución! No creo que *Cuqui* delatara cosas importantes.

—Él delató lo que sabía.

Isabel besa en los labios a Beto y le acaricia los vellos del pecho. Beto la observa y sonríe.

—Afortunadamente, la izquierda revolucionaria ha cambiado de mando con frecuencia y las estrategias se han revisado.

—¿Crees que eso ha sido una ventaja?

—No, Isabel, esos cambios sólo han atrasado las estrategias. Pero respecto a los constantes acechos y espionajes de los gringos ha resultado una ganancia.

396

—¿Y para ti, lo ha sido?

—Entre esos avatares... ¡yo he baileoteado con mi soledad! Sí, Isabel, hubo momentos en que, cuando Monegal me atosigaba con sus ofertas de sociedad y empleos, estuve a punto a salirme de la lucha. ¡Ah, qué momentos, Isabel: la derrota de Bosch, el encumbramiento del poderío militar balaguerista, aquel octubre trágico con la muerte del *Che*!

—¿Te llegó hondo la muerte del *Che*?

—A todos los revolucionarios nos llegó hondo, Isabel. La muerte del *Che* nos sorprendió cuando nos preparábamos para recomenzar las guerrillas en nuestros campos. Pretendíamos llevar la revolución hasta los campos, estableciendo bases operacionales y planes concretos, sólidos...

—¿Sólidos?

—Sí, sólidos. Pero la *CIA* comenzó a dividirnos.

—¿Piensas que *Cuqui*?

—*Cuqui* y otros. La división creció.

—Pero, ¿qué le contestaste a Stewart? ¿Aceptaste la cita?

AHORA MISMO STEWART, *me siento atomizado. Estoy como si cada partícula de mi cuerpo hubiese sido separada de las otras. Porque Cuqui, Stewart, fue uno de los compañeros que más criticó mi solicitud de visa. ¿Estás loco, Beto?, me preguntó Cuqui, cuándo le comuniqué mi decisión de largarme del país. Eso fue hace cinco años, Stewart, y aún el partido confiaba en él porque era uno de los dirigentes de mano dura. Pero, ¿cree usted que su país salió beneficiado con esa traición? ¿Cree usted que sus cuerpos de espionaje ganaron algo con Cuqui y los otros? Desde la muerte de Trujillo, nuestros movimientos revolucionarios han atravesado depuraciones continúas. ¿Y sabe por qué? Pues, sencillamente, porque Trujillo empantanó la politización del país, retrancando todo avance y siguiendo leyes físicas inflexibles que obstruyeron y violentaron las acciones pluralistas. Y cuando digo Trujillo, Stewart, me refiero también a los Estados Unidos de Norteamérica, vuestro país. Trujillo y su discurso, incluyendo el abandono a que lo sometieron con las sanciones del 60, algo que aún no he llegado a comprender si se debió al fallido atentado contra Betancourt, o a la senili-*

dad prematura que se le manifestó en esa época, fueron réplicas caricaturescas de las políticas que Norteamérica diseñó para Latinoamérica, y por eso el vacío que siguió a su desaparición lo acomodaron a su manera. ¿Y sabe por qué, míster Stewart? Porque ustedes eran los únicos que verdaderamente sabían hacia donde dirigían el barco, mientras nosotros nos conformábamos con las quimeras que cada grupo iba vislumbrando a su paso: los más soñadores nos masturbamos con la ilusión de una revolución al estilo cubano y asumíamos el rol de Caperucita Roja, mientras que los canallas que siguieron vuestros lineamientos se alzaron con el santo y la limosna, a pesar del gran susto que se llevaron con la Revolución de Abril.

Sí, Stewart, ustedes transformaron nuestro país en una inmensa amalgama de deseos y colores; en una gigantesca tómbola girando en múltiples direcciones. Y, de todo aquello, sólo ustedes y los facinerosos que les siguieron, tenían conciencia. Y así llegaron al trágico Septiembre del 63, cuando tumbaron a Bosch; y así llegaron al 28 de abril del 65, cuando nos volvieron a invadir; y así nos trajeron a Balaguer y nos lo incrustaron en la sangre. Inclusive, llegaron a labrar falsos héroes revolucionarios, como Cuqui y los otros, para que nos traicionaran y fraccionaran, logrando atomizarnos. ¡Ah!, Stewart, cuánto hemos pasado (¡y lo que nos falta, aún)! Y es por todo esto que considero que mi visa podría usted reducirla a un expediente simple sin la necesidad de involucrar a nadie más; sin la necesidad de perder su tiempo contándome cosas de Cuqui y los otros a los que ustedes compraron, aprovechándose así de nuestras miserias históricas y del centelleante brillo de vuestros estilos de vida, entre los cuales también se hallan monstruosos tejidos lumpenescos, como las asociaciones de maricones y lesbianas, y las mafias que encierran a los peores gánsteres del mundo, entre otros.

Creo, entonces, míster Stewart, que esta puede ser una de las razones de sus carteos y citas: madurarme para conducirme hacia esa trampa, hacia ese oscuro callejón en donde mi voluntad se desintegrará completamente. ¡Cuqui! ¡Bah! ¡Cuqui tiene que estar, ahora mismo, pavoneándose por la calle 42 con un sombrero de plumas sobre su cabeza, porque el material del que está formado es de lumpen! ¡Pero yo no soy Cuqui, Stewart! Mi visa, si usted y su país me la dan, tendrá que ser otorgada sin condiciones... Sin vagas esperanzas de que ingrese a la CIA... ¡Sin hacerse ilusiones de que me convertiré en un delator más! Los datos contados a usted sobre mí por Cu-

qui podrían ser auténticos, dependiendo de las fechas, pero deberá creer que si no los coloqué en los currículums fue por puro olvido, algo que ahora de verdad lamento, ya que en estos años que llevo solicitando la maldita visa han crecido en mí unos deseos locos de ver de cerca la estatua de la Libertad, de presenciar un juego en el Yankee Stadium y de estudiar el Guernica de Picasso que se mantiene a título de préstamo en el MOMA. Pero esos locos deseos jamás inducirán a una sola de mis neuronas a variar la dirección que me tracé en la adolescencia de vivir en paz con mi conciencia.

—**CONSIDERO QUE EL** tal Stewart no te contestó y que el asunto quedó concluido, ¿no?

—No, no quedó concluido. Hubo otra respuesta.

—¿Te contestó?

—Sí.

—Pero, ¿es tan importante lo que buscan de ti?

—Hay secretos en las organizaciones revolucionarias que nunca se dicen —y Beto se sienta al borde de la cama—. Son secretos que nacen al calor de la lucha.

—¿Sobre el caso Crowley?

—Ese podría ser un eslabón, pero no todo el secreto. Sólo eso. Hubo algunas circunstancias menores que llevaron a circunstancias mayores... ¡a la transformación, Isabel!

—Pero, ¿conoces tú esas circunstancias?

—Nadie, absolutamente nadie las conoce.

—¿Entonces?

—Stewart se va al instinto.

—¿Instinto?

—Sí, al instinto. Trata de deducir las distribuciones, los prorrateos y sobras de la entelequia en que se ha convertido la izquierda dominicana... ¡para aplastarla por completo! Esa es una de las estrategias gringas para quedarse con la dirección del mundo. Antes, cuando se estructuraba el imperio, a finales del siglo pasado y comienzos del presente, actuaban por instinto. Encontraron sus filósofos, a William James, quien con todo y la oveja negra que fue, dio en el clavo otorgándoles una razón para aquilatar y después calcular.

—¿Y hoy?

—Hoy tienen las máquinas; la autorregulación; la cibernética y sus componentes básicos: la robótica, la informática y la biónica. A todo eso le agregan el instinto.

—¿Entonces?

—A veces se pierden. Calculan mal. Vietnam fue un ejemplo. Y Nicaragua otro.

Incertidumbre de Isabel. Se sienta en la cama al lado de Beto y coloca uno de sus muslos sobre los de él y, poco a poco, se va sentando en sus piernas, mientras una lluvia delgada y tenue golpea suavemente la ventana.

—Aún sigo sin entender —apunta Isabel, que abraza con ternura a Beto—. ¿Tendrá ese Stewart el instinto que aseguras? ¿Será él tan importante?

Beto mira los ojos de Isabel y sonríe.

—Todos somos importantes en este tejemaneje, Isabel. El mundo es importante. Pero ellos saben que la planificación del secuestro de Crowley se llevó a cabo por instinto. Fue instinto versus tecnología. ¡Y eso aún los confunde!

—¿La Guerra de las Galaxias? ¿La fuerza contra el imperio?

—¿Bromeas?

—Es lo mismo, Beto.

—Podría ser. Pero esto no es fantasía. Los lectores de la estación de la *CIA* que opera en el país codifican de acuerdo con programas establecidos. Se escapan cosas y Stewart sabe que yo sé lo que les falta.

—Entonces, ¿irás a la cita? —Isabel se pone de pie y camina hacia el baño, donde se sienta sobre el inodoro y comienza a orinar. El sonido de sus orines cayendo en el retrete contrasta con el de la llovizna que se ha convertido en fuerte lluvia. Beto la observa allí sentada y observa sus muslos aún fuertes, sus carnes sosteniendo la lucha abierta contra los años. Beto observa a Isabel desenrollar el papel higiénico y sonríe cuando ésta seca sus genitales y la observa de nuevo caminando hacia la cama y sentándose a su lado. Isabel, notando la mirada escudriñadora de Beto, le pregunta:

—¿Los años? ¿Se me notan, lo años, Betino? —Beto sonríe y lanza una respuesta sin pensar:

—Estás aún súper buena, Isabel.

Entonces Isabel se tiende sobre la cama, abre las piernas y toma una de las manos de Beto y la frota contra su clítoris.

—Apriétame fuerte, Beto —y Beto, por instinto, retira rápidamente su mano del clítoris de Isabel.

—¿Qué pasa, Beto? —pregunta Isabel sorprendida.

—No estoy ahora para eso, Isabel. Te lo dije, hubo una respuesta de ese Stewart.

—¿Otra cita?

—Sí. En el maldito mismo lugar; al atardecer. Él grabó en video mi llegada anterior y estudió mí huida, algo que me echó en cara.

—¿Qué piensas hacer?

—No sé. Tal vez ir. Algo que no sé si será mejor... o peor.

—No lo veas así.

—¿Cómo deseas que lo vea? ¡Es mi vida, mi futuro!

—Podrías desistir del maldito viaje.

—¿A mi edad?

—Otros han comenzado aquí a más edad que la tuya.

—¡Que comiencen los otros, no yo! ¡Trabajar aquí, ahora, con el maldito gobierno descuartizándonos?

—Muchos revolucionarios están laborando con Guzmán.

—No yo.

—Pero, ¿por qué, Beto? —Isabel comprende que la palabra *trabajo* no está del todo clara en el cerebro de Beto.

—¿Deseas que comience de nuevo? ¿Qué desista de la maldita decisión de largarme?

—No, no exactamente.

—Entonces... ¡no me jodas, Isabel, no me jodas!

Capítulo XXX

Vuelta al partido, coronel II

—**TODO PARECE MUY** fácil. Pero no lo es, Capitán Fernández. Se lo digo. Créalo. Podría ser que no hay regreso; nada de marcha hacia atrás ni de lado, como el cangrejo. Reculación cero. No culos atrás, ni para coger impulso. Entonces, coronel, ¿cree que todo saldrá bien? ¿Teme? Parece que no. Es que nunca nos atrevimos, coronel, y se hacía fuerte la distancia. Pero otros revolucionarios nos envidian ahora. El asunto de Abril. Nuestro enfrentamiento de-a-verdad con vuestro ejército. Douglas Lucas sobre los *molinos*, disparando; jugando con blancos humanos; tirando a los pies, a las cabezas. ¿Cuántos, coronel, mató el tal Lucas? Hizo célebre una frase que aún es sinónimo de peligro: *¡Cuidado! ¡Están tirando de los molinos!* ¿AR-15? ¿Mira telescópica infrarroja? Experimentaron con nosotros vuestras armas y ciertas estrategias. Bunker, coronel, atizó el fuego del miedo psicológico: la presión; los bombardeos inmisericordes; el ablandamiento. Pero antes nos dimos gusto: derrotamos el ejército regular, lo hicimos correr más allá del *Puente Duarte*, aunque no pudimos con la totalidad de la *estructura*. ¡Si hubiese visto el panorama desde el puente, *míster* Stewart! ¡Fue algo digno de Arthur Miller!: los camiones *Mack*, esos *catareyes* que dejaron profundas huellas en la bonanza azucarera, cruzados en la cabecera del puente; *los cariberos* sin periódicos y agitando en sus manos las banderitas nacionales: era el 26 de abril, coronel, y le digo que es imposible, totalmente imposible, que todo salga con la facilidad esperada. Eso se lo he dicho al jefe y dice que no, que todo saldrá bien, *Pérez; no hay nada que temer. Todo ha sido cuidadosamente estudiado*, me dice y yo le digo al coronel, *usted sentado ahí, sin sueño y con sueño, listo para esperar el veredicto,* y le pregunto luego: *¿cree que lo mataremos? Usted como que sospecha que no* y él, entonces, dirige sus pensamientos hacia la bien organizada estación que la *CIA* mantiene en el país, acoplada al *G-2* del ejército, al *DNI* y a los *SS* que vuestro Dan Mitrione dejó totalmente engrasados cuando pasó por aquí. Cuestión de seguridad de la zona, dirá usted, ¿verdad? ¿O usted cree que no, capitán? La seguridad es tan frágil como un eco de campanas o como un trino de aves. Sí, capitán, la seguridad podría, escuetamente, ser eso. Tal como unos papeles distantes: papeles con pentagramas impresos descansando sobre la cola del piano del tío Félix, que acomete el *Estudio en Mi* de Chopin y lo hace sonar vigoroso, mientras las notas reverberan y centellean, logrando hacer vibrar el florero con rosas sintéticas que se apoya sobre el esquinero de la sala. Las notas rugen, capitán Fernández, caminan presurosas y se alejan hacia el techo, anegando los amplios espacios de la sala con una inmortalidad pasajera. Y es cuando sobreviene la fragilidad, el rompimiento de todos los hechizos al *Volkswagen* detenerse frente a la casa y la puerta de entrada caer derribada, mientras Chopin y sus notas se quiebran violentamente al gritar uno de los matones un *¡Viva Trujillo!* que se perpetúa entre Balaguer y la *estructura.* Todo es tan frágil, coronel, como el esfumado de aquellas notas del *Estudio en Mi* entrando por mis oídos en el momento justo en que la puerta era derribada. La fragilidad podría ser inconsistencia, coronel, debilidad, pero también podría ser flexibilidad y extensión vertiginosa. ¿Acaso no somos juzgados por ustedes debido a nuestra fragilidad e inconsistencia? ¿Acaso no es esa la concepción que han desarrollado del enanismo tercermundista? Sí, ese podría ser el síndrome: una clara tendencia hacia la amplificación de vuestro tamaño para así reducir el nuestro. ¿Se imagina, coronel, un mundo donde sólo ustedes alcanzaran grandes proporciones físicas, mientras el resto de los mortales se redujera a una miserable estatura? Reducido todo: cabeza, piernas, brazos, pecho, vientre, pene, cuello. Inducido todo, coronel, con el propósito específico de que, con la reducción, vendría el ahorro alimentario: estómagos pequeños, dietas pequeñas, mientras vuestros gigantescos estómagos danzarían al compás de opíparos banquetes. Pero podrían ahorrarse la implementación de una faena así, coronel, porque ya nuestro enanismo se encamina hacia el libro de récords, pero no con el protagonismo del tamaño corporal, sino con la reducida dimensión de nuestros esquemas mentales. A excepción de una jodida intelectualidad folklórica, reducida al papel de cuenta-cuentos y de una claque de pintores que sólo reproducen nuestras miserias para enaltecer vuestro gozo. Latinoamérica, con la exclusión de Cuba, ha sido ya reducida, coronel, doblegada, porque, ¿acaso no construyen ustedes lo inverso de nosotros, lo contrapuesto, lo que, a veces, parece inverosímil, con el propósito manifiesto de marcar aspavientos para impresionarnos? ¿Acaso no buscan el gigantismo en una excesiva producción para distanciarse de nosotros y así humillarnos como a los vecinos pobres, menesterosos y desgraciados? Pero podría ser, coronel, que nuestro enanismo corporal se produzca sólo en nuestros estómagos, convirtiéndolos en pequeños receptáculos de espantos y desdichas, pero (¡eso sí!) dejando intactos los tamaños de las otras dos cabezas: la de arriba, la sesera, para pensar de vez en cuando, y (desde luego) la de abajo, para así constatar que seguimos siendo puros machos? Entonces, ¿qué cree usted, coronel? ¿Llegaríamos a alcanzar la anhelada autonomía? No, no se ría, coronel, que esta tesis no es para reírse. ¡Pssssssss, silencio, coronel!, que el jefe vuelve a entrar con radito portátil en las manos y, escuche, coronel, están informando algo sobre su secuestro.

—¿Todo bien? —Pregunta el jefe después de escuchar la noticia sobre el secuestro—. ¿Cómo se porta el gringo?

—Hasta ahora todo bien —respondo al jefe—. ¿Le quito la venda de los ojos?

—Déjale esa mierda —responde el jefe, caminando hasta arribar al lado del coronel, al que le aprieta un poco más la venda y luego le revisa la soga que ata sus manos—. ¿Seguro que no ha jodido?

—Para nada. El *yanqui* se está portando como un muchacho de primaria —le respondo, y cuando el jefe vuelve a marcharse me siento frente a Crowley. ¿Se encuentra bien, coronel? —Pregunto—. ¿Le gustó mi tesis sobre el enanismo? Es más, la tesis podría llamarse *El enanismo-leninismo, solución perpetua para el subdesarrollo,* y sería una salida simple a los problemas antagónicos entre los centros y las periferias, acabando para siempre con las interpretaciones erradas de las capas intelectuales que pululan alrededor de las esferas revolucionarias. Sí, el *enanismo-leninismo*, coronel, constituiría la solución ideal para acabar con el hambre y, sobre todo, con las falsas esperanzas que ciertos individuos sabihondos introducen entre las masas hambreadas. ¡Ah, coronel!, nosotros, los habitantes del subdesarrollo, los que según vuestras crónicas causamos los grandes problemas mundiales, nos tornaríamos en hormiguitas a través de constantes programas de ejercicios físicos y dietéticos para reducir nuestros cuerpos, algo que duraría, por lo menos, un par de siglos, abarcando unas doce generaciones. No, coronel, doce generaciones no representan nada. Recuerde que la revolución rusa sólo tiene algo más de cincuenta años y parece que fue ayer cuando Lenin se alzó con el poder. Dígame, coronel, ¿qué son doscientos años para que el planeta vuelva a su condición de *conuco* ideal, de finca expedita para producir lo que necesitamos los humanos? Ustedes los desarrollados podrían, entonces, crecer y crecer y contemplarnos a nosotros, los tercermundistas, como vuestras mascotas preferidas, como los enanitos bailadores de son y merengue, como los bufones preferidos que ya no joderían más la paciencia con golpes de estado ni quemas de bosques en procura de sembradíos. Ahora bien, ustedes deberán crecer hasta un punto en que no se repita la experiencia del *Jurásico*, porque entonces volveríamos a lo mismo: al hacinamiento de un gigantismo que no respetaría nada, de una monstruosidad que sería demasiado para competir con nuestras reducciones. Sí, coronel, mientras nosotros los subdesarrollados regresaríamos al enanismo primario, convirtiéndonos en simples sanguijuelas, ustedes crecerían y crecerían hasta alcanzar el paraíso de la abundancia. ¡Ah, coronel, vuestro mundo desarrollado podría ser feliz sin nosotros, la chusma, la peste, la parte oscura de la creación, los atrasados de la historia! Entonces, ¡al fin!, podrían probar ustedes el *soma* puro, la ansiada permanencia de la risa sobre el llanto y la desaparición de la diatriba como estrategia del existir. Pero, ¿no estará escrito por algún lado, en ciertos manuscritos apócrifos, las eliminaciones del caos, de la angustia y el desasosiego irreverente? ¿O, acaso, la incertidumbre de una constante lucha entre lo dulce y lo amargo, entre lo amado y lo odiado tendría que permanecer como soporte de un equilibrio mortal? Coronel, al parecer, no sólo los mansos de corazón y los humildes de espíritu heredarán la tierra. ¿Sabe por qué? Porque vuestra meta es impulsar la maquinaria del progreso contra nosotros las hormigas, las sanguijuelas, las pulgas que chupamos el lomo de las montañas; las ratas que habitamos los sótanos de los rascacielos; los chinches guarecidos bajo los colchones de los tiempos; las avispas que vegetamos en los panales de la historia. Sí, coronel, somos los pulgones de los estercoleros. ¿Y entonces, capitán Fernández, por qué me habla usted de firmar papeles, si todo apunta hacia la reducción de los tamaños?

MALDITOS SEAN LOS grandes tamaños a excepción de los sesos, jefe; este Crowley se porta requetebién.

—¿Seguro?

—¡Seguro, jefe! Podría ser por la disciplina.

—¿West Point?

—No hablemos de eso, jefe, recuerde que por ahí pasaron *La Gillette* y los Somoza. Es a la otra disciplina a la que me refiero.

—¿Cuál maldita disciplina, Pérez?

—La de los egresados, la de los mandones que perpetúan *la estructura*, jefe. Por eso, ¡maldito sea el gigantismo! Porque, jefe, ¿para qué sirven las tallas sino para dividir?

—Pérez, ¿te encuentras bien? ¿Tienes fiebre?

—Observe a Boris, capitán Fernández: el pequeñín Pérez, descendiente directo de este Pérez del siglo XX y quien acaba de probar que siendo más pequeño, súper pequeño, súper niño, puede alojar tres mil quinientos programas en su sesera. El pequeñín Pérez, capitán Fernández, quien de no espabilarse se quedará a la zaga cuando entren en tropel las diminutas computadoras a abreviar nuestras vidas. Será el tiempo en que cada centímetro cuadrado de sesos recompensará cientos de años de lenta evolución comprimida y una legua de *chips* se convertirá en una eternidad donde tiempo y distancia convergirán en lo infinito. Todo atomizado, capitán Fernández, todo esparcido en un espacio que aparecerá y desaparecerá entre la sensación cósmica de no existir existiendo, tal y como una atrofia infinita de las facultades motoras, como el hundimiento del instinto que lleva a la depuración voluptuosa del sexo y la utilización *ad valorem* de la lengua como motor impulsivo: lengua por aquí; lengua por allá: la lengua en tanto avispón que pica, la lengua como prototipo de la horizontalidad, la lengua como falo angular, la lengua como clítoris de espanto, la lengua como sabrosura del periplo salivar, la lengua como multinoción del placer para exacerbar así al ilustre Pavlov, quien realizó los cálculos para medir los grados de cecés salivares en un minuto de duración: 1 h. 10' vista una solución de cuasia 0.3 cecés, coronel. Entonces salivitas por aquí y salivitas por allá, coronel, y al final la introducción, la reproducción, el desarrollo de la lengua como músculo que nunca cae y el ejercicio *penal* (que no de prisión) sino de *pene* que es peneal-clitoral en constante e incesante atrofia y las 12 pulgadas por 2 equivalentes a 24 pulgadas cuadradas de músculo fálico que se torna ahora en una media de 5 pulgadas por 1 pulgada que equivale a sólo 5 pulgadas cuadradas de falito y la vagina necesitando una ocupación mayor por lo que es justo, coronel, el crecimiento del lesbianismo-mariconismo actual con falos plásticos, por lo que, para buscar y encontrar la solución a las atrofias galopantes aparecidas hasta el presente y siempre en provecho de la lengua y del clítoris crecido, el enanismo inducido podría llegar a espantar la frustración que acecha.

—Ser todo muy interesante —dice el coronel, haciendo una mueca burlona.

—¿Quiere mear de nuevo? —le pregunto y él me responde:

—Desear defecar, *please*.

—¡Ah, cagar, coronel! Pero, ¿podría limpiarse el culito con papel de periódico? Mire, con este que tiene una foto suya en la portada. ¿Podría limpiarse con su fotografía, coronel? Ahora, si prefiere, podría hacerlo con la sección de muñequitos: *Mandrake el mago*, *El Fantasma*, *Rip Kirby*, *Superman*, así como el *Pato Donald* y *El Pájaro Loco*. Déjeme a mí, para mis ricas cagadas, a *Avivato*, *Don Fulgencio* o a *Mafalda*. Reducir a una simple herramienta de limpieza fecal la sobrecarga lúdica, sería algo vital, ya que reflejaría una preocupación por la precipitada súperintelectualización de las franjas medias de vuestras sociedades. Al utilizar los impresos lúdicos con menciones específicas en los *comics*, se apelaría a una rápida desintelectualización. Porque, en esencia, coronel, ¿no responden a mecanismos manipulatorios esas malditas lecturas, las cuales subordinan y reducen el yo subjetivo a valoraciones inútiles, a intransigencias estúpidas, las emociones y goces de la vida? Los *comics*, coronel, llevan más temprano que tarde a la evasión, a la quiebra de los valores vitales y, desde luego, a los estupefacientes. Ahí está Leo Kofler, coronel, y la vida trascendental de Timothy Leary. ¿Motivada acaso por Huxley, por *Las Puertas de la Percepción*? Podría existir algo ahí, pero la apertura hacia esa ideología mitológica de un nuevo camino; de una alegoría redentora y aparentemente inédita, se vuelca hacia Leo Kofler, coronel. Estamos a las puertas de una nueva conciencia cuasi religiosa, donde la música de los Beatles y Bob Dylan encarnan los sonidos gregorianos de un poder que se avecina. Sí, coronel, lo subyacente será la búsqueda de un *soma* que podría envolver el mismo proyecto de vuestra supremacía con la ascendencia prominente de las drogas: ahí está Vietnam, coronel; ¿creen que ganarán Vietnam, capitán Fernández? Vamos Boris, estás creciendo. ¡Atención, muchacho! ¡Ten cuidado con las crecidas! Porque, coronel, no podemos permanecer atados a este tamaño mientras ustedes crecen y crecen. Es nuestro complejo de inferioridad latinoamericano; más machos; sin miedo; al estilo del viejo axioma vendido en *Jalisco* con un *hacer-la-cosa* en el juego infantil del *no te rajes*. Más machos, menos tecnología, pero más-falo-animalidad. Una ecuación simple, mi coronel. ¿Cagó ya? ¿Duro el papel-de-toilette-news-paper? Ese duro papel, coronel, es mucho, mucho mejor que las duras piedras y las anchas hojas que limpian los culos del subdesarrollo en los sanitarios naturales bajo árboles, a orillas de ríos y manantiales exhaustos. ¿Conoce las ascárides, coronel? Son lombrices cuyos huevos se introducen por los culos de nuestros campesinos cuando se limpian con piedras a orillas de los ríos. Pero no, coronel, no ponga esa cara de asco. La sensibilidad tiene nombre de mujer y usted, al parecer, es un verdadero soldado del imperio. ¿Cagó ya, coronel? A ver, el culo; muéstreme el culo, coronel: limpio, con letras que no son rastros de hojas verdes silvestres ni de piedras perdidas a orillas de nuestros ríos. Pero es demasiado lo que me pide, capitán y prefiero mandar a la mierda el asunto de la visa; quedándome relegado a la imagen de un país que tendrá su *Empire*

State y su *Times Square* algún ¿lejano día? ¡Coño, Pérez, lejanísimo el maldito día! ¡Ah!, pero antes dilucidaremos la oposición dialéctica entre libertad y necesidad: la de poder gritar *abajo el gobierno* con el estómago vacío contra la de comerse el pan y luego ponerse la mordaza; la ontología fundamental del yo religioso subjetivo, ido, subido frente a la *oposición de oponerse*, de estar ante, durante, contra y mediante la justificación de la razón, capitán. ¿Lo entiende usted? Nada de direcciones ocultas; sólo firmar los papeles, llevarme a Boris y obtener la visa, coronel. Jefe, él, Crowley acaba justo de cagar.

—Parece que entrarán en algo —dice el jefe con un diario en las manos—. Ahora hay que esperar y no desesperarse —y el jefe sale con una sonrisa y las piernas temblándole (pero no del susto ni de la emoción, sino por una fiebre repentina).

—He ahí todo, coronel. Pero usted no lo cree, ¿verdad? *Do not believe i don't believe* o como sea, *tovarich*, pero usted podría anteponerse a mi teoría de la alimentación, proponiendo esta dieta para vuestro gigantismo:

Desayuno: una tortilla con ocho huevos, *pancake* gigante, mucha miel, dos botellas de leche, cuatro libras de jamón, tres libras de pan.

Almuerzo: tres bisteques de un kilogramo c/u (preferiblemente de ganado *Black Angus* engordado bajo crías selectivas), cocidos a término medio, un kilogramo de arroz con hongos, medio kilogramo de habichuelas guisadas con tocino, fritos maduros provenientes de ocho plátanos barahoneros, dos litros de jugos y, para postre, un kilogramo de helado con sabor a vainilla.

Cena: dos kilogramos de pierna de cerdo, tres kilogramos de puré de papas, un kilogramo de *soufflé* de queso *cheddar*, un kilogramo de pan tipo francés, dos litros de vino rojo (preferiblemente proveniente de la cepa *Cabernet sauvignon*) y como postre un kilogramo de *cheesecake*.

Esta dieta se variaría meticulosamente de acuerdo con la estación, aumentando las raciones calóricas en los meses de otoño e invierno y disminuyéndolas (pero no mucho) en los meses cálidos de finales de la primavera y el verano. Debe deducirse, coronel, que este menú es para una sola persona, la cual tendría que irse adaptando, poco a poco, a la sobrecarga estomacal. Sería de lugar, asimismo, iniciar la construcción de todas las herramientas básicas para alojar la mierda proveniente de las cagadas que vendrían anexadas a las mega dietas y la ampliación de los espacios destinados al transporte y *hábitat* de los futuros gigantes: enormes inodoros, gigantescos baños, súper bacinillas, grandes lavabos, vehículos del coño-de-su-madre, etcétera. Mire, coronel, esta dieta sería tan positiva que, en un tiempo relativamente corto (digamos de unos doscientos años) el *gigantismo-leninismo* sería un hecho, con un trascendental e histórico *profit* a favor de ustedes. Las mierdas podrían reciclarse y se transportarían hacia industrias diseñadas para tales fines, donde se extraerían las proteínas excrementales para producir medicamentos dirigidos a combatir las seguras hemorroides que resultarían de las gigantescas cagadas, así como la artritis, el lumbago y los resfriados. Las *pupucitas* de los niños se destinarían a la fabricación de fertilizantes para usarse en cultivos de hongos consignados a la farmacología. Sí, coronel, buscaríamos el lado bueno de lo cagado, convirtiéndose la excrementosidad global en la materia boticaria más señera, ya que de su industrialización se extraerían los mejores antibióticos para curar desde gonorreas crónicas y sífilis hasta carcinomas y otras degeneraciones físicas, amén de que se buscarían en este riquísimo material los medicamentos esenciales para la lucha contra los virus y retrovirus. Y, mientras tanto, nosotros los come-mierdas del subdesarrollo, estaríamos desapareciendo en la nada. Es la oposición de dos teorías, coronel Crowley: gigantismo versus enanismo: que no gigantismo cerebral, que no enanismo cerebral. ¡Óigalo claro, coronel! Gigantismo corporal versus enanismo corporal, que vendría a resultar un gigantismo cerebral (como el regreso de *Liliput*, coronel; de Liliput aflorando a través del tiempo sin los *gullivers* imperiales; sin cañones, coronel; todos a salvo de los *Phantom*, de los *M75*, de la *FMC Corporation*, de San José, California). Porque, Boris, ahora que remontamos la calle *El Conde* rumbo al río *Ozama* y caminamos de espaldas al *Baluarte*, ¿no crees que ya es hora de que hablemos claro? ¿No crees que ya es hora de dar vuelta a la página actual y enfrentarnos a lo que sea: al pasado, al futuro? —y Boris me mira a los ojos como suele hacerlo cuando le hablo en serio y me sonríe:

—¡Hablemos, papá! —Dice, preguntándome a seguidas—: ¿De quién hablaremos? ¿De Lenin, de Trotsky?

—¡Ah, Boris!

—Sí, papá, podríamos hablar también de la atomización de las izquierdas, de la ofuscación reinante, de la falta de una aplicación coherente a nuestra realidad.

—Vamos, Boris, hablemos de todo...

—Además no estaría de más una conversación sobre la falta de una teoría histórica del país, papá...

¿PREFIERE OTRA COSA, coronel? Es cuestión de enfrentar teorías; ganaría sólo una, porque no hay más espacio que para dos teorías: es asunto de oposición dialéctica; de tomar el rábano por donde solemos tomarlo... ¡por las hojas! ¿O me equivoco? Cuestión de destino manifiesto, coronel. Porque, ¿sabe?, es envidiable vuestro destino manifiesto: vuestra historia pintada como un futuro esplendente, como un astro que viaja por el espacio iluminándolo todo. ¿Cuánto durará, coronel? ¿Se extenderá hasta el dos mil quinientos? ¿O hasta el dos mil novecientos setenta? O, ¿por qué no, hasta el dos mil novecientos veinte? La victoria sobre el Káiser: ¡*Heil* sempiterna! *Angelorum seculorum mierdorum* para usted y los suyos, coronel. ¡Mierda para todos los césares de la historia! ¡A la basura todos los complejos de superioridad de la historia! ¡Ahora toca el turno a una esperanza de redención que se teje desde las grandes profundidades de la venganza! ¡Ya las prisas por las conquistas se agotaron en la leyenda negra de las conquistas! Porque, a la larga, ¿qué queda, coronel? Lo que permanece en el paladar no es más que un vacío que ni Huxley ni *Las Puertas de la Percepción* pueden llenar. Sí, el cielo no es como lo pintaban antes, ni Dios tiene ya la barba blanca; porque, dígame, coronel, ¿qué es el cielo? ¿Será una dimensión incorporal, antimaterial? ¡Dígamelo, coronel, calme estas angustias y seremos amigos! Claro, amigos sin la incorporación de drogas ni embotamientos cerebrales para ayudarnos en la catarsis; amigos sin *discotheques* ni *rock`n roll*, ni los experimentos tecnológicos de Clark. ¿Qué nos espera al fin, coronel, sino un re-e-greso?

Capítulo XXXI

Temptation Monegalum IV

—**ESO ES, BORIS**, camina junto a tu padre sin apartarte mucho —le dije, y entonces el muchacho me miró a los ojos, como hacía siempre—. Así me gusta, hijo mío, que me mires a los ojos sin temor. ¿Miraste a los ojos al capitán Fernández?

—Sí, papá, lo miré a los ojos.

—¿Te diste cuenta? Tiene ojos de buitre, de ave de rapiña.

—Tiene los ojos agudos, muy penetrantes, papá.

—Sí, son ojos ladinos.

—Sí, son ojos siempre al acecho.

—¿Y la risa, hijo mío? ¿Notaste la risa?

—También noté su risa, papá. La percibí cínica.

Caminamos toda la calle *El Conde* hasta el borde del río y luego la desandamos y volvimos al parque *Independencia*.

—Aquí hay un banco, Boris, sentémonos —y tal como lo habíamos hecho antes, nos sentamos a contemplar los árboles por unos minutos y fue cuando comprendí que la vida se me estaba yendo muy deprisa. Boris me echó uno de sus brazos por los hombros y me sonrió con picardía tras observar a una muchacha sentarse en el banco contiguo al nuestro. Como la muchacha miraba constantemente a Boris, le pregunté:

—¿Observaste a esa muchacha? Tal parece que le gustas, Boris —pero Boris seguía sonriéndome. ¿Para qué mirar a una quinceañera si tenía a su padre al lado? Después de todo, mi hijo estaba en esa edad donde lo que verdaderamente importa se reduce a una exploración de los cariños, a una tarea de pura averiguación (sin pensar en el futuro)

412

acerca de cuáles sentimientos valdrá la pena explotar y cuáles habrá que excluir. Inclusive, la edad por la que atravesaba Boris era la edad de la indefinición sexual, un interregno biológico en donde una mala compañía podía perturbar para siempre el rumbo verdadero del sexo, tergiversándolo o transmutándolo en loca equivocación o en ofuscación e ilegitimidad. A sus dieciséis años, Boris no entendía que esa muchacha sentada en el banco vecino buscaba sus ojos, su sonrisa y su voz para establecer una zona de embrujo, de encanto, de embeleso, y arribar luego a la exploración sagrada de los grandes misterios del sexo. Hubiese podido advertirle que la muchacha le miraba, que le sonreía, porque deseaba que él la mirase y le sonriera.

—¿Cómo va el asunto de la visa, papá? —me preguntó Boris, tratando de obviar a la muchacha y el escrutinio de su mirada.

Pero no le contesté. ¿Para qué responderle si la visa se estaba volviendo una obsesión, un caos y, no, no, no me hables, no, del asunto de la visa porque ahí está *miss* Ramírez y sus piernas y el motel abriéndose a mis ojos en la tarde que muere? ¿Está bien así, *miss* Ramírez? ¡Ah!, el *miss*, un *miss* que suena a frágil pérdida entre la bruma. Y entonces deslizo mi lengua pegajosa sin saliva entre los muslos de la *miss* y retorna Pavlov con la salivación por los muslos y la vibración, el temblor se siente en todo su cuerpo y los dedos de sus pies se encrespan: terror-placer-odio-sin-razón, *miss* Ramírez: *El Motel*, nombre exacto para un lugar de entierros y chupaderas y mi lengua, sin saliva, por obligación de visa de complacencia de atención a la recepcionista del consulado hacia arriba y hacia abajo con la maestra en su mismo trabajo y los dedos encrespados y los senos oblicuos como ojos de chino y los párpados cerrados y el pelo revuelto y las piernas de muchacha que juega al tenis con cinturita de 23 pulgadas y caderas de 34 y busto de 34 también porque el concurso ganado fue hace ¿tres años? Cinco —contesta *miss* Ramírez—, hubo muchas muchas muchas participantes y cuando gané sólo tenía cinco meses de haber regresado de *New York* y el gimnasio me dijo que tenía el cuerpo ganador sí muchas muchas muchas participaron pero al hablar inglés y acostarme con dos de los jueces me dieron el título de *Miss Azúcar Miss República Dominicana Miss Penetración Miss Vagina Estrecha Miss Vainas* y las demás cosas mías y ya ve

413

usted, *míster* Pérez, aquí con su lengua ponzoñosa venenosa malsana mal educada es su lengua, *míster* Pérez, porque dice las cosas así; ¿sí?; sí, así: duras, groseras, maleducada su lengua, *míster* Pérez —y entonces le paso la lengua por el culito de cagar y *miss* Ramírez vuelve a vibrar y lanza chilliditos placenteros que refuerzan la salivación y siento olores y cenas y desayunos diferidos estacionados justamente en el conducto tripal anterior al recto y mi lengua tratando de penetrar más y entonces viene lo anolenguarectal y saco la lengua y vuelvo a entrarla y la muevo circularmente por el esfínter y la conduzco por el camino preciso hacia la vagina y subo y me detengo en el peneatrofiadoclitoral y lo succiono y *miss* Ramírez grita de placer y odio a la vez y muevo la lengua rápido en sentido horizontal y luego en sentido vertical y trato de que mis labios impidan los pelos públicos entrar en mi boca y pongo piquito de trompetista con embocadura ágil dinámica y sigo el movimiento y *miss* Ramírez se quiebra en dos y abre las piernas hasta donde le es posible y las levanta alto muy alto y sus miembros inferiores desean tocar el techo del motel con la punta de los pies y luego los asienta en mis espaldas y me la frota y siento como si un motor de hule friccionara mis omóplatos a 96 millas por hora que vendría a ser la misma rapidez con que mi lengua electrónica se desliza por su clítoris buscando afanosa un clímax un cosmos un hijo de Manhattan una venida una corrida de película y por eso la sigo moviendo vertical horizontal hacia arriba y hacia abajo penetrando con ella en la sensación salobre lubricada de su vagina y *miss* Ramírez entonces se despotrica y comienza a saltar con los glúteos nalgas arriba y abajo y la maestra sigue con su mismo trabajo ¡carajo *miss* Ramírez como se mueve usted! y mi lengua subiendo otra vez y luego bajando todo todo hacia el ano y chupadera de ano y mis dientes mordiendo los glúteos-bisteques de *miss* Ramírez y el esfínter y la cena desayuno de anoche habichuelitas negras neutras diferidas y vuelvo a bajar la lengua y *miss* Ramírez lejos de la educación consular lanza un co-co-co-co-cooooooooooooooooooooo-co-co-coñññññooooooooooooooooo y ¡Dios mío! se queda inerte como muerta con los ojos vidriosos y me dice calladamente susceptiblemente cosquillosamente que es como hablar y no hablar y decir y no decir: ¡qué bien chupa usted, *míster* Pérez! —y cierra los ojos y enciende un

414

cigarrillo a ciegas y aspira una gran bocanada de humo y sigue fumando y calmándose y me pasa la mano por el pecho y me aprieta las tetillas y me lanza un muslo contra mis muslos como diciéndome aquí tiene usted *míster* Pérez este muslo de atleta que se crió en los nuevayores es todo suyo disponga de él como quiera y el hombre suyo es Stewart quien es el seleccionador de los casos políticos del consulado y allegado a la estación de la *CIA* sí ese es su hombre porque por una mamada como la que usted me ha dispensado canta cualquier gallina *míster* Pérez y cualquier vaca y no las chivas, *míster* Pérez porque las chivas chivas son pero ¿podría usted ahora darme una lengüita en la boca, *míster* Pérez, para el calentamiento de los motores? porque así está bien y por mi parte estará todo muy bien para usted, *míster* Pérez, pero su ficha es muy negra: pedreas por aquí y pedreas dondequiera; la casa del sargento Williams apedreada en el 1962 y protestas y piquetes por aquí y por doquier, *míster* Pérez, pero con una lengua chulísima como la que usted tiene, ¿por qué no pone una botica de lenguas, *míster* Pérez? Mamadas a 2.50 y deslizamientos *lengüísticos* que no lingüísticos que no gramaticales a sólo 1.50 y así no tendría que largarse a *New York, míster* Pérez

¿Lo ves, Boris? Todas las mujeres son igualitas hasta que no encuentran un falo y una lengua hechos a su medida son silenciosas calladitas educaditas pero pierden la cabeza las nalgas y lo más importante el hoyo central situado entre sus piernas diciéndolo y cantándolo todo como gallinas cantarinas hijo mío como gorriones que no Edith Piaf y los bajos mundos. ¿Has mamado, hijo mío? Mamar es todo un arte y es necesario saberlo hacer para cuando ya el trozo de carne entre las piernas no sirva para otra cosa que mear mojándonos los zapatos, comenzando su inexorable marcha hacia abajo como el descubrimiento de Newton, ¿sí?; la gravedad, Boris, y todo cayendo cayendo viniéndose abajo, *miss* Ramírez: cuestión de tiempo y no de los moros que debieron quedarse en España, para que sí y sí y sí, así está bien ¿y quién le enseñó tantas ricuras de oficio, *míster* Pérez? La vida, *miss* Ramírez ¿clisé? La vida y no la de Oscar Lewis, *miss* Ramírez: las mamadas están a la orden del día en nuestro país y ya es un deporte nacional: maricones, lesbianas, tipos normales, todos maman: yo mamo tú mamas él mama nosotros mamamos ustedes maman ellos maman país de mamadores gozones *miss* Ramírez: lengua sana en cuerpo sano aquí, Boris, ¿qué te parece esto? Tiempo ido perdido acudido al rescate del otro tiempo y el pase que te pase, sobre cabezas pañuelos retorcidos aquí mismo un paquete sobre la estructura como un descanso —le dije a Monegal porque nada se puede hacer; insistencia sobre existencia, Monegal. ¿Crees que podría escribir ese cuento, esa narración sobre los tiempos perdidos? —pero él no contestó, Boris; simplemente me miró y su mirada se deslizó e hizo un recorrido circular al bar donde nos encontrábamos y luego se detuvo en la mujer sentada frente a nosotros. Ratón mirador ese Monegal, Boris. Pero le detuve rápido, diciéndole: pérdida de tiempo, mi amigo; apunta para otro lado, no hacia mí, porque ese cuento no lo escribo ni que me lo ordene Bosch, ¿oíste? ¡Es el hundimiento de los mitos, Monegal! Pero, ¿sabrá Bosch lo que hizo con su declaración universal del marxismo? ¡Oh, pudo ser una acotación hacia la sorpresa, hacia algo que no estaba escrito en ningún libro: Sí, como el fin de un cansancio político y me cago en todo y todos. Entonces, Boris, ¿lleva la persecución, el aislamiento, la incomprensión de los que rodean al líder a la paranoia? Dejémoslo ahí mismo y pasemos la hoja hacia la lección siguiente: ¡No va el cuento, Monegal! No, han pasado muchas cosas: tal vez si Caamaño no hubiese muerto en *Nizaíto* u Homero Hernández o Amín Abel no hubieran sido asesinados por los matones de Balaguer, se habría podido hacer algo, pero no, el cuento no va. ¿La historia? Es una historia fácil —dice Monegal—: Un hombre sencillo, un excombatiente de abril, se siente ilusionado por el giro que toman los acontecimientos políticos en el país y se hace balaguerista furioso: primero se mete a *socialcristiano* y de ahí salta al *Movimiento Nacional de la Juventud* para caer luego en el reformismo, y es ahí en donde comprende que su vida anterior ha sido un fraude y que Balaguer es lo único grande que ha dado este país: aún más grande que Duarte, que Sánchez, que Báez, que Duvergé, que Luperón, que Lilís, que Horacio Vásquez, que Trujillo, y canta en versos que Balaguer es un Dios omnipresente un Dios omniconstructivo y, al mismo tiempo, un Dios omnimierda un Dios omniazaroso, fundando una praxis *utility for nothing* dentro de las circunstancias tercermundistas. ¿Y cuánto por el cuento? Sólo dos mil quinientos *toletes*. ¿La visa con el hijo de la viuda? Una ricura de fácil y por eso, Boris, hay conciencia de que no es el estado del que hablan los tíos: es otro estado con obreros trabajando y construyendo, Boris, con la razón servida en cucharitas pequeñas: razón pequeña como cabezas de alfileres, Pérez —dijo Monegal—, con las tentaciones de Satanás a Jesús antes del trabajo final y el mundo es tuyo, sólo tienes que desearlo. ¿Acaso no eres un príncipe, Hijo de Dios? Todo se quiebra, Pérez: a Balaguer le esperan tres años más y puedes *hacerte*, aún estás a tiempo de ganarte una fortuna incorporándote al tren del balaguerismo-leninismo, no lo dejes para luego porque ya tienes cuarenta-y-pico-de-años, Pérez: la curvatura hacia el medio siglo: un cuento: sencillo: el hombre, el antiguo luchador, el combatiente de Abril ve la verdad en la cercana frontera de la vejez y entra a la caravana del balaguerismo, atravesando una gama de colores que van desde el rojo sucio del comunismo ateo y disociador, al verde, para así penetrar a-cien-por-hora al rojo puro del reformismo y entonces esa entrada (tu entrada, Pérez) se convierte en estruendosa propaganda específica para Balaguer que te abre los brazos y te refugia en su pecho sin cortapisas. Luego trabajarías en el fortalecimiento del balaguerismo-leninismo, un maldito reformismo que dure para siempre, Pérez, como el *PRI* en México, porque Latinoamérica está formada por pueblos que aman el unipartidismo. ¿Quién dijo *dos* como el modelo *yanqui*? Un solo partido: el reformismo-balaguerismo-leninismo: el puro pensamiento vivo de Balaguer: Reformismo + Balaguer + Partido Dominicano + Trujillo = a la misma mierda = a la misma vaina = a la misma cagada, Pérez. Pero no, Boris; ¿O sí? ¿Acepto? La solución sería, tú y tu ropa, tú y tu carro deportivo *Alfa Romeo* o *Jaguar* o *Ferrari* que se convertirían en *baja-bloomers* o *baja-panties*, Boris: tu edad y la cárcel y el *quintopatio* hediondo a viejas y putrefactas cagadas, pero con Caamaño muerto en *Nizaíto* no puede haber cuento porque la lección está dada y requetedada —le dije—, y él contestó (que es casi como decir *contesta*), sí, papá. Podrías adulterar las cosas, Pérez, adornarlas, adobarlas, meter orlas vistosas, reduciendo la historia del hombre-camaleón a la de un hombre-común: ¿te saco la máquina de escribir de la casa de empeño, Pérez, la *Olivetti Lettera* 32 que te ayudé a comprar? Es más, hasta podría conseguirte una *IBM* de núcleos intercambiables para que la literatura te salga como recién impresa y justificada y con tipografía *script*, *gothic*, *elite*, *cursive*, *roman*, y que con la diagramación que tú le imprimas alcanzaría figuraciones a lo *Life* o *Time*, amén de que gozarías revolviéndote en pasajes bien *kafkianos*. Pero olvídate de la visa a través del hijo de la viuda, Pérez, que eso es cosa de manos sucias y a ti, a excepción de los asaltos a bancos para *liberar dinero de los tutumpotes*, no te gustan las acciones mafiosas. Sí, Pérez, no te sorprendas, porque la peor de las mafias está en Rusia. Sí, mafia rusa Pérez. Sólo tendrías que incorporarte y obtendrías la famosa visa, esa pequeña mierdería que no es más que una impresión gomígrafa, un simple sellito. ¿Y sabes cómo? Pues, simplemente, te entregarían un papelito, una tarjetita, una señalizacioncita con los ojos: así, Pérez, ¿ves?, un ligero guiño y te sacarían de la fila y te llevarían al segundo piso del consulado y te sentarían cómodamente en una silla sin tener que acostarte con la *miss Ramírez* y chuparle el *totico* y tomarían tu pasaporte y te dirían *espere un momento míster Pérez* y desaparecerían y tú te quedarías mirando las paredes y las puertas que se abren y cierran y las muchachas sonrientes porque tú estás sentado en esa silla y tu pasaporte está *adentro* desde donde saldrá con un sello que dice: *four years B-1* o *B-2* y si presionas a la mafia hasta tu residencia te entregarían rápidamente y tu tarjeta que te la otorgan en el aeropuerto *Kennedy* porque todo es cuestión de mafia Pérez y lograrías comenzar con la *IBM* el cuento, sólo un cuentito, que saldría publicado en la gaceta literaria del *New York Times* y se convertiría en el inicio del enrolamiento de escritores famosos a la causa balaguerista porque al Dios-Balaguer sólo le ha faltado eso: la compra de buenos escritores capaces de estructurar el movimiento *Artistas a favor de Balaguer* donde escritores y pintores se lancen a producir obras y cuadros enaltecedores de la gran fuerza constructiva del hijo predilecto de *Navarrete* e integrando toda la producción a las bienales de Bellas Artes sin fallar, porque recuerda, Pérez, que nunca las bienales han presentado nada a favor del hombre solitario de la avenida *Máximo Gómez 25*. Los titulares dirían que expolítico escritor entra al reformismo ¿y qué, Pérez?, sería un hermoso titular comprado porque ¿qué? ¿Los periodistas? ¡Ah, Pérez!, la mayoría de los periodistas tiene casas, sí, casas donadas por el *Príncipe de Nava-*

rrete por el Dios de los silencios que también les presta dinero a través del Banco de Reservas, haciéndole honor a las *payolas*. ¿Acaso no oyes los anuncios del *CEA*, del *Seguro Social*, de *Obras Públicas*, del *Inespre*, de las *Fuerzas Armadas*, de la *Presidencia*, de *La Tabacalera*, de *La Lotería*, en los programas de los periodistas? Sí, Pérez, la mayoría de los periodistas + programas radiales o televisivos + columnistas = a payola = a hablar bien del gobierno aunque a veces es necesario a hablar mal para que luego se crea lo bueno que se diga como una cuestión de poner en la balanza lo bueno con lo malo y debe pesar siempre lo bueno de Balaguer sobre lo malo de Balaguer para entronizarlo por muchos años más. Pero para eso se necesitan escritores, escritores como tú. Y respóndeme esta pregunta, Pérez: ¿cuántos escritores tiene *El Doctor* a su lado? Tiene a un Font Bernard, al que, sin conocerle una vasta obra, tiene el valor de practicar un anecdotismo-leninismo que divierte a todos. Y tiene otros que lucen cansados porque les falta la chispa que inyecta el romanticismo que a ti te sobra. Además, ¿quién podría hacerse cargo de la propaganda mejor que tú, Pérez? Recuerda que Pérez Reyes (con un Pérez diferente al tuyo) es el único que aletea con su discurso del *eclecticismo-balaguerismo* y se pudrirá en dinero si se le deja solo. Parte de ese dinero podría ser tuyo si te decides a entrar al reino del balaguerismo... ¡Ese podría ser el futuro de tus hijos! ¿No te imaginas a Boris conduciendo un carro de lujo a mil-por-hora por el *Malecón*? Nada, que no, Monegal; no escribiré el cuento. Escríbelo tú —le digo, que es igual a decirle que no y entonces se fue de mi lado y no me jodió más—. Se largó al infierno con sus tentaciones, Boris, y así continuó lo mismo, la rutina de siempre y *miss* Ramírez dándome todas las señales del consulado pero falta algo, Boris: el tal Stewart, quien según *miss* Ramírez cuenta con un doctorado filosófico en ciencias políticas y se las sabe todas aunque se hace el pendejo diciendo *que él no comprender* y le echa la culpa de todo a los demás: ese es su hombre: todo el expediente descansa sobre su escritorio al igual que otros expedientes y, Boris, ya no es asunto de dinero, de los dos mil quinientos pesos para el hijo de la viuda y que el asunto debe ser legal: eso sí, ahora tendré que buscar un argumento que no deberá pasar de tres niveles: político, económico y ontológico; nada de filosofía, Beto Pérez, ¿oíste? deja la filosofía para cuando, eclécticamente, tengas que argüir cosas sobre la obra de Balaguer: los escritores con Balaguer, ¿sabes? No me explico aún por qué Balaguer no se atrajo la inteligencia hacia él: Trujillo lo hizo; era fácil: premios; una fundación; bienales inmancables; becas; acercamiento hacia la izquierda pensante que no-jode-mucho-la-paciencia como hizo Trujillo, que redujo la fórmula mágica a:

Trujillo + Fello Vidal Fermín Cabral + Peña-Batlle + Logroño + Prats-Ramírez + Ortega-Frier + Marrero Aristy + Bonnelly + Balaguer + Díaz Ordóñez + el resto de los nombres que cubren con sus memorias nuestras calles = a 30 años de dictadura + el aparato militar + el aparato científico y económico + el apoyo yanqui = a ejemplo-de-gobernar-longo-largo-luengo pero Balaguer —no sé— falló, y fallo es = a desconfianza de los de su clase = al pisoteo de los menos pensantes para cubrirse con todo el brillo = a una reducción del brillo futuro histórico = a comemierdería...

Entonces, dice *miss* Ramírez, su hombre es Stewart, vuelvo a repetirle que Stewart. Y al reafirmarme que era Stewart, *Ph D* en ciencias políticas de la *Universidad de Berkeley*, en el Norte de California, donde se juega a la liberalidad y a la comprensión del tercer mundo, pensé en el cuento de Monegal, que podría ser así de simple: una autobiografía disfrazada con imágenes queridas y añoranzas y recuerdos y cosas que te hacen cambiar hacia el reformismo-leninismo-balaguerismo (pero es que, aún, no se aprueba una ontología marxista, le digo a Monegal, ya que todo está planteado pero no aprobado por la falta de algún congreso, de alguna reunión que posibilite mi aceptación). Olvídate de eso, me dice Monegal, Balaguer domina los congresos comunistas a través de la infiltración... ¡olvídate de todo! (ese cuento no podría darse, insisto a Monegal: es el pensamiento la presión que ejercita mi conciencia sobre el yo con la colectividad de frente y mi ideología del yo hacia los otros, pero con el yo primero revestido de individualismo-leninismo como deberá ser el marxismo del Siglo XXI con las divagaciones de Lukács imponiéndose al mezclarse con las de Gramsci sin ruidos tal como pudo imponerse Marcuse sin lograrlo en mayo del 68, ¿y qué hacíamos entonces, Monegal?). Yo en publicidad, dice Monegal como todo un veterano, haciéndome rico y divorciándome varias veces y yéndoseme la vida diluida en comidas cenas desayunos sobre muslos de modelos pariéndome hijos las esposas y cambiando de carro cada dieciocho meses ¿y tú Pérez? (diluirme: *après la revolution*: Abril en el recuerdo con excombatientes volviéndose locos: *el cordonero* del *Conde* con su mirada fija en un tanque del *CEFA* y la herida en la pierna como cicatriz del tiempo sin cordeles ni cordones y los *hombres-rana* apareciendo muertos en los rincones de las ciudades y cada sol y cada luna trayendo más tierra sobre los ataúdes y Balaguer, ¡coño, Balaguer con su sonrisa enigmática de yo-no-fui ni-nunca-seré! ¡Coño!, ¿de verdad, Monegal, me estás pidiendo esto que me pides? Le pregunto): Sí, déjame arrastrarte conmigo, Pérez; déjame tenerte de cómplice en este sepultamiento del recuerdo; déjame sentir que alguien ha seguido mis huellas y se ha incorporado al sistema: No lo niegues: te siento: soy como una tentación perenne, atosigadora, molestosa, ladillezca picando los pliegues y arrugas de tus cojones; y Balaguer afirmándose y mirando el setenta y ocho como se mira la meta del maratón con poco oxígeno en los pulmones. ¡No, Monegal!, deja tus tentaciones para otros: apunta hacia René del Risco o Miguel Alfonseca o Iván García o Rafael Vásquez o Marcio Veloz Maggiolo o Incháustegui Cabral. ¿Verdad, Boris, que hice bien? Porque dígame, *miss* Ramírez, con lengua y sin lengua, ¿no estoy igual de jodido, de *listeishonconsulashion*? Es un cuento simple insiste Monegal: No te llevará mucho escribirlo; deja la novela; ¿quién la publicará? ¿Quién la leerá? Es un solo cuento: los compañeros la publicarán la tirarán desde aviones: *se incorpora al partido antiguo comunista: escritor arrepentido se abraza a Balaguer* y tú sonriente: abrazando a Balaguer abrazando a las *sisters* del *Doctor* a santa Laíta a santa Emma *cruzándote de amor* asido a la causa justa abdicando del marxismo: ¡ah, Pérez!, entonces podrás *picotear* igualas en los departamentos de relaciones públicas del *CEA*, de *Agricultura*, de *Seguros Sociales*, del *Inespre*, de *La Lotería* y se te otorgaría la jefatura de la *Secretaría de Propaganda* del partido; y vendrían las clases, las cátedras: eso es lo que significa propaganda de *propaganda fide* de León XIII para estrujar en las caras y costillas de los aborígenes del mal llamado *Nuevo Mundo* las enseñanzas de Jesús pero no como Jesús lo dijo sino como el papa lo dijo porque, ¡coño!, ¿quién pondrá la otra mejilla al sentir el golpe en sus carnes? ¡Que me responda alguien! ¿Quién, coño, lo hará?

y esto es lo que hay que decir: la compra de periodistas: la compra de informadores la compra de los demás escritores: todo con Balaguer al fondo en fotografía familiar y el setenta y ocho sería un *fly* al *infield* sin nadie en base con un *rolling* flojo al *pitcher* Marichal lanzando contra Pedro Borbón: la riqueza: tus hijos por el camino decoroso de la clase media (primero) y (luego) perteneciendo a la clase alta: *La Bocha* y *Arroyo Hondo* (segundo) y (después) vendrá seguro el *Country Club* sin pasar por la *Casa de España* para no oler los sobacos de los españoles comeindios: Alberto Pérez triunfa: *Mercedes Benz* para él y *Porsche* para su hijo Boris: las carreras de autos de *San Isidro* y Puerto Rico y la pista de todos los países disparadas detrás de Boris: tu hija casada con el hijo de un general: el hombre se levanta bien temprano: mira a su esposa durmiendo sobre la vieja cama mira al techo: telarañas: detritos de ratones: sale al *quintopatio* choca con los cordeles los gallos cantando: la vieja tostando café entra de nuevo a la pieza y tú despiertas a tu mujer y le hablas le cuentas que todo ha terminado que una nueva vida de placeres ha comenzado y ella te mira a los ojos y te pregunta ¿te sientes bien? Y tú le insistes: ¿no estás harta de todo esto? y tu mujer te mira y te responde: ¿qué bicho te ha picado? ¿Te sientes mal? y tú le dices: no, estoy hoy más cuerdo que nunca —y Elena te mira sorprendida y vuelve a preguntarte—: ¿de verdad estás bien? y, entonces, muy agrio, te le enfrentas la encaras: ¡te hice una pregunta, coño!: ¿deseas o no cambiar de vida? —y tu mujer te vuelve a interrogar pero con los ojos y bosteza y se sienta en la cama y se calza las chancletas y se pone de pie y se cubre con la batita zurcida y camina hasta la cocina para prepararte café y desde allí te habla: ¿por qué me preguntas todo eso: que si estoy bien; que si estoy harta de todo?, si lo sabes bien: mi respuesta es tu respuesta: habla tú; yo no hablo; estoy muda: los ratones me comieron la lengua; se me olvidó decírtelo —y entonces sales a la calle y observas todo—: comienzan a derrumbar edificios por la *Avenida Duarte* y ésta se unirá a otras vías a través de pasos rápidos para desde allí salvar las zonas de entaponamientos hacia la *ciudad intramuros* y *Ciudad Nueva* y el hombre sabe que eso se llama *constructivismo-leninismo* que no está en *El Manual* pero que ya ha sido usado desde Babilonia, Grecia y Roma y que no es más que *comemierdismo-leninismo* para deslumbrar para engatusar para evadir la edificación del nuevo hombre y seguir los más recientes pasos: Mussolini Hitler Trujillo Pérez-Jiménez: sí, la nueva ciudad: el constructivismo político como plataforma histórica y así echar al zafacón las esencias humanas la antropología vital el tuétano de lo social lo bueno de lo que verdaderamente permanece en el cerebro humano. El comemierda de Balaguer sólo sigue la huella visible que opaca lo natural: las ruinas romanas las pirámides la muralla china la acrópolis. ¿Historia? ¡No!, prehistoria: la construcción de hoy como historia para mañana: la prehistoria de pasado mañana: ¿Esto, quién hizo esto? Lo hizo Balaguer ¿Y esto? Lo hizo Balaguer: pero los muertos no hacen la historia: los muertos callan para siempre: son bocas cerradas con las moscas por dentro: Eso es, Pérez: tú serás un testigo y alguien que podrías ser tú tiene que escribir la obra de Balaguer ¿Seguimos con el cuento? Entonces, el hombre observa que el presente es la construcción la edificación el monumento la cimentación y se olvida de sus tripas y se sienta en el *Parque Enriquillo* y analiza su vida su futuro y decide si adscribirse o no a la obra de Balaguer pero no, aún se podría inducir al hombre a un tropiezo: se podría introducir un elemento mágico en la nomenclatura de la opción; algo negro, algo esotérico, algo que parezca enviado por los ángeles celestes: el amigo que le habla y lo convence de que nada resultaría tan fácil y cuando está sentado en el parque, el hombre alza la cabeza hacia los árboles y observa la delgada luminosidad del sol filtrándose por entre las ramas y piensa que es el mismo sol que calentó las travesías sobre el Nilo de Cleopatra en su *kebeni* de treinta metros de eslora y veinte remeros para esperar a su Marco Antonio con el recuerdo muy lejano de Julio César y sus ataques de gota; comprende que es el mismo sol que se ocultó a los ojos de Napoleón en Waterloo; el mismo sol que brilló en *Dallas* cuando mataron a Kennedy; el mismo sol amigo de los dinosaurios y mastodontes; el mismo sol amigo de las hermanas Mirabal al ser asesinadas; el mismo sol ahora filtrándose por entre las ramas y calentando sus sesos en aquella mañana de tentación: entonces la voz de Rodríguez, el viejo amigo, hiere sus tímpanos y Rodríguez le habla y le dice que ven vamos a dar una vuelta por ahí y se lo lleva a comer y luego, en la noche, le convida a bailar con sus esposas y el *rock`n roll La discotheque* y las luces los tragos y las palabras de Rodríguez convencen al hombre de que

423

debe comenzar a trabajar y lo lleva como su asistente creativo en las relaciones públicas del *CEA* y desde allí comienza a entrever la posibilidad del cambio y nada de ontologizaciones lukacsianas, Pérez; el hombre ha comenzado a importantizar la cuestión del dinero y descubre que la revolución no está al doblar de la esquina y que ha conseguido la visa y que puede viajar y que comienza a escribir y a señalar las cosas buenas del balaguerismo-leninismo y lo nombran director del departamento de relaciones públicas y se lo llevan para el partido y conversa con los generales y consigue una contrata y el hombre, aturdido una mañana por el cambio de 180 grados que ha trazado en su vida, llora de felicidad y alegría: es el día en que Balaguer lo recibirá y le impondrá la condecoración de Duarte, Sánchez, Mella, Luperón y Trujillo en el grado de Gran Almirante de las flotas invencibles del Caribe respetadas por Drake por Cofresí y Sir Winston Churchill con su botella de whisky tempranera. ¿Verdad que todo es hermoso, Pérez? Buen tema. Tú lo podrías escribir de película en tecnicolor, amigo. ¿Te animas? Pero, ¿qué pasaría, Boris, con la venta de la conciencia? Mercado de las conciencias: conciencias podridas a dos por chele: conciencias semi podridas a centavo: conciencias usadas a cinco cheles: conciencias sin uso a diez centavos: ¡ah!, Boris, se acabaría la cuestión intelectiva, el sepultamiento de la episteme: el resorte aristotélico terminaría en el olvido: lo cerebral: la construcción de la moral como foco como Dios como imposición como Moisés bajando del Sinaí con sus piedras con el código, pueblo judío, se acabó la jodedera de paciencia: o cumplen con estas vainas o se los llevará el mismísimo Diablo, ¿me oyeron. ¿Y los griegos, Boris? Códigos: ¿Y los romanos? Códigos: Los códigos han estado a la orden del día: los basamentos: las apoyaturas: el mío mejor que el tuyo Napoleón: Cromwell: Bismarck: Los yanquis: códigos: todo códigos: las conciencias en la parte atrás: la libertad reducida a la oposición dialéctica necesidad versus libertad o viceversa.

Pero ven, Boris, dejemos las piernas de *miss* Ramírez a un lado y las tentaciones de Monegal en el otro y caminemos para disfrutar el día que aún nadie lo está cobrando. Bonito día para matar a alguien, Boris. ¿Qué te parece?

Capítulo XXXII

Piccolo finale

BETO DEJA LA *guagua* en la avenida *Winston Churchill*, justamente donde comienza el *Mirador del Sur* y camina con paso desganado hacia el *restaurantito de China*, lugar de su cita con Stewart. El restaurant en forma de avión, próximo al chino, está vacío. Las 5 de la tarde. Pero aún el sol está allí, cayendo sobre la tarde, abriéndose a la temprana noche a través de un atardecer de películavy vuelan las garzas de las sabanas inhabitadas hacia el Oeste: el instinto las lleva a los árboles que crecen solitarios a orillas del río *Haina*, donde la proximidad del mar impregna de salitre sus nidos. Beto está aterrado de la gente que hace *jogging*: la moda ha entrado de lleno a Santo Domingo y sus ojos brincan de muslo en muslo al contemplar las muchachas en pantaloncitos cortos: es la otra forma de disfrutar la vida con el exhibicionismo como función social y decide sentarse en el largo banco de cemento que se arrastra al borde de la avenida. Algunos muchachos juegan a la pelota al lado del restaurant-avión y otros se deslizan en los nuevos patines que trajo el cine: sí, la moda sigue viniendo desde *Hollywood*, algo que aprovecha la gente bella bajo el sol pero *the outcome is safe, míster Beto*, o *the die es cast,* o *tears are worthless*; pero como quiera el asunto va. Las garzas lejos ya; el *jogging* y los muchachos tirándose la pelota: Marichal frente a Spahn: comienzos del 60; *Homerun* de Mays con uno a bordo: gana Marichal: el destino manifiesto, *míster* Pérez, quien se ha sentado para chuparse la tarde mientras alguien le espera. Al fin, se pone de pie y sigue caminando hacia el Oeste y pasa por el frente del restaurant *Mesón de la Cava* y allí está el letrerito: *Restaurant de China*

425

y luego los letreros que anuncian yoguismo-leninismo y el *hall* común para los apartamentos que Balaguer —porque le sale de los cojones— construye para fomentar la clase media. Beto empuja la puerta, entra al restaurantito y observa con rapidez las mesas y allí, en una de las que ocupan la galería cerrada, está Stewart con una sonrisa *yanqui* inexpresiva, lejos de la sonrisa *hollywoodense* que Beto conoce a través de Gable pero con algo de la cínica dureza de Bogart detrás del humo disoluto del cigarrillo, aunque con un dejo de la amplitud melancólica reflejada en Cooper. Stewart podría ser un caimán con dientes y boca corta dura lejos de expresión y sí la asepsia total en rostro rosado rojo, pero no del comunista de las banderas en la *Plaza de Italia* o de *Les Capucines* frente al *Café La Paix* y la ópera detrás majestuosa donde Beto fregó tazas por no tener con qué pagar el café súper caro. Pero, ¡atención!, que Stewart se levanta del asiento y extiende la mano a Beto que sigue en el limbo rememorando, tal vez, el *informe de la receptoría para el año 1922 (p.6-7), la deuda de la República Dominicana, donde ésta se garantizaba con bonos que se distribuían como sigue:*

Deuda exterior, empréstito de

1908:	$6,563,518.43
1918:	1,538,200.00
1922:	6,698,485.51
Total:	**$14,800,203.94**

Y míster Melvin M. Knight con "Los americanos en Santo Domingo", bien de verdad, y la mano, la mano de Stewart sin empréstitos hacia Beto (¿seguro que no, *míster* Stewart, nada de empréstitos?); que después necesitaríamos otro Trujillo para pagarlo todo y prestarle 30 años de historia para volver a la finca; bueno sí, *míster Beto,* pero aquí está la mano y Beto tomando la mano de Stewart, la aprieta ligeramente:

—Siéntese, Pérez. Alegrarme mucho de que venir a *appointment* —y Beto se sienta y mira las pecas de Stewart: el anglosajón clásico: pecas, rubio, nariz respingona, asepsia a flor de piel (¡Ah, sí, fue Rafael Despradel el médico que le habló en *Miracielo,* camino a la playa *de Najayo,* acerca de que la piel blanca, tras cinco años de exposición abusiva al sol, no se salva del cáncer!)—. ¿Cómo estar, Pérez? Día mucho bonito, ¿verdad? ¿Qué desear tomar? —Y Beto mira la cerveza *Presidente* de Stewart casi vacía y el vaso casi vacío y el color rosado de la piel de Stewart y los ojos grises de Stewart—. ¿Querer cerveza? —y Beto Pérez callado, sonriendo imperceptiblemente (¿secreta la sonrisa, Pérez?)—. Todo este sector estar lleno de chinos, Pérez, ¿verdad? —Pero Beto no piensa en chinos ni japoneses, sino en la visa, Stewart. Es en lo único que piensa Pérez—. ¿Qué querer? ¿Cerveza? —Entonces Beto afirma con una ligera inclinación de cabeza y Stewart sonríe y le mira profundamente a los ojos: alguna señal de ablandamiento, ¿quizás?—. Bueno, Pérez, una cerveza para usted y otra cerveza para mí —y Stewart llama a la señora china que sonríe en silencio detrás de un mostrador-cocina-familiar—. ¡Eh, señora! ¡Traer dos cervecitas más!

Beto está ahí: frente a Stewart y recuerda toda la correspondencia, todos los *currículums* acumulados quizás sobre un pesado escritorio que guarda los secretos de los lutos. También evoca Beto los senos de *miss* Ramírez y los ojos de *La Fija* la madrugada en que la conoció, en el *sándwich* que le obsequió aquella segunda vez que asistió al consulado: téngalo, Pérez, lo preparé anoche: huevos-tortilla-cebolla-salsa-de-tomate-pan-de-agua; coma poi favoi, Pére, ¿veidad que tá requetebueno? Traigo siempre mi *sanduchito* grande que me guta de desayuno y comida y lo bajo con aigún refrequito de frambuesa que da sangre, ¿lo sabía, Pére, que ei refreco de frambuesa da sangre?

—Bueno, Pérez, yo querer ser amigo suyo. Usted, visto así, caerme muy bien. Alguien decirme que usted escribir una novela, ¿cierto? —y Beto mira a Stewart. Pero no habla y permanece quieto, quietecito como un repollo recién cosechado en *Constanza* con gotitas de rocío en las hojas exteriores y gusanitos de tierra en las interiores y considera que su corazón debe permanecer cerrado, acorazado, pero no como el de Claudio, en Hamlet, que decidió ablandarse bajo el peso de las circunstancias (*y tú, corazón de acero, tórnate blando como músculo de recién nacido; tal vez así pueda hallar consuelo*)—. Yo poder hablar con gente de *USICA*, Pérez, para que mandar a usted últimas novelas de escritores norteamericanos: Baldwin, Updike, Mailer; ¿Querer, Pérez? —y viene la china con las dos cervezas heladas y Beto contempla la escarcha y remonta sus sesos a la Alaska de Jack London. La china sirve la cerveza y surge Mao y *la pandilla de los cuatro* frente a los ojos de Beto y atraganta sus pensamientos con la teoría de que la cultura constituye un tropiezo fundamental en la revolución proletaria. Sí, la cultura, la misma cultura que ponía a Goebbels nervioso. ¿Cultura? ¡El Bloom de Joyce es cultura y el Paul León con los manuscritos rumbo a Zurich es también cultura! ¡Maldición de cultura!—. ¡Hummm, qué buena cerveza, Pérez! Gustarme más esta cerveza de ustedes que las de mi país. Y como ustedes decir, Pérez: ¡esta prende! ¿Pero, por qué tan callado, Pérez? —Beto no desea hablar y recuerda el testimonio del doctor Coradín, de Hato Mayor, quien dijo haber visto a las tropas norteamericanas *matar simultáneamente a dos hombres, uno de los cuales era un viejo de ochenta años de edad, el cual fue arrastrado, antes de morir, atado a la cola de un caballo. El otro*, según el mismo testimonio del doctor Coradín, *fue muerto porque hizo algunas observaciones que ofendieron al capitán Merkle, de los marines, quien lo condujo a una esquina del pueblo, sacó su revólver y le hizo un disparo en el oído izquierdo*—. Bien, Pérez; aquí estamos usted y yo. Las cartas atrás, Pérez; que ser cosa del pasado, porque ahora abrirse una dimensión mucho nueva para usted —Pero Pérez sigue en lo suyo: repasando ese pasado estacionado mucho más atrás del 65 y que incubó la *Era de Trujillo*, donde los *yanquis* persiguieron periodistas, oradores y conocidos escritores, suprimiendo periódicos y decretando la censura a su antojo, como aquel resabio infernal que acalló un artículo por decir que Enmanuel Kant era alemán... ¡sí, Kant, el filósofo! —Tomar cerveza, Pérez. La tarde invita a tomar cerveza fría —y Stewart señala a los trotadores, allá por la avenida y el mar azul-verde ornamentando el atardecer—. ¿Ver corredores? Eso es vida, Pérez; dominicanos están comenzando a ver lado bueno de la vida y eso es democracia, Pérez, no lo de Fidel Castro —*Qué difícil era encontrar en Cuba (en aquella década del 10), a cualquier precio, terrenos, mientras que en Santo Domingo la parte más rica del país no ha sido roturada, esperando que la mano del agricultor o el dólar del capitalista la hagan producir para beneficio de la humanidad y en particular de los dominicanos*—. Decirme, Pérez, ¿qué ser las masas? Las masas deber ser obedecedoras, Pérez; las masas deber sólo conformarse con pan —*Fabio Fiallo fue acusado de haber violado*

428

en dos puntos la orden ejecutiva No. 385, promulgada el 15 de enero de 1920, y publicada en la Gaceta Oficial seis días más tarde. Esta orden había abolido virtualmente la censura a la prensa; pero prohibía, de una manera vaga, la exposición de doctrinas "tendientes" a iniciar a las masas al "descontento, al desorden y a la revolución"—. Hablar, por favor, Pérez; esto no ser monólogo —Hamlet: Cleopatra: Macbeth, Shakespeare—. Todo ser muy sencillo para usted. No ser nada lesivo, Pérez; nuestra nación comprende bien a hombres como usted —*Una patrulla que regresaba de Villa Duarte en la noche del 28 de octubre de 1916, se detuvo para interrogar a Félix M. Cuevas, dueño del café Polo Norte, quien se encontraba cerrando su establecimiento. Contaba sesenta y un años de edad, era sordo, no comprendía el idioma inglés ni oía aun cuando le gritaran. Los marines acribillaron a Cuevas a balazos y a bayonetazos y mataron a un hombre llamado Ruiz que había salido a la puerta para ver lo que pasaba; después abrieron fuego contra todo el vecindario. Los marines declararon más tarde que alguien había hecho un disparo contra ellos. Una de las balas que dispararon mató a un niño que estaba comiendo en una casa cercana, de paredes de madera, y otra hirió a una sirvienta* —¿Querer otra cerveza, Pérez? —Beto mira a Stewart apurando las últimas gotas de su vaso de cerveza y no responde. ¿Para qué responder? ¿Para qué deshacer en vericuetos tediosos, en bifurcaciones inútiles, una cita a la que ha asistido tan sólo para hablar de la visa y, desgraciadamente, conocer su costo? Sin embargo, Beto sabe que Stewart, al igual que él, está consciente del objetivo de aquella reunión.

—¿No querer cerveza? —insiste Stewart, mirando a Beto de soslayo.

—No, no deseo cerveza —responde con aspereza Beto, comprendiendo que, posiblemente, Stewart podría estar haciendo un círculo para encerrarlo, finalmente, en un ruedo entrampado. Aunque razona que, a lo mejor, el cónsul gringo necesitaba calentar sus sesos con alcohol para llegar a ese punto oscuro donde principian las zancadillas, las estafas, los trueques malignos y que para Beto no revestía tanto ajetreo, porque para él los inicios no eran más que caminos enlodados, movedizos, al igual que la propia historia dominicana y sólo bastaba dar ese primer paso, que siempre comenzaba en la mente, para principiar algo. Así, mientras Stewart pedía otra cerveza y la apuraba de dos o tres largos sorbos, desfiló por su mente una vaga teoría del *inicio*, de lo que podría ser la apertura de un conversatorio sobre trampas y zancadillas: *había una vez un reino perdido en la helada altiplanicie mayor de la Antártida y las focas que lo poblaban dividían sus ocupaciones entre picarse unas a otras y, de vez en cuando, pisar hasta el tuétano el conducto final de las tripas para procurarse la reproducción*; o *érase un maligno rey que obligaba a sus súbditos a caminar desnudos por las calles so pena (para los varones) de erecccionar los falos al ver pasar las mejores hembras frente a sus ojos*; o, ¿por qué no?, *existió hace mucho en un tiempo que no era et lacrimae prosunt; lacrimis adamanta movebis; fac madidas videat, si potes, illa genas; si lacrimae (neque enim veniunt in tempore semper). Deficient uncta lumina tange manu. ¿Quis sapiens* todo lo que necesitan saber en el tiempo que era, coño? Pero Stewart, con el color de su rostro subido a un tono rojizo por el efecto de las cervezas, dijo resuelto:

—Su último *currículum*, Pérez, ¿creer usted que estar completo? Yo creer que no estarlo. Pero eso no importar ya para nada; ahora usted y yo estar sentados aquí, Pérez. Bonito atardecer desde aquí: allá el mar y gente trotando; clase media estar muy fortaleciéndose. Ser todo lo que necesitar país de usted, Pérez: clase media fuerte. Donde haber clase media fuerte revolución comunista no progresar. Lo malo ser mucho proletariado y mucha hambre a orillas de ciudad; con clase media mantenerse producción y tecnificación echar hacia adelante; clase media hacer fuerte mí país y a Suecia, a Alemania, a Francia. Clase pensante saliendo de abajo ser la terrible, Pérez. En su correspondencia usted alejarse de ese concepto por conveniencia, ¿verdad? Caldo de cultivo comunista ser hambre —y Pérez sigue oyendo a Stewart, observando de vez en cuando a la señora china recostada del mostrador de la cocina, con la nevera al fondo y las lamparitas chinas moviéndose por la brisa proveniente del mar que entra en línea directa, recta, sin apartase de su objetivo: las lamparitas, pero antes las olas, dos kilómetros abajo, rompiéndose contra las rocas duras frente a los edificios construidos por Trujillo para montar su fracasada *Feria de la Paz y Confraternidad del Mundo Libre*, y deambulando entre los carros, entre los trotadores, entre la importación nacional de estilos de vida, entre la *dolce far niente dolce vita* Ovidio visto desde la importancia de ser formal o de ser burgués o de ser clase-media pero la ciudad en el atardecer de hoy el amanecer de ayer en su despertar con los canillitas con el bocadillo tras-nochado de *La Fija* frente al consulado pudriéndose junto a sus carnes rumbo a la morgue del *Darío Contreras* (¿vendrían desde *Niu Yol* sus familiares?) ¡Ah! los huesos requeterrotos o *rompidos* como dijo el niño de gramática incomprendido y que no hay yeso y total que se queda el hueso roto y se mal-forma-para-siempre mientras sí se saca el auto nue-vo y los importadores argumentan que las aduanas dejarían de ganar ¡ah! sí tantos millones de pesos por concepto de aranceles y los dólares que se obtienen en el mercado paralelo por estar al lado por paralelo de ser paralelo por paralelo de tener el mismo poder paralelo por paralelo de hacer lo que le venga coño en ganas porque ya nada importa sí nada importa incluyendo la llegada de los familiares de *La Fija* de *Niu Yol* y Stewart vuelve a aflojar la lengua y habla—: ¿Pensar en Nicaragua, Pérez? A lo mejor pensar usted que Nicaragua ser buena noticia para movimientos comunistas. Pero no, Pérez. Nada ser buena noticia para movimientos comunistas; comunismo tener mayor enemigo en Unión Soviética, Pérez. ¿Qué ser comunismo hoy? ¿Rusia? —Y Stewart ríe estruendosamente, como un muñeco con mucha cuerda—. Pérez, *hip-pismo* nuestro ser más revolucionario que comunismo soviético —y la ruidosa risa aumenta y el centro del rostro de Stewart se abre como una puerta de caja fuerte y Pérez observa las muelas empastadas del gringo y le emergen las lecturas de Vance Packard criticando la publicidad en un lado del cerebro (que podría ser el izquierdo) y deduce que el den-tista de Stewart (por todo el trabajo dental que observa en la boca del gringo) debió rendir un magnífico informe sobre su cliente al archivo central computarizado de Washington. Pero mientras Pérez infiere so-bre los empastes, Stewart sigue arremetiendo—. El eurocomunismo comerse al socialismo soviético, Pérez, y Polonia casi estar saliéndose de eje ruso. ¡Mire, Pérez —y Stewart señala hacia un grupo de trotado-res—, como clase media dominicana disfrutar de democracia! ¡Mírelos! Ellos ir ya a supermercado y comprar últimos artículos de alta tecnolo-gía que capitalismo fabricar para sus seguidores y que publicidad decir que son buenos. Usted nunca querer entrar al mundo publicitario y esa ser su vocación natural, Pérez. Ya usted no tener mucho futuro porque usted pasar de cuarenta años —entonces Stewart echa su silla hacia atrás, cierra los ojos y sonríe, cruzando sus manos por detrás de la nuca y, cuando vuelve a abrir los ojos, eructa y mira fijamente a Pérez, quien le sostiene la mirada desafiante—. ¿Querer picar algo, Pérez? *Egg rolls* ser mucho buenos aquí.

Pérez vuelve la cabeza hacia el *Mirador Sur* y observa una mujer gorda que trota metida hasta la nariz en un sudador empapado. A través de ella, Pérez piensa en Isabel y en el tema de las dietas, en las proteínas, en las grasas, en las vitaminas que la D que la A que la C que la F que la B que la pura mierda y más allá de Isabel, Pérez lleva su mente hacia la carta enviada a Stewart que lo ha conducido a este callejón donde debe estar soportando la lata del cónsul gringo. Sí, Pérez, esto es un callejón donde la salida debes encontrarla en tus propias manos y así abrirte hacia la infinitud de un horizonte que es refugio de los entrampados. Porque, pregúntate Pérez, ¿no queda al otro lado de esa puerta la sombra, el desperdicio de toda una vida, las amarguras del pasado, mientras que en este otro (justo donde Stewart ríe frente a ti y pide los *egg rolls*) brillan los bordes metálicos de las monedas y se asegura el futuro de tus hijos aunque, es justo decirlo, existan sensibles pérdidas de la conciencia, sobre todo de esa conciencia a la que te has aferrado como una lapa en el precipicio? ¿Podría decirse, así, que cualquier pérdida afecta la maldita conciencia? Pero, ¿acaso no están a la venta, ya, las conciencias de los hombres? Porque ese es, justamente, uno de los patrones *yanquis*: cada conciencia con su precio, el cine lo dice en cada metro de celuloide y la mitificación del perdón (un perdón alto y espigado que roza el sol con los dedos) no es más que basura para conformarse. Sí, el perdón tocando a la puerta de la frontera, de la orilla, del margen, del sinsabor de la estancia en un limbo apolítico amoral anormal asexual que principió allá en los frenéticos años 20 cuando *las compañías madereras extranjeras dominaban un área de terreno mayor que la que posee actualmente la industria azucarera estatal y la cantidad más grande de la mejor caoba del mundo que se encontraba en República Dominicana era saqueada, en 1926, por la compañía norteamericana Orme Mahogany Company, anunciando que tenía concesiones sobre cerca de medio millón de acres de terreno, al igual que la empresa Enriquillo, que decía tener*

derechos sobre entre 400,000 y 500,000 acres en la parte suroeste del país
y donde los gringos, en sus proyectos anexionistas nos mencionaban como
un protectorado.

—¡Eh, venir por favor! —Llama Stewart a la señora china—. Traer
egg rolls, please.

La Barahona Wood Company, una empresa subsidiaria de la Bassick-
Alemite Corporation, propiedad, a su vez, de la Stewart-Warner Speedo-
meter Corporation (y que era administrada por un antiguo empleado del
gobierno militar yanqui), producía roldanas para muebles de lignum vitae
(guayacán) y sólo empleaba para exportar las trozas más grandes de dicha
madera para ser utilizadas en la fabricación de las chumaceras para las
hélices de buques, así como bolas, etc. En 1926 se suscitó una acalorada
controversia acerca de los usos de los árboles más pequeños de guayacán,
alegándose que al derribarlos se devastaban los bosques— ¿Por qué no
hablarme, Pérez? Decir algo, *please*—. *H.P. Krippene* (un norteamericano), *instaló en Puerto Plata, en 1923, un pequeño molino de trigo con la*
esperanza de estimular el cultivo de la mejor calidad de esa planta. Hasta
ahora, Krippene ha importado el trigo de los Estados Unidos y Canadá sin
pagar derechos, pudiendo competir su harina ventajosamente con las demás
procesadas en el país, las cuales sí están sujetas a pagar impuestos. Cada vez
que se suscita el caso de establecer un derecho sobre las importaciones de
H.P. Krippene, éste se mueve, repartiendo semillas de trigo para dar la im-
presión de que se propone fomentar su cultivo en Santo Domingo—. ¿Qué
decirme, Pérez? —*Dos compañías norteamericanas, la West India Oil*
Standard y la Texas Company, tienen sus oficinas centrales en la capital,
con varias sucursales en el resto del país (año 1926). La primera, la West
India Oil Standard, se instaló en 1909 y la segunda, la Texas Company,
en 1916. Pero hay otras: la Tide Water Oil (que es administrada por una
firma puertorriqueña), la Sun Oil Company's Products, a cargo de la Santo
Domingo Motors Company (italo-americana); la Sinclair Oil Company,
que la representa un grupo italo-dominicano: Ferrecio y Vicini y Cia. La
competencia de las dos primeras firmas (dedicadas a los carburantes) es la
Imperial Oil Company, inglesa y combinada a la Royal Dutch Shell, por
lo que el país, o lo que resta de él, no tiene manera de respirar por cuenta
propia, ¿verdad?—. Bueno, Pérez, ¿por qué no comenzar a hablar, ah?

¿Qué decir en vez de sólo mirarme y pensar? —Stewart baja los brazos y coloca los codos sobre la mesa y las manos próximas a las de Pérez—. Usted querer visa, ¿verdad? Usted querer visa y nosotros desear favor suyo. ¿Comprender? No ser nada extraordinario lo que nosotros querer, Pérez. Ser todo muy sencillo y entonces yo informar de que usted ya no hacer daño a nuestro país. ¿Comprender? —*La verdad parece ser, no obstante, que fuimos concebidos para habitar un espacio dentro del imperialismo y crecimos dentro de los principios de su expansión o, quizá, habiendo sido fundados en el momento del primer periodo expansionista del imperialismo, a la vez que comenzaba la era dura de la colonización, hemos sido siempre un país con la maldita mentalidad de necesitar el abrigo imperialista en cuanto al desarrollo del control sobre las áreas vitales y a la subyugación de ubicarnos, como marranos, dentro de los pueblos inferiores. La historia de nuestro país ha sido, en ese sentido, un registro de esfuerzos y fracasos bajo la sombra del imperialismo, mientras que la historia de los Estados Unidos, desde 1607 a 1890, ha sido la crónica de una frontera en continua expansión*—. Revolución cierta ser la industrialización, Pérez. ¿Saber por qué? Porque el mundo querer industrialización y países pobres quererla también y por eso ser necesario que ustedes ser de los nuestros —*Después de Cuba, extendimos nuestra penetración económica y nuestra presión política sobre otra parte de la América Latina: México, Haití, Santo Domingo, Nicaragua, Honduras, Panamá y las Islas Vírgenes. En el mismo período nos volvimos hacia el Pacífico y entramos en las Islas Hawai, las Filipinas y China. Con la Guerra Mundial sobrevinieron nuestras sorprendentes inversiones en bonos de los Aliados, con préstamos subsecuentes a naciones de Europa que nos han hecho el factor más poderoso en las finanzas del viejo continente. Con el descubrimiento de ricos yacimientos petroleros en el Asia Menor nos hemos interesado en el Cercano Oriente. Aparentemente no hay límite que pueda sernos prefijados, tanto en cuanto a la naturaleza como en la extensión de nuestras futuras inversiones en el extranjero*—. Nosotros no perder Vietnam por norvietnamitas, Pérez; usted estar equivocado cuando decirme cosas feas sobre Vietnam en sus *currículums*. Nosotros perder Vietnam desde frente de batalla interno: los malditos *hippies*, Pérez; ellos ser los causantes del fracaso vietnamita. Por eso decirle a usted que el hippismo fue una transición en cambio humano para futuro. Verdadera revolución del mundo que nosotros ver no ser la del factor inspirado por rusos. Un hombre nuevo avecinarse, Pérez, pero América dar ese nuevo hombre, no los rusos —*Convencionalmente aceptamos que el proceso imperialista es, en esencia, como sigue: 1) Comerciantes y banqueros reconocen la oportunidad de obtener ganancias pecuniarias en ciertas áreas relativamente atrasadas política y económicamente. 2) Su penetración en estas áreas es seguida por peticiones a los Departamentos de Relaciones Exteriores de sus países respectivos. 3) Estas peticiones conducen inmediatamente a las intervenciones militares y la administración política de tales áreas*— ¿Qué decirme, Pérez?

Absorto, sorprendido, estupefacto, pero con una ira subterránea invadiéndolo desde los pies a la cabeza, Pérez, contemplando los últimos fulgores de un sol que se abate cansado sobre la lejana silueta del puerto de Haina, escucha lejana la pregunta de Stewart, casi desvanecida y perdiéndose junto a la luz solar. Entonces siente, por primera vez desde que se sentó frente al cónsul, que tiene que responderle algo, que debe decirle lo equivocado que está y deduce que para eso está el factor que se esconde mucho más allá de lo simplemente humano, mucho más allá de lo expansivo y atractivo que puede aparentar la *ricura yanqui*. Pérez, entonces, observa los ojos profundamente grises de Stewart, resplandecidos por el atardecer, deteniéndose, también, en el encendido enrojecimiento de su faz salpicada de pecas, y entonces miles de pensamientos se agolpan en su cerebro: se aglomeran destellos de disparos en el Abril lejano, gritos ahogados por sangre, brazos agitados en las madrugadas inertes, gemidos de niños hambrientos: todo como tirabuzones girando alrededor de punzantes clavos, de afilados puñales, de electrizantes bastones, de brotadas retinas. Pérez siente que el dolor le brota entre los dientes, por los poros. Siente que el dolor es tan sólo un ramalazo brotando desde el mismo núcleo de la angustia y adivina que carne y alma giran juntas en el carnaval de los desconsuelos. Stewart, al contemplar la mirada perdida, disipada e interiorizada de Pérez, vuelve el rostro hacia el exterior del restaurant y contempla los últimos rayos de luz que vierte el día, y sobre sus ojos rebotan las sombras del crepúsculo. Pérez aprovecha esta circunstancia pequeña, infinitesimal y lanza muy quedo:

—Mire, Stewart... —y Stewart, que aguardaba esa reacción, continúa impertérrito hacia los trotadores y vehículos deslizándose recortados contra el atardecer por la avenida. Stewart observa los contrastes crepusculares, antes de que la oscuridad se lo trague todo, y entonces contempla los vuelos finales del día de las palomas multiplicadas, mientras Pérez repite—: Mire, Stewart —y es cuando Stewart vuelve su mirada hacia Pérez y sus ojos rodean los de éste sin penetrarlos, sin tornarlos duros u hoscos, sino suaves, blandos.

—Sí, Pérez —dice Stewart, al notar el silencio de Pérez.

—Mire, Stewart —repite Pérez, tragando en seco porque la saliva se le ha vuelto espesa, espumosa—, usted está equivocado —pero Stewart sonríe y muestra a Pérez sus enormes dientes, alimentados en su primer año de vida con *Tri-Vi-fluor* y esas otras sustancias que suelen tornarlos, no blancos como los que exhiben los negros de Samaná, sino amarillentos como las brumas mañaneras de Miches, cuando el sol comienza a alzar el vuelo—. Eso no es lo que interesa ahora, Stewart, que esté equivocado o no, porque la historia se hará cargo de todo. Lo que importa ahora es otra cosa...

—¿Qué ser esa *cosa*, Pérez?

—Eso... ¡el favor que desea!

—¡Ah, el favor, Pérez! Ese ser un favor pequeño, ínfimo —*En el 1851 fuimos partícipes en un curioso acuerdo tripartito con Francia y Gran Bretaña para la protección del país contra el imperio de Haití. Pero este acuerdo resultó una farsa, ya que Gran Bretaña mantenía distanciada a Francia con amenazas de ocupar a Haití y los Estados Unidos querían la Bahía de Samaná, en la parte oriental de la isla, para establecer una base naval y la cual no se atrevían a tomar debido a la tenaz oposición de Francia e Inglaterra*—. No asustarse, Pérez, porque favor no ser grande... —los ojos de Pérez, clavados en los del cónsul, cortan las palabras de Stewart—. No preocuparse, Pérez. Lo que querer saber sección política es algo del pasado.

—¿En el *currículum*?

—¡Ah, no, Pérez! *Currículum* estar muy incompleto, eso no ser lo importante.

—¿Qué es, entonces?

—Marzo, Pérez, mes de marzo de año 1970. ¿Recordar? Ese fue un periodo electoral. ¿Recordar? Marzo de año 1970.

Cuando Stewart recalca *marzo de 1970,*en la mente de Pérez surge el coronel Crowley.

—¿Crowley? ¿Es sobre el secuestro de Crowley que desea saber?

Al escuchar las preguntas, el rostro de Stewart se ilumina con una amplia sonrisa y acerca su silla a la de Pérez, que ahora rememora a Carl Sandburg: *Os digo que el pasado es un cubo de cenizas./ Os digo que "ayer" es una palabra que ya no existe, / un sol postrado en el ocaso. /*

Os digo que no hay nada en el mundo; / sólo un océano de mañanas, / un cielo de mañanas. El rostro de Stewart le recuerda al de un papagayo, o no, al de un tiburón con dientes cortando aquí y allá y acullá lo que le recuerda; o no, es al de un gorrión loco por cantar, loco por parecerse a una Edith Piaf en su mejor momento mientras Paris se vuelve una fiesta al estilo Hemingway.

—¡Sí, Pérez! —suelta Stewart sonriente—. ¡Crowley, sí, Crowley! Usted entender rápido.

—¿Qué desea saber de Crowley?

—Del caso Crowley, que no ser lo mismo, Pérez —le corta Stewart—. ¿Saber que Crowley morir?

—¿Lo mataron? —la pregunta de Pérez está llena de una real sorpresa.

—Ah, Pérez, usted querer complicar las cosas. Crowley murió naturalmente; morir de muerte natural, Pérez —entonces Stewart vuelve a llamar a la señora china y ésta acude con los *egg rolls* y los coloca sobre la mesa y Stewart toma los palillos chinos y le sirve dos *egg rolls* a Pérez y luego les vierte salsa agridulce y Pérez sabe que así, agridulce, debe estar su rostro y así, agridulce, se siente la noche que comienza y agridulce también la señora Ono, viuda de John Lennon, con sus gritos frente a los apartamentos Dakota; y agridulce el despacho noticioso por radiofoto de la *UPI* con el mono *De Brazza*, del zoológico *Stanley*, de Vancouver, Canadá, comparado para joder la paciencia con el rostro de Ruhollah Jomeini, Imán de Irán, en una manipulación aposta; y agridulce el sabor que despide por la boca la señora loca a la que tocan un son para que baile con el estómago vacío y agridulce el brillo lejano del mar herido de luz de luna. Stewart come los *egg rolls* y los saborea, manejando a pedir de boca los palillos chinos—. Aprender usar palillos chinos en Vietnam, Pérez. Ser todo un arte. Estos palillos ser extensión de dedos humanos: todo poder tomarse con ellos. Lo que no poder tomarse con ellos entonces tomarse con las manos —y Pérez, viendo a Stewart desplegar sus conocimientos sobre el uso de los palillos chinos, se remonta al invento del tenedor: el perfeccionamiento del agarre para la pre ingestión; el fenómeno que distanciaba el tacto de lo devorado; la frágil palanca de la deglución; el refinamiento en orden progresivo para diferenciarnos a unos de los otros; la casualidad sin casualismo; el hueso, primero; el golpe, después; y luego la rueda, la forma, la imitación como rudimento del arte; el caballito de juguete de Gombrich; las mesas puestas *Dant etiam positis convivia mensis* y Ovidio lanzando sus enseñanzas sobre el comportamiento en los umbrales mismos de esta *era purpureus bacchi cornua pressit amor*—. Todo poder tomarse con palillos chinos, Pérez; todo ser cuestión de querer hacerlo. Pero, ¿por qué usted no comer?

—Trataré —y entonces Pérez toma con las manos uno de los *egg rolls* y lo come y limpia sus dedos con una servilleta de papel y mira a Stewart—. Dígame, *míster* Stewart, ¿qué, sobre Crowley?

—Querer el plan de secuestro, Pérez.

—¡Pero ustedes lo saben todo! ¡Lo supieron todo tan pronto Crowley fue dejado libre!

—Usted no comprenderme, Pérez.

—Sí, Stewart, de verdad, no lo comprendo.

—Tal vez usted no querer comprender, Pérez. Coronel Crowley fue secuestrado y captores exigir algo que conseguir con secuestro. Coronel Crowley ser liberado entonces y todo parecer O.k., Pérez. Pero usted saber que faltar algo.

—¿Algo?

—Sí, Pérez, algo, porque todo obedecer a un plan.

—Era la época, Stewart. Abundaban los secuestros por aquí y por allá: en Europa, en América Latina, en su propio país. El secuestro era una moda, Stewart.

—¡Oh, usted no comprender!

438

—¡Insisto que no comprendo lo que desea, *míster* Stewart!

—Pérez, secuestro del coronel Crowley ser para nosotros acción tan sorpresiva como *Revolución de Abril*. Nosotros saber que plan no salir de ustedes... ¿Comprender?

—¡No, Stewart, no comprendo. ¿Qué insinúa?

—Eso que usted pensar ahora, Pérez. Plan secuestro coronel no salir de ustedes.

—¿Y de dónde cree usted que salió?

—No saber, yo no saber nada y desear saber ideólogo del plan.

—Todo lo que sabía del secuestro lo dije a sus agentes —Pérez bucea en sus recuerdos y penetra la joven noche con sus olores a ramas dormidas, a sudor de trotadores—. ¿No se lo han dicho, Stewart? Usted debe saberlo: lo puse en uno de los últimos *currículums*: lo llevamos a las afueras de la ciudad con los ojos vendados. Dije todo lo que sabía.

—Pero usted saber más, Pérez. Usted ser un pensador; usted no tener temple de peón.

—Lo he sido, Stewart. He sido peón durante casi toda mi vida. Usted se ha equivocado al creer que fui uno de los planeadores del secuestro.

—No, Pérez, no equivocarme.

—Sí, usted y sus jefes se equivocan al conferirme esa importancia. Cuando me interrogaron expliqué todo lo que sabía, que era muy poco. Mi participación la realicé a través de un solo contacto, con nadie más y el nombre de esa persona lo callé y lo callaré. Ya lo dije: usábamos máscaras y nunca nos vimos los rostros. A usted se lo dije en un *currículum*. Es más, recuérdelo, le afirmé en mi correspondencia que esa persona ya no importaba porque ustedes la habían asesinado ocho años antes. Sí, Stewart, la asesinaron como a casi todas las que participaron en el secuestro...

—Pero usted estar vivo, Pérez, y usted participó en ese secuestro.

Pérez siente que los músculos de su garganta aprietan las cuerdas vocales y que la faringe, la laringe, el viejo camino por donde se van los granos de arroz revoltosos, se tornan en ventosas indiscretas que obstruyen las palabras y le sobrevienen enormes deseos de toser, de estornudar, o cuidado si de llorar. Entonces, los ojos de Stewart, como

439

garfios gris oscuros, como ligamentos de acero reflejados en opacos espejos, comienzan a tirabuzonear de nuevo las retinas de Pérez, quien, súbitamente, se yergue y vocea al cónsul:

—¡No tengo nada que decirle! —Reafirmando con más fuerza—: ¡Absolutamente nada!

Y Stewart se pone también de pie y lleva una de sus manos hacia uno de los hombros de Pérez, tratando de calmarlo.

—Sentarse, Pérez —le dice—. Sentarse, *please* —y Pérez, lentamente, vuelve a sentarse y Stewart también lo hace—. Yo no querer que usted decirme nada, Pérez. Usted querer viajar a mi país y yo querer saber cómo pensar usted. Todo ser sencillo, Pérez. Algún dato perdido es lo que nosotros querer saber. ¿Creer usted que yo desear presionar? No ser yo, Pérez, sino algunas de las agencias dentro de embajada las que querer saber. Ellas averiguar; ellas creer que mafia operar en consulado; que comunistas pagar funcionarios para conseguir visas y residencias; usted debe comprender, Pérez —*En sus instrucciones de fecha 15 de julio de 1869 al Comandante Owen, del buque Seminole, de la armada de los Estados Unidos, el secretario de la marina escribió como sigue: Usted permanecerá en Samaná o en la costa de Santo Domingo mientras el general Babcock esté allí y le dará el apoyo moral de sus cañones*—. ¿Por qué ponerse usted difícil, Pérez? Si usted decirme lo que yo desear no haber nada oscuro. ¿Recordar a *Cuqui*? *Cuqui* decirme cosas, Pérez, y *Cuqui* estar bien ahora. Él estar en *New York* ganando dinero. Usted poder también estar en *New York* ganando mucho dinero —(*En Santo Domingo. Los dos tipos de penetración económica extranjera que debían alcanzar mayor importancia en la década que siguió a 1870 fueron, primero, empréstitos al Gobierno a altos tipos de interés, garantizados por hipotecas de diferentes clases sobre las riquezas del país; segundo, las plantaciones de caña de azúcar*)—. Caso Crowley no traer más muertes ya, Pérez. Lo que querer saber es la esencia misma de plan. Yo saber que usted conocer todo, Pérez, y yo no querer que usted incomodarse con pregunta. Yo no engañarlo —*De conformidad con el acuerdo del 1 de mayo de 1869, Hartmont y Compañía debían levantar L420,000 por las ventas de bonos (L320,000 para el Gobierno Dominicano y L100,000 para la Hartmont y Compañía), o sea, alrededor de medio millón de dólares como comisión para la* *compañía, a cambios de libras esterlinas por dólares de la época. Hartmont comenzó a descontar su comisión desde el principio. Consiguió que el empréstito fuera incluido en la lista del London Stock Exchange (la bolsa de Acciones de Londres) por medio de un fraude: vendió la mayor parte de los bonos después que el Gobierno hubo cancelado el acuerdo por causas justificadas (por incumplimiento de las cláusulas del convenio) e hizo mal uso de la mayor parte de la suma neta obtenida, la cual alcanzó a L372,009.15 s.l.d. Parte de este dinero fue pagado a tenedores de bonos como interés sobre dinero que nunca recibió Santo Domingo, para mantener el mercado firme hasta que la emisión fuera vendida y una parte fue reclamada por el propio Hartmont por alegados perjuicios a sus concesiones. Por todo, el Gobierno Dominicano recibió unos US$190,000, y se le exigió que devolviera cerca de US$4,000.000, con interés al 6 por ciento. El precio de los bonos cayó tan pronto como cesó el pago de intereses del capital—.* ¿Por qué tener que engañar a usted, Pérez? —y Pérez, así, cree por unos segundos en las palabras de Stewart, pero sólo por unos segundos y echa, ligeramente, la silla plegadiza hacia atrás y cruza las piernas, contemplando el otro *egg roll* sobre el platito y la salsa agridulce en la fuentecita de cerámica con caracteres chinos. Afuera, la incipiente noche trae olores extraños: a humo, a sudores de trotadores, a yerba húmeda, que se mezclan a los sonidos de las bocinas, a ramas vetustas chocando entre sí por el viento, a los estruendosos motores de los autos. Pérez, entonces, mira, observa el movimiento de los labios de Stewart, el brillo que el flúor deja en sus dientes, las pecas amontonadas sobre sus pómulos y nariz, la piel rosada ahora rojiza por la cerveza, el gris-plomo el gris-de-muerte gris-sin-intención de sus ojos y descruza las piernas y se pone de pie y vuelve la cabeza hacia la puerta de salida del restaurantito de China y comprende que la reducción de sus problemas es tan escueta como el razonamiento de Dostoievski sobre Pushkin: *un comienzo simple y ajustado siempre a la intención de alcanzar lo narrado* e intuye, asimismo, que la puerta del propio restaurant podría ser una salida tan escueta y simple como la misma razón de romper los nudos tejidos por los *currículums*. Sí, bastaría tan sólo con decirle escuetamente al maldito gringo:

—¡Adiós, míster Stewart, hasta nunca! —O recurrir a una segunda salida—: Acepto, Stewart. Me convertiré en delator, en espía, en asalariado de la *CIA* y colgaré mi conciencia del pecho para que todos degusten el material de la traición —O apelar a una tercera escapatoria—: ¡Ah, Stewart, ¿qué es lo que ve sobre mi costado sangriento sino a un Cristo de acero clavado en la cruz con sed, con una herida profunda de lanza y agua entre sus costillas y suero y lágrimas saliéndole desparramados y el dolor eterno hollando, vulnerando, lacerando, flagelando, todos los vestigios de reconciliación y perdón, Isabel, porque tú y sólo tú sabías que todo sería una maldita e irreparable pérdida de tiempo-para-siempre, porque el agua y el aceite no se unen (¿los unirías tú, Isabel, Chabela, Belita?) y fue tu insistencia la que me condujo a este callejón sin salida con tres posibles soluciones pero cuál de las tres más desgraciadas y eso fue lo que traté de decirte siempre, Chabela, Isabel, pero no te preocupes, que desde ahora nada ni nadie podrá interponerse entre lo que viene y lo que será, ¿lo ve, Stewart? ¿Está contemplando esto que descansa sobre el costado de un Cristo con forma de trueno negro y boca pequeña de gente que no habla por hablar sino para vomitar el fuego comprimido de todos los fuegos; el fuego azaroso de todos los engaños e intervenciones *a priori* desde el 1823 con un James Monroe cagándose en los fundamentos de los mangoneos europeos para tragarnos enteritos a nosotros los andrajosos latinoamericanos desprovistos de protección y abrigo? ¡Dígame, coño, Stewart, sí, dígame: ¿cuál salida prefiere? ¿Que me marche para siempre, que me convierta en delator, o esta presunción indómita que vomita el fuego de la emancipación?

—¡Eh, Pérez! ¿Qué hacer usted? ¡Estar loco, Pérez! ¡Guardar pistola!

—¡Dígame, *míster* ñema rosada, *míster* procónsul, *míster* sueño americano!: ¿no prefiere esta salida que vomita el fuego redentor de la venganza?

Y cuando Pérez blande entre sus manos la *Browning* negra, la señora china corre hacia él tratando de calmarlo:

—¡Señol, señol, no hacel eso, señol! —pero en vano, porque el vómito de fuego brotó contra el pecho de Stewart una, dos, tres, cuatro, cinco, seis veces, repercutiendo el sonido de los disparos en la naciente noche y rebotando sus ecos entre los brocales y árboles, para luego deshacerse sobre la tibia brisa. Los ojos rasgados de la señora china, ahora inundados de lágrimas, se agrandan y desorbitan cuando la *Browning* negra, tomando el giro que sellan los destinos malditos, se dirige hacia la sien derecha de Pérez, exclamando su voz una súplica honda:

—¡Oh, señol, bastal ya! ¡Bastal ya de sangle!

Pero ni los chillidos de la señora china ni los de nadie en el mundo pueden evitar ese otro estallido de pólvora que vuela para siempre los sueños y algarabías de una vida. Mientras cae, mientras su vida se esfuma, el pensamiento final de Pérez entrelaza la imagen de un niño que corre presuroso hacia la luz, pronunciando lo que todo infante suele decir cuando tiene miedo:

—¡Madre... abrígame! —y entonces, al desplomarse sobre el cuerpo inerte de Stewart, Pérez siente que el regazo de su madre se abre para cobijarle y sus ojos se van cerrando lenta, lentamente, percibiendo en todo su cuerpo el calor del útero materno.

Capítulo XXXIII

(Encuesta pagada por la USIS, Agencia de Información de los Estados Unidos de América, algunos años después de ocurrida la tragedia en el Restaurant de China. El propósito explícito de la encuesta —según salió a relucir más tarde— era determinar si el señor Alberto Pérez, apodado Beto, dio muerte al cónsul Henry Stewart, tras éste tratar de impedir ser secuestrado, lo que motivó, luego, el suicidio del secuestrador)
¡Ah, Cristojesús, Tú y tu número!

VICENTE:
—A decir verdad, nunca pensé que Beto lograría salir del país. Estaba demasiado obsesionado con el asunto de la visa y todo lo veía desde un punto de vista paranoico. Así, el único viaje que Beto logró concretar en su vida se limitó a la deportación que le hizo el *Consejo de Estado* en 1962. Aunque era un *raro*, él era parte de esta tierra. Sí, de esta tierra, de nosotros, porque reunía todo lo que este país de mierda ha sintetizado en quinientos años de ramalazos: mulato, cobarde, valiente, mujeriego, no-jugador (pero creyente de las cábalas: que la escalera, que el número trece, que echar el primer trago a los espíritus). Sí, yo hubiese apostado, de aparecer alguien que lo hiciera, que Beto jamás saldría del país.

EL HIJO DE LA VIUDA:
—EL hijoeputa de Beto, con su acción comemierda me ha trastornado por completo las conexiones que tenía en el consulado. Ojalá

444

nadie se ponga a decir ahora que todos los que buscamos la visa somos comunistas.

MISS RAMÍREZ:

—**LO** que hizo *míster* Pérez ha causado mucha conmoción a todos, ya que *míster* Stewart fue un gran cónsul. Sin embargo, extrañaré a *míster* Pérez por sus **extraordinarias mamadas y su** boquita de piquito que manejaba como la de un trompetista de *jazz*... tal como si hubiese sido la reencarnación de *Satchmo* en la década de los cuarenta, o como la de Gillespie en los cincuenta. ¡Vaya, qué embocadura súper fuerte para las mamadas sostenedoras de la esencia de la creación tenía *míster* Pérez. Lamentaré siempre que una boca tan formidable y una lengua tan súper dinámica sean hoy festín de los gusanos.

GUZMÁN:

—**CUANDO** Pérez vino a visitarme no mediamos palabras porque ambos percibíamos que nuestros caminos se habían extraviado. Llegó y nos miramos y comprendimos que nada teníamos que decirnos. Él sabía que el *Catorce de Junio* ya era historia réquete frita porque se había comenzado a desmembrar tras la muerte de Manolo y, al transcurrir la *Revolución de Abril*, los que aún permanecíamos en el partido nos desbandamos buscando nuestros destinos. Usted sabe, la mayoría de los que dirigíamos el partido éramos seres orgánicos con compromisos de clase (la economía, por un lado, y los estudios por el otro) y estábamos, por lo tanto, condicionados a buscar otras salidas. De ahí que fuimos muy porosos para asimilar las divisiones que permearon el escenario comunista internacional. Si Manolo hubiese estado vivo, tal vez eso no hubiese ocurrido. Pero al faltar él nos comimos los unos a los otros. Eso siempre pasa cuando se establece una división entre la teoría y la acción. Después de la división algunos de nosotros caminamos en círculos y otros, como Pérez, hacia atrás, y por eso creí, de verdad se lo digo, que su visita se debía a la búsqueda de algún *picoteo*, algo que hoy en día es toda una profesión entre aquellos que viven especulando con el recuerdo de nuestros días felices.

445

JULIA:

—**NO,** no puedo creer, aún, que Pérez se haya ido así tan comemierdamente. Pero, ¿qué cree usted que yo podría decirle respecto a Beto? Nuestras relaciones se limitaron a unos polvos esporádicos en los cuales yo llevaba siempre la mejor parte. Al menos, era yo quien ponía las condiciones y Pérez las cumplía. Sé que nunca me amó. Lo sabía... ¡pero no me importó! Nuestras relaciones estaban marcadas por la eventualidad y la coherencia de las frecuencias. Beto y yo teníamos plena conciencia de lo que hacíamos y nunca esperamos nada del futuro. Creo —y ustedes también deberían creerlo—, que esas relaciones hicieron posible el milagro de que Beto Pérez haya supervivido mucho más tiempo. Y no lo digo por la ayuda que le proporcionaba cada vez que sosteníamos relaciones. No, de ninguna manera. Esto lo digo porque amé a Beto y desde que murió he reconstruido, parte por parte, los buenos y malos momentos que pasamos juntos. Podría decirle, además, que mis horas felices con el sexo como estandarte de ataque las pasé con él. Siempre fuimos creativos a la hora de las jodederas: alguna vez fuimos conejitos perseguidos por un cazador; otra, nos convertimos en esquimales varados en algún iglú perdido; en otras ocasiones nos transformábamos en zanahorias dentro de una ensalada rusa. Pero, ahora (y esto que le voy a decir no debería anotarlo en su maldita libreta), ¿volveremos, coño, a sentir lo que sentíamos con él?

EL POETA SORPRENDIDO:

—¿**QUIÉN** podría decir lo contrario? Pérez era bueno porque reunía, como un atardecer frente al mar, el brillo necesario para ahuyentar las tinieblas; tenía la tibieza vital para penetrar una flor y la sensibilidad precisa para comprender un poema. Recuerdo que muchas veces criticó los fundamentos del proyecto de *La poesía sorprendida* en su columna del periodiquito *1/4*, salvándose de sus andanadas tan sólo Franklin Mieses Burgos, a quien admiraba. A pesar de que Manuel Rueda y los otros nunca lo perdonaron, yo sí, porque Pérez fue siempre un atrevido, un adelantado a su tiempo. Y esto se lo digo ahora que estoy sobrio y que mis piernas no tiemblan por el peso de una borrachera. Sí, Pérez se atrevía a cosas con su pluma que los otros ni pensaban. Pero, oiga, señor gringo, ¿me podría invitar a un trago? Si lo hace, podría contarle cosas maravillosas de Beto Pérez. ¿*What do you think about*?

UN CAMARERO DEL PACO'S:

—**ESE** hombre se sentaba ahí algunas madrugadas a esperar que saliera el sol y luego se largaba. Recuerdo un día que se durmió con la bragueta abierta y se le salió el *ripio*. No, no se ría. Lo peor de todo fue que se le paró y todo el mundo se burló de él. Aunque reí mucho, luego me apené, ¿sabe por qué? Porque si el tal Pérez tenía unos pesitos en los bolsillos, siempre los repartía entre los *cueritos buscavidas* que pululan por aquí en horas de la madrugada, así como entre nosotros, los camareros. Ese tipo tenía un buen corazón. ¿Y esta entrevista, saldrá por la prensa?

PEDRO *LA MOA*:

—**BETO** siempre fue un pequeñoburgués y esa ha sido la desgracia de este país, la maldita pequeña burguesía, que siempre ha tenido el asunto pensante en sus manos y así no se puede hacer la revolución. Usted me dirá que, O.k., Fidel fue un pequeñoburgués y también lo fue el *Che* y Lenin y Trotsky y los demás, pero, ¡coño!, esos ejemplos no pueden aplicarse a todas las categorías históricas. ¿Verdad que sí? Mire a Stalin, que fue hijo de un zapatero y se comió a Trotsky y a Hitler. Y es que el líder revolucionario, si tuvo un origen pequeñoburgués, simplemente debe tomar esa procedencia como un ejemplo para edificarse, algo que Beto no hacía, flaqueando constantemente y dejándose atrapar por los *toticos* de las compañeritas. Sin embargo, debo decir que nos hizo algunos trabajos muy buenos. Sin embargo, los trabajos que realizó eran aquellos que estaban emparentados con acciones en que el contexto de la operación conllevaba situaciones burguesas, como el individualismo, por ejemplo. Y sí, eso puede usted anotarlo: Beto era un individualista consumado y una revolución no puede hacerse con individualistas. Ahora veo claro, clarito, que si Beto estuviese vivo se habría convertido en un maldito revisionista.

447

RODRÍGUEZ:

—**LO** jodón de todo fue la idea de Beto Pérez de querer viajar a los Estados Unidos, ya que esos viajes, casi siempre, terminan dolorosamente. Esto se lo digo porque he podido comprobar que todos aquellos que inician preparativos para emigrar a los Estados Unidos u otros destinos, tienen acontecimientos tristes en el seno de sus familias. Mire, la sola idea de irse, de abandonarlo todo, desata circunstancias imprevisibles en quienes la toman, por lo que usted no puede venir a insinuarme que es fácil quemar el historial de una vida para probar suerte en otro lado, algo que es como cambiar el destino... ¡y eso no puede cambiarse, a pesar de tener los dominicanos y caribeños de habla hispana esa condición de tránsfugas que nos viene desde lejos! Porque, ¿sabe usted de dónde nos viene esa manía de querer viajar? ¡Pues de los comemierdas españoles, porque los negros que llevamos en la sangre no vinieron a hacer turismo por aquí, ni, mucho menos, a enriquecerse como lo hicieron los españoles! ¡Es de ahí mismo, pues, que nos vienen las *inventaderas* de viajes. Aunque lloro a veces la partida de Beto, debo confesar que está buenísimo que le pasara lo que le pasó por estar de cometa...

OVIEDO:

—**DESPUÉS** de la *Revolución de Abril*, Pérez y yo nos distanciamos un poco. Debo decirle que era un gran tipo. Es más, Pérez ha sido uno de los más grandes tipos que he tratado. Mi pintura, antes de conocerlo, tenía un trasfondo predominantemente folklórico y él me lo hizo notar exponiéndose a perder mi amistad. *Tu talento está más allá de eso que estás haciendo*, me dijo. Sé que aquello lo expresó a regañadientes, porque me agregó a seguidas que *el talento era lo único que no se vendía en las boticas*. Desde luego, yo le protesté y él me respondió obsequiándome una monografía de Picasso preparada por Pierre Daix y Georges Boudaille, con la colaboración de Joan Rosselet, donde se recoge toda la producción de Picasso entre el 1900 y el 1906. Como usted sabrá, esos fueron los años de formación y prefauvismo de Picasso, así como el periodo que agrupó sus épocas azul y rosa. En ese catálogo que me obsequió Pérez me deleité, asimismo, con las obras donde prefiguró el

448

cubismo antes de crear *Las señoritas de Avignon*. Sin embargo, uno de los obsequios que más agradecí a Pérez fue un librito escrito por René Huyghe, entonces profesor en el *Colegio de Francia*, sobre Cézanne, y algo expresado por este maestro de la pintura universal que me llegó profundamente fue lo siguiente: *El paisaje se refleja, se humaniza y se forja a mí. Me siento coloreado por todos los matices del infinito...; mi cuadro y yo somos uno solo.* ¿Qué le parece? Sí, Pérez vio la facilidad que yo tenía para el dibujo y se encargó, junto a *Fello Cachucha* y *Gamuza* Cestero, de moldear en mi mente conceptos antropológicos, filosóficos y políticos, que requería para ir más allá de las líneas y los colores. Ahora bien, uno de los defectos principales de Pérez y, precisamente, que más me molestaban, era que muchas veces no hacía lo que predicaba, algo que *Gamuza* y yo vivíamos reprochándole. Pero sobre todas las cosas él fue un hombre honrado consigo mismo y, a pesar de todas las fábulas que se crearon sobre él, como esos cuentos e historias acerca de sus fanatismos y aberraciones, son las que siempre se crean alrededor de los personajes que no pasan desapercibidos. Cuando bauticé a su hija Carmen Carolina él no fue a la iglesia, diciéndome que el bautizo lo efectuaba para complacer a la familia de Elena, su esposa. Sin embargo, supe que unos años después atravesó un hondo momento religioso y hasta fue convencido para que realizara un *cursillo de cristiandad*, algo que me negué a creer porque Beto Pérez hizo que dejara de creer en Dios con sus prédicas marxistas-leninistas. Sobre esto último, debo confesarle que la tía favorita de Pérez, Quiquí, que le ayudaba económicamente de vez en cuando, me dijo que, desde pequeño, Pérez solía establecer soliloquios con las paredes y cuando ella le preguntaba que con quién conversaba él le respondía *que con Dios.* ¡Vaya usted a ver quién era ese Beto Pérez, mi compadre! Es indudable que los temperamentos como el de Beto son difíciles de pronosticar, porque nunca responden a un determinado patrón conductual, sobre todo cuando hacen descender sobre ellos los grandes problemas sociales. ¿Qué cuáles problemas? ¡Oh!, los de siempre: el desempleo, la carencia de tierra para los campesinos, la falta de oportunidades para los intelectuales, la ausencia de educación escolar y otros que, con toda seguridad, conocerá usted. Y posiblemente esa fue la razón principal para que Pérez deseara escapar del país. ¿Cree usted que él no me contó cómo lo presionaban ustedes con los malditos *currículums*? Sí, ahora se podría argumentar que nada puede justificar la acción que cometió. Pero, desde luego, para medirla, es preciso tomar en cuenta el atosigamiento y exclusión a que lo sometió su partido, por una parte, y a la maldita presión de ustedes en el consulado, por la otra. ¿No cree usted que también se podría argumentar que su acto obedeció a un supremo acto revolucionario? ¿No lo cree así? Bueno, eso es asunto suyo y, por favor, perdóneme, pero tengo que ir a mi estudio para seguir pintando, porque aunque usted no lo crea, de eso es que yo vivo. ¡Abur!

LA MUCHACHA DEL *CRUCE*:

—¿CÓMO dieron conmigo? Porque a ese tipo sólo lo vi una vez en mi vida y fue la noche que nos presentaron en la calle *El Conde*. Y mire, ríase si quiere, pero ni siquiera hicimos el amor. ¿Que por qué? Pues porque ese Pérez era un tipo bien raro. Bueno, maricón no, sí algo raro… de rareza… porque se reía y hablaba solo y como que se quedaba mirando al vacío de vez en cuando. No, sin nada de drogas. Es más, ni los números raros le gustaban como ese de las *tortillas* y otros experimentos, porque al hablarle de eso fue que se despidió de mí, argumentando algo que debía hacer en su partido (¡eh, no anote eso en la libreta, por favor!). Mire, a mí me gustaba él por su tamaño y su forma de mirar, pero más nada. Era un tipo raro, bien raro, y desde esa noche no lo volví a ver ni creo que él a mí. Y, óigame, rubio, ¿en qué está usted?

ISABEL CHABELA BELITA etc.:

—LA clave de todo lo que desean saber no está en mí, aunque me siento muy culpable de haber ideado el asunto de la primera carta al cónsul. Creo que la clave está en la novela que Beto escribía. Cierto día, hará de eso dos o tres años, me leyó un capítulo. Casi me lo aprendí de memoria porque le pedí que me lo leyera dos o tres veces. ¿Lo desea conocer? ¿Sí? Pues oiga, dice así, más o menos:

El capítulo XXXIV
(De la novela inconclusa de Pérez)

ESTABA BUCEANDO EN su interior y no encontró nada. Absolutamente nada. Sintió náuseas y devolvió el desayuno que había ingerido a (¿cuántas horas atrás?) las ocho de la mañana: regurgitó pedacitos de huevo pasado por agua, grumos de leche cuajada, pan tostado y café amargo. ¿Cuál de estos elementos le habría caído mal? Debió saber —antes de combinar huevo, leche y café— que para bucear profundamente era preciso tener el estómago vacío y también la vejiga. Entonces, debió mear y sacudir los sesos para limpiar la sesera. Porque, ¿de qué vale una sesera sin sesos?

El buceo había comenzado luego del desayuno regurgitado y las pruebas de su pesquisa salieron a la superficie: helas ahí, las pruebas que no conducían absolutamente a nada, sacando a relucir que la prueba podía convertirse en nada, de nadar, de esforzarse, como los políticos que se esfuerzan en la nada para probar nada. De ahí, entonces, que elucubró su teoría sobre La política y la nada, para presentarla en el simposio de causas emergentes que se presentaría en la semana de los tres jueves. Y fue a partir del rechazo de su teoría que había decidido zambullirse cada vez más profundo, saliendo a la superficie con las manos sin nada, vacías. Pero como era muy cabeza dura seguía buceando cada vez más profundo y cada vez que lo hacía salía con menos nada: primero emergió con una pierna menos luego sin la otra y después sin el brazo derecho y más tarde sin el izquierdo. Luego dejó en las profundidades una nalga y después la otra y así fue dejándolo todo: el pene, el pecho izquierdo, el pecho derecho y,

451

por último, el tronco y la cabeza. Todo lo dejó en el fondo hasta salir sin nada por completo. Entonces Jean-Paul terminó el libro y después vinie*ron las palabras: El Ser y La Nada. Nulla nein niente nothing rien natin de natin. Extinción. Desaparición total y la conexión teórica acerca de la involución como un chirriar en el atardecer de las garzas: o sea, el vuelo de los contrarios en oposición al sol. Porque (la verdad hay que decirla) estaba buceando con el libro a sus espaldas y lo único que lo contenía era saber que la salvedad era la nada, un viaje, tal vez el infinito, tal y como le dijo al profesor de matemáticas en el octavo grado, apuntándole una sentencia de Shakespeare referente al Rey Lear o algún fragmento de Macbeth en que se mencionan dos o tres brujas al momento de realizar un encantamiento, o de Sófocles o de Plauto. Fue un apunte rápido y vigoroso; algo que se perdió entre las sombras del aula sin luz, pero que, definitivamente, explicaba algo así como un viaje hacia lo eterno y que, según él, podría servir de título a una serie televisiva donde la escenografía estaría carente de pinturas y telones de fondo. Pero el profesor sacó en conclusión de que nada ni nadie cambiaría el curso de aquella existencia que lucía atada a la premonición de un suicidio...*

—¿Oyó eso, señor gringo? *...a la premonición de un suicidio.* Eso para mí es una clave, no sé si lo será para usted, señor encuestador... ¡pero para mí que sí! ¿Qué opina? Pero el asunto de la novela continúa. ¿Le sigo diciendo?

Las distancias todas son cortas. Todo es cuestión de viajar, de atreverse a hacerlo; sin miedo; sin la noche del ayer entorpeciendo la decisión y los anillos del mañana ligándonos a las circunstancias. El viaje debe ser rápido, atento siempre a las luces cercanas, a las garzas en el atardecer apoyando los poemas. Pero estaba buceando en su interior: hasta el útero; hasta la pregunta primaria del placer paterno, al semen desalojado y a la peregrinación de espermatozoides hacia las trompas y el avistamiento del óvulo para enganchar las dos culturas: como el ayer y el hoy, como el mañana antes del ayer, como la nada y el después del mañana: sí, como la nada. Nada antes y nada después. ¿Por qué la preocupación de lo del después del mañana?

—¿Oyó? Aquí hay otra clave. Importante, sí. Es un asunto de la nada del ayer y de la nada del mañana y que para Beto era la conclusión de un acto sin precedentes, tremendo, como lo que precisamente hizo. ¿Continúo?

Estaba buceando y alargando el buceo para no encontrar nada. Nada infinito salvo la nada. Nada, tienes nombre de mujer y Shakespeare con el buceo finito hacia el corazón del hombre: nada. Romeo buceando en el corazón de Julieta: nada. Antonio buceando en el corazón de Shylock: nada. Macbeth en el corazón de Lady Macbeth: nada. Hamlet buceando en el corazón materno: nada. Los buceos no conducen a nada. Tiempo perdido el buceo. ¿Tienes sueño? ¿Cansado de bucear? Entonces se acostaba y dormía y buceaba en el sueño sin descanso: nada. Sólo el atajo ofrecía el descanso; atajo; cortar camino, representar la prehistoria de los comienzos sin ánimo de ofender a nadie: amigos, enemigos, parientes, el mundo. Sueño atajo misericordia para el buceador sin descanso. Estaba buceando en su interior y no encontró absolutamente nada. Nada de nada. Nulla rien nothing nein natin de natin sin señales ni pelos ni calzoncillos: la soledad, las puertas cerradas, el onto antionto tonto solucionae solution solutionable solustio dant aditum frontis epectavit fransiumi illa facithaec illum stupro sapiens. Pérdida total del tiempo sin recuperaciones

—Pero lo más sorprendente es la clave musical, señor investigador.

Sinfonía. Allegro. Andante. Minué-Scherzo. Allegro. Asunto temático: la soledad explicada en forma tremenda, con ritmo nervioso; las olas modulantes, los puentes, las transiciones tonales; desarrollo secundario temático; la alternabilidad temática: la muerte oponiéndose a la soledad; Beethoven en la recapitulación. Andante: lo temático reflexivo; la muerte como saneamiento de toda la angustia, con alegorías moduladas para caer luego en la nueva recapitulación con amplitud de variaciones. Minué: la moderación; la visa, la solución quimérica a problemas considerados insolubles; el trío compuesto por la partida reflexiva, la lucha por la visa y la vuelta a la nada inicial, al atajo que lo impulsa a dejar de ser él... o la muerte; la coda, la aparatosidad conclusiva, fragmentaria del tema inicial moderado. Allegro Vivace: pensamiento único con un desarrollo conclusivo del tema inicial: la nada como solución del ser-nada y la desaparición. La angustia. Opus 1: la muerte Opus 2: la muerte Opus 3: la muerte Opus 4: sí, la muerte.

—¿Desea que siga?

Pero más allá del buceo, el contorno; ¡ah!, un contorno conciso: el patio con el roble con la muchacha de enfrente alargándosele las piernas y el pubis ampliándose en la base como concha Shell y los precios de los carburantes desgañitando la aldea global; salida del contorno; ensanchamiento de los sueños; el contorno se agiganta la electricidad la aldea global de McLuhan reducida al otear del programa televisivo y nada más allá de la nada. Las ilusiones enganchadas por el cuello sin cartera. Reducción, se dijo para sus adentros: que no hay nada mejor que el segundo ido; que el segundo transcurrido porque es lo único verdadero en el existente adexistentebiexistente subexistente inexistente. El ido es lo perdido, lo sufrido, lo vivido, lo existido: helo ahí, desde luego, y entonces AP se irguió frente a la puerta y oyó para sus adentros las voces del entorno gritadas por los sesos en la sesera: king-size o quizáis la novena o la quinta o la sexta o la séptima o la segunda, no podrían ser escuchadas todas las sinfonías juntas desde el comienzo para que la simúsica (que no es la nomúsica y todas las músicas la música) tronara desde la puerta cerrada que no se abre y AP allí, sólo con el entorno porque el contorno estaba en los tubos del televisor y sólo la sesera king-size sin quizáis con lo subexistente ido perdido sufrido vivido: sí, todas las músicas la música y el fuego brotando con los temas fundamentales de las oposiciones: el amor-el odio la vida-la muerte la pena-la indiferencia (¡ódiame, coño, pero no me ignores!). Todo surgiendo brotando como esqueleto de Arabia brotando de nuevo surgiendo de nuevo emergiendo de nuevo: sólo en la sesera las nueve sinfonías juntas porque todas las músicas la música: entorno sin contorno: los sesos imaginando las imágenes metaforizadas de ver cosas ya vistas o de ver cosas nunca vistas y entonces AP subió las escaleras…

—¡Oiga esto, coño,… es sumamente importante!

Las escaleras allá, terminando en una azotea desnuda, lisa, llana, sin cortapisas, sin nada más que los intentos del zambullidor buceador y AP en el borde, tras dejar las escaleras y la distancia preexistente del segundo pasado. Los pasos uno dos tres cuatro uno dos tres cuatro hasta alcanzar la única cima de sus sueños: la montaña al final de la escalera con el segundo ido vivido preeeeeeeesxistido: allegro con brío ritmo loco de todas las músicas y el lanzamiento del cuerpo al vacío: la caída andante expositiva recapitulante: la moderación scherzo minué: la caída al fondo alegre viva briosa y, ¡cataplún!, moltomorta. La onomatopeya reverberando realimentándose el feedback perpetuo el leitmotiv eterno entre el nacer y el morir.

—¿Lo oyó? Creo que esa es la clave. Él lo tenía todo prefijado desde hacía tiempo y no creo que se deba culpar a nadie de lo que pasó. Desde luego, al llegar hasta mí, la investigación ha adelantado mucho, pero no creo que la encuesta deba continuar. Me parece.

EL CAPITAN FERNÁNDEZ (hoy coronel Fernández, casi listo para colocarse las estrellas de jefe policial):

—**LOS** comunistas siempre tienen salidas espectaculares en sus fracasos. Pérez fue siempre un perdedor y las pruebas están ahí, a la vista de todos: aunque su matrimonio existía, era un verdadero fracaso, todo un *bluf*: a) expulsión del partido donde militaba, aunque él hacía ver a todos dizque que había salido, y b) no podía conseguir trabajo porque lo único que sabía hacer, más o menos bien, era escribir y, aun así, ningún editor se atrevió a publicar ninguna de sus alegadas obras porque nadie las entendía —y cuando digo *nadie* incluyo hasta a sus propios hijos—. Su único triunfo en la vida fue pegar cuernos: se apoyaba en sus genitales para absorber los fracasos. Ese Pérez era una pura carroña.

LA SEÑORA CHINA del *Restaurante de China*:

—**PÉLEZ** nunca habel estado en lestaulán mío. *Mistel* Stual sí y ela muy buen cliente que dejal plopina genelosa y honolable. Pol eso yo no sabel nada de nada soble ese Pélez y, oiga, quelel decil a usté ahola que yo estal espelando visa amelicana.

455

CARMEN CAROLINA PEREZ Peña:

—**PAPÁ** era un tipo fuera de serie. Una vez me dijo que cuando cumpliera los dieciséis años podía acostarme con quien yo quisiera. Casi nunca hablábamos porque el favorito era Boris. Usted sabe, los hombres se ven en sus hijos varones porque creen que los continuarán. Y mire, papá era tan fuera-de-serie que propugnaba por la *impureza de la fe*, y creía en ello porque llevaba la contraria a aquella vigilancia excesiva de Santo Tomás (el dominico, desde luego), infundamentando —aunque no teóricamente— la necesidad de una vuelta a la jungla instintiva. Pero tengo que reconocer que conmigo se equivocó. Él quería que Boris estudiara política, filosofía; pero Boris sólo desea ser un peón en el movimiento revolucionario y desea estudiar humanidades y soy yo a quien le gusta la filosofía y las ciencias políticas. El error de papá fue no creer en su tiempo, algo que, desde luego, continúa una heredad que se vino repitiendo hasta su generación, y la cual estuvo atrapada por los fantasmas decimonónicos, la dictadura, las filosofías decadentes y, para ponerle la tapa al pomo, la revolución cubana y el *Che*. Es esa permanencia del pasado, mezclada a los aprestos posmodernistas, lo que ha hecho sucumbir las esperanzas redentorias del pueblo necesitado, manteniendo vivos los aleteos de una retórica inútil. Pero, sea como sea, estamos asistiendo a la ruptura definitiva de las improvisaciones del pasado y todas las comemierderías que nos han llevado a rastras hacia las estúpidas discusiones teóricas y análisis de pacotilla que nos atascan y asfixian. Pero, anótelo, Alberto Pérez, mi padre, fue parte de un presente que se extingue; un presente que no será pasado tumultuoso, estúpido, como ese pasado que vivimos en este presente. Se lo digo yo, Carmen Carolina Pérez Peña.

BORIS ALBERTO PÉREZ Peña:

—**MUCHOS** amigos y compañeros de partido me felicitan por la acción de papá. Los miro, los escucho y me quedo callado, aunque por dentro sé que esa acción no fue revolucionaria. Lo que hizo obedeció simplemente a un acoso, algo que he deducido —por lo que dijo Vicente en el entierro— se debió a la intensa penetración cultural *yanqui* que papá recibió durante toda su vida, sobre todo la proveniente de ese centro del mal que responde al nombre de *Hollywood*. Como usted sabe, Alberto Pérez, mi padre, comenzó a escribir sobre cine cuando contaba con quince años de edad y a nuestro país sólo llegaban películas provenientes de Estados Unidos y México; sólo de vez en cuando se exhibía en el país uno que otro filme español, francés o italiano. La abundante lectura que caía en manos de papá, más la abundante música norteamericana difundida por las emisoras a partir de los años cincuenta —cuando el *rock'n roll* se hizo popular—, llenó su mente con figuras e imágenes que aproximaban la cultura *yanqui* a una especie de ideal. Recuerde que nuestro país no era lo que usted está viendo ahora. Le estoy hablando de una época en que todo giraba alrededor de Trujillo, del *Jefe*, como todos le llamaban. De ahí a que comparar el modelo norteamericano degustado a través del cine con lo que se vivía aquí era demasiado para una mente tan abierta e instruida como la de papá. Y aunque él no deseaba ni para sí ni para nosotros ese modelo, en su mente se movía constantemente esa cultura. Era la presión de lo que veía servido a través de los filmes de Frank Capra, John Ford, Billy Wilder, Alfred Hitchcock; de la lectura de Dos Passos, London, Faulkner, Hemingway, Steinbeck, Kerouac; de la música de Ellington, Porter, Goodman; de los *comics* donde *Superman*, *Batman*, el *Pato Donald* y *Mickey Mouse*, representaban la reivindicación de las penas y la meta de todas las algarabías. Eso era, por un lado, *míster* Johnson. Por el otro, estaban el cine, la lectura y la música que se anteponían a la que provenía de los Estados Unidos: ahí se encontraban Rossellini, De Sica, Antonioni, Sartre, Celine, Dostoyevski, Gorki, Joyce, Malaparte, Malraux, Camus, Beethoven, Schumann, Chopin, Debussy, Stravinsky y Prokofiev, presionando y convirtiendo su vida en una constante lucha de contrarios. Papá sabía que la cultura del mundo sería arropada miserablemente por vuestra cultura, *míster* Johnson, y eso era lo que le dolía. Comprendió muy temprano que ningún estilo europeo de ropa se impondría a los *jeans*, ni ninguna bebida refrescante a la *Coca-Cola*, así como que otra música sobrepasaría al *rock'n roll*, ni otro rostro femenino lograría descollar por encima del de Marilyn, ni ninguno masculino al de Brando. Eso me lo dejó por escrito en una correspondencia póstuma, *míster* Johnson, y no me la pida porque no se la daré.

457

Lo más odioso de todo fue que papá no pudo valorizar —no sé por qué— las causas que provocaron esa lluvia de creatividad en la sociedad norteamericana. Algo que le faltó investigar a papá fue el asunto de la libertad creativa en vuestro país. Esa formidable armazón que desata en la imaginación del ser humano maravillosas utopías y que es a lo que siempre han apostado ustedes, a pesar de vuestro racismo. Mientras el Caribe se convertía en un trampolín para saltar hacia otras quimeras, Norteamérica ofrecía la oportunidad de la transformación, de la reforma, de la mudanza definitiva del *yo* hacia la ilusión del *hallazgo*. Usted seguro lo sabe, *míster* Johnson, entre nuestros revolucionarios y escritores existe una idea prefijada que se agita constantemente contra todo lo que proviene de los Estados Unidos. Papá quiso cambiar, desde las páginas del *1/4*, esa noción equivocada, pero fue en vano. La cultura es una de las estructuras sociales que menos interesa a los movimientos revolucionarios del tercer mundo, tal vez porque la consideran nimia o superflua; o, tal vez, porque la juzgan como un ramal burgués que rompe con los dictados naturales de la insubordinación, cuando es, precisamente, todo lo contrario. Al pequeñoburgués, *míster* Johnson, se le utiliza en los movimientos revolucionarios para realizar trabajos pensantes donde el odio que se agazapa por su condición de no ser ni suficientemente rico para optar por los lujos burgueses, ni demasiado sincero para considerarse obrero, le hace brotar lo mejor de su intelecto. Desde luego —y más temprano que tarde—, al pequeñoburgués le afloran los vicios de su educación, un defecto que siempre brota como una lepra. A papá se le sometió al aislamiento, al hostigamiento, a la acusación de individualista por el asunto de su creatividad y, por eso, el desenlace tan anárquico, estúpido y colérico que tuvo, no puede ser empalmado ni asociado con nada que no fuera su individualismo, debiendo considerarse ese triste final como el fiel ejemplo de una acción totalmente divorciada de lo que debe ser una noble y consecuente acción redentora. Porque, aun y cuando los principios que sostuvo papá sobre la lealtad de no divulgar ciertos secretos de la causa hayan tenido ribetes más o menos revolucionarios, nada lo exime de haber malgastado, sórdidamente, su existencia, llevándose por delante tan sólo a un miserable hijoeputa *yanqui*.

MONEGAL:

—MUCHAS veces pensé que Beto entraría al mundo de la publicidad, por lo que traté de persuadirlo y fallé. Me sentaba a conversar con él y le miraba a los ojos. Entonces él me devolvía la miraba largamente, dejándome hablar y hablar, para luego lanzarme sus andanadas conocimientos que no me explico cómo los adquiría. Beto estaba al tanto de todo. Era un perfecto autodidacta, pero no al estilo del Antoine Roquentin de Sartre, en *La Náusea*. Era un autodidacta menos disciplinado; un autodidacta alocado que leía todo lo que le caía en las manos y ese es el tipo de gente que hace falta en la publicidad, donde el *input* proviene de diferentes industrias. Lo que no me explico —y nunca me explicaré— es el porqué de su decisión de irse a los Estados Unidos, cuando aquí hubiese podido conseguir más dinero y más fama que en Norteamérica. Beto tenía el talento suficiente para hacerlo, para llegar a ser famoso y rico. Yo —y eso es bueno que lo apunte— no tengo ni la cuarta parte del talento que él poseía. Pero el de Beto fue un talento desperdiciado. Usted se dirá que por qué se desperdició ese talento; que por qué el país no lo utilizó en algo positivo. Pero esas son las cosas de aquí. Damos empleo por amiguismos, por parentescos. Ahí está el caso de los familiares de Trujillo, de los de Balaguer y ahora los de Guzmán. El favoritismo y el nepotismo han sido unas crueles constantes en nuestra historia, señor cónsul. Ahí tiene usted a los familiares de Trujillo haciendo lo que les venía en ganas durante los treinta y un años de la dictadura; y a los de Balaguer, ahora, disfrutando de todas las ventajas del poder: aduanas, exoneraciones, tráfico de influencias. Y ahora sucede igual con algunos familiares y amigos de Guzmán, al igual que como sucedió durante el reinado del clan de Moca, con Mon Cáceres y Horacio Vásquez a la cabeza. Siempre hemos sufrido las consecuencias del desgraciado nepotismo en uno u otro grado, señor cónsul, y es por eso que los talentos genuinos tienden a frustrarse, a desear cambiar de aires. Sí, los talentos de todos los géneros: músicos, científicos, políticos, intelectuales. Beto, tal vez, deseó entrar a la publicidad en algún momento de su vida, en alguna de esas constantes tentaciones a que lo sometí en el lapso de varios años, pero sabía que si entraba se estaría traicionando a sí mismo. Beto me consideraba como un traidor a la causa revolucionaria por haber entrado a este negocio de la publicidad. Y no, no era envidia ni rabia lo que él sentía, tal como sienten muchos por mi triunfo en este campo del trabajo capitalista. Beto era incapaz de sentir envidia por nada. Recuerdo cierto día en que, tras él terminar de hablar en el programa del *Catorce de Junio*, bajamos a la calle *El Conde*, y mirándome a los ojos, me señaló primero el ocaso que se contemplaba por detrás del *Baluarte*, y luego la gran luna que afloraba desde *Villa Duarte*, al comienzo de la calle. Al preguntarle la razón de sus señalamientos, dijo en voz baja, casi imperceptible: *Monegal, mira, ahí está la verdad de Galileo: una verdad explícita, anti esotérica, palpable, tan evidente como la gran verdad que es el derecho a comer. Esa energía, ese poder que nos da el sol, es para repartirlo en partes iguales y la acumulación a favor de unos cuantos de ese inmenso poder es antihumana. Es por eso que esta calle resume la historia de América, Monegal.* ¿Y qué piensa usted que le contesté, señor Cónsul? Pues nada. No le contesté nada. Me quedé contemplando el descenso del sol por un lado y la salida de la luna por el otro, como si tal cosa, mientras él continuó hablándome y hablándome durante el trayecto que nos separaba de *Radio Comercial* (donde se hacía el programa del *Catorce*) y la sede del partido. Pero, ¿ha visto usted *El Conde* a eso de las seis de la tarde en pleno verano, señor cónsul? Verá, si se coloca por esos tramos, la luna emergiendo por el este y el sol metiéndose detrás del *Baluarte*, por el oeste. Y eso lo obtendrá con tan sólo volver la cabeza. Esos fenómenos atraían poderosamente a Beto y es por eso que no creo, como han insinuado muchos periodistas, que Beto trató de secuestrar al cónsul Stewart. ¡Jesús, ni loco pensaría yo algo semejante! Usted puede asegurar en su encuesta que el cónsul Stewart estaba presionando a Beto por algo. ¡Sí, algo le estaría sugiriendo a cambio de la visa o de la residencia! Todos saben que Beto Pérez, ¡O.k.!, estuvo vinculado al caso Crowley, pero es preciso que se le desvincule de una vez por todas a una tentativa de secuestro. Usted lo sabe, yo soy publicitario, y conozco al dedillo cómo se manejan los periódicos. Todo es un asunto de manipulación. Considero que ni al consulado ni a la embajada norteamericanos les conviene que se digan, sospechen, especulen o insinúen datos falsos sobre lo que indujo a Stewart a citar a Beto en el *Restaurant de China*. Usted sabe que eso daría la impresión de que los Estados Unidos condicionan las inmigraciones a cambio de favores, cuando es todo lo contrario. Somos nosotros los que le debemos favores a los Estados Unidos. Fíjese, yo manejo cuentas norteamericanas y por esas cuentas pago corresponsalías: un cinco por ciento en algunos casos y un siete y medio en otros. ¿Y qué oye usted por las mañanas al levantarse y encender la radio o la televisión? O anuncios de rones y cigarrillos, o de *Coca-Cola, Alka Seltzer, Marlboro,* sopas *Campbell,* gomas *Goodyear, Pan American World Airways,* etc. Saque cuenta y verá cómo los anuncios condicionan, no sólo nuestro consumo, sino nuestra forma de vida. La misma emisora en donde oirá los anuncios le disparará después algún disco de los *Beatles,* o de Linda Ronstad con su nuevo éxito, o de Frank Sinatra, o de Cat Stevens. Y si sale de la casa y compra un periódico, leerá lo que pasa en los Estados Unidos, o en un mundo ampliamente comandado por los Estados Unidos; luego llegará a las páginas deportivas y se encontrará con el *béisbol,* con el *básquetbol* y después arribará a los *comics* y ahí continuará la venta de la forma de vida gringa, la cual tiene su clímax en el cine. Por eso no creo en las noticias de un secuestro. Beto estaba sumamente perforado, penetrado, prácticamente rendido a esa emigración. Tras su muerte maduré la idea de que algo sumamente oneroso para Beto debió acontecer en aquella trágica cita. Es por eso que dudo mucho que la acción de Beto Pérez se debiera a un intento de secuestro, porque aunque algunos digan que Beto estaba medio loco, hay cientos de testigos dispuestos a decir que él hizo todo lo posible por obtener la visa por medios legales. Lo que lamento infinitamente es que Beto no se haya decidido a trabajar conmigo, ya que hubiésemos llegado bien lejos, más ahora que el *PRD* está consolidando la democracia representativa en el país y de que el moreno Peña Gómez está como un cañón. ¿Lo sabía usted, señor cónsul? Ando tras la cuenta de *La Tabacalera,* que es —en definitiva— la única cuenta que fortalece las arcas de un publicitario y lo dispara económicamente hacia arriba. Todo como un gran salto dialéctico, pero al revés, *míster* Johnson. ¡Ja, ja, ja!

LA JUNTA DEL *Roxy*:
—**ÉL** estaba medio desquiciado y se le veía, las pocas veces que se le veía, hablando solo al caminar o sonriendo o llorando. Él Podía pasar frente al restaurant *Roxy* a cualquier hora del día o de la noche. La

última vez que lo vi iba conversando con su hijo Boris en dirección al parque.

—**Mire**, señor cónsul, no sé para qué mierda preguntan sobre Pérez. ¿Acaso no sabe que la gasolina está a dos y pico y el arroz va pa'arriba a mil? Este país está de *pinga* y esas cosas, como la que hizo Pérez, tienen que pasar. Pero, en fin, estamos aquí, con esta botellita y el mundo sigue, ¿verdad?

—**Podría** ser que lo que pasó formaba parte de un plan revolucionario. ¿Ah?

—**Definitivamente**, no creo que Pérez fraguara nada en grupo. Ese tipo era terriblemente solitario. En la calle *Espaillat*, cuando pequeños, siempre hacía sus cosas solo. A veces se montaba detrás en los coches tirados por caballos; otras tenía las ubicaciones de las ventanas de las muchachas más lindas de la ciudad *intramuros y Ciudad nueva*. ¿Que para qué?, pues para el *brecheo, ombe*. Mire, a las ocho y media se podía ir a la ventana de Lolita, la rubia; a las nueve a la de Rhina, la novia de un capitán del ejército; a las nueve y treinta a la de la hermana de Julito, uno de los *tígueres* que andaba con nosotros; a las diez a la de la prima de Tico, un joven que murió durante los disturbios de la *Juventud democrática*, y así por el estilo. Pero el éxito del *brecheo* de Pérez fue su descubrimiento de las ventanas de los *bungalows* del hotel *Jaragua*, adonde íbamos a fisgar a las bailarinas del show de las *Winnie Hoveler Dancers*. ¡Ah, qué rubias aquellas! Nos las *pajeamos* a todas cuando se bañaban, cuando se cambiaban los *panties*, cuando se ponían sus toallas sanitarias y cuando se quitaban las mallitas de bailar. Mi masturbación estelar fue contemplando a una pelirroja cuando se ponía un *Kotex* de tiritas. Debo decirle que siempre recordaré a Pérez por ese liderato de las ventanas fichadas, porque, por lo demás, ese tipo era un solitario, un solitario que no me explico cómo llegó a ser revolucionario. Porque, y eso lo debe saber usted mejor que yo, los revolucionarios deben ser tipos desprendidos, gregarios. ¿Verdad?

—**A** mí me simpatizaba ese tipo. Medio loco según decían algunos, pero tenía un buen corazón. ¿Que si repruebo lo que hizo? ¡No hombre!, ¿qué voy a reprobar? En ese consulado lo que hay es una mafia. ¿Quiere un trago?

—**Lo** que yo le censuro a Pérez fue que no debió tirarse solo al cónsul. Debió coger una ametralladora y barrer a otros peores que los *yanquis*. ¡Debió tirarse a Balaguer! ¡Sí señor!

—**Prefiero** no opinar.

—**Loco** de remate.

—¡Ah!, ustedes los gringos, siempre con las jodidas encuestas!

—**Le** digo lo que desea saber si me ayuda a conseguir la visa.

—**Ese** tipo me cayó siempre mal. Era un excéntrico.

—¿**Qué** se podía esperar de un sujeto que golpeaba a su mujer? Y mire, no sólo le pegaba, sino que le ponía los cuernos. ¡Joder!

—**Ese** Pérez ni atendía a sus hijos, ¿qué más le puedo decir?

—**Beto** no encajaba bien en este país de mierda.

JUAN B:

—**MIRE**, en este país, como en todo el mundo, hay gente buena y hay gente mala; es decir, hay héroes y antihéroes, tal y como ustedes nos lo hacen llegar a través del cine y sus malditos muñequitos. Y Beto, don Cónsul, fue un tipo conformado por ustedes y sus *paquitos*, donde los buenos son los que representan esa cultura hiperbólica y perversa, y donde la moda gravita estruendosamente contra los indios o nosotros o contra la *beat generation*. Entonces, ¿qué querían ustedes que hiciera, si lo tenían acorralado contra la pared? Ese fue un material creado y estructurado por ustedes y por los jesuitas del *Loyola*, por nadie más. Y eso, desde luego, se convirtió en un *boomerang*. Nada más.

JOHNNY HAROOTIAN:

—**POBRE** Beto. Su mamá tuvo mucho de culpa por eso que le pasó, porque si no se hubiese casado de nuevo él no se habría lanzado a esa vida tan de *apartheid*. Pero, en fin, tendremos a Beto en un lugar aparte y bien alto en nuestros recuerdos. (¿Podría decirme la hora, señor cónsul?) Cuando Beto escapó del reformatorio yo lo llevé al campo de mi familia, en *Los Cacaos*, cerca de *La Colonia*, en *san Cristóbal*, donde Beto descubrió muchas de las cosas desconocidas pero importantes del país. Recuerdo un día que nos metimos en la mina de oro que había pertenecido a mi abuelo paterno, Jacobo Harootian (que había

463

nacido en Armenia a finales del siglo pasado), y quien luego la tuvo que abandonar cuando Trujillo le preguntó *si había encontrado lo que buscaba*. Pues mientras llovía a cántaros en *Los Cacaos*, Beto me contó que difícilmente se marcharía del país porque ese día había descubierto varios aspectos significantes, tales como la vegetación, las piedras, las necesidades del campesinado, y comenzó a preguntarse muchísimas cosas respecto a lo que había descubierto. Pero, ¿cree usted que llegó a contestarse las interrogantes? ¡Qué va! Después de preguntarse lo que le preocupaba, Beto se sacó el ripio y comenzó a *pajearse* delante de mí. Al cuestionarle que por qué hacía eso, me contestó que le excitaba contemplar el río bajo la lluvia, así como los árboles y el trino de las *ciguas* mojadas. Sin embargo, eso no fue nada en comparación con las otras rarezas de Beto. Una vez que iniciamos la aventura de querer cruzar la frontera con Haití junto a Johnny Cruz, para desde allí pasar a Cuba en lo que fuera —*ojalá que en canoa, como Hatuey*, nos dijo Beto—, fuimos detenidos en *La Cumbre*, que era la frontera entre el Sur y el Norte, cuando la *Era*. En el puesto militar de *La Cumbre* pedían la cédula y miraban raro a todos los raros. Usted sabe de lo que hablo, de los raros, de esos tipos que siempre parecen ser sospechosos de algo, y Beto, que parecía raro, pero no raro de tirar para la banda contraria, si no raro de que no parecía un muchacho de aquí, sino de otro sitio, porque parecía un extranjero, un extranjero de un país inexistente, de un país mental, de un país inventado, como el país de los *feacios*, de Platón. Figúrese, que en aquella época Beto se ponía unos pantalones *jeans* combinados con camisas muy de etiqueta y usted dirá que eso se usa hoy, pero yo estoy hablando de los 50's, cuando los *jeans* estaban destinados al uso de los mineros, obreros, vaqueros y de los peones de caballerizas, porque ahora los riquitos le han robado la ropa al proletariado, tal vez como un *mea culpa*, ¿verdad? Pero para continuarle la historia, Beto se ponía otras veces algún pantalón de cachemira con una camisa de vaquero y viceversa. Pues aquel día, aquella madrugada en *La Cumbre*, el guardia que nos detuvo miró raro al raro de Beto y le dijo: *¡Su cédula, coño!* Y figúrese usted que Beto sólo tenía catorce o quince años y no tenía cédula. *No la he sacado todavía*, le respondió Beto, pero el guardia lo sacó bien alto del camión en donde viajábamos

464

y lo condujo hasta el destacamento del lugar, donde lo encerraron por sospechoso. Johnny y yo nos quedamos callados, cuando en verdad debimos hacer algo, explicándole al guardia que Beto sólo tenía catorce o quince años. También hay que significar que Beto hubiese podido defenderse y no lo hizo. En él siempre había una disposición natural a caer preso, como el día en que *maroteábamos* en la *Hacienda Fundación*, propiedad de Trujillo, y los guardacampestres nos cayeron detrás en sus mulas, disparándonos municiones de sal. Al escuchar el primer disparo, Beto se detuvo y levantó los brazos como hacen los prisioneros en las películas de guerra y yo me detuve también. Los guardacampestres se acercaron a nosotros en sus mulos y uno de ellos nos insultó: *¡Vagabundos! ¡Robándose los mangos del Jefe!* Y entonces nos llevó detenidos a la fortaleza. Allí, después de darnos algunos chuchazos, fuimos dejados en libertad por el general Pérez, quien era el padrino de Beto. Cuando salimos, Beto voceó insultos a su padrino por haberlo soltado, no sin antes decirme que de haber sabido que las municiones eran de sal no se habría detenido. ¿Se imagina? Hubiese preferido la cárcel. La verdad es que no sé cómo un psiquiatra o un psicólogo llamarían ese afán de desear estar preso. Pero, ¿qué hora es? ¿Desea seguir escuchando cosas sobre Beto? Pues aquí sigo: recuerdo cuando a Beto le dio por meterse a cura. Él estaba en el *Instituto Politécnico Loyola*, de los iñiguistas, donde comulgó nueve viernes primeros de mes y luego cinco sábados primeros de mes. El asunto de los viernes fue una promesa a Cristo y el de los sábados a la *Virgencita de la Altagracia*, ya que tenía la alta convicción de que con esas promesas alcanzaría el cielo. Pero, ahora que está muerto, ¿cree usted que su alma se haya salvado, que se encuentre en la gloria? Beto nunca quiso ponerse un escapulario por no creer en esas cosas y, sin embargo, comulgó todas esas veces pensando que alcanzaría la salvación eterna. Cierta vez discutió con uno de esos compañeros de estudios que viven burlándose de todos y haciendo maldades, y al que le mortificaba el asunto de las comulgaderas de Beto. El compañero de estudios, en son de chanza, le dijo que le tirara la primera piedra si consideraba que se encontraba fuera de pecado (tal como Jesús había expresado cuando el asunto de la mujer adúltera). Entonces Beto se arrodilló en la calle ante la vista de todos, oró mirando hacia el cielo, se puso de pie y, tomando una enorme piedra, se la tiró al bromista, dándole en pleno pecho. Aun cuando le rompió algunas costillas, Beto no fue hecho preso porque la mujer del jefe de la policía local, que era una fiel devota del *Corazón de Jesús*, aplaudió su acción. Los días más infelices en la pubertad de Beto fueron, sin duda alguna, los que transcurrieron después de su madre casarse por segunda vez. Beto fue entregado a su padre y de allí pasó a residir con una tía suya (su adorada *Tía Quiqui*), en la capital. Luego regresó a *San Cristóbal* y comenzó a vagar de lo lindo: dormía en camiones, se alimentaba de frutas silvestres, echaba cubos a los dulceros, se metía de chivo en los cines, leía hasta altas horas de la noche bajo la luz de los faroles públicos y después *orejeaba* a todas las muchachas del pueblo. Él me hizo cierta revelación un día de invierno: *Johnny* —me dijo—, *esto es vida*, y se rió de lo lindo. Siempre llevaba su cepillo dental en uno de los bolsillos de los *jeans* y se limpiaba los dientes untando el cepillo con carbón o con un poco de sal. Sí, Beto era desde pequeño un tipo bien raro. ¿Desea algo más? Pero, ¿qué hora es? Usted estará sorprendido con mis reiteradas preguntas acerca de la hora. El asunto es que a las seis de la tarde tenemos la celebración de una misa por la memoria de Beto. La damos nosotros, sus amigos de la infancia y discípulos de sus pendejadas.

ALGUNOS COMPAÑEROS DEL partido:

—**¿LA** verdad? A mí nunca me gustó ese tipo.

—**Abandonó** el partido cuando más lo necesitábamos.

—**Como** compañera revolucionaria de Pérez, debo decirle que pasé unas noches maravillosas junto a él. Tenía un ripio de madre.

—**¡Coño**, ese *tíguere* era sensacional!

—**¡Un** verdadero espantapájaros era Pérez!

—**¡Mire**, gringo, para yo decirle algo tiene que pagarme! ¿O.k.?

—**Lo** importante de su pregunta no es *¿cuál cree usted fue la causa que impulsó a Alberto Pérez a asesinar a Stewart y luego a suicidarse?*, sino *¿qué perdió Alberto Pérez con su acción?* Pues bien, podría responderle que, de seguro, no tanto como John Lennon (*235 millones de billetes verdes repartidos en lujosos apartamientos, mansiones, grandes propiedades, granjas, ganado de pura sangre, un avión bimotor y un yate* *de 20 metros).* ¿Sabía usted que hay un cable de la UPI en donde el hombre, sí, el mismo Lennon, que se consideraba a sí mismo como socialista y héroe de la clase trabajadora, es inventariado y, según el cual, Lennon tenía: *el 25 por ciento de la firma Apple Records, que tiene derechos sobre la música de The Beatles y recibía 12 millones de dólares al año por concepto de esos derechos; una granja y otras siete propiedades en el área de The Catskills, una región turística del Estado de New York, cuyo total de tierras cubre unas 600 hectáreas (cada hectárea tiene 10,000 metros cuadrados, o sea casi 16 tareas, que multiplicadas por 600 da 15,600 tareas); allí el asesinado Lennon tenía 250 cabezas de ganado Holstein, por un valor de más de 66 millones de dólares, y uno de los ani-*males, según el cable, *fue vendido al precio sin precedentes de 265,000 dólares en la feria estatal de la ciudad de Syracuse; también era dueño de granjas en Vermont y Virginia; poseía cinco apartamentos en el edificio Dakota (donde precisamente fue asesinado); una luj*osa *construcción de estilo gótico cerca del Central Park, en New York, donde viven decenas de celebridades; una mansión de 450 mil dólares en Long Island, próximo a New York; una casa frente al mar valorada en 700,000 dólares en Palm Beach, Florida, que anteriormente perteneció a la archimillonaria fami-lia Vanderbilt; era dueño de dos propiedades en Japón, país de origen de su esposa Yoko Ono, así como de un avión Piper Seminole* (Seminole es el nombre de los indios que habitaban la Florida). Pero, escuche esto, lo que dejará más dinero a Yoko Ono, su hijo con la japonesa y al otro hijo de Lennon, serán los derechos heredados del último álbum de canciones, así como el titulado *Working-Class Hero* (*Héroe de la Clase Trabajadora*), que grabó en 1976, cuando se le concedió el permiso para residir permanentemente en los Estados Unidos. O sea, *míster* encuestador, que sería muy provechoso inventariar las pertenencias dejadas por Beto Pérez y hacer una comparación entre el come gringos al que ustedes desean exprimir sus recuerdos y un revolucionario al estilo de yanquilandia, como John Lennon. ¿Cree usted que el infeliz de Beto dejó algo, alguna residencia, algún carro, algún libro de poe-mas, alguna granja con ganado *Holstein* de primerísima? Mire, *míster* Fulano o señor Fulano, apunte para otro lado.

—¡**No** me joda, gringo de mierda!

—La encuesta podría ser, en vez de esta que usted hace sobre el pasado de Beto Pérez, una sobre la actuación de la *CIA* en América Latina. ¿Qué le parece? Así, se podría analizar el golpe contra Mohammed Mossadegh, en 1953, en Irán, que reinstauró a Reza Pahlevi en el poder; el derrocamiento de Jacobo Arbenz en Guatemala, en 1954, cuando la *CIA* dio los fondos para comprar a los jefes militares; el asesoramiento dado a las fuerzas regresionistas en Hungría, en 1956; el abastecimiento con dinero y armas suministrado a las fuerzas opositoras a Sukarno, en Indonesia, en 1958; el atizamiento del fuego en la preparación de las contraguerrillas castristas, en 1959; el despliegue del espionaje aéreo sobre Rusia, descubierto tras el derribamiento de un avión U-2 sobre su territorio; la intervención armada en Cuba, por *Playa Girón*, en 1961; la intervención, ese mismo año, en Vietnam y Camboya, a partir del 1961; la intervención en el ex Congo belga y la responsabilidad en el asesinato de Patricio Lumumba; la preparación, con su consecuente fracaso, de un golpe de estado contra Arturo Frondizi, en Argentina; el asesoramiento en el golpe de estado contra Velasco Ibarra, del Ecuador, en ese mismo 1961; el hostigamiento a Cheddi Jagan, de Guyana, en 1962; la complicidad probada en la desestabilización económica del Brasil, durante la administración de Joao Goulart, en 1962-63; la desestabilización socio-económica y apoyo contra el golpe de estado a nuestro Juan Bosch; la preparación y ejecución del golpe de estado en Bolivia para colocar en el poder a René Barrientos; la ayuda económica al partido demócrata-cristiano contra Salvador Allende, en Chile; el golpe de estado en Brasil; la incursión definitiva en la guerra de Vietnam; la intervención armada en nuestro país, cuya responsabilidad es harto conocida, el 28 de abril de 1965; el derrocamiento de Sukarno, en 1965: la cuantiosa represión ideológica en todo el mundo, la cual lleva una macabra contabilidad de más de un millón de muertos; el derrocamiento de Kwame Nkrumah, de Ghana, en 1966; la dirección en el asesinato del *Che* Guevara, en Bolivia, en 1967; el desenmascaramiento, por parte del diario *The New York Times*, de muchas actividades solapadas de la *CIA* en universidades, sindicatos, revistas y organizaciones políticas de los Estados Unidos y muchos otros países en todo el mundo; el asesoramiento para el golpe de estado militar en Grecia, en 1967; el apoyo financiero a los oposicionistas de Allende, tras su victoria en 1970; los asesoramientos (y sus funestas secuelas) de Dan Mitrione a las policías de nuestro país y el Uruguay, con reportes comprobados de que, gracias a esos consejos, alrededor de 50 mil personas fueron torturadas y, muchas de ellas, posteriormente asesinadas; el golpe de estado contra Allende, en 1973; el golpe de la CIA, en Kampuchea; las intervenciones en Jamaica; en fin, todo un rosario de bendiciones. ¿Qué le parece? Es por eso, señor mío, que me remito a la exposición de Gregorio Selser en los *Cuadernos del Tercer Mundo*, del mes de julio de 1979, para decirle: ¡váyase a la mismísima mierda!

ELENA C. PEÑA de Pérez:

—**LO** nuestro fue, como dicen, un amor a primera vista y comenzó cuando apenas éramos algo menos que adolescentes; un embrujo que se extendió durante varios años. Desde luego, durante nuestro noviazgo sólo nos dimos uno que otro suave y tierno beso, porque Beto, a pesar de todo lo que pasamos, respetó siempre —mucho más allá de lo físico— lo que él consideraba mi *yo profundo*, una esencia que existía en cada persona y a la que había que salvaguardar. Beto fue un adelantado a su época. Cuando sus padres se divorciaron, ese suceso le afectó para siempre, ya que nunca se hizo la idea de que la separación podía llegar a su hogar. Beto, más allá del hogar, tuvo la idea (que luego se convirtió en teoría) de que su madre lo era todo. Fíjese, los primeros años de su vida los pasó junto a su tía *Quiquí*, a la que llegó a adorar, teniendo que quebrar aquellos sentimientos cuando sus padres lo reclamaron. Así, tuvo que reconstruir sus sentimientos, suplantándolos por la imagen de un hogar conformado por, primero su madre, y luego, y en función con ésta, por su padre. Al quebrarse por el divorcio ese poderoso símbolo, Beto padeció los aguijonazos de la soledad y la congoja. Posiblemente fue aquella imagen de madre-padre en lo último que verdaderamente creyó, ya que yo fui, simplemente, un refugio que se convirtió, a la larga, en desde un oasis casual, hasta un impreciso asidero. Tal vez esa sea la razón de que su amor hacia mí varió por temporadas y, transformándose constantemente, se convirtió en una caja de sorpresas donde, desde luego, ni él ni yo sabíamos a ciencia cierta a qué atenernos. Pudo ser que la misma inseguridad del país se convirtiera en un ente de presión o, quizá, que nuestra relación se situara en una plataforma donde la necesidad de intercambiarnos culpas era vital: él, imputándome sus fracasos literarios y yo, con mi silencio de mártir, haciéndole notar todas mis desgracias. Beto llegó a vivir el día a día de una manera tan imprecisa y enajenada que jamás decía *hasta mañana*, o *nos veremos la próxima semana*. No tenía mañana. En él todo era el *hoy*, aunque a veces hablaba e introducía el *mañana* como si se tratase de algún producto medicinal, obligado, susceptible de ser echado a un lado por quítame-esta-paja. Nuestro matrimonio, muchos lo veían así, pudo ser por conveniencia para él; pero yo sabía, en lo más profundo de mí ser, que no era así. Cuando me mandaron a los Estados Unidos durante los años finales del régimen de Trujillo, él se puso como loco y creí que se mataría. El suicidio para él era una especie de laboratorio. *No todos tienen el valor de suicidarse*, me decía a menudo, sobre todo cuando lo oprimían algunas de esas angustias que lo vejaban a cada rato; y entonces daba vueltas por la habitación, deteniéndose frente a la ventana para contemplar el *quintopatio*. Los vecinos me tenían mucha lástima; sabían de mis orígenes y criticaban mi decisión de permanecer a su lado. Cuando Beto hablaba de suicidio y se quedaba frente a la ventana con los ojos perdidos en los rincones de este hábitat maldito, me ponía muy nerviosa. Un día de esos en que el sol se volcaba inclemente contra el zinc y nos ponía a sudar como potros, me leyó uno de esos cuentos que escribía y que luego destruía, pero el cual pude salvar porque, afortunadamente, se quedó dormido después de llorar sobre mi regazo. Usted, de seguro, no querrá que se lo lea, ¿o sí? ¿Sí? Mire aquí mismo lo tengo porque lo leo a cada rato. Escúchelo bien, porque es un cuento sobre el suicidio de un guerrillero que se encuentra perdido y hambriento, allá, en las lomas, mientras llueve a cántaros. Escuche:

El guerrillero, no obstante, continúa ascendiendo y ascendiendo entre las montañas pero, en realidad, lo que hacía era descender y descender. Su meta era no sólo lograr escalar la cúspide, sino la de llegar lo más arriba posible, lo más arriba que pudiera, para coronar sus esfuerzos en lo más alto y desde allí sentir que era libre y de que todo terminaría allí para él, dejan-

do atrás todo lo malo de la sociedad tras su ascenso. *Y mientras ascendía, el guerrillero se ponía como tarea el vislumbrar una meta menor antes de alcanzar la cima: a veces, el llegar a dos pinos enclavados al lado de un hondo barranco que se distinguía a lo lejos, y otras, tras llegar a ellos, vislumbrar otra meta mayor: el alcanzar cuatro pinos que se entreveían lejanos, bien lejanos de la cúspide, de lo que él consideraba era la cima, su liberación definitiva, su salvación. Creía, de verdad, que estaba ascendiendo, pero era descendiendo lo que en realidad hacía. Y lo supo —desgraciada o felizmente lo supo— cuando decidió trepar a una roca enorme a orillas de un viejo paso de mulas y otear de nuevo el horizonte para volver a ubicar sus metas cercanas y lejanas: entonces no las vio. Las metas habían desaparecido de sus ojos y, al volver la mirada hacia atrás, descubrió la cima perdiéndose entre el paso de nubes bajas y grises. El guerrillero, entonces, comprendió lo perdido que estaba y volvió atrás los pasos dados, creyendo que se dirigiría esta vez hacia la cima. Por eso enfiló hacia lo que consideraba ahora la verdadera cima y volvió a trazarse metas: se trazó primero una cercana y, al poco rato, otra lejana, y luego otra y otra y otra, hasta que sus pies comenzaron a dolerle terriblemente. Se sentó sobre un tronco podrido; le picaron hormigas y el hambre ocupó su cerebro, la boca y le llenó el estómago y las tripas de gases. Entonces contempló su fusil y se puso de pie, comenzando a caminar de nuevo para alcanzar la meta más cercana: un viejo y frondoso mango sin frutos. El guerrillero caminaba y lo único que tenía en la mente, por el momento, era alcanzar la altura mayor de la loma para sentarse allí a contemplar las nubes y sentirse libre. Por eso apuró el paso creyendo que, en verdad, ascendía, cuando, en realidad, lo que hacía era descender. Lo supo cuando se dio cuenta de que el mango no estaba en el lugar que lo había dejado y, al quedar atónito por el paisaje que contemplaba, se subió a un pino para avizorar mejor el panorama. Cuando observó alrededor de sí, lo único que percibió fue la llanura desde la cual había comenzado su ascenso. Bajó atolondrado del pino y comenzó de nuevo a ascender, pero, en realidad, descendía. Como el guerrillero no se daba por vencido, no quería admitir que lo único logrado había sido descender, con todo y haberse trazado metas más cortas: a cien, a cincuenta, a diez metros, oteando siempre la cúspide, la altura mayor, la atalaya desde donde podría contemplar la vida y la muerte.* Perdóneme las lágrimas, señor cónsul, pero es que cada vez que leo esta breve narración me pongo así. Beto nunca le dio nombre a este cuento y la vez que me lo leyó le pedí que no matara al guerrillero, como siempre hacía con sus personajes. Pero no me hizo caso: tiró los papeles manuscritos en un rincón y me dijo que cuando lo reescribiera lo haría. Podría decirle que él se suicidó (perdone que siga llorando), pero también podría decirle que ustedes lo mataron. La visa era una de las metas cercanas que Beto se había trazado; pero ustedes se la alejaban constantemente: un *currículum* hoy y un *currículum* mañana. Beto se levantaba cada día bien temprano, y se sentaba al lado de la ventana; sé que sólo pensaba en los *currículums* que debía enviar a Stewart. Su vida se volvió un *currículum* constante y caminaba pensando en su vida pasada, repasando cada instante, cada pasaje oscuro y secreto de sus días. Creo que nadie hubiese soportado con tanto estoicismo lo que Beto aguantó durante los años que pasó visitando vuestro consulado. De noche era yo la que pagaba las consecuencias de esos repasos. Cuando me le acercaba y comenzaba a agarrarle sus partes se volvía rápido hacia el otro lado de la cama sin decir una palabra. En esos momentos, a menudo, me golpeaba y sabía, presentía, que sólo las mujeres de la calle le complacían. Mire, Beto llegó a una situación tan agobiante, que la mayoría de los que se decían sus amigos le volvían la espalda y, burlándose de él, le llamaban loco, iluso, Quijote y otras desgracias, y me refería que ese tratamiento social le era aplicado a los perdedores. Esa palabra, perdedor, fue metida en la cabeza de Beto por Monegal y la usaba contra sí mismo repetidamente en los últimos años. Respecto a Monegal, nunca le dije a Beto los acosos sexuales a que me sometía, ya que siempre estuvo enamorado de mí. Monegal me decía, casi siempre que visitaba a Beto durante sus trabajos en el *1/4*, algún piropo aparentemente inocente, pero con un sedimento trascendente. Eso lo hacía mientras me ayudaba a subir las anchas escaleras de madera del partido, o en cualesquiera otras situaciones. Estás más hermosa que nunca, Elena, era uno de sus piropos favoritos y, cuando lo decía, me picaba un ojo —el izquierdo—, y luego el otro —el derecho—, ofreciéndome, o un cigarrillo, o algún bombón de los que siempre comía. Monegal quería poseerme, lo sé; me miraba como deseando penetrarme; como si con sus ojos quisiese tocarme y no era

472

que me daba escalofríos, no; lo que pasaba era que me daba vergüenza. Con todo y que Beto tenía fama entre las mujeres de besuquearlas por todas partes y hacer de ellas objetos sexuales, conmigo —creo yo— su actuación sexual era bien diferente. Cuando nos acostábamos, era yo, la que trataba de capitanear la situación, agarrándole sus partes con ternura y besándoselas. Así, después de todo estar bien para él —y para mí, por supuesto—, me le subía encima y yo misma tenía que colocar todo en su lugar. A veces pensé que yo no le apetecía, pero tan pronto como colocaba las cosas en orden y comenzaba a menearme de una forma que estoy segura no es la mejor de todas, él se entusiasmaba y me decía que me quería y que yo era la única mujer a quien había amado. Creo que ese es un decir de los hombres cuando están haciendo el amor con cualquier mujer. Algunas amigas me han comentado que sus hombres también les dicen lo mismo al llegar a ciertos grados de excitación. Pues bien, como le iba diciendo, consideré que las provocaciones de Monegal obedecían a reclamos amistosos, a una estimación que se relacionaba a su estrecha amistad con Beto. Sin embargo, fue hace pocos años que vine a darme cuenta de que Monegal quería conmigo algo mucho más profundo que una simple amistad. Eso lo comprobé una noche que nos invitó a su casa —ya Monegal había triunfado en el campo de la publicidad, usted sabe, haciendo esos anuncios que suenan por la radio y que se ven en la televisión para que la gente compre cosas— y nos puso, antes de cenar, bossa nova y luego música clásica, brindándonos quesos franceses y españoles y mucho, mucho vino. Cuando se le fue la bebida a la cabeza, los ojos de Monegal ya no sólo querían penetrarme, sino traspasarme: los sentía muy ardientes y feroces sobre mí y sentí temor de que Beto notara lo que pasaba. Aprovechando que Beto fue al baño, Monegal se sentó a mi lado rápidamente, casi sin yo darme cuenta, y comenzó a introducirme una de sus manos entre mi falda, llegando con ella a mis vulvas, tras lo cual echó a un lado mis panties. Desde luego, le dije que no, que no hiciera eso y que retirara en el acto su mano de mis entremuslos, pero no me hizo caso y llegó con uno de sus dedos a frotar mi clítoris y fue entonces cuando me estremecí, notándolo él en seguida porque —eso no puedo negarlo— cuando yo me estremezco pongo los ojos en blanco y los párpados me comienzan a

473

temblar rápidamente. Al parecer, eso ocurrió con mis ojos, porque Monegal sacó uno de mis senos de entre la blusa y lo comenzó a chupar vorazmente, tal como a un niño al que le toca la teta a media noche y entremuerde los pezones para que la leche salga rápido. ¡Le juro que deseé gritar en aquel momento! Pero me contuve, abandonándome a la idea de ser tomada y estrujada por Monegal, pero desperté a la realidad cuando sentí que la puerta del baño se abría y se cerraba, y entonces separé de mí, muy violentamente, la cabeza de Monegal pegada a mi pecho como una lapa y luego quité su mano que ya había hecho preso a mi clítoris y lo frotaba con una maestría asombrosa. Me arreglé la falda y la blusa rápidamente y cuando Beto entró ya Monegal ocupaba de nuevo su asiento y cubría con las manos la tiendecita de campaña que hacia la parte de su pantalón próxima a la bragueta, al ser presionada por su miembro. Pero a mí no sólo me atosigaba Monegal; también lo hacía Vicente, que vivía proponiéndome cosas y, aunque le decía a Beto que pensara lo del viaje, a mí me decía que si Beto conseguía marcharse, que no me preocupara por dinero porque él me conseguiría lo necesario para vivir decentemente. Vicente aprovechaba las horas en que Beto salía hacia el consulado para irme a visitar. Yo le brindaba café y cuando me veía hacer los dulces que mandaba a vender a la calle me decía que daba pena que una mujer educada como yo, hermosa y de buena familia estuviera en esas condiciones. A veces, Vicente me hacía llorar al decirme que me estaba desperdiciando por vivir en ese *quinto-patio* y agregaba que yo me merecía una mejor suerte. Cuando comenzaba a llorar él se levantaba de la mecedora y se me acercaba, cerraba la ventana y me pasaba las manos por el pelo; luego sacaba su pañuelo muy oloroso a perfume neoyorkino y me secaba las lágrimas cuidadosamente, como si yo fuera su cosa más preciada. En esos momentos me entraban deseos de recostar mi cabeza contra su pecho —y a menudo lo hacía— y entonces él me besaba en la frente y luego en la nariz y luego en la boca con besitos limpios, tal como se besa ciertamente a la cosa más preciada de la vida. Cuando Vicente sacaba la lengua y la pasaba por mis labios, yo los apretaba con fuerza hacia adentro para que su lengua no entrara en mi boca, insistiendo él en que eso no importaba y que le diera una lengüita —según sus propias palabras—. Pero yo me resistía a hacerlo y volvía a la realidad. Muchos hombres del patio también me asediaban, pero yo pude resistir, no sólo esos asedios, sino todos los embates de la soledad y el abandono. Los hombres del patio me acechaban de noche y yo tenía que cambiarme de ropa a oscuras. Cuando iba al baño se trepaban en los árboles para fisgarme mientras me desnudaba. No sé qué les pasaba, no sé por qué se comportaban así, pero sí sé que decían que yo era una blanquita riquita de Gascue y de que mi culito siempre estaba perfumadito. Aunque Beto siempre hablaba con los hombres del barrio sobre los problemas ideológicos del mundo, éstos no le creían mucho porque después que salió del 1J4 no militaba en ningún partido, a pesar de que hacía trabajos intelectuales esporádicos para el MPD y el PSP. Los hombres del *quintopatio* y el barrio, o eran del MPD o del PCD. A Beto, a mí y a los muchachos, nos veían como personas extrañas; como si fuésemos existencialistas; como si para nosotros vivir en esas circunstancias económicas representara una forma de goce. Y mire, a esa gente no hay quien le haga entender que el hambre y la vida que Beto, los muchachos y yo llevábamos, no representaban ningún gozo. Muchas veces le dije a Beto que lo mejor hubiese sido mudarnos, pero él no decía nada. Fue en esos días que consideré que lo mejor sería el dejar de hablarle de esas cosas, circunscribiéndome a sólo decirle lo esencial del trajín diario. Al principio él consideró que le estaba haciendo un hielo, una huelga de palabras; usted sabe, uno de esos silencios profundos y continuos que se hacen a las personas molestosas. La repuesta de Beto fue pedirme el divorcio: me dijo que quería estar sólo por un tiempo. La novela que había comenzado se quedó intacta y sólo la llegó al capítulo XXXIV; una novela sobre un hombre que se zambulle constantemente en aguas insondables y nunca encuentra nada. Todo lo que Beto escribía no llevaba a nada, la misma nada que envolvía al guerrillero del cuento (perdone que llore). Tal vez debí comprenderlo mucho más en esos días. Pero esa obsesión de marcharse a los Estados Unidos, esa maldita preocupación de si le daban o no la visa, lo sacó de sus cabales. Total, que si se hubiese deseado marchar de verdad, sin importar la forma de hacerlo, lo habría logrado: mi hermano le dio el dinero, los dos mil quinientos pesos que le pidió un tal Jiménez para hacerle las diligencias de conseguirle una visa falsificada o sacarlo en yola hacia Puerto Rico o como submarinista en la sentina de algún barco; pero él se negó. Pero como prefirió irse por la vía legal, ahí fue cuando todo comenzó de verdad: un *currículum* hoy, un *currículum* mañana, un *currículum* pasado-mañana. Beto era demasiado amigo de su orgullo. Eso usted debería saberlo porque él los combatió a ustedes con el fusil en las manos durante la revolución, así como con sus escritos en las páginas de todos los periódicos que se atrevieron a publicar sus trabajos y con la práctica de acciones terroristas y el secuestro. Sin embargo, fue incapaz de entrar ilegalmente a un país que ha sido constantemente ilegal contra nosotros y que nos ha saqueado inmisericordemente durante más de un siglo. Por eso nunca comprendí esa posición de Beto. Pero, tal vez, su proceder no sea más que una consecuencia de esa nada que él se afanaba en presentar en sus narraciones, la cual se convirtió en un juego que lo sumergió aplastantemente en el pasado-presente-futuro que vivía al mismo tiempo, soñando de noche con la Revolución de Abril, con la visa y todos sus compañeros muertos, y por la mañana de nuevo con la visa. La verdad es que no sé cómo se las arreglaba para estar en tres vivencias diferentes. A veces contestaba de noche, mientras soñaba, al coronel que golpeaba su rostro durante las sesiones de torturas, preguntando al mismo tiempo por una tal Isabel o Chabela o Belita; o si no, por una tal Julia. Sí, últimamente, Beto estaba muy mal y decía que se sentía sumamente penetrado y que no podía concebir una vida sin nada de las esencias que lo condicionaron a ser como era. Recordaba a menudo un film dirigido por Charles Laughton, La noche del cazador, que había visto en la adolescencia y del que me había hablado mucho cuando lo estrenaron a comienzos de la década de los cincuenta. Ese film es la vida, me decía, y entonces soltaba algunas lágrimas. No sé quién rayos le metió en la cabeza la idea de escribirle al cónsul Stewart, de cuya correspondencia surgió la cita que lo llevó a la muerte, ya que Beto lo único que debió hacer fue seguir enviando *currículums* y conseguir la visa por cansancio. Él me lo confió algunas veces: ¡voy a conseguir la maldita visa por cansancio!, y entonces me hablaba de La Fija, una viejecita que era la decana de los buscadores de visa y que murió precisamente frente al consulado. Tengo —y la tuve en su momento oportuno— la ligera idea de que la muerte de La Fija tuvo algo que ver con lo que hizo; pero esa es una idea muy ligera, sumamente ligera. Me hablaba mucho de La Fija y de cómo ella le ofrecía pedazos de los bocadillos que llevaba para soportar las largas horas de espera frente al consulado. Mire, si Beto no hubiese llegado a cartearse con el cónsul Stewart, estoy segura de que hoy ambos vivirían, aunque el suicidio ya era una idea que daba saltos juguetones en su cabeza. Sí, para él el suicidio fue como una nada; pero para mí y mis hijos el suicidio ha sido mucho. Porque, ¿qué voy a hacer ahora? Ya paso de los cuarenta, aunque usted seguramente dirá que no estoy tan mal y de que mis ojos guardan aún ciertos destellos de luz conquistadora y de que mis muslos lucen lozanos y alargados. Pero Beto fue para mí lo único. Sí, muchas amigas mías de infancia que han aparecido ahora para aconsejarme, me dicen que al cabo de unos cuantos meses todo pasará y de que debo regresar a mi hogar. Pero dígame, ¿cómo podría soportar un regreso, un regreso por demás tardío, con arrugas en mi rostro y en mi alma, con la esperanza rota, con los recuerdos de haber tenido a un hombre, a un guerrillero que jamás llegó a la cima, a un buceador que jamás encontró nada, ni tan sólo una perlita minúscula para convertida en un broche de solapa? Dígame, ¿cómo podría soportar un regreso tan tardío, tan desperdiciado como un vaso de agua cayendo, filtrándose en la arena... un regreso tan, tan, tan...? Sí, ahí están los muchachos: Boris en el tercer semestre de humanidades y Carmencita tan adelantada en filosofía y ciencias políticas. Y aunque mi familia desea que regrese, que vuelva como una hija pródiga, como la ovejita negra, como la antiheroina de la novela maldita, como la tonta que no tenía razón, sé que siempre me sacarán en cara lo que consideran como un paso baldío, estúpido, por haberme casado con un comunista perdedor. Mis familiares piensan que un regreso mío, junto a mis hijos, sería fácil; que sería tan fácil como pelar un guineo y comerlo; y hasta estoy segura de que me buscarían pareja, a algún solterón o divorciado de la clase alta deseoso de una mujer con dote. Pero, ¿qué dirían mis hijos; qué diría mi conciencia? Las otras conciencias, las conciencias que desean pensar por mí, no tienen importancia en mis adentros. Esas conciencias jamás vinieron hasta mí para comprenderme. ¿Qué cree usted? ¿Cree que ahora me comprenderían? La respuesta es fácil de contestar para muchos. Todo depende, como dijo alguien hace algún tiempo, de los ojos con que se mire (si los del alma o los de la piel) y así resultaría fácil para aquellos que puedan ver a través de los tiempos y otear un mundo tan crítico. Boris desea seguir estudiando; Carmencita desea seguir estudiando y la participación de mis hijos en todas las respuestas es tan crucial como si el mismo Jesús resucitara a Beto y me lo hiciera entrar por esa puerta, todo lleno de flores y frutas. No, no creo que mis muchachos se acostumbrarían a vivir con sus abuelos, como no se acostumbraron nunca los habitantes de este *quintopatio* a nuestra presencia extraña y lo único que deseo ahora es cambiar el rumbo trazado por Beto. Podría ser el irnos. ¡Oh, no sonría, señor cónsul! ¡No, por favor no sonría! Porque no creo que ni yo ni mis muchachos querríamos irnos jamás hacia los Estados Unidos. Y si por casualidad deseara usted ofrecernos a mí y a mis hijos su visa, señor Johnson, se la devolveríamos gustosos. Porque, fíjese, preferiríamos irnos a la Cochinchina, a Angola, al mismísimo infierno, en vez de a vuestro país. Y le digo sinceramente que todo lo que haríamos en el futuro sería teniendo en cuenta un cambio total, un cambio definitivo de rumbo... ¡Sí, de un cambio de 180 grados, desechando aquello que hizo sucumbir a Beto! Porque la única forma de enderezar un error, míster Johnson, es cambiando el rumbo que condujo hacia ese error... ¡lo demás sería aumentarlo! Si Beto quiso morir sin querer queriendo, nosotros deseamos vivir sin querer queriendo. Sí, tal y como dice el personaje de la tele, señor cónsul.

Made in United States
Orlando, FL
05 April 2022

16512849R00289